Liane Mars

Funkenmagie

Farbenspiel der Nacht

DRACHENMOND VERLAG

DRACHENMOND VERLAG

Astrid Behrendt
Rheinstraße 60
51371 Leverkusen
http: www.drachenmond.de
E-Mail: info@drachenmond.de

Lektorat: Viktoria Kravtschenko
Korrektorat: Michaela Retetzki
Satz: Marlena Anders
Layout: Astrid Behrendt
Umschlagdesign: Alexander Kopainski
www.alexanderkopainski.de
Bildmaterial: Shutterstock

Druck: Booksfactory

ISBN 978-3-95991-084-2

Der Fy

Was ist das?«, fragte ich entsetzt und starrte die graue Pampe angewidert an.

»Irgendwas mit gestampften Kichererbsen und alten Fleischresten. Woher die stammen, willst du nicht wissen. Dem Koch ist die Matsche zusätzlich noch angebrannt.«

Ich rümpfte die Nase, denn der Brei sah nicht nur widerlich aus, er roch auch so. Trotzdem zog sich mein Magen schmerzhaft zusammen. Ich hatte seit dem Morgengrauen nichts gegessen und wusste, dass ich den restlichen Tag keinen weiteren Bissen bekommen würde.

Unser Schloss hungerte – und das bereits seit drei Jahren.

Seufzend nickte ich dem Küchengehilfen zu, der genauso unglücklich über die Pampe war wie die hungrigen Mäuler, die er zu stopfen hatte. Mein kleiner Winddrachen auf meinem Kopf bewegte sich in dieser Sekunde nach vorne, um in die Schüssel zu starren. Fluh schnupperte und jammerte leise. Auch sie musste hungern, solange ich nichts zu essen bekam.

Mein Blick fiel auf die lange Schlange von Burgbewohnern. Sie sahen alle ausgemergelt und erschöpft aus, die Gesichter grau vor Müdigkeit und Angst, die Klamotten starr vor Dreck und Blut. Der Krieg hielt uns gemeinsam fest im Griff.

Ich drückte die Schüssel mit dem Klecks Brei wie einen Schatz an die Brust und wartete geduldig, bis mir eine alte Küchenfrau noch einen daumenbreiten Streifen Brot in die Hand quetschte. Sie zuckte mit den Achseln, als sie meinen entsetzten Blick bemerkte.

»Wir müssen nicht mehr lange hungern, meine Kleine. So oder so ist es bald vorbei.«

»Meine Henkersmalzeit habe ich mir aber etwas üppiger vorgestellt«, erwiderte ich.

Die Alte verdrehte die Augen. »Wenigstens haben wir hier im Schloss ein wenig Brot. Da draußen in den Schützengräben gibt es nichts außer gebratene Ratte.«

Da hatte sie auch wieder recht. Bevor sie mir noch mehr den Appetit verderben konnte, ging ich weiter und machte Platz für den Nächsten, der mit der Alten zu diskutieren begann.

Ich sah mich kurz im Raum um und entdeckte bald eine Gruppe Sidhe, die ich kannte. Meine Freundin Mina winkte mir hektisch zu und ruderte wild mit den Armen, um mich zu sich zu locken. Ich folgte der Aufforderung und stand wenig später neben den zierlichen Elfenwesen, die über den Stühlen schwebend ihren Brei löffelten. Warum sie sich dennoch um einen Tisch scharrten, blieb mir ein Rätsel.

»Ich setze mich heute nicht zu euch«, sagte ich zu Mina, bevor sie überhaupt das Gespräch eröffnen konnte.

Mina sah mich schockiert an. »Wir haben dir extra einen Platz frei gehalten«, protestierte sie. Da ich als Einzige in der Truppe nicht fliegen konnte, war das natürlich keine große Kunst.

»Heute ist Auszeit für mich«, erklärte ich achselzuckend und nickte den schimmernden Gestalten noch einmal aufmunternd zu. Das Elfenvolk sah ähnlich mitgenommen aus wie wir Menschen. Ihr ursprüngliches Strahlen war zu einem leichten Glanz verblasst, auch die Körper wirkten ausgezehrt und mager. Natürlich waren die Sidhe schon immer zierlich gewesen, doch jetzt sah ich deutlich die Wangenknochen hervorstechen. Die unnatürlich riesigen Augen waren noch gigantischer als sonst.

Die meisten Sidhe waren etwa so groß wie mein Kopf, allerdings machten sie das durch ziemlich überdimensionale Flügel wieder wett. Eine Sidhe mit ausgebreiteten Schwingen hatte eine Spannweite von bestimmt drei Schritten.

Gerade eben flatterten sie fast lautlos vor sich hin, die Flügel halb angeklappt, durch ihre Magie getragen. Die schimmerte bläulich, wodurch die ohnehin blassen Körper noch durchscheinender wirkten. Im krassen Kontrast standen dazu ihre Haare – die gab es in allen Tönen, von Meergrün bis Himmelblau.

Meine Freundin Mina hatte die schönsten grasgrünen Strähnen, die ich je gesehen hatte. Die Augenfarbe erinnerte eher an dunkles Moos, durchsprenkelt mit ihrer blau gefärbten Magie. Eben jene schillernden Augen durchleuchteten mich jetzt und musterten mich ebenso intensiv wie ich sie. »Auszeit für dich? Du weißt schon, dass es gut die letzte gemeinsame Mahlzeit sein könnte?«

»Das merkst du bereits seit einer Woche an – und bislang hast du mich damit jedes Mal überreden können, doch heute brauche ich einen Moment für mich. Bis später!«

Ich hob grüßend die Schüssel und die Sidhe wedelten zum Abschied mit den Löffeln. Während ich zur Tür ging, pfiff ich nach Diamad. Das war mein zweiter Drache. Der krabbelte wie immer unter den Tischen herum, stets auf der Suche nach heruntergefallenen Essensresten. Drachen ernährten sich zwar eigentlich nur von der Lebensenergie ihrer Besitzer und von Glutsteinen, doch Diamad naschte gerne.

Als er den Pfiff hörte, startete er durch und flatterte zu mir herüber. Fluh, meine fast unsichtbare Drachendame, begrüßte ihn leise mit einem Schnauben. Sie war die ältere von beiden und definitiv besser erzogen. Sie blieb stets bei mir, zusammengerollt wie eine Katze auf meinem Kopf. Da ihre luftige Gestalt nichts wog, verspürte ich höchstens mal einen sanften Lufthauch, sobald sie sich bewegte.

Diamad hingegen war eine andere Nummer. Der Feuerdrache ließ sich plump wie eh und je mit dem ganzen Gewicht auf meine rechte Schulter fallen und trompetete vergnügt ein Hallo.

Mein Ohr klingelte und der Nacken protestierte. Diamad wog mittlerweile bestimmt an die zehn Kilo und jede seiner Landungen brachte mich erst einmal aus dem Gleichgewicht.

»Bleib bei mir«, ermahnte ich ihn. Er drapierte sich als Antwort quer über meine Schultern, sodass er wie eine Art lebendiger Schal um meinen Hals lag. Sein schuppiger Schwanz schlängelte sich dabei um meinen rechten Oberarm.

Ich war die Kletterei gewohnt und bemerkte sie nicht einmal mehr. Allerdings war klar, dass sich Diamad bald einen neuen Stammplatz suchen musste – er wurde langsam zu groß, um als Schal durchzugehen. Doch heute konnte gut unser letzter Tag sein, und da mochte ich nicht kleinlich sein.

Ich drängelte mich an den Menschen und den anderen Wesen vorbei, die gerade den Essensraum betreten wollten. Viele warfen einen angewiderten Blick in meine Schüssel, andere machten mir Platz. Dank meiner Drachen hatte ich mir ein wenig Respekt erarbeitet.

Ich nickte jenen zu, die ich kannte, und grüßte diejenigen, die mich ansprachen. Fünf Schritte später war ich aus dem Pulk heraus und huschte den rechten Gang Richtung Südturm hinunter. In den Bereich verirrte sich so gut wie niemand mehr, immerhin war der Südturm vor zwei Jahren komplett in sich zusammengestürzt. Er hatte dabei netterweise einen derartigen Schutt- und Geröllhaufen hinterlassen, dass sich unsere Angreifer nicht hatten hindurchquälen können. Seitdem waren die Angriffe von dieser Seite seltener geworden, bis sie ganz ausblieben.

Ab da besuchte ich den einsamen Südturm, wann immer ich allein sein wollte. Auf einer halb eingestürzten Aussichtsplattform hatte ich mir eine Art Lager gebastelt, bestehend aus Fellen, zwei Kerzen und ein paar Pflanzen. Mein ganz persönlicher, geheimer Garten. Sogar ein Dach gab es, gebildet aus Trümmerstücken und dem schräg stehenden Südturm.

Leise vor mich hin pfeifend verließ ich den Gang, kletterte über eine halb eingefallene Mauer und balancierte zwei Stege entlang, um zu meiner Plattform zu gelangen. Dabei lauschte ich auf die so vertrauten Geräusche des Krieges.

Offenbar beschossen die Tul Curragh wie immer die dritte Festungsmauer. Die hielt jedoch seit zwei Jahren stand, magisch verstärkt und von den fleißigen Puk wieder geflickt. Ohne die Gnome und unsere Kriegsmagier hätten wir schon längst einpacken können.

In Gedanken machte ich es mir bereits unter dem Farnbusch bequem, erstarrte jedoch, kaum dass meine Zehen die Plattform berührten. Mein Blick fiel auf meine Felle, die normalerweise ordentlich übereinandergestapelt in einer Ecke lagen. Jetzt allerdings waren sie wie ein Teppich ausgebreitet – und ein Mann saß darauf.

Ich starrte ihn entgeistert an und ließ fast die Breischüssel fallen. Im letzten Moment packte ich fester zu, bewegte ansonsten aber keinen Muskel.

Auch Diamad und Fluh richteten sich auf, musterten den Fremden.

Der saß im Schneidersitz auf meinem Lieblingsfell und blickte uns so erhaben entgegen, als sei er der Herr im Hause hier.

»Wer bist du und was willst du und warum sitzt du auf meinen Fellen?«, eröffnete ich umgehend das Gespräch, nachdem ich ein paar Wortfetzen aus meinem entgeisterten Gehirn gefischt hatte.

Er zog eine Augenbraue hoch und blickte hinunter auf seine flauschige Unterlage. »Ich nahm an, dass diese mottenzerfressenen Fetzen herrenlos sind«, sagte er trocken. Seine Stimme klang überraschend warm, angesichts der Tatsache, dass er eindeutig ein Fy war.

Ein Magier der Kriegerkaste.

Zugegebenermaßen war ich noch nie einem von ihnen so nah gewesen. Die Fy sonderten sich vom gemeinen Fußvolk ab, wohnten fernab der anderen – was vermutlich daran lag, dass sie stets in direkter Nähe ihrer Feinde lebten, also quasi im Schützengraben hausten.

Dieser hier hatte eindeutig ordentlich was abbekommen, denn sein Gesicht war über und über mit Kratzern, Schnitten und Brandwunden übersät. Ein Auge war etwas zugeschwollen, die Lippe geplatzt, das eine Ohrläppchen weggefetzt.

Er sah zum Fürchten aus.

Trotzdem richtete ich mich auf und wich um keinen Millimeter zurück.

»Diese wundervollen Felle habe ich mühevoll im Schloss zusammengesammelt und sie hier für mich hinterlegt. Sie gehören mir. Du musst gehen.«

Der Fremde hob spöttisch eine Augenbraue und lehnte sich provokant nach hinten, sodass er jetzt halb auf meinen Fellen lag. Dabei ließ er mich keine Sekunde aus den Augen. Ganz der Krieger. »Wer es findet, dem gehört's«, erwiderte er.

»Nicht, wenn da überall mein Name draufsteht.«

Er runzelte die Stirn, sah sich um. »Wo steht … oh!« Sein Blick war auf die mühsam eingebrannten Buchstaben gefallen, die ich in nächtelanger Arbeit in jeden einzelnen Fetzen gestanzt hatte.

»I-Punkt heißt du?«, fragte er und grinste.

»Inea«, korrigierte ich und wedelte mit der Hand. »Wenn du jetzt bitte entschuldigst. Könntest du dich trollen?«

»I. ist nicht besonders präzise, sobald es um die Markierung eines wertvollen Besitzes geht«, erwiderte er und überging meinen Einwand damit einfach. Für einen entsetzlichen Moment dachte ich, er würde weiterdiskutieren, doch schließlich stand er auf und klopfte übertrieben sorgsam das eine Fell ab, auf dem er gesessen hatte.

»Bitte schön, die Dame.« Er zwinkerte mir zu und trat zur Seite. Anstatt jedoch an mir vorbeizugehen und die Plattform zu verlassen, zog er sich den schwarzen Mantel von den Schultern und ließ ihn etwa fünf Schritte vom Fell entfernt fallen. Fassungslos beobachtete ich, wie er sich niederließ, vorbeugte und seinen Waffenstapel zu sich zog.

»Äh …«, brachte ich schwach hervor. »Schon mal was von Privatsphäre gehört? Das Schloss ist riesig. Musst du ausgerechnet hier dein Lager aufbauen?«

»Ja.«

»Ja?«

»Ja.«

Okay. Da war jemand äußerst stur. Für einen winzigen Moment erwog ich, weiter mit ihm zu diskutieren, doch dann ließ ich es bleiben. Ich war viel zu müde und zu hungrig, um mich zu streiten.

Ich sah es allerdings auch nicht ein, wieder zu gehen. Daher lief ich zu meinen Fellen, zog sie so weit wie möglich von dem Fremden fort und setzte mich. Augenblicklich sprang Diamad von meiner Schulter und hockte sich neben mich, die glitzernden Reptilienaugen wie festgeklebt auf den Fy gerichtet.

Der beachtete mich nicht und schliff seine Dolche.

Ich warf dem Mann einen nervösen Blick zu, beschloss dann aber, dass mir keine Gefahr drohte. Die Kriegsmagier hatten sich verpflichtet, uns Schlossbewohner mit ihrem Leben zu verteidigen. Da würde sich dieser hier nicht ausgerechnet auf mich stürzen. Hoffentlich.

Tapfer nahm ich meinen Löffel zur Hand, schob etwas Brei darauf und steckte ihn mir in den Mund. Sekunden später würgte ich und hustete, während sich alle meine Härchen auf der Haut aufstellten. Mir entfuhr ein so entsetzter Laut, dass der Krieger vor mir auf die Beine sprang, die Dolche zur Verteidigung erhoben.

»Was ist?«, fragte er alarmiert.

Ich keuchte und fächelte mir mit den Händen Luft zu. Meine Kehle schrie derweil verzweifelt um Hilfe. Himmel! »Das Essen …«, brachte ich mühsam hervor. Mittlerweile waren mir Tränen in die

Augen gestiegen, sodass ich den Krieger nur unscharf erkennen konnte. Den verwirrten Blick erkannte ich aber dennoch.

»Was ist mit deinem Essen?«, fragte er.

»Elfenfeuer. Zu viel. Viel zu viel.«

Das Problem am Zusammenleben in unserer schönen Festung namens Tul Dalla war, dass hier die verschiedensten Völker hausten – und die aßen allesamt ziemlich unterschiedlich. Die zierlichen Feenwesen liebten scharfes Essen, was für menschliche Münder tödlich sein konnte. Offenbar war heute der Sidhekoch am Werke gewesen.

Der Krieger sah mich verdutzt an – und brach in schallendes Gelächter aus. Ich verzog missmutig das Gesicht, während ich weiter wie eine Schwachsinnige vor mich hin hechelte. Mangels Wasser war das alles, was ich machen konnte.

»Lösch die Schärfe mit dem Brot«, riet mir der Fy, doch ich schüttelte hektisch den Kopf. Der Krieger verstand. »Vielleicht auch Feenbrot? Gib her, ich teste es.« Er hockte sich neben mich, nahm mir die Scheibe aus der Hand und brach einen kleinen Krumen ab. Offenbar hatte er ebenfalls Respekt vor den Kochkünsten der Elfen.

Verdammt. Hätte ich doch noch kurz mit Mina geschwatzt. Sie hätte mich garantiert gewarnt.

Der Fy nahm den Krumen und probierte ihn vorsichtig. Aus tränenden Augen sah ich, dass er lächelte. »Keine Gefahr, du kannst es essen«, beruhigte er mich.

Ich steckte mir hastig das halbe Brot in den Mund und kaute wie eine Wahnsinnige. Verdammt, brannte das. Mein Kreislauf war kurz davor, zu kollabieren. Mir brach der Schweiß aus.

Der Fy hockte weiterhin neben mir und sah mir mit vergnügt funkelnden Augen bei meinem Todeskampf zu. Seine Kleidung roch versengt, was natürlich auch die halb weggeflämmten Augenbrauen erklärte. Die blitzenden Pupillen darunter wirkten hingegen wirklich sehr schön. Er hatte rehbraune Augen mit ein paar goldenen Fünkchen darin.

Offenbar war er ein Feuermagier.

Als er bemerkte, dass ich nicht einfach in Ohnmacht fiel, stand er auf und kam mit einer Wasserblase zurück. Wortlos hielt er sie mir hin.

»Trink.«

Ich kaute erst den Rest des Brotes, dann nahm ich einen Schluck Wasser. Hui, das tat gut. Mein Magen beruhigte sich genauso wie mein Kreislauf.

Fluh half, indem sie mir eine sanfte Brise über die Stirn streichen ließ. Sie kühlte ebenfalls meine erhitzten Wangen, gluckste dabei jedoch fröhlich vor sich hin. Auch sie fand die Aktion unfassbar komisch.

Diamad hingegen hockte stocksteif neben mir und sah mich aus panisch wirkenden Augen an. Zwischendurch warf er immer wieder hektische Blicke zum Krieger hinüber, versuchte zu verstehen, ob der etwas mit meinen plötzlichen Problemen zu tun hatte.

»Alles in Ordnung, Diamad«, beruhigte ich ihn mit schwacher Stimme. Die vor Schreck lindgrün gewordenen Schuppen des Drachens wurden wieder dunkler.

Der Fy hockte weiterhin dicht vor mir, musterte mich – und grinste blöd.

»Hör auf zu lachen«, grummelte ich. »Kann doch jedem mal passieren.«

Jetzt lachte er erst richtig, hob die Hand und klopfte mir kumpelhaft auf die Schultern. »Du bist drollig«, erklärte er kopfschüttelnd und stand auf, um sich auf seine Jacke zu setzen.

Ich ließ etwas von dem Wasser aus der Blase in die Handfläche fließen und tupfte mir damit Stirn und Nacken ab. Besser. So langsam fühlte ich mich wieder wie ein Mensch.

»Vielleicht sollten wir dieses Höllenzeug den Tul Curragh servieren. Danach wären wir sie ein für alle Mal los«, brummte ich schlecht gelaunt. Ich packte die Schüssel und warf sie mit Schwung über den Rand der Plattform. Es polterte, als sie auf dem Hang aufkam.

Der Fy legte den Kopf schief, dachte über meine Worte nach. »Ich fürchte, sie sind zu klug, als dass sie Elfenfeuer einfach so in sich hineinstopfen würden.«

Ich warf ihm einen bösen Blick zu, den er mit einem Lächeln erwiderte. Da fiel mir zum ersten Mal auf, dass er wirklich gut aussah. Zwar zermatscht, aber dennoch ziemlich hübsch.

»Du solltest deine Leute warnen«, überlegte der Fy laut. Er beschäftigte sich bereits wieder mit den Dolchen, sodass ich seine Augen nicht mehr sehen konnte. Die waren hinter den strähnigen, verstaubten schwarzen Haaren verschwunden.

»Glaub mir: Die wissen das längst. Es muss ja nur einer im Gemeinschaftssaal probiert haben – schon hat es jeder mitbekommen.«

»Nur du nicht. Du hockst hier einsam auf deinen Fellen und versuchst, arme Fy zu verscheuchen. Könnte die Strafe des Himmels gewesen sein.«

»Oder es war einfach Pech.«

Mit einem tiefen Seufzen ließ ich mich rücklings auf die Felle fallen und starrte hinauf in das Lianengeflecht, das ich gepflanzt hatte. Ich hatte keine Ahnung, ob es giftig war, aber es sah hübsch aus.

Mein Magen grummelte laut.

Weil ich dagegen ohnehin machtlos war, ließ ich ihn protestieren. So viel zur letzten Henkersmahlzeit. Wobei … es wäre ja tatsächlich um ein Haar mein letzter Bissen gewesen.

Etwas landete mit einem Plumps auf meinem Bauch, sodass ich erschrocken zusammenfuhr und mich aufsetzte. Es war ein kleiner Beutel aus Leder, der ziemlich abgewetzt und alt aussah.

»Iss«, befahl der Fy, ohne hochzusehen. »Das ist garantiert Feenfreies Trockenfleisch.«

Wären die Umstände normal gewesen, hätte ich mich jetzt sicherlich geziert – immerhin hatte ich nur zehn Minuten vorher alles darangesetzt, um den Fy loszuwerden. Doch die Umstände waren schon lange so verzweifelt, dass ich meine Skrupel über Bord warf und hektisch den Beutel öffnete.

Tatsache. Da kam Trockenfleisch zum Vorschein. Andächtig nahm ich einen Streifen hervor und hielt ihn in das schwindende Licht der Sonne.

»Wo hast du das her?«, fragte ich.

»Das ist getrockneter Tul Curragh. Da, wo ich herkomme, gibt es jede Menge davon.«

Mir fiel alles aus dem Gesicht. Mit einem Quieken ließ ich das Trockenfleisch zu Boden fallen und schleuderte den Beutel entsetzt von mir fort.

Der Fy seufzte tief. »Du glaubst auch alles.«

Mir schoss sofort die Röte in die Wangen, während Diamad interessiert am Fleischstück schnupperte. Der Krieger stand indes auf, um seinen Beutel zu holen. Der lag gefährlich nahe am Abgrund.

Schweigend verstaute er die Essensration irgendwo zwischen Hemd und Hose. Dabei schüttelte er in einer Tour den Kopf.

»Ist ja gut, ich hab's verstanden«, ging ich genervt dazwischen. »Ich bin unfassbar dumm und du total der Held.« Ich klaubte den Fleischstreifen vom Boden auf, wischte ihn achtlos ab und biss hinein. Er schmeckte … himmlisch! Etwas zu rauchig, etwas zu herb, aber wenigstens nicht nach Fuß. Wir waren tatsächlich mittlerweile so verzweifelt, dass es das ein oder andere Mal Schuhsohle zu essen gegeben hatte.

Der Fy hatte inzwischen die ganzen Dolche, Messer und Schwerter an sich befestigt und hob seinen Mantel auf. »Pass auf dich auf, Inea«, sagte er plötzlich ernst und nickte mir zu.

Bevor er über die Planke aus meinem Leben verschwinden konnte, rief ich ihm hinterher: »Wie heißt du denn überhaupt?«

Er verharrte, zögerte. Auf der Planke stehend drehte er sich zu mir um, musterte mich. »Eamon«, erwiderte er langsam.

»Dann pass ebenfalls gut auf dich auf, Eamon.«

Wir nickten uns in dem festen Wissen zu, dass wir uns niemals wiedersehen würden. Sekunden später war die Gestalt des Fy verschwunden.

Die nächsten Tage war ich zu beschäftigt, um noch einmal an den seltsamen Krieger zu denken. Seitdem der Krieg tobte, wurden die Arbeiter immer weniger und die Aufgaben mehr. Zum Glück war Diamad zu klein, als dass er als Frontdrache Verwendung gefunden hätte. Ich befürchtete jedoch, dass uns das Schicksal irgendwann einholen würde. Bis es so weit war, säuberten wir verbissen sämtliche Kamine des Schlosses, räumten Geröll zur Seite und besserten zerstörte Treppen aus.

Die Kanonenkugeln der Tul Curragh kamen zum Glück nur selten bis zum Schloss. Die Angreifer hatten bislang nur die äußersten drei Wälle durchbrechen können. Am vorletzten bissen sie sich seit zwei Jahren die Zähne aus.

Das hieß allerdings nicht, dass wir in völliger Sicherheit lebten. In letzter Zeit schafften es immer mehr Geschosse bis zu uns – besonders die Pfeilhagel kamen näher und näher. Das war ein eindeutiges Zeichen dafür, dass unser beschauliches Leben nur eine Illusion war.

Okay. So richtig beschaulich war es nicht wirklich.

Ich schuftete eigentlich den ganzen Tag – und das bei leerem Magen und müden Knochen. Im Gegensatz zu den Dorfbewohnern hatte ich aber wenigstens Arbeit und bekam was zu essen, also konnte ich mich nicht so richtig beschweren.

Eamon traf ich wieder, als die Tul Curragh zum ersten Mal ein Loch in den dritten Wall gesprengt hatten. Morgens gab es kein anderes Thema mehr, vor allem, weil die Gerüchteküche brodelte. Unsere Herrscherkaste, die Jeal, lagen dem König seit Monaten in den Ohren. Sie verlangten, dass er abdanken und einen Kriegsfürsten ernennen sollte. Dummerweise ging die Machtübergabe nur, wenn der eine Herrscher starb und die magische Verbindung mit dem Schloss an den anderen übergab.

Von daher konnte ich den König durchaus verstehen. Sich selbst zu opfern, um dem Volk zu helfen, war gewiss nicht einfach.

Der Durchbruch der Tul Curragh gab jedoch den Ausschlag. Der König musste abdanken, da waren sich mittlerweile alle einig.

In diesen Tagen sah ich ungewöhnlich viele Fy in unseren Gängen. Sie kamen ins Schloss, um ihre Stimme für den Kriegsfürsten abzugeben, denn der wurde äußerst demokratisch aus einem Pool von Bewerbern gewählt.

Ich fegte gerade den letzten Kamin des Flures aus, als ich Schritte hörte. Dankbar für jede Art von Unterbrechung, hielt ich inne und sah mich um. Mein Blick fiel sofort auf vier Fy, die zielstrebig Richtung Königssaal gingen. Und siehe da … einer von ihnen war mein Lebensretter.

Bevor ich überhaupt nachgedacht hatte, winkte ich bereits wie eine Schwachsinnige. »Eamon«, rief ich und klang erstaunlich erfreut.

Die Fy blickten mich überrascht an und warfen dem jüngsten unter ihnen verwirrte Blicke zu. »Woher kennt die dich?«, fragte ein älterer Kriegsmagier unwirsch.

Eamon antwortete nicht, sondern drängelte sich an ihm vorbei. »Geht schon mal vor. Ich komme sofort nach«, erklärte er. Die drei zögerten und warfen sich seltsame Blicke zu. Als Eamon bemerkte, dass sie nicht weitergingen, drehte er sich genervt um. »Macht schon. In fünf Minuten bin ich bei euch.«

Zu meinem Erstaunen entfernten sie sich tatsächlich, während Eamon auf mich zutrat. Jetzt, wo ich ihn herangelockt hatte, wurde ich mit einem Mal nervös. Hastig wischte ich mir die Hände halbwegs an der Schürze sauber und klopfte mir den schlimmsten Dreck vom Kleid. Ein hoffnungsloses Unterfangen.

Ich unterbrach die unsinnigen Versuche recht rasch, als Eamons Schatten auf mich fiel.

»Hallo, Inea«, grüßte er mich höflich.

Ich konnte nicht anders. Ich lächelte. »Du kennst ja sogar noch meinen Namen«, merkte ich erfreut an.

»Jemanden, der mir beinahe vor die Füße gekotzt hätte, vergesse ich nicht so schnell.«

Mein Lächeln erlosch.

Er lachte und zwinkerte mir zu. »Und diese hübschen Augen waren auch ziemlich bemerkenswert.« Sein Blick wanderte nach rechts, wo Diamad stand und nervös mit dem Schwanz peitschte. Der kleine Drache ging dem großen Krieger gerade mal bis zur Hälfte der Waden, ließ sich jedoch nicht einschüchtern. »Hallo, Diamad.«

Die Haltung des Drachen veränderte sich augenblicklich. Wer seinen Namen kannte, war ein Freund – zumindest hielt Diamad das so. Das Schwanzwedeln war jetzt eindeutig eine Begrüßung, ebenso das kehlige Knurren.

Eamon belohnte ihn mit einem kurzen Lächeln und wandte sich mir wieder zu. »Wie ist es dir so ergangen?«, erkundigte er sich. Er war definitiv deutlich besser in Konversation als ich. Mein Hirn war gerade ziemlich leer.

»Gut«, sagte ich mundfaul und schob eilig ein »Und dir?« hinterher.

»Viel zu tun. Der Durchbruch, du weißt schon …« Das Gespräch drohte zu versiegen, erst recht, weil jemand Eamons Namen rief.

»Ich komme«, rief er, rührte sich jedoch nicht. »Sehen wir uns mal wieder auf der Plattform?«, fragte er unvermittelt.

Ich blinzelte überrascht. »Äh … ich gehe da relativ unregelmäßig hin.«

»Heute Abend?«

»Vielleicht … kommt darauf an … also …« Ich begann mich innerlich zu winden, gleichzeitig hüpfte mein Herz vor Freude. Tief durchatmend straffte ich mich, gab mir einen Ruck. »Ich versuche zu kommen.«

»Das klingt doch gut. Wenn du brav bist, bringe ich auch etwas Trockenfleisch mit.«

»Willst du mich gerade mit Essen ködern wie einen räudigen Hund?«

»Nicht wie einen Hund … eher wie … hm. Na gut, vielleicht ist die Bemerkung nicht ganz angebracht gewesen. Aber mit Speck fängt man Mäuse, nicht wahr?«

Ich kniff die Augen zusammen. »Es wird nicht besser. Bis gerade eben war ich versucht zu kommen, aber je länger du redest, desto …«

»… bis später«, unterbrach mich Eamon hastig. Er zwinkerte mir wieder so verdammt charmant zu, genau wissend, dass ich es ihm durchgehen lassen würde. Offenbar hatte ich hier einen Herzensbrecher vor mir. Er winkte, nickte Diamad zu und rannte den Gang hinunter. Der Rufer von vorhin klang jetzt deutlich ungeduldiger.

Fluh löste sich von ihrem Beobachtungsposten und schwebte neben meinen Kopf. Wenn ich genau hinsah, konnte ich ihre Drachengestalt schemenhaft erkennen, und wenn ich nicht irrte, schüttelte sie ihr Haupt. »Was?«, fragte ich genervt. Sie verdrehte die Augen und flog in den Kamin, um die restlichen Ascheflöckchen hinauszupusten.

Erinnerungen

Als ich an der Plattform ankam, war Eamon bereits da. Er saß rücksichtsvoll mit etwas Abstand zu meinen Fellen und hatte sie für mich bereitgelegt. An seiner Seite lag ein gewaltiger weißer Hund, der beim Klang meiner Schritte aufblickte und die Ohren spitzte.

Ich blieb augenblicklich stehen und starrte das Ungetüm an.

»Inea, das ist Oona. Oona, das ist Inea«, stellte uns Eamon einander vor, ohne dass ich etwas hätte sagen müssen. »Oona ist eine Cae Sid, eine Elfenkatze. Inea ist eine Arven, nehme ich an.«

In Gedanken dankte ich dem Himmel, dass die Katze nicht mitbekommen hatte, dass ich sie zunächst für einen Hund gehalten hatte. Nicht auszudenken. Da sie ein Elfenwesen war, musste sie Flügel haben, doch die konnte ich im schwindenden Licht nicht erkennen.

Sie sah mich aufmerksam aus ihren geschlitzten Augen an und ließ ihr Fell zur Begrüßung ein wenig leuchten. Das machte mir Mut, mich langsam zu nähern.

»Ich bin tatsächlich eine Arven«, nahm ich Eamons Frage auf. »Ich habe schließlich Drachen an mich gebunden und verfüge damit über Magie. Menschen haben weder Magie noch Drachen.«

Der Fy nickte, als sei ihm der Zusammenhang nicht klar gewesen, was ich bezweifelte. Jeder im Schloss konnte alle Rassen voneinander genau unterscheiden. Es war natürlich möglich, dass er so selten mit anderen Völkern zusammen war, dass er es vergessen hatte. Oona hingegen sah mich aus wissenden Augen an. Sie hatte garantiert sofort erkannt, wer ich war.

Ich blieb wenige Schritte von ihr entfernt stehen und nickte ihr zu. »Hallo, Oona. Ich habe einige Sidhe als Freunde, doch einer Cae Sid bin ich noch nie begegnet. Ich freue mich.«

Die Katze musterte mich kurz, dann ließ sie den Kopf auf die Pfote fallen und schloss gelangweilt die Augen. Ich sah Eamon fragend an.

»Oona und ich haben eine ziemlich harte Zeit hinter uns. Die Gute ist müde, nicht wahr?« Er tätschelte das Wesen wie einen Hund, bis das Feenwesen böse knurrte. Eamon grinste daraufhin breit und deutete auf die Felle. »Ich hätte sie für dich ja schon mal angewärmt, doch ich habe mich nicht getraut, dein Hoheitsgebiet zu beflecken.«

»Sehr rücksichtsvoll von dir«, erwiderte ich und ließ mich auf meinem Lieblingsfell nieder. »So, und jetzt warte ich gespannt auf den Speck.«

Eamon griff tatsächlich hinter sich und holte eine Flasche, zwei Gläser und einen Beutel hervor. »Ich habe sogar noch etwas viel Besseres als Speck.« Er zog einen Laib Brot, Käse und Schinken heraus, dazu einen Apfel und etwas, das verdächtig nach Schokolade aussah.

Meine Augen wurden riesig. »Woher hast du das alles?«, fragte ich fassungslos. Hätte er mir eröffnet, er sei in Wirklichkeit ein Drachenmensch – ich hätte nicht überraschter sein können.

Er ignorierte die Frage und goss etwas von der Flüssigkeit in einen der Becher. Den einen reichte er mir, während er den anderen behielt und den Stiel zwischen den Fingern drehte. »Ich hoffe, du magst Eiswein.«

Mir klappte die Kinnlade nach unten. Eiswein? Den hatte ich seit … eigentlich hatte ich noch nie Wein getrunken. Sofort wurde ich misstrauisch. »Wenn du mich betrunken machen willst, vergiss es«, verkündete ich mit Grabesstimme.

»Ich will dich nicht betrunken machen. Mit den paar Tropfen geht das auch gar nicht. Ich will nur, dass du mit mir anstößt.«

Er sagte es ruhig und irgendwie traurig. Trotzdem blieb ich skeptisch. »Worauf sollen wir denn anstoßen?«

»Auf uns? Auf unser altes Leben? Auf das Unbekannte, das vor uns liegt?«

»Auf die Zukunft? Darauf stoße ich nicht an. Vor dir liegt ein nasses Grab im Schützengraben, vor mir ein Leben als Sklavin bei den Tul Curragh.«

Er schnaubte. »Na, du hast ja Vertrauen in uns Fy.«

»Ihr kämpft seit drei Jahren auf verlorenem Posten. Der nächste Wall ist gefallen. Was soll uns jetzt noch retten?«

»Der Fy-Riad?« Er formulierte es als Frage, es hörte sich jedoch eher wie eine Feststellung an.

Diesmal schnaubte ich undamenhaft. »Ein Kriegsfürst wird uns auch nicht retten. Aber gut, wie du willst.« Ich hob das Glas. »Auf die Zukunft.«

Eamon beugte sich etwas vor und stieß sein Glas gegen meines. Es klimperte. Ein seltsamer Laut zwischen dem entfernten Donnern der Kanonen. Er nahm einen Schluck, während ich noch zögerte.

»Der Wein wird dir nicht sofort das Gehirn zerfressen, Inea.«

»Ich überlege nur, ob du mich mit Wein und Essen bestechen willst, um anschließend über mich herzufallen. So eine bin ich nämlich nicht.«

Eamon machte ein erschrockenes Gesicht und riss spielerisch die Augen auf. »Nicht? Verdammt! Gib sofort den kostbaren Wein her.«

»Der kostbare Wein landet gleich in deinem Gesicht – mitsamt dem ziemlich harten Glas.«

Eamon lachte, wurde jedoch mit einem Mal ernst. Er sah mich eindringlich an. »Ich will dich nicht rumkriegen, Inea. Obwohl du es wegen meines athletischen Körpers, meiner wahnsinnigen Ausstrahlung und meines betörenden Charmes nicht erwartest … aber ich bin auch nicht so einer.«

»Zumindest den letzten Teil deines Satzes glaube ich dir«, erwiderte ich. Diesmal zwinkerte ich ihm zu und nahm einen winzigen Schluck Wein.

Es schmeckte … schlechter als erwartet. »Hm«, machte ich unbestimmt und stellte den Becher achtlos zur Seite.

Eamon sah mich fragend an. »Hm? Mehr hast du dazu nicht zu sagen.«

»Nein. ›Hm‹ trifft es ziemlich gut.« Ich deutete auf das Brot und den Schinken. »Mich interessiert das da viel eher.«

Eamon sah auf seine Mitbringsel hinab und griff betont langsam nach dem Brot. Ich sah gebannt dabei zu, wie er ein Stück abschnitt, es mit Käse und Schinken belegte und mir überreichte.

Ich nahm es wie den wertvollsten Schatz und starrte es eine Weile einfach nur an. »Wen hast du umbringen müssen, um an diese Kostbarkeiten zu kommen?«, fragte ich.

»Ich habe meine Seele verkauft.« Er sagte es locker-leicht dahin, doch seine Stimme hatte einen seltsamen Unterton, den ich nicht zuordnen konnte.

Ich sah ihn scharf an. »Willst du drüber reden?«

Er schüttelte den Kopf und biss in sein trockenes Brot. Eine Weile schwiegen wir und knabberten vor uns hin. Eamon trank im Gegensatz zu mir den Wein und leerte den Becher. Nach dem letzten Schluck verzog er das Gesicht.

»Du hast recht. Der hat seine beste Zeit schon lange hinter sich«, seufzte er.

Ich schob ihm meinen Becher zu. »Du darfst ihm gerne den Gnadenstoß geben.«

Eamon nahm mein verschmähtes Geschenk, trank es in kleinen Schlucken und starrte in die Nacht hinaus. Oona schnarchte leise vor sich hin, während Diamad sich dicht neben meinen Schenkeln zusammengerollt hatte und ebenfalls döste.

In der Ferne sah ich einen Feuerregen am Himmel. Er zog seine Bahn über das Firmament und verschwand aus meinem Sichtfeld, als er irgendwo zwischen dem zweiten und dritten Wall niederging. Auch Eamon beobachtete den Flug, der nur auf den ersten Blick romantisch aussah.

»Die Pfeile kommen näher«, sagte ich leise, um die Stille zu füllen.

»Nicht mehr lange.«

»Du bist dir da ja ziemlich sicher.«

»Ich bin ein positiv denkender Mensch. Irgendwie geht es immer weiter.« Er löste seinen Blick vom Feuerregen und sah mich an. »Erzähl mir was über dich, Inea.«

»Über mich?« Ich machte ein entsetztes Gesicht. »Du bist hier der Geheimnisvolle mit den Macken im Gesicht, der rauchigen Kleidung und den vielen Leckerbissen. Ich bin nur eine arme Kaminfegerin, die sich wünscht, niemals nach Tul Dalla gekommen zu sein.«

»Da haben wir doch die Geschichte. Was hat dich hierher gebracht?«

Ich überlegte. Eigentlich sprach ich nicht gerne über meine Vergangenheit. Meine Familie war mein Schatz, mein Rückzugsort. Von ihnen zu erzählen, machte mich traurig und die halbwegs niedergekämpfte Sehnsucht kehrte zurück. Eamon sah mich jedoch so erwartungsvoll an, dass ich mich schließlich überreden ließ.

»Meine Eltern sind toll. Sie sind ganz, ganz liebe und herzliche Menschen, die im westlichen Randgebiet von Dalla wohnen. Unsere Hauptstadt kannte ich, bis ich fünfzehn war, nur aus Erzählungen.

Mein Elternhaus liegt ziemlich versteckt in einer Senke. Bis zum nächsten Dorf mussten wir immer gut zwei Stunden laufen. Es war recht einsam, aber wenn ich Sehnsucht nach anderen hatte, konnte ich ja losmarschieren.

Fluh lebt seit etwa zwei Generationen in meiner Familie. Der Luftdrache ist schon immer unser wertvollster Besitz gewesen – allerdings unser illegaler Besitz. Da wir so weitab von allem lebten, kam aber nie ein Schätzer der Jeal zu uns, um uns zu besteuern.

Unser Glück wendete sich an meinem zehnten Geburtstag. Ich weiß nicht, wieso der Schätzer sich bis zu uns verirrte. Vielleicht hatte man ihm einen Tipp gegeben. Auf jeden Fall stand er auf einmal vor der Haustür und wollte Fluh sehen. Er verdonnerte uns zu gewaltigen Strafzahlungen und zu einer Steuer, die wir nie im Leben aufbringen konnten. Fluh brachte uns ja eigentlich gar kein Geld ein. Sie lebte mit uns auf dem Hof, half uns beim Ackerbau, trieb mit ihren Winden die Tiere zusammen – so etwas in der Art.

Nachdem der Schätzer weg war, weinte meine Mutter ziemlich lange. Sie war der Meinung, dass wir Fluh abgeben müssten, doch Vater hielt dagegen. Fluh war ein Mitglied der Familie. Sie zu verkaufen, war undenkbar.

Meine Eltern entschieden, dass ich mit dem Drachen eine Anstellung annehmen sollte. Doch in unserem kleinen Dorf gab es kaum jemanden, der ein Hausmädchen mit einem teuren Drachen hätte beschäftigen können. Viele Winddrachen verdienen ihr Geld als Boten, doch in unserem Dorf konnte fast niemand schreiben – also wurden auch keine Briefe verschickt.

Uns wurde klar, dass ich nur in der Hauptstadt Tul Dalla eine Anstellung finden konnte. Um jedoch eine Arbeitserlaubnis zu bekommen, musste ich über zwei Drachen mit verschiedenen Fähigkeiten verfügen.«

Ich sah auf Diamad hinunter, der friedlich schlummerte. »Mein Vater besorgte uns ein Ei. Ich weiß bis heute nicht, woher er es hatte. Eins ist allerdings sicher: Auf legale Weise ist Diamad nicht zu uns gekommen.«

»Das habe ich jetzt nicht gehört«, merkte Eamon an. Ich bereute meine Worte bereits, immerhin waren die Fy unsere Sittenwächter –

wenn sie nicht gerade Krieg führten. Als Eamon meinen besorgten Blick bemerkte, winkte er ab. »Keine Sorge. Dein kleines Geheimnis ist bei mir sicher. Erzähl weiter.«

»Die nächsten zwei Jahre waren grässlich. Wir mussten so ziemlich alles verkaufen, was wir besaßen, um die Steuern für Fluh aufzubringen. Diamad war ja noch nicht geschlüpft und wir mussten warten. Ich trug das Ei den ganzen Tag mit mir herum, sicher und dreifach gepolstert in einem Beutel. Fluh umschwirrte es die meiste Zeit, vor Aufregung völlig außer Rand und Band. Ein zweiter Drache bedeutete für sie einen Kameraden.

Dann hörte ich ein Knacken aus dem Ei. Ich lief zu meinen Eltern und wir legten es vor das Feuer im Kamin. In den folgenden fünf Stunden hat keiner irgendwas gesagt. Wir haben einfach nur das Ei angestarrt und gebetet, dass es kein weiterer Luftdrache werden würde. Papa wusste ehrlich gesagt nicht genau, von welcher Drachenmama das Ei abstammte.«

»Jetzt würde ich wirklich gerne wissen, woher er das Ei hatte«, merkte Eamon an. Er musterte Diamad. »Der Statur nach, müsste er aus den Hochmooren kommen. Vielleicht wird er mal ein Reitdrache.«

Ich legte den Kopf schief und musterte den Kleinen. »Keine Ahnung. Bislang kann er nur mäßig Feuer spucken. Eigentlich kann er nur eins richtig gut: nicht auf mich hören.«

»Dafür ist er unfassbar niedlich. Entschuldige. Ich habe dich unterbrochen. Zurück zum Ei.«

Ich hatte mittlerweile Gefallen an der Rolle als Erzählerin gefunden und lehnte mich bequem in den Fellen zurück. Meine halb aufgegessene Stulle lag neben mir. Mein Magen war so viel Essen einfach nicht gewohnt.

»Diamad brauchte ungewöhnlich lange, um sich aus dem Ei zu pellen. Ich glaube, er war seiner Mama zu früh weggenommen worden, daher ist er auch bis heute etwas kleiner als die anderen. Ich hatte mich zwar bemüht, das Ei gut zu umsorgen, doch bin ich eben keine Drachenmutter.

Kaum hatte Diamad das Köpfchen aus dem Loch geschoben, da fingen wir alle wie die Verrückten an zu schreien. Papa tanzte mit Mama durch das Zimmer, Fluh flog Kapriolen und ich verliebte mich sofort in den kleinen Feuerdrachen.« Ich grinste, als ich mich in diese Zeit zurückversetzte. Meine Familie war fast zwei Tage im Freudentaumel gewesen. Es war, als sei uns eine zweite Zukunft geschenkt worden.

Mein Lächeln erlosch, als ich weitererzählte. »Wir warteten noch ein halbes Jahr, dann brach ich auf und nahm die Drachen mit. In Tul Dalla stellte ich ziemlich schnell fest, dass ein junger Feuerdrache nicht sonderlich begehrt war und es Winddrachen in Massen gab. Was fehlte, waren Wasserdrachen.

Ich bekam trotzdem eine Anstellung in einem heruntergekommenen Gasthaus hinter dem vordersten Wall. Es war grässlich. Der Wirt wollte mir unter die Röcke, die Gäste waren ordinär und die Arbeit war kaum zu schaffen. Wenigstens entwickelte sich Diamad ganz prächtig.

Als ich siebzehn war, brach der Krieg aus. Das Gasthaus war eines der ersten Häuser, das vollständig zerstört wurde. Ich überlebte nur, weil ich gerade im Stall nebenan war, als das Katapultgeschoss einschlug. Die Verletzten wurden ins Schloss gebracht. Damals gab es noch genug Heiler, wir wurden gut versorgt, die Tore geschlossen.

Ich hatte dann das Glück, dass mich eine kleine Sidhe ganz nett fand. Mina war dafür zuständig, frische Bettwäsche herumzubringen und wir kamen ins Gespräch. Schon bald stellten wir fest, dass wir fast gleichaltrig sind. Ich erzählte ihr, dass ich eine Anstellung suchte, sie hörte sich um – und organisierte mir die Arbeit als Kaminfegerin. Dabei sind zwei Drachen superpraktisch. Seitdem lebe ich im Schloss.« Ich beendete meine Erzählung und starrte blicklos in den dunklen Himmel hinauf. Da die Tul Curragh wie immer Störfeuer vor den Mauern abbrannten, sah ich keinen einzigen Stern. Der Rauch verdeckte alles.

Aus dem Augenwinkel registrierte ich, dass mich Eamon ernst ansah, nach Worten suchte. Die Stille füllte sich nur mit unserem Atem, bis er sich etwas vorbeugte und leise fragte: »Und was ist mit deinen Eltern?«

Er spürte sicherlich, dass das eine heikle Frage war. Ich war ihm dankbar, dass er sie so sanft gestellt hatte. »Ich weiß es nicht«, flüsterte ich zum Himmel hinauf. »Im ersten Jahr, als der Krieg noch nicht vor unseren Toren stand, konnten wir uns Briefe schicken. Es ging den beiden einigermaßen gut. Natürlich fehlten Fluh und ich als Arbeiter, aber wenigstens mussten sie nicht mehr die Steuern zahlen. Die zahlte ja jetzt ich. Doch seitdem die Tore geschlossen sind, geht kein Brief mehr rein noch raus. Ich habe mich nie getraut, Fluh loszuschicken, um nach ihnen zu suchen. Sie hätte über das Heer fliegen müssen.«

Eamon nickte. »Das war die richtige Entscheidung. Auch unsere Botendrachen kommen nicht mehr durch. Fluh hätte es niemals geschafft.«

Ich spürte, dass sich eine einzelne Träne an meinem Augenwinkel sammelte. Hastig setzte ich mich auf und blinzelte sie weg. Ich durfte mich nicht in die Angst um meine Familie steigern, ich musste stark sein. Also straffte ich mich und sah Eamon an. Bevor ich jedoch etwas sagen konnte, sprach er.

»Die Tul Curragh belagern hauptsächlich die Hauptstadt. Hier leben die meisten Arven mit ihren Drachen – und auf die haben sie es schließlich abgesehen. Ich weiß aus den Kriegsanfängen, dass die Tul Curragh beim Durchziehen durch unser Land viele Dörfer zerstört haben, doch die Bauern ließen sie fast immer leben. Sie wussten, dass eine lange Belagerungszeit auf sie zukam und sie abhängig von den Landwirten sein würden. Lebend nutzten sie ihnen mehr. Wenn deine Eltern also einen Bauernhof besitzen, sind die Chancen gut, dass ihnen nichts zugestoßen ist.«

Er lächelte mir aufmunternd zu und machte Anstalten, mir eine Hand auf den Arm zu legen, mich zu trösten. Im letzten Moment hielt er jedoch Abstand und griff stattdessen nach seinem bereits geleerten Becher. Ich vermutete, dass er auf diese Weise die abgebrochene Bewegung verdecken wollte.

Ich hatte sie dennoch gesehen und mein Herz machte einen Satz. Nicht nur seine Worte hatten mich berührt, auch sein Versuch, mich zu trösten, und der Moment, in dem er entschieden hatte, es nicht zu tun – um mich nicht zu bedrängen. Meine Achtung vor ihm stieg.

»Danke«, sagte ich schlicht.

Er verzog das Gesicht. »Wofür? Wenn wir Fy die Tul Curragh zurückgedrängt haben und du wieder Briefe an deine Familie schicken kannst, *dann* darfst du mir danken.«

»Ist es schlimm an der Front?«

»Es ist die Hölle.« Gedankenverloren berührte er eine der tiefen Schrammen im Gesicht. Die aufgeplatzte Lippe war mittlerweile nicht mehr geschwollen, trotzdem sah es schmerzhaft aus.

Bevor er in die Finsternis seiner Gedanken abgleiten konnte, lenkte ich ihn ab. »Und woher kommst du?«, fragte ich betont munter und lehnte mich etwas vor. »Du geheimnisvoller Unbekannter.«

Er ging auf meinen neckenden Ton ein und grinste. Wenn er lächelte, sah er so viel jünger aus. Anfangs hatte ich gedacht, er sei gut zehn Jahre älter als ich, doch dieser Eindruck war wohl nicht richtig. Die dunklen Klamotten und die Macken im Gesicht machten es schwer, sein Alter zu schätzen, aber das muntere Glitzern in seinen Augen und das spitzbübische Grinsen verrieten ihn. Er war vielleicht ein, zwei Jahre älter als ich.

»Jetzt müssen wir uns entscheiden, liebste Inea«, sagte er mit dramatischer Stimme. »Erzähle ich dir etwas über mich, bin ich nicht mehr der geheimnisvolle Unbekannte. Willst du das Risiko eingehen oder mich weiterhin als düsteren Held anhimmeln?«

»Wer himmelt hier wen an?«, erwiderte ich und warf einen kleinen Stein in seine Richtung. Er fing ihn in der Luft auf, was mir nur wieder zeigte, dass er ein Fy mit verteufelt schnellen Reflexen war. Ich wedelte mit der Hand. »Ich gehe das Risiko ein, dich kennenzulernen. Wenn ich dich anschließend todlangweilig finde, kann ich mir ja einen neuen Fy zulegen.«

Eamon lachte leise. Ein angenehmer Laut in diesen finsteren Zeiten. Überhaupt war er für einen Fy ungewöhnlich humorvoll, wobei mir die Vergleichsmöglichkeiten fehlten. Ich kannte nur die Erzählungen über die brutalen, zurückgezogen lebenden Kriegsmagier. Eamon wollte so gar nicht in dieses Bild passen – mal von der martialischen Kleidung und den Verletzungen abgesehen.

»Ich bin in Tul Dalla geboren, aufgewachsen und bis heute hiergeblieben«, unterbrach Eamon meine Gedanken. »Mit sechs kam ich in das Heer, mit fünfzehn bekam ich mein erstes Kommando, als ich neunzehn war brach der Krieg aus und im Alter von zweiundzwanzig Jahren werde ich vermutlich sterben. Ein ganz normales Leben eines Fy.«

»Was sind denn das für negative Töne? Ich dachte, du denkst so positiv?«

»Ich bin aber gleichzeitig Realist.« Er wich meinem Blick aus und nahm sich die Flasche, um Wein nachzuschenken. Wie es aussah, war sie damit leer.

Ich ließ ihm Zeit, sich zu sammeln, spürte, dass er noch etwas erzählen wollte. Also wartete ich, bis er einen Schluck genommen hatte.

»Ich habe Angst vor morgen. Große Angst«, gab er schließlich zu. »Wenn ich könnte, würde ich schreiend weglaufen und mich direkt vor die Kanonen der Tul Curragh stellen. Aber ich bin ja ein Fy und wir Fy sind ach so mutig. Also sitze ich hier, betrinke mich mit schlechtem Wein – oder versuche es zumindest – und lenke mich mit ganz bezaubernder Gesellschaft ab.«

Ich ignorierte den letzten Teil seiner Ausführung, obwohl ich mich durchaus geschmeichelt fühlte. Zwar klangen seine Worte im ersten Moment wie eine billige Anmache, aber ich hörte die Zuneigung in seiner Stimme. Eamon mochte mich tatsächlich aus irgendeinem Grund – genau wie ich ihn zu mögen begann.

Doch der Anfang seiner Erklärung lenkte mich von diesem Gedankengang ab. »Wovor hast du denn so Angst?«, hakte ich nach.

Er starrte in das Innere des Glases, als könne er dort die Zukunft lesen. Gedankenverloren drehte er den Stiel zwischen den Fingern, ließ sich Zeit mit der Antwort. Die Cae Sid war mittlerweile wieder aufgewacht und sah ihn ähnlich gespannt an wie ich.

»Wenn morgen der Fy-Riad ernannt wird, ändert sich vieles. Die Dynamik in diesem Schloss wird durcheinandergebracht, Benimmregeln verlieren ihre Gültigkeit. Die Fy sind viel zu kriegerisch, um sinnvoll führen zu können. Wir lernen sehr früh, andere durch Stärke zu dominieren. Diplomatie gibt es bei uns nicht wirklich.« Er verzog das Gesicht, als bereite ihm diese Erkenntnis ziemliche Kopfschmerzen. Jetzt sah ich auch die vielen Sorgen wie Schatten auf seiner Haut liegen. »Wenn die Fy an die Macht kommen, heißt das, dass es ziemlich schlecht um uns steht.«

»Schlimmer als die Jeal können sie nicht sein. Meiner Meinung nach sind die Jeal die absolute Fehlbesetzung für den Königsposten«, hielt ich dagegen.

Über Eamons Gesicht huschte ehrliche Überraschung. »Das sind aber ziemlich ketzerische Aussagen.«

»Das ist die Wahrheit. Die Jeal besteuern uns Arven so brutal, dass wir kaum überleben können, wenn wir unsere Drachen behalten wollen. Dabei gehören die Drachen zu uns wie die Feenwesen zu euch Fy. Das ist ungerecht. Natürlich tun die Jeal so, als ob sie uns gleichzeitig helfen, indem sie uns beschäftigen. Allerdings bezahlen sie uns nur genau so viel, dass wir die Steuern entrichten können. Für uns ist das ein Nullsummenspiel, während die Jeal die absoluten Gewinner sind.« Ich hatte mich in Rage geredet. Das Thema brannte seit Jahren wie ein scharfer Schmerz in meinem Inneren. Ich hatte es nur noch nie laut ausgesprochen.

Meine Sidhe-Freunde wollten die Wahrheit genauso wenig hören wie der Rest der Arven. Für sie war das System einfach so – also warum sollte man sich darüber aufregen? Mir hingegen kam jedes Mal die Galle hoch, wenn ich über die Ungerechtigkeit nachdachte.

»Ich dachte immer, den Arven gehe es ziemlich gut. Sie werden schließlich fürstlich für ihre Dienste entlohnt«, merkte Eamon vorsichtig an.

»Nur dass wir alles abgeben müssen. Viele Arven, die zwei oder drei Drachen haben, können sich kaum Essen leisten. Sie sind gezwungen, im Schloss zu arbeiten. Nur hier werden wir nicht nur entlohnt, sondern bekommen auch Kost und Logis. Anders könnten wir gar nicht überleben.«

»Das war mir in dieser Dimension nicht klar«, gab Eamon zu. Er sah jetzt besorgter aus.

»Darüber redet ja auch keine Kaste gerne. Überhaupt wissen wir viel zu wenig über die anderen Rassen. Die Jeal sorgen schon dafür, dass keiner aufmuckt. Sie halten uns dumm, um uns beherrschen zu können.«

»Inea.« Eamon sagte meinen Namen wie eine Liebkosung, ganz ruhig, ganz sanft. Bei diesem Tonfall sah ich ihn erstaunt an, mein Zorn verpuffte etwas. Ich hatte gar nicht bemerkt, dass ich vor Wut zu zittern begonnen hatte. »Das System ist so, damit wir alle zusammenleben können. Die Jeal sind der Kopf des Ganzen, die Denker ohne nennenswerte Magie. Die Fy sind der Schwertarm, gefährlich und viel zu kriegerisch, um im Frieden zu führen. Die Sidhe und das ganze Feenvolk leben, um andere glücklich zu machen. Müssten sie führen, wären sie nur noch ein Schatten ihrer selbst. Ich gebe zu, die Arven trifft es von allen am härtesten. Euer Volk ist klug, magisch und durch die Drachen ziemlich mächtig. Aber ihr seid auch schreckliche Hitzköpfe und vollkommen abhängig von den Jeal.«

Das stimmte. Den Jael gehörten die Drachenminen. Dort wurde der Glutstein abgebaut – die Hauptnahrungsquelle der Drachen.

»Trotzdem sind die Jeal grausam«, hielt ich dagegen, doch meine Wut war nun vollständig abgezogen. Angesichts des drohenden Untergangs fand ich mich auf einmal ziemlich albern. Was regte ich mich auf? Den Fy drohte der Tod, genau wie Eamon. Ich straffte mich. »Entschuldige meinen Ausbruch. Ich fürchte, das musste mal raus. Wenn du allerdings weitererzählst, was ich gesagt habe, wirft man mich ins Gefängnis. Also schön die Klappe halten.«

Eamon rang sich ein müdes Lächeln ab. Seine gute Laune war vollkommen verschwunden, was ich sehr schade fand. Ihn beunruhigte der morgige Tag wirklich sehr.

Bevor ich über das Für und Wider nachgedacht hatte, legte ich diesmal ihm die Hand auf den Arm. »Es wird schon alles gut werden, Eamon. Irgendwie geht es immer weiter, nicht wahr?«

»Guter Versuch. Mich mit den eigenen Worten zu schlagen, um mich aufzumuntern, das macht total Sinn.« Der Spott glimmte endlich in seinen Augen, allerdings nur ganz schwach. Er legte seine Hand auf meine und drückte sie leicht. Er wurde wieder ernst. Sehr ernst.

»Wenn morgen der Fy-Riad gewählt wird, halte dich vom Haupthaus fern. Bleib von den Jeal weg, meide jeden Fy. Sag das auch deinen Freunden. Zieht euch in die Küchengewölbe zurück und lasst die Arbeit ruhen. Eine Machtübernahme verläuft immer blutig, selbst wenn der König sich einverstanden erklärt hat. Ich kenne ihn. Er wird morgen kalte Füße bekommen und es wird hässlich.«

Er verwob meine Finger mit seinen und bemerkte das nicht einmal. Mein Herz hingegen begann zu rasen, was zum einen an seinen Worten, zum anderen an der Berührung lag. Seine Hand war rau, voller Schwielen, aber auch warm und kräftig.

»Pass auf dich auf, Inea. Und vor allem: Behalte deine Drachen dicht bei dir. Lass sie nicht aus deinem magischen Kreis raus, hast du verstanden?«

Ich nickte, etwas überrumpelt von der eindringlichen Rede. »Das dürfte kein Problem sein«, sagte ich leise. »Aber warum? Wer sollte denn an meine Drachen heranwollen?«

»Der Fy-Riad wird sie einziehen. Wenn nicht morgen, dann zumindest bald. Er übernimmt die Kontrolle über dieses Schloss, sowohl auf magischer als auch auf der Befehlsebene. Der König der Jeal konnte das nicht, er hat zu wenig Magie. Die Fy hingegen sind mächtig – und dieser Fy-Riad wird jedes Fitzelchen Magie an sich ziehen, um die Tul Curragh zu vernichten. Wenn du also deine Drachen behalten willst, versammele sie eng um dich herum.«

»Okay.«

Ohne dass ich es überhaupt bemerkt hatte, war Eamon näher gekommen. Er saß weiterhin im Schneidersitz vor mir, ich hockte auf den Knien vor ihm. Nur das eine Glas, das auf dem Boden stand, trennte uns voneinander.

Ich spürte seine Magie auf meiner Haut. Sie umgab die Fy meist wie eine dünne, leicht vibrierende Schicht und roch wie der Krieg: nach Eisen und Rauch. Normalerweise widerte mich dieser Gestank an, doch Eamons Geruch mochte ich. Der rauchige Dunst war stärker als der Gestank nach Blut. Er erinnerte mich an das Torffeuer in meinem Elternhaus.

Wir schwiegen, während wir uns in die Augen sahen. Ich entdeckte dort eine Ruhe und Sanftheit, die so gar nicht zu den Fy passen wollte. Was er in meinen veilchenblauen Augen sehen mochte, wusste ich natürlich nicht.

Als er die rechte Hand hob, um mir eine eigentlich nicht vorhandene Strähne aus der Stirn zu streichen, hielt ich automatisch die Luft an. Er berührte meine Haut nur ganz kurz, strich wie ein Windhauch darüber. Fluh, die wie immer oben auf meinem Kopf saß, wich seinem Finger aus und ließ sich neben Diamad auf den Boden fallen.

Ich hatte gerade nur Zeit für mich, war viel zu beschäftigt mit Eamons Hand, die sich ganz langsam an meinem Hals entlang unter die Haare schob. Die Finger unserer linken Hände blieben weiterhin ineinander verflochten.

Sein Daumen streichelte ganz vorsichtig die empfindliche Haut unterhalb meines Ohres. Ich musste vor Aufregung schlucken, unterdrückte den Drang jedoch mit aller Macht. Es hätte mich nur verraten.

Verraten, wie sehr mich Eamon gerade durcheinanderbrachte.

Weil ich mich nicht rührte, verharrte Eamon ebenfalls. Er unterbrach die vorsichtige Erkundung meines Körpers, hielt allerdings meinen Blick gefangen. Schließlich lächelte er. »Zu schade, dass wir beide nicht ›so welche‹ sind, nicht wahr?«, sagte er leise und spöttisch.

Ich nickte schwach, was zur Folge hatte, dass sich seine Hand in meinem Haar nach vorne bewegte, sich etwas fester an meinen Hals schmiegte. Zu meinem Leidwesen bemerkte ich, dass Eamon drauf und dran war, sie zurückzuziehen. Ich packte sie mit meiner Rechten und hielt sie dort, drückte sie an meine Haut wie einen Schatz.

»Du wirst den morgigen Tag überleben, Eamon. Hast du das verstanden? Was immer dir solche Angst macht: Es kann nicht schlimmer sein als mein Wutausbruch, der dich überfällt, sollte dir was passieren.«

»Ich verstehe und gelobe, alles in meiner Macht Stehende zu tun, um deinen Befehlen Folge zu leisten. Der erste Geschmack deines Wutausbruchs war wirklich beein…«

Weiter kam er nicht.

Ich hatte mich vorgebeugt und die kurze Distanz zwischen unseren Gesichtern überbrückt. Meine Lippen fanden zielgenau seine, unterbrachen jedes weitere Wort. Er war im ersten Moment völlig überrumpelt, sodass er den beginnenden Kuss nicht erwiderte, doch dann zog er mich fest an sich und schmiegte seine Lippen gegen meine.

Es war ein ziemlich unbeholfener, schneller Kuss. Ein Kuss zwischen zwei Fremden, die auf einmal gar nicht mehr so fremd waren. Ich schmeckte den grässlichen Wein und das Brot, aber darunter lag etwas Süßeres, Sinnlicheres. Eamons Selbst.

Seine Hand vergrub sich in meinem blonden Zopf, der eigentlich ohnehin in völliger Auflösung war, drückte mich noch enger an sich. Jetzt war ich gefangen zwischen seinen starken Armen, doch was mich bei jedem anderen nervös gemacht hätte, beruhigte mich bei ihm.

Sein Griff war bestimmend, aber auch sanft und beschützend, genau wie der Kuss, den er nun leidenschaftlich erwiderte.

Ein leises Knurren unterbrach alles Weitere. Im ersten Moment wollte ich es ignorieren, doch schließlich drückte mich Eamon vorsichtig von sich fort und sah links neben sich.

Meine Lippen fühlten sich seltsam einsam an.

»Oona. Lass es«, mahnte er. Zum ersten Mal klang er dabei zornig. Die Cae Sid war wenig beeindruckt und knurrte nur noch lauter. Der Zauber zwischen uns beiden zerbrach, der Moment unserer so plötzlich aufgekommenen Leidenschaft verflog.

Eamon blickte mir in die Augen. Ich sah die Müdigkeit als dunkle Ringe auf seiner Haut, aber auch die Lachfältchen um Mund und Augenwinkel. Wir waren uns noch immer nahe, doch nicht mehr nah genug, um einen weiteren Kuss zu wagen.

Wo hätte er auch hinführen sollen?

Eamon schien ähnlich zu denken, denn er seufzte leise. Ganz vorsichtig zog er mich an sich und umarmte mich fest. »Sei stark«, sagte er leise in mein Haar. Ich wusste, dass es die Abschiedsworte der Fy waren.

»Bleib am Leben«, erwiderte ich.

Er nickte, was ich zwar nicht sehen, jedoch spüren konnte. Dann löste er sich von mir und stand auf.

»Wann sehen wir uns wieder?«, fragte ich vorsichtig, während ich ihm dabei zusah, wie er seine Sachen zusammenpackte. Oona ignorierte ich betont, indem ich sie nicht eines Blickes würdigte. Die blöde Katze konnte mir mal gestohlen bleiben.

»Ich weiß es nicht«, sagte er nach einer gefühlten Ewigkeit. Er hob die Hand wie zum Abschiedsgruß, ließ sie jedoch kraftlos sinken. »Ich weiß es wirklich nicht.«

Alarm

Am nächsten Tag stand die Welt Kopf. Nicht nur, dass ich wie betäubt durch die Gegend lief, tief in Gedanken an Eamon und unseren Kuss. Nein. Sämtliche Bewohner hatten wohl beschlossen, in heillose Panik zu geraten.

Die Sidhe waren die Schlimmsten. Sobald der Morgen graute, flatterten sie völlig konfus umher und weinten, als wären ihre Eltern gestorben. Selbst Mina konnte das Tränenmeer, das über ihr kleines Gesichtchen floss, nicht stoppen.

Auf meine Nachfrage erklärte sie, eine Ära ginge zu Ende. Der König sei so gut wie tot. Da die Feen Tod und Sterben überhaupt nicht verkraften konnten, war mit ihnen nichts mehr anzufangen.

Selbst die Drachen benahmen sich wie die Verrückten. Sie kratzten wie tollwütige Hunde an Türen und Wänden. Die Winddrachen ließen ganze Tische einfach so vor sich hin schweben, die Wasserdrachen setzten die Küche unter Wasser und eine Horde Feuerdrachen fackelte ein Schlafzimmer ab.

Es war grauenhaft.

Ich stolperte benommen durch das Chaos und wusste, dass es noch viel, viel schlimmer werden würde. Die Magiewesen spürten, dass etwas Großes auf sie zukam. Was geschah nur, wenn es tatsächlich passierte?

Ich hielt mich an Eamons warnende Worte und behielt Fluh und Diamad ganz dicht bei mir. Der kleine Feuerdrache musste den restlichen Tag auf meiner Schulter sitzen, was ihm überhaupt nicht gefiel. Er tollte gerne herum, aber das verbat ich ihm heute rundheraus. Für Fluh war das alles kein Problem. Sie saß ohnehin am liebsten in meinem Haar und ließ sich von einem Ort zum nächsten tragen.

Ich bat Mina um eine Audienz beim Gesinderat. Da sie selbst Mitglied darin war – und der Rat erstaunlich unkompliziert arbeitete –, trommelte sie die Truppe ziemlich schnell zusammen. Wir hatten unsere Oberhäupter vor Jahren gewählt, natürlich heimlich und inoffiziell. Den Jeal war es garantiert nicht recht, dass wir hinter ihrem Rücken einen eigenen Rat gegründet hatten. Doch was sie nicht wussten, konnten sie auch nicht unterbinden.

Der Rat selbst bestand aus einer wilden Mischung. Am stärksten waren die Sidhe vertreten. Die sanften Feenwesen waren Meister der Vermittlung. Gab es Streit, fanden sie eigentlich immer eine Lösung. Ich hatte damals für Mina gestimmt und freute mich heute noch darüber, dass sie es in den Rat geschafft hatte – als Jüngste. Ihre Mutter Anra war die Wortführerin der Sidhe. Ich mochte die etwas rundliche Sidhe mit den stets rötlich schimmernden Wangen unfassbar gerne.

Auch die Puk, unsere Haus- und Baumeister, waren vertreten. Diese drolligen kleinen Kerlchen gehörten zu den Gnomen und gingen mir gerade mal bis zu der Hüfte. Allerdings waren sie so breit wie hoch und äußerst kräftig. Anders als die normalen Gnome, waren sie intelligent, konnten sprechen und sahen weitestgehend menschenähnlich aus – mal von ihrer seltsamen Schnüffelnase und dem Hang zu ausufernden Haaren abgesehen.

Da die Puk ursprünglich aus den Bergen kamen, besaßen sie einige körperliche Merkmale, die sich deutlich von den übrigen Menschen unterschieden. Sie waren zum Beispiel viel behaarter, hatten am Rücken sogar ein richtiges Fell, das sich über den Hals und die Stirnpartie zog. Ihre Nase erinnerte an die eines Maulwurfes, klein und schwarz, stets in Bewegung. Leider hatten sie auch die schlechten Augen eines Maulwurfes, weshalb die meisten von ihnen mit dicken Brillengläsern herumliefen. Sie sahen manchmal aus wie verkleidet, wurden dadurch jedoch gerne unterschätzt.

Die Puk waren hochintelligent, sehr kräftig und für ihre Größe und Breite unfassbar flink.

Natürlich gab es ebenfalls eine Arven-Vertreterin im Rat, wobei ich mit Lummia nie so richtig warm geworden war. Sie schüchterte mich mit ihrer hochgewachsenen Gestalt, dem etwas lang gezogenen Gesicht und den völlig asymmetrisch angeordneten Augen ein. Eine Schönheit war sie gewiss nicht, das machte sie jedoch durch Autorität wieder wett.

Auch ein Drache hatte es in den Rat geschafft, allerdings fragten wir uns bis heute, wer zum Teufel ihn gewählt hatte. Drachen sprachen nicht und kommunizierten generell anders als wir Menschen, sodass es ziemlich schwer war, mit ihm zu diskutieren. Dafür war er für jeden Unfug zu haben.

Ich erzählte dem Rat in groben Zügen, was Eamon mir gesagt hatte. Dass er ein Fy war, ließ ich unerwähnt, aber der Rat fragte auch nicht nach. Sie nahmen automatisch an, ich hätte das unterwegs irgendwo aufgeschnappt. Da unser Rat sogar noch viel unkomplizierter war als erwartet, reagierten sie schneller als der Blitz. Sie glaubten mir sofort und ordneten einen dienstfreien Tag an.

Den Jeal fiel das sicherlich auf, doch die hatten gerade ihre eigenen Probleme. Ihr König starb am späten Mittag.

Die Veränderung in der Magie traf mich wie eine Keule. Wer gerade keinen festen Stand hatte, dem zog es geradewegs die Füße weg. Ich saß zum Glück auf einem Stuhl und klammerte mich erschrocken an die Sitzfläche, um nicht hinunterzufallen. Es fühlte sich irgendwie an, als würde mein Inneres nach außen gestülpt.

Mina, die gerade vor mir auf und ab schwebte und nervös vor sich hin plapperte, plumpste wie ein nasser Sack zu Boden und blieb dort benommen liegen.

Neben mir erbrach sich eine weitere Feengestalt, Schmerzensschreie gellten durch die Räume. Jemand kreischte hysterisch, ein Klatschen folgte. Offenbar hatte ein anderer der Hysterie mit einem Schlag ins Gesicht ein Ende gesetzt.

Während ich ebenfalls mit meinem rotierenden Magen kämpfte, packte ich Diamad ganz fest und zog Fluh von meinem Kopf in die Arme. Ich beugte mich gerade über sie, als es begann.

Die Drachen erhoben sich mit einem Jammern und Klagen. Wer nicht schnell genug zupackte und seine Lieblinge zurückriss, musste hilflos mit ansehen, wie sie nach draußen flogen, gelockt vom Fy-Riad.

Ich erwürgte Diamad fast, um ihn bei mir zu behalten. Fluh, die viel älter und stärker war als ihr Freund, rührte sich nicht, sondern sah mich nur aus großen, ängstlich blickenden Augen an.

»Das wird schon«, ermunterte ich sie. Sie nickte und packte Diamads Nacken, um ihn gemeinsam mit mir festzuhalten.

Nach gut zwei Stunden war der Spuk vorüber. Das Schloss war zwar noch in Aufruhr, aufgefüllt mit freigesetzter Magie, doch die Drachen hatten sich beruhigt. Dank Eamons Warnung waren relativ viele bei uns geblieben, festgehalten von ihren Besitzern, aber auch von anderen Sidhe. Ein dicker Puk hatte sich einfach auf einen kleinen Wasserdrachen draufgesetzt und ihn so am Abflug gehindert. Beide sahen etwas unglücklich aus, immerhin hatte der Puk jetzt einen ziemlich nassen Hintern und der Drache ein verletztes Ego.

»Alles in Ordnung bei euch?«, rief Mina in die Runde. Wir hatten uns in der Küche in Sicherheit gebracht. Die lag tief in den Gewölben des Schlosses und hatte dicke Türen zum Zumachen.

Die meisten ließen ein klägliches »Ja« von sich hören, andere brachten vor Schreck kein Wort heraus. Dass sich die Magie verschob, hatten wir noch nie in unserem Leben gespürt. Wenn es nach mir ging, musste ich das auch niemals wieder fühlen.

Ich half Mina in die Luft, setzte Fluh auf den Kopf und wickelte Diamad um den Hals. Dann half ich mit, zerbrochene Teller und Tassen aufzuheben, Scherben wegzufegen und Wasserflecken aufzuwischen.

Die ganze Zeit horchten wir ängstlich in das Schloss hinein.

Das Grölen begann etwa eine Stunde später. Im ersten Moment hielt ich es für das Siegesgeheul der Fy, doch als sich das Gemäuer immer wieder schüttelte, als wolle es auseinanderbrechen, wurde mir klar, dass es ein Angriffsschrei war.

Ich sah Mina aus großen Augen an. »Wir sollten besser die Türen schließen«, schlug ich vor.

Mina nickte und flog los. Gemeinsam mit den anderen verbarrikadierten wir uns. Wir waren fast zweihundert Leute, die in der Küche Zuflucht gefunden hatten. Entsprechend eng wurde es. Kurz bevor wir die Haupttür schlossen, kamen noch zwei Puk hereingelaufen. Die runden Gesichter glänzten vor Schweiß und in den stahlgrauen Augen blitzte Panik.

»Konntet ihr erkennen, was los ist?«, fragte ich sie, als sie an mir vorbeirannten. Der Hinterste blieb stehen und half uns, die Tür ins Schloss zu werfen, dabei erzählte er hektisch.

»Es ist ganz grässlich da draußen. Die Tul Curragh wissen anscheinend, dass wir einen Fy-Riad gewählt haben. Sie verdoppeln ihre

Anstrengungen. Der letzte Wall ist gefallen, sie kämpfen jetzt genau vor dem Schloss. Überall brennen die Häuser und sie beschießen unsere Mauern aus direkter Nähe. Wir mussten rein, weil ein Pfeilhagel nach dem nächsten kommt.«

In der Küche wurde es mucksmäuschenstill. Wir alle erkannten, dass heute der Tag der Tage gekommen war. Eamon hatte es schon geahnt, vielleicht hatte er auch genauere Informationen gehabt. Jetzt war ich ihm dankbar, dass er mir seine Ängste nicht im Detail erklärt hatte. Ich wäre vor Panik längst umgekommen.

»Und was ist mit dem Fy-Riad?«, fragte ich in die Grabesstille hinein.

»Der muss sich wohl erst sortieren. Ich habe gehört, dass ein Fy gerufen hat, sie müssten ihm Zeit verschaffen.«

Das klang nicht so gut.

Ich drehte mich um und sah in die ängstlichen Gesichter meiner Freunde. Viele Sidhe hielten sich an den Händen, gaben einander Kraft. Die Puk hatten sich in der hintersten Ecke zusammengedrängt und diskutierten miteinander, sortierten ihr Werkzeug. Ich betete, dass sie die Sachen nicht zu Waffen umfunktionieren mussten.

Lummia organisierte derweil die Leute. Sie schickte die Kinder zu den Puk, wo sie sich still hinsetzen sollten. Die anderen hatten sich mit Messern, Gabeln und was es sonst noch in der Küche gab, zu bewaffnen. Unsere Blicke kreuzten sich.

»Von den Sidhe werden wir nicht viel Rückendeckung bekommen«, sagte sie. Mir war nie aufgefallen, wie kämpferisch sie sein konnte. Ihre schlanke Gestalt war angespannt wie ein Flitzebogen, aber sie strahlte auch pure Entschlossenheit aus. Das blonde Haar mit den silbergrauen Strähnen darin hatte sie sich zu einem strengen Knoten am Hinterkopf zusammengesteckt. Die Röcke waren bereits hochgebunden, damit sie mehr Beinfreiheit hatte. Dadurch stand sie quasi nur im Unterrock vor uns, was ein sehr seltsamer Anblick war. Da sie jedoch in beiden Händen zwei lange Messer hielt, war es alles andere als lächerlich. Sie sah zum Fürchten aus. Ihr Wasserdrache zu ihren Füßen fauchte ebenfalls energiegeladen vor sich hin.

»Nein, aber dafür werden wir umso entschlossener kämpfen«, erwiderte ich. Ich steckte mir jede Menge Messer in den Gürtel und schwang ein Hackebeil testweise mit der rechten Hand. Es war schwer, aber handlicher als erwartet.

Neben mir tauchte Mina auf. Sie hielt zwei Gabeln in den Fäusten.

»Was hast du vor?«, fragte ich erstaunt. Die Sidhe kämpften niemals.

»Für die Kinder«, antwortete sie grimmig. Ich nickte. Auch bei den Elfenwesen erwachte der Überlebenswille. Wir postierten uns vor der Tür und warteten.

Die nächsten Stunden waren die schlimmsten meines Lebens.

Wir hörten Kampflärm vor der Tür. Offenbar war der Feind zum ersten Mal seit Beginn des Krieges bis ins Schloss vorgedrungen. Die Schreie fraßen sich in unsere Herzen, ließen uns vor Angst erzittern. Ich packte das Hackebeil bei jedem Kreischen fester, bis mir die Hand wehtat.

»Wir sollten uns setzen«, schlug Mina nach gut zwei Stunden vor. »Wenn wir hier so verkrampft die Kräfte vergeuden, hilft uns das auch nicht.«

Sie machte Anstalten, sich auf dem Boden niederzulassen, da krachte etwas mit voller Wucht gegen die Tür. Wir fuhren alle zusammen und sprangen instinktiv zurück.

Ich hörte Stahl auf Stahl klirren und roch Magie. Der Gestank der Fy erfüllte den Raum. Gleichzeitig traf ein Katapultgeschoss die Mauern irgendwo weiter rechts von uns. Schutt und Staub rieselten von der Decke, die Erde bebte. Ein Stöhnen ging durch den Raum, vor allem, als abermals etwas gegen die Tür donnerte.

»Verpiss dich«, schrie ich, um meiner Angst Luft zu machen. Die Antwort kam prompt: Es rummste und ein Rammbock bohrte sich splitternd durch das Holz der Tür.

Bevor er wieder zurückgezogen werden konnte, sprang ich vor und schnappte ihn mir. Es war ein unsinniger Versuch, das Unvermeidliche aufzuhalten. Doch die Puk, die die anderen Eingänge bewachten, hasteten zu mir herüber und packten mit an.

Wir zogen und zerrten, während unser Gegner vor der Tür fluchte. Ein Tauziehen um den Rammbock begann. Irgendwer versuchte, das Loch in der Tür mit einer Axt zu vergrößern. Splitterteile flogen mir um die Ohren, doch ich wich keinen Millimeter zurück. Fluh beendete das Drama, indem sie einen heftigen Orkan durch die Spalte pustete.

Unsere Gegner verloren den Rammbock aus dem Griff, und wir zogen ihn zu uns herein. Blöderweise klaffte jetzt eine kopfgroße Öffnung in der Mitte. Ich sprang gerade noch aus dem Weg, als ein erster Dolch hindurchgeworfen wurde. Er fiel klappernd auf den Steinboden und rutschte ein Stück weiter, bis Lummia ihn aufhob – und mit aller Kraft an den Absender zurückschickte.

Ein Schrei folgte, wildes Fluchen. Zum Freuen kam ich aber nicht mehr, denn jetzt sickerte die ätzende Magie eines Kriegsmagiers zu uns herein. Es sah auf den ersten Blick wie schwarzer Nebel aus. Wer genauer hinsah, konnte jedoch die feinen Linien erkennen, die darin waberten. Wir wichen alle nach hinten weg, fort von dem tödlichen Dunst.

Wo zur Hölle blieben bloß unsere Verteidiger?

Verzweifelt sah ich mich um, doch wir waren eingeschlossen in der Küche. Der Puk neben mir dachte wohl ähnlich. »Macht euch bereit. Sie kommen gleich durch die Tür«, schrie er. Die Kinder kreischten, die Frauen stöhnten.

Ich ging in Kampfstellung, die Beine breit, das Hackebeil erhoben.

Die Tür schimmerte mittlerweile bläulich. Offenbar belegte ein Magier das Holz mit einem Kältezauber, sodass die Angreifer es einfacher zerschlagen konnten. Die meisten Fy versuchten ein Problem als Erstes mit roher Gewalt zu lösen – deshalb auch der Rammbock. Magie einzusetzen ermüdete sie schnell, daher verwendeten sie die magischen Kräfte immer als letzte Wahl.

Dass sie es jetzt taten, zeigte nur ihre Entschlossenheit. Sie hatten anscheinend erkannt, dass in diesem Raum genau das auf sie wartete, weshalb sie nach Tul Dalla gekommen waren: die Arven mit ihren Drachen.

Minas Gestalt flimmerte neben mir vor Angst. Die kleine Elfe mit den wirbelnden grünen Haaren und der bläulich schimmernden Aura wich dennoch um keinen Millimeter zurück, als das Holz erzitterte – und in sich zusammenbrach wie Glas.

In der gleichen Sekunde stürmten die Fy herein, wild brüllend, um uns vor Angst zu lähmen. Ich hingegen heulte mindestens so laut wie sie und schwang das Hackebeil. Mir war natürlich klar, dass ich gegen die Krieger keine Chance hatte. Ich war im Kämpfen nicht ausgebildet, allerdings zu allem entschlossen. Ich wollte uns verteidigen, koste es, was es wolle.

Der Angreifer tauchte geschickt unter meinem Schlag hindurch und ging mir geradewegs an die Kehle. Mit dem Fuß zog er mir die Beine weg, und ich wäre sicherlich gestürzt, wenn mich Fluh nicht mit einem Windstoß stabilisiert hätte. Sie war es auch, die den Fy einem Rammbock gleich in den Magen sprang. Der Krieger wurde von dem Schlag grün im Gesicht und flog gut einen Meter nach hinten.

Fluh sprang nicht hinterher, sondern blieb bei mir, umwirbelte mich wie eine Gestalt aus dem schlimmsten Horrormärchen.

Ich hatte sie noch nie so wütend gesehen.

Ein weiterer Krieger kam auf mich zu. Ich hatte den Vorteil, dass sie mich lebend wollten, während sie auf die Puk wie Wahnsinnige einhackten. Sie hatten keinen Wert für sie, genauso wenig wie die Sidhe.

Ich schrie, als ein Krieger den Puk neben mir beinahe aufspießte. Bevor ich ihm jedoch helfen konnte, hatte Diamad das Problem gelöst. Er setzte den Umhang des Magiers in Brand, sodass der seinen Angriff abbrechen musste.

»Gut gemacht«, lobte ich keuchend, gleichzeitig schwand meine Hoffnung. Durch die Tür kamen so viele Fy. So viele!

Ein Kriegsmagier erkannte mich und meine Drachen als gefährlichstes und wertvollstes Ziel. Fluh war alt und mächtig. Sie würden alles daransetzen, sie und mich zu erwischen. Ich hatte bereits davon gehört, dass sie die Arven mit magischen Fangseilen fingen. So eines sah ich zum ersten Mal – als es geradewegs auf mich zusegelte.

Wieder reagierte Fluh erstaunlich schnell. Das Brausen ihres Sturms war so gewaltig, dass nicht nur ich und meine direkten Gegner sich duckten. Das Hackebeil wurde dabei aus meinem Griff gerissen. Im ersten Moment dachte ich, es sei verloren, doch es war Fluh, die es sich ausgeliehen hatte. Sie ließ es geradewegs gegen das Schwert eines Fy segeln. Der Stahl brach einfach entzwei, während das Hackebeil mit tödlicher Präzision im Gesicht des Angreifers landete.

Weil trotzdem noch weitere Magier zu uns eindrangen, ließ sie kurzerhand alles in ihrer Reichweite auf sie los. Tische krachten gegen die Tul Curragh, Stühle, Teller, Tassen, Krüge. Als eine ganze Besteckschublade an mir vorbeizischte, ließ ich mich zur Sicherheit auf den Boden fallen, um meinem Drachen Raum zum Agieren zu geben.

Wir hätten wohl trotzdem verloren. Fluh war der einzige Luftdrache in der Nähe und auch das älteste Geschöpf. Alle anderen wehrten die Angreifer eher mäßig ab. So war es nicht verwunderlich, dass sich der Kampf auf mich und meine Drachen konzentrierte. Die Fy setzten jetzt immer mehr Magie ein, fest entschlossen, uns zu fangen.

Ein schwarzer Faden erwischte mich am Bein und schickte mir einen schmerzhaften Energiestoß durch den Körper. Ich wand mich schreiend, kaum fähig, mich zu wehren. Diamad vertrieb den Nebel mit einem gezielten Feuerstoß, doch schon rückten weitere Fäden heran.

Ich keuchte und versuchte auf die Beine zu kommen, da sprang mich etwas an. Ein Dolch bohrte sich gegen meinen Hals, Blut floss. Ich erstarrte.

»Sag deinen Drachen, dass sie sich ergeben sollen«, knurrte mein Angreifer. Als ich nicht reagierte, drang die Spitze der Waffe tiefer in meine Haut. »Sofort.«

Ich musste Fluh keine Befehle mehr geben. Mein Luftdrache hatte die Gefahr längst erkannt und landete als schillernde Gestalt neben uns. Ich spürte ihre Aufregung, ihren Kampfgeist und ihre Magie. Sie schätzte die Situation ab und gab sich für den Moment geschlagen.

Ein Kriegsmagier sprang sofort herbei und warf ein Magienetz über ihre Gestalt. Sie fauchte, kämpfte aber nicht dagegen an. Unsere Blicke begegneten sich. Verloren, wir hatten verloren.

Mein Gegner zog mich gerade unsanft auf die Knie, als es passierte.

Es fing als Summen an, steigerte sich jedoch rasch zu einem seltsamen Rumpeln und Knirschen. Ich brauchte etwas, um die Quelle lokalisieren zu können, blickte dann nach rechts zur Wand. Da standen aber eigentlich nur unsere Steinskulpturen.

Ich blinzelte. Blinzelte noch mal und konnte es kaum fassen, als sich der Löwe aus Stein plötzlich aus seiner Verankerung löste und mit einem Brüllen vom Mauersims sprang. Ihm folgten der steinerne Habicht, die vielen Miniaturkrieger und das komische Gebilde, das wie ein Vulkan aussah. Der Löwe in der Größe eines kleinen Hundes war als Erstes bei uns.

Er warf sich mit seinem schweren, steinernen Körper geradewegs auf meinen Gegner und riss ihn um. Der Dolch verfehlte haarscharf meine Kehle. Ich ließ mich fallen und schützte den Kopf mit dem Arm, während die Armee aus Ministeinmännchen über mich hinwegpolterte, um sich gegen die verdutzten Fy zu stemmen.

Das Kreischen im Raum wurde noch viel, viel lauter, als jetzt nicht nur die Bewohner der Tul Dalla schrien, sondern auch unsere Angreifer.

»Ghuls«, hörte ich jemanden rufen. »Inea, aus dem Weg! Die Ghuls kommen aus den Wasserrohren!«

Ghuls? Was um alles in der Welt ... Etwas Schwarzes kam aus den Rohren unterhalb der Spüle hervor.

Mina und zwei andere Sidhe packten mich und zogen mich in letzter Sekunde weg. Wo ich gerade eben noch gelegen hatte, wälzte sich nun eine Horde Ghuls daher. Die Viecher lebten eigentlich in den Abwässern, verbrannten den Müll und ernährten sich von dem, was wir nicht mehr mochten. Sie sahen aus wie schwarzer Glibber. Den Gerüchten nach war jedoch jede Berührung mit ihren kugelrunden Körpern tödlich – und anscheinend wussten das auch unsere Angreifer.

Ein Fy warf einen Magiestrahl auf die Wesen. Tatsächlich spürte ich auf magischer Ebene, wie die ersten Ghuls qualvoll starben, doch schon rollten die nächsten über die Toten hinweg und schnappten nach den Fy.

Das Schreien veränderte sich. Jetzt kämpften nicht nur wir um unser Leben, sondern auch die Angreifer. Die Magier wichen zurück, immer schneller und schneller, als ein nicht enden wollender Strom Ghuls aus den Abflüssen sprang. Die ersten Fy verschwanden durch die Tür, die nächsten und nächsten – bis sie alle fort waren. Einige wehrten sich noch verbissen mit ihrer Magie, doch die unheimlichen Wesen aus der Tiefe rückten konstant weiter vor. Wer von ihnen starb, wurde einfach ersetzt.

Dann waren sie durch die Tür: die Angreifer, die Ghuls und die Steinwesen. Eine seltsame Ruhe trat ein, in der lediglich unser schweres Atmen zu hören war. Jemand stöhnte, ein Kind weinte.

Das brachte mich zur Besinnung. Ich kämpfte mich auf die Knie und wollte nach dem Magienetz greifen, das Fluh am Boden fesselte, doch Mina hielt mich auf.

Ihre Haare waren völlig versenkt und sie blutete aus einer tiefen Schnittwunde an der Schulter, ansonsten war sie unversehrt. »Nicht anfassen«, warnte sie und deutete auf das Netz. Sie holte eine lange Holzlatte und hebelte damit vorsichtig die Magie nach oben. »Wer weiß, was passiert, wenn man es berührt«, keuchte sie. Fluh kroch aus dem Spalt heraus und warf sich mit einem Heulen auf mich. Ich fing sie auf und drückte sie fest an mich. Diamad, der wieder um meinen Hals lag, schleckte ihre nur undeutlich erkennbare Wange ab.

»Fluh, du bist eine Wahnsinnskämpferin«, sagte ich zu ihr und zog sie noch einmal in die Arme. Ihr sonst durchscheinender Körper bekam eine leichte Rötung. Offenbar war ihr so viel Dankbarkeit peinlich.

Ich spürte, dass sich Mina erschöpft auf meinen Kopf setzte und die Beine seitlich an meinem rechten Ohr baumeln ließ. Normalerweise tat sie so etwas nicht, doch gerade eben war sie völlig fertig. Sie bemerkte den ungewöhnlichen Landeplatz nicht einmal.

»Ernsthaft jetzt? Ghuls haben uns gerettet?«, fragte sie ungläubig.

»Nicht nur die Ghuls. Was zur Hölle ist mit den Steinskulpturen los?«

»Meine geschnitzten Minipferdchen sind auch grad aus der Tür galoppiert«, meldete sich Dverga zu Wort. Er war einer der wenigen Puk, die ich etwas besser kannte. Normalerweise schnitzte er für uns Holzlöffel und für die Fy Pfeile. Er war ein netter Kerl, der gerade jedoch über und über mit Blut besudelt war. Aus einer klaffenden Stirnwunde sickerte es im Takt seines Herzens hinaus. Seine Brille saß schief auf der schwarzen Schnüffelnase.

Ich schnappte mir ein achtlos herumliegendes Küchentuch und drückte es ihm auf die Wunde. Er ließ es zu, die müde blickenden Augen auf mich gerichtet.

Da er die dicke Brille für die Behandlung abgesetzt hatte, konnte ich seine Iriden zum ersten Mal sehen. Sie waren grau mit unendlich vielen braunen Punkten. Die Farbe der Pukmagie glitzerte darin. Anders als die übrigen Puk standen ihm seine störrischen Haare jedoch nicht nach allen Seiten ab. Er hatte sie zu vielen kleinen Zöpfchen geflochten, was ihn weniger wild aussehen ließ. »Du und deine Drachen, ihr habt gut gekämpft«, stellte er fest.

»Ihr Puk ebenfalls.«

Er warf sich stolz in die Brust und nickte. »Wir können nicht nur viel einstecken, wir sind auch gut im austeilen.«

»Da bin ich sicher.«

Rufe aus dem Flur unterbrachen uns. Ein Fy steckte den Kopf durch die Tür. Mir blieb fast das Herz stehen und um ein Haar hätte Fluh ihn direkt angegriffen, da erkannten wir die zerrissene Uniform der Tul Dalla.

»Alles okay hier drin?«, fragte er streng und ließ seinen Blick durch den zertrümmerten Raum gleiten.

»Wir haben auf uns selbst aufgepasst«, erwiderte ich spitz. »Vielen Dank für die Hilfe der Fy.«

»Wir tun, was wir können. Gerade jagt der Fy-Riad die Teufel dahin, wo sie hingehören.« Er grinste breit, während wir ihn abwartend ansahen. Als er Anstalten machte, wieder zu gehen, sprang ich ihm hinterher.

»Hey! Ein bisschen mehr Informationen wären schon nicht schlecht. Was sollen wir machen? Können wir helfen? Was passiert da draußen?«

»Der Fy-Riad hat sich sortiert. Er ruft das Schloss zum Dienst. Ghuls, Trolle, Werwesen, selbst die Wandschläfer sind unterwegs, um die Feinde rauszutreiben. Die Tul Curragh sind schon weit hinter den vordersten Wall zurückgeschlagen.« Jetzt erst bemerkte er die Puk unter uns. »Ihr da! Wir brauchen euch draußen an der Mauer. Wir müssen das Loch flicken.«

Dverga nickte entschlossen und winkte seinen Freunden zu. »Natürlich. Wir kommen.«

»Und was machen wir?«, fragte ich den Fy.

Der musterte mich wie eine Kanalratte. »Räumt hier auf, versorgt die Verletzten. Den Krieg überlasst mal schön uns.«

»Genau, weil das ja auch die letzten Jahre so super geklappt hat.«

»Willst du dir eine einfangen?«

»Willst du dich mit meinen Drachen anlegen? Glaub mir, mein Luftdrache ist noch geladen für eine zweite Runde.«

Mina beendete den Streit, indem sie zwischen uns beide flog und auf Kopfhöhe des Mannes schwebte. »Wir kümmern uns. Versprochen«, sagte sie liebenswürdig. Der Fy nickte ihr zu, bedachte mich mit einem bösen Blick und drehte sich um, die Puk wie eine Herde Schafe vor sich hertreibend.

Ich knirschte mit den Zähnen.

»Inea, hör auf«, ermahnte mich Mina und schüttelte warnend den Kopf. »Leg dich doch nicht mit jedem Fy an, der dir über den Weg läuft. Wir sitzen alle in einem Boot.«

»Nein. Wir sitzen in einem dreckigen Schloss und verhungern langsam«, korrigierte ich. Dann seufzte ich. »In Ordnung. Lass uns anfangen.«

Berührungen

Die nächsten Tage waren die hektischsten meines ganzen Lebens. Ich musste Schutt wegräumen, mich um die Kamine kümmern, in der Küche aushelfen, Verletzte bergen, Gräber ausheben, blutige Verbände auswaschen, stinkende Kleidung verbrennen, Mauern abstützen und vieles mehr.

Am Ende schlief ich im Stehen ein und fragte mich beim Aufwachen, ob der Albtraum jemals aufhören würde.

Tatsächlich veränderte sich die Dynamik im Schloss abermals. Den Gerüchten zufolge hatte der Fy-Riad die Feinde bis weit hinter die äußerste Mauer getrieben. Zum ersten Mal seit Jahren gehörte ganz Tul Dalla uns. Aus den Randbereichen konnten einige Überlebende sogar ein paar Lebensmittel bergen. Die kamen zwar bei uns Schlossbewohnern niemals an, aber ich vernahm das erleichterte Aufseufzen der gequälten Stadtbevölkerung bis hierher.

Die Völker bekamen wieder Hoffnung. Ab und zu hörte ich eine Sidhe singen. Auch die Luft war nicht mehr dermaßen von Kriegsmagie verpestet. Ich meinte sogar, einen Hauch von Frühling zu riechen.

»Inea? Lummia und Sanni haben uns freigegeben. Wir sollen uns schlafen legen«, sprach mich Mina an. Sie lief seit geraumer Zeit auf ihren zwei Beinchen und verzichtete aufs Fliegen, da sie viel zu erschöpft war, um Magie zu gebrauchen. Ich überlegte, ließ meinen Blick schweifen.

»Selbst die Fy machen eine Pause«, bekräftigte Mina. »Es heißt, die Waffen schweigen.«

Ich lauschte. Tatsächlich hörte ich keinen Kanonendonner, kein Sirren der Pfeile, keine Rufe der Krieger. Es war fast beängstigend still.

»Geh schon mal in die Schlafkammern«, sagte ich zu meiner Freundin. »Ich muss gucken, ob mein Lieblingsplatz überlebt hat.«

Mina sah mich strafend an. »Du und dein Lieblingsplatz. Der kommt auch ohne dich klar.«

Ich lächelte, um die Diskussion damit zu beenden, winkte ihr kurz zu und wandte mich zum Gehen. Mein Herz schlug unwillkürlich schneller. Natürlich war es völliger Blödsinn, darauf zu hoffen, dass Eamon auf mich warten würde. Der Fy hatte sicherlich alle Hände voll zu tun. Andererseits schwiegen die Waffen. Vielleicht war er ja noch im Schloss ...

Ich wollte mir nicht allzu viel Hoffnung machen, doch meine Beine bewegten sich plötzlich mit neuer Kraft. Der Gang, den ich schon so viele Male gelaufen war, war fast vollständig zerstört. Hier hatten heftige Kämpfe zwischen den Tul Dalla und den Tul Curragh stattgefunden. Ich versuchte, das Blut auf den Steinen nicht zu genau zu betrachten, doch der Tod war allgegenwärtig. Äxte steckten noch in zersplitterten Schutzschilden, blutige Pfeile lagen herum, es stank nach versengten Haaren, Panik und Schmerz.

Ich lief weiter, mit einem deutlichen Ziel vor Augen.

Als ich den Gang verlassen konnte, atmete ich erleichtert auf. Die Nachtluft begrüßte mich ausnahmsweise nicht mit dem Gestank nach Rauch. Sie roch klarer, reiner. Offenbar brannten diesmal keine Abwehrfeuer.

Ich erlaubte mir einige Atemzüge, bevor ich weiterging. Die Nächte blieben recht kühl, obwohl der Frühling fast schon vorüber war. Der Sommer versprach regnerisch und sonnenarm zu werden. Ich verdrängte den Gedanken an die Ernte – und erstarrte, als ich die Planke betreten wollte.

Offenbar hatte mein Lieblingsplatz nichts abbekommen, während rechts und links die Krater verirrter Geschosse die Geschichte erzählten, wie knapp es tatsächlich gewesen war.

Doch dass die Pflanzen noch lebten, war nichts im Vergleich zu der Freude, jemand anderen zu sehen.

Er war da. Das Unmögliche war eingetreten. Eamon war da.

Ich sah seine zusammengesunkene Gestalt neben meinen Fellen sitzen. So schnell ich konnte, huschte ich über die Planke und spürte, dass Fluh und Diamad absprangen. Das war ungewöhnlich, doch meine Aufmerksamkeit galt allein Eamon. Am Rand bemerkte ich, dass Oona ein ganzes Stück von ihm entfernt saß. Ihre Katzengestalt wirkte kleiner als beim letzten Mal, was keineswegs verwunderlich war. Cae Sid konnten die Größe so verändern, wie sie wollten.

Dann war ich bei ihm, streckte die Hände nach ihm aus.

»Nicht«, stoppte er mich. Er hob den Arm in einer Abwehrhaltung, hielt den Kopf gesenkt, von mir fort. Ich gefror in der Bewegung, starrte ihn an.

Er sah schlimmer aus als beim letzten Mal. Seine Klamotten hatten wohl eine Art Feuer überstanden, zumindest halbwegs. Das graue Hemd hing in Fetzen, nur noch gehalten durch ein paar Lederschnüre, die er sich achtlos um den Oberkörper geschlungen hatte. Die Hose sah auch nicht viel besser aus, und wenn ich nicht irrte, war er barfuß unterwegs.

Von ihm ging ein Gestank aus, der alles zusammenfasste, was in diesem Krieg schrecklich war: Rauch, Blut, Kriegsmagie, Stahl und verbranntes Fleisch.

»Eamon«, flüsterte ich schockiert. Da er die Abwehrhaltung beibehielt – den rechten Arm erhoben, die Hand so, dass sein Gesicht verdeckt wurde –, hockte ich mich in einem Abstand von einem Fuß vor ihm nieder. Ich war nicht so dumm, einen Krieger der Fy anzufassen, wenn er es nicht gestattete.

Er hielt das Gesicht weiter von mir abgewandt, der Atem ging stoßweise.

»Bist du verletzt?«, fragte ich leise. Er schüttelte vehement den Kopf.

»Hast du Schmerzen?«

Ein vorsichtiges Kopfnicken. Er atmete tief und geräuschvoll ein und ließ endlich diesen verdammten Arm sinken. Erst jetzt erkannte ich, dass er den Magen mit dem anderen umklammert hielt, sich vor und zurück bewegte. Das seltsame Geräusch, das ich bisher nicht hatte zuordnen können, war das Knirschen seiner Zähne.

Ich warf Oona einen nervösen Blick zu. Die Katze saß stocksteif am Rande meiner kleinen Plattform, beobachtete uns aus ihren geschlitzten Pupillen heraus. Ihr Schwanz tanzte aufgeregt hin und her, ansonsten rührte sie sich nicht.

So ein Mist, dass Cae Sid nicht reden konnten.

»Ich habe zwei gute Nachrichten für uns«, erklärte ich und rutschte dabei ein weiteres Stückchen näher. Er bemerkte das natürlich und hob wieder den Arm, um mich auf Abstand zu halten. Sofort verharrte ich. Weil er mir nicht den Gefallen tat, nachzufragen, fuhr ich fort. »Du und ich – wir leben noch beide. Überraschung!« Ich wackelte mit den Armen, was er vermutlich gar nicht sehen konnte. Sein Gesicht lag weiter im Schatten.

Er stank nach Magie. Sie sickerte ihm aus jeder Pore, umgab ihn jetzt nicht mehr nur wie eine feste Schicht, sondern wie ein dicker Mantel.

Ich wartete, doch er ging nicht auf meinen kläglichen Versuch ein, ein Gespräch zu beginnen. »Langsam machst du mir Angst«, merkte ich an.

»Entschuldige.« Das war nur ein Hauch einer Stimme, aber besser als nichts.

Ich setzte mich gemütlicher hin und gab ihm damit zu verstehen, dass ich vorerst nicht vorhatte, näher zu kommen. Sofort ging sein Arm runter, gesellte sich zu dem anderen. Ich kniff die Augen zusammen, doch ich konnte nicht erkennen, ob etwas nicht mit seiner Bauchgegend stimmte.

Ich beschloss, ihn mit Gequatsche abzulenken. »Fluh wäre ein prima Wachhund. Sie hat mindestens fünf Magier auf einmal ausgeschaltet. Zack. Schon flogen die durch die Gegend. Mir ist nichts passiert – dank ihr. Sie war faszinierend.«

Er nickte. Gut. Dann hörte er mir wohl zu.

Ich erzählte einfach weiter, redete über meine letzten Tage, über Mina, über irgendwas. Dabei rutschte ich vorsichtig immer näher und näher. Er ließ es diesmal zu, obwohl er mein verbotenes Annähern garantiert registrierte.

»Und was ist mit dir?«, fragte ich schließlich sanft, als ich fast direkt bei ihm saß. Unsere Knie berührten sich beinahe. Ich konnte jetzt erkennen, dass er aus den Ohren blutete. Die schwarzen Haare klebten ihm an der Kopfhaut, aber ob es Blut oder Schweiß war, konnte ich nicht sagen. Das Einzige, was ich ganz klar sah, war seine schneeweiße Gesichtshaut.

Er atmete tief ein und aus, versuchte sich eindeutig zu sammeln. Seine Augen hielt er zunächst geschlossen, sah dann aber auf. Es war nur ein winzig kleiner Augenblick, aber ich hatte es dennoch gesehen.

Seine schönen braunen Augen waren nachtschwarz. Darin funkelten Lichtpunkte aus den verschiedensten Magiearten. Blaue für Wasser, gelbe für Feuer, schwarze für Tod, stahlgraue für Luft.

Ich prallte erschrocken zurück. »Was ist mit dir passiert?«, fragte ich entsetzt.

»Die Veränderung in der Magie macht mich fertig«, flüsterte er nach einer gefühlten Unendlichkeit, in der ich die ganze Zeit den Atem angehalten hatte. »Es ist, als hätte man mir mehrere Dolche in den Magen gerammt. Und ich bin müde, so müde …« Seine Stimme verlor sich, wurde mehr und mehr zu einem Murmeln. Er ließ den Kopf hängen.

Im ersten Moment dachte ich, er sei in Ohnmacht gefallen, doch dann riss er sich wieder zusammen, richtete sich auf.

Kurzerhand beugte ich mich vor und zog ihn fest in meine Arme. Er war zu überrumpelt, um sich großartig zu wehren, vielleicht fehlte ihm auch einfach die Kraft dazu. Auf jeden Fall ließ er es für den Moment zu, selbst wenn er die Umarmung nicht erwiderte.

»Du hattest recht.« Ich sprach leise in sein Ohr, strich ihm mit einer Hand über die Haare. Blut. Es war definitiv Blut. »Der Fy-Riad hat sie tatsächlich zurückgeschlagen. Das ist doch ein Anfang, oder?«

Eamon nickte. Ich spürte es als schwache Bewegung an meiner Schulter.

»Wieso sitzt du also hier wie ein Häuflein Elend?«

»Es hat sich nichts verändert. Die Tul Curragh stehen genau wie vor drei Jahren vor den Mauern unserer Festung. Nur dass wir keine Lebensmittel mehr haben, keine Kraft und kaum noch Krieger.«

»Jetzt hab aber mal Vertrauen in deinen neuen Anführer. Er ist erst seit zwei Tagen im Amt und hat schon mehr erreicht als alle Fy zusammen in den vergangenen Jahren. Ich glaube, er jagt sie zum Teufel.«

»Ich glaube das nicht. Nicht mehr.«

Ich drückte ihn etwas von mir weg, damit ich in sein Gesicht sehen konnte. Als ich abermals seine Augen sah, fröstelte ich unwillkürlich. Es sah unheimlich und gefährlich aus. »Erklär mir das mit deinen Augen«, bat ich abermals.

»Ich habe eine Menge Magie abbekommen«, sagte er bedächtig. »Bei der Verwandlung des Fy-Riads war ich ganz nah dabei. Die letzten Tage bin ich damit klargekommen, aber jetzt zerfetzt es mich innerlich.«

»Das wird schon wieder.« Langsam erholte ich mich von meinem Schrecken, rückte näher. Er rutschte jedoch zurück und schüttelte den Kopf.

»Lass es gut sein, Inea. Ich weiß selbst nicht, warum ich hergekommen bin. Vermutlich wollte ich nur einen Moment allein sein, meine Gedanken ordnen.« Er versuchte ein Lächeln, das jedoch vollkommen misslang. Irgendetwas stimmte auch nicht mit seinem Mund. »Okay. Das war gelogen. Ich wollte sehen, dass es dir gut geht.«

»Es geht mir gut. Erstaunlich gut. Es tut mir nur sehr leid, dass das bei dir nicht der Fall ist.«

Wir schwiegen uns einen Moment an. Irgendwie hatte ich den Eindruck, dass Eamon ganz zufrieden damit war, mich einfach nur zu betrachten. Ich ließ ihn, vor allem, weil mir gerade kein geeignetes Gespräch einfallen wollte.

»Was ist mit dem Fy-Riad?«, erkundigte ich mich. »Wer ist es geworden?«

»Ein Freund.«

Mehr sagte er nicht. Ich rutschte mit einem Mal nervös auf dem Hintern hin und her, versuchte nach seiner Hand zu greifen, doch er zog sie weg.

»Ein guter Freund?«

»Ich kenne ihn zumindest gut.«

»Fy-Riad zu sein, ist sicherlich eine große Ehre.«

Er schnaubte verächtlich. »Fy-Riad zu sein, ist ein Todesurteil.«

Ich wusste sehr genau, was er meinte. Der Kriegsfürst war nur so lange an der Macht, wie die Bedrohung vorhanden war. Kehrte Frieden ein, musste er den Posten an einen Jeal abgeben – indem dieser ihm ein Messer in die Brust rammte.

Keine besonders reizende Berufsbeschreibung.

»Er hat heute auf jeden Fall viele Leben gerettet«, merkte ich an. »Und ich bin sicher, er tut sein Bestes, so wie wir alle. Weißt du …«

Eamon unterbrach mich, indem er mich abrupt an sich zog. Seine Hände vergruben sich in meinen Haaren. Ich folgte der Bewegung, ließ es zu, dass seine Lippen warm und weich auf meinen zum Liegen kamen und jedes weitere Wort unterbanden.

Seine Zunge drängte in meinen Mund, fordernd, leidenschaftlich. Ich spürte die Anspannung, die in seinem ganzen Körper tobte, die Kraft und die Verunsicherung. Was immer ihn so aus der Bahn geworfen hatte: Es hatte ihn tief getroffen.

Sein Kuss wurde noch eindringlicher. Er nahm mir die Luft und gleichzeitig war es mir, als könne ich niemals wieder ohne ihn atmen. Er war eine Flutwelle, die mich einfach mit sich riss.

Seine Lippen verließen meine, um eine heiße Spur bis zu meinen Ohren zu hinterlassen. Meine Härchen stellten sich auf, denn ich spürte seinen Atem im Nacken. Als ich allerdings ansetzte, etwas zu sagen, kehrte sein Mund sofort zu mir zurück und versiegelte meine Lippen.

Ich ließ es geschehen, genoss diese süße, verlockende Gewalt. Selbst als seine Hand sich vorsichtig unter meinen Rock schob, den Stoff teilte und etwas nach oben zog, sodass er meine Oberschenkel umfassen konnte, ließ ich es geschehen. Ich folgte seinem Druck, bis ich rittlings auf seinen Knien zum Sitzen kam. Es war eine seltsame und intime Position, doch mir war schon längst klar, was jetzt kommen würde.

Seine rechte Hand griff in meinen Zopf, fuhr die langen Haare bis zum Ende hinunter und löste das Band, das sie zusammenhielt. Die andere Hand befreite meine Flechten, Schwung für Schwung, bis mein Haar völlig frei über meine Schultern floss.

Er sog lautstark die Luft ein und löste sich eine Sekunde von meinen Lippen, sah mich an. »Du bist wunderschön«, sagte er leise.

Als ich antworten wollte, legte er mir einen Finger auf den Mund. »Ich bin tatsächlich nur hierhergekommen, um nach dir zu sehen. Das musst du mir glauben.« Ich nickte zur Bestätigung. »Ich hatte eigentlich nicht erwartet, dich jemals wiederzusehen. Nicht in diesem Leben, aber jetzt, wo das Unmögliche eingetreten ist, da … will ich dich. Ganz. Ganz für mich.«

Ich antwortete, indem ich das Ende dieser seltsamen Schnüre ergriff und sie langsam von ihm abwickelte. Er regte sich nicht, sah mich nur an. Als ich ihn davon befreit hatte, zog ich ihm das Hemd über die Schultern. Er ließ auch das zu.

»Warum darf ich dich jetzt berühren? Was hat sich in den letzten fünf Minuten verändert?«, fragte ich ihn, während ich meine Finger auf seine Brustmuskeln legte. Er bekam eine Gänsehaut, was sicherlich nicht an der Kälte lag.

»Ich habe eingesehen, dass ich dir nicht mehr entkommen kann. Und ich habe erkannt, dass die Gewalt in meinem Inneren in dem Moment verstummt ist, als ich dich in meiner Nähe wusste.«

Ich hätte zu dieser rätselhaften Erwiderung noch einiges zu sagen gehabt, doch er schloss meinen Mund mit seinem und schob meinen Rock immer höher und höher. Parallel dazu begann er, die Schnüre an meinem Rückenteil zu lösen. Er kannte sich offenbar mit Frauenkleidern aus.

Mein Herz machte einen Satz, doch ich verdrängte den Gedanken. Selbst wenn es so war, selbst wenn er mich nur für eine Nacht haben wollte – ich wollte ihn genauso wie er mich. Und auf was wollte ich denn noch warten? Unsere Zukunft sah zwar nicht mehr so düster aus wie vor zwei Tagen, aber ein wirklicher Frieden war fern.

Mein Kleid öffnete sich. Als sich seine große Hand warm und besitzergreifend auf meinen nackten Rücken legte, war es ohnehin um mich geschehen. Ja, wir kannten einander erst seit wenigen Tagen, hatten uns sogar erst drei Mal miteinander unterhalten. Vier Mal, wenn man unser jetziges Gespräch mitzählte.

Doch was zählten Konventionen und selbst gemachte Regeln, wenn die Welt im Krieg versank? Wenn jeder Moment unfassbar wertvoll wurde, die Zeit stillstand, solange man den einen noch berühren konnte, den man begehrte? Der Krieg nahm uns schon so viel, da durften wir uns ein wenig Zeit für uns stehlen.

Eamon schaffte es irgendwie, mir das Kleid über den Kopf zu ziehen, ohne dass ich sonderlich mithelfen musste. Die Schürze verfing sich in meinen Haaren, doch er befreite mich elegant, lenkte mich von der plötzlichen Kälte ab, indem er mich fest an sich zog. Seine Lippen liebkosten meinen Hals, während seine Finger heiße Linien auf meinem Rücken zogen, hinunter bis zum Po. Unser Atem beschleunigte sich, als sein Mund zu meinen Lippen zurückkehrte, wir uns in die Augen sahen.

Weil er mein Einverständnis abwartete, nickte ich ganz leicht. In der gleichen Sekunde stemmte er uns beide etwas hoch und legte mich so sanft er konnte auf meinen Fellen ab. Jetzt lag ich unter ihm, er zwischen meinen Beinen, doch das war okay. Seine Arme umrahmten mich, sein Körper schützte mich.

Mit den Fingern fasste ich unter den Bund seiner zerfledderten Hose, fuhr am Rand entlang. Er erzitterte leicht und küsste mich als Reaktion nur noch leidenschaftlicher. Sein Herz schlug schnell an meiner Brust, die Magie hüllte mich ein.

Normalerweise mied ich Fy-Magie. Sie roch so streng und machte mir Angst, schließlich war sie ein Werkzeug des Krieges. Auch in Eamons Magie spürte ich die ungezügelte Kraft der Fy, den Zorn auf alles und jeden, die Bereitschaft, zu verteidigen und zu schützen, zu besiegen. Jetzt gerade war sie voller Gier, voller Leidenschaft. Sie kannte nur ein Ziel.

Mich zu erobern.

Eamon zügelte sie so gut er konnte. Ich sah die Anstrengung in seinen Augen, die feinen Schweißperlen auf der Stirn. Seine schwarzen Augen mit den seltsamen Funken darin waren mir weiter unheimlich, doch der Blick war sanft, fast zärtlich.

Mit einem Ruck schob ich seine Hose hinunter, doch er war ein großer Mann. Meine Arme reichten nicht. Er half mir mit einer Hand, während sich die andere irgendwo in meinen Haaren befand.

Im nächsten Moment waren wir vollkommen nackt. Ab hier musste ich ihm die Führung überlassen, denn was jetzt kam, kannte ich nur aus Erzählungen – ein Umstand, den er sicherlich noch früh genug selbst herausfinden würde.

Seine Hand glitt zwischen unsere Körper, legte sich unendlich sanft zwischen meine Beine. Ich entließ mit einem Zischen die angehaltene Luft, während mir das Herz fast schmerzhaft in der Kehle klopfte.

»Entspann dich, Inea«, sagte er leise an meinem Ohr. Er streichelte mich, zog federleichte Bahnen an jener Stelle, an der mich noch nie ein anderer berührt hatte. Er ließ sich Zeit, ließ mir Zeit, um meine Unsicherheit zu überwinden.

Nach einer kleinen Weile färbte seine Ruhe auf mich ab, und ich begann zu ahnen, warum sich so viele Themen nur um Sex drehten. Seine Finger sorgten für Schauder, die ich so nicht kannte – und die einfach mitreißend waren.

Ich drängte mich an ihn, versuchte mehr zu bekommen. Er lachte leise an meinem Mund. »Langsam«, murmelte er, doch ich zog mit beiden Händen seinen Kopf zu mir herunter und brachte ihn so aus dem Gleichgewicht. Er musste sich mit beiden Armen abstützen, sodass uns nichts mehr trennte.

Langsam drang er in mich ein, ein ungewohntes, seltsames Gefühl. Ich hielt die Luft an und wartete auf den Schmerz, gleichzeitig erstarrte Eamon. Er hatte erkannt, was los war.

»Sag jetzt nichts«, flüsterte ich direkt an seinen Lippen und sah ihm tief in die immer dunkler werdenden Augen. Es war unheimlich, was die Magie mit ihnen anstellte. Je nachdem funkelten mal mehr, mal weniger bunte Funken darin. Ich hätte sie gerne gezählt.

Eamon sagte auch tatsächlich nichts. Er küsste mich einfach nur so zärtlich, dass jeder Schmerz verging.

Ich blickte hoch in den Himmel und versuchte ein oder zwei Sterne zu erkennen, doch da war nur Grau und Schwarz zu sehen. Die Wolken hatten den Mond schon längst verschluckt. Immerhin roch es nicht nach Rauch.

Meine Schulter berührte bei jedem Atemzug Eamons nackte Brust, denn ich lag sicher und geborgen in seinen Armen. Von irgendwoher hatte er seinen alten Mantel hergezogen und ihn notdürftig über uns geworfen, doch mir wäre so oder so nicht kalt gewesen.

Sein Körper glühte, genau wie meiner.

Wir hatten bislang noch kein Wort miteinander gesprochen, doch die Stille, die zwischen uns herrschte, war angenehm und andächtig. Uns war nicht nach Reden zumute. Worte hätten uns in die Realität zurückgebracht, also schwiegen wir.

Als jedoch am Firmament rote Funken auftauchten, richtete sich Eamon wie elektrisiert auf. Ich erschrak und warf einen Blick an ihm vorbei. Brennende Pfeile. Es ging wieder los.

Eamons ganzer Körper versteifte sich, als er sie ebenfalls erkannte. Ich legte ihm vorsichtig eine Hand auf den Rücken, ließ sie dort beruhigend liegen. Unter meinen Fingern spürte ich seinen Herzschlag, der mit einem Mal viel schneller war. Eine Spanne von meinem Daumen entfernt sah ich eine lange Narbe, die sich quer über den

Rücken zog. Darüber und darunter befanden sich weitere, jedoch deutlich kleinere.

Ich strich mit einem Finger über sie, bis er sich mir endlich wieder zuwandte. In seinem Blick sah ich Entschlossenheit.

»Lass die Pfeile fliegen«, sagte ich zu ihm. »In dieser Nacht will ich nichts von Krieg hören.«

»Aber er ist überall. Du siehst ihn in meinen Narben, in deinem abgemagerten Körper, in meiner aufgebrachten Magie und in meinem Blick.«

Er rückte etwas von mir ab, was mir einen Stich versetzte. Alarmiert richtete ich mich auf. Tatsächlich war er drauf und dran, unser gemütliches Lager zu verlassen. Das konnte doch nicht sein Ernst sein!

»Was ist los mit dir?«, fragte ich zornig.

Er blickte mich einen Moment an, versuchte, Ruhe in die Situation zu bringen. Wahrscheinlich sah er meinen ängstlichen Blick und meine grimmige Miene. Um mich zu besänftigen, hob er eine Hand und legte sie sanft gegen meine Wange. Er wusste, dass er mir eine Erklärung schuldig war, rang aber noch nach Worten.

»Ich muss gehen«, sagte er ruhig. »Der Krieg ruft mich, er ruft meine Magie – und wenn sie in mir wütet, dann ertrage ich keine Berührungen. Es ist, als wolle sie mich isolieren, mich für sich allein haben. Sie wühlt sich in mich hinein, höhlt mich aus. Das entstandene Loch füllt sie dann mit ihrer Wut und dem Zorn und dem Flüstern nach Vergeltung. Das, was ich bin und was mich ausmacht, verleibt sie sich ein. Sie frisst mich auf.« Während er gesprochen hatte, war er immer leiser geworden. Den letzten Satz hatte er lediglich gemurmelt.

Ich konnte ihn nur entsetzt anstarren. So etwas hatte ich ja noch nie gehört!

»Dann musst du dich ihr widersetzen«, sagte ich mit fester Stimme. »Keine Magie dieser Welt darf dergleichen mit jemandem machen.«

Er seufzte, fuhr sich mit einer Hand durch das zerzauste Haar und stand auf. Die Leere neben mir verursachte einen dicken Kloß in meiner Kehle. Mein Magen zog sich zusammen.

»Ich widersetze mich schon seit ein paar Tagen. Das Ergebnis hast du gesehen, als du ankamst.« Er griff nach seinem Hemd und zog es sich über den Körper. Es hatte wirklich mehr Löcher als Stoff, doch er bemerkte das nicht einmal. Meinen ungläubigen Blick sah er jedoch durchaus. »Bitte, Inea. Schau nicht so.«

»Wie sollte ich denn sonst schauen? Du hast mit mir geschlafen und zehn Minuten später ziehst du dich überstürzt an und haust ab.«

Er antwortete erst einmal nicht, sondern zog sich konzentriert weiter an. Auf seiner Stirn sammelten sich Schweißperlen und er blinzelte überdurchschnittlich oft. Der Geruch nach Aas und Blut wurde stärker. Ich konnte geradezu dabei zusehen, wie sich seine Aura verdunkelte. Seine Magie wickelte ihn ein, zog die Zügel fester.

»Du hast recht«, sagte er nach einer langen Pause. »Ich hätte das nicht tun dürfen.« Als er meine fassungslose Miene und die aufsteigenden Tränen in meinen Augen sah, hielt er inne und ließ sich neben mich auf die Felle sinken.

»Wenn du mich jetzt anfasst, dann beiße ich dich«, drohte ich ihm. »Ich habe auch meinen Stolz.«

»Ich mag dich.«

»Das hoffe ich doch. Du hast mit mir geschlafen.«

»Nein, Inea, ich mag dich wirklich. Sehr. Von Liebe wage ich nicht zu sprechen, denn das ist ein großes Wort. Du musst mir glauben, dass ich dich nicht verletzen will, niemals. Und jetzt im Nachhinein könnte ich mich ohrfeigen, dass ich überhaupt hierhergekommen bin. Ich hätte wissen müssen, was passiert.«

»Soll mich das jetzt trösten?« Die erste Träne verließ meine Augen. Ich wischte sie hastig fort und griff neben mich, um mein Kleid an mich zu ziehen, es an die Brust zu pressen. Mit einem Mal war mir kalt und ich schämte mich, vollkommen nackt zu sein. Ich schämte mich generell.

Eamon versuchte nach meiner Hand zu greifen, doch ich zog sie weg und reckte kampflustig das Kinn. Wäre es nicht albern gewesen, hätte ich die Zähne gebleckt. Er musterte mich, während der Gestank nach Eisen zunahm.

»Die Magie wird mich bald verändern«, sagte er tonlos. »Sie fängt bereits damit an. Als du mich gefunden hast, hatte sie mich schon ziemlich tief in den Abgrund gezogen. Eigentlich habe ich es nur hierher geschafft, weil ein entscheidender Teil von mir dich unbedingt wiedersehen wollte. Ich habe mich fallen lassen, gehen lassen, die Gefahr ignoriert. Es tut mir leid.«

Er beugte sich vor und nahm mich so schnell in die Arme, dass ich ihm gar nicht ausweichen konnte. Ich versteifte mich zwar, doch je länger er mich hielt, desto mehr gab ich nach. Irgendwann brach meine Sturheit und ich erwiderte die Umarmung.

»Was geschieht jetzt mit dir?«, fragte ich.

»Ich weiß es nicht. Der Fy-Riad reißt mich einfach mit in den Abgrund.« Er nahm mein Gesicht in seine Hände und küsste meine Nase. »Falls ich hier wieder auftauche, dann halte dich fern von mir, hörst du?« Er sah mich bittend an.

»Vergiss es.«

»Ich meine es ernst. Du hast heute einen ersten Geschmack bekommen. Die Magie der Fy ist … eigen. Sie ist gefährlicher als jedes wilde Tier.«

»Ich habe dich einmal wieder wachgerüttelt, ich kann das auch erneut tun.«

»Du bist wirklich stur.«

»Ich bin eine Arven. Wir haben die dicksten Schädel in ganz Tul Dalla. Die sind selbst dicker als die der Drachen – und die sind gepanzert.«

Er lächelte, doch das Lächeln erreichte nicht mehr seine Augen. Die waren schwarze Tümpel, in denen bunte Glühwürmchen tanzten. Wäre es nicht so unheimlich gewesen, hätte es schön aussehen können.

»Halte dich fern«, sagte er streng. Dann stand er auf und ging.

Dunkler Abgrund

Die nächsten Tage war ich traurig und glücklich zugleich. Ich bereute es mittlerweile nicht mehr, mit Eamon geschlafen zu haben. Es war richtig gewesen. Er war der Richtige gewesen.

Was das anging, war die Welt gerade in Ordnung.

Alles andere war einfach nur schrecklich.

Die vielen Toten waren grässlich.

Die Arbeit war entsetzlich.

Eamons Verschwinden war furchtbar.

Und die Angst um ihn war grauenhaft.

Mina versuchte natürlich herauszufinden, was mit mir los war. Allerdings war sie eine Sidhe – und die bohrten niemals allzu tief nach. Als sie merkte, dass ich nicht darüber reden wollte, gab sie auf.

»Aber wenn du noch trauriger wirst, dann musst du es mir sagen«, erklärte sie streng. Ich nickte und machte mit meiner Arbeit weiter.

Im Schloss kehrte eine seltsame Ruhe ein. Der Feind war weit zurückgedrängt worden, die Pfeilschauer sahen wir nur in großer Entfernung. Es war merkwürdig, das Donnern der Kanonen als dumpfes Grollen zu hören.

Während wir aufräumten, rüsteten die Fy zur nächsten Schlacht. Ich sah so viele Befehlshaber wie schon lange nicht mehr ein und aus gehen. Die meisten hatten bis vor Kurzem an der Front gekämpft, jetzt hatten sie plötzlich wieder Luft zum Atmen – und nutzten die Chance, um ihre Wünsche und Empfehlungen abzugeben. Offenbar weilte der Fy-Riad weiterhin im Schloss. Hier empfing er seine Ratgeber, hier plante er die nächsten Angriffe.

Er und seine Leute bekamen den kompletten Westflügel zugesprochen. Uns wurde eingetrichtert, uns davon fernzuhalten, was wirklich schade war. Ich hätte zu gerne einen Blick auf unseren großen Anführer geworfen. Auf den Mann, der Eamon mit in den Abgrund riss. Doch sowohl der Fy-Riad als auch Eamon blieben verschwunden.

Kaum ein Schlossbewohner hatte den Kriegsfürsten bislang zu Gesicht bekommen. Als er ernannt worden war, waren die Fy wie immer unter sich gewesen. Ich nahm an, dass ihn einige Jeal gesehen hatten, doch mit denen sprachen wir nicht – beziehungsweise die sprachen nicht mit uns.

Ich fragte mich fast jeden Morgen und jeden Abend, ob Eamon mit im Westflügel lebte. Er stand dem Fy-Riad sehr nahe, da war ich mir sicher. Und wenn er da schlief, dann war er noch im Schloss und damit nicht weit von mir. Daher ging ich jeden Tag mindestens zwei Mal zur Plattform, um nachzusehen, ob er nicht vielleicht zurückgekehrt war. Doch er war niemals da.

Von Tag zu Tag schwand meine Hoffnung und mit ihr meine halbwegs gute Laune. Mina und die anderen versuchten mich aufzumuntern, aber ich vermochte es nicht, ihnen eine fröhliche Inea zu präsentieren. Der Krieg hatte mich nicht vernichten können. Jetzt schaffte es ausgerechnet die Liebe.

Okay. Ob ich Eamon liebte, war mir noch nicht ganz klar. Konnte man sich so schnell in jemanden verlieben? Oder war es eine Schwärmerei? Auf jeden Fall kribbelte es überall auf mir und in mir, sobald ich an ihn dachte. Ich brauchte eine Weile, um das Gefühl als verzweifelte Sehnsucht zu identifizieren. Ja, vermutlich hatte ich mich Hals über Kopf in diesen komischen Typen verliebt.

Verdammt.

Als ich gut eine Woche nach unserer Nacht zur Plattform zurückkehrte, rechnete ich nicht wirklich damit, ihn zu sehen. Doch da war er. Eamon.

Ehrlich gesagt roch ich ihn, bevor ich ihn sah. Der Gestank nach Magie lag so schwer in der Luft, dass es mir in der Nase kratzte.

Fluh bemerkte es ebenfalls. Ich spürte und hörte, wie sie sich in meinen Haaren alarmiert aufrichtete und schnüffelte. Diamad hingegen gähnte schläfrig in die Runde. Er war noch zu klein, um die Gefahr zu registrieren.

Ich zögerte. Ging ich weiter, würde mich Eamon ebenfalls sehen. Kehrte ich um, würde ich mich die ganze Zeit fragen, ob ich nicht besser zu ihm gegangen wäre.

Ich straffte mich und lief weiter. Es musste sein. Ich musste ihn einfach sehen.

Als ich die Planke betrat, wurde ich immer langsamer. Er saß, anders als sonst, mit dem Rücken zu mir, ein ganzes Stück von den Fellen entfernt, aufrecht, im Schneidersitz. Obwohl er mich gehört haben musste, drehte er keineswegs den Kopf, sah stattdessen stur in die Richtung, in der sich unsere Feinde befanden.

Ich schluckte meine Angst hinunter und näherte mich vorsichtig. Oona saß am anderen Ende der Mauer, weit weg von mir und ihm. Sie war zu einem festen Knäuel zusammengerollt, so einsam, wie ich mich fühlte. Auch sie verlor die Verbindung zu Eamon mehr und mehr.

Neben den Fellen blieb ich stehen, unschlüssig und nervös. Fluh tippelte unruhig auf meinem Kopf herum. Sie konnte die Situation genauso wenig wie ich einschätzen.

»Eamon?«, fragte ich leise. Keine Reaktion.

Da erst sah ich, dass ihm jemand die schwarzen Haare abgeschnitten hatte. Man hatte ihn kahl geschoren. Ich bekam eine Gänsehaut. Die nackte Haut war für mich ein Symbol dafür, dass man ihn entblößte, dass irgendjemand ihn mehr und mehr zerstörte. Der Fy-Riad?

Obwohl er mit der Glatze so anders aussah, war ich mir absolut sicher, dass da Eamon vor mir saß. Es war seine Aura, wenn auch deutlich finsterer als zuvor. Der Blutgestank war jetzt ausgeprägter, doch der Torfgeruch war noch da.

Und jetzt?

Ich wollte noch einen Schritt auf ihn zugehen, da hob er eine Hand. Es war eine kurze, abgehackte Bewegung, die jedoch umso bedrohlicher wirkte. Fluh schoss im gleichen Moment von meinem Kopf und stellte sich jammernd zwischen mich und Eamon. Sie sah mich an und fauchte. Ihre Körperhaltung machte deutlich, was sie wollte: zurück. Geh nicht weiter.

Da ich gelernt hatte auf ihre Instinkte zu hören, brach ich meinen Annäherungsversuch ab. Stattdessen setzte ich mich auf die Felle und platzierte Diamad zwischen meine untergeschlagenen Beine. Der Kleine drehte sich dreimal im Kreis, bis er sich dort niederließ. Auch Fluh gesellte sich zu uns. Sie drückte sich gegen meine Schenkel und kuschelte sich an mich. Dabei sah sie mich aus ihren violetten Augen entschuldigend an. Wenn sie wollte, war sie in der Lage dazu, eine etwas deutlichere Gestalt anzunehmen.

»Schon gut, Fluh. Du hast ja recht«, sagte ich leise zu ihr und strich ihr über den Kopf. Sie seufzte und ihre Kontur verblasste. Jetzt spürte ich sie mehr, als dass ich sie sehen konnte.

Eamon rührte hingegen keinen Muskel. Er saß stolz da, Rücken gerade, Kopf erhoben, Augen nach vorn gerichtet. Vor mir saß der Mann, der mich vor noch nicht einmal einer Woche verführt hatte. Und doch war er es nicht mehr.

Ich betrachtete eine Weile seinen Rücken, dann stand ich auf und ließ ihn allein.

Eamon kam die nächsten Tage fast jeden Abend zur Plattform. Er saß immer an genau der gleichen Stelle, in genau der gleichen Haltung. Wann immer ich ihm zu nahe kam, hob er seine Hand und ich gab auf. Ich setzte mich dann meist für eine Stunde auf meine Felle, kraulte meine Drachen und starrte den Rücken an. Dabei schwor ich mir immer wieder, am nächsten Tag nicht wiederzukommen.

Doch ich kam trotzdem.

Ein weniger sturer Mensch hätte vielleicht nach einer Woche aufgegeben, doch ich war eine Arven – und die hatten Ausdauer. Ich erinnerte mich gut an seine Aussage: Ein kleiner Teil von ihm kam hierher zurück, um mich zu sehen, und dieser kleine Teil vermisste mich, sehnte sich nach mir, erinnerte sich an mich. Also vertraute ich darauf, dass meine Anwesenheit diesen kleinen Teil irgendwann vergrößern würde.

Da ich mich nicht jeden Abend davonstehlen konnte, ohne meine Arbeit zu vernachlässigen, brachte ich sie kurzerhand mit. Ich wickelte stundenlang Verbandsmaterial auf, flickte alte Kleidung, putzte Kaminzubehör oder polierte Besteck. Am fünften Tag, nachdem wir unseren seltsamen Tanz der Sturköpfe begonnen hatten, saß Eamon etwas näher zu mir. Sofort schöpfte ich Hoffnung.

Als ich jedoch am nächsten Abend zur Plattform kam, war er nicht da. Mir war, als hätte man mir kräftig in den Magen geschlagen.

»Er hatte bestimmt nur keine Zeit«, sagte ich leise zu Fluh. Mein Winddrache flog ausnahmsweise neben meinem Kopf und segelte in der lauen Brise, die abends über die Dächer fegte. Sie warf mir einen zweifelnden Blick zu.

Diamad hingegen sauste los und hielt direkt auf die Stelle zu, an der Eamon normalerweise saß. »Diamad, bleib hier«, rief ich ihm hinterher. Der Drache schnaufte, hob etwas vom Boden auf und kam stolz zu mir zurück.

In seiner Schnauze hielt er zwei kleine Streifen Trockenfleisch. Ich nahm sie ihm ab und lächelte. Ein Geschenk. Eamon hatte mir ein Geschenk hinterlassen. Den Rest des Abends bekam ich mein Grinsen kaum noch aus dem Gesicht.

Die nächsten Tage verpassten wir uns, vielleicht kam Eamon auch tatsächlich nicht herauf. Etwas war im Gange, denn die Fy wirkten nervös. Sie bereiteten sich eindeutig auf eine Offensive vor. Ich nahm an, dass Eamon deshalb keine Zeit hatte. Das hielt mich dennoch nicht davon ab, ständig bei unserem Treffpunkt vorbeizuschauen.

Schließlich legte ich die weiße Feder eines Schwans auf den Platz, wo er immer saß. Ein Stein sorgte dafür, dass sie nicht wegflattern konnte. Die Feder stand bei den Sidhe für Freude und Glück. Wenn ein Kind geboren wurde, bastelte der Stamm aus vielen kleinen Federn einen Schmuckring, den sie über die Krippe hängten. Ich fand, es war ein passendes Geschenk für einen traurigen Krieger.

Am nächsten Tag war die Feder fort. Ich hoffte, dass er und nicht ein Windhauch sie mitgenommen hatte.

Ich fragte Mina, aus was der dazugehörige Schmuckring bestand. Sie erklärte es mir und musste lachen, als sie mein entsetztes Gesicht sah. Das klang furchtbar kompliziert.

»Für wen willst du denn einen basteln?«, fragte sie mich. In der nächsten Sekunde riss sie die Augen auf. »Du bist doch nicht etwa schwanger?«

»Nein«, beteuerte ich rasch und hob abwehrend die Arme. »Es ist für einen Freund.«

Sie kniff die Augen zusammen. »Irgendein Freund oder ein spezieller?«

»Irgendwas dazwischen.«

Sie überlegte. »Du kannst ihm unmöglich einen Geburtsring basteln, selbst wenn du keine Sidhe bist. Das gehört sich nicht. Mach doch einen Freundschaftsring.«

»Die gibt es bei euch?«

Sie wurde rot im Gesicht. »Ja. Ich bin nur noch nie dazu gekommen, dir einen zu machen.«

»Ach, Mina, so meinte ich das doch gar nicht. Du bist meine beste Freundin, auch ohne Freundschaftsring. Wenn ich ehrlich bin, kenne ich so etwas nur von Kindern.«

»Oh nein. Bei uns haben die Freundschaftsringe eine große Bedeutung. Wer einen bekommt, wird in die Familie aufgenommen. Da du jedoch eine Arven bist, musst du dich natürlich nicht an den Brauch halten. Habt ihr Arven denn nicht etwas, das du ihm schenken könntest?«

»Wir Arven sind Ignoranten, was Bräuche angeht. Tatsächlich fällt mir nicht einer ein.«

Sie nickte wissend. »Ja, ihr Arven seid in dieser Hinsicht wirklich hinterwäldlerisch.« Wie sich herausstellte, war der Freundschaftsring bedeutend einfacher zu machen. Die Kordel bestand aus den verschiedensten Materialien, vom Band über Stoff bis hin zu hauchfein geformtem Stahl.

Ich nahm die Herausforderung an und bastelte jetzt abends auf der Plattform meine Kordel – natürlich erst, nachdem ich mit meinen Aufgaben fertig war.

Als ich mich gerade mit dem Stahl herumquälte, kam Eamon zu uns. Er blieb auf der Planke stehen und sah mich an. Unsere Blicke begegneten sich und ich hätte schwören können, dass er ganz leicht lächelte. Es war nur ein Zucken um den Mundwinkel, aber es war da.

»Ich bastel dir ein Freundschaftsbändchen«, rief ich ihm zu. »Keine Widerrede. Wehe, du trägst es nicht.« Ich hob meine verbrannten und zerschnittenen Hände. »Da klebt eine Menge Herzblut dran.«

Wieder bewegten sich seine Mundwinkel. Ganz leicht. Er näherte sich jetzt, blieb ein Stück von mir entfernt stehen. Heute sah er irgendwie noch beeindruckender aus als sonst. Anstatt des zerschlissenen Hemdes trug er einen schwarzen Pullover, der an Schultern und Handgelenken mit braunem Leder verstärkt war. Seine Hose sah wertvoll aus – dunkles Leder, durch das man Stahlbänder gewebt hatte. Auch die Stiefel wirkten neu, wobei sie ziemlich dreckig aussahen.

Mein Blick verfing sich an dem Schwert, das an seiner Hüfte hing. Es war ein anderes als das, was er bislang bei sich gehabt hatte. Es sah irgendwie fieser aus und glänzte rötlich von innen heraus.

Ich zwang mich, den Blick davon zu lösen und ihm ins Gesicht zu sehen. Er hatte die letzten Wochen abgenommen. Sein Kinn war jetzt prägnanter als zuvor, die Wangenknochen spitzer. Die Augen hingegen bestanden nur noch aus Magiefünkchen. Es war irritierend, hineinzublicken, also konzentrierte ich mich auf seine Glatze. Die sah wenigstens nur dämlich und nicht Furcht einflößend aus. »Kreative Frisur«, frotzelte ich.

Für einen winzigen Moment dachte ich, er würde antworten, doch stattdessen ging er an seinen Stammplatz und setzte sich auf den nackten Stein. Ich wollte mich schon wieder meiner Arbeit zuwenden, da sah ich den Unterschied. Er sah mich diesmal an.

Mein Herz machte einen Satz.

Um es nicht zu übertreiben, unterdrückte ich einen entsprechenden Spruch und beugte mich hastig über meine Arbeit. Diamad sah interessiert zwischen mir und ihm hin und her, gesellte sich dann aber wieder zu mir, um mein Minischmiedefeuer weiter anzufachen. So ein kleiner Feuerdrache konnte wirklich praktisch sein.

Eine Weile war nur das Klappern meines Hammers zu hören. Ich mühte mich damit ab, den verflixten Stahl platt zu hauen, doch so richtig wollte er nicht. Da ich kein Schmied war, hatte ich auch keine Technik. Ich ließ meinen Frust in die Arbeit mit einfließen, was mir außerordentlich guttat. Zwischen dem fünften und sechsten Schlag fragte ich: »Erkennst du mich eigentlich?«

Ich sah in letzter Sekunde hoch, sodass ich noch sehen konnte, wie er nickte. Der nächste Schlag verrutschte daraufhin und ich traf meinen Daumen. Mit tränenden Augen blinzelte ich zu Eamon und steckte den schmerzenden Finger in den Mund. »Das ist toll«, nuschelte ich. »Denn dafür …« Ich hob den zerfledderten, halb fertigen Ring. »… bist du mir wirklich was schuldig!«

Eamon revanchierte sich tatsächlich mit Kleinigkeiten. Manchmal hinterließ er etwas Brot, manchmal Fleisch und manchmal lagen an seinem Platz auch ein paar Glutsteine für Fluh und Diamad. Ich konnte es kaum glauben.

Die Drachen brauchten alle zwei, drei Monate einen Glutstein, dann kamen sie gut klar. Die Kostbarkeiten waren in letzter Zeit jedoch ziemlich knapp geworden. Zwar war Tul Dalla um eine Drachenhöhle herumgebaut worden, sodass wir durchaus an Glutsteine gelangen konnten – doch der Krieg sorgte für ungleiche Verteilungen.

Die Feuerdrachen, die an der Front kämpften, bekamen das meiste ab. Ich gab zu, dass das wirklich Sinn machte. Sie waren die einzige Drachenart, die so groß wie zwei Häuser wurde und geritten werden konnte. Wasser- und Winddrachen hingegen wurden meist nicht größer als eine Katze.

Da große Feuerdrachen entsprechend viel Bedarf hatten, blieb für die kleineren nicht mehr viel – erst recht nicht für meine Truppe, die aus für den Krieg ziemlich unbedeutenden Drachen bestand. Fluh und Diamad hatten ihren letzten Glutstein vor drei Monaten bekommen. Deshalb wirkten sie in letzter Zeit müde und schlapp. Ich war mir allerdings sicher gewesen, dass ich schon irgendwoher einen Glutstein auftreiben konnte. Niemand, selbst der blödeste Jeal, ließ einen Drachen verhungern.

Eamon hatte meine Nöte eher mitbekommen als meine Gutsherren.

Kaum hielt ich Eamons Geschenk in den Händen, verfütterte ich zwei von ihnen an meine Drachen. Die übrigen verwahrte ich in einem Beutel auf. Einen bekam der kleine Wasserdrachen in der Küche, den anderen eine Bekannte von mir, die zwei Winddrachen zu versorgen hatte. Woher ich die Glutsteine hatte, erzählte ich nicht – und sie fragte nicht nach.

Da Eamon offenbar mitbekommen hatte, dass ich von seinem Glutstein-Geschenk völlig aus dem Häuschen war, legte er mir von da an jedes Mal einen hin. Fast immer hinterließ er noch zusätzlich etwas für mich. Das Essen war theoretisch das wichtigste Geschenk, war es doch lebensnotwendig, in Wirklichkeit freute ich mich über die anderen Sachen viel mehr: über einen Kieselstein in Form eines Herzens, über eine graue Feder, deren Bedeutung ich nicht kannte, oder über das Säckchen mit duftenden Kräutern darin. Sie waren meine Schätze.

Mein Geschenk hingegen formte sich eher langsam, denn der Schlossverwalter sorgte dafür, dass ich kaum Zeit hatte, mich großartig damit zu beschäftigen. Manchmal schlief ich über meiner Arbeit ein und übernachtete oben auf der Plattform. Da der Kriegsschauplatz mittlerweile weit entfernt und die Nächte warm waren, war das zum Glück kein Problem.

Eines Morgens wachte ich auf und hatte Eamons Mantel über mir liegen. Ich hatte nicht bemerkt, dass er hergekommen war, und fragte mich sofort, wie nahe er mir gekommen war. Mit einem tiefen Seufzen vergrub ich mich in dem Kleidungsstück und atmete seinen Duft ein. Der Mantel roch noch nach dem alten Eamon – nach Torf, nicht nach Blut.

Und dann veränderte sich von einem Tag auf den nächsten wieder alles. Die Krieger brachen auf und unser Schloss wurde leer und leise. Die Fy kehrten an die Front zurück. Ich nahm an, dass Eamon mitgegangen war.

Wir hörten die nächsten Wochen nicht viel. Die Festung war riesig, die Nachrichten brauchten entsprechend lange – und niemand hielt es für nötig, die ängstlichen Dienstboten zu informieren. Was wir mitbekamen, beunruhigte uns, doch es musste nicht unbedingt stimmen.

Der gegnerische Fy-Riad sei mächtiger als unserer, hieß es zum Beispiel.

Die Tul Curragh würden wieder entschlossener kämpfen, hörte ich.

Die äußerste Mauer sei kurz davor, erneut zu fallen, vernahm ich an einem anderen Tag.

Normalerweise ignorierte ich solche Gerüchte, doch in den allermeisten Fällen enthielten sie zumindest einen Kern Wahrheit. Unser Fy-Riad war offenbar nicht ganz so erfolgreich wie erhofft. Er hatte einen guten Start hingelegt, jetzt verreckte er auf der Geraden.

Als die äußerste Mauer dann wirklich fiel, war das nicht zu überhören. Das Bersten und Krachen übertönte eine ganze Weile alle anderen Geräusche, erst recht, da wir in unseren Bewegungen innehielten und lauschten.

Ich schloss müde die Augen und fragte mich, wo das alles hinführte. Was brachte es den Tul Curragh, uns jahrelang zu belagern? Wie besessen mussten sie sein, um so viel Ehrgeiz zu haben?

Diese Frage wurde bereits seit Langem unter uns diskutiert. Die einfachste Erklärung war, dass ihnen die Arven weggestorben waren. Das hatte es vor Jahrhunderten schon einmal gegeben: Eine Krankheit, die nur das Drachenvolk befiel, hatte die Bevölkerung rund um eine bestimmte Stadt fast vollständig dahingerafft. Da das Magiegleichgewicht gestört war, waren die Fy auf Beutezug gegangen. Sie hatten so viele Arven aus anderen Städten entführt, wie sie konnten.

Die meisten Tul Dalla gingen davon aus, dass auch im Fall der Tul Curragh etwas Ähnliches passiert sein musste. Doch welche Stadt konnte so lange auf ihre Armee verzichten? Ich fand es unglaubwürdig, hatte jedoch keine bessere Erklärung.

Jetzt also waren sie wieder auf dem Weg in unsere Stadt, und nicht einmal unser Fy-Riad konnte sie aufhalten. Ich betete, dass Eamon nichts passiert war.

Der Westflügel

Zu unserer Überraschung kehrte die Führungselite ein paar Tage später ins Schloss zurück. Man munkelte, sie würden einen neuen Plan aushecken. Das wollte ich ihnen definitiv geraten haben, immerhin war der letzte wenig erfolgreich gewesen.

Mit ihrer Rückkehr begann ich, auf ein Wiedersehen mit Eamon zu hoffen, doch er ließ sich Zeit. Die nächsten Tage kam er nicht. Zwei Wochen vergingen, und ich wurde immer unruhiger. War ihm etwas passiert? War er an der Front getötet worden? War er verletzt? Oder hatte ihn die Magie nun ganz eingewickelt, sodass er mich vergessen hatte?

Welche Erklärung es auch gab, keine wollte mir gefallen.

Gut zwei Wochen nach der Rückkehr der Krieger hielt ich es nicht mehr länger aus. Eamon war verschwunden, die Fy schrien sich an, die Schlossbevölkerung war nahe an einem hysterischen Anfall – und niemand klärte uns auf.

»Mina, wir müssen was unternehmen«, sagte ich zu meiner Freundin. Die verdrehte umgehend die Augen.

»Bitte kein Alleingang«, murrte sie. Sie kannte mich. Ich hatte vor einem Jahr ziemlichen Ärger mit den Jeal bekommen, weil ich in ihren Angelegenheiten herumgeschnüffelt hatte.

Ich warf der kleinen Fee einen eindringlichen Blick zu, durchbohrte sie regelrecht. »Willst du dir weiter Sorgen machen oder wollen wir was gegen dieses nagende Gefühl tun?«, provozierte ich sie. Sidhe taten nur äußerst selten etwas, das gesetzeswidrig war, daher musste ich behutsam vorgehen. Zum Glück färbte mein Ungehorsam auf Mina ab.

»Was hast du vor?«, fragte sie. Für eine Sidhe war sie ungewöhnlich neugierig.

»Heute putzen wir am Westflügel.«

»Dafür gibt es eine eigene Putztruppe. Die Fy haben sie selbst ausgesucht.«

»Wir putzen ja auch nicht im Westflügel, sondern die Tür davor«, erwiderte ich und schnappte mir bereits Putzeimer, Besen und Lappen.

Mina zögerte, gab dann aber nach. Auch sie war das Herumrätseln leid. Also folgte sie mir und pfiff einen Cu Sid heran, der in seiner Hundeschnauze den Mülleimer tragen sollte. Elfenhunde waren im Gegensatz zu den Katzen strunzdumm, weshalb sie nur einfache Arbeit verrichten mussten.

Dieser hier war ganz besonders dämlich, aber unfassbar lieb.

»Hey, ihr zwei, wo wollt ihr denn hin?«, rief uns Lummia hinterher. Die Frau hatte ihre Augen wirklich überall.

»Ein Fy hat uns befohlen, den Dreck vor dem Westflügel wegzumachen. Da hat irgendwer hingekotzt«, schrie ich zurück. Meine Stimme hallte unheimlich durch den Gang, während ich entschlossen weiterging. Nur nicht langsamer werden.

»In Ordnung. Ich gebe es an den restlichen Putztrupp weiter«, erwiderte sie.

Ich nickte ihr zu und verschwand mit Mina um die nächste Ecke. »Manchmal finde ich es richtig unheimlich, wie schnell und einfach dir Lügen über die Lippen kommen«, bemerkte sie.

»Ich bin eine Arven. Um unsere Dickschädel durchzusetzen, müssen wir erfinderisch sein.« Ich grinste sie an und sie knuffte mir gegen die Schulter, indem sie gegen mich flog.

Wie sich herausstellte, war mein Plan allerdings eher mäßig. Wir schruppten eine ganze Weile vor dem Westflügel herum, ohne irgendetwas zu erreichen. Hinter der geschlossenen Tür hörten wir einige Fy herumbrüllen, mehr aber auch nicht. Im Hof des Westflügels rührte sich ebenfalls nichts. Ich sah Fußspuren im aufgewühlten Sand, ein sicherer Beweis, dass hier manchmal geübt wurde. Ansonsten wirkte der Bereich wie ausgestorben.

Innerhalb von drei Stunden kamen gerade mal zwei Fy vorbei, die uns nicht eines Blickes würdigten. Sie verschwanden hinter der goldenen Tür, dann kehrte wieder Ruhe ein.

»Wenn wir noch weiter dieses Geländer abseifen, dann blättert die Farbe ab«, sagte Mina irgendwann. Meine beiden Drachen und der

Cu Sid hatten sich schon längst in einem sonnigen Abschnitt hingelegt und dösten vor sich hin. Der Boden glänzte, in der Ecke hing nicht eine Spinnwebe.

Ich gab nach und wir trollten uns. Das hieß aber nicht, dass ich meinen Plan aufgab.

Am nächsten Morgen waren wir wieder da, bloß putzten wir diesmal die Tür.

»Wenn du mir jetzt vorschlägst, sie wie zufällig zu öffnen und einen Blick hineinzuwerfen, schlage ich dich«, sagte Mina, kurz bevor ich genau das anmerken wollte.

»Du kennst mich zu gut.«

Sie grinste geheimnisvoll – und ließ sich auf die riesige Klinke sinken. Es klickte, als sie nachgab und die Tür ein kleines Stück aufschwang. »Huch«, machte Mina.

Ich legte hastig einen Zeigefinger auf die Lippen und bedeutete ihr, zu mir zu fliegen. Wir starrten den Spalt einen Moment schweigend an, als wolle er uns verschlingen.

»Und jetzt?«, flüsterte Mina.

»Keine Ahnung«, erwiderte ich.

Ich tappte auf Zehenspitzen näher und schob die Tür so weit auf, dass ich hindurchschlüpfen konnte. Den Wischmob hielt ich wie eine Waffe vor mir. Mina folgte mit dem Staubwedel. Als Diamad an mir vorbeihuschte, fluchte ich lautlos in mich hinein. Verdammt. Ich hatte vergessen, meinen Drachen zu verbieten, mitzukommen.

Einen Herzschlag später saß Fluh schon auf meinem Kopf und machte fragende Geräusche. Der alte Drache wusste ganz genau, dass wir hier nichts zu suchen hatten. Zum Glück blieb der Cu Sid in der Sonne liegen. Nicht auszudenken, wenn der dumme Elfenhund hinter uns hergepoltert wäre.

Der Gang, in dem wir uns jetzt befanden, sah nicht viel anders aus als der, den ich immer hinüber zur Plattform benutzte. Das war nicht sonderlich verwunderlich, immerhin war das Schloss in weiten Teilen identisch aufgebaut. Ich wusste, dass sich hinter der dicken linken Mauer der Übungsplatz befand, den wir von der anderen Seite aus hatten einsehen können. Rechts von uns war ein geschwungenes Geländer, das mit viel Efeu überwuchert war. In fünf Meter Tiefe befand sich ein weiterer Hof, etwa sechsmal so groß wie der auf der anderen Seite.

Und im Gegensatz zu dem verlassenen Hof war hier jede Menge los.

Mina und ich erstarrten gleichzeitig.

Oona war bislang die einzige Elfenkatze gewesen, die ich gesehen hatte. Ich hatte automatisch angenommen, dass die Cae Sid immer wie normale geflügelte Katzen aussahen, doch das war wohl ein Irrtum. Die Cae Sid, die in diesem Hof herumstrichen, waren sehr viel größer als Oona und wirkten sehr viel gefährlicher. Die meisten brannten irgendwie. Zumindest sah es so aus. Ich wusste aus Erzählungen, dass dieses Feuer nur heiß war, wenn sie es als Waffe einsetzten. Ansonsten sah es hauptsächlich unheimlich aus. Einige Flammen waren rot, andere orange und einige eisblau, aber immer wirkte es gruselig.

Die Cae Sid hielten sich am linken Ende des Hofes auf, streunten umeinander oder dösten in sonnigen Abschnitten. Vermutlich war das hier ihre Art von Stall, der Ort, an dem sie gehalten wurden. Kein Wunder, dass der Westflügel abgeriegelt war.

Auf der rechten Seite, also quasi direkt vor unserer Nase, übten einige Fy. Sie gingen mit Schwertern aufeinander los, prügelten sich mit Stäben oder rangen ohne Waffen miteinander. Meine Blicke huschten automatisch von einem zum anderen, suchten nach Eamons Gestalt, doch ich sah ihn nicht.

Dafür hörte ich Schritte auf dem Gang, die auf uns zukamen.

Mina warf mir einen panischen Blick zu, den ich erwiderte. »Zurück?«, zischte sie mir zu, aber dafür war es schon längst zu spät. Man hätte gesehen, wie wir hinter der Flügeltür verschwunden wären.

Also hüpfte ich zur Mauer und packte beherzt in den Efeu. Mit meinem Messer schnitt ich ein paar Stränge ab. Mina schwebte irritiert zu mir herüber. »Hilf mit«, befahl ich ihr zwischen zusammengebissenen Zähnen. Sie ergriff gerade einige Efeuzweige, da kamen die Fy um die Ecke.

Der vorderste verharrte, offenbar überrascht, eine Arven mit ihren Drachen und eine Sidhe zu sehen. Ich blickte hoch und sah in ein bärtiges Gesicht, das so voller Narben war, dass es regelrecht entstellt war. Der Bart selbst war etwas zu lang, um als Dreitagebart durchzugehen, aber zu kurz, um ihn als wirklichen Bart zu erkennen. Dazwischen webten die vielen Narben ein wirres Bild aus nackter Haut, denn an diesen Stellen wuchsen keine Strähnen mehr. Es sah schlicht ungepflegt aus. Dazu hatte er eine kurze, krause Kopfbehaarung, die ihm in alle Richtungen abstand.

Als der Mann die grauen Augen zu Schlitzen zusammenkniff, wusste ich, dass ich mir schnell eine Ausrede zulegen musste.

Er und sein Begleiter – ein älterer Fy mit einem ordentlichen, sehr langen Bart – kamen auf uns zu.

»Was macht ihr hier?«, fragte der mit den Narben im Gesicht.

Mina wurde leichenblass, während ich mich straffte. »Wir wurden hierherbestellt, um das Geländer vom Efeu zu befreien. Es frisst sich wohl in den Stein. Nicht mehr lange und es liegt auf dem Hof.« Ich wedelte unbestimmt mit der Hand Richtung Übungsplatz.

Der Narbige runzelte die Stirn. »Ich dachte, der Efeu ist das Einzige, das dieses Geländer noch hält«, merkte er spöttisch an.

»Der Statiker ist da anderer Meinung – und der muss es ja wissen. Wir sind nur der Putztrupp, der den Befehl ausführt.«

»Welcher Statiker?«

»Keine Ahnung. Er hat einem Jeal Bescheid gegeben und der hat dann beim Putztrupp Bescheid gegeben und der hat dann uns Bescheid gegeben. Ihr wisst ja, wie das so läuft.« Ich versuchte, möglichst lässig zu wirken.

Diamad rettete uns, indem er einen beeindruckenden Feuerstoß auf den Efeu losließ. Es zischte und brutzelte, Asche fiel zu Boden. »Mein kleiner Feuerdrache ist prädestiniert für diese Arbeit.«

Aus irgendeinem Grund überzeugte das den ruppigen Fy. Er nickte, warf uns aber noch einen bösen Blick zu. »Beeilt euch«, motzte er uns an, dann wandte er sich zum Gehen. Sein Begleiter folgte ihm schweigend. Ich sah noch seinen neugierigen Blick, wich ihm jedoch hastig aus.

Stattdessen zerschnitt ich den nächsten Efeuzweig.

Mina hielt ebenfalls den Mund, bis die Schritte der zwei Fy verklungen waren. Erst dann sah sie mich an. Ich erwartete einen wütenden Blick, doch sie grinste bis über beide Ohren. »Das war der Wahnsinn, Inea«, kicherte sie. »Wir haben die Fy angelogen und sie haben uns jedes Wort geglaubt. Wie doof sind die denn?« Sie giggelte vor sich hin, während ich sie verblüfft musterte.

In meiner Freundin steckte eindeutig eine kleine Rebellin.

Von da an zogen wir es tatsächlich durch. Wir logen Lummia ungeniert an und erzählten ihr die gleiche wirre Geschichte – nur aus einem anderen Blickwinkel. Ein Fy habe uns beim Putzen gesehen und uns dazu verdonnert, den Efeu im Westflügel wegzumachen. Mir hätte sie eher nicht geglaubt, doch Mina nickte mit Engelsmiene zu jedem meiner Worte, also zweifelte Lummia nicht eine Sekunde am Wahrheitsgehalt.

Wir kamen ab jetzt jeden Tag her und mühten uns mit dem Efeu ab. Darunter entdeckten wir ziemlich zersetzte Steine, sodass wir uns immer öfter nervöse Blicke zuwarfen. »Der Efeu hält das verdammte Geländer wirklich zusammen«, flüsterte mir Mina zu.

»Ich weiß, aber dafür können wir doch nichts. Wenn der ominöse Statiker das doch gesagt hat …«

Mina verdrehte die Augen, machte jedoch mit Feuereifer weiter – was vermutlich daran lag, dass wir wirklich spannende Sachen erfuhren. Wir hatten ziemlich schnell raus, dass sich unter uns mehrere Bänke befanden. Hier setzten sich die Fy gerne hin, um den Kämpfern zuzusehen, und redeten dabei lebhaft miteinander, diskutierten. Das war teilweise hochinteressantes Zeug.

Schon bald gewöhnten Mina und ich uns an, völlig lautlos zu arbeiten und die Ohren zu spitzen. Nicht immer konnten wir die Gesprächsfetzen verstehen, doch es gab einen Fy, der mit extrem lauter Stimme sprach. Wir tauften ihn den Dröhner. Sobald er da war, erfuhren wir neue Dinge, nur gesehen hatten wir ihn noch nie.

Heute war er besonders gesprächig.

»Die dritte Kompanie wird morgen verlegt«, eröffnete er das Geplauder, kaum dass er sich zu den Kameraden gesellt hatte. »Die Heerführung will um jeden Preis verhindern, dass die Tul Curragh am nächsten Wall durchbrechen.«

Gemurmelte Bestätigungen folgten.

Das Tolle am Dröhner war, dass er stets gut informiert war und gerne damit angab. Wir werkelten so lautlos wie möglich vor uns hin, um nur ja nichts zu verpassen.

Ein anderer sprach, deutlich leiser, aber ich konnte es dennoch verstehen. »Wann kehrt denn die holde Heerführung zurück?«

»Heute Abend.«

Alles klar. Damit stand fest, dass ich heute Abend hierstehen und Efeu schneiden würde. Mina und ich nickten einander bestätigend zu. Wir hatten wohl die gleichen Abendpläne.

Die nächste Frage verstand ich nicht, dafür die Antwort umso besser. Der Dröhner lachte laut und verächtlich. »Klar kommt der Fy-Riad ins Schloss zurück. Der lässt doch keine Gelegenheit aus, um sich hier zu verkriechen.« Es hörte sich an, als ob er höhnisch in den Sand spucken würde. »Ich hab von Anfang an gesagt, dass er nicht der Richtige ist. Der war noch nie ein richtiger Fy. Jetzt haben wir einen verkopften Fy-Riad, der etwas von Friedensverhandlungen labert, anstatt die nächste Schlacht zu planen.«

Jemand ermahnte den Dröhner. Die Worte konnte ich nicht verstehen, wohl aber den drohenden Ton.

»Was? Wollt ihr mir schon wieder den Mund verbieten? Der Fy-Riad ist schwach, das weiß hier doch jeder. Er kommt nicht mit seiner Macht klar, hängt viel zu sehr an seinem alten Ich. Das wird uns noch in den Untergang treiben. Ich sag euch was: Heute Abend mache ich die Ratssitzung klar. Wir müssen ein für alle Mal Tacheles reden und Schluss machen mit dem verdammten Kuschelkurs. Wenn der Fy-Riad sich weigert, die notwendigen Schritte einzuleiten, dann müssen wir ihn zwingen – oder er muss abdanken.«

Ein Fy, der am Rand des Übungsplatzes stand, hatte seine Worte wohl gehört, denn er drehte sich um und rief dem Dröhner zu: »Ach, und du nimmst dann seinen Platz ein, oder wie?«

»Ich? Bestimmt nicht. So bescheuert bin ich nicht. Wenn wir diese Scheiße hier überleben, dann will ich den Frieden genießen können. Wenn du ein guter Fy-Riad bist und den Krieg überlebst, bekommst du zum Abschied ein Messer zwischen die Rippen. Schönen Dank auch … da kann ich gut drauf verzichten.«

Der Fy am Rand lachte verächtlich. Er hatte eine Glatze, aber einen wirklich langen Bart, der ihm bis zur Brust ging. Früher einmal musste er dunkelbraun gewesen sein, jetzt durchzogen ihn viele Silbersträhnen. »Dann hör auf, deine beschissenen Reden zu schwingen. Wir müssen hinter unserem Fy-Riad stehen. Höre ich noch einmal, dass du hier so einen Scheiß erzählst, informiere ich die Heerführung.«

Es knarrte. Der Dröhner war aufgestanden und kam unter der Überdachung hervor, auf der wir standen. Zum ersten Mal konnte ich ihn sehen. Es war der Fy, der uns am ersten Tag im Westflügel angemotzt hatte, der mit den vielen Narben im Gesicht und dem zotteligen Dreitagebart. Er baute sich drohend vor dem anderen auf, während es auf dem Hof unheimlich still wurde. Jetzt erkannte ich auch den anderen. Es war der stille Begleiter gewesen, der uns zusammen mit dem Dröhner erwischt hatte.

»Du kannst sie gerne informieren«, erklärte der Dröhner in dieser Sekunde großspurig. »Heute Abend berufe ich den Rat ein – und dann erledigen wir das auf meine Art.«

Der andere war zwar etwas kleiner als der bullige Dröhner, wich aber um keinen Schritt zurück. »Wie ein Feigling, oder was?«

Daraufhin brach ein ziemlich heftiger Kampf zwischen den beiden aus. Der Dröhner schwang seine Faust, sein Gegner duckte sich geschickt weg und trat ihm in den Bauch.

Mina und ich sahen uns an, ließen sofort den Efeu fallen und machten, dass wir wegkamen. Wir hatten genug gehört. Heute Abend würden wir definitiv mal einen Blick auf den Fy-Riad werfen.

Als wir abends zurückkehrten, waren wir nervöser als sonst. Wir hatten Diamad mitnehmen müssen, da der kleine Drache unser Alibi war. Er war besser darin, den Efeu in Staub zu verwandeln, als wir. Was er in fünf Minuten erledigte, war für uns die Arbeit von einem Tag – wobei wir ja auch gar nicht sonderlich scharf darauf waren, mit dem Geländer fertig zu werden.

Wir postierten uns neben einer Säule, um in ihrem Schatten arbeiten zu können. Je unauffälliger wir waren, desto besser. Der Hof lag unheimlich verlassen vor uns, was uns nur ängstlicher machte. So spät waren wir noch nie hier gewesen.

»Vielleicht haben wir ihn verpasst?«, flüsterte mir Mina zu.

Ich zuckte mit den Schultern, weil ich es auch nicht wusste. Gleich darauf tippte ich Mina hektisch auf den Rücken und bedeutete ihr, etwas tiefer zu schweben. Eine große Gruppe Fy marschierte auf dem Übungsplatz auf. Sie teilten sich in zwei Gruppen, sodass in der Mitte ein Gang entstand, der von der rechten Flügeltür bis zur linken reichte.

Eindeutig ein Ehrenaufmarsch.

»Es geht los«, flüsterte ich aufgeregt. Mina setzte sich auf meine Schulter, während ich mir Diamad vor die Brust drückte und vorsichtig über den Mauersims linste.

Das gigantische Flügeltor schwang auf der rechten Seite auf. Hindurch flatterten eine ganze Menge Winddrachen. Ich sah ihre schimmernden Gestalten nur verschwommen, dafür waren die Feuerdrachen umso beeindruckender. Sie liefen auf dem Sand und peitschten mit den langen Schwänzen kleine Staubpartikel auf. Die meisten von ihnen waren so groß wie Pferde, einer passte sogar nur mühsam durch das Tor. Er musste unfassbar alt sein.

Dahinter folgten die ersten Fy. Sie ritten auf ihren feurigen Cae Sid und warfen grimmige Blicke in die schweigende Menge der restlichen Soldaten. Das hier war die Elite, das spürte ich schon allein an der Magie, die mit ihnen hereinwehte. Der überwältigende Gestank nach Blut trieb zu uns herüber. Mina hielt sich sofort die Nase zu.

Als mein Blick auf das Wesen fiel, das nun hereinkam, klappte mir die Kinnlade nach unten. Ich hatte ja viel erwartet, doch das nicht. Der Fy-Riad – es konnte nur er sein, kein Zweifel – saß ebenfalls auf einer Elfenkatze. Sie schimmerte bläulich, während auf ihrem Kopf schwarzes Feuer loderte. Da sie so eingehüllt von ihrem Zauber war, konnte ich sie kaum erkennen.

Der Fy-Riad hielt es ähnlich. Auch seine Magie umtoste ihn, sodass die Gestalt nicht mehr als Fy zu erkennen war. Der dichte Nebel, der sonst auf der Haut saß, wirbelte um ihn herum, Funken sprühten in alle Richtungen. Anders als die Magie der übrigen Fy war diese jedoch eine schwarze Brühe, in der bunte Sternchen herumsprangen. Sie waren blau, gelb, schwarz und stahlgrau. Die Magie aller Kriegsmagier, vereint in einem Mann.

Mir reichte ein Blick, schon zog ich den Kopf ein. Mina, die ja auf meiner Schulter saß, war eindeutig nicht böse darum, nichts mehr sehen zu können. Sie drückte sich an mich. Ich spürte ihr Zittern bis in meine eigenen Knochen. »Was für ein finsteres Wesen«, wisperte sie in mein Ohr. Ich nickte und presste Diamad fest an mich. Nicht auszudenken, wenn der Fy-Riad ihn rufen würde. Fluh hatte ich heute in der Küche zurückgelassen. Eine weise Entscheidung, wie ich hoffte.

Die Fy grüßten ihren Oberbefehlshaber mit verschiedenen militärischen Rufen. Es war laut, unheimlich und ziemlich erschütternd. Doch kaum war Ruhe eingekehrt, da hörten wir die Stimme des Dröhners. Mittlerweile kannten wir sie nur allzu gut.

»Das Volk der Fy grüßt den Fy-Riad«, rief er. Ein Chor aus Stimmen antwortete ihm.

»Wir grüßen den Fy-Riad!«

»Ich, Befehlshaber der zweiten Kompanie, bitte um Erlaubnis, offen sprechen zu dürfen.«

Mina schnaubte leise neben mir. »Das ist so ein Arsch«, hörte ich sie murmeln. Im Stillen musste ich ihr recht geben.

»Erlaubnis erteilt«, sagte jemand steif. Ich fragte mich, ob das der Fy-Riad gesagt hatte, doch ich war mir nicht sicher. Einen Moment zauderte ich, dann drehte ich mich um und schob langsam meinen Kopf über den Rand, bis ich wieder etwas sehen konnte. Auch Mina reckte sich neugierig.

Mein Blick huschte vom feurigen Fy-Riad zu den anderen Befehlshabern. Eamon hatte mir durch die Blume zu verstehen gegeben, dass er im Rang ziemlich hoch stand und den Kriegsfürsten gut kannte. Daher nahm ich an, dass er sich in dessen Nähe aufhielt. Doch ich sah nur in unbekannte Gesichter. Mein Herzschlag beschleunigte sich.

Der Dröhner machte eine dramatische Pause, bis er das Wort ergriff. »Die Befehlshaber der ersten, zweiten und fünften Kompanie sind sich einig. Wir berufen den Rat ein.«

Ihm antwortete ein langes Schweigen. Ich konnte die Anspannung riechen. Die Magie stank mehr denn je nach Ärger.

Alle Augen richteten sich auf den Fy-Riad, auf diese flammende Gestalt, die so unmenschlich wirkte. Schließlich meinte ich, ein Nicken erkannt zu haben. Ein Fy mit glutroten Haaren, der direkt neben ihm stand, wandte sich daraufhin dem Dröhner zu. »In Ordnung, Dakim. Du sollst deine Ratssitzung bekommen. In zwei Stunden treffen wir uns.«

Dakim verbeugte sich und reihte sich wieder ein. Ich erwartete, dass der Fy-Riad durch das linke Tor verschwinden würde, doch die oberste Heerführung blieb stehen, während sich der Rest der Soldaten in Bewegung setzte. Einer nach dem anderen verschwand, bis nur noch die Fy mit ihren Cae Sid übrig blieben, die direkt neben dem Fy-Riad standen.

»Ich glaube, wir sollten verschwinden«, flüsterte Mina mir zu. Ich schüttelte den Kopf. »Jetzt wird es doch erst richtig interessant.«

»Der Fy-Riad ist ziemlich mächtig. Was, wenn er uns spüren kann?«, protestierte Mina schwach.

Ich rührte mich nicht, sondern beobachtete, wie der Fy-Riad mitten auf dem Platz von seiner Cae Sid abstieg und in unsere Richtung lief. Hastig zog ich den Kopf ein.

»Er kommt auf uns zu«, sagte Mina leise.

»Ich weiß! Bleib unten.«

Mit angehaltenem Atem warteten wir, während wir den Schritten lauschten, die sich uns näherten. Sie hielten auf die Bänke zu, auf der die Fy so gerne saßen. Unterhalb unseres Ganges konnte man offenbar durch eine Tür ins Innere des Westflügels gelangen. Ich betete, dass sie nicht auf die erste Etage wollten.

Die Befehlshaber redeten derweil auf den Fy-Riad ein. Zunächst konnte ich nicht hören, was sie sagten, doch je näher sie kamen, desto deutlicher wurden die Worte.

»… Dakim ein Arsch ist, wissen wir alle. Aber er hat nicht unrecht.«

Schweigen.

»Fy-Riad, Ihr müsst Euch wappnen. Ihr werdet am Ende des Tages ohnehin keine Wahl mehr haben, als Euch zu beugen – oder Ihr werdet abgewählt.«

Schweigen.

Ein anderer mischte sich jetzt in das Gespräch ein. Jemand, der dem Fy-Riad näher war als der erste Redner, denn er sprach deutlich vertraulicher. »Jetzt äußere dich doch endlich auch mal, verdammt. Die werden dich heute Abend auseinandernehmen. Sag uns, was wir tun sollen.«

»Haltet euch da einfach raus.«

Es war das erste Mal, dass ich den Fy-Riad hatte sprechen hören. Seine Stimme klang undeutlich, als läge etwas über seinem Mund. Das war gar nicht so unrealistisch. Solange er so von der Magie umgeben war, trug er sicherlich einen Mundschutz. Das hatte ich bei dem ein oder anderen Fy bereits gesehen.

Der andere Mann seufzte tief. »Sie werden dich zwingen, sie zu töten.«

Ein kurzes Schweigen folgte, dann ein leises: »Ich weiß.« Eine Tür klappte, die Schrittgeräusche veränderten sich. Die Männer verließen offenbar den Sandbereich und gingen über Stein. Es polterte, dann herrschte Stille. Der Fy-Riad und seine Männer waren im Gebäude.

»Los«, zischte ich Mina zu. Ich schnappte mir meine Schere und hastete geduckt hinüber zum Westtor. So schnell und lautlos wie ich konnte, schlüpfte ich hindurch. Mina half mir, die Tür zu schließen, dann atmeten wir tief durch.

»Der Fy-Riad hat ziemlichen Ärger am Hals«, sagte Mina, nachdem wir uns zügig vom Tor entfernt hatten. Wir zitterten beide von dem Adrenalin, das durch unsere Adern fegte.

»Oder die ominöse ›sie‹, die erwähnt wurde«, erwiderte ich.

»Hm«, machte Mina. »Wen auch immer der Typ gemeint hat – ich will nicht in ihrer Haut stecken, wenn es sich denn um eine Frau handelt. Vielleicht sind es ja auch mehrere Personen.«

Mina diskutierte das noch eine Weile mit sich selbst, doch ich hörte nicht mehr zu. Mein Herz war schwer. Wenn ich ehrlich war, war mir diese ›sie‹ relativ egal. Viel schlimmer war, dass ich Eamon nicht gesehen hatte. Er hätte da sein müssen. Vielleicht hatte ich ihn nur nicht bemerkt? Immerhin hatte ich mich ziemlich auf den Fy-Riad konzentriert.

An diesem Abend kehrte ich mit einem unguten Gefühl zur Plattform zurück. Eamon war nicht dort, was jedoch logisch war. Bei der angekündigten Ratssitzung musste er sicherlich teilnehmen. Am nächsten Tag kam er ebenfalls nicht, genau wie an dem darauf.

Ich unterdrückte meine Panik so gut ich konnte, doch ich schlief mit ihr ein und wachte auch wieder mit ihr auf. Am Tag konnte ich mich ablenken, aber sobald ich auf meinen Fellen zur Ruhe kam, fing ich an zu zittern.

Eamon war fort. Da war ich mir fast sicher.

Der Fy-Riad

Fluh ruhte den einen Moment schlafend in meinen Haaren, im nächsten war sie aufgesprungen und losgeflogen. Mina und ich sahen ihr verblüfft hinterher.

»Was ist denn jetzt los?«, fragte meine Freundin erstaunt.

Mir rutschte das Herz in die Hose. Hastig zog ich den schlaffen Diamad von meinen Schultern. Der gähnte mich nur herzhaft an. Was immer Fluh aufgeschreckt hatte – Diamad hatte davon nichts mitbekommen.

Minas Gedanken schienen in die gleiche Richtung gegangen zu sein. »Die anderen Drachen wären ebenfalls losgeflogen, Inea. Der Fy-Riad kann sie nicht gerufen haben. Schau … die gammeln hier immer noch rum.«

Tatsächlich sah ich einen Wasserdrachen, der gerade zusammen mit seiner Herrin den Flur wischte. Ein Luftdrache pustete die Spinnweben aus den Ecken und weiter hinten verbrannte ein Feuerdrache Unrat. Alles ganz normal.

Da kam Fluh zurück. Sie flatterte aufgeregt einmal um meinen Kopf und flog wieder los, nur um hastig zurückzukommen.

»Ich glaube, sie will, dass du ihr folgst«, deutete Mina das wilde Gebaren meines Drachen.

Ich ließ die Putzsachen fallen und lief los. »Ich melde mich zum Abendessen ab«, rief ich meiner Freundin über die Schulter zu.

»Ich dachte, wir wollten wieder … äh … Efeu entfernen gehen?«, schrie sie mir hinterher.

»Heute nicht.«

Ich schlitterte bereits um die Ecke und hastete den Gang entlang. Es war später Nachmittag. Die Sonne warf riesige Schatten, sodass ich Fluh nur undeutlich sehen konnte. Ihre konturlose Gestalt war auch so schon schwer zu erkennen, doch in der aufkommenden Dunkelheit war es fast unmöglich. Tief in meinem Herzen wusste ich jedoch bereits, wohin sie wollte.

Kurz bevor ich die Treppe hinauflief, um zu der Planke und damit zu der Plattform zu gelangen, verharrte ich. Fluh saß vor mir auf einer Stufe und sah mich ernst an.

»Ist er da?«, fragte ich sie.

Sie nickte, peitschte jedoch unruhig mit dem Schwanz hin und her. Offenbar wollte sie mir etwas mitteilen, wusste aber nicht wie.

»Du hast die Plattform für mich beobachtet?«, hakte ich nach.

Wieder ein Nicken. Offenbar war mein kleiner Drache eigenständiger als erwartet. »Danke!«

Fluh seufzte ergeben und legte die letzten Stufen auf allen vier Pfoten zurück. Die libellenartigen Flügelchen lagen eng am Rumpf, als wolle sie sich vor etwas schützen. Es war ein ungewohnter Anblick.

Diamad polterte hinter ihr her. Seine Krallen hatten mittlerweile deutliche Spuren im Stein hinterlassen, immerhin kamen wir fast jeden Tag hierher. Erst jetzt fiel mir auf, dass sein Körper fast so groß war wie Fluhs. Feuerdrachen wuchsen einfach schneller als Winddrachen. Ich betete, dass er noch eine Weile handlich klein blieb. Je größer die Drachen wurden, desto schwieriger war es, sie für den Haushalt einzusetzen – und umso eher wurden sie an die Front gerufen.

Ich erreichte den obersten Treppenabsatz und sah die Planke vor mir liegen. Auch hier bemerkte ich Diamads Krallenspuren, aber auch ich hatte Fußabdrücke hinterlassen. Fluh saß bereits auf dem Brett und drehte sich erwartungsvoll zu mir um. Ich folgte, langsamer als normalerweise. Innerlich straffte ich mich.

Ich hatte Eamon schon so lange nicht mehr gesehen. Wie mochte er jetzt aussehen? Hatte er seiner Magie widerstehen können – oder hatte sie ihn weiter hinabgerissen?

Die Antwort erhielt ich nur einen Atemzug später.

Vor Entsetzen blieb ich abrupt stehen, verharrte mitten auf der Planke, was nicht ungefährlich war. Unter mir gähnte der Abgrund, doch das bemerkte ich nicht einmal.

Mein Blick klebte an Eamon – und an all dem Blut, das sich um ihn gesammelt hatte. Er kniete in einer regelrechten Pfütze, eine Hand um ein besudeltes Messer gekrampft.

Vor ihm lag Oona auf der Seite. Ihr ehemals weißes Fell war über und über mit Blut bedeckt, ihre Augen starrten mich leblos und still an, gebrochen angesichts des Todes. Das Maul war leicht geöffnet, sodass ich die Fangzähne sehen konnte. Sie hatte eindeutig im letzten Moment die Lefzen hochgezogen und die Zähne gebleckt.

Diamad, der etwa einen Schritt vor mir ging, hatte die beiden jetzt ebenfalls gesehen. Er quiekte erschrocken und machte einen Satz zurück, rempelte mich an. Ich schwankte und kämpfte um das Gleichgewicht, konnte meinen Blick aber trotzdem nicht von dem grauenhaften Anblick abwenden.

Eamon musste mich bemerkt haben. Er musste es einfach, sah aber weiterhin nicht auf, hockte einfach nur da. Vom Messer tropfte Blut, während aus Oonas Kehle und Bauch ein steter Strom auf den Stein floss.

Sie musste vor wenigen Augenblicken gestorben sein.

Fluh hatte mittlerweile die Plattform erreicht. Sie ließ ihre Gestalt in sanftem Violett aufleuchten, um auf sich aufmerksam zu machen. Ihr Blick bohrte sich in meinen, und ich nickte. Ich musste von der Planke runter.

Da mir Diamad den Weg versperrte, schnappte ich mir den Drachen und trug ihn die restlichen Schritte hinüber. An Fluhs Seite setzte ich ihn ab. »Bleibt hier«, befahl ich streng. Was Diamad anging, war ich mir sicher, dass er auf mich hören würde. Der Kleine war tief erschüttert.

Ich näherte mich langsam Eamon. Er saß am Rand, dort, wo Oona zu liegen pflegte. Vermutlich hatte er die Cae Sid überrascht und sie umgebracht, als sie ahnungslos gedöst hatte. Dass er sie getötet hatte, war offensichtlich.

Ich löste meinen Blick von der reglosen Gestalt der Feenkatze und musterte Eamon. Im ersten Moment schien er gesund zu sein. Die Muskeln ließen ihn kräftig, vital aussehen, doch die Schultern waren so verkrampft, dass sie seltsam deformiert wirkten. Das Gesicht hielt er gesenkt, sodass ich weder Augen noch die Mundpartie sehen konnte. Das Schlimmste an allem war jedoch die Magie, die um ihn toste. Sie war dunkel, schattengleich mit den verschiedensten bunten Fünkchen.

Schwarz, blau, stahlgrau, gelb.

Mir war, als hätte mir jemand den Boden unter den Füßen fortgerissen.

Nein, dachte ich verzweifelt. Das darf nicht wahr sein!

Doch die vielen kleinen Hinweise, die ich bereits die ganze Zeit bemerkt hatte, ließen sich nicht mehr länger ignorieren. Tief in mir drin hatte ich es schon längst geahnt, aber der Gedanke war einfach zu schrecklich, um ihn zu Ende zu denken.

Die Magie um Eamon war diesmal nicht so dicht wie beim letzten Mal, als ich ihn gesehen hatte. Ich konnte seine Gestalt erkennen. Jetzt wusste ich auch, warum er auf einmal keine Haare mehr besaß. Er hatte sie sich nicht abrasieren lassen. Das Feuer der Magie hatte sie weggebrannt.

Langsam drehte er den Kopf. Die Bewegung hatte etwas Raubtierhaftes an sich, etwas Gefährliches. Bislang hatte er die Augen geschlossen gehabt, aber jetzt öffnete er sie. Sein Blick war dunkel und finster, so schwarz wie die Pupillen, voller bunter Funken.

»Du bist der Fy-Riad«, sagte ich tonlos.

Er nickte nicht, rührte sich nicht, antwortete nicht, doch Worte waren überflüssig. Es war so offensichtlich, dass ich mich fragte, weshalb ich es nicht schon längst erkannt hatte.

Sein Kopf drehte sich wieder, er blickte auf Oona hinab, auf seine tote Kameradin. Auch seine Hände waren voller Blut. Auf seiner Kleidung und im Gesicht sah ich weitere Spritzer. Langsam legte er eine Hand auf ihr Fell, streichelte sie. Dabei hinterließ er eine blutige Spur, die mir eine Gänsehaut verursachte.

Das Messer hielt er noch immer fest in der anderen Hand.

Ich machte einen unsicheren Schritt auf ihn zu, blieb wieder stehen. Er sah auf den ersten Blick wie ein Wahnsinniger aus, doch ich spürte seine tiefe Verzweiflung, seine Qual.

Ein weiterer Schritt. Ich konnte gar nicht anders, als mich zu nähern. Wie hätte ich ihn denn in dieser Situation allein lassen können? Von hinten knurrte Fluh leise. Sie wollte mich warnen.

Diesmal ignorierte ich sie, konzentrierte mich einzig und allein auf das Wesen vor mir.

Als mich nur noch etwa fünf Schritte von ihm trennten, ging ich in die Hocke. Jetzt konnte ich erkennen, dass er Oona nicht nur die Kehle durchgeschlitzt, sondern ihr auch noch durch die Bauchdecke ins Herz gestochen hatte. Eine Cae Sid war eindeutig nicht einfach zu töten.

Sie musste sich gewehrt haben. An seinem Arm sah ich Bissspuren, von seiner Stirn tropfte Blut aus einem langen Kratzer und an Oonas Krallen glänzte das Blut ihres Gegners.

Ich vergrub kurz das Gesicht in den Händen, um mich zu sammeln, und atmete tief ein. Eamon rührte sich weiterhin nicht.

Erst als ich aus der Hocke zwei kleine Trippelschrittchen nach vorne machte, ruckte sein Kopf zu mir herum. Der Blick war der eines Jägers. Ich erstarrte und wagte nicht einmal mehr einen Atemzug.

Für einen Moment war ich mir sicher, dass er jetzt auf mich losgehen würde. Sein ganzer Körper spannte sich an. Ich sah die Schultermuskeln, die hervortraten, die Oberschenkel, die sich wölbten. Der Angriff kam jedoch nicht. Stattdessen ließ er das Messer fallen, riss beide Hände vor die Augen und krümmte sich zu einer Kugel zusammen.

Dabei schrie er so laut, dass es mir in den Ohren gellte.

Der Schrei ging mir durch Mark und Bein, erschütterte mich bis in die Grundfesten. Er vibrierte in meinen Ohren, sauste durch meinen Körper und ließ sämtliche Muskeln versteinern. Dem Rest der Schlossbewohner erging es ähnlich. Eine unheimliche Stille legte sich über Tul Dalla, während der Fy-Riad den Zorn über den Tod seiner Kameradin über die Dächer schrie.

Er hatte mittlerweile die Hände vom Gesicht fortgezogen, presste sie stattdessen gegen den Magen. Doch der Schrei war ungebrochen, vielfach verstärkt durch die Magie. Ich konnte sie spüren. Sie peitschte aufgebracht um ihn herum und legte sich wie eine schwarze Haut auf ihn. Diesmal stank sie nach Aas.

Ich hielt es nicht mehr aus. Ungeachtet der Gefahr, in die ich mich begab, sprang ich nach vorne und riss Eamon in die Arme. Es war mir egal, dass das Messer, das nur wenige Sekunden zuvor Oona getötet hatte, direkt neben meinen Knien lag. Es war mir egal, dass dieser Mann der Fy-Riad war und damit das tödlichste Wesen in diesen Mauern. Egal. Was mir nicht egal war, das war Eamon, der gerade Höllenqualen durchlitt.

Ich packte seine zusammengerollte Gestalt so fest ich konnte und beugte mich über ihn. Meine linke Hand grub sich in seinen Mantel, die andere fand sein Gesicht. »Hör auf«, versuchte ich seinen Schrei zu übertönen, doch das war zwecklos. Er klingelte weiterhin schmerzhaft in den Ohren, unnatürlich laut und viel zu grell.

Als das nichts brachte, schüttelte ich ihn. Einmal, zweimal. Da brach der Schrei abrupt ab. Sein ganzer Körper erbebte, als er tief Luft holte.

»Hör auf«, wiederholte ich, bevor er wieder loslegen konnte. Ich strich ihm über den Rücken, umklammerte ihn. Schaudernd erkannte ich, dass ich jetzt ebenfalls in der Blutlache kniete. Der Gestank nach Eisen ließ mich würgen und ich versuchte, flacher zu atmen.

Eine Weile blieben wir reglos ineinandergehakt sitzen. Eamon atmete einfach nur, ich hielt ihn krampfhaft fest. Er wurde etwas ruhiger, die Magie zog sich zurück. Sein Kopf sank herab, bis er auf meinem Oberschenkel zum Liegen kam, und ich meinte zu fühlen, dass eine Hand meine Knie umfasste.

»Sie haben mir aufgetragen, sie zu töten«, sagte er tonlos. Seine Stimme war heiser.

Ich schluckte. »Ich weiß«, murmelte ich und strich ihm abermals über den Rücken. Das also war diese ›sie‹ gewesen. »Was ich nicht weiß, ist wieso.«

»Sie meinten, sie würde mich zu sehr binden. Sie war meine Gefährtin seit Kindertagen, meine Freundin. Die Liebe zu ihr würde mich schwach machen, sagten sie. Oona stand dem Fy-Riad im Wege.«

Mir wurde eiskalt, als ich das hörte, erst recht, als sich Eamon langsam aufrichtete und sich aus meinem Griff wand. Ich ließ ihn zögernd los, sodass er mich ansehen konnte. Seine Hände hatten in seinem Gesicht blutige Abdrücke hinterlassen.

»Sie sagten, ich müsste sie töten, um Tul Dalla zu retten.« Sein Blick war jetzt nur noch müde, der Schatten unter den Augen unendlich. Ich sah keine Tränen, nur Trauer, reine Trauer. Dahinter brodelten gut versteckt noch weitere Emotionen. Das reine Grauen. Verzweiflung. Scham und Reue. Er war so tief erschüttert, dass er nicht einmal weinen konnte.

Vorsichtig hob ich eine Hand und legte sie auf seine Wange. Er ließ es zu, schloss für einen Moment die Augen, um sich gegen meine Wärme zu lehnen.

»Sie haben sich geirrt«, flüsterte er. Er öffnete die Lider mit einem Ruck und sah mich aus plötzlich stahlhart blickenden Augen an. Ich erstarrte. »Oona war es nicht, die mich an mein altes Ich erinnert hat. Du bist es.«

Ich kam nicht einmal dazu, zu schreien. Schneller als ich begreifen konnte, packte er meinen Hals, riss mich herum. Mein Hinterkopf knallte mit voller Wucht gegen den Stein, seine Finger bohrten sich in meine Haut. Über das Klingeln in meinen Ohren hinweg hörte ich Fluh und Diamad kreischen. Sie sprangen auf uns zu, wollten mich retten.

Eamon brauchte nur einen winzigen Moment, um ihren Angriff zu stoppen. »Zurück!«, befahl er mit eisiger Stimme. Gleichzeitig griff seine Magie meine Drachen an. Aus dem Augenwinkel sah ich, wie Diamad sich duckte und Fluh nach hinten fortgerissen wurde. Beide Drachen schrien verzweifelt auf und kämpften, doch die Macht des Fy-Riads zwang sie, sich zu unterwerfen.

Ich hingegen strampelte jetzt, rammte mein Knie in Eamons Bauch, doch der reagierte darauf gar nicht. Noch immer umklammerte eine Hand meine Kehle, presste mir unbarmherzig die Luft ab. Ich versuchte ihn mit meinen Händen von mir runterzudrücken, doch er war viel zu kräftig. Als das nichts brachte, versetzte ich ihm einen Schlag gegen den Kehlkopf. Er ignorierte auch das und verlagerte sein Gewicht auf mich, sodass ich mich kaum noch rühren konnte.

Etwas klapperte neben mir. Das Messer. Er hatte mit der linken Hand das Messer gefunden. Es tauchte in meinem Blickfeld auf. Verzweifelt stemmte ich mich fester gegen seinen Griff. Meine Arme pressten sich gegen seinen Hals, aber es war sinnlos.

Kurz bevor ich die Besinnung verlor, ließ er meinen Hals los. Ich schnappte nach Luft, keuchte, doch die Freude über die Atemluft währte nur Sekunden. Er saß jetzt rittlings auf meinem Bauch, das Messer in beiden Händen. Er hob es bis auf Kopfhöhe an, bereit, es in mein Herz zu stechen.

»Eamon, nicht«, schrie ich panisch.

Er erstarrte.

Vielleicht war es sein Name, vielleicht auch nur der verzweifelte Klang meiner Stimme. Auf jeden Fall rührte er sich nicht, die Hände weiterhin zum Todesstoß erhoben, die Muskeln angespannt, das Gesicht verzerrt.

Ich konnte nur reglos unter ihm liegen und ihn anstarren, betend, dass er zur Vernunft kommen würde.

»Nicht«, flehte ich abermals. »Lass nicht zu, dass dich die Magie auffrisst.«

Sein Brustkorb hob und senkte sich hektisch. Der Schweiß verwischte die Blutflecken in seinem Gesicht, während er mit sich rang. Mir war klar, dass mir nur noch Worte blieben, um mein Leben zu retten.

»Es stimmt nicht, was die anderen dir gesagt haben«, beeilte ich mich zu sagen. »Die Liebe macht dich nicht schwach, Eamon. Bei niemandem ist das so. Was meinst du, warum eine Mutter in der Lage ist, einen tonnenschweren Felsen von ihrem verschütteten Kind runterzuheben? Oder warum ein Krieger im Angesicht der übermächtigen Feinde nicht zurückweicht? Er tut das, um diejenigen zu schützen, die er liebt. Ich bin mir sicher, dass du sonst auch niemals Fy-Riad geworden wärest. Du hast dich nicht wählen lassen, um Rache zu üben. Du willst dein Volk schützen – weil du es liebst.«

Etwas flackerte in seinem Blick. Er hörte mir zu.

»Wer immer dir eingeredet hat, dass dich die Liebe schwach macht, hat dich angelogen. Sie macht dich nicht schwach. Sie macht dich stark. Aber wenn du jetzt dieses Messer in mein Herz rammst, dann vernichtest du dich selbst. Dann wirst du zu dem Monster, das du niemals sein wolltest – und das auch dein Volk nicht beschützen kann. Monster schützen nicht, sie töten nur.«

Er erzitterte. Seine Arme sanken Millimeter für Millimeter herunter. Das Messer drohte ihm aus den Händen und mit der Spitze voran auf mich zu fallen. Im letzten Moment zog er es zur Seite und warf es neben uns zu Boden. Es klapperte laut.

Er stöhnte, sackte nach vorne und vergrub das Gesicht irgendwo an meinem Hals. Ich spürte seinen Atem an meiner Schulter, sein Gewicht drückte mir die Luft ab, doch ich wagte weder, mich zu regen, noch ihn anzufassen.

Stocksteif lag ich unter ihm, während er mit sich rang und dabei um mein Leben kämpfte, indem er sich verzweifelt gegen seine Magie stemmte.

Als er abrupt aufstand, erzitterte ich. Einen grässlichen Moment dachte ich, er würde wieder das Messer nach mir schwingen, doch er hatte es nur aufgehoben. Langsam wich er vor mir zurück und hielt dabei die Augen fest geschlossen, um mich nicht ansehen zu müssen.

Ich regte mich nicht.

»Ich kann dich nicht töten«, sagte er leise. »Nicht dich. Wenn das der Untergang der Tul Dalla ist, dann ist das so. Bleib weg von mir, Inea.«

Damit drehte er sich um und ließ einen seltsamen Pfiff ertönen. Er war lauter als sein Schrei. Seine Magie flammte auf und hüllte ihn ein, sodass er jetzt aussah wie Stunden zuvor, als ich ihn auf dem Übungsfeld gesehen hatte. Sie verschlang Eamons Gestalt und ersetzte sie durch den Fy-Riad.

Mit ihm veränderte sich auch die Magie im Schloss. Ich spürte die plötzliche Aufbruchsstimmung, wagte es jedoch weiterhin nicht, mich zu rühren. Da ich auf dem Rücken lag, konnte ich Eamon schon bald nicht mehr erkennen. Stattdessen schoben sich Drachen über Drachen in mein Blickfeld. Sie sammelten sich einem Vogelschwarm gleich am Himmel, kreischten, fauchten.

Ein gigantischer Feuerdrache löste sich aus dem Pulk und flog zu uns herab. Er war größer als eine Hütte, eindeutig ein Reitdrache. Anstatt zu landen, flog er am Rand der Plattform entlang.

Ich drehte mich gerade noch rechtzeitig auf den Bauch, um zu sehen, wie Eamon vom Sims auf seinen Rücken sprang – so selbstverständlich, als mache er dergleichen jeden Tag. Der Drache schrie sein Hallo in die Welt hinaus, peitschte mit den Flügeln und gewann an Höhe.

Eamons Gestalt wurde kleiner und kleiner, doch ich bildete mir ein, dass er die Hand hob. Ein letzter Gruß in meine Richtung.

Etwas flatterte in meinem Rücken. Zwei Drachen, die sich ebenfalls in die Lüfte schwangen. Sofort sprang ich auf, wirbelte herum.

»Nein«, schrie ich, doch es war zu spät. Fluh und Diamad segelten bereits weit über mir im Abendwind, schlugen mit den Flügeln – und wurden wie selbstverständlich Teil der Drachenarmee, die sich langsam Richtung Gegner aufmachte.

Ich rannte zum Sims und blieb im letzten Moment stehen. Meine Zehenspitzen hingen gefährlich in der Luft, aber das bemerkte ich nur am Rande. Stattdessen schrie ich meinen Drachen hinterher, ähnlich verzweifelt wie Eamon nur wenige Minuten zuvor. Doch anders als bei ihm, war mein Schrei zu leise. Er verklang ungehört in der aufziehenden Nacht, während ich mit ohnmächtiger Wut meinen beiden Drachen hinterhersehen musste.

Pure Entschlossenheit

Mina fand mich zwei Tage später auf der Plattform. Ich saß wie betäubt am Rand, ließ die Beine über dem Abgrund baumeln und starrte hinüber zum Rand der Stadt, wo die schlimmste Schlacht aller Zeiten tobte.

Wie es schien, wollte Eamon um jeden Preis den Krieg beenden – und meine Drachen waren mittendrin.

Mina schwebte neben mich und legte mir vorsichtig eine Hand auf die Schulter. Bei ihrer Berührung löste sich eine Träne aus meinen Augenwinkeln. Ich hätte nicht gedacht, dass ich überhaupt noch welche übrig hatte.

»Hat der Fy-Riad Fluh und Diamad gerufen?«, fragte sie sanft.

Ich nickte schweigend, während mir ein Tränenmeer das Gesicht hinablief. Mina tupfte ein paar fort, gab dann jedoch auf.

Stattdessen hielt sie mir Wasser und ein Stück Brot unter die Nase. »Wir suchen dich seit zwei Tagen. Du musst völlig entkräftet sein.«

Ich schluchzte trocken auf, rührte mich aber nicht, um die Nahrung anzunehmen. Mir fehlte schlichtweg der Elan.

»Inea«, sagte meine Freundin streng. »Wenn du verhungerst, hilfst du deinen Drachen überhaupt nicht. Überleg mal, Fluh und Diamad kehren gesund zurück und stellen fest, dass du tot bist!«

Das war zwar etwas überdramatisiert, ich gab ihr jedoch im Stillen recht. Deshalb nahm ich das Wasser und trank ein paar Schlückchen. Sofort drückte mir Mina auch das Brot in die Hand und setzte sich neben mich auf den Sims. Ihre fast durchsichtigen Flügel schlossen und öffneten sich im Takt ihres Atmens.

»Also was ist los?«, fragte sie. »Und erzähl mir nicht, es ist nur die Sorge um deine Drachen. Wenn dir unter normalen Umständen jemand Fluh und Diamad weggenommen hätte, dann wärest du schon längst auf dem Weg in den Westflügel, um da Terror zu machen.«

Ich erstarrte in der Bewegung und sah sie begeistert an.

»Denk nicht mal dran«, motzte Mina umgehend. »Wir gehen nicht in den Westflügel. Außerdem ist überhaupt keiner da. Ich habe schon nachgesehen.« Sie warf mir einen bösen Blick zu. »Lummia hat sogar durchgesetzt, dass sie die Kerker durchsuchen durfte. Wir dachten wirklich, die Fy hätten dich verhaftet.«

»Nein. Ich sitze die ganze Zeit hier und warte auf meine Drachen.« Ich biss in das Brot und schniefte. Tatsächlich fühlte ich mich nach dem Wasser und in Gesellschaft meiner Freundin gleich viel besser. »Willst du es wirklich wissen, Mina? Es ist aber ziemlich harte Kost.«

Mina nickte ernst, also erzählte ich ihr alles. Von Eamon, von unserem ersten Kuss, unserem ersten Mal, seinem seltsamen Benehmen, seiner Veränderung – und der Erkenntnis, dass ich mich in den Fy-Riad verliebt hatte. An dieser Stelle musste ich erst einmal Pause machen, denn ich schluchzte wild vor mich hin. Das Brot war mir schon längst aus den Händen geglitten und in den Abgrund gefallen.

Mina legte mir wieder ihre kleine Hand auf den Arm und streichelte mich sanft. Auch sie war blasser als normalerweise.

»Er hat mich angegriffen«, sagte ich leise. »Ich weiß nicht genau, ob mit dieser ›sie‹, von der der Fy gesprochen hat, ich gemeint war oder Oona. Vermutlich weiß er das nicht einmal selbst.« Ich drehte mich etwas und blickte zu dem blutigen Kadaver hinüber. Oona lag noch immer wie zuvor da, nur dass ihr Körper voller Fliegen war. »Die Fy dachten, er könne sich wegen seiner Cae Sid nicht lösen. Sie haben ihn gezwungen, sie zu töten. Doch in Wahrheit …«

Ich musste es nicht wiederholen. Mina hatte längst verstanden. Sie ließ ihre Magie in mich hineinsickern, und eine wohlige Wärme durchfloss mich. Die Sidhe konnten Ruhe schenken.

»Wir müssen sie begraben«, sagte Mina leise. »Sie war eine von uns.«

Ich nickte und schaffte es zum ersten Mal seit zwei Tagen, aufzustehen. Auf wackeligen Beinen ging ich zu Oonas Leichnam hinüber und verscheuchte die Fliegen, so gut es möglich war.

Mina schauderte neben mir. »Bei allen Heiligen … er hat sie ja regelrecht abgeschlachtet.«

»Sie muss sich gewehrt haben.«

Wir entschieden uns, Oona ein Grab aus Steinen zu bauen. Wir konnten sie unmöglich durch das ganze Schloss tragen, um sie in Erde zu legen. Das hätte nur eine Panik verursacht. Eine Fee zu verbrennen, grenzte an eine Schändung, also blieb nur noch der Steinhaufen.

Wir rollten die Katze in meine Felle und gaben ihr alles mit auf den letzten Weg, was in unseren Taschen war. Das war nicht viel. Mina hatte hauptsächlich Knöpfe und Fäden dabei, ich meinen Beutel Glutsteine. Danach betteten wir sie am Rand der Plattform nieder und häuften so viele Steine übereinander, wie wir auftreiben konnten. Immerhin schaffften wir es, ihren Körper vollständig zu verhüllen.

Erstaunlicherweise ging es mir mit jedem Stein besser. Die alte Entschlossenheit kehrte zurück, mein Kampfgeist. Ich war mir plötzlich ganz sicher, dass Fluh und Diamad heil zu mir zurückkommen würden.

Also warteten wir.

Mina verließ mich kurz, um Lummia Bescheid zu geben. Sie kehrte mit ein wenig Proviant und zwei durchscheinenden Decken zurück.

»Wir haben frei, bis deine Drachen wieder da sind. Mit den anderen Arven ist auch nicht mehr viel anzufangen.«

»Sind sie alle fort?«

»Alle. Nicht einmal der alte Wasserdrachen sitzt in der Küche. Der Fy-Riad hat jeden Einzelnen zu sich gerufen.«

Schweigend bezogen wir Posten, die Gesichter zum Kriegsschauplatz gerichtet, die Herzen voller Sorgen.

»Warum magst du ihn eigentlich?«, fragte Mina irgendwann in die Stille hinein. »Wenn mich einer so behandelt hätte, dem hätte ich ins Gesicht gespuckt.«

Das war für die Sidhe die schlimmste Schmähung.

»Er hat ein gutes Herz. Als ich ihn das erste Mal getroffen habe, war er einfach nur charmant und lustig. Du hättest dich ebenfalls sofort in ihn verliebt.«

Mina zog zweifelnd eine Augenbraue hoch.

»Er sah da auch noch richtig gut aus, mal von seinen Kratzern im Gesicht abgesehen. Geheimnisvoll, ja – aber auch sympathisch. Er hat sich erst verändert, als man ihn zum Fy-Riad ernannt hat.«

»Er war schon Fy-Riad, als du mit ihm geschlafen hast«, erinnerte mich Mina.

Ich nickte. »Das stimmt. Er war da bereits düsterer als zuvor, aber … er ist ein guter Mann.«

»Sag das Oona.«

»Willst du ihn mir ausreden?«

»Ich hätte mir nur gewünscht, dass du dir einen einfacheren Gefährten suchen würdest.«

Ich versuchte mich an einem Lächeln, doch es verrutschte und meine Augen füllten sich mit Tränen.

In der dritten Nacht auf der Plattform wurden wir von wilden Schreien geweckt. Mina und ich fuhren gleichzeitig aus dem Schlaf, sprangen auf die Füße.

»Freudengeschrei«, rief Mina. Sie warf die Arme in die Luft. »Sie jubeln! Unsere Leute jubeln!«

Tatsächlich erkannte auch ich die Freude in den Lauten. Sechs unendliche Stunden später bekamen wir die Bestätigung. Die ersten Drachen kehrten zurück, breit grinsend und fröhlich summend. Wir hatten gesiegt.

Mina verließ unseren Beobachtungsposten, um in der Küche nachzufragen. Zwei Stunden später kam sie zurück, tanzend und Pirouetten fliegend. »Irgendwer hat den Drachen Briefchen an die Pfoten gebunden. ›Wir haben gewonnen‹, stand da drauf. Oder: ›Die Tul Curragh ziehen ab‹.«

Vergnügt warf sie mir einen Zettelwust in den Schoß. Ich zog einen hervor. ›Frieden für Tul Dalla‹, las ich.

Ich lächelte etwas gequält.

»Das ist ganz wunderbar«, sagte ich müde. »Wie viele Drachen sind denn schon zurück?«

Mina wurde sofort ernst. Sie setzte sich neben mich und seufzte. »Viele, aber nicht alle. Fluh und Diamad kommen sicherlich bald.«

Ich nickte und wartete mit klopfendem Herzen.

Eine Woche später war ich ein elendes Wrack. Fast jeder Drache war zurück, nur einige wenige fehlten. Fluh und Diamad waren unter denen, die nicht zurückgekehrt waren.

Mina überredete mich, die Plattform zu verlassen und mich in den Schutz der Sidhe zu begeben. Die Feen umlagerten mich, wo immer ich saß. Irgendeine kleine Hand hatte ich stets auf mir, die mich tröstete oder tätschelte. Die Sidhe rückten zusammen, sobald es einer von ihnen schlecht ging. Durch Mina gehörte ich quasi zur Familie, selbst wenn sie mir noch keinen Freundschaftsring gebastelt hatte.

Als Lummia mit ernster Miene zu mir trat, rutschte mir das Herz irgendwo in die Kniekehlen. Ich zitterte so heftig, dass ich kaum noch atmen konnte. Lummia kniete sich vor den Stuhl, auf dem ich saß, und nahm meine Hand.

»Die Fy-Krieger sind von der Front zurück. Sie haben die Drachen bei sich, die es nicht geschafft haben. Mina ist schon vor Ort. Sie sucht nach Diamad und Fluh, aber bislang konnten wir sie nicht identifizieren. Wir wollten dir den Anblick eigentlich ersparen. Ich fürchte jedoch, du musst dich selbst davon überzeugen, dass sie nicht darunter sind.«

Sie zog mich auf die Füße, und ich folgte ihr betäubt durch irgendwelche düsteren Flure. Das Schloss war mittlerweile in andächtiges Schweigen versunken. Die Nachricht, dass die Fy viele tote und verwundete Drachen mitgebracht hatten, ließ alle frösteln.

Wir erreichten den Platz, wo die Krieger die Toten aufgebahrt hatten. Ich sah eine Arven, die ihren verstorbenen Liebling in den Armen wiegte und bittere Tränen vergoss. Ein anderer lief zwischen den Reihen hin und her und wurde immer hysterischer.

Über den reglosen Drachen flogen so viele Sidhe, dass der Fleck im Schatten lag. Erst nach näherem Hinsehen erkannte ich, dass sie mit ihrem Tun die Fliegen fernhielten. Außerdem ließen sie kleine Blütenblätter auf die Toten herabregnen.

Lummia hielt mich fest an der Hand, während wir langsam von Drachen zu Drachen gingen. Mein Herz wurde mit jedem Schritt schwerer, mein Hals schnürte sich zu, meine Muskeln verkrampften. Doch nachdem wir die letzte Reihe abgeschritten hatten, wusste ich nicht, was ich fühlen sollte.

Fluh und Diamad waren weder unter den Toten noch waren sie lebend zurückgekehrt.

»Wo sind sie?«, fragte ich mit Tränen in den Augen. Lummia sah mich traurig an, nahm mich in den Arm. Ich hatte mich bislang noch nie mit ihr verstanden, doch heute war sie mein Fels in der Brandung.

»Wir finden sie«, erklärte sie mit fester Stimme. Sie streichelte meinen Rücken, während ich an ihrer Schulter weinte.

Mina kam herüber. Auch ihr Gesicht war rot von den vielen Tränen. Sie drängelte sich in unsere Umarmung und drückte sich an mich. »Kann deine Magie sie denn nicht fühlen?«, erkundigte sie sich leise.

»Ich spüre sie nicht mehr, seitdem der Fy-Riad sie in sein Magienetz aufgenommen hat«, murmelte ich. Ich bemerkte, dass meine kleine Freundin sich von unten mein Kleid hochhangelte, mein Kinn nach oben drückte, um mich anzusehen.

»Dann wissen wir, wen wir fragen müssen«, sagte sie entschlossen.

Ich nickte.

Wir bestatteten die Drachen, indem wir sie erst verbrannten, die Glut mit Wasser löschten und ihre Asche im Wind verteilten. So war es Brauch. Das Problem daran war, dass man dadurch keinen Ort zum Trauern hatte.

Die Arven, deren Drachen tot waren, verließen schon bald das Schloss. Ohne die Tiere verloren sie ihre Anstellung. Mir war klar, dass mir dieses Schicksal ebenfalls blühte, doch Lummia und die Sidhe deckten mich. Da Fluh und Diamad offiziell nicht verstorben waren, wurden sie auch in keinen Listen geführt – daher fiel den Jeal nicht auf, dass ich ohne sie putzen ging.

Mina und ich hatten uns zunächst darauf verständigt, abzuwarten. Es brachte nichts, sich einfach in den Westflügel zu schleichen und wild drauflos zu suchen. Erst einmal hieß es, die Lage abzuchecken. Daher bezogen wir wieder Posten bei dem Efeu, allerdings hatte sich die Situation etwas verändert.

Der Westflügel brummte vor Betriebsamkeit.

Sämtliche Fy, die seit Jahren an der Front gekämpft hatten, kehrten nun zurück – und sie alle wurden erst einmal im Westflügel untergebracht. Natürlich waren unfassbar viele Kämpfer im Krieg gefallen, doch die Überlebenden hatten als einzige Anlaufstelle das Schloss.

Wir mussten immer wieder unsere Arbeit unterbrechen und in Deckung gehen. Belauschen war fast unmöglich, außerdem lag der Exerzierplatz ohnehin brach. Der Innenhof wurde jetzt nur dazu benutzt, damit die vielen Cae Sid irgendwo leben konnten.

Nach gut einer Woche hatten wir zumindest erfahren, dass der Fy-Riad vor zwei Tagen zurückgekehrt war. Das war schon mal eine Neuigkeit. Von nun an pendelten Mina und ich zwischen meiner Plattform und dem Westflügel hin und her, doch Eamon tauchte nirgendwo auf.

Ich war kurz davor, die Nerven zu verlieren, da sprach mich eine Sidhe an.

»Du bist doch Inea, nicht wahr?«

Ich nickte und musterte sie. Sie trug eine fleckige Schürze und ein grellbuntes Blumenkleid, das schon lange keine Wäsche mehr gesehen hatte. Ihre grünen Haare waren zu einem strengen Dutt hochgebunden, doch ihre Wangen glühten mädchenhaft rosig. Sie war etwas rundlicher als andere Sidhe und hatte ein noch strahlenderes Lächeln. Ich mochte sie sofort.

»Ja, warum fragst du?« Ich wrang meinen Putzlappen aus. Ausnahmsweise hatte ich mal Dienst in der Küche. Mina und ich konnten uns nicht jeden Tag davonstehlen, das fiel sonst irgendwann auf.

»Ich bin Jelli, eine Bekannte von Mina. Sie hat mich angesprochen, weil ihr zwei in den Putzdienst im Westflügel eingeteilt werden wollt.«

Ich machte große Augen. Von dem Plan wusste ich noch gar nichts. Als ich in Jellis neugierige Augen blickte, beeilte ich mich, schnell ein wissendes Gesicht aufzusetzen.

»Oh, ja. Mina und ich haben gehört, dass es dort viel zu tun gibt.«

Die kleine Elfe seufzte tief. Sie war bestimmt schon um die sechzig und wirkte müde. Nur ihre Augen funkelten vergnügt, als habe es den kräftezehrenden Krieg nie gegeben.

»Seitdem die Fy zurückgekehrt sind, wissen wir kaum noch, wie wir die Arbeit erledigen sollen. Deine Drachen sind weiterhin verschwunden?«

Ich nickte vorsichtig.

Die Sidhe tätschelte mir mitfühlend die Wange und ließ ihre kleine Hand einen Moment darauf liegen. »Die tauchen schon wieder auf. Kommt heute nach der Mittagspause vor das Westtor. Da sammeln wir uns immer. Ich sage Lummia und Anra Bescheid.«

Ich dankte ihr überschwänglich und verbeugte mich vor Begeisterung sogar mehrere Male. Jelli lächelte herzlich und flog davon. Sofort suchte ich Mina.

Die war gerade dabei, Kartoffeln zu schälen, was ihr gar nicht lag. Ihr Kopf war hochrot, während sie sich abmühte. Ich pflückte sie einfach aus der Luft und drückte sie stürmisch an mich.

»Uffff«, machte sie. »Womit habe ich das denn verdient?«

»Jelli ist zu mir gekommen. Wir sind im Westflügel-Putzdienst.«

Ich kniff meiner Freundin begeistert in die Wange. Die pikste zurück und grinste breit. »Hab ich gut eingefädelt, was?«

»Du bist die Beste!«

Wie sich herausstellte, hatte Mina noch weitere Strippen gezogen. Eine betagte Arven übergab mir ihren uralten Wasserdrachen namens Liiad und zwinkerte mir zu. »Die Gute langweilt sich hier bei mir zu Tode. Ich kann ja nicht mehr viel machen. Nimm sie mit in den Westflügel – und wenn jemand fragt: Sie ist dein Drache.«

Ich umarmte sie fest, danach Liiad, dann noch einmal sie und zog schließlich mit dem Drachen ab. Liiad schäumte vor Begeisterung tatsächlich über und hinterließ eine Menge Wasserflecken auf dem Stein. Sie hüpfte aufgeregt voraus, kam zurück und führte sich wie ein junger Hund auf. »Ist ja gut«, stoppte ich sie lachend. »Wir bekommen gleich noch genug zu tun.«

Mina schwebte zu mir, über und über beladen mit Putzsachen. Sie lächelte, als sie die glückliche Liiad sah. »Meine Idee war wohl für alle ein Gewinn.«

Ich nahm ihr zum Zeichen meiner Dankbarkeit die Sachen aus dem Arm und trug sie für sie zu den anderen. Vor dem Westtor sammelten sich rund zehn Sidhe und zwei Arven. Diejenigen, die ich nicht mit Namen kannte, stellten sich mir höflich vor. »Wir freuen uns über die Verstärkung. Die meisten wollen nicht bei den Fy arbeiten. Sie haben Angst vor ihnen.«

Ich konnte das durchaus verstehen. Wenn ich nicht gemusst hätte, wäre ich auch nicht freiwillig im Westflügel putzen gegangen.

»Wir bleiben zusammen«, erklärte Jelli. »Auf diese Weise können wir uns schnell durch das Schloss vorarbeiten. Also los!«

Schon ging es rein. Wir marschierten an dem Efeu vorüber, an dem wir normalerweise herumschnippelten. Es sah ein wenig armselig aus, was wir da veranstaltet hatten. Mina schien ähnlich zu denken, denn sie grinste verschmitzt vor sich hin. Anders als sonst stolzierten wir daran vorbei und liefen durch eine Tür, die uns ins Innere des Flügels brachte.

Hier stockte die Truppe kurz, weil auf dem Gang jede Menge los war. Jeal und Fy eilten gleichermaßen hin und her. Sie wichen uns aus, ohne uns großartig zu beachten. Jelli wartete, bis etwas weniger los war, und klatschte in die Hände.

»Auf geht es, meine Lieben!«

Wie sich herausstellte, war die Putztruppe ein eingespieltes Team. Die einen fegten hastig den Boden des Ganges, die anderen sammelten Müll ein und die hintersten wischten so schnell durch den Flur, dass mir ganz schwindelig wurde. Jelli öffnete immer wieder eine Tür nach der anderen. Sie pfiff Mina und mich zu sich und deutete mit dem Kopf in das Zimmer hinein. »Einmal Blitzsaubermachen, bitte«, sagte sie mit einem Augenzwinkern.

Liiad war schon an mir vorübergestürmt und wischte fleißig den Boden – plus den Teppich.

»Liiad«, hielt ich sie auf. »Warte, bis ich die Teppiche angehoben habe!« Der Wasserdrache hielt erschrocken inne und wartete hibbelig, bis ich den Weg frei gemacht hatte. Ich hustete. Offenbar hatte den Vorleger schon lange keiner mehr vom Staub befreit.

»Teppiche klopfen wir beim nächsten Mal aus«, rief mir Jelli zu. »Nur Staub wischen, Betten machen und Müll rausbringen.«

Alles klar. In so was waren Mina und ich geübt.

Wir passten uns ziemlich schnell in das Team ein. Waren die Fy noch im Zimmer, fragte Jelli höflich, ob wir kurz hereinkommen durften. Die meisten machten uns Platz und warteten, bis wir in Windeseile durch ihre Räume gefegt waren. Andere schickten uns fort. Auch gut.

Zimmer um Zimmer erledigten wir. So langsam brach mir der Schweiß aus, vor allem, weil ich neben dem Putzen versuchte, möglichst viel zu entdecken.

Keine Drachen. Keine Fy, die nach Führungselite aussahen. Kein Eamon.

»Geduld«, ermahnte mich Mina. Ich nickte.

Als es dunkel wurde, trommelte Jelli uns wieder zusammen. »Ein guter Tag«, sagte sie erfreut. »Wir haben tatkräftige Unterstützung bekommen. Dann bis morgen um acht. Ich sage euren Betreuern

Bescheid, dass ich euch für immer haben will.« Sie strahlte übers ganze Gesicht und unterhielt sich auf dem Rückweg angeregt mit Mina.

Ich trottete hinterher und sah mich möglichst unauffällig um.

»Suchst du was?«, fragte schließlich eine der Arven freundlich. Sie hielt sich schon den kompletten Tag in meiner Nähe auf. Arven suchten stets die Gesellschaft der anderen.

»Weißt du, wo der Fy-Riad untergebracht ist?«, erkundigte ich mich direkt und setzte möglichst unschuldig hinzu: »Ich würde ihn schrecklich gerne mal sehen. Immerhin hat er uns alle gerettet.«

Die Arven nickte verständnisvoll. »Oh ja. Er ist wirklich beeindruckend. Einmal die Woche geht unser Putztrupp in die Räumlichkeiten der oberen Heerführung, um da sauber zu machen. In seine persönlichen Zimmer dürfen wir nicht, aber ich habe ihn einmal über den Gang gehen sehen.« Sie beugte sich vor und raunte mir zu: »Er sieht schaurig aus mit all der Magie um sich herum.«

Ich schluckte. Ja, das klang nach Eamon.

Einmal die Woche? Da musste ich mich wohl in Geduld üben.

Der Putzdienst im Westflügel war deutlich anstrengender und langweiliger als meine sonstige Arbeit, aber die Sorge um die Drachen trieb mich an. Dass Eamon nicht mehr zur Plattform kam, fand ich logisch. Er hatte an diesem Ort Oona getötet und mich fast ermordet. Ich wäre an seiner Stelle auch nicht dorthin zurückgekehrt, zumal er mir deutlich zu verstehen gegeben hatte, mich von ihm fernzuhalten.

Doch ich sah gar nicht ein, mich daran zu halten.

Am dritten Tag unserer neuen Schicht bekam ich allerdings fast einen Herzkoller. Mina und ich putzten gerade Fensterscheiben in der Suppenküche, da sprach mich jemand von hinten an.

»Na, wenn das nicht unser Efeutrupp ist. Weit seid ihr ja nicht gekommen.«

Mina riss die Augen auf und sah mich panisch an. Langsam drehten wir uns um. Wir blickten direkt in das bärtige Gesicht des Fys, der uns an unserem ersten Tag erwischt hatte. Es war der Dröhner. Dakim.

»Hallo«, grüßte ich höflich, während es in meinem Gehirn arbeitete.

Dakim musterte mich unfreundlich, während Jelli von der Seite herangezischt kam. Sie war überall dort, wo es Ärger gab.

»Gibt es ein Problem?«, fragte sie freundlich.

»Die beiden haben ihre letzte Aufgabe nicht erledigt«, motzte Dakim. »Der Scheißefeu rankt immer noch über dem Geländer. Was ist das für eine Schlamperei?«

Jelli blinzelte. Ihr Blick huschte kurz zu uns herüber, fragend, dann straffte sie sich. »Wir sind derzeit unterbesetzt. So viele Fy zu versorgen, bringt unsere Kapazitäten an die Grenzen. Wir mussten die beiden abziehen und hier einsetzen.«

Der Fy verzog das Gesicht. »Das merke ich. Meine Räume versinken im Schmutz. Ich will, dass ihr morgen bei uns vorbeikommt.«

»Natürlich.«

Er warf Jelli einen bösen Blick zu, den sie reglos erwiderte, und stapfte an uns vorbei. Wir sahen ihm schweigend hinterher.

»So, ihr zwei. Warum habe ich jetzt den Hauptmann der zweiten Kompanie angelogen? Was meinte der überhaupt mit Efeu?«

Ich zuckte hilflos mit den Schultern. »Er muss uns verwechselt haben.«

Jelli musterte mich. »In Ordnung«, sagte sie langsam. »Aber wenn ich wegen euch morgen Ärger kriege, bekommt ihr was zu hören.«

Wir nickten brav und sahen betreten vor uns auf den Boden. Gleichzeitig zitterte ich vor Aufregung. Wir würden morgen die Zimmer eines Hauptmanns säubern. Und wo der wohnte, lebte garantiert die Führungselite.

Auch Mina hatte das erkannt. Sie blinzelte mir verschwörerisch zu und putzte mit grimmiger Miene weiter.

Am nächsten Tag waren wir die Ersten, die am Westtor warteten. Mina und ich hatten beide kaum geschlafen, während Liiad weiterhin vor Energie sprühte. Der Wasserdrache war nicht müde zu kriegen. Wir hingegen bekamen die Augen fast nicht auf.

Jelli trudelte ein und musterte uns. »Ihr seht furchtbar aus«, stellte sie fest. »Alles in Ordnung?« Wir nickten und wichen ihren forschenden Blicken aus.

Eins war klar: Heute würde sie uns im Blick behalten.

Sobald wir vollzählig waren, zückte Jelli ihr Aufgabenblatt. »Wir ziehen heute die Räumlichkeiten der Befehlshaber vor, nachdem wir gestern einen etwas unerfreulichen Zusammenstoß mit Hauptmann

Dakim hatten. Wie immer gilt in diesem Bereich: nicht glotzen, arbeiten.« Sie warf einen strengen Blick in die Runde. »Ich weiß, der Teil des Westflügels ist hochspannend. Finde ich ja auch. Trotzdem müssen wir gerade hier besonders schnell, besonders gründlich und besonders unauffällig sein. Verstanden?«

Wir nickten und murmelten bestätigend vor uns hin.

»Als Erstes werden wir uns das Zimmer vom Hauptmann vornehmen. Das wird wie immer ein Schweinestall sein, also gehen wir alle gemeinsam rein. Danach geht es in den bewährten Zweiergruppen weiter, aber wir bleiben möglichst dicht zusammen. Die Räume des Fy-Riads sind natürlich tabu. Dann mal los!«

Der Weg zu den Zimmern der Befehlshaber dauerte eine Weile. Wir folgten Jelli durch zig Gänge und ich bekam einen Geschmack davon, wie riesig dieser Teil des Schlosses war. Vom Prinzip her war es eine kleine Stadt in einem Schloss in einer noch viel größeren Festung. Verrückt.

Je tiefer wir ins Innere vordrangen, desto ruhiger und unbelebter wurden die Flure. Gleichzeitig nahm der Prunk zu: Statuen, die in unseren Gängen längst zu Staub zerbombt oder umgefallen waren, standen hier noch in ihrer vollen Schönheit. Nackte Frauen und Männer, mal allein, mal in eindeutigen Posen, Krieger auf ihren Cae Sid, mal angezogen, mal nicht, Jeal, die in unbestreitbarer Machtposition über dem angedeuteten Volk thronten – es gab viel zu bestaunen und vieles, das mir die Schamesröte ins Gesicht trieb.

Auch die Wandteppiche waren recht anzüglich, genau wie die wenigen Bilder, die einfach direkt auf den Stein gemalt worden waren. Immerhin wirkten die Gänge jetzt deutlich heller und bunter, sodass die Kulisse um uns herum nicht mehr so bedrohlich aussah.

Das mochte auch an dem Gold und den vielen glitzernden Glutsteinen liegen, die überall eingefasst waren.

»Von den Steinen, die hier als Schmuck in der Wand vergammeln, hätten wir die Drachen noch ein Jahrhundert versorgen können«, flüsterte Mina. Jelli drehte sich sofort um und warf ihr einen scharfen Blick zu. Sie hatte wirklich gute Ohren.

Ich nickte grimmig. Immerhin verstand ich jetzt endlich, woher Eamon seine milden Gaben für meine Drachen hatte.

Unser Weg endete vor einer gewaltigen Flügeltür, die über und über mit Diamanten, Glutsteinen und Gold verziert war. Es war die hässlichste, gleichzeitig auch die teuerste Tür, die ich je gesehen hatte. Davor standen zwei Fy, die ihre Schwerter dramatisch überkreuzten und uns so den Weg versperrten.

»Falscher Tag, Putztrupp«, murrte der Ältere von beiden.

»Hauptmann Dakim hat uns gebeten, früher als geplant aufzuräumen. Ihr dürft ihn gerne fragen«, erwiderte Jelli liebenswürdig.

Die beiden Wachen warfen sich einen kurzen Blick zu, tauschten sich wortlos aus. »Das wird nicht nötig sein. Viel Spaß, ihr Hübschen.«

Der Jüngere gönnte uns ein ehrliches, freundliches Lächeln, das ich nicht erwartet hatte. Er nickte einer Sidhe zu und grüßte die nächste sogar mit Namen. Sie kicherte und warf sich kokett das Haar zurück. Ich ging mit halb offenem Mund an ihnen vorbei, bis Mina mich knuffte. Sofort riss ich mich zusammen.

Der Flur, den wir jetzt betraten, war mit Teppichen ausgelegt. Am Rande standen mehrere Kommoden und die Bilder, die hier hingen, waren deutlich jugendfreier. Hauptsächlich handelten sie von Macht und Königen.

Es roch etwas muffig. Offenbar wurde hier nur gelüftet, wenn die Putztruppe sich darum kümmerte. Jelli klatschte wie immer in die Hände, um uns zur Arbeit anzutreiben.

Sie öffnete bereits die erste Tür – und ein gewaltiger Gestank wehte uns entgegen. Eine Mischung aus Wein, Tabak, Rauch und viel, viel Magie. Dakims Räume, eindeutig.

»Beeilung. Er ist nicht da, das sollten wir nutzen.«

Es war erstaunlich, wie schnell unsere Putztruppe sein konnte, wenn wir alle mit anpackten. Eine Hand half der anderen. Wir waren wie eine gut eingeölte Maschine, schnell und effizient.

Schon bald erstrahlte Dakims Zimmer in neuem Glanz. Selbst das Badezimmer sah wieder so aus, als könne man hier ein Bad nehmen, ohne sich eine ansteckende Krankheit einzufangen.

Als wir mit diesem Bereich fertig waren, löste sich die Anspannung in der Gruppe merklich auf. Offenbar hatte der Putztrupp schon die ein oder andere unangenehme Konfrontation mit dem Hauptmann gehabt. Die nächsten Räume waren auch deutlich ordentlicher, sodass nicht viel zu tun war.

Als Jelli gerade nicht in meiner Nähe war, stupste ich die fremde Arven vorsichtig an. »Wo sind denn die Räume des Fy-Riads?«, fragte ich.

»Gleich um die Ecke. Wenn wir beim Ersten Berater sauber machen, befinden wir uns direkt vor seiner Eingangstür. Nicht zu übersehen. Ich zeig es dir unauffällig.«

Sie zwinkerte mir verschwörerisch zu, ich nickte zurück. In meinem Magen brodelte es unangenehm, während sich mein Körper vor Aufregung versteifte. Ich versuchte, mich zusammenzureißen, doch das war schwierig. Ärgerlicherweise brauchten wir noch fast zwei Stunden, um in die Nähe des Ersten Beraters zu kommen.

Die Räumlichkeiten der Königsfamilie der Jeal nahmen viel Zeit in Anspruch, da hier besonders gründlich gearbeitet werden musste. Zum ersten Mal überhaupt sah ich ein Bild meines alten, erst vor Kurzem verstorbenen Königs. Es hing über dem Kamin. Tatsächlich hatte der Jeal so kalte Augen, wie ich sie mir immer vorgestellt hatte – und er sah mindestens so eingebildet aus wie vermutet.

Schließlich waren wir fertig mit den vordersten Räumen, und wir durften um die Ecke gehen. Hier sah ich sogar ein paar grüne Pflanzen, die auf zwei grauen Kommoden standen. Die Bilder waren abgenommen worden. Nur die weißen Flecken an der Wand zeugten davon, dass hier einst welche gehangen hatten. Auf dem Teppich sah ich viele, viele Brandspuren und es stank nach Feuermagie.

Der Erste Berater war offenbar ein Feuermagier.

Eine Cae Sid lag auf dem Teppich vor einer der vier Türen. Sie hob bei unserem Anblick den Kopf und musterte uns aus unheimlich wirkenden Augen. Ihr Körper glühte kurz auf. Der gesamte Putztrupp blieb abrupt stehen und wartete schweigend.

Irgendwann stand die Katze in der Größe eines Ponys langsam auf, gähnte und trottete an uns vorüber, um uns unsere Arbeit erledigen zu lassen. Wir atmeten erleichtert auf.

Ich sah ihr noch hinterher und dachte an Oona, die hier sicherlich ebenfalls viel auf dem Teppich geschlafen hatte. Ein sehr, sehr trauriger Gedanke.

Etwas zupfte an meinem Ärmel. »Die Tür am Ende des Ganges ist die Eingangstür zu den Räumen des Fy-Riads«, flüsterte mir die Arven zu. Ich hatte leider ganz am Anfang ihren Namen nicht verstanden und der Zeitpunkt war verflossen, wo ich noch hätte nachfragen können.

Mein Herzschlag verdreifachte sich, als mein Blick auf die große Flügeltür fiel. Sie war ganz in Gold eingefasst. In den meisterhaften Schnitzereien erkannte ich viele Cae Sid, die in den verschiedensten Angriffspositionen Menschen zerfleischten. Ein ziemlich martialisches Kunstwerk.

Ich zwang mich, den Blick abzuwenden und die Räume des Ersten Beraters zu betreten. Der sprach gerade mit Jelli. Es war der erste Fy, den wir in diesem Bereich antrafen.

»Wenn ihr das nächste Mal früher kommt als angekündigt, dann sagt bitte Bescheid«, erklärte er streng. Ich erkannte ihn. Es war der Mann mit den glutroten Haaren, derjenige, der so vertraut mit dem Fy-Riad auf dem Übungsplatz gesprochen hatte.

»Bitte entschuldigt«, beteuerte Jelli. »Wenn Ihr wünscht, kommen wir später noch einmal hierher zurück.«

»Nein, ist schon in Ordnung.« Er stand von seinem Schreibtisch auf und schob ein paar Zettel zusammen. Sein Blick war für einen Fy überraschend offen und sanft. In seinen grünen Augen tanzten viele gelbe Fünkchen. Ein mächtiger Feuermagier.

Da er ziemlich groß war, musste Jelli höher fliegen, um ihm weiterhin auf Augenhöhe begegnen zu können. Sie wedelte in ihrem Rücken mit den Händen, um uns anzuzeigen, noch etwas auf dem Flur zu warten.

Ich trat nervös von einem Fuß auf den anderen und ließ meinen Blick von Tür zu Tür gleiten. Gleichzeitig schätzte ich die Möglichkeiten ab, doch so richtig wollte mir kein Plan einfallen. Die anderen standen viel zu dicht, als dass ich mich unauffällig zu Eamons Tür hätte schleichen können. Und was passierte, wenn sie abgeschlossen war?

Mein Herz dröhnte schon bald unangenehm in meinem Brustkorb, während ich verzweifelt nach einer Lösung suchte. Auch Mina war wohl ratlos und schüttelte gleichzeitig den Kopf. Kein Alleingang, zeigte ihr Blick.

Ich war abgelenkt gewesen und hatte nicht bemerkt, dass der Fy mittlerweile zur Tür gekommen war und nun direkt vor mir stand.

»Ihr müsstet mir schon Platz machen, damit ich gehen kann«, sagte er freundlich. Er hatte eine tiefe Stimme, die nicht so recht zu seinem jugendlichen Aussehen passen wollte. Die dunkelroten Haare waren auf der rechten Seite recht lang, auf der linken Seite fehlten sie vollkommen. Ich sah tiefe Narben an dieser Stelle. Brandwunden. Das Ohr fehlte.

Ich fuhr erschrocken zusammen und machte hastig einen großen Schritt zurück. Die Arven hinter mir fluchte, als ich ihr dabei kräftig auf den Fuß trat. Die übrigen Sidhe kicherten leise.

Die Mundwinkel des Fy bewegten sich etwas, als unterdrückte er ebenfalls ein Lächeln. Er nickte uns kurz grüßend zu und schlenderte den Gang hinunter, fort vom Fy-Riad, hinein ins Innere des Schlosses. Wir warteten einen Herzschlag lang und drängelten dann alle gleichzeitig in den Raum.

Hier war es furchtbar ordentlich und sauber.

Jelli bemerkte meinen Blick. »Hauptmann Braidar hat einen ausgeprägten Ordnungssinn. Deshalb ist er auch Erster Berater. Wir werden hier schnell durch sein.«

Ich fluchte im Stillen. Mir war klar, dass ich mich von den anderen absetzen musste, allerdings wusste ich nicht so recht, wie ich das anstellen sollte. Möglichst unauffällig bewegte ich mich an den Rand der Truppe und beaufsichtigte Liiad, die fröhlich den Boden mit ihrer langen Zunge wischte. Da sie dabei selbst das Wasser produzierte, war sie höchst effektiv.

Ich tätschelte ihren Rücken und ließ meinen Blick schweifen. Er blieb an einer Tür hängen, die eindeutig nicht in den Flur hineinging. Eine Sidhe öffnete sie gerade. Mist. Das Bad.

Es gab noch zwei weitere Türen, doch um die zu erreichen, hätte ich durch das ganze Zimmer und damit an Jelli vorübergehen müssen. Der Flur war da definitiv näher.

Meine Entschlossenheit wuchs. Wer wusste schon, wann ich jemals wieder die Gelegenheit hatte? Wir würden erst nächste Woche hierher zurückkommen – und allein diese lange Zeitspanne ließ mich vor Angst erbeben. Ich konnte nicht mehr warten.

»Bleib hier«, befahl ich Liiad. Der Drache beachtete mich nicht. Wenn Liiad arbeitete, dann gab es für sie nichts anderes um sie herum.

Ich warf Jelli einen kurzen Blick zu. Die Fee klopfte gerade die Vorhänge aus und beobachtete Mina, die sich mit der Fensterscheibe abmühte.

Das war die Gelegenheit.

Ich schnappte mir möglichst unauffällig meinen Wischmob und arbeitete mich rückwärtsgehend aus dem Raum. Die letzten zwei Meter überbrückte ich mit einem beherzten Sprung, warf mich hinter der Tür gegen die Wand und war damit aus dem Sichtfeld der anderen heraus.

Im Flur angekommen atmete ich tief durch. Danach huschte ich auf Zehenspitzen den kurzen Flur entlang, vorbei an zwei weiteren Türen, und stand schließlich vor Eamons Räumen. Meine Finger zitterten, als ich sie auf die Türklinke legte. Sie war als springende Cae Sid geformt. Ihr Material war seltsam warm.

Ich drückte sie hinunter und hielt den Atem an. Wenn die Tür verschlossen war, scheiterte mein Vorhaben in diesem Moment – doch sie ging auf. Offenbar erwartete niemand, dass irgendwer unerlaubt in die Räume des Fy-Riads einbrach. Oder es gab dort einfach nichts zu holen.

Ich öffnete die Tür nur gerade so weit, dass ich durch den Spalt schlüpfen konnte, und schloss sie möglichst lautlos hinter mir. Sie rastete mit einem leisen Klick ein. Dann blinzelte ich in die plötzliche Finsternis.

Eamon hatte die schwarzen Vorhänge vor die Fenster gezogen, sodass der Raum vollkommen abgedunkelt war. Es roch nach ihm. Nach Torf, nach Unruhe.

Ich brauchte eine ganze Weile, bis sich meine Augen an die Dunkelheit gewöhnt hatten, blinzelte immer wieder. Auf dem Boden standen jede Menge Figürchen. Ich sah sie als schwarze Flecken. Mit einem Stirnrunzeln ging ich in die Hocke und streckte den Finger nach dem vordersten aus. Es war eine in Stein gehauene Reiterfigur, jene Ministatuen, die früher überall auf den Simsen des Schlosses verteilt gestanden hatten – bis Eamon sie lebendig gemacht hatte.

Staunend ließ ich meinen Blick über den Boden gleiten. Offenbar hatte er sie in seinen Räumen erstarren lassen. Ich erkannte einen schmalen Pfad, der von der Eingangstür in das Zimmer führte. Mit klopfendem Herzen folgte ich ihm. Da meine Schuhe bei jedem Schritt klapperten, zog ich sie mir kurz entschlossen aus und legte sie achtlos neben einen steinernen Gnom.

Erst jetzt sickerte die Erkenntnis in mein Gehirn: Eamon war nicht da. Einerseits erleichterte mich das – die letzte Begegnung war immerhin nicht gerade erfreulich gewesen –, andererseits stellte mich das vor ein Problem. Was wollte ich eigentlich hier?

Ich war nur hergekommen, um Eamon nach meinen Drachen zu fragen. Wenn er aber gar nicht hier war …

Ratlos blieb ich mitten im Raum stehen, drehte mich einmal um die Achse. An der gegenüberliegenden Wand meinte ich so etwas wie eine Sitzgruppe zu sehen, aber es war wirklich verteufelt dunkel um mich herum. Da fiel mein Blick auf einen Lichtspalt. Der Schein eines Kaminfeuers.

Vorsichtig bewegte ich mich darauf zu, und obwohl ich mir alle Mühe gab, trat ich doch mehrere Steinfiguren um. »Entschuldigung«, flüsterte ich in die Dunkelheit. Endlich war ich auf der anderen Seite angekommen und tastete nach der Türklinke. Sie ließ sich spielend leicht hinunterdrücken und die Tür schwang auf.

Mein Blick fiel sofort auf ein prasselndes Kaminfeuer – und ich vergaß jede Vorsicht und schrie auf. Schon ließ ich die Klinke los und sprintete hinüber, plumpste auf die Knie und schlitterte die letzten paar Meter zum gemauerten Sims.

Das Einzige, wofür ich Augen hatte, waren meine beiden Drachen, die im Kaminfeuer schwebten.

Fluh hatte mich natürlich längst bemerkt und begrüßte mich mit einem Freudenschrei. Seltsamerweise kam sie nicht aus dem Kamin herausgeschossen, sondern wand sich weiterhin in immer enger werdenden Kreisen um Diamad. Der schwebte einfach im Aufwind des Feuers, fest zu einer Kugel zusammengerollt, sodass ich weder seinen Kopf noch Anfang und Ende erkennen konnte. Eigentlich bestand er gerade nur aus einem Knäuel Schuppen.

Erst jetzt registrierte ich, dass der Kamin unnatürlich groß war. Er nahm fast die Hälfte des riesigen Raumes ein. Das Feuer prasselte entsprechend zornig vor sich hin. Einige Flammen waren fast so groß wie ich selbst. Und mittendrin zog Fluh ihre Bahnen, immer rund um Diamad herum.

Ich zögerte nicht eine Sekunde. Beherzt griff ich einfach in den Kamin, wollte meinen Winddrachen packen, doch in ein Feuer zu greifen, war keine gute Idee. Mit einem Schmerzensschrei zog ich die Hände zurück und presste sie mir an die Brust. Die Flammen, die auf den ersten Blick so magisch wirkten, waren eindeutig echt. Ich hatte mir die Hand verbrannt – und zwar ziemlich.

Fluchend biss ich die Zähne fest zusammen und atmete flach, um den Schmerz aushalten zu können. Auf meinen Fingern bildeten sich bereits große Brandblasen, die Haut war aufgesprungen. Zum Glück hatte ich schnelle Reflexe.

Fluh warf mir besorgte Blicke zu und gab tröstende Laute von sich. Sie klang seltsam gedämpft, als würde uns eine unsichtbare Mauer trennen. Vielleicht war das Feuer doch ein wenig magisch. Diamad hingegen rührte sich weiterhin nicht.

Ich musterte meinen kleinen Drachen genauer. Seine grünen Schuppen waren merkwürdig farblos, an anderen Stellen sah ich nackte, aufgerissene Haut. Die Schuppen fehlten, genau wie ein Flügel. An der Stelle, wo der Flügel in den Körper überging, gab es jetzt nur noch blutiges, rohes Fleisch, eine tiefe Wunde, die eiterte.

Ich schrie auf und schlug die Hände vor den Mund. Entsetzt starrte ich auf meinen schwer verletzten Drachen, während Fluh weiter ihre Bahnen zog und mir entschuldigende Blicke zuwarf.

»Fluh«, flüsterte ich leise. »Was ist denn nur passiert?«

Da packte mich jemand von hinten. Eine Hand grub sich in meine Haare, riss mich zurück. Ich kreischte entsetzt, musste die Bewegung allerdings mitmachen. Meine Hände suchten hinter meinem Rücken nach dem Angreifer, bekamen ein Handgelenk zu fassen. Der Zug an meinen Haaren ließ etwas nach, als ich mich an ihm festhielt.

Trotzdem zerrte er mich mehr oder weniger an meinen Haaren auf die Beine, drehte mich brutal zu sich herum. Ich sah kurz das Gesicht eines Fys. Zornige Augen mit schwarzen Funken darin. Ein Todesmagier. Die Hand grub sich abermals in meine Haare, während die andere auf meine Kehle zuschnellte.

Mit einem mächtigen Ruck drückte sie mich zurück, presste mich mit brutaler Gewalt an den heißen Stein direkt neben dem Kamin.

»Was machst du hier?«, zischte mich der Fy an. Seine Stimme war vor Wut verzerrt, genau wie das Gesicht, das von einer tiefen Narbe entstellt war. Ein Auge bekam er nur noch halb auf, was seine Miene zu einer schauerlichen Fratze machte.

Ich versuchte ihn zu treten, doch als Antwort rammte er mir einfach eine Faust in den Magen. Stöhnend krümmte ich mich. Die Hand an meiner Kehle verhinderte, dass ich nach vorne wegsackte.

»Antworte«, brüllte er mich an.

Ich atmete flach und hektisch, während mein Körper gar nicht mehr wusste, wo es am meisten wehtat. Meine Zehenspitzen berührten nur leicht den Boden, sodass mein ganzes Gewicht auf dem Hals lastete. Ich bekam kaum Luft und konnte deshalb unmöglich sprechen.

Dem Fy war das ziemlich egal. Vermutlich wollte er gar keine Antwort haben. Schon holte er abermals mit der freien Hand aus – diesmal zielte er auf mein Gesicht.

»Aatu, hör auf«, stoppte ihn ein herrischer Ruf. »Lass sie sofort los!«

Von hinten sprang ein weiterer Mann heran, riss meinen Angreifer von mir fort. Ich sackte keuchend in mich zusammen. Mein Rücken brannte vom heißen Stein, doch der Schmerz im Magen war schlimmer.

Da sah ich einen Schürhaken direkt neben mir in seiner Halterung stehen. Ich zwang meine verbrannte Hand, ihn mir zu schnappen, und benutzte ihn kurz als Krückstock, um mich auf die Beine zu kämpfen. Danach hob ich ihn wie eine Keule, bereit, zuzuschlagen. Egal, wen ich traf.

»Inea, leg sofort den Haken weg!«

Beim Klang meines Namens erstarrte ich, blinzelte. Eamon stand nur etwa drei Schritte von mir entfernt zwischen mir und meinem Angreifer. Er hatte den Fy am Kragen gepackt, drückte ihn von mir fort. Gleichzeitig drehte er seinen Kopf, um mir einen warnenden Blick zuzuwerfen.

Ich krampfte meine Hand um den Schürhaken und hob kämpferisch das Kinn.

Auch mein Gegner war nicht bereit, sich einfach abdrängen zu lassen. »Die Schlampe ist in dein Zimmer eingebrochen und schnüffelt hier rum«, brüllte er aufgebracht und deutete mit einem Zeigefinger auf mich.

»Beruhig dich erst einmal«, erwiderte Eamon nicht minder zornig. Er gab dem Fy einen Schubs, sodass dieser ein paar Schritte zurückstolperte. Danach drehte er sich zu mir um. Sein Blick glitt über meinen ramponierten Körper, blieb am Schürhaken hängen. Ich hob ihn provokant höher und umklammerte ihn jetzt mit beiden Händen. »Sei nicht albern, Inea. Was willst du mit einem Schürhaken gegen zwei Krieger ausrichten?«

»Du ...«, setzte ich an, doch Eamon redete einfach weiter. Dabei wandte er sich an den Fy.

»Sie ist meine neue Putzfrau«, sagte er.

Der Fy und ich sahen ihn gleichermaßen verdattert an.

»Was?«, fragte der Todesmagier verblüfft. Um ein Haar hätte ich die gleiche Frage gestellt, zügelte mich jedoch im letzten Moment.

»Ich habe Inea eingestellt. Sie soll meine Räume in Ordnung halten. Heute ist ihr erster Tag«, erklärte Eamon gelassen. Er wandte sich mir wieder zu. »Würdest du jetzt endlich den Schürhaken zur Seite legen?«, fragte er betont liebenswürdig.

Ich ließ ihn zögerlich sinken, während mich der Fy mit Blicken durchbohrte.

»Sie ...«, setzte er an, doch Eamon unterbrach auch ihn.

»Du kannst jetzt gehen«, sagte er kalt. »Und über deine Brutalität unterhalten wir uns noch mal. Du kannst deine Wut nicht an jeder Arven auslassen, die dir über den Weg läuft.«

Der Fy sah zwischen mir und Eamon hin und her und presste die Lippen fest aufeinander. Seine Wut verpestete die Luft im Raum, doch er zügelte sich. Ein Nicken in Richtung Eamon, dann gab er sich geschlagen. Mit vor Zorn geballten Fäusten ging er an mir vorbei. Der Blick, der mich traf, hätte mich auch gut töten können. Sekunden später war er fort und knallte die Tür hinter sich zu.

Ich atmete erleichtert auf. Die Entspannung währte allerdings nur kurz, als ich Eamon ansah. Der stand reglos mitten im Raum, die Miene finster, die Augen dunkel vor Zorn.

»Was machst du hier?«, fragte er mit der gleichen kalten Stimme, mit der er den Fy weggeschickt hatte.

Ich hob als Antwort den Schürhaken höher und stellte mich breitbeinig hin.

Eamon hob spöttisch eine Augenbraue. »Das ist nicht dein Ernst. Du willst dich nicht wirklich mit mir prügeln.«

»Du hast mir meine Drachen gestohlen«, zischte ich aufgebracht.

Eamon sah kurz in den Kamin, dann wieder zu mir. »Du hast recht. Ich habe zu spät bemerkt, dass Fluh und Diamad meinem Aufruf gefolgt sind. Als ich sie in meine Nähe holen wollte, war das Unheil bereits geschehen. Seitdem heilt Diamad in meinem Feuer.« Er wedelte mit einer Hand in Richtung Flammen.

Ich folgte seiner Bewegung mit dem Blick und unterdrückte ein Zittern, das durch meine Glieder rauschen wollte. Auch die aufsteigenden Tränen kämpfte ich nieder. Ich straffte mich, schwankte dabei leicht. Der Schlag in die Magengegend hatte mich definitiv schwer getroffen.

Eamon schwieg und ließ mir Zeit, das Gesagte zu verdauen. »Inea, was machst du denn hier bloß?«, fragte er und klang dabei plötzlich ganz ruhig.

Sein sanfter Tonfall hingegen brachte mich sofort auf hundertachtzig. »Meine Drachen waren verschwunden, verdammt noch mal«, schrie ich ihn an. Dass er der Fy-Riad war, juckte mich in dieser Sekunde überhaupt nicht mehr. Dieser Mann hatte mir meine Drachen gestohlen und besaß jetzt die Unverschämtheit, großspurig aufzutreten. »Ich dachte, sie wären tot! Und als ich bemerkt habe, dass mich dieser Gedanke in den Wahnsinn treibt, habe ich herauszufinden versucht, was passiert ist. Und weißt du was? Egal, in welche Richtungen ich gegrübelt habe – alle Fäden führten zu dir! Also, Eamon, was mache ich hier wohl? Ich hole mir meine Drachen zurück!«

Ich warf den Schürhaken in seine Richtung, sodass er hastig aus dem Weg springen musste, um nicht getroffen zu werden. Ich nutzte die Chance und sprang vor den Kamin, griff entschlossen wieder hinein. Ich würde Fluh und Diamad gewiss nicht hierlassen. Nie im Leben!

Das Feuer leckte sofort nach meinen Fingern, verbrannte mein Fleisch, trieb mir die Tränen in die Augen. Fluh kreischte erschrocken, als ich sie packte und mit einem Ruck zu mir zog. Die Flammen loderten auf, als wollten sie protestieren. Bevor ich mit der anderen Hand nach Diamad greifen konnte, riss mich Eamon zurück. Ich verlor das Gleichgewicht, fiel der Länge nach hin und knallte hart mit dem Kopf gegen den Stein. Trotzdem versuchte ich, nach ihm zu treten.

Fluh wand sich in meiner Hand, aber ich hielt sie nur umso kräftiger fest. Da war Eamon wieder über mir. Er drückte mich ziemlich brutal nach unten und zerrte mir die sich windende Fluh aus den Händen. Dabei brüllte er mich an, doch ich verstand nicht, was er sagte.

Ich sah nur, dass er mir Fluh abermals wegnahm, und wollte das nicht zulassen. Also kämpfte ich wie eine Besessene, aber alles Sträuben half nicht. Er war einfach so viel stärker als ich. Mit den Knien hielt er mich unten, während er Fluh packte und in das Kaminfeuer warf. Es zischte. Sekunden später wand sich mein Drachenweibchen um Diamad, umwirbelte ihn wie einen Kokon.

Ich starrte die beiden an. Als sich Eamon mir wieder zuwandte, versetzte ich ihm eine schallende Ohrfeige und versuchte, ihn von mir runterzubekommen, aber er packte meine Schultern und drückte mich nach unten.

»Hör auf«, schrie er mich an.

Ich stemmte mich gegen ihn, doch das bewirkte nicht viel, außer dass mein Körper vor Schmerz aufstöhnte.

»Inea, wenn du Diamad aus dem Feuer holst, stirbt er!«

Das brachte mich mit einem Schlag zur Vernunft. Ich erschlaffte, sah Eamon ungläubig an. »Was?«, fragte ich in die entstandene Stille.

»Diamad ist sehr, sehr schwer verletzt worden. Eigentlich hätte er schon längst tot sein müssen, doch ich habe ihn zum Heilen in das Feuer gelegt und ihm einen tiefen Schlaf geschenkt. Feuerdrachen können durch Hitze und Flammen wieder gesund werden, aber das ist ein langer und schwieriger Prozess. Fluh hilft mir, indem sie die heiße Luft um seinen Körper wickelt. Wenn sie das nicht machen würde, wäre er schon vor drei Tagen gestorben. Also beruhig dich, hörst du? Das bringt uns nicht weiter.«

Seine Worte sickerten nur langsam in mein Gehirn. Als ich verstand, begann ich unkontrolliert zu zittern.

»Aber …«, setzte ich leise an, doch Eamon ließ mich nicht ausreden. Dazu war er gerade zu aufgebracht.

»Ich habe dir eine Nachricht geschrieben. Damit du eben *nicht* hierherkommst. Was an ›Halte dich zurück‹ hast du nicht verstanden?« Jetzt glühten seine Augen vor Wut.

Ich zog den Kopf ein. »Ich habe keine Nachricht bekommen«, sagte ich tonlos.

Das ließ Eamon zunächst verstummen. Er runzelte die Stirn. »Seltsam«, sagte er langsam und gedehnt. Dann fuhr er sich mit einer Hand müde über das Gesicht und schüttelte den Kopf. »Da werde ich nachhaken. Wenn ich dich jetzt loslasse ... rastest du dann wieder aus oder bist du brav?«

»Ich benehme mich.«

»Gut.«

Er ließ mich los und stand auf. Ich blieb noch einen Moment liegen und sortierte meine Gedanken. Außerdem wäre ich ohnehin nicht auf die Beine gekommen. Der Kopf dröhnte von dem Aufprall auf den nackten Stein, die Hände brannten. Vor Schmerzen konnte ich kaum atmen. Nur mit Mühe zwang ich die Tränen und ein tiefes Zittern in den Knochen zurück.

Eamon musterte mich von oben herab und kniete sich abrupt wieder neben mich. Seine Finger teilten mein Haar, tasteten kurz und schmerzhaft meinen Hinterkopf ab. »Du blutest«, stellte er fest und atmete dabei zischend durch die Nase ein. Zu meiner Überraschung wandte er sich abrupt ab, fluchte lautstark. »Du dürftest nicht hier sein«, sagte er von mir abgewandt. Ich sah seine geballten Finger an, die sich fest zu einer Faust geschlossen hatten.

Mein Herz begann zu rasen, als mir klar wurde, wer da eigentlich vor mir saß. Eamon. Der Fy-Riad. Das Monster, das mich schon einmal angegriffen hatte.

»Ich musste kommen«, erwiderte ich leise. »Es gab keine andere Möglichkeit.«

Eamon nickte verblüffenderweise, gab mir damit recht. Er atmete noch ein paar Mal tief durch, das Gesicht immer noch von mir fortgedreht, die Muskeln angespannt. Als er sich mir wieder zuwandte, wirkte seine Miene fast emotionslos.

»Dann lass es uns hinter uns bringen«, merkte er an. »Wir müssen die Brandwunden versorgen.« Er hob mich ohne mein Einverständnis einfach auf die Beine und stützte mich, damit ich zu einem Sessel hinüberhumpeln konnte. Ich wagte keinen Protest, sondern fügte mich für den Moment, horchte auf jede seiner Bewegungen. Wenn ich nicht irrte, zitterten seine Arme ganz leicht.

Was zur Hölle war nur mit dieser Magie los?

Als wir am Sessel angekommen waren, ließ ich mich einfach hineinfallen. Mich mit den verbrannten Händen abzustützen, hätte mich ganz einfach umgebracht. Eamon ging auch nicht auf meine reichlich undamenhafte Art und Weise, mich hinzusetzen, ein, sondern verließ kurz den Raum, um mit einem Korb zurückzukehren. Darin waren Verbandsmaterial, Nadeln und Scheren.

Wir bemühten uns beide, uns nicht allzu genau anzusehen. Er konzentrierte sich auf meine Wunden, ich mich auf das Feuer, in dem meine Drachen so unnatürlich tanzten.

Um ehrlich zu sein, war ich mit einem Mal völlig erledigt. Die Angst der letzten Wochen holte mich ein, die Erinnerung an die gerade ausgefochtenen Kämpfe ließ mich zittern.

Eamon bemerkte das natürlich. Schweigend drückte er mir einen Verband auf den blutenden Hinterkopf und gab mir einen glibbernden Beutel, den ich zwischen den Fingern halten sollte. Er war eiskalt und tat unfassbar gut.

»Es ist nur eine kleine Platzwunde, nichts Ernsthaftes. Du wirst Kopfweh bekommen, aber ich muss es nicht nähen«, erklärte er mir steif und ich nickte schwach. Als er sich meinen Händen zuwandte, wurde es seltsam, denn jetzt kniete er direkt vor mir, war mir schrecklich nah.

Er mied meinen Blick und konzentrierte sich auf meine Hände. Dabei ging er erstaunlich sanft vor, während seine Aura sich immer weiter verdunkelte. Es war, als zöge sich die Magie schützend um ihn herum, als wollte sie ihn abschirmen. Als ich das bemerkte, zitterten meine Finger so deutlich, dass er es nicht länger ignorieren konnte.

»Du musst keine Angst vor mir haben«, sagte er sanft. Der Ton hätte mich beruhigen sollen, allerdings hörte ich auch die Unsicherheit daraus.

»Ach nein?«, erwiderte ich etwas pampig. »Soviel ich weiß, wolltest du mich bei unserer letzten Begegnung umbringen.«

»Aber ich habe es nicht getan. Und soviel ich weiß, habe ich dir bei unserer letzten Begegnung klar aufgetragen, mich zu meiden.«

Ich erwiderte nichts, weil es keiner Antwort bedurfte. Eamon erwartete auch gar keine, denn er wandte sich kommentarlos meinen Händen zu. »Ich muss da mit Magie dran.« Noch immer blickte Eamon nicht auf. »Sonst wirst du deine Hände nicht mehr richtig bewegen können.«

»Ist das die Magie, die dich wie ein Pesthauch umgibt, stinkt und dich zu einem Meuchelmörder macht?«, erkundigte ich mich frech.

Sein Kopf flog hoch, seine schwarzen Augen musterten mich böse. »Ich bin kein Mörder«, erwiderte er steif. »Ich will dir helfen.«

Ohne weiter mit mir zu diskutieren, zog er meine verbrannten Hände näher zu sich und ich spürte ein seltsames Prickeln auf der Haut. Eamons Magie drang in mich ein. Sofort verstärkte sich der Geruch nach Eisen um mich herum.

Ich wagte es nicht, auch nur zu atmen, während seine Magie über mich hinweghuschte. Es war ein unangenehmer Druck, ein Reißen und Zerren. Doch nach gut einer Minute hörte es plötzlich auf – und auch der Schmerz verging.

Ich entspannte mich etwas.

»Besser?«, fragte er. Ich nickte vorsichtig.

Mit flinken Fingern rieb er die Hand mit einer seltsamen Flüssigkeit ein und bandagierte sie. Er behandelte Brandwunden eindeutig nicht zum ersten Mal. Noch immer sah er nicht auf.

Ich bemerkte, dass seine Haare mittlerweile nachgewachsen waren. Feiner Flaum bedeckte den Großteil seines Schädels. Wo die Kopfhaut allerdings tiefer verbrannt war, wuchs nichts mehr.

Ein Klopfen an der Tür unterbrach seine Arbeit. Er erstarrte und horchte.

»Fy-Riad? Wir warten auf dich«, ertönte es von der anderen Seite.

Eamon seufzte leise. »Ich komme. Nur noch zwei Minuten«, rief er zurück. Jetzt wickelte er bedeutend schneller und beendete sein Werk etwas übereilt.

»Ich muss zu einer Besprechung«, erklärte er mir, während er hastig das Verbandsmaterial zusammenpackte. Endlich hob er den Blick und sah mich an. »Hör zu. Du musst hierbleiben – und damit meine ich wirklich: du *musst*. Ich habe gesagt, du seist meine neue Putzfrau. Um nichts auf der Welt dürfen daran Zweifel aufkommen, okay? Wir können Nachfragen überhaupt nicht gebrauchen. Tu mir den Gefallen und gedulde dich, bis ich wieder da bin – und lass Diamad auf jeden Fall im Feuer.«

Ich nickte. »Keine Sorge. Ich gehe nirgendwohin ohne meine Drachen.«

Eamon forschte in meinem Gesicht nach der Wahrheit und entspannte sich mit einem Mal. »In Ordnung. Es kann eine Weile dauern, aber dann reden wir.«

Er nickte mir zu, kam auf die Beine und stellte das Verbandmaterial neben mich auf ein kleines Tischchen. Erst jetzt registrierte ich das Bett an meiner linken Seite. Wir waren offenbar in seinem Schlafzimmer.

»Fass nichts an«, ermahnte mich Eamon. Schon wollte er aus dem Zimmer gehen, doch ich hielt ihn auf.

»Mein Putztrupp vermisst mich sicherlich schon. Die suchen bestimmt nach mir«, erklärte ich. Obwohl ich versucht hatte, meine Nervosität zu verbergen, zitterte meine Stimme ärgerlicherweise.

Eamon runzelte die Stirn, also musste ich mich erklären. »Wenn meine Freunde nach mir fragen, wird dein Schwindel auffliegen. Sie wissen nicht, dass ich deine angebliche Putzfrau bin.«

Jetzt verstand er. Er nickte grimmig und wandte sich zum Gehen. »Ich kümmere mich darum«, sagte er. Schon war er verschwunden.

Nachdem Eamon gegangen war, hatte ich meinen schmerzenden Körper zum Kamin geschleppt und mich davor auf einem alten Flickenteppich zusammengerollt. Die Flammen wärmten mich, das Knistern lullte mich ein. Eine Weile sah ich Fluh dabei zu, wie sie ihre ruhigen Bahnen um Diamad zog. Darüber schlief ich ein.

Was mich geweckt hatte, wusste ich nicht mehr. Ich schreckte aus dem Schlaf hoch, einen Moment orientierungslos. Fluh sah mich aus dem Feuer heraus an, zwinkerte mir zu. Ich stöhnte als Antwort und drehte mich schnaufend auf den Rücken.

Erst da registrierte ich, dass über mir eine warme Decke und ein Kissen unter dem Kopf lagen. Ich sah nach links, wo Eamon auf einem Sessel saß. Er hatte ihn wohl lautlos zum Feuer hinübergetragen, um in meiner Nähe zu sein.

Unsere Blicke kreuzten sich, verhakten sich ineinander.

»Wie geht es dir?«, fragte er steif.

Ich kämpfte mich in eine sitzende Position und begutachtete die verbundenen Hände. Sie taten erstaunlich wenig weh, was man vom Rest meines Körpers nicht gerade behaupten konnte. Der Schlag in die Magengegend machte sich noch immer bemerkbar. Eine Kriegerin würde definitiv nicht aus mir werden.

»Es geht schon«, murmelte ich. Es war deutlich dunkler im Raum geworden. Anders als das Zimmer mit den Steinskulpturen, war dieses hier von Anfang an nicht zugehängt gewesen. Die Sonne war jedoch untergegangen. Nur der Schein des Feuers und ein paar Kerzen sorgten für Licht.

Das wiederum verursachte eine ziemlich düstere Atmosphäre.

Der ganz in Schwarz gekleidete Krieger machte die Sache auch nicht wirklich besser. Zum Glück saß er in einem alten Ohrensessel, der wohl eher zu einem alten Mütterchen denn zu einem Fy passte. Das ließ die bedrohliche Situation etwas weniger dramatisch wirken.

Ich rieb mir eine halbe Tonne Schlafsand aus den Augen und strich mir einige Strähnen aus der Stirn. Eigentlich tat ich das nur, um mich abzulenken und dem Gespräch aus dem Weg zu gehen.

Ich seufzte leise. »Du wirkst ruhiger als beim letzten Mal.« Das war ein gewagter Vorstoß, aber es brachte auch nichts, um den heißen Brei herumzureden.

»Meine Kriegsmagie schweigt zurzeit, da fällt es mir leichter, Ich selbst zu bleiben«, erklärte er knapp. Er wollte definitiv nicht über den Vorfall oben auf der Plattform sprechen.

So leicht ließ ich ihn jedoch nicht davonkommen. »Wir haben Oona beerdigt.«

»Danke«, sagte er tonlos.

»Und wie geht es jetzt weiter?«

»Du bist ab jetzt meine Putzfrau.«

»Nicht dein Ernst.«

»Mein voller Ernst.«

Wir maßen uns mit Blicken. Seiner war müde, meiner dagegen kämpferisch. »Gegenvorschlag«, sagte ich langsam. »Wir lassen Diamad noch eine Weile hier über dem Feuer brutzeln, dann nehme ich die beiden mit mir und wir sehen uns niemals wieder.«

»Diamad wird noch ziemlich lange über dem Feuer brutzeln müssen.«

Ich schwieg, überlegte. »Was bedeutet es denn, wenn ich deine Putzfrau bin?«, hakte ich nach.

»Keine Ahnung. Ich hatte noch nie eine.«

Um meine Mundwinkel zuckte es und um ein Haar hätte ich gelächelt. Doch die Situation war zu ernst und der Typ zu unheimlich, also verkniff ich es mir.

Da ich weiterhin nichts sagte, ließ sich Eamon mit einem leisen Fluch tiefer in den Sessel sinken. Er zog die Füße auf die Sitzfläche, was irgendwie seltsam aussah – so kindlich.

»Ich will ehrlich zu dir sein. Dein Auftauchen stellt mich vor ziemliche Probleme. Es ist … kompliziert.«

»Ich sehe hier nichts Kompliziertes. Wir haben deinem Brutalo Aufpasser nur erzählt, dass ich für dich putze. Mehr nicht. Da ist nichts Dramatisches daran.«

»Die Fy sind weiterhin misstrauisch, was meine Magieblockade angeht. Sie suchen nach dem Grund.«

Ich sah ihn entsetzt an. »Darum geht es noch immer?«, fragte ich erstaunt. »Aber der Krieg ist vorbei. Du hast gewonnen, es ihnen gezeigt!«

»Ich habe gegen den Fy-Riad der Tul Curragh verloren.«

Bumm. Das saß. Diese Neuigkeit musste ich erst einmal verdauen. Während ich nervös an meinem Verband herumknibbelte, kaute ich auf meiner Lippe herum. »Aber die Tul Curragh sind abgezogen.«

»Das ist wahr. Sie sind weg. Vorerst. Auch ihre Kampfkraft hat in den letzten Jahren sehr gelitten. Als wir die Großoffensive gestartet haben, mussten sie aufgeben. Meine Drachenarmee war zu mächtig, meine Krieger zu entschlossen. Doch als sich der Fy-Riad gegen mich gestemmt hat, um seine sich zurückziehende Armee zu verteidigen, habe ich verloren.«

»Haben das die Fy mitbekommen?«

»Nur die Befehlshaber. Was meinst du, warum hier gerade eine Konferenz nach der nächsten abgehalten wird?«

Dass es eine Konferenz nach der nächsten gab, hatte ich eigentlich nicht gewusst. Es war aber eine interessante Information.

»Das heißt, der Krieg ist noch immer nicht vorbei?«, fragte ich ängstlich.

Eamon zuckte mit den Achseln, was ich nur undeutlich sehen konnte. »Vielleicht kommen die Tul Curragh wieder, vielleicht auch nicht. Vielleicht lassen sie sich auch endlich auf Friedensverhandlungen ein. Ich weiß es nicht. Ich weiß nur, dass die Führungselite nervös ist. Sie wollen Antworten von mir.«

»Und was hast du ihnen gesagt?«

»Dass ich einfach nicht mächtig genug bin, aber das glauben sie mir nicht. Sie spüren meine Kraft. Jeder spürt das, selbst der gegnerische Fy-Riad. Deswegen hat er sich ja auch zurückgezogen. Er dachte, jetzt habe das letzte Stündlein seiner Armee geschlagen. Stattdessen … habe ich versagt.«

Ich hatte Angst vor der Frage, musste sie jedoch trotzdem stellen. Mein Herz hielt das sonst nicht aus. »Und warum hast du versagt?«

Er warf mir einen dunklen Blick zu. »Genau darüber haben wir diskutiert, als ich dir ein Messer an die Kehle gehalten habe.«

Ich schluckte und sah hastig weg. »Und was hat das Problem auf der Plattform mit der Tatsache zu tun, dass ich deine Putzfrau sein muss?« Die Antwort ahnte ich bereits, aber ich wollte sie aus Eamons Mund hören.

Er ließ sich Zeit. Aus irgendeinem Grund wurde er wieder zornig. Ich spürte seinen Frust, roch ihn in seiner aufwallenden Magie. Er starrte finster in das Feuer und wurde dabei von Atemzug zu Atemzug unheimlicher. Ich rutschte unauffällig ein wenig von ihm fort und damit näher zum Kamin.

Als er sprach, sah er mich nicht an. »Die Fy suchen nach dem Grund, warum ich nicht so stark bin, wie ich meiner Aura nach sein sollte. Sie sind sich sicher, dass mich etwas bindet. Wenn sie herausfinden, dass du das bist, werden sie dich töten.«

Seine Magie roch umgehend schärfer. Der Blutgeruch nahm zu, vermischte sich mit dem Gestank nach verbranntem Fleisch. Ich versuchte es zu ignorieren, doch das war nicht einfach. Er selbst bemerkte die Veränderung eindeutig nicht.

Mein Körper erzitterte vor Angst, was zum einen an dem lag, was er gesagt hatte, zum anderen an dem, was ich sah. Tief in ihm drin loderte noch immer das Ungeheuer, das mich töten wollte.

Da ich ihm nicht ausweichen konnte, blieb ich möglichst reglos sitzen. Eamon schien meine aufkommende Panik nicht zu registrieren. Er starrte dumpf vor sich hin.

»Als Aatu dich in der Mangel hatte, musste ich mir schnell was einfallen lassen. Die Sache mit der Putzfrau war das Einzige, das mir sinnvoll vorgekommen ist. Aber er ist ein misstrauisches Arschloch, daher wird er noch mal nachbohren. Ich habe es in seinem Blick gesehen. Ich bin mir ziemlich sicher, dass ausgerechnet er vom Rat beauftragt worden ist, mir hinterherzuspionieren. Er soll herausfinden, was ich verheimliche. Du hast heute seine Aufmerksamkeit erregt, was eine mittlere Katastrophe ist. Wir dürfen ihm keinen Anlass geben, an der Wahrheit zu zweifeln.«

»Und was heißt das nun genau? Komme ich jetzt jeden Tag hierher, um bei dir zu putzen, oder was?«

Endlich sah er mich an. In seinen Augen blitzte es, was ein ziemlich unheimlicher Anblick war. »Du bleibst bei mir«, sagte er streng. »Ich will nicht, dass du in die Küche zurückkehrst und dann einfach für immer verschwindest. Hier bei mir werden sie es zumindest schwer haben, an dich heranzukommen.«

Ich sah ihn entsetzt an. »Was?«, zischte ich und zog dieses eine Wort in die Unendlichkeit. »Ich möchte dich daran erinnern, dass der einzige Mordanschlag, der je auf mich verübt worden ist – von den Kriegskanonen mal abgesehen –, von dir ausgeführt wurde!«

»Das kommt vorerst nicht wieder vor.«

»Vorerst?« Das wurde ja immer besser. Jetzt hielt mich nichts mehr an meinem Platz. Ich sprang auf und baute mich vor ihm auf. Ja, er war der Fy-Riad. Ja, er war unheimlich. Aber ich ließ mich bestimmt nicht einsperren, um anschließend gemeuchelt zu werden. »Das ist der dümmste Plan, den ich je gehört habe. Warum sollten mich deine Leute entführen und ermorden?«

»Inea, ein Arven-Leben ist den Fy ziemlich egal, Aatu ganz besonders. Er hasst die Arven, seitdem ein Drache seinen kleinen Bruder getötet hat. Dass es ein Drache der Tul Curragh war, ist ihm dabei herzlich egal. Wir haben es hier mit der Elite der Fy zu tun, die wild entschlossen ist, den Krieg ein für alle Mal zu gewinnen – und die schrecken vor nichts zurück. Vor gar nichts. Also setz dich wieder hin und hör mir zu.« Den letzten Rest hatte er gebrüllt. Als er das bemerkte, räusperte er sich. »Wir sollten leise sein. Wenn uns jemand streiten hört, fragt man sich, warum ich mit meiner Putzfrau diskutiere.«

»Du bist es, der hier rumbrüllt.«

Er funkelte mich an. Jetzt, wo ich stand, waren unsere Köpfe fast auf gleicher Höhe, was mir Mut machte.

»Es gibt noch eine Alternative. Ich verbanne dich aus dem Schloss. So wichtig bist du nicht, als dass irgendwer nachfragt, warum ich das tue. Den Fy wäre es auch zu mühsam, nachzuforschen. Allerdings siehst du deine Drachen dann lange Zeit nicht wieder, denn Diamad wird so schnell nicht aus dem Feuer rauskönnen.«

Ich kniff die Augen zusammen. »Erpresst du mich?«

»Ich erpresse hier niemanden. Ich versuche nur, dein armseliges Leben zu retten.«

Meine Zähne knirschten vor hilfloser Wut, während ich die Fäuste ballte. Das hätte ich besser nicht getan. Ein stechender Schmerz sauste durch meinen Körper. Verdammt.

Wir ertrugen eine ganze Weile unser frostiges Schweigen. Nur das Knacken im Feuer durchbrach die Stille. Ich rang mit meiner Verzweiflung, wusste aber ohnehin, auf was das alles hinauslief.

»Schön, dann habe ich jetzt wohl eine neue Stelle«, sagte ich. »Aber wehe, deine Fy-Tyrannen kommen mir zu nahe.«

Eamon nickte und stand abrupt auf. »Gut. Du schläfst auf dem Sofa im anderen Zimmer.« Er deutete mit dem Finger auf die Tür, durch die ich zuvor geschlichen war.

»Auf keinen Fall. Ich bleibe bei Diamad und Fluh.«

»Inea«, drohte mir Eamon. »Reiz mich nicht noch weiter. Das hier ist mein Schlafzimmer und da hast du nichts drin zu suchen.«

Als Antwort ließ ich mich einfach wieder vor dem Kamin nieder, legte mich auf die alte Binsenmatte und zog die Wolldecke über meinen Kopf. »Ich bleib hier«, brummte ich.

»Du bist unmöglich.«

Da mir die Diskussion zu blöd war, schloss ich die Augen und fragte mich, wie ich bloß in diese seltsame Situation geraten war. Es lief alles auf eins hinaus:

Hätte ich Eamon damals von meiner Plattform vertrieben, müsste ich jetzt nicht um mein Leben kämpfen. Trotzdem brachte ich es nicht übers Herz, ihm wirklich die Schuld zu geben. Er war nicht freiwillig Fy-Riad geworden – zumindest hoffte ich das. Das Schicksal hatte es einfach nicht gut mit uns gemeint.

Ich seufzte leise, während ich hörte, wie Eamon langsam zu seinem Bett hinüberging und sich hinlegte.

Das Knacken des Feuers begleitete uns in den Schlaf.

Die Dienerin des Fy-Riads

Als ich am nächsten Morgen die Decke von meinem Kopf zog und in die Helligkeit blinzelte, fand ich das Bett am anderen Ende des Raumes leer vor. Eamon war bereits aufgestanden. Ich quälte mich ächzend hoch und grüßte Fluh, die mich aus großen Augen anstarrte. Die Sorge darin war unübersehbar.

Ich strich mein vom Schlaf zerknubbeltes Kleid halbwegs glatt und löste den Zopf, um ihn neu zu flechten. Die Haare offen zu tragen, schickte sich nicht für eine unverheiratete Frau. Sie wären mir auch ständig im Weg gewesen. Weil mir ein strenger Dutt auf Dauer jedoch zu blöd war, flocht ich die langen blonden Strähnen am liebsten locker, sodass mir der Zopf bis zum Hintern reichte.

Sofort drängte sich die Erinnerung nach vorne, wie mir Eamon eben diesen Zopf ganz langsam gelöst hatte. Halt! Diese Gedanken waren tabu.

Die Wunde am Kopf rettete mich, indem sie wild zu pochen begann. Autsch.

Ich sah mich um. Eamons Bett stand in der Ecke, was ich irgendwie seltsam fand. Mitten im Raum wäre es besser zur Geltung gekommen, doch so dachte ein Mann offenbar nicht. Ich vermutete, dass er es dorthin gerückt hatte, weil er von dieser Position aus alle drei Türen im Blick haben konnte – und die Wand als Schutzwall hinter sich.

Irgendwie ein trauriger Gedanke.

Die Kommode, die eigentlich zum Bett gehörte, stand etwas verlassen mitten im Raum. Der Sessel, auf dem er mich gestern verarztet hatte, war zum Feuer gerückt worden. Eamons Werk, der ihn dort hingebracht hatte, um mir Gesellschaft zu leisten.

Ich schüttelte den Kopf. Wie sollte ich jemals aus diesem Mann schlau werden? Mal suchte er definitiv meine Nähe, dann versuchte er …

Nein! Schluss. Damit wollte ich mich nicht am frühen Morgen beschäftigen.

Ein Krug Wasser stand auf einem einsamen, etwa zwei Fuß hohen Tisch. Mangels Tasse trank ich direkt daraus und verschüttete die Hälfte über mein Kleid.

Egal.

Und was jetzt?

Ich straffte mich und visierte die Tür an, durch die ich gekommen war. Wenigstens wusste ich, was mich dahinter erwartete. Also öffnete ich sie leise und trat hindurch, spähte in die Dunkelheit. Die Vorhänge waren nach wie vor zugezogen.

Ich huschte zum Fenster und zog sie auf, woraufhin jede Menge Staub in den hereinflutenden Sonnenstrahlen tanzte. Sofort musste ich niesen, fühlte mich aber gleich viel besser.

Ich zog auch die übrigen Gardinen weg und ließ frische Luft herein. Der Gestank nach Aas verflog zusammen mit der Magie. Vorsichtig setzte ich meine Füße, um keine weiteren Steinfigürchen umzustoßen, und gelangte so auf den kleinen Weg. Da lagen auch meine Schuhe.

Ich hob sie auf und zog sie an. Jetzt musste ich ja nicht mehr zwingend leise sein. Ein Blick in die Runde zeigte mir: In diesem Raum gab es tatsächlich nichts als eine alte Sofaecke, einen unbenutzten Kamin und ein leeres Bücherregal. Keine Bilder, nichts Persönliches. Nur die Steinsoldaten und jede Menge Staub.

Wenigstens würde ich mich hier austoben können.

Weil ich zwar Hunger, aber keine Ahnung hatte, wo ich etwas zu essen herbekommen sollte, holte ich meinen Wischmob und rupfte von ihm ein paar Streifen Stoff ab. Ich sammelte einige Steinfigürchen in der Schürze, kehrte vor Fluhs und Diamads Feuer zurück und begann, meine Mitbringsel zu entstauben.

Die meisten waren deutlich sauberer als der Rest des Raumes – ein weiterer Beweis, dass sie ursprünglich nicht dort gestanden hatten. Sie waren wohl beim Angriff auf das Schloss lebendig geworden und dann in Eamons Gemächern wieder erstarrt. Verrückt.

Ich puhlte gerade einem kleinen Gnom eine Menge Erde aus den leblosen Augen, da klopfte es an der Tür. Da ich hier nicht das Hausrecht hatte, blieb ich stumm und duckte mich, den Schürhaken direkt neben mir.

Die Tür ging auf und Eamon kam herein. Im ersten Moment wollte ich mich tatsächlich entspannen, dann erinnerte ich mich, wer da vor mir stand. Der Fy-Riad.

Eben jener musterte die Figürchen um mich herum und zog eine Augenbraue hoch, sagte jedoch nichts. Schweigend kam er in den Raum und hielt mir ein kleines Päckchen unter die Nase.

»Frühstück. Ich zeige dir später, wo du es herbekommst. Demnächst musst du das allein können. Glückwunsch, du wurdest befördert.«

»Ach?«

»Ja. Braidar sagte, eine Putzfrau sei nicht angemessen. Du bist jetzt meine Dienerin.«

Braidar. Den Namen kannte ich. Ich kramte kurz in meinem Gedächtnis und erinnerte mich, dass das der Erste Berater mit den glutroten Haaren und dem fehlenden Ohr war. Der war nett gewesen.

»Bekomme ich dann auch mehr Gehalt?«, fragte ich zwischen zwei Bissen und runzelte die Stirn. »Bekomme ich überhaupt Gehalt?«

Eamon verdrehte die Augen. »Natürlich wirst du bezahlt.«

»Aber ich bin trotzdem deine Gefangene.«

»Ich hatte gehofft, dass du nach einer Mütze voll Schlaf nicht mehr ganz so kratzbürstig sein würdest«, entgegnete er resigniert. Er hatte sich nicht zu mir gesetzt, sondern war zum Bett hinübergegangen und faltete gerade die Bettdecke und Kissen militärisch zusammen.

»Ich muss jetzt zu einer Besprechung. In der Zwischenzeit kannst du hier gerne deinen Aufgaben nachgehen. Wie ich sehe, hast du ja bereits angefangen. Sei vorsichtig mit Tjawila. Er wird schnell jähzornig«, sagte er, als er fertig war.

Tja-was? Ich sah Eamon verständnislos an, bis der auf das Figürchen in meiner Hand deutete.

»Der Gnom. Das ist Tjawila. Klein, aber ganz schön fies. Sollte ich ihn jemals wieder zum Leben erwecken müssen, wird er mich fragen, wo die Heilerde hin ist.«

Ich ließ das Steinfigürchen hastig fallen und sprang auf. Jetzt lachte Eamon tatsächlich leise, was uns beide erstarren ließ.

Seine Miene verzog sich sofort. »Entschuldige«, sagte er unwillkürlich.

»Du musst dich nicht bei mir entschuldigen, bloß weil du lachst.«

Er ging nicht darauf ein, sondern räusperte sich nervös. »Wie dem auch sei. Du kannst die Steinfiguren gerne sauber machen. Sie freuen sich garantiert über diese Aufmerksamkeit, aber solltest du bei ihnen seltsame Krümelchen, Erde, Glibber oder funkelnden Staub sehen, wisch es nicht weg.

Ich wäre dir auch sehr dankbar dafür, wenn du sie auf die Fensterbänke setzen könntest. Sicherlich langweilen sie sich zu Tode in dem düsteren Raum. Mit dem Gesicht nach draußen können sie wenigstens gucken, was im Garten so los ist.«

»Du verarscht mich doch jetzt, oder?«

»Nein. Du hast selbst gesehen, wie lebendig sie werden können. Sie bekommen viel mehr mit, als du glaubst.«

»Und warum hast du sie in einem dunklen Zimmer eingesperrt?«

»Sie mussten sich erholen. Normalerweise wäre ihre Ruhephase zwei Monate lang gewesen, aber da du sie jetzt ohnehin geweckt hast, kannst du sie auch gleich umsetzen.« Er warf mir einen strengen Blick zu. »Heute Abend mache ich eine Liste, was deine neuen Aufgaben sind. Wir müssen dich beschäftigen, damit es einigermaßen echt aussieht. Zum Beispiel könntest du das Bett machen oder so.«

»Oder so … das Bett hast du schon gemacht.«

»Oh. Entschuldige. Ich muss mich erst an Gesellschaft gewöhnen. Und Inea?« Wieder der strenge Blick. Ich verdrehte absichtlich übertrieben die Augen, doch er wartete geduldig, bis ich mit dem Unsinn fertig war und ihn ansah. »Fass nichts anderes an. Die Steinfigürchen hast du schon zu früh geweckt. Wer weiß, was du sonst noch anstellst, ohne es böse zu meinen. Wenn jemand reinkommt, dann stell dich artig vor und sag, er soll sich bei Fragen an mich wenden.«

»Und wenn mich einfach wieder jemand von hinten angreift und mich windelweich prügelt, bevor ich irgendetwas erklären kann?«

»Dann schreist du, so laut du kannst.«

Zu meinem Entsetzen sprach er jetzt zu den komischen Steindingern zu meinen Füßen. »Passt auf sie auf. Sollte was sein, dann holt mich.« Zu meinem Glück nickte niemand. Das hätten meine Nerven nicht verkraftet.

Eamon war schon fast durch die Tür, da drehte er sich noch mal um. »Im Übrigen habe ich hier jemanden für dich.« Er zog die Tür weiter auf und eine vor Freude überschäumende Liiad kam hereingestürmt. Sie warf sich umgehend auf mich und schleckte mich ab. Mein Gesicht war danach auf jeden Fall sauber.

Ich freute mich wirklich sehr und wollte mich gerade bei Eamon bedanken, da stellte ich fest, dass er längst gegangen war. Mit einem Mal kam ich mir wieder ziemlich einsam vor.

Den Rest des Tages vertrieb ich mir mit putzen. Ich fand mehrere Lappen in einer Ecke, eine Vase wurde kurzerhand als Eimer umfunktioniert und dank Liiad hatte ich jetzt auch jede Menge Wasser.

Als Erstes machte ich die Fenster im Gruselkabinett sauber, sodass ich die entstaubten Figürchen eine nach dem anderen auf die Fensterbank setzen konnte. Bei jedem entschuldigte ich mich für die verfrühte Störung. Sicher war sicher.

Liiad tollte vergnügt um mich herum und legte sich schließlich vor dem Kamin schlafen. Zuvor hatten sich Fluh und sie in ihrer seltsamen Knurrsprache ausgetauscht. Ich ließ die Tür offen, um ein Auge auf die Drachen zu haben, ansonsten beschäftigte ich mich mit den Figürchen.

Eamon kam erst sehr, sehr spät zurück. Er sah abgekämpft und blass aus. Da ich außer Frühstück nichts anderes zu essen gehabt hatte, ging ich ihm erwartungsvoll entgegen, doch er hatte nichts dabei.

»Entschuldige. Ich war mit meinen Gedanken woanders.«

Er pfiff Liiad heran, die ihm wie selbstverständlich gehorchte, und ging aus dem Zimmer. Ich blieb, wo ich war, und wartete ab. »Kommst du, Inea? Ich will dir zeigen, wo die Küche ist.«

Sofort lief ich ihm hinterher, begierig darauf, die Zimmer zu verlassen. Zu meiner großen Enttäuschung ging es nur eine Treppe innerhalb seiner Räumlichkeiten hinab. Darunter befand sich ein düsterer Raum mit Kochutensilien. Hier blitzte und glänzte es, was zeigte, dass Eamon hier noch nie gekocht hatte.

Aus einer Klappe in der Wand nahm er einen Korb und stellte ihn auf die Ablage. Darin lagen Zwiebeln, Kartoffeln und etwas Fleisch, Wein und Brot.

»Ich esse meist mit den Heerführern, aber die Haushälterin der Oberen Küchen legt mir etwas in die Kiste, falls ich doch noch Hunger habe. Ich sage ihr Bescheid, dass sie dich ab jetzt mitversorgen muss. Du wirst auch für das Frühstück zuständig sein.«

»Okay. Was isst du da am liebsten, mein Gebieter?« Ich klimperte ihm möglichst lasziv zu. Er musterte mich irritiert.

»Hast du was im Auge?«

Ich seufzte. »Nein, Eamon. Ich wollte nur veranschaulichen, dass ich auch lieb sein kann – und nicht nur kratzbürstig.«

»Auf mich hatte es den Eindruck, dass du mich provozieren wolltest.«

Im Stillen gab ich ihm recht, aber das musste er ja nicht wissen. Ich schwieg mich daher aus.

»Ich frühstücke nicht«, kam er auf meine Grundfrage zurück.

»Also bin ich nur für mein Frühstück zuständig.«

»Ja.«

Ich nickte, nahm ihm den Korb aus der Hand und murmelte mit vor Ironie triefender Stimme: »Danke für das intelligente Gespräch.«

Irgendwie erwartete ich, dass er mich allein lassen würde, doch er blieb reglos bei mir stehen und sah mir zu, wie ich mir ein Brot dick mit Butter bestrich, jede Menge Salat drauftürmte und es mit Schinken umwickelte. Ich biss hinein und konnte ein fasziniertes Stöhnen nicht unterdrücken. Noch nie, nie, nie in meinem ganzen Leben hatte ich solch ein Festmahl gehabt.

Kauend sah ich Eamon an, doch der blickte irgendwie durch mich hindurch. Ich ließ ihn, da sein Schweigen ausnahmsweise eher angenehm war. Wir brachten es tatsächlich fertig, uns nicht anzuschreien, bis ich mein Brot aufgegessen hatte.

Ich schnippte gerade die letzten Krümel auf den Boden – fegen musste ich morgen früh ja so oder so –, da redete er endlich wieder.

»Für mich ist das hier genauso seltsam wie für dich. Können wir uns nicht beide zusammenreißen?«

»Ich reiße mich schon zusammen. Was meinst du, was hier los wäre, wenn ich das nicht täte? Ich bin regelrecht panisch vor Angst. Nicht nur, dass ich mit dem Typen, der mich vor Kurzem um ein Haar ins Jenseits befördert hätte, zusammenleben soll. Nein. Jetzt erzählst du auch noch, dass mir sämtliche Fy-Krieger dieser Welt ans Leder wollen – und lässt mich danach den ganzen Tag in diesen unheimlichen Räumen allein. Mein Nervenkostüm ist gerade nicht das beste und wenn ich Angst habe, dann werde ich biestig und stur.«

»Ich glaube, stur bist du auch ohne Angst.«

»Und ich glaube, dass du mir ohne deinen Fy-Riad-Scheiß auch lieber gewesen bist.«

Das hätte ich wohl besser nicht gesagt. Er drehte sich auf dem Absatz um und ging einfach hinaus. Mich ließ er wie einen begossenen Hund zurück.

Ich beschäftigte mich eine Weile in der Küche, um ihm nicht sofort hinterhergehen zu müssen. Was hätte ich denn sagen sollen? Natürlich war mir der Satz nur so herausgerutscht, er entsprach aber auch der Wahrheit. Die Situation war so merkwürdig, dass ich innerlich platzen könnte.

Schließlich musste ich mich doch hervorwagen. Ich fand ihn bei Fluh und Diamad. Er saß in dem Ohrensessel und hatte irgendwelche Dokumente auf dem Schoß, mit denen er sich beschäftigte.

Ich setzte mich zu seinen Füßen hin und lehnte mich gegen den Stuhl.

»Entschuldige«, sagte ich in die Stille hinein.

Er reagierte auf meinen Gesprächsversuch nicht im Mindesten, allerdings roch ich die Frustration in seiner Magie. Ich wartete noch eine Weile, aber als nichts kam, wurde ich wieder böse. »Findest du nicht, du könntest zumindest meine Entschuldigung annehmen? Ich meine, eigentlich bist du doch derjenige, der sich entschuldigen sollte.«

Jetzt blickte er hoch, sah mich mit ausdrucksloser Miene an. »Für was?«

»Dafür, dass du mir ein Messer an die Kehle gehalten hast? Dafür, dass du mir eine Heidenangst eingejagt hast? Dafür, dass du mich um ein Haar wirklich und wahrhaftig ermordet hättest?«

Er schloss die Augen, als hätte ich ihn geschlagen, atmete tief ein. Ich war diesmal jedoch nicht gewillt, klein beizugeben.

»Ich wollte dir niemals wehtun, wirklich nicht«, sagte er nach einer Weile leise.

»Das war keine Entschuldigung.«

Abrupt öffnete er die Augen und sah mich so funkensprühend an, dass ich erschrak. Die Magie wirbelte schattengleich in ihnen herum, tanzte um seine Pupille. »Ich kann mich nicht dafür entschuldigen, Inea«, sagte er langsam. »Dafür nicht.«

»Für was denn sonst?«

»Ich habe große Schuld auf mich geladen, weil ich dich habe leben lassen. Anstatt mich bei dir zu entschuldigen, sollte ich bei meinem Volk Abbitte leisten, doch das weiß nicht einmal, was ich getan habe.«

Mir rieselte es kalt den Rücken runter, während wir uns anstarrten.

»Was genau hast du denn getan?«, brachte ich mühsam hervor.

»Ich habe mein Volk dem Feind ausgeliefert. Ich habe dein Leben über das von Tausenden gestellt. Dafür werde ich mich nicht bei dir entschuldigen.«

Ich wagte kaum zu atmen, musste es aber dennoch wissen. Er sah jetzt nicht mehr wütend, sondern nur noch traurig aus, daher traute ich mich, die entscheidende Frage zu stellen. »Bereust du es denn? Du kannst das Versäumte immer noch nachholen.«

Ich hatte nicht ganz zu Ende gesprochen, da war er schon aufgesprungen. Sein Körper bebte, die Magie peitschte um ihn herum. Für einen wahnwitzigen Moment dachte ich, er würde auf mich losgehen, doch er sprang an mir vorüber und knallte mit ohrenbetäubendem Lärm die Tür hinter sich zu.

Ich starrte ihm hinterher und fragte mich, wie ich hier überleben sollte.

Am nächsten Morgen weckte mich ein Klopfen an der Tür. Ich fuhr aus dem Schlaf, als hätte mich jemand angegriffen. Etwas orientierungslos sah ich mich um. Eamon war noch immer verschwunden, ich lag vor dem Kamin. So richtig bequem war das wirklich nicht.

Als es wieder klopfte, kam ich in die Gänge und huschte hinter den Kamin, presste mich mit dem Rücken gegen die Wand. Sekunden später ging die Tür auf. »Eamon? Bist du da?«, rief eine Männerstimme.

»Ich komme«, antwortete der Fy-Riad. Die Tür, die zum Gruselkabinett führte, öffnete sich und Eamon kam herein. »Du bist früh dran.«

Ich beugte mich etwas vor, um hinter dem Kaminvorsprung hervorzulinsen. Eamon stand vor dem Fy mit den glutroten Haaren und sah sich suchend im Raum um.

Auch Braidar reckte den Hals. »Wo ist denn deine neue Dienerin?«, fragte er.

Eamon deutete auf meine Ecke. »Die hat sich in Sicherheit gebracht. Nachdem Aatu sie angegriffen hat, ist sie nicht mehr scharf auf Besucher. Inea, komm bitte heraus und sag Braidar guten Tag.«

Ich lehnte mich zurück und sah an die Decke. Aufstehen oder sich weigern? Seufzend stemmte ich mich hoch und kam langsam näher. Wahrscheinlich sah ich wüst aus, immerhin war ich erst seit wenigen Atemzügen wach, aber daran konnte ich jetzt auch nichts ändern.

Braidar musterte mich etwas konsterniert. »Ich kenne dich«, stellte er fest. Eamon erstarrte neben ihm.

Ich versuchte mich an einem Lächeln. »Ja. Ich gehörte früher zum Putztrupp im Westflügel.«

»Ah ja.« Braidar nickte, doch ich sah, wie er nachdenklich die Stirn krauste. Jetzt sah er Eamon an, der sich längst wieder gefangen hatte. »Du hättest vorher mit mir darüber reden müssen. Sie einzustellen und hier in deinen Räumen wohnen zu lassen, ist denkbar unklug.«

»Ich brauchte eine Haushälterin.«

»Nein. Du brauchtest einen Diener, einen Mann, aber doch keine Frau! Wenn du dich unbedingt abreagieren willst, kannst du dich im Bordell umsehen. Der Westflügel hat wirklich exquisite Damen. Erzähl mir aber nicht, dass du zwingend eine Haushälterin haben wolltest … ich bitte dich!«

Mir klappte vor Staunen die Kinnlade runter, während Eamons Gesicht vor Verärgerung dunkelrot wurde. Ihm hatte es die Sprache verschlagen, mir jedoch nicht. Bevor ich allerdings giftig antworten konnte, warf mir Eamon einen eindringlichen Blick zu. Tatsächlich hielt ich die Klappe.

Braidar musterte mich voller Verachtung und schnaubte ernsthaft. Jetzt sah er gar nicht mehr nett aus. »Sie muss weg«, erklärte er, als sei ich ein Schandfleck, den es wegzuputzen galt. »Bevor es richtig Ärger gibt.«

»Sie bleibt«, erwiderte Eamon kühl. »Und darüber diskutiere ich nicht.«

»Und was macht sie in deinem Schlafzimmer?«

»Sie hat den Kamin gesäubert.«

»So sieht sie nicht aus. Vielmehr sieht sie …«

Eamon war so schnell, dass weder Braidar noch ich irgendwie reagieren konnten. Schon krachte der Rothaarige mit dem Rücken gegen die Wand, dass es donnerte und sogar der Putz von der Decke rieselte.

»Wenn du noch ein einziges Mal meine Autorität infrage stellst, dann lernst du mich erst richtig kennen, Braidar«, zischte Eamon. Seine Stimme klang so unmenschlich, dass ich einen großen Satz zurückmachte. »Und wenn du auch nur andeutest, ich würde lügen, zerfetze ich dich und die Deinen. Hast du verstanden?«

Braidar nickte schwach.

»Inea, mach die Tür zu«, befahl mir Eamon. Ich huschte hastig an den beiden Streithähnen vorbei und ließ die Tür ins Schloss schnappen. Als ich mich umdrehte, sah ich, dass Eamon Braidar eindeutig so würgte, dass der nicht mehr atmen konnte.

»So. Und nur damit wir uns verstehen: Es ist mir vollkommen egal, was ihr darüber denkt, dass ich mir eine Frau in meine Räume geholt habe. Und wenn sie hier nackt putzen würde – du hast da gefälligst keinen Ton zu sagen. Wen ich vögel und wen nicht, das geht weder dich noch den Rat irgendetwas an, kapiert?« Er ließ Braidar los, sodass dieser tief Atem holen konnte. »Diese Frau da …« Eamon deutete auf mich, woraufhin ich mich unwillkürlich duckte. »… ist mir in etwa so egal wie Aatus Fürze. Ich habe sie gestern im Putztrupp gesehen, sie gefiel mir, ich habe sie zu mir genommen und ich gedenke, mich noch eine ganze Weile mit ihr zu vergnügen. Und nichts auf dieser Welt wird mich davon abhalten, nicht einmal sie selbst. Dass sie dabei gut putzen kann, ist doch eine nette Nebensächlichkeit, nicht wahr?«

Braidar nickte schwach und rieb sich den Hals.

»Können wir dann jetzt zum Hauptausschuss gehen?«, wechselte Eamon abrupt das Thema.

Wieder nickte Braidar. Er versuchte sich zu straffen, dabei streifte mich sein Blick aus seinen grünen Augen mit den gelben Punkten darin. Fast hastig sah er fort und ging steif vor dem Fy-Riad aus dem

Raum. Eamon folgte, warf mir aber noch den finstersten Blick aller Zeiten zu. Sekunden später knallte er die Tür so fest ins Schloss, dass der Rahmen erzitterte.

Ich ließ mich an Ort und Stelle zu Boden sinken und verkniff mir die aufkommenden Tränen. Ich war in der Hölle gefangen, wahrhaftig in der Hölle.

Annäherung

Eamon ließ sich den ganzen Tag über nicht mehr blicken. Ich war nicht besonders böse darüber. Mit aufgewühltem Herzen machte ich mich daran, die Steinfigürchen zu wienern. Einige glänzten danach so sehr, dass ich meinte, sie blinken zu sehen.

Als mein Blick an die Wand hinter dem leeren Kamin fiel, kniff ich die Augen zusammen. Sie war über und über mit Glutsteinen verziert. »Was für eine Verschwendung«, murmelte ich.

Ehe ich genauer darüber nachgedacht hatte, rannte ich in die Küche, holte mir ein Messer und stocherte so lange im Putz herum, bis ich zwei Steine herausgebrochen hatte. Die verfütterte ich triumphierend an Fluh und Liiad.

Danach starrte ich eine ganze Weile die Glutstein-Wand an und überlegte. Klug war das nicht, aber es wäre die Rettung für alle Küchendrachen – und vermutlich mein Untergang. Doch ich konnte nicht anders.

Bevor ich mein Vorhaben in die Tat umsetzte, guckte ich erst einmal, ob die Vorhänge vom Fenster die Wand verhüllen konnten. Ja, sie waren groß genug. Also legte ich los.

Ich brauchte fast sechs Stunden, um zwanzig Steine aus dem Putz zu klopfen. Dabei verbog ich drei Gabeln, fünf Messer und eine Kelle. Mit dem richtigen Werkzeug wäre es die Arbeit von ein paar Minuten gewesen, doch die Not machte erfinderisch – und wenn ich eines hatte, dann Zeit.

Ich hängte einen der Vorhänge vor die zerhackte Wand, fegte die verräterischen Spuren am Boden zusammen und ließ die Glutsteine in einen kleinen Beutel fallen, den ich unterm Bücherschrank gefunden hatte. Dann pfiff ich nach Liiad. Der kleine Wasserdrachen kam begeistert herbei und hielt still, bis ich den Beutel so um den Hals gebunden und unter den Schuppen versteckt hatte, dass er auf den ersten Blick nicht zu sehen war.

Perfekt. Nein, eins fehlte noch. Ich suchte eine Weile im Schlafzimmer herum, fand jedoch nur einen armseligen Schnipsel halb verbranntes Papier. Darauf krakelte ich mit etwas Asche: »Liebe Mina. Mir geht es gut. Fluh und Diamad ebenfalls. Inea.«

Das Papier fummelte ich in den Beutel und sah Liiad an. »Du suchst jetzt den Putztrupp im Westflügel und kehrst mit ihnen zu deinem Frauchen zurück, okay? Die macht sich garantiert Sorgen. Und nerv sie so lange, bis sie den Beutel gefunden hat. Wenn du magst, darfst du anschließend wieder zu mir zurückkommen.«

Liiad war ein alter Wasserdrachen, der sich zwar kindlich aufführte, aber durchaus klug war. Sie nickte und sauste los, kaum dass ich ihr die Außentür einen Spalt geöffnet hatte.

Danach fühlte ich mich wie eine Heldin, allerdings wie eine halb verhungerte. Also machte ich mir in der Küche eine Stulle und saß eine ganze Weile einfach nur auf der Anrichte, um vor mich hin zu starren.

Mein Leben hatte ich mir irgendwie etwas anders vorgestellt.

Je später es wurde, desto mehr grummelte es in meinem Magen. Ich hatte Angst vor der nächsten Begegnung mit Eamon. Mein Entschluss, Liiad nach draußen zu schicken, war mir bei Licht betrachtet pfiffig und selbstlos vorgekommen. Jetzt im Dunkeln bekam ich leichte Panik. Was, wenn Eamon Liiads Abwesenheit bemerkte? Was, wenn er wieder rumschrie? Was, wenn er doch das Monster war, vor dem alle Angst hatten – und das mir auch schon mal ein Messer an die Kehle gehalten hatte?

Der Abend schritt voran und ich hielt mich krampfhaft wach, aber irgendwann holte mich die Erschöpfung ein. Ich schlief tief und fest zusammengerollt im Ohrensessel vor dem Kamin, als die Tür mit einem Krachen aufging.

»Raus aus meinem Zimmer, Inea«, begrüßte mich Eamon mit eisiger Stimme.

Ich fuhr hoch und sah in seine Augen, die heute Nacht seltsamerweise grau waren. Wo waren denn seine funkelnden Sternchen geblieben? Ich sah keinen Funken darin tanzen, als habe er seine Magie ganz tief in sich hineingesogen.

Als ich ansetzte zu protestieren, hob er herrisch die Hände. »Wenn du dich weigerst, zerre ich dich zur Not auch an deinem langen Zopf hier raus. Du hast fünf Sekunden, um zu verschwinden. Eins …«

Ich richtete mich auf und hielt mich an der Lehne des Sessels fest. »Ich bleibe bei Diamad und Fluh«, erklärte ich stur.

»Zwei …«

»Wieso schläfst du nicht auf dem Sofa?«

»Drei …«

»Komm schon, Eamon. Ich weiß, wir hatten einen schlechten Start in den Tag, aber …«

Eamons Geduldsfaden riss früher, als er durchgezählt hatte. Er stapfte auf mich zu und griff ernsthaft nach meinem Zopf. Ich wich ihm aus und versuchte unter seinen zupackenden Händen durchzuschlüpfen, doch er erwischte mich an der Hüfte. Kurzerhand klemmte er sich meinen Körper wie einen Sack Mehl unter den Arm und stiefelte Richtung Gruselkabinett.

Er öffnete die Tür – und warf mich wie einen Ball ins Zimmer hinein. Ich fing mich wenig elegant ab und knallte schmerzhaft mit der Stirn auf den Boden. Nicht schon wieder mein Schädel.

Die Tür donnerte hinter mir ins Schloss. Wenigstens hörte ich keinen Schlüssel, der sich drehte.

»Ach verdammt, Eamon«, fluchte ich und hielt mir den Kopf. Benommen saß ich eine Weile auf dem kalten Boden und wog die Möglichkeiten ab, kam jedoch zu keinem richtigen Entschluss. Letztlich siegte mein Überlebenswille über meine Sturheit.

Ich tastete mich im Dunkeln zu der muffigen Sofaecke und ließ mich darauf fallen. Immerhin hatte ich es jetzt weicher, wenngleich es hier deutlich kälter war. Fröstelnd rollte ich mich zusammen und fragte mich, was gerade geschehen war.

Diesmal war es keineswegs die Magie gewesen, die Eamon hatte ausrasten lassen. Ich hatte etwas anderes gespürt. Frustration? Angst? Keine Wut, sonst hätte ihn seine Magie sicherlich umtost.

Ich brauchte ein wenig, um es in Worte fassen zu können.

Es war Trauer gewesen, reine Trauer, die tief in seinen Augen aufgeblitzt war. Ich seufzte und starrte einen Moment die dunkle Decke an. Es war egal, dachte ich dumpf. Was scherte es mich, was in diesem Mann vorging? Ich konnte froh sein, wenn er nicht ganz plötzlich beschloss, mich doch noch umzubringen – im Namen des Volkes.

Aber es war mir nicht egal. Er war mir nicht egal, trotz allem, was geschehen war. Eine einzelne Träne drängelte sich unter meinem Augenlid hervor. Ich ließ sie fließen, ein kleines Ventil, um mir Luft zu verschaffen. Dann atmete ich tief ein und zwang mich zur Ruhe.

Morgen. Morgen würde ich diesen ganzen Seltsamkeiten auf den Grund gehen.

Kurz bevor ich wegdämmerte, meinte ich eine der Steinskulpturen gesehen zu haben, die etwas auf mich hatte hinabrieseln lassen. Aber vielleicht hatte ich das auch nur geträumt.

Als ich am nächsten Morgen aufwachte, lagen neben mir Hammer und Meißel. Meine unauffällige Arbeit war offenbar nicht so unauffällig gewesen wie gedacht. Verwirrt starrte ich das Werkzeug an und fragte mich, wie es hierhergekommen war, bis ich den Zettel sah.

Eindeutig Eamons Werk.

Wie leise konnte sich der Mann eigentlich bewegen, dass ich nie durch ihn aufwachte? Und wie früh stand er immer auf?

Ich drehte mich auf den Rücken und faltete das Zettelchen auseinander.

»Bitte picke leiser und nicht die ganze Zeit am Stück. Mir gingen die Ausreden aus. Und putz auch mal. Es ist ziemlich staubig hier.«

Ich las den Zettel immer wieder und wieder und konnte es nicht fassen. Gestern noch war er mir wie ein Tyrann vorgekommen, heute legte er mir Geschenke hin.

Über den feinen Humor, den er mit diesem Brief bewies, musste ich schließlich leise lachen. Er hatte ihn noch nicht vollständig an die Finsternis verloren, was ein beruhigender Gedanke war.

Als ich mich aufsetzte, wusste ich auch wieder, warum ich diesen seltsamen Mann sofort in mein Herz geschlossen hatte.

Er mochte zwar jetzt die Magie eines Monsters haben, aber sein Ich war weiterhin vorhanden. Auf dem Tischchen neben dem Sofa lag ein kleiner Streifen Trockenfleisch inmitten eines lächelnden Gesichtes. Er hatte es einfach in den Staub gemalt.

In den nächsten vier Tagen lernte ich die Bedeutung »Mir fällt die Decke auf den Kopf« ganz neu kennen. Es war tatsächlich etwas dran. Je länger ich in diesen Räumen eingesperrt war, desto eingeengter fühlte ich mich.

Niemanden zu haben, mit dem ich hätte reden können, war einfach grässlich. Ich war den Lärm der Küche gewöhnt, das Gepolter und Getrampel von Hunderten Füßen. In unserem Schlafsaal für unverheiratete Mädchen schliefen zweiundzwanzig Leute, entsprechend laut war es des Nachts. Hier hörte ich nichts außer meinem eigenen Atem und ab und zu mal einen Ruf auf den Fluren.

Es war, als hätte mich die Welt vergessen.

Liiad ließ sich offenbar Zeit in der Küche, was ich gut verstehen konnte, immerhin war sie nicht mein Drache. Sie genoss vermutlich die Zuneigung ihrer Herrin. Vielleicht hatte die ihr verboten, zu mir zurückzukehren.

Fluh konnte nicht wirklich mit mir kommunizieren. Sie war viel zu sehr damit beschäftigt, immer und immer wieder ihre Bahnen um den schlafenden Diamad zu ziehen. Sie warf mir ab und zu mal besorgte Blicke zu, doch das war alles an Gesellschaft für mich.

Eamon tauchte die nächsten Tage und Nächte nicht mehr auf.

Ich gewöhnte mir wieder an, vor dem Kamin zu schlafen. Eamon hatte zwar deutlich gemacht, was er davon hielt, aber ich konnte mich ja immer noch trollen, sobald er auftauchte.

Mittlerweile hatte ich das unbenutzte Kaminzimmer auf Vordermann gebracht. Ich hätte hier gerne ebenfalls ein Feuer angezündet, denn die Räume waren trotz des Hochsommers ziemlich kühl, allerdings hatte ich mit jeder verstreichenden Minute mehr Panik, dass das Holz für Diamads Kamin nicht reichen könnte. Also rationierte ich zur Sicherheit.

Ich kam zu dem Entschluss, dass ich sozusagen im Wohnzimmer schlief (oder theoretisch schlafen sollte, wenn es nach Eamon ging). Hiervon gingen noch drei weitere Räume ab. Die Küche, die man über eine kurze Wendeltreppe erreichte, kannte ich ja bereits. Dann waren da noch Eamons Arbeitszimmer, in dem er sich aber offensichtlich nicht viel aufhielt, und ein ehemaliges Kinderzimmer. Ich ließ es unberührt. Es war irgendwie unheimlich, die halb verstaubten Spielzeuge anzustarren.

Das Bad ging vom Schlafzimmer ab – und war das wohl spektakulärste an der ganzen Wohnung. Eine breite Rinne sorgte stets für frisches Wasser, sodass ein kleiner Bach von einem Ende zum anderen führte. Ein Loch im Boden war der Abort, allerdings konnte man von der Rinne etwas Wasser abzwacken, um so durchzuspülen. Das fand ich ziemlich pfiffig.

Das Beste war allerdings die Wanne. Auch hier konnte man das Wasser so umleiten, dass sie sich füllte. Ein kleiner Kamin darunter sorgte dafür, dass das Wasser recht schnell warm wurde – und schon hatte man warmes Badewannenwasser.

Ich war fasziniert, hatte mich aber noch nicht getraut, es auszuprobieren. Als ich mich jedoch an diesem Tag aus müde aussehenden Augen im Spiegel betrachtete, fällte ich eine Entscheidung.

Ich würde jetzt ein Bad nehmen.

Ich nickte meinem Spiegelbild zu, um mir Mut zu machen. Dabei fiel mir auf, dass mein Haar deutlich stumpfer war als sonst. Meine blauen Augen wirkten traurig, die sonst gut gebräunte Haut gräulich. Kein Wunder, immerhin hatte ich seit Tagen keine Sonne und keine frische Luft gehabt.

Unter der Wanne lag unbenutztes Holz, das ich mühsam anzündete. Im Bad war es durch das kleine Bächlein immer etwas feucht, sodass die Äste zunächst nur vor sich hin kokelten, doch dann fingen sie schließlich Feuer.

Ich rümpfte die Nase, als ich meine Kleider langsam von der Haut schälte. Das Kleid war alt und abgetragen, vom Schweiß der letzten Tage durchtränkt. Ich drehte es eine Weile in den Händen und zog schließlich mein Unterkleid heraus, um es zur Seite zu legen.

Danach stieg ich in die Wanne und ließ die Wärme auf meine müden Knochen wirken. Einatmen, ausatmen.

Ich starrte die Decke an, die voller Wasserhuscher war, kleine silberne Tierchen, die in jedem Bad auftauchten und kaum zu verscheuchen waren. Ich sah ihnen dabei zu, wie sie in Pulks über die Decke trippelten und gemeinsam winzige Schmutzpartikelchen futterten.

Ein bohrendes Gefühl nagte sich durch meine Eingeweide. Ich brauchte eine zeitlang, um zu erkennen, dass ich auf die Wasserhuscher neidisch war. Die hatten wenigstens Kollegen, die ihr armseliges Leben lebenswert machten.

Um die Gedanken zu verscheuchten, tauchte ich unter und blieb eine Weile dort. Mein Haar wurde schwer an der Kopfhaut, die Wunde protestierte.

Ich kam prustend wieder hoch, nahm die kümmerliche Seife am Rand der Wanne und schrubbte mir vorsichtig die Haut. Die letzte richtige Wäsche lag wirklich schon ziemlich lange zurück. Da ich ja viel, viel Zeit hatte, zählte ich meine ganzen blauen Flecke. Fünfundzwanzig. Dazu die vernarbten Hände, die ich aber zum Glück noch gut bewegen konnte, die Platzwunde am Hinterkopf und die Beule an der Stirn. Da kam einiges zusammen.

Ich seufzte absichtlich melodramatisch laut und horchte dem Echo meiner Stimme im Bad. Fünf weitere Atemzüge später war ich wieder aus der Wanne raus. Einfach nur im Wasser rumzugammeln war nicht so mein Ding. Außerdem hatte ich die ganze Zeit panische Angst, dass jemand reinplatzen könnte.

Ich lauschte ängstlich, doch über das Rauschen des Bächleins war kaum etwas zu hören.

Tropfend und nackt stand ich einen Moment unschlüssig im Bad herum, schnappte mir dann das Oberkleid und tunkte es in das warme Wasser. Fast sofort verdunkelte sich die Farbe. In der Ecke lehnte ein Waschbrett, das ich hervorholte und dafür benutzte, um mein Kleid kräftig durchzuwalken. Socken und Schürze kamen direkt hinterher. Summend beschäftigte ich mich eine ganze Weile damit – bis die Tür mit einem Ruck aufgerissen wurde.

Ich wirbelte herum und entdeckte Eamon, der mich verwirrt musterte. Einen Moment herrschte Stille, bis ich quiekte und das klitschnasse Kleid hastig vor die Brust hielt.

»Schon mal was von Anklopfen gehört?«, schrie ich ihn an.

»Ich hab dich gesucht und ständig deinen Namen gerufen. Als ich dich in keinem der Räume gefunden habe, bin ich in Panik geraten«, erwiderte er mit heiserer Stimme.

Wir starrten uns an.

»Ich dachte, du wärest abgehauen«, setzte er leise hinzu.

»Wo sollte ich denn bitte schön hin? Ich lasse Fluh und Diamad nicht alleine.«

Er nickte. Pause.

»Könntest du jetzt bitte aus meinem Badezimmer verschwinden?«, erkundigte ich mich betont freundlich.

»Das ist mein Badezimmer.«

»Ich bin nackt, Eamon«, präzisierte ich.

»Das ist mir nicht entgangen. Das mit dem Nacktputzen war eigentlich nur so dahingesagt.«

Spontan warf ich das klitschnasse Kleid auf ihn. Er wehrte es mit einer Hand ab und sah mich aus funkelnden Augen an. Diesmal waren die Sternchen wieder da, allerdings nur die gelben. Ich spürte ein Ziehen im Bauch, als ich ihn so sah. Er erinnerte mich gerade viel mehr an den jungen Mann, den ich auf der Plattform kennengelernt hatte, als in den ganzen letzten Tagen.

Dann brach der Zauber, als mir einfiel, dass ich vollständig nackt vor ihm stand.

»Raus!« Ich zeigte vehement mit einem Zeigefinger auf die Tür.

Er nickte und drehte sich betont langsam um. Dabei warf er mir einen kurzen Blick zu. »Da ist nichts, was ich nicht schon gesehen hätte«, merkte er an.

»Raus!«

Er trollte sich tatsächlich und schloss die Tür. Ich setzte mich einen Moment auf den Wannenrand, um tief durchzuatmen. Mein Herz klopfte noch immer heftig, was nur teilweise am Schreck lag. Ein winzig kleiner Teil in mir hatte sich wirklich, wirklich danach gesehnt, dass Eamon die paar Schritte auf mich zumachte, um mich nackt wie ich war in die Arme zu nehmen. Meine Haut hätte schrecklich gerne seine großen Hände auf sich gespürt, meine Lippen …

Allesamt Verräter.

Ich schnaubte verächtlich, ließ das Wasser in der Wanne ab, wrang meine Haare und das Kleid aus und zog das Unterkleid wieder an. Es stank, aber ich konnte schlecht nackt herumlaufen.

Vor der Badezimmertür sammelte ich mich noch einmal, dann drückte ich die Klinke hinunter und tappte barfuß durch Eamons Schlafzimmer. Auch im Wohnzimmer war er nicht und ich entspannte mich ein klein wenig. Ich hängte mein Kleid zum Trocknen an den Bücherschrank und legte einen alten Lappen darunter, um das Wasser aufzufangen. Es würde ewig brauchen, um trocken zu werden, doch vor den Kamin wollte ich es nicht hängen. Dann hätte ich es auch gar nicht waschen müssen.

Die Tür zum Arbeitszimmer ging auf. Ich drehte mich um und sah Eamon, der mich betrachtete, im Türrahmen stehen. Sein Blick blieb lange an meinem viel zu tiefen Ausschnitt hängen. Verdammt. Das Unterkleid war einfach nicht dazu gemacht, züchtig zu sein.

Ich erwiderte seinen Blick mit rotem Kopf und schalt mich gleichzeitig eine Närrin. Er hatte ja recht: Es gab nichts an mir, das er nicht schon mal gesehen hätte. Also warum brachte mich sein Blick jetzt so aus dem Konzept? War das die vielfach besungene Anziehungskraft zwischen zwei Menschen? Zwei Herzen, die eigentlich nicht miteinander, aber auch nicht ohne einander konnten?

Reiß dich zusammen, Inea, dachte ich streng.

»Du warst lange weg«, sagte ich, um überhaupt irgendetwas zu sagen.

»Ja«, erwiderte Eamon seltsam gedehnt. »Es gab viel zu tun.«

Ich warf ihm einen misstrauischen Blick zu. Er wirkte heute tatsächlich entspannter. »Du wirkst zufrieden – zum ersten Mal, seitdem ich hier bin. Es müssen erfolgreiche vier Tage gewesen sein.«

»Nein, überhaupt nicht. Ich habe mir eine Menge Müll anhören und eine Menge einstecken müssen.« Seine Augen blitzten mit einem Mal seltsam und sein Mund verzog sich zu einem angedeuteten Lächeln. »Aber das nach Hause kommen war wirklich eine freudige Überraschung.«

Ich stemmte die Fäuste in die Hüften und wollte schimpfen, kam aber nicht mehr dazu.

Er wurde so abrupt ernst, wie er es immer zu tun pflegte. Ich hielt unwillkürlich die Luft an. Ein Gespräch mit diesem Mann zu führen, war schlimmer, als einen Feuerbullen zu reiten. »Du weißt, dass ich dich nur aufziehe?«, fragte er. »Was ich zu Braidar gesagt habe, war nur aufgeblasenes Männergehabe, um ihn in die Schranken zu weisen. Ich würde dir nie etwas tun.«

Die lockere Atmosphäre war sofort dahin und ich wusste nicht so recht, was ich ihm antworten sollte. Unwohl trat ich von einem Bein auf das andere. »Ich weiß, dass du mir im Grunde deines Herzens niemals etwas antun würdest. Eamon nicht, das ist mir vollkommen klar. Deinem ursprünglichen Selbst vertraue ich ja auch.« Ich lächelte zaghaft. »Ich mag den alten Eamon sehr. Sonst hätte ich ihn ja auch niemals so nah an mich herangelassen. Doch die Magie, die in dir tobt, hat einen etwas anderen Charakter. Du bist dann etwas ganz anderes. Etwas Unheimliches, Unkontrollierbares. Vor diesem Eamon habe ich Angst. Ich glaube nicht, dass dieser Teil von dir mich beschützen würde. Er hat schon einmal versucht, mich zu töten. Was ist, wenn ich die nächste Oona werde?«

»Ich habe meine Magie unter Kontrolle. Oonas Tod …« Jetzt war er es, der sich unruhig bewegte, die Hände zu Fäusten ballte. Er setzte neu an. »Bei Oonas Tod haben mich die Ratsherren kalt erwischt. Sie haben mich tagelang so unter Druck gesetzt, dass ich wirklich geglaubt habe, es sei die einzige Lösung, um die vielen Menschenleben in diesem Schloss zu retten. Das passiert mir nicht noch mal.«

Bei diesen Worten entspannte ich mich ein klein wenig. Ich glaubte ihm. Warum, wusste ich selbst nicht.

»Könntest du dann vielleicht etwas netter zu mir sein?«, fragte ich zögerlich. »Du bist der einzige Mensch, zu dem ich gerade Kontakt habe. Es ist anstrengend, mich ständig mit dir zu streiten.«

»Du machst es mir ja auch nicht gerade leicht.«

»Nein«, gab ich zu. »Aber ich habe auch ziemliche Angst.«

Eamons Blick wurde so sanft, dass mein Herz einen Schlag aussetzte. Er löste sich vom Türrahmen und kam einen Schritt auf mich zu. Ich hob die Hände, um ihn aufzuhalten.

»Hey, bloß weil ich dir mein Herz ausschütte, heißt das nicht, dass du mich sofort wieder rumkriegst. Das hast du dir gründlich vergeigt«, stoppte ich ihn.

Er sah verletzt aus, blieb aber wenigstens stehen. »Es ist auch nicht leicht für mich, dich hier in meiner Wohnung herumspringen zu sehen und dir gleichzeitig so fremd zu sein.«

»Ich fürchte, Eamon, du bist dir selbst grad ziemlich fremd. Lass uns doch erst einmal abwarten, was deine Magie von Friedenszeiten hält, ja?«

Er nickte, doch sein Blick blieb merkwürdig. Es war eine Mischung aus Sanftmut, Trauer und, ja, vielleicht war das Sehnsucht. »Ich vermisse dich«, sagte er unvermittelt.

»Du kannst mich nicht vermissen. Ich stehe direkt vor dir«, protestierte ich schwach, aber ich wusste, was er meinte. Wir waren uns oben auf der Plattform so nah gewesen, obwohl wir uns kaum gekannt hatten. Aus irgendeinem Grund hatten wir beide sofort gewusst, dass wir zueinander passten. Selbst als er das Messer nach mir geschwungen hatte, war die Verbindung nicht gerissen. Hier in diesen Räumen war sie uns jedoch irgendwie abhandengekommen.

»Du willst mich doch meiden, schon vergessen?«, sagte ich, weil er sich ausschwieg. »Ich bin nicht scharf darauf, die nächste Oona zu sein, weil ich dem Fy-Riad im Wege stehe.«

»Dazu ist es schon längst zu spät.«

Weil ich blass wurde, hob er hastig die Hände. »Nicht, dass du die nächste Oona wirst. Aber … du stehst meiner Magie schon längst im Weg. Sobald ich durch diese Tür komme, randvoll mit Frust und meiner aufgewühlten Fy-Magie, und dich sehe, komme ich runter. Du beruhigst mich, selbst wenn du dich ständig mit mir streiten willst.«

»Ich will mich gar nicht mit dir streiten. Du führst dich nur ständig wie ein Verrückter auf.«

»Ich *bin* verrückt. Meine Magie macht mich verrückt.«

»Ja, das habe ich bereits eindrucksvoll gesehen.« Ich sah ihn scharf an, weil er schon wieder diesen traurigen Blick bekam. »Hör jetzt sofort auf, dein Schicksal zu bedauern. Ich gebe zu, es hat dir wirklich schlimm zugesetzt, aber uns gegenseitig zu bemitleiden, bringt uns nicht weiter. Was uns weiterbringen würde, wäre ein zweites Kleid. Also … mich würde es weiterbringen.«

Es zuckte wieder um Eamons Mundwinkel. Diesmal ließ er das Lächeln zu. »In Ordnung. Ich besorge dir eines. Welche Farbe?«

»Mir egal. Hauptsache, es ist hochgeschlossen.«

Er nickte. »Sonst noch was?«

»Schokolade. Danach bin ich der friedlichste Mensch auf Erden.«

»Na, da bin ich ja mal gespannt.«

Er belohnte mich noch einmal mit diesem charmanten Lächeln, das ich so sehr vermisst hatte, und war schon halb zur Tür hinaus, da hielt ich ihn abermals auf.

»Eine Fellmatratze wäre toll.«

»Wozu brauchst du die denn?«

»Damit ich vor dem Kamin nicht mehr auf der fusseligen Matte liegen muss.«

Er sah mich streng an. »Da hast du generell nichts zu suchen.«

»Wir wollten nett zueinander sein. Schon vergessen?«

Diesmal gab er sich für den Moment geschlagen. Er winkte ab und verschwand. Als er wiederkam, hatte er zwei Kleider, ein Nachthemd und mehrere Socken mit dabei. Ich wollte schon losschimpfen, da stapfte er an mir vorbei und zog unter seinem Bett eine dicke Fellmatratze hervor. Schweigend legte er sie vor den Kamin und sah mich fest an. »Nur, wenn ich nicht da bin, okay?«

»Warum? Ob ich jetzt hier liege oder drüben, ist doch völlig egal.«

»So sehr ich deine Nähe tagsüber liebe, umso nervöser macht sie mich nachts. Ich kann dann nicht schlafen.«

Da ich seinen Gesichtsausdruck nicht deuten konnte, hakte ich nicht weiter nach. »Schön«, gab ich mich geschlagen. »Und jetzt spielst du mit mir dieses komische Tischspiel, das ich gefunden habe.«

»Ich bin müde, Inea. Seit vier Tagen hangele ich mich durch die Stunden. Ein anderes Mal?«

»Nein, jetzt. Du brauchst etwas Ablenkung und mich bringt die Langeweile um. Ich hole es.«

Tatsächlich zwang ich ihn, mit mir das Tischspiel zu spielen. Zum Glück war es denkbar simpel, denn seine Augen wurden immer kleiner. Er hielt aber durch, wobei er absichtlich verlor, um das Spiel abzukürzen.

»Siehst du, war gar nicht so schlimm. Wir haben uns auch kein einziges Mal gestritten. Ein Fortschritt, oder?«, merkte ich an.

Er nickte lediglich knapp und machte sich bereits bettfertig, obwohl ich noch dabei war, das Spiel einzupacken. Im ersten Moment dachte ich, er wolle mit seinen Muskeln an Bauch und Rücken angeben, aber dann sah ich in sein erschöpftes Gesicht. Nein. Er wollte wirklich einfach nur schlafen gehen.

Ich hingegen hätte ihm gerne etwas länger zugesehen, doch er sah mich fragend an. »Ist noch was?«

»Nein. Ich gehe jetzt. Pass auf meine Drachen auf. Gute Nacht.«

»Morgen Abend bekommen wir übrigens wichtigen Besuch. Ich warne dich nur vor, falls du hier wieder nackig durch die Räume springen willst. Wobei … die zwei würden sich sicherlich über den Anblick freuen.«

Ich ging nicht darauf ein, sondern lief zur Tür hinüber und fragte mich, warum es mir so verdammt schwerfiel, ihn allein zu lassen.

Die Rebellen

Eamon kam am nächsten Tag erstaunlich früh zurück, allerdings wirkte er angespannter als am Abend zuvor. Er fragte mich, ob mit mir alles in Ordnung sei, danach verzog er sich in sein Arbeitszimmer. Ich war irritiert, ließ ihn aber machen. Für den Moment war ich einfach nur froh, nicht mehr ganz allein in dieser seltsamen Wohnung ausharren zu müssen.

Als es draußen dunkel wurde, kam er in sein Schlafzimmer, um sich zu mir zu setzen. Ich hatte den einzigen Ohrensessel in Beschlag, also zog er sich die Fellmatratze heran und setzte sich im Schneidersitz vor den Kamin.

»Wenn gleich meine beiden Freunde kommen, muss alles, was wir miteinander besprechen, geheim bleiben«, sagte er zum Feuer.

Ich runzelte überrascht die Stirn. »Bin ich denn zu dem Gespräch eingeladen?«

»Du bist Inhalt des Gesprächs, also ja. Du wirst dabei sein. Aber wenn auch nur irgendetwas davon an die falschen Ohren gelangt, dann sind wir alle erledigt. Verstanden?«

Ich nickte zurückhaltend. Mein Magen zog sich unwillkürlich zusammen und ich bekam Angst. »Das klingt geheimnisvoll, Eamon.«

Bevor er antworten konnte, klopfte es – und zwar nicht an der Tür, sondern unter Eamons Bett. Ich wirbelte im Ohrensessel herum, starrte in die Ecke.

»Was war das?«

»Allein die Frage beweist, dass du unter dem Bett noch nie geputzt hast.« Eamon stand auf und ging hinüber. Er kniete sich vor die Matratze und tastete mit einer Hand unter dem Gestell herum. Ein Klicken erklang und Holz schabte auf Holz. Jemand schnaufte.

»Kannst du das verdammte Bett nicht endlich zur Seite schieben, damit man hier besser rein- und rauskommt?«, schimpfte eine Männerstimme leise.

»Hör auf zu maulen und gibt mir deine Hand. Ich ziehe dich hoch.«

Eine Gestalt erschien unter dem Bettgestell. Der Größe nach konnte es nur ein Puk sein.

»Eeon passt da nie durch«, erklärte er im Brustton der Überzeugung.

»Eeon ist viel gelenkiger als du«, erwiderte Eamon. Tatsächlich wand sich eine viel größere Gestalt unter dem Bett hervor. Sie schnaufte einen Moment und schüttelte sich.

»Bäh. So viele Ghuls habe ich in meinem ganzen Leben noch nicht gesehen. Du hast sie wirklich aus allen Kanälen hervorkriechen lassen.«

Eamon zog den Fremden auf die Beine und umarmte ihn herzlich. Die beiden hatten die gleiche Statur, wobei der Unbekannte etwas schlanker war. Auch der Puk wurde von Eamon geherzt, wobei er sich dafür auf die Knie herablassen musste, dann deutete er auf den Kamin.

»Und da vorne sitzt Inea und fragt sich sicherlich, was das soll.«

»Inea, mein Mädchen. Komm her und begrüß deinen alten Freund!«

Der Puk kam herüber und jetzt, im Schein des Feuers, erkannte ich ihn. Dverga. Sofort sprang ich aus meinem Sessel auf und umarmte ihn stürmisch.

»Dverga! Bei allen Heiligen, was machst du denn hier?«, fragte ich begeistert. Bevor er antworten konnte, knuddelte ich ihn erneut.

»Ihr kennt euch schon?«, fragte Eamon erstaunt. »Davon hat mir unser Geheimniskrämer nichts gesagt.«

»Nein. Ich war mir auch nicht sicher, ob die geheimnisvolle Inea genau die Inea ist, die ich kenne«, erwiderte der Puk gut gelaunt. Er klopfte mir in alter Männermanier auf die Schulter und drückte mich dann etwas von sich. »Lass dich mal anschauen, mein Mädchen. Alles noch dran an dir?«

Ich nickte, wobei sich Tränen in meine Augen schlichen. »Allerdings hat es Diamad ziemlich übel erwischt.«

»Ja, Eamon erwähnte, dass er einen Feuerdrachen zum Heilen in seinen Kamin eingesperrt hat. Dass es ausgerechnet Diamad ist …« Der alte Puk schüttelte traurig den Kopf und blickte an mir vorbei zum Feuer. »Hallo, Fluh!«

Mein Winddrache antwortete mit einem Brüllen, das durch den Magiezauber aber nur ganz gedämpft zu uns drang.

»Gut, dann brauche ich euch beide ja gar nicht mehr vorzustellen. Eeon, das ist Inea. Inea, das ist mein alter Freund Eeon.«

Er deutete auf den Mann, den ich erst jetzt als Fy erkannte. Unwillkürlich versteifte ich mich. Falls Eeon das mitbekommen haben sollte, überging er es. Stattdessen hielt er mir seine große Hand hin. Ich nahm und schüttelte sie.

»Freut mich, Inea.« Zu Eamon gewandt fragte er: »Das ist sie?«

»Das ist sie«, bestätigte Eamon ernst.

»Was bin ich?«, hakte ich nach.

Die Männer schwiegen einen Moment, sahen sich an.

»Können wir hier sprechen?«, erkundigte sich Dverga und wedelte mit der Hand um sich herum.

»Direkt vor dem Feuer sollte es sicher sein. Ich habe diesen Raum mit so vielen Schutzrunen vollgepflastert, dass sie sich schon beinahe gegenseitig aufheben. Also, meine Herren, macht es euch vor dem Feuer bequem.«

Die Männer überließen mir höflich die Fellmatratze und setzten sich einfach auf den blanken Stein. Eamon saß jetzt dicht bei mir, sodass ich ihn riechen konnte. Gerade ruhte seine Magie, denn ich erkannte nur den Duft von frischer Seife.

Mein Herz klopfte wild, während ich in die Runde starrte. Dvergas Anwesenheit hatte mich zwar zunächst gefreut, verwirrte mich jetzt aber umso mehr. Was machte ein Puk in den Räumen eines Fy-Riads? Und wieso sah mich der andere Fy so bitterernst an?

Dankenswerterweise wandte sich Eamon als Erstes an mich. »Ich bin mit Eeon aufgewachsen. Er ist der einzige Fy, dem ich uneingeschränkt vertraue. Er wird dich fortbringen, sollte mir etwas passieren.« Jetzt sah er Eeon an. »Sie wird ohne ihre Drachen nicht gehen wollen, doch wenn ich tot bin, erlischt das Feuer im Kamin ohnehin. Ihr müsst euch dann die Drachen schnappen und verschwinden.«

»Ist sie denn immer hier in der Wohnung?«

»Immer. Sie kann nirgendwo anders hin.«

Die Männer nickten ernst, während ich entsetzt von einem zum anderen sah. »Wieso solltest du sterben?«

»Er ist der Fy-Riad«, sagte Dverga, als ob das alles erklären würde. Ich wartete auf mehr, doch da kam nichts. Stattdessen wandte sich der Gnom Eamon zu. »Wie viel weiß sie denn überhaupt?«

»Sie weiß nichts. Gar nichts.«

»Sollten wir es dann nicht dabei belassen?«

»Nein. Sie hängt, ohne es zu wissen, mit drin und hat ein Anrecht darauf, mehr zu erfahren. Doch bevor wir das erledigen ... Eeon? Hast du was herausgefunden?«

Eeon grinste mit einem Mal bis über beide Backen. Die waren ziemlich unrasiert, und auch seine lockigen blonden Haare hätten einen Kamm gut vertragen können. Trotzdem sah er recht gut aus. »Ich habe nicht nur etwas herausgefunden – ich habe bereits einen Brief für Inea!«

Triumphierend zog er einen Zettel hervor und hielt ihn mir hin. Ich sah ihn verständnislos an, griff zögernd danach. Die Männer warteten gespannt.

»Mach ihn auf«, ermunterte mich Eeon.

Ich faltete den Brief auseinander und keuchte erschrocken, denn die Handschrift hätte ich unter Tausenden erkannt. Mein Vater führte akribisch Buch bei allem, was er auf dem Hof tat. Seine geschwungenen, ordentlichen Buchstaben hatte ich stets nachahmen wollen, es aber nie geschafft.

Ich schlug die Hände vor den Mund, sodass mir der Zettel fast zu Boden gefallen wäre. Eamon fing ihn auf und legte ihn mir in den Schoß. Er lächelte.

Noch immer fassungslos beugte ich mich vor und las.

»Meine liebe Tochter. Als wir hörten, dass es dir gut geht, haben wir erst einmal gut eine Stunde geweint vor Glück. Die Jahre der Ungewissheit waren die schrecklichsten in unserem ganzen Leben. Jetzt fühlt es sich an, als sei ein tonnenschwerer Berg von unseren Seelen genommen. Deine Mutter und ich haben den Krieg gut überstanden. Du hast sogar ein kleines Brüderchen, von dem du noch gar nichts weißt. Er heißt Neas. Wir beten, dass es auch Fluh und Diamad gut geht und hoffen, euch so bald wie möglich in unseren Armen halten zu dürfen. Bis dahin behalten wir euch zumindest in unseren Herzen. Wir lieben dich. Deine Eltern.«

Das Datum verschwamm vor meinen Augen. Ich brach in Tränen aus, warf den Brief zur Seite und schmiss mich an Eamons Hals. Der wirkte ziemlich überrascht, dass ich ihn so plötzlich umarmte.

»Danke«, flüsterte ich in sein Ohr. In dieser Sekunde war mir völlig egal, was oder wer er seiner Magie nach war. Für mich war er ein herzensguter Mensch, und das war alles, was zählte.

»Dank nicht mir, dank Eeon. Der hatte die Arbeit damit«, erwiderte Eamon, doch ich spürte das Lächeln an meiner Wange.

Ich ließ ihn los, trampelte über Dvergas kurze Beine hinweg und umarmte auch Eeon ganz fest. »Danke. Ich danke dir von ganzem Herzen.«

»Gern geschehen«, erwiderte der und drückte mich kurz an sich.

»Und ich? Bekomme ich keine Umarmung?«, fragte Dverga grinsend. Ich kniff ihm als Antwort in die Wangen und kehrte an meinen Platz zurück.

Bevor ich mich dort hinsetzte, nahm ich Eamons Hand und drückte sie. Danach musste ich mir erst einmal jede Menge Tränen vom Gesicht wischen und las den Brief bestimmt noch drei Mal hintereinander.

»Eeon wird dich zu deinen Eltern bringen«, sagte Eamon leise. »Sobald es Diamad besser geht … oder etwas anderes eintritt.«

Sofort war mein Hochgefühl verflogen. Ich sah ihn streng an. »Raus mit der Sprache. Was heckt ihr drei aus?«

Erneut warfen sie sich untereinander nervöse Blicke zu. »Kann man ihr vertrauen?«, fragte Eeon langsam und sah mich entschuldigend an.

»Sie hat schon über die Jeal geschimpft, da kannten wir uns erst fünf Minuten. Sie ist auf unserer Seite, da bin ich sicher.«

Jetzt wurde ich neugierig. Mein Frust über das System war in der Küche ziemlich bekannt und ich wusste, dass es noch andere gab, die ähnlich dachten, sich aber nicht trauten, etwas zu sagen.

»Dverga?«, sprach ich den Puk an. »Raus mit der Sprache.«

Es war Eamon, der antwortete. »Ich bin nicht ganz zufällig Fy-Riad geworden. Man hat mich strategisch günstig platziert, damit ich auf jeden Fall gewählt werde. Zumindest das hat perfekt funktioniert. Alles andere ist ein Fiasko.«

Seine zwei Freunde schwiegen und starrten betreten vor sich auf die Steine. Ich verstand immer noch nichts, wartete.

»Tul Dalla hat jahrelang in einer Blase gelebt, in einer Blase, in der das alte System halbwegs funktioniert hat. Die Jeal sind die Herrscher, die Sidhe, Arven und Puk ihre Untergebenen, die Fy ihre Wächter. Leider sind die Jeal mehr und mehr zu Tyrannen geworden. In anderen Städten haben sich die Völker bereits der Führungselite entledigt, unter anderem in Tul Curragh.«

Mir klappte der Kiefer nach unten.

»Du solltest die Geschichte in der richtigen Reihenfolge erzählen, damit sie es versteht«, mahnte Dverga sanft.

Eamon warf ihm einen ärgerlichen Blick zu, gehorchte jedoch. »Die Tul Curragh waren schon länger mit ihrem Jeal-Riad unzufrieden. Er war ein noch größerer Tyrann als unserer. Die Arven wurden so hoch besteuert, dass einige verhungerten. Daraufhin schlossen sie sich zu einem Bündnis zusammen – und zettelten eine Revolte an.

Die wurde so gigantisch, dass wir es sogar bis nach Tul Dalla hörten. Sie hatten die Sidhe auf ihre Seite gebracht, die Puk und die restlichen Feenwesen. Fast hätten sie tatsächlich gewonnen. Ihr Ziel: Wahlen. Statt eines Riads sollte es endlich einen Rat geben, in dem alle Völker vertreten waren. So ähnlich, wie ihr es mit dem Küchenrat haltet.«

»Du weißt von unserem Küchenrat?«, fragte ich erstaunt. Als Dverga rot wurde, wusste ich, woher er das hatte. Eamon sparte sich deshalb die Erklärung und erzählte direkt weiter.

»Als den Jeal in Tul Curragh die Sache zu heiß wurde, zwangen sie den König, abzudanken. Sie setzten stattdessen einen Fy-Riad ein – und ab da wurde es richtig schlimm. Der Fy-Riad ging gegen die Revolte mit einer Brutalität vor, die uns immer noch sprachlos macht. Du kennst das Gerücht über die tödliche Krankheit, die die Arven in Tul Curragh dahingerafft haben soll?«

Ich nickte, Böses ahnend.

»Diese Krankheit waren in Wirklichkeit die Fy. Sie töteten die Arven – und zwar alle. Die Drachen flohen aus der Stadt, während sich die Sidhe und Puk ergeben mussten. Doch eins ist tatsächlich kein Gerücht: Wenn eine Rasse innerhalb eines Schlosses fehlt, gerät das Gleichgewicht der Magie völlig durcheinander.

Die Fy bekamen das als Erste zu spüren. Sie hatten diejenigen getötet, die sie eigentlich hatten schützen sollen. Viele von ihnen wurden verrückt, begingen Selbstmord, der Fy-Riad verwandelte sich in ein Monster. Parallel begann das Feenvolk zu sterben. Was das angeht, können wir nur raten. Wir glauben aber, dass die Sidhe und auch die Cae Sid von der Magie der Drachen abhängig sind. Sie verhungern, wenn sie nicht mehr um sie herumfließt.

Mein Vater beobachtete die Entwicklung in Tul Curragh schon ziemlich lange. Er war besorgt, denn was in dieser Stadt geschah, konnte schnell auch uns betreffen. In vieler Hinsicht war er ganz anders als die anderen Fy. Er hatte sich zum Beispiel eine Arven als Frau genommen und kannte sich daher bestens mit den Sorgen und Nöten dieses Volkes aus. Als ich geboren wurde, hatten sie beide gehofft, ich möge Arven-Magie erhalten, doch dem war nicht so. Ich bin ein Fy, durch und durch, aber Vater wollte mich nicht als solchen erziehen.

Er fing also schon früh an, mir alles über Gerechtigkeit und das Gleichgewicht der Magie beizubringen. Ich bin so erzogen worden, dass alles seine Daseinsberechtigung hat, alles wertvoll ist und ich genau dieses Gleichgewicht verteidigen muss.

Das habe ich nie vergessen, selbst als man mich mit sechs Jahren von zu Hause fortholte und in die Armee eingliederte.

Eeon ist der Sohn von Vaters bestem Freund. Die beiden hatten die gleichen Ansichten.« Er lächelte seinen Kumpel an. Der grinste zurück.

»Dverga habe ich kennengelernt, als ich gerade eine Arven vor einem Fy verteidigte. Der Typ hatte sie belästigt, ich habe ihm eins aufs Maul gegeben und Dverga fand das hochspannend. Wir kamen ins Gespräch und blieben danach in Kontakt. Er wurde so etwas wie ein Vaterersatz für mich. Wenn mein Kommandant das wüsste, würde er mich noch heute windelweich prügeln.«

»Wie gut, dass dein Kommandant jetzt eine ganze Ecke unter dir steht«, brummte Eeon.

Ich beachtete den Einwand nicht, sondern hing wie gebannt an Eamons Lippen. Was er erzählte, war unfassbar.

»Als die Tul Curragh ihre Arven töteten, erfuhr Dverga das über die verschiedensten Kanäle. Die Puk sind deutlich besser mit ihren Vettern aus anderen Städten vernetzt als der Rest der Welt. Er kam zu mir und erklärte mir, dass es bald Krieg geben würde.«

Der Puk nickte. »Mir war klar, dass die Tul Curragh neue Arven suchen würden. Sie mussten das Gleichgewicht wieder in Ordnung bringen, koste es, was es wolle. Als Erstes fingen sie die Arven der Landbevölkerung ein, aber da gab es nicht viele zu holen. Danach zogen sie Richtung Tul Dalla. Ab da wusste ich, dass das unsere Chance sein würde.« Er sah Eamon an, damit der weitererzählen konnte.

Der seufzte und fuhr sich müde mit der Hand über die Augen. Offenbar war ihm dieser Teil der Geschichte unangenehm. »Mein Vater hat immer gesagt: Wenn du ein System ändern willst, dann musst du das aus ihm heraus machen. Die Arven in Tul Curragh hatten sich nicht daran gehalten. Sie hatten versucht, das System zu stürmen – und das hat sie vernichtet.

Nur jemand, der große Macht hat, kann innerhalb eines Systems etwas verändern. Also musste einer von uns damit beginnen, in der Hierarchie aufzusteigen.«

»Das warst du«, sagte ich leise, bloß um auch mal was von mir zu geben.

Er nickte. »Eon ist kein besonders begnadeter Kämpfer. Er ist pfiffig und wurde deshalb relativ früh in die Stabsorganisation abberufen. Das war für uns das ein oder andere Mal von Vorteil, denn er war in der Lage, mich recht unauffällig in die Kompanien einzuteilen, in denen ich mich hervortun konnte. Ich stieg auf und schleimte mich in die höheren Kreise ein.«

»Und im Schleimen ist er ein wahrer Meister«, merkte Eeon an und klopfte ihm freundschaftlich auf die Schulter.

»Du stehst mir da in nichts nach«, erwiderte Eamon etwas grimmig. »Eeon ist mittlerweile ebenfalls Ratsmitglied, hält sich allerdings im Hintergrund. Seine Stärke ist es, die Strippen im Verborgenen zu ziehen, ohne dass es jemand bemerkt.«

Eeon wurde leicht rot, nickte jedoch dazu. »Das ist wohl wahr.«

Sie wechselten einen Blick, den ich nicht deuten konnte, danach erzählte Eamon weiter: »Als die Tul Curragh vor unseren Toren standen, war es nur noch eine Frage der Zeit, wann die Jeal einen Fy-Riad wählen mussten. Ich war bereit dafür, dachte ich zumindest. Allerdings war es naiv von uns, anzunehmen, dass mich die Magie nicht verändern würde.«

Eamon sah mich an. »Als ich zum Fy-Riad wurde, hat es mich wie ein Schlag getroffen. Die Magie, die man mir anvertraute, ist so mächtig und aggressiv, dass man sich kaum dagegen wehren kann. Ich habe die Theorie, dass sie alles Kämpferische beinhaltet, das in unseren Völkern fließt: der Mut und die Brutalität der Fy, die Verschlagenheit und Klugheit der Jeal, die Drachenkraft und Sturheit der Arven und die Flügel und Heilkräfte der Sidhe.«

»Du hast die Kraft und Ausdauer der Puk vergessen«, merkte Dverga beleidigt an.

»Natürlich. Die sind ganz besonders mächtig.« Eamon verdrehte die Augen, während Dverga ihn knuffte. »Ich glaube, dass ein Fy, der einfach nur die Verteidigung seiner Stadt als Ziel hat, mit dieser Macht klarkommen kann. Doch ich habe größere Pläne – und die bedrohen das Gleichgewicht des Systems. Das wiederum macht es für mich so schwierig, mit der Magie umzugehen. Sie zerreißt mich innerlich.«

Eamon verstummte und starrte in die Flammen, sah Diamads und Fluhs seltsamen Tanz an. »Sie bringt all das Schlechte in mir zum Vorschein. Meine Besessenheit, meine Aggressivität, meinen Hass auf das System. In den ersten Tagen war ich so wütend auf alles und jeden, dass man mit mir überhaupt nicht mehr reden konnte.«

»Das ist doch Schnee von gestern«, winkte Dverga herrisch ab. »Du hast dich wieder bekrabbelt und das ist alles, was zählt.«

»Er hat sich durch Inea wieder gefangen«, widersprach Eeon. »Wäre sie nicht gewesen, wäre unser Plan schon damals gescheitert.« Die beiden sahen mich an, während Eamon weiter in das Feuer starrte, um meinem Blick auszuweichen.

Weil Eamon nicht weitersprach, übernahm Dverga das Gespräch. Er wandte sich direkt an mich. »Kaum warst du auf der Bildfläche aufgetaucht, war Eamon fast wieder der Alte. Okay, das ist ein großes fast, aber immerhin konnten wir Kontakt zu ihm aufnehmen. Er vertrieb die Tul Curragh und eigentlich wollten wir jetzt in Phase zwei übergehen, doch das gestaltet sich schwieriger als erwartet.«

»Phase zwei?«

»Wir wollten das System umkrempeln. Solange der Fy-Riad an der Macht ist, kann er auch Gesetze erlassen, Regeln ändern. Doch leider geht es in der Politik derzeit nicht darum, das Volk der Tul

Dalla auf Kurs zu bringen, sondern darum, den Fy-Riad zu entmachten.«

»Aber die Tul Curragh sind doch noch lange nicht besiegt! Ihr Fy-Riad lebt schließlich noch. Wir brauchen unseren Kriegsfürsten.«

»Wir sehen das genauso, allerdings ist der Rat ziemlich ungeduldig. Um ehrlich zu sein, sind wir derzeit sogar ein klein wenig froh darüber, dass Eamon die Tul Curragh nicht sofort besiegt hat. Auf diese Weise haben wir Zeit, etwas zu bewegen. Sobald der Krieg vorbei ist, stechen sie ihm sofort ein Messer in die Brust und wählen einen neuen Jeal-Riad. Dann wäre alles aus.

Es hat also noch was Gutes, dass Eamon dir begegnet ist. Nicht nur, dass du ihn wieder so weit geerdet hast, dass wir mit ihm sprechen können … du hast auch dafür gesorgt, dass er so schwach ist, dass der Krieg noch ein wenig länger dauert.«

Dverga sah mich regelrecht vergnügt an, während ich ziemlich sprachlos war. »Das ist jetzt ein Witz, oder?«, fragte ich vorsichtig.

»Nein, eigentlich nicht.« Weil er meine ungläubige Miene richtig deutete, hob er beschwichtigend seine Hände. »Klar. Es ist schon doof, dass die Tul Dalla noch in Gefahr schweben, aber momentan hat Eamon ja alles unter Kontrolle.« Er warf ihm einen nervösen Blick zu. »Das Blöde an unserem grandiosen Plan ist, dass die Fy jetzt einen anderen Fy-Riad wählen wollen und die Jeal generell gegen Eamon wettern. Sie sind misstrauisch, was ich ihnen nicht verdenken kann. Na ja … alles in allem ist das gerade ein ganz schöner Schlamassel.«

Ich sah Eamon fragend an. »Und wie wollt ihr da wieder rauskommen?«

»Ich weiß es nicht. Momentan versuche ich, die vielen Unterströmungen bei den Befehlshabern herauszufinden. Da kämpft jeder gegen jeden und ich verstehe noch nicht ganz, wer jetzt auf meiner Seite ist und wer nicht – zumal ich ja auch nicht mit offenen Karten spiele.«

»Sie setzen ihm ziemlich zu«, stellte Eeon klar. Seine Miene verdüsterte sich. »Vor etwa vier Tagen haben sie seine Mutter ermordet.«

Ich sah entsetzt von einem zum anderen. »Aber wieso? Und wer hat das getan?«

»Wissen wir nicht. Dverga glaubt, dass es die Jeal waren, um ihn aus der Fassung zu bringen. Rastet er noch mal wie ein offensichtliches

Monster aus, werden die Fy nicht anders können, als ihn zu töten. Ein unberechenbarer Fy-Riad ist für niemanden ein Gewinn.«

Ich sah Eamon von der Seite an. Seine Miene war versteinert, er blickte weiterhin ins Feuer. Vor vier Tagen hatte er mich so seltsam aggressiv aus seinem Schlafzimmer vertrieben. Jetzt verstand ich, was los gewesen war.

Ich angelte nach seiner Hand und drückte sie. Er erwiderte die Geste kurz. Als ich meine Finger zurückziehen wollte, hielt er sie fest. Ich hätte sie mit Gewalt lösen müssen, daher gab ich nach. Seine Hand war seltsam kalt, obwohl wir direkt vor dem Feuer saßen.

»Und was glaubst du, wer es getan hat?«, fragte ich Eeon.

»Die Fy – und zwar die Berater, allen voran Braidar. Sie sind entschlossen, diesen blutigen Krieg um alles in der Welt zu beenden. Gleichzeitig halten sie Eamon für geistig schwach, wissen aber auch, dass er der mächtigste Fy-Riad ist, den sie jemals hatten. Theoretisch. Sie haben eine ähnliche Nummer ja schon einmal abgezogen, indem sie ihn zwangen, Oona zu töten. Damals hat das was gebracht. Er war so außer sich, dass er die Tul Curragh einfach aus der Stadt gefegt hat. Der Tod seiner Mutter sollte Ähnliches bewirken.

Die Fy betrachten die Welt aus etwas anderen Augen. Sie folgen gerne dem Mächtigsten. Wenn der dabei brutal ist, ist das für sie völlig in Ordnung, solange er einer von ihnen ist. Ich glaube, sie wollten den Jeal zeigen, was für einen Fy-Riad wir jetzt haben, ihnen Angst machen, ihre Macht demonstrieren.«

»Das ist ja schrecklich«, flüsterte ich.

Wir schwiegen einen Moment, während ich das Gehörte verdaute. Eine Frage drängte sich natürlich nach vorne. »Der Mord an Eamons Mutter hat aber nichts verändert. Egal, wer es gewesen ist – sie haben ihr Ziel nicht erreicht. Eamon ist nicht ausgerastet. Warum nicht?«

Eamons Hand wand sich fester um meine. Dverga und Eeon bemerkten die unauffällige Bewegung und sahen bedeutungsschwer auf unsere Finger. Schließlich deutete Dverga darauf. »Deswegen. Dank dir hat es nicht geklappt. Du bedeutest Eamon viel zu viel, als dass er sich erlauben würde, vor Wut ein Monster zu werden.«

Bei diesen Worten blickte Eamon auf. »Danke, Kumpel, für deine Einschätzung. Wie gut, dass du mein Gefühlsleben besser kennst als ich«, sagte er eisig. »Und danke, dass du das so schonungslos herausposaunst.«

Der Puk verdrehte die Augen. »Das sieht ein Blinder mit dem Krückstock. Wir sind schon längst darüber hinaus, als dass wir um den heißen Brei reden könnten.« Er musterte mich. »Wir sind heute hierhergekommen, um dich zu bitten, hierzubleiben. Eamon will dich wegschicken, auch gegen deinen Willen. Nach dem Tod seiner Mutter hat er Angst um alle, die ihm nahestehen. Ich weiß, du würdest deine Drachen ohnehin nicht alleine lassen, aber der Sturkopf hier entwickelt gerade eine Möglichkeit, Diamad in einer transportablen Kugel wegbringen zu können. Du musst ihm sagen, dass er seine Energie auf anderes verwenden muss. Wenn du weg bist, dann verlieren wir ihn an die Magie.«

»Eigentlich hatte ich euch heute Abend nur hierhergebeten, um Inea den Brief zu geben und sie aufzuklären. Nicht, sie gegen mich aufzuhetzen«, mischte sich Eamon unwirsch ein.

»Wir haben eine Menge riskiert, mein Junge«, erwiderte Dverga. »Eeon musste seine Kinder in den Katakomben der Puk in Sicherheit bringen, meine Familie ist schon längst untergetaucht. Ich wünschte, wir könnten das mit deinen Lieben ebenfalls machen, doch das geht nicht. Du musst erst die Gesetze durch den Rat bringen, etwas in Gang setzen, sonst waren all die Opfer völlig umsonst. Sonst wirst du umsonst sterben, mein Freund.«

Ich bekam eine Gänsehaut. Es war unfassbar, wie selbstverständlich sie über Eamons Tod sprachen. Als sei der schon längst beschlossene Sache. Es ging einzig und allein darum, wann er sterben würde.

Eamon löste sich daraufhin abrupt aus meinem Griff und stand auf, um sich etwas von uns fortzubewegen. Wir drei blieben sitzen und sahen ihm dabei zu, wie er unruhig kleine Kreise lief.

»Ich bleibe«, sagte ich in die Stille hinein. »Ich war schon eine Rebellin, da wusste ich nicht einmal, dass es eine Rebellion gibt. Wenn ich jetzt dazu beitragen kann, das System zu verändern, dann wird mich nichts davon abhalten. Ich bleibe, Eamon.«

Er blieb stehen und sah mich aus dem Dunkel des Raumes an. Eigentlich sah ich nur die funkelnden Pünktchen in seinen Augen. Vor Anspannung war die Magie in ihn zurückgekehrt. Das Raubtier drängte an die

Oberfläche. Da er die Veränderung offenbar bemerkte, sah er schnell wieder weg. »Wie ihr wollt«, sagte er steif und verließ den Raum.

Wir sahen ihm verblüfft hinterher.

»Seine Nerven liegen blank«, merkte Eeon an.

»Wer könnte es ihm verübeln? Ich könnte dir auf Anhieb sechs Namen derer nennen, die seinen Tod herbeisehnen«, erwiderte Dverga. Er stand nun ebenfalls auf und streckte seine eingeschlafenen Beine. »Offenbar ist die Besprechung vorüber. Es tut mir leid, dass wir dich so überfallen haben, Inea. Dir muss der Kopf schwirren von den vielen Einzelheiten. Denk in Ruhe darüber nach, doch vor allem: Verhalte dich unauffällig. Je weniger wissen, dass du eine entscheidende Rolle im Leben des Fy-Riads spielst, desto besser.«

Eeon und ich kamen ebenfalls auf die Beine. Der Fy wirkte besorgt und unsicher, was ich schon allein an seinem unruhigen Blick ausmachte. Der blieb relativ lange an der geschlossenen Tür hängen, hinter der Eamon verschwunden war.

»Vielleicht sollten wir Inea doch hier rausholen«, sagte er leise. »Wenn ihr etwas zustößt, weiß ich nicht, was Eamon tut.«

»Sie bleibt«, bestimmte Dvergas mit fester Stimme. »Wir brauchen sie bei ihm, damit er die nächsten Wochen übersteht.« Auch seine Augen wirkten müde und traurig. »Wir hatten eigentlich gehofft, dass wir viel mehr Zeit hätten. Viele Fy-Riad bleiben jahrelang im Amt, bevor sie abgewählt werden. In unruhigen Zeiten ist das nicht unüblich, aber zurzeit drängen einfach zu viele Parteien an die Macht.«

Er reckte sich und klopfte mir gegen die Hüfte. Viel höher kam er nicht, da er so klein war. »Pass auf dich auf, mein Mädchen.« Eeon gab mir die Hand, dann verschwanden die beiden durch die Klappe unter dem Bett. Ich brauchte eine Weile, um den Schließmechanismus zu finden, um sie wieder zuzusperren.

Danach blieb ich einen Moment unschlüssig im Zimmer stehen. Eamon war hinausgegangen, um einen Moment für sich zu haben. Ich wollte ihn nicht stören. Auf der anderen Seite gab es so viele Dinge, über die wir einfach sprechen mussten, so vieles, das ungesagt zwischen uns schwebte. Da ich jedoch Angst vor diesem Gespräch hatte, setzte ich mich erst einmal vor das Feuer und sah Fluh zu, die Diamad in ihrem Wind wiegte, doch irgendwann hielt ich es nicht mehr aus.

Wir mussten reden.

Bevor ich wieder Selbstzweifel bekam, stand ich auf und ging schnurstracks zur Tür. Ich riss sie regelrecht auf, nur um festzustellen, dass Eamon nicht im Wohnzimmer war. Was, wenn er einfach die Wohnung verlassen hatte?

Zögernd lief ich weiter, hielt jetzt auf sein Arbeitszimmer zu. Ich war nur einige wenige Male dort gewesen, um zu fegen. Eigentlich standen in diesem Raum nur ein Schreibtisch, ein alter Ledersessel und mehrere Bücherregale. Ich atmete tief ein und klopfte, horchte. Ein wenig hoffte ich, dass Eamon gar nicht da war. So könnte ich noch ein wenig … keine Ahnung … Angst haben?

»Komm herein«, hörte ich und meine Überlegungen zerbröselten.

Ich betrat den Raum, blinzelte. Mittlerweile war es draußen stockdunkel geworden. Eamon hatte lediglich zwei Kerzen angezündet und saß vor dem dunklen Kamin in seinem Sessel. Sein Gesicht wurde unheimlich vom roten Licht erhellt. Ich sah jedoch am Glänzen seiner Augen, dass er mich ansah.

»Können wir reden?«, fragte ich.

Er nickte und wollte aufstehen, doch ich hielt ihn auf. »Bleib sitzen.« Zögernd kam ich in den Raum und ließ die Tür einen Spalt offen. Im Wohnzimmer waren die Glühwürmchen in ihren gläsernen Behältern erwacht und beleuchteten den Raum mit ihrem warmen, hellen Glanz. Ein wenig davon strahlte jetzt auch in das Arbeitszimmer.

Ich hielt direkt auf Eamon zu und fragte mich, was ich jetzt tun sollte. Weil ich keine andere Idee hatte, kniete ich mich kurzerhand vor ihn hin und griff nach seinen Händen. Sie waren immer noch eiskalt. Der Sessel knarrte, als er sich nach vorne beugte, die Arme auf die Knie legte und mich ansah.

»Danke«, sagte ich, bevor er das Gespräch beginnen konnte. »Ich danke dir, dass du Eeon aufgetragen hast, nach meiner Familie zu suchen. Das bedeutet mir wirklich die Welt. Gleichzeitig bin ich unendlich traurig, dass der Krieg an deiner Familie nicht vorübergezogen ist. Du hättest mir sagen müssen, was los war. Dann wäre ich sicherlich nicht so zickig gewesen.«

Er sagte erst einmal nichts, sondern beugte sich in meine Richtung und küsste zu meiner Überraschung meine Hände. Es war eine sanfte Berührung, die mein Herz flattern ließ. Er verharrte in dieser Stellung, während seine Finger zart über meine strichen. Es war ein fantastisches Gefühl.

»Ich kann auch einfühlsam sein«, flüsterte ich leise. »Ich hätte dich getröstet.«

»Ich weiß, aber ich wollte dein Mitleid nicht. Ich wollte deine Lebendigkeit fühlen. Du hast mir auch so geholfen.« Er richtete sich auf und erhob sich. Ich rührte mich erst einmal nicht, doch er zog mich auf die Füße. »Ich mag es nicht, wie du vor mir kniest«, erklärte er. »So unterwürfig zu sein, das passt nicht zu dir.«

Da er meine Hände nicht losgelassen hatte, standen wir jetzt ganz dicht beieinander. Ich spürte den Stoff seines Hemdes an meinem Arm, seinen Atem an meiner Stirn. Mein Mund wurde trocken und mein Kopf war wie leer gefegt.

Ich schluckte, sah ihn an. Das Monster, das sich auf der Plattform so plötzlich gezeigt hatte, schlief gerade. In seinen Augen sah ich nur die ursprüngliche Fy-Magie, was ein schöner, beruhigender Gedanke war, aber ich wusste, dass die düstere Magie in ihm steckte, dass sie nur darauf wartete, aus ihm herauszubrechen.

Unwillkürlich zuckte meine Hand in seiner, was er natürlich bemerkte. Ein gequälter Ausdruck huschte über sein Gesicht, doch er ließ mich weiterhin nicht los.

Da meine Hand locker in seiner lag, hätte ich sie ihm spielend leicht entziehen können, aber das brachte ich nicht über mich. Zitternd atmete ich ein, was es auch nicht besser machte. Er roch heute wieder ganz nach Torf und nicht nach Asche, Rauch und Tod. Der trügerische Frieden war in seine Seele eingedrungen.

»Ich sollte gehen«, erklärte ich mit belegter Stimme. Was tat ich hier? Warum lief ich nicht schnell weg, um so viel Abstand zwischen mich und den Mann zu bringen, der mich um ein Haar getötet hätte?

Eamon sah mich so intensiv an, dass mein Herz zu rasen begann. Es war ein leidenschaftlicher, durch und durch sehnsüchtiger Blick. »Habe ich dich für immer verloren?«, fragte er in die Stille.

Ich schwieg, da ich darauf keine Antwort hatte. Er kniff die Lippen zusammen, nickte. »Das war eine dumme Frage, entschuldige. Wer mit Messern auf jemanden losgeht, kann keine Zuneigung erwarten.«

»Du weißt, dass es so einfach nicht ist«, protestierte ich schwach. »Es ist nur so, dass ich häufig nicht weiß, wie ich mit dir umgehen soll. Mal bist du so grob zu mir, dann wieder unfassbar lieb. Das mit dem Brief meiner Familie war das Schönste, das jemals jemand für mich getan hat, aber gleichzeitig …« Ich verstummte.

»Ich habe gelogen, als ich dir sagte, ich könne mich nicht bei dir entschuldigen«, erklärte er, als er bemerkte, dass ich nicht weitersprechen würde. »Ich will es schon die ganze Zeit, aber irgendwie fühle ich mich dabei, als würde ich Tul Dalla verraten. Inea!« Jetzt hob er die andere Hand, legte sie sanft auf meine Wange, streichelte mir über die Schläfe. »Ich könnte dir niemals etwas antun. Niemals. Ich weiß, dass es falsch gegenüber meinem Volk ist und dass mich die Magie dafür eines Tages vernichten wird, aber das ist mir egal.«

In dieser Sekunde erklärte ich der Magie in ihm den Krieg. Ich würde nicht zulassen, dass sie Eamon in die Knie zwang. Ihn zum Monster machte. Seinen Verstand vernebelte. Ich wollte eine Möglichkeit finden, ihm zu helfen. Wie, war mir noch nicht klar. Aber wenn es eine Lösung gab, dann würde ich sie entdecken.

Langsam strich er meinen Arm entlang, von der Schulter bis zu den Handgelenken. Unten angekommen, streichelte er mir vorsichtig den Handrücken, ehe er einen einzigen Finger ganz langsam den Arm wieder hinaufwandern ließ, meine Halsbeuge nachformte und die Hand zart in meinem Nacken liegen ließ.

Es war die sinnlichste Berührung, die ich je gespürt hatte. Auf der Plattform waren wir uns nah gewesen, doch das hier war noch anders. Mein ganzer Körper war nur auf ihn gerichtet, wartete, sehnte sich nach weiteren Verbindungen.

Mit einem sanften Druck zog er mich an sich heran, bis ich seine Brust an meiner spürte, seinen Herzschlag durch unsere Kleidung fühlte. Ich legte meinen Kopf an seine Schulter und ließ zu, dass er mich fest an sich zog.

»Ich liebe dich«, sagte er leise. Er streichelte meinen Hinterkopf und gab mir vorsichtig einen Kuss auf die Stirn, erstarrte, ängstlich auf eine Reaktion von mir wartend.

Ich drückte mich an ihn und schlang meine Arme eng um ihn. Sicherlich wartete er auf ähnliche Worte, aber ich brachte sie nicht heraus. Sie blieben mir einfach im Halse stecken.

Ich war mir mittlerweile ziemlich sicher, dass auch ich ihn liebte, Hals über Kopf, Herz über Verstand. Doch ich konnte es nicht aussprechen, denn wo hätte das hinführen sollen? Er war ein Todeskandidat, ein Krieger ohne Zukunft. Er brachte mich mit seiner Liebe in Todesgefahr, was wir beide nur allzu genau wussten. Mir einzugestehen, dass ich diesen Mann liebte, es gar auszusprechen, hätte es real werden lassen – und ich müsste mich fragen, was ich da tat.

Bevor ich ihm sagen konnte, was ich fühlte, musste ich ihm erst helfen. Diese seltsamen Magiefunken in ihm vernichten, die ihn so sehr quälten. Die Frage war nur, was geschah, wenn ich Erfolg haben sollte. Sich gegen die Magie zu wehren, hieß auch, unsere beste Waffe gegen die Tul Curragh zu vernichten. Vielleicht gab es noch eine andere Möglichkeit, um uns alle zu retten?

Je länger ich schwieg, desto mehr versteifte sich Eamon. Sein Herzschlag beschleunigte sich, was ich ganz deutlich an meiner Brust fühlen konnte. Er war drauf und dran, sich von mir zu lösen, da ließ ich meine Lippen langsam an seinem Hals hinaufwandern.

Er erschauderte und seufzte, als sei das vorerst Antwort genug. Ich musste mich auf die Zehenspitzen stellen, um auch die kleine Mulde unter seinem Ohr erreichen zu können. Er kam mir entgegen, drehte den Kopf und plötzlich lagen seine Lippen auf meinen.

Unser Kuss war diesmal zärtlich, nicht so stürmisch wie die vorherigen. Er kostete mich langsam mit mal mehr, mal weniger Druck. Seine Hände spielten mit meinen Haaren, und ehe ich mich versah, hatte er meinen Zopf gelöst.

Meine Beine wurden schwach. Was tat ich da? Schon wieder? Ich hielt mich letztlich einfach an ihm fest, während er seine Finger über meinen Körper tanzen ließ.

»Du musst mich stoppen, wenn du dir nicht sicher bist«, sagte er zwischen zwei Küssen. Als ich auf diese abstruse Bemerkung überhaupt nicht reagierte, beugte er sich vor und legte eine feurige Spur ausgehend von meinem Kinn bis zu meinem Ausschnitt. Dieses Mal hatte ich ein Kleid an, das vorne zugeknöpft war. Das hatte er natürlich längst herausgefunden.

Seine Finger überwanden ziemlich geschickt die Verschnürung an meiner Brust. Der Knopf direkt darunter sprang wie von selbst auf, danach der nächste, bis das Unterkleid zum Vorschein kam. Ich spürte, wie er lächelte.

»Ah, ein alter Bekannter«, erklärte er schmunzelnd.

Ich griff ihm in die Haare und zwang ihn, mich anzusehen. »Benimm dich«, sagte ich gespielt ernst. Gleichzeitig war ich froh, dass er nicht mehr so furchtbar angespannt wirkte. Wir sahen uns einen Moment an, bis ich erschrak. Er hatte es irgendwie geschafft, die letzten Knöpfe zu lösen und mir das Kleid mit einer eleganten Bewegung von den Schultern zu streifen. Es fiel mit einem Rascheln zu Boden, sodass ich nur noch im Unterkleid dastand.

Er zog eine Augenbraue hoch und küsste spielerisch meinen Mundwinkel, während er seine Hände auf meinen Po legte und sie ziemlich provokant dort liegen ließ.

Meine Erregung wuchs und ich drängte mich an ihn, spürte nun ebenfalls, wie sehr er mich wollte.

Bevor ich jedoch sein Hemd auch nur im Ansatz öffnen konnte, hatte er mein Unterkleid gepackt und es mir mit einem Ruck über den Kopf gezogen. Meine langen Haare waren danach hoffnungslos durcheinander, aber das gefiel ihm eindeutig ganz gut. Er wühlte seine Hände hinein, während seine Zunge meinen Mund eroberte.

Ich wollte gerade meine Hand unter sein Hemd schieben, da hob er mich hoch. Einfach so, als sei mein Gewicht gar nicht vorhanden. Mein Atem ging hektischer, als er meine Beine rechts und links an seine Hüfte legte und mich mit den Händen unter dem Po abstützte. Hastig hielt ich mich an seinem Hals fest, um nicht umzukippen.

Derart auf seinen Armen getragen, manövrierte er uns langsam in das Wohnzimmer, wobei mich seine Lippen nicht ein einziges Mal verließen. So vorsichtig, als sei ich kostbarstes Porzellan, legte er mich auf dem alten Sofa ab und befreite sich selbst von seiner Kleidung.

Automatisch erwartete ich nun, dass er sich wie beim letzten Mal zwischen meine Beine legen würde, doch noch war es nicht so weit. Stattdessen ließ er seinen Mund federleicht erst zur rechten, dann zur linken Brust und schließlich immer weiter hinunterwandern.

Mir blieb nichts anderes übrig, als abzuwarten, was er vorhatte.

Weil ich nicht wusste, wohin mit meinen Händen, legte ich sie ihm etwas hilflos auf den Kopf, fuhr durch seine nur millimeterlangen Haare. Gleich darauf vergaß ich alle Unsicherheit, als sein Mund zwischen meinen Beinen zum Liegen kam, seine Hände sich um meine Hüfte krampften, damit ich nicht wegrutschen konnte.

Ein heißer Schlag ging durch meinen Körper, der sich vervielfachte, als er geschickt meine Beine noch etwas weiter spreizte und seine Zunge spielen ließ.

Ich stöhnte so laut auf, dass es mir selbst peinlich war. Gleichzeitig hoffte ich, dass er so schnell nicht damit aufhörte, was immer er da gerade tat.

In meinem Innersten baute sich solch ein Druck auf, dass ich glaubte, ihm kaum noch standhalten zu können, doch kurz bevor er sich entladen konnte, verließ mich Eamons Mund und wanderte wieder hinauf zu meinem Kopf. Im ersten Moment wollte ich fast enttäuscht aufseufzen, da drang er in mich ein, noch vorsichtiger und sanfter als beim ersten Mal. Dabei beobachtete er mich so intensiv, als wolle er in meinen Schädel sehen.

Ich küsste ihn, schmeckte mich, schmeckte unsere Leidenschaft. Er gab mir einen Moment, um mich zu sammeln, und bewegte sich dann wieder. Der Druck war zurück, nur viel, viel stärker.

Jetzt machten sich meine Hände selbstständig, fuhren über seinen Rücken, huschten über seinen Nacken, über das Rückgrat zu seinem Hintern. Ich spürte die Muskeln unter seiner Haut, jede Bewegung, jedes Zucken. Gleichzeitig bemerkte ich, dass er die ganze Zeit auf mich horchte, sorgsam darauf achtete, dass ich es genoss.

»Lass los«, riet ich ihm leise. »Lass dich einfach auch mal fallen.«

Er küsste mich jetzt stürmischer. »Ich habe den Sprung längst gewagt – und bin genau dort, wo ich schon immer sein wollte.«

Friedenszeiten

Wir waren ins Schlafzimmer umgezogen und lagen aneinandergekuschelt im Bett. Er ruhte mit der Brust an meinem Rücken, die Arme eng um mich geschlungen. An seinem immer ruhiger werdenden Atmen erkannte ich, dass er kurz davor war, einzuschlafen. Ich hingegen war hellwach.

Eine Weile sah ich Fluh zu und fragte mich, ob sie nicht völlig erschöpft sein musste. Auch Drachen mussten schlafen. Wie hielt sie das nur aus?

»Was ist los?«, fragte Eamon schläfrig. Er hatte das Gesicht in meinen Haaren vergraben, sodass ich ihn nicht sehen konnte.

»Ich mache mir nur Sorgen um meine Drachen. Muss Fluh nicht völlig erschöpft sein?«

»Es geht ihr gut. Drachen können über Jahre nur mit Dösen klarkommen. Sie langweilt sich, aber ansonsten ist sie zufrieden. Drachenweibchen umhegen ihre Eier auch fast ein halbes Jahr, ohne etwas zu essen oder tief und fest zu schlafen.«

Ich drehte mich in seinen Armen, damit ich ihn betrachten konnte. Er sah mich aus winzig kleinen Augen an, das Gesicht zum ersten Mal seit Oonas Tod entspannt, die Schatten nicht ganz so düster.

»Woher weißt du so viel über die Drachen?«

»Ich habe viel gelesen, zumindest habe ich es versucht. Es ist schwierig, an Sachbücher heranzukommen. Die meisten sind Geheimsache, was mich direkt misstrauisch macht.« Er nickte leicht mit dem Kopf Richtung Arbeitszimmer. »Der Fy-Riad verfügt über ein paar hochbrisante Bücher, aber ich konnte sie nur überfliegen. Die verstauben ungelesen in meinem Bücherregal, was eine Schande ist.«

»Vielleicht kann ich ja einen Blick hineinwerfen? Wir wissen so wenig über die Zusammenhänge zwischen unseren Rassen, über die Entstehung der Hierarchie und den Fy-Riad. Könnte doch sein, dass da was in den Büchern steht, das uns hilft.«

Er nickte und küsste mich auf die Nase. Seine Finger streichelten zärtlich meinen Nacken. »Das kannst du gerne tun. Im Putzen bist du ohnehin eine echte Fehlbesetzung.«

»He«, empörte ich mich. »Das ist mein Beruf, aber hier fehlt mir die Motivation. Du bist ja nie da, um was dreckig zu machen.«

Jetzt öffnete er die Augen und sah mich intensiv an. Leider waren die Iriden wieder schwarz mit dunklen Punkten darin, sodass es ein unheimlicher Anblick war. »Ich weiß, dass du einsam bist. Hältst du es noch ein bisschen länger aus?«

»Gerade eben bin ich keineswegs einsam, sondern eher zufrieden.«

Ich küsste ihn vorsichtig und zog ihn dichter an mich. Es war ungewohnt, nackt in einem Bett mit einem anderen Körper zu liegen. Ungewohnt, doch wunderschön. Seine Wärme war wie Sonne auf meiner Haut, seine Berührungen wie das Streicheln einer Brise.

»Habt ihr eigentlich schon eine Idee, wie ihr die Hierarchie ändern wollt?«, fragte ich. »Ihr habt doch sicherlich schon Vorarbeit geleistet, oder?«

»Wir waren naiv«, brummte Eamon. »Es geht kein Weg an den Jeal vorbei, ohne einen riesigen Aufstand anzuzetteln. Doch die Jeal werden niemals ihre Machtposition aufgeben, denn das ist alles, was sie ausmacht. Sie haben nur eine sehr rudimentäre Magie, sind nicht besonders kräftig und können nicht fliegen. Trotzdem sind sie im Gefüge so weit oben und wissen das auch. Ich habe versucht, mit dem Königsanwärter zu sprechen. Er ist furchtbar.«

»Er hat bestimmt nur Angst.«

»Nein. Hätten ihn seine Leute nicht zurückgehalten, hätte er mir an Ort und Stelle ein Messer ins Herz gestoßen. Dieser Mann ist in Wahrheit das Monster, das alle in mir sehen.«

»Du bist kein Monster«, protestierte ich.

»Doch, das bin ich. In deinen Armen bin ich friedlich, aber du müsstest mich mal in Ratssitzungen sehen. Meine Magie hat eine Null-Toleranz-Politik.« Er klang verzweifelt, was mir in der Seele wehtat.

»Dann musst du mit kleinen Schritten anfangen. Erwarte nicht, das System innerhalb eines Monats zu ändern. Kleinigkeiten würden schon helfen.«

»Aber wir haben keine Zeit mehr.« Als er mich jetzt ansah, sah ich das ärgerliche Funkeln in seinen Augen. Es war die Magie, die ihn aufputschte.

Um ihn zu beruhigen, strich ich ihm über die Stirn, streichelte seinen Rücken. Erst als er wieder normal atmete, antwortete ich. »Das Wichtigste ist, dass du den Leuten zeigst, dass man sich auf dich verlassen kann, dass du eben kein unbeherrschtes Monster bist. Das wiederum verschafft dir Zeit. Also mach bitte etwas langsamer. Deine Mutter ist ermordet worden, dein Körper ist erschöpft. Nimm dir die Zeit, das alles zu verkraften, neue Energie zu tanken. Wenn der Rat dich durch den Tag hetzt, dann stemm dich dagegen. Du bist der Boss. Ein Jeal würde sich auch nicht herumkommandieren lassen.

Zwing dich zu Pausen und komm in dieser Zeit hierher. Ich bring dich dann schon auf andere Gedanken.« Jetzt grinste ich anzüglich, während mir Eamon geradezu an den Lippen hing. Vielleicht überlegte er auch, ob er mich küssen sollte. »Wir machen eine Liste, was man an Kleinigkeiten ändern könnte, ohne sofort die ganze Politik umzukrempeln – und versuchen einfach, so viel zu schaffen, wie es unsere Zeit zu lässt. In Ordnung?«

Er nickte und lächelte. »Das klingt mehr als gut. Es klingt so, als ob du hinter mir stehst.«

»Natürlich«, erwiderte ich empört. »Voll und ganz.«

Er küsste mich jetzt richtig, beugte sich über mich und ließ seine Finger über meinen Bauch gleiten. »Ich hätte fast einen Rückzieher gemacht«, erzählte er zwischen den Küssen. »Als ich dich das erste Mal getroffen hatte, da war ich so fasziniert, dass ich dich unbedingt näher kennenlernen wollte. Du warst so süß und kämpferisch – und so verärgert über meine Anwesenheit. Ich hätte um ein Haar meine Kandidatur für das Riad-Amt zurückgezogen.«

Ich riss die Augen auf und starrte ihn ungläubig an.

»Mir war klar, dass du für mich als Fy-Riad verloren sein würdest. Ein heldenhafter Tod für mein Volk war mit einem Mal nicht mehr besonders reizvoll.«

»Und warum hast du dich trotzdem aufstellen lassen?«

»Weil ich Angst hatte, dass der andere Kandidat dein Leben zur Hölle machen würde.« Er seufzte. »Es war Aatu, mein Zweiter Berater. Der Typ, der die Arven überhaupt nicht leiden kann. Außerdem hätte ich meine Freunde schwer enttäuscht. Trotzdem frage ich mich, was aus uns geworden wäre.«

Ich wusste, was er meinte. Da ich jedoch keine Antwort für ihn hatte, küsste ich ihn stattdessen und fand, dass unsere gemeinsame Zeit, wie lange sie auch andauern mochte, gerade ziemlich perfekt war.

Am nächsten Morgen lag Eamon zu meiner Überraschung noch neben mir, als ich aufwachte. Ich hatte automatisch angenommen, er sei wie immer verschwunden, doch offenbar nahm er meinen Vorschlag ernst. Er ließ es für den Moment langsamer angehen.

Bevor wir aufstanden, liebten wir uns noch einmal, diesmal stürmischer und auch gelöster. Wir wussten jetzt, wo wir standen, und das machte unser Miteinander gleich viel einfacher.

Nachdem zwei verschiedene Fy an seine Tür geklopft hatten, um ihn zu holen, musste er schließlich doch gehen. Er zwinkerte mir zu, während er sich anzog. »Die werden bestimmt schon ganz nervös sein und sich fragen, was ich vorhabe.«

»Lass sie zappeln. Sie müssen nicht alles wissen«, erwiderte ich. Ich sah ihm zu, wie er einen schwarzen Pullover überzog und in seine Hose schlüpfte. Mich ebenfalls vor ihm anzuziehen, war mir irgendwie zu peinlich.

Er beugte sich noch ein letztes Mal zu mir hinunter und küsste mich. »Bis heute Abend«, sagte er. Eine Minute später war ich wieder ganz allein im Zimmer und starrte die Decke an.

Was hast du da nur wieder angestellt, dachte ich dumpf, aber mein Körper fühlte sich so wohl und mein Herz war so leicht, dass es einfach richtig gewesen sein musste. Ich wollte bei Eamon sein, ungeachtet der Gefahr. War das leichtsinnig? Vielleicht. Hatte ich eine Wahl? Kaum. Mein Herz führte mich sehr bestimmend auf den einzigen gangbaren Weg. Ich wollte Eamon für mich. Ich wollte ihn verteidigen und beschützen. Vermutlich war ich die Einzige in diesem ganzen Schloss, die ihn nicht als Waffe sah. Er war ein Mann, der liebte und geliebt werden wollte. Kein herzloses Monster, das man bei Bedarf erschaffen und danach töten durfte.

Doch wenn ich Eamon vor der Magie schützen wollte, musste ich eine Möglichkeit finden, ihn vor dem Monster in sich zu bewahren. Die Magie zu besiegen dürfte allerdings schwierig werden. Wir brauchten sie noch. Also musste ich etwas herausfinden, damit Eamon mit ihr leben konnte, ohne ständig gegen sie anzukämpfen.

Da ich ja jetzt eine Aufgabe hatte, stand ich auf. Mein Frühstück nahm ich mit ins Arbeitszimmer, stellte mich vor das Regal und betrachtete kauend die alten Bücher. Es handelte sich dabei um recht staubige und fürchterlich vergilbte Schmöker. Ich zog wahllos einen heraus und schlug ihn auf. Mist. Die schnörkelige Schrift war kaum zu entziffern. Jetzt verstand ich auch, warum die niemand angefasst hatte.

Schnaubend machte ich mich an die Arbeit und suchte nach etwas, von dem ich gar nicht wusste, was es sein könnte. Nach gut zwei Stunden intensiven Stöberns gab ich vorerst auf. Die Nase kribbelte vom Staub, die Augen brannten von der kleinen Schrift. Immerhin hatte ich das System im Bücherregal mittlerweile verstanden. Irgendjemand hatte es ordentlich nach Themen sortiert. Die Geschichte sowie politische Abhandlungen nahmen den größten Teil ein. Dichtungen und Romane waren kaum bis gar nicht vertreten.

Da ich ohnehin nicht mehr besonders aufmerksam las, wandte ich mich einer anderen Aufgabe zu. Ich begann eine Liste mit Dingen, die ich gerne geändert haben wollte.

An oberster Stelle stand natürlich das Steuerproblem bei den Drachen, doch das war keine Kleinigkeit, sondern ein echter Knackpunkt. Das anzugehen, würde Eamon politisch sofort mundtot machen.

Also musste ich mir etwas ausdenken, was nicht ganz so brisant war. Ich vertiefte mich in die Aufgabe und sah erst auf, als ich eine Bewegung bemerkte. Eamon stand im Türrahmen und sah mich an.

»Hilfe, hast du mich erschreckt«, motzte ich ihn an. »Kannst du nicht anklopfen?«

»Das ist mein Arbeitszimmer. Im Übrigen wollte ich dich nicht stören – und ich stehe hier schon eine ganze Weile.« Er grinste und kam zu mir herüber, um mir wie selbstverständlich einen Kuss zu geben.

Mein Herz pochte unwillkürlich schneller, während in meinem Magen etwas flatterte. Ich freute mich ehrlich, ihn zu sehen.

Er zog meinen fast noch weißen Zettel zu sich heran und las, was ich geschrieben hatte. »Den Puk ihren Feiertag zurückgeben? Welcher Feiertag?«

»Sie nennen ihn Asmaldagraver, was so viel heißt wie ›Felsengesang‹. Wann immer die Sprache auf diesen einen Tag kommt, machen sie ganz finstere Mienen und fangen an zu fluchen. Theoretisch ist er nicht verboten, allerdings ist er seit gut fünfzig Jahren kein offizieller Feiertag mehr. Früher ließen die Puk an dem Tag die Arbeit ruhen, um den Toten und Verschütteten zu gedenken. Heutzutage müssen sie sich freinehmen, um mitzufeiern, doch in den meisten Fällen klappt das nicht.«

Eamon wirkte nachdenklich. »Wann ist der Tag?«

Ich grinste breit. »In etwa einer Woche, falls mich mein Kalender nicht trügt. Wir müssten zur Sicherheit noch mal nachfragen.«

»Nächste Woche schon?« Er sah mich zweifelnd an. »So kurzfristig ist das nicht machbar. Wir brauchen die Puk, um die Mauern wieder aufzubauen.«

»Ich weiß, deshalb hätte ich auch einen anderen Vorschlag. Wir sind alle völlig am Ende der Kräfte, sind müde und zerschlagen. Gerade eben fangen wir an, uns wieder zu bekrabbeln, uns zu freuen. Doch die Fy treiben die Hilfskräfte derart an, dass sie sich überhaupt nicht freuen können. Kündige für nächste Woche einen Tag der Erholung an – und leg den wie zufällig auf Asmaldagraver. Die Puk werden den Hinweis unter Garantie verstehen.«

Der Fy-Riad legte den Kopf schief, überlegte. Ich hielt gespannt den Atem an. »Das ist gut«, erklärte er langsam. Dann strahlte er geradezu. »Das ist richtig gut!«

Ich freute mich so sehr über das Lob, dass ich vor Begeisterung in die Hände klatschte.

»Gib zu: Du willst ja nur eine Party feiern«, zog mich Eamon auf. Er zwinkerte mir zu, während er sich rüberbeugte und die Reste meines vergessenen Frühstücks in den Mund schob. Es war das erste Mal, dass ich ihn essen sah. Interessanterweise bemerkte ich jetzt die kleinen Grübchen, die sich dabei um seine Mundwinkel bildeten.

Er hörte zu kauen auf und runzelte die Stirn. »Was?«

»Ich dachte nur, dass du ziemlich heiß aussiehst«, erklärte ich schulterzuckend. Er starrte mich verwirrt an.

»Das fällt dir erst jetzt auf?«, fragte er in lockerem Ton, doch das Blitzen in seinen Augen zeigte mir, dass er sich über das Kompliment freute. Zum ersten Mal seit der Fy-Riad-Sache klang er wie der tiefenentspannte Fy, den ich auf meiner Plattform kennengelernt hatte.

Er lehnte sich gelöst an den Schreibtisch und nahm das Blatt in die Hand. »Glutsteine verschenken? Das kann ich nicht machen. Die Jeal bringen mich um.«

»Die Drachen sind nach so langen Kriegszeiten völlig ausgelaugt. Schwindel ganz einfach. Erklär dem Rat, dass dein letzter Angriff mit ihnen die Drachen an den Rand ihrer Kräfte gebracht hat. Bei vielen ist das ja auch der Fall. Und dann lässt du Glutsteine verteilen. Das wird die Geldbeutel der Arven auf Dauer dermaßen entlasten, dass du vorerst keine Steuern erlassen musst. Sie werden dich dafür lieben!«

»Und woher soll ich die Glutsteine nehmen?«

Ich blickte bedeutungsschwanger die kunstvoll verzierten Wände in seinem Arbeitsbereich an. »Allein damit könnten wir das ganze Schloss versorgen.«

»Das hier sind die alten Arbeitsräume des Königs. Die Jeal-Familie wird heftig protestieren, wenn ich einfach die Wände zerstöre.«

»Na, ein bisschen Mut zum Auf-die-Füße-treten musst du als gerechter Fy-Riad schon haben.«

Eamon überlegte eine Weile und ließ den Blick durch das Zimmer schweifen. Plötzlich erhellten sich seine Züge. »Ich weiß, welchen Raum wir leeren können, ohne dass es sofort auffällt.«

»Welchen denn?«

»Aatus Arbeitszimmer. Der regt sich eh immer über die funkelnden, weibischen Verzierungen auf. Ich glaub, ihm ist nicht einmal klar, dass das Glutsteine sind. Ich erzähle ihm einfach, ich würde eine Horde Puk vorbeischicken, die ihn davon befreit.«

»Das macht der nie.«

»Und ob der das macht.« Eamon sprang vergnügt auf die Beine und klopfte mir anerkennend auf die Schultern. »Ich muss zurück. Wenn ich nach Hause komme, erwarte ich weitere bahnbrechende

Ideen.« Er gab mir einen kurzen Schmatzer auf die Wange und wollte schon los, da beugte er sich zu mir hinunter, um mit mir einen langen, intensiven Kuss zu teilen.

Danach ließ er mich atemlos und etwas konfus zurück. Dieser Mann brachte mich mehr durcheinander, als gut für mich war. Er beherrschte mein Denken und meinen Körper, mein Herz und meinen Verstand. Doch was geschah, wenn ich keine Möglichkeit fand, ihn zu retten? Er selbst hatte sich längst seinem Schicksal gefügt. Er genoss jede Sekunde, jede Minute. Ich hingegen hatte ihn noch nicht aufgegeben. Noch lange nicht. Trotzdem gab ich zu, dass die Situation recht hoffnungslos aussah. Nicht aufgeben, dachte ich. Mach weiter!

Ich musste mich zwingen, das nächste Buch zur Hand zu nehmen. Da ich nicht wusste, was ich suchte, ging ich jetzt einfach systematisch vor, von rechts nach links, von oben nach unten.

›Eine Abhandlung der Aevid‹ las ich auf einem Umschlag. Ich schlug das Buch auf und hustete. Offenbar war es noch älter als alle anderen verstaubten Bücher. Das Papier fühlte sich alt und brüchig an und es knisterte, sobald ich es berührte.

Ich hatte von den Aevid noch nie etwas gehört – und wie es schien, würde ich so schnell auch nicht herausfinden, was oder wer das war. Die Seiten waren für mich völlig unleserlich, da ich die Sprache nicht kannte. Warum war der Titel lesbar und der Rest nicht?

Verärgert stellte ich es zurück und nahm das nächste heraus. ›Politische Verknüpfungen der Neuzeit‹ stand darauf. Ich schmunzelte, als ich feststellte, dass das Buch siebzig Jahre alt war. Immerhin konnte ich es gut entziffern.

Ich setzte mich an den Schreibtisch und las. Nach fünf Minuten musste ich mich zwingen, nicht aufzugeben. Ich kannte niemanden der erwähnten Personen und der Schreiberling benutzte die längsten und seltsamsten Bandwurmsätze, die ich je gelesen hatte.

Ich blinzelte müde und versuchte, die Augen offen zu halten … und wachte davon auf, dass sich eine warme Hand auf meinen Rücken legte.

»Wach auf, Inea. Dein wirklich harter Arbeitstag ist vorüber«, neckte mich Eamon. Ich fuhr hoch und gähnte herzhaft. Da war ich doch glatt über den Büchern eingeschlafen.

Ich brauchte einen Moment, um in die Realität zurückzukehren. In dieser Zeit machte Eamon in allen Glaskugeln das Licht an, indem er die Glühwürmchen schüttelte. Schon bald erstrahlte der Raum in einem angenehmen Schein.

Ich blinzelte in die Helligkeit und streckte mich, um wach zu werden.

»Irgendwelche neue, bahnbrechende Erkenntnisse?«, fragte Eamon, als er zu mir zurückkehrte.

Ich wollte gerade antworten, da sah ich die vielen Kratzer in seinem Gesicht und den gigantischen blauen Fleck, der sich an seinem Auge bildete. »Was hast du denn gemacht?«, keuchte ich erschrocken.

»Die Fy machen Ernst. Sie ›trainieren‹ mich jetzt.« Er betonte das Wort ›trainieren‹ absichtlich verächtlich, woraufhin seine Magie zornig aufpeitschte. Sie reagierte tatsächlich auf jede seiner Stimmungslagen.

Ich sprang sofort auf und nahm sein Kinn in die Hand, drehte sein Gesicht ins Licht. »Das sieht fies aus.«

»Es ist nichts. Du musst mal meine Gegner sehen.« Er grinste wölfisch. »Fünf gegen mich war wirklich unfair – für sie.«

»Angeber.«

Er wurde abrupt ernst, was mir sofort einen Kloß im Hals verursachte. »Du musst mir eins versprechen«, sagte er und angelte nach meinen Händen, um sie zu drücken. »Sobald ich dich darum bitte, wirst du dich in Sicherheit bringen – ohne mit mir darüber zu diskutieren.«

»Kommt darauf an, wie lieb du mich bittest.«

»Inea, sei mal ernst. Du wirst gehen, sobald ich es dir befehle. Schwör es.«

Ich sah in seine schwarzen Augen, die diesmal ganz ohne Fünkchen auskamen. »Ich will das nicht schwören«, sagte ich. »Ohne meine Drachen gehe ich nirgendwohin, das weißt du. Und es kommt auch darauf an, warum du mich bittest zu gehen.«

Ich versuchte ihm meine Hände zu entziehen, um dieser so plötzlich unangenehm gewordenen Situation zu entkommen, doch er ließ mich nicht. Stattdessen zog er mich an sich, schlang einen Arm um meine Hüfte und zwang mich mit der anderen Hand, ihn anzusehen. »Ich würde dich nur bitten, wenn ich Angst um dein Leben habe.«

»Angst um mein Leben hast du bereits jetzt«, erwiderte ich verächtlich.

»Das ist wahr. Aber im Moment habe ich den Eindruck, die Lage im Griff zu haben. Ich bin viel zu egoistisch, um dich derzeit wegzuschicken, doch sobald sich die Stimmung ändert, musst du gehen.«

»Ich gehe, wenn Dverga und Eeon hier auftauchen und sagen: Inea, los, wir fliehen jetzt. Die beiden würden das erst von mir verlangen, wenn sie keine Hoffnung mehr für dich sehen. Du hingegen würdest schon viel früher auf Nummer sicher gehen.«

Eamon nickte. »Das ist ein Handel. Also versprich es.«

»Ich verspreche es. Könnten wir jetzt ein paar Zwiebeln auf dein anschwellendes Auge packen? Sonst siehst du morgen aus, als hättest du den Kampf verloren und nicht gewonnen.«

Anstatt darauf einzugehen, wanderte seine Hand auf meiner Hüfte etwas abwärts, legte sich auf meinen Po. Die Finger an meinem Kinn blieben hingegen dort, damit ich ihm nicht ausweichen konnte, als er seine Lippen fest auf meine presste. Mein Widerstand schmolz, als er seine Zunge neckend über meinen Mund tanzen ließ.

»Dein Auge«, mahnte ich leise.

»Das Auge ist mir gerade so was von egal.«

Die nächsten Tage verbrachte ich in einem seltsamen Taumel aus Leidenschaft, gelangweilter Recherche, heftigen Debatten über mögliche Umstrukturierungen und wahnsinnig sanften Momenten. Ab und zu kam Eamon so spät in die Wohnung, dass ich bereits schlief. Er schaffte es dann jedes Mal, so leise ins Bett zu kommen, dass er mich nicht weckte. Ich hätte eigentlich nichts dagegen gehabt, doch was das anging, ließ er nicht mit sich reden.

Trotzdem schaufelte er sich immer wieder Raum für mich frei. Es war eine sehr intensive Zeit, die ich einerseits genoss, andererseits mit einem immer bedrohlicheren Gefühl in Verbindung brachte, denn die Momente mit Eamon waren nur begrenzt, sein Leben hatte ein Ablaufdatum.

Ihn selbst machte das nicht so viel aus. Er lebte im Hier und Jetzt. Wann immer ich versuchte, mit ihm darüber zu sprechen, stellte er seine Ohren auf Durchzug und lenkte mich mit anderen Dingen ab. Mit Küssen zum Beispiel.

Ich gab nicht auf und fragte regelmäßig nach. Irgendwann knickte er ein und erzählte, dass sein Absetzungsverfahren bereits in Gang gesetzt worden sei. Als ich das hörte, weinte ich sicherlich für eine Stunde bittere Tränen. In dieser Phase hielt er mich einfach nur fest und schwieg, bis ich mich beruhigt hatte.

»Genau deshalb habe ich es dir verschwiegen«, sagte er ruhig. »Ich kann dich doch nicht weinen sehen.«

»Aber wir müssen was dagegen unternehmen«, begehrte ich auf. Ich strampelte, um mich aus seiner festen Umklammerung zu winden, doch er hielt mich weiter auf seinem Schoß. Wir saßen wie so oft in dem großen Ohrensessel vor Fluhs und Diamads Feuer. Anders als an vergangenen Tagen, war die Stimmung jedoch so düster wie selten zuvor.

Morgen sollte eigentlich die große Entspannungsfeier stattfinden. Ich hatte mich bislang darauf gefreut, obwohl ich davon mit Sicherheit in meinem Gefängnis nichts mitbekommen würde. Jetzt konnte ich mir nicht vorstellen, jemals wieder lächeln zu können.

»Braidar und ich sind bereits dabei, die Wogen zu glätten«, versuchte mich Eamon zu beruhigen. Er stieß damit auf Granit bei mir.

»Braidar will doch nur neuer Fy-Riad werden«, giftete ich aufgebracht.

»Da irrst du dich. Er hatte sich beim letzten Mal schon nicht zur Wahl gestellt. Seine Magie ist nicht ausgeprägt genug, obwohl er der beste Kämpfer ist, den ich kenne. Ich weiß, dass du ihn nicht leiden magst, aber eigentlich ist er einer der wenigen, die wirklich um mein Leben kämpfen. Er steht auf meiner Seite.«

»Fy-Riad zu werden, ist ja auch nicht besonders erstrebenswert«, brummelte ich. »Wenn ich gefragt würde, wäre ich auch lieber Erster Berater als Todeskandidat.«

Eamon seufzte genervt. Über Braidar stritten wir uns schon seit Tagen. Ich kannte den Mann eigentlich gar nicht, hatte aber beschlossen, ihn zu hassen. Wer mich indirekt als Hure bezeichnete, hatte bei mir lebenslang verschissen.

Da Eamon bemerkte, dass er mit Worten nicht weiterkam, massierte er mir meinen angespannten Nacken. Er wusste genau, wie er mich beruhigen konnte. Wir schwiegen so lange, bis ich das Thema durchdacht hatte.

»Wer genau hetzt denn eigentlich gegen dich?«, fragte ich jetzt deutlich emotionsloser.

»Such dir wen aus, wobei die Fy erstaunlich zurückhaltend sind. Sie wollen natürlich ungern die Macht an die Jeal zurückgeben und sehen mich als das kleinere Übel. Es nervt sie allerdings, dass ich seit Neuestem in ihren Augen sozialen Dünnschiss von mir gebe. Die Jeal sind dagegen eine ganz andere Nummer. Der Bruder des ehemaligen Königs will mich ohnehin tot sehen, je früher, desto besser. Er wird voraussichtlich nicht mal mein Nachfolger, aber ich habe seinen Bruder getötet – das nimmt er verständlicherweise persönlich.

Wer neuer König würde, ist noch nicht hundertprozentig raus. Ich dachte ja, der Sohn des Königs sei gesetzt, doch es gibt noch den Neffen des Königs. Egal, wer es wird – die können mich beide nicht leiden. Sie beharren darauf, dass ich möglichst bald einen Angriff auf den Fy-Riad der Tul Curragh durchführen und dann meinen Hut nehmen soll.«

»Ach? Erst sollst du die Drecksarbeit erledigen und dann wollen sie dich zur Belohnung umbringen?«

»So läuft es doch schon die ganze Zeit. Ich mache doch schon ihre Drecksarbeit.« Er spielte gedankenverloren mit einigen Strähnen meines Haares. Ich wusste, dass er mir etwas verschwiegen hatte und gerade überlegte, ob er es mir sagen sollte.

»Spuck es aus«, forderte ich ihn auf.

»Ich habe versucht, Kontakt zum Fy-Riad der Tul Curragh aufzunehmen. Er hat gestern geantwortet.«

Mir fielen vor Überraschung fast die Augen aus dem Kopf und ich wirbelte herum, um ihn besser ansehen zu können. »Das sagst du mir erst jetzt? Was hat er geantwortet?«

»Dass ich mir mein Friedensabkommen sonst wohin stecken soll.«

Ich ließ die Schultern hängen. »Das klingt aber gar nicht gut.«

»Nein. Er sagt, Frieden könne es erst geben, wenn ich ihm zweihundert unserer Arven aushändigen würde. Das wären in etwa alle, die hier im Schloss leben. Ich habe Braidar den Brief gezeigt. Er sagte, das sei quasi mein Todesurteil. Momentan halten die Fy still, weil sie ganz zufrieden mit der derzeitigen Lage sind. Die Fy sind an der Macht, aber das Schloss ist nicht mehr direkt in Gefahr. Solange der verrückte Kriegsfürst in Tul Curragh wütet, kann man mich als Fy-Riad auch nicht einfach entmachten – sonst würden unsere Gegner sofort wieder gegen uns mobilmachen. Der Brief zeigt jedoch, dass der Fy-Riad der Tul Curragh erst aufgeben wird, wenn er tot ist.«

Ich sah ihm tief in die Augen. In den letzten Tagen hatte ich ein wenig Braun im Schwarz seiner Iriden ausmachen können. Heute war die Farbe wieder verschwunden. »Das heißt, Braidar wird dich zwingen, den anderen Fy-Riad herauszufordern.«

»Nein. Das würden die anderen Fy und wohl auch die Jeal von mir verlangen, wenn sie von dem Brief wüssten. Sie kennen ihn aber nicht.«

Ich blinzelte. »Und was heißt das?«

»Wir haben einen neuen Brief geschrieben, in dem die Tul Curragh für Friedensverhandlungen offen sind – allerdings erst nach dem Winter. Solange würden sie sich vorbehalten, uns weiter als Feinde zu betrachten, allerdings auf weitere Angriffe verzichten.«

Ich sah das vergnügte Funkeln in seinen Augen und konnte nicht fassen, was ich da hörte. »Ihr habt einen Brief gefälscht?«, fragte ich ungläubig. »Was, wenn das rauskommt?«

»Ich habe einen Brief gefälscht. Braidar habe ich da rausgelassen, wobei er durchaus Bescheid weiß. Was passiert, wenn sie es herausfinden? Da stellt sich die Frage, was man mir noch anhaben kann. Wenn es rauskommt, töten sie mich eben, aber das haben sie eh schon vor.«

Mir klopfte das Herz so schnell in der Brust, als sei ich eine weite Strecke sehr schnell gelaufen. Allmählich kam ich mir auch so vor. Es war ein stetes Auf und Ab guter und schlechter Nachrichten, die ich hörte.

»Ich habe uns damit ein wenig Zeit ergaunert«, sagte Eamon leise. »Wir haben jetzt bis nach dem Winter Zeit, um uns auszudenken, wie wir das System stürzen können, ohne ein Chaos zu hinterlassen.«

»Und was, wenn der Fy-Riad der Tul Curragh dich angreift?«

»Dann haben wir ein ernstes Problem. Momentan sieht es aber nicht danach aus. Die Tul Curragh lecken genau wie wir ihre Wunden und müssen sich erholen. Das hab ich aus gut unterrichteten Quellen. Frag nicht.«

»Du bist unglaublich.«

»Ja, manchmal finde ich mich selbst auch ganz cool.«

»Und trotzdem läuft gegen dich ein Absetzungsverfahren?«

»Ja, das ist die schlechte Neuigkeit des Tages, aber unterm Strich bin ich mit meinem Tagwerk ganz zufrieden. Allerdings fehlt noch eine Kleinigkeit, um den Abend perfekt ausklingen zu lassen.« Er schob langsam seine Hand unter mein Kleid und sah mich spitzbübisch von unten her an. Ich schmolz dahin und verdrängte für den Moment die nagende Angst um seine und damit auch meine Sicherheit.

Unser improvisierter Feiertag war ein voller Erfolg. Die Puk feierten im Stillen Asmaldagraver, die Arven bekamen tatsächlich überraschende Geschenke und die Sidhe waren einfach nur glücklich, zum ersten Mal seit Jahren ihre schmerzenden Flügel sortieren zu können.

Es war zwar nur eine winzig kleine Geste des Fy-Riads an seine Untergebenen, doch sie schlug ein wie eine Bombe.

»Wir machen dich einfach zum Nationalhelden. Dann können sie dich gar nicht hinrichten«, überlegte ich laut.

»Ich bin sicher: Wenn ich so weitermache, dann werde ich tatsächlich ein Nationalheld und bekomme eine Steinstatue zugedacht – nachdem sie mich hingerichtet haben«, erwiderte Eamon ruhig. Ich hasste es, wenn er so beiläufig über seinen eigenen Tod sprach.

»Dann müssen wir eben dafür sorgen, dass sie dich so sehr lieben, dass sie dich nicht mehr umbringen wollen. Und das funktioniert am besten, wenn sie dich persönlich kennengelernt haben.«

Eamon, der auf dem Boden saß und bis gerade eben mit dem Rücken an meinem Schreibtisch gelehnt hatte, ließ sich der Länge nach rücklings fallen, um mich ansehen zu können. »Du heckst doch was aus«, stellte er nach einem Blick auf meine vor Aufregung geröteten Wangen fest.

»Du musst die Vertreter des Rates zu dir kommen lassen. Des Küchenrates.«

»Den gibt es offiziell gar nicht. Ich würde die Vertreter nur in den Fokus der Fy und der Jeal rücken. Damit wäre ihr Leben in Gefahr.«

»Dass Lummia die Sprecherin für uns Arven ist, ist allgemein bekannt. Selbst die Fy wissen das. Anra von den Sidhe ist so alt, Morddrohungen jucken sie nicht im Geringsten, und Dverga hängt eh schon längst mit drin. Ruf sie zu dir und frag sie, was sie sich von einem guten Herrscher wünschen würden. Mal sehen, was sie antworten.«

Eamon stöhnte und legte die Hand auf seinen Kopf. Er hatte die letzten Tage viele neue Verletzungen im Gesicht, doch er schwieg sich aus, woher sie stammten. Die Fy setzten ihm zu, das war klar. Dass ich ihm jetzt mit so was kam, fand er sicherlich nicht hilfreich.

Immerhin dachte er eine Weile darüber nach. Weil er selbst nach zehn Minuten skeptisch aussah, ließ ich mich auf die Knie sinken und kletterte auf ihn drauf. Sofort wurde sein Blick interessierter. Er musterte mich streng von unten her.

»Bitte«, bettelte ich und setzte meinen allerliebsten Blick auf. Er verdrehte die Augen. Da wusste ich, dass ich gewonnen hatte.

»Okay. Ich bitte als Erstes Lummia zum Gespräch, aber nur hier in meinen Räumen. Hier kann ich sicher sein, dass nicht jeder alles abhört.«

»Warum Lummia?«

»Weil sie ohnehin schon im Fokus der Fy steht. Sie hat ziemlich Terror gemacht, nachdem du verschwunden warst. Seitdem ist eh klar, wer bei den Arven das Sagen hat.«

Ich fühlte mich einerseits geschmeichelt, andererseits hatte ich ein schlechtes Gewissen. Dass Lummia wegen mir Schwierigkeiten bekommen könnte, war nie meine Absicht gewesen.

Eamon ahnte natürlich, was ich dachte, und schüttelte vorsorglich den Kopf. »Sie ist so oder so ein rebellischer Geist. Früher oder später hätte sie etwas gegen die Jeal und Fy unternommen. Du warst nur der Brösel, der ihre Meinung untermauert hat.«

»Findest du nicht, wir sollten gleich Nägel mit Köpfen machen und alle einladen? Lummia wird garantiert nicht alleine kommen wollen«, merkte ich an.

Eamon legte den Kopf schräg, dachte nach und nickte schließlich. »Also schön. Dann eben alle.«

Wie sich herausstellte, war es gar nicht so einfach, mit dem Küchenrat in Kontakt zu treten. Eamon hatte zwar ein System entwickelt, um Dverga Nachrichten zu schicken, doch der arbeitete derzeit an einer Außenmauer und war nicht da. Also wartete ich mit vor Aufregung zitternden Knochen auf den Putztrupp, der einmal die Woche bei den Beratern sauber machte.

Normalerweise öffnete ich niemals die Tür, sah höchstens durch das Schlüsselloch, um Mina bei der Arbeit zu beobachten. Meine kleine

Freundin sah verhärmt aus, die Freude am Putzen schien sie verloren zu haben. Ich vermisste sie ebenfalls schrecklich und es war mir jedes Mal unfassbar schwergefallen, sie nicht zu mir zu rufen.

Ich hatte sie jedoch nicht in Gefahr bringen wollen.

Heute wartete ich auf den geeigneten Moment, um sie abzupassen. Ich wusste, dass sie meist alleine im Flur die Fenster putzte – wahrscheinlich in der Hoffnung, dass ich mich zeigen würde. Sie ahnte offenbar, dass ich hier irgendwo stecken musste.

Jelli sagte etwas zu ihr, dann flog die Sidhe zu den anderen in das Zimmer des Ersten Beraters. Meine Chance. Ich öffnete hastig die Tür und sagte ganz leise Minas Namen. Ihr Kopf ruckte herum, die Augen wurde riesig.

Sekunden später war sie zu mir herübergeflogen und lag in meinen Armen. Ich reagierte schnell, indem ich sie fest an mich drückte und gleichzeitig die Tür schloss.

»Inea, ich glaub es nicht«, keuchte sie. Ihr Gesicht war nass von Tränen, doch sie lächelte so strahlend wie selten zuvor. Sie löste sich aus meiner Umarmung und flatterte ein kleines Stück vor meinem Gesicht herum, musterte mich besorgt. »Du lebst!«

»Natürlich lebe ich. Hast du meinen Brief nicht bekommen?«

»Schon, aber es war alles so seltsam. Du bist einfach verschwunden, irgendwo hier – und dann die ganzen Schauermärchen über den Fy-Riad. Ich bin tausend Tode gestorben!«

Sie umarmte mich noch einmal fest.

»Es geht mir wirklich gut«, beteuerte ich. »Es tut mir leid, dass du dir so große Sorgen gemacht hast. Wäre mir das klar gewesen, hätte ich mich schon eher gezeigt.«

»Dverga hat mir immer wieder gesagt, dass es dir gut geht. Er war ganz komisch, was das angeht«, sprudelte meine Freundin hervor. »Er ist richtig unheimlich geworden, als ich behauptete, du seist entführt worden und man habe dich gezwungen, diesen Zettel zu schreiben. Bist du entführt worden?«

»Nein. Der Fy-Riad hat mich zu sich genommen, damit ich bei Fluh und Diamad bleiben kann.« Ich erzählte ihr die Geschichte in völlig chaotischer Reihenfolge, sprudelte so schnell wie möglich alles hervor, was sie wissen musste. Was zwischen Eamon und mir sonst noch vorgefallen war, ließ ich aus, doch sie las es wohl in meinen Augen.

»Er hat dich wieder rumgekriegt«, merkte Mina an.

Ich drückte ihr als Antwort einen Brief in die Hände. »Leite das bitte an den Rat weiter und sag ihnen, dass sie ihm vertrauen können.«

Die Sidhe blickte auf das Papier hinunter und runzelte die Stirn. »Was ist das?«

»Der Anfang von etwas Neuem. Bitte, Mina. Lies es dir in einer ruhigen Minute durch und zeig es dann dem Rat. Das Treffen wäre übermorgen in den Räumen des Fy-Riads zur Abendbrotzeit. Direkt nach dem zweiten Gong.«

»Was?« Mina konnte eindeutig nicht erfassen, was ich von ihr wollte.

Ich nahm ihr kleines Gesichtchen zwischen meine Hände. »Vertrau mir«, sagte ich eindringlich.

Mina flossen wieder die Tränen aus den Augen. Sie war gerade so emotional, dass sie kaum einen Gedanken fassen konnte. Zumindest nahm ich das an, denn sie murmelte wie schwachsinnig: »Alles wird gut, sagt Inea, aber nichts ist gut.«

Ich packte ihre Schultern und schüttelte sie. »Mina, reiß dich jetzt zusammen! Es geht mir gut, hörst du?«

Sie sah auf. In ihren Tränen schimmerte Magie. »Ich habe dich mehr vermisst, als ich je vermutet hätte«, sagte sie leise. »Seitdem du in der Küche fehlst, fehlt auch das Lachen. Wir sind alle so ernst geworden, als habe uns der Krieg zum Schluss doch noch alles genommen.«

»Ich habe dich auch vermisst.« Schweigend nahm ich sie in die Arme und drückte sie leicht an mich. Sie weinte eine Weile in mein Kleid, dann löste sie sich von mir, versuchte sich zu straffen.

»Ich muss zurück. Sonst denkt Jelli, sie hätte eine weitere Arbeiterin verloren.«

Ich nickte und legte die Hand bereits auf die Klinke der Tür, sah Mina streng an. »Damit wir uns verstehen: Du hast in zwei Tagen hier nichts zu suchen. Eingeladen sind Lummia, Anra, Dverga und der Drache.«

»Ich bin ebenfalls im Rat. Ich werde kommen«, erwiderte Mina ungewohnt rebellisch.

»Mir wäre es lieber, wenn du in der Küche bleiben würdest. Es könnte gefährlich werden.«

»Es ist auch gefährlich, in den Räumen der Fy zu putzen. Da wird man entführt, gefangen gehalten und bekommt eine Gehirnwäsche.« Minas Miene war jetzt grimmig.

Ich seufzte und beschloss, nicht in die Diskussion einzusteigen. »Mach es gut, Mina«, wünschte ich ihr und öffnete die Tür ein Stückchen, um sie auf den Flur zu lassen.

Aufbruch in die Schattenwelt

Zwei Tage später tigerte ich nervös in unserer Wohnung auf und ab. Ich hatte das Wohnzimmer so gut es ging hübsch hergerichtet, indem ich die Couch mühsam ins Arbeitszimmer geschleppt und mehrere Tische und Stühle hineingestellt hatte. Das leere Bücherregal hatte ich mit ein paar Büchern über Dichtkunst und Unterhaltung aufgefüllt. Auf dem Tisch standen frische Blumen und es gab Kaffee, Tee und Kuchen. Das musste reichen, um eine gemütliche Atmosphäre zu schaffen.

Eamon kam herein. Ich hatte ihn gezwungen, die schwarze Kleidung gegen einen hellgrauen Pulli und eine sandfarbene Fellhose einzutauschen. Er sah seltsam aus in den Sachen, aber wenigstens nicht mehr durch und durch bedrohlich. Dennoch, gegen seine Aura konnten wir nichts tun – und die war seit gestern wieder unheimlich.

Was vorgefallen war, ließ er nicht aus sich herauskitzeln. Die Müdigkeit war in seine Augen zurückgekehrt, genau wie die Schatten, doch für mich riss er sich zusammen.

Als er mich ansah, bemerkte ich die vielen Fünkchen in seinen Augen. Blau, gelb, schwarz und … ich runzelte die Stirn. Das Stahlgrau war heute nicht eindeutig. Es sah heute deutlich grünlicher aus, doch das konnte auch am Lichteinfall liegen. Der Gedanke verflog, als er mir einen sanften Kuss gab und lächelte.

»Wie ich sehe, hast du alles vorbereitet, aber das Wichtigste vergessen.«

Ich sah mich hektisch um. »Was denn?«

»Du solltest dir jetzt vielleicht auch kurz einen Moment gönnen, um deine wirren Haare zu sortieren und dir ein anderes Kleid anziehen. Ich könnte dir beim Umziehen helfen.« Er zwinkerte mir vergnügt zu, doch die Anspannung in jedem Muskel seines Körpers blieb.

Ich hieb ihm spielerisch gegen die Schulter, sah aber ein, dass sein Vorschlag – zumindest der erste Teil davon – Sinn machte. Rasch lief ich in unser Schlafzimmer, zog mich um und kämmte mir die langen Strähnen, während ich Fluh im Feuer etwas vorsang.

Ein Klopfen an der Tür zum Arbeitszimmer unterbrach mein Gebrumme. Ich ließ den halb geflochtenen Zopf los und ging auf die Tür zu, lauschte. Davor hörte ich ein Flüstern. Ich kannte die Stimme nur zu gut.

»Sie sind da«, rief ich Eamon zu, um ihn vorzuwarnen. Schon öffnete ich die Tür und sah mich den weisesten unseres Küchenstabes gegenüber.

Lummia hatte sich heute einen sehr strengen Dutt gesteckt und etwas Puder auf die blassen Wangen getupft. Ihr schwarzes Kleid unterstrich die ernste Miene, die sich jedoch bei meinem Anblick aufhellte. Ihre schräg stehenden Augen blitzten vor Freude.

Sie trat vor und nahm mich in die Arme. »Wir haben uns große Sorgen um dich gemacht, meine Liebe«, sagte sie. Ich war verblüfft, vor allem, da wir uns zuvor nie besonders nahegestanden waren. Die Begrüßung kam jedoch von Herzen, sodass ich die Umarmung erwiderte.

»Es geht mir gut«, beteuerte ich und ahnte, dass ich das heute noch ein halbes Dutzend Mal sagen musste.

Ich ließ Lummia an mir vorübergehen und umarmte Anra, die viel zerbrechlicher wirkte als sonst. Sie hatte wie immer ein sonniges Kleidchen an, das allerdings an den Spitzenrändern eingerissen war.

Dverga klopfte mir beim Reinkommen einfach nur gegen die Kniescheibe und sagte Hallo, während der Drache auf meinem Kopf landete und mir die Stirn abschlabberte.

Hinter dem ganzen Pulk schwebte Mina nervös in der Luft und wrang die Hände. »Ich weiß, dass du mich nicht dahaben willst, aber ich musste einfach kommen. Schick mich nicht weg«, bat sie mit leiser Stimme. Ich winkte sie herein und knuffte sie leicht, als sie an mir vorübersauste, sodass sie kurz taumelte.

Ich war gerade dabei, die Tür zu schließen und mich meinen Gästen zuzuwenden, da verstummte das Geschnatter in meinem Rücken. Alle starrten den Mann an, der im Türrahmen zwischen Wohn- und Schlafzimmer aufgetaucht war.

Eamon wirkte auf den ersten Blick vollkommen entspannt und selbstsicher, doch ich roch seine Magie, ein deutliches Zeichen dafür, dass auch er etwas nervös war. Ich sah den Schweiß auf seiner Stirn und wusste genau, dass er gerade mit seiner Magie rang. Er unterdrückte sie, damit die Ratsvertreter nicht sofort Reißaus nahmen.

»Willkommen«, sagte er feierlich. Seine dunkle Stimme verursachte ein Vibrieren tief in mir drin. Ich mochte es, wenn er diesen Ton anschlug.

Die Truppe aus der Küche schwieg betreten und warf mir nervöse Blicke zu. Ich sprang ein und trat zwischen die Fronten.

»Darf ich dir den Küchenrat vorstellen, Eamon?« Ich nannte nacheinander die Namen, natürlich angefangen mit der Wortführerin Lummia. Die Frauen knicksten etwas unbeholfen, während sich Dverga schwungvoll verbeugte und so tat, als sehe er Eamon zum ersten Mal in seinem Leben.

Nach der sehr steifen Begrüßung führte uns der Fy-Riad ins Wohnzimmer. Ich hatte für die Gemütlichkeit ein Feuer angemacht. Blöde Idee. Es war viel zu warm.

Eamon setzte sich mit Absicht nicht an die Stirnseite des Tisches, sondern einfach mittig. Der Rest verteilte sich, wobei sich Dverga erbarmte und den Platz rechts vom Fy-Riad einnahm. Ich ließ mich zu seiner Linken nieder und reichte Tee und Wasser. Kaffee gab es erst nach dem Kuchen.

Eamon sah mich an. »Übernimmst du eigentlich die Leitung oder soll ich was zur Begrüßung sagen?«

Aus irgendeinem Grund hatte er mir die Planung und Gestaltung des Treffens komplett übertragen und sich mir dabei untergeordnet. Es war seltsam für mich, aber für Eamon völlig selbstverständlich.

Ich nickte ihm zu, da ich noch mit Einschenken beschäftigt war. »Fang du an.« Gleich darauf bereute ich es, denn Eamon verschwendete keine Zeit auf vorsichtige Annäherung.

»Wir wissen alle, dass es den Arven, Sidhe und Puk unter der Herrschaft der Jeal nicht sonderlich gut gegangen ist. Ich wünschte, ich könnte sagen, jetzt, wo ein Fy an der Macht ist, würde sich das ändern. Dem ist leider nicht so. Meine Amtszeit geht zu Ende, wobei ich gedenke, sie so lange es geht zu verlängern, doch wie viel Zeit ich noch habe, weiß ich nicht.

Dieses Treffen ist nur indirekt geheim. Ich habe die Fy und die Jeal informiert, damit ihr nicht als Verräter gebrandmarkt werden könnt. Meine Berater halten mich zwar für verrückt, aber sie mussten einwilligen. Sie gehen davon aus, dass ich euch gerade streng den Kopf zurechtrücke und euch etwas über die Pflichten und Aufgaben treuer Bürger erzähle.

Das könnte ich natürlich tatsächlich tun, doch ich bin mir sicher, das wisst ihr auch so. Vielmehr möchte ich wissen, was ich für euch in meiner nur noch so kurzen Amtszeit tun kann.«

Er lächelte möglichst vertrauensselig, was aber etwas wölfisch rüberkam. Ich war mitten im Einschenken erstarrt und sah ihn sprachlos an, während der Rest keinen Muskel rührte.

Eamon blickte ungerührt von einem zum anderen und deutete schließlich auf den Kuchen. »Vielleicht essen wir erst einmal etwas und reden dann«, schlug er vor.

Lummia räusperte sich und überging damit seinen Vorschlag. »Wir geben zu, dass wir seit zwei Tagen darüber diskutieren, was uns heute hier erwarten könnte. Da die Einladung von Inea kam, hatten wir die Hoffnung, dass wir nicht sofort in den nächsten Kerker geworfen werden. Ich freue mich, dass wir, was das angeht, wohl recht behalten dürfen.« Sie warf mir einen schnellen Blick zu, musterte dann wieder den Fy-Riad. »Auf diesem Wege möchten wir uns noch einmal ganz herzlich für die Glutsteine, den Asmaldagraver und die Atempause für alle Sidhe bedanken. Die Botschaft ist angekommen.«

Die beiden nickten sich zu. Diesmal sah Eamons Lächeln schon viel herzlicher aus. Trotzdem bildeten sich weitere Schweißperlen auf seiner Stirn, und wenn ich nicht irrte, waren seine Bewegungen abgehackter als sonst.

»Das waren Ineas Ideen«, merkte er an. Das Lächeln galt diesmal mir. Ich erwiderte es etwas steif, denn jetzt konnte ich in seine Augen blicken. Die funkelnden Pünktchen waren mehr geworden, genau wie die Schweißperlen auf der Stirn. Er musste sich fürchterlich zusammenreißen.

Was ging hier vor?

Da ich immer noch reglos halb über den Tisch gebeugt stand, die Teekanne ein Stückchen über Dvergas Tasse schwebend, nahm mir

Lummia schließlich die Kanne ab und goss weiter ein. »Natürlich haben wir eine Menge Ideen, was sich ändern sollte, damit die Völker wieder entspannter miteinander leben können«, erzählte sie im Plauderton. Ich setzte mich und sah ihr dabei zu, wie sie Eamons Tasse mit Schwung füllte. »Das meiste davon wird jedoch für einen Fy-Riad, der kurz vor seiner Exekution steht, nicht mehr umzusetzen sein.«

Ich zuckte zusammen, was Eamon durchaus bemerkte. Er nahm unter dem Tisch meine Hand und drückte sie ermutigend. Ich wünschte, das hätte mich entspannen können, doch seine Hand zitterte und war feucht von Schweiß. Ich warf ihm einen nervösen Blick zu, doch er konzentrierte sich ganz auf Lummia.

»Inea hat mir eine lange Wunschliste gemacht mit den offensichtlichsten Dingen. Holst du sie kurz, meine Liebe?«

Ich sprang auf, rammte dabei den Tisch und hastete mit rotem Kopf ins Arbeitszimmer. Die Liste hatten wir unter dem Teppich versteckt, falls doch einmal ein Beobachter hereinschneien sollte. Ich zog sie hervor und kehrte in eine äußerst angespannte Atmosphäre zurück. Nur Dvergas lautstarkes Schlürfen war zu hören. Mina schöpfte sich gerade mit ihrem kleinen Feenbecher etwas Tee aus der großen Tasse heraus. Es war üblich, dass für Feen nicht extra gedeckt wurde. Sie hatten allerdings stets passendes Geschirr in ihrer Größe mit dabei.

Ich reichte Lummia die Liste. Sie überflog sie und gab sie an Anra weiter. Die nickte. »Dem ist nichts hinzuzufügen«, sagte sie.

Ich freute mich einerseits, dass ich nichts vergessen hatte, andererseits war ich enttäuscht. Ich hatte gehofft, dass ihnen noch etwas einfiel, was Eamon machen konnte, ohne sich politisch zu ruinieren.

»Es gibt aber tatsächlich etwas, das uns helfen würde und euch nicht in Schwierigkeiten bringt. Das Feenvolk und die Arven leben derzeit auf engstem Raum zusammen, während der Rest des Schlosses geradezu entvölkert wirkt. Von den Fy sind viele niemals aus dem Krieg heimgekehrt, auch die Jeal haben schwere Verluste erlitten. Wir möchten darum bitten, den Südflügel wieder aufbauen zu dürfen. Er soll als neues Quartier für die Arven dienen, sodass das Feenvolk wieder ausreichend Platz im Kellergeschoss hat«, schlug Lummia mit fester Stimme vor.

Eamon dachte wie immer erst eine Weile nach, bevor er antwortete. »Wenn wir es als Wiederaufbaumaßnahme tarnen und die Puk mitziehen, dann sehe ich da keine großen Probleme.«

Lummias Gesicht begann regelrecht zu strahlen. Sie beugte sich etwas nach vorne und zwinkerte Eamon ungewöhnlich charmant zu. »Das dachte ich mir bereits. Die Puk sind mit im Boot, nicht wahr, Dverga?«

»Natürlich. Die Puk wünschen sich in diesem Zusammenhang, die alten Stollen wieder reaktivieren zu dürfen. Wir fühlen uns unter der Erde einfach wohler.«

Eamon wirkte überrascht. »Die gibt es noch? Ich dachte, sie wären bei den vielen Bombardements eingestürzt.«

»Hier im Schloss gibt es noch viele. Die in der Stadt müssten wir erst ausbuddeln, aber das sollte nicht so schwierig sein. Es ist den Puk nur unter dem alten König verboten worden, sich unter die Erde zurückzuziehen.«

»Zu den Puk gehören Höhlen. Natürlich dürft ihr die Gänge reaktivieren – solange ihr das in eurer Freizeit macht.«

Die beiden nickten sich verschwörerisch zu. Ich wollte mir gerade ein Lächeln abringen, da blickte ich Eamon ins Gesicht. Er war aschfahl, was auch Dverga auffiel.

»Geht es euch nicht gut, Fy-Riad?«, erkundigte er sich besorgt. Ich fand die Frage gewagt, war aber dankbar, dass er sie gestellt hatte.

Eamon atmete tief ein. »Ich fürchte, das Magiegemisch in diesem Raum setzt mir außerordentlich zu. Seit ich Fy-Riad bin, war ich noch nie mit zwei Arven, einem Puk, einer Sidhe und einem Drachen in einem Raum eingesperrt. Mit dem Fy- und Jeal-Magiegemisch komme ich mittlerweile ganz gut zurecht. Das hier ist … ungewohnt.«

Er stand zu meinem Entsetzen auf und legte mir fest die Hand auf die Schulter. »Inea wird das Gespräch mit euch weiterführen. Ich muss euch kurz verlassen. Bitte verzeiht.«

Er deutete eine Verbeugung an und ging mit steifen Schritten Richtung Schlafzimmer. Wir schwiegen, bis er verschwunden war. Das Knistern des Feuers war eine Weile das Einzige, was wir hörten.

»Er hatte eine Menge Magie im Auge«, bemerkte Anra schließlich leise. Alle Blicke wandten sich ihr fragend zu, während ich unwillkürlich die Luft anhielt.

Die Magie. Die verdammten Funken in Eamons Körper. Ich hatte noch nicht herausgefunden, was mit ihr nicht stimmte. Normalerweise lebten wir mit unseren Magieströmen im Einklang. Bei Eamon hingegen herrschte Chaos. Warum war das so?

Dverga und ich tauschten einen kurzen Blick miteinander. Eamon war schon einmal abrupt aus dem Raum gegangen, als ein Puk, ein Fy und eine Arven zusammensaßen. Wir hatten alle gedacht, er hätte das traurige Gespräch über seine Mutter nicht mehr ausgehalten. Vielleicht hatten wir uns da geirrt.

Ich räusperte mich unwohl. »Leider kann ich euch nicht sagen, was mit ihm ist. Ich weiß nur, dass er für uns kämpfen will. Er ist anders als der Rest der Fy. In seinen Adern fließt Arvenblut, denn seine Mutter war eine von uns. Wir sollten ihn unterstützen, solange er noch unter uns ist.«

Als Lummia zu meinen Worten nickte, fiel mir ein Stein vom Herzen. »Er sollte allerdings auch versuchen, die Jeal auf seine Seite zu ziehen. Nicht nur er ist anders als die Fy – die ehemalige Königin ist auch anders als die Jeal. Sie ist gütiger als erwartet.«

»Gütiger?«, fragte ich erstaunt. Die Bezeichnung ließ sich nicht mit meinem Bild über die Jeal vereinbaren.

Anra nickte bestätigend. »Sie hat uns während der Amtszeit ihres Mannes einige Male zu sich gerufen, um mit uns zu sprechen – ähnlich wie es der Fy-Riad jetzt tut. Allerdings hatte sie nicht die Macht, um irgendetwas zu ändern. Sollte jedoch ihr Sohn neuer Herrscher werden, könnten wir Glück haben. Sie hat mehr Einfluss auf ihn als auf ihren verstorbenen Gatten.«

Ich schluckte. Sollte ein Jeal neuer Herrscher werden, bedeutete das, dass Eamon tot war. Ein schrecklicher, unvorstellbarer Gedanke.

Anra ahnte offenbar, was ich dachte, denn sie flog zu mir herüber und legte mir ihre winzige Hand auf meine. »Solange er noch da ist, müssen wir versuchen, neue Verbündete zu finden. Sprich mit der Lady. Sie wird sicherlich hören wollen, was ihr zu sagen habt.«

»In Ordnung. Ich werde mit Eamon darüber reden«, antwortete ich leise.

Die Ratsvertreter warfen einander kurze Blicke zu, dann stand Lummia abrupt auf. »Ich glaube, wir lassen euch jetzt wieder alleine.

Wir denken noch einmal nach, was wir für Möglichkeiten haben. Sollte uns etwas einfallen, werden wir es euch wissen lassen.«

Auch ich erhob mich, das Herz mit einem Mal schwer. Ich wollte nicht, dass sie sofort gingen. Andererseits musste ich dringend nach Eamon sehen. »Ich begleite euch noch zur Tür«, sagte ich steif.

Wir umarmten einander und ich ließ sie direkt aus dem Wohnzimmer auf den Flur treten. Mina wollte mich gar nicht mehr loslassen, doch schließlich verabschiedete ich sie und schloss hinter ihr die Tür.

Es war, als sei ein Teil meiner Familie abgereist.

Für einen kurzen Moment ließ ich den Anflug von Trauer zu, dann stieß ich mich von der Tür ab und lief zum Schlafzimmer hinüber. »Eamon? Alles okay?«, fragte ich und verstummte, als ich ihn nirgendwo sehen konnte. Ich runzelte die Stirn, sah Fluh an, die mir aus dem Feuer entgegenblickte.

Sie zeigte mit dem Kopf Richtung Badezimmer.

Zögernd ging ich zur Tür und klopfte. »Eamon? Darf ich rein?«

Die Antwort kam mit einer deutlichen Verzögerung. »Gib mir noch einen Moment.«

Seine Stimme klang so seltsam, dass ich nicht großartig nachdachte. Ich öffnete die Tür mit einem Ruck und sah Eamon, wie er auf der Seite lag, den Rücken gegen die Wanne gelehnt, die Knie an den Bauch gezogen. Er blinzelte mich an und verzog verärgert das Gesicht. »Das hieß nicht, dass du reinkommen darfst«, knurrte er.

Im Raum stank es nach Magie. Ich sah kleine Blitze in den verschiedensten Farben auf seiner Haut tanzen, selbst die Schweißperlen auf der Stirn waren gelb, grün und blau. Sie hoben sich deutlich von seiner aschgrauen Haut ab.

Mit einem Satz war ich neben ihm und kniete mich nieder. Er hob die Hand, um mich wie damals auf der Plattform abzuwehren.

»Lass mich.« Mein Eintreten weckte seine Lebensgeister geweckt, denn er wirkte jetzt ziemlich unwirsch. Er sah mir fest in die Augen, vermutlich, um mir zu versichern, dass er schon klarkommen würde, da spürte ich, wie mir alle Farbe aus dem Gesicht wich. Vor Schreck erstarrte ich und er mit mir.

»Was ist?«, fragte er irritiert. Seine Stimme klang nach wie vor gepresst, als müsse er sich um jedes Wort bemühen.

»Deine Augen«, flüsterte ich. »Es ist, als würde die Magie eine Art Strudel bilden und sie in dich hineinziehen.«

Augenblicklich schloss er die Augen und verbarg sein Gesicht unter einer Hand. »Es ist egal«, antworte er. »Jetzt geh!«

»Träum weiter«, erwiderte ich stur. Als ich nach ihm greifen wollte, schlug er meine Hand grob zur Seite.

»Lass mich«, herrschte er mich an. Er hatte dabei die Augen nur ein kleines bisschen geöffnet, doch ich sah dennoch das Funkeln. Es sah unheimlich aus.

»Deine Ohren bluten«, stellte ich fest. »Ich gehe nirgendwo hin.«

»Ich will nicht, dass du mich so siehst. Geh!«

»Wie soll ich dich denn sehen? Ich sehe hier nur einen jungen Mann, der zu blöd ist, um sich helfen zu lassen.« So langsam wurde ich ärgerlich, was sicherlich daran lag, dass ich mir im Grunde meiner Seele große Sorgen machte. Sobald ich Angst bekam, kompensierte ich das mit Wut.

Er atmete zitternd ein und stemmte sich etwas hoch. Erst jetzt roch ich den scharfen Blutgeruch, der von ihm ausging. Der Gestank sickerte ihm aus jeder Pore. Mein Herz setzte ein paar Schläge aus und ich erstarrte.

Er deutete meinen Blick richtig, denn er nickte grimmig. »Ganz genau, Inea. Du solltet lieber gehen. Ich könnte gleich gefährlich werden.«

»Ich gehe nirgendwohin«, erwiderte ich fest. Nach außen hin versuchte ich, mich gelassen zu geben, doch innerlich war ich zutiefst verunsichert. Ich war wirklich nicht scharf darauf, dem Monster in ihm noch einmal zu begegnen.

Um abzulenken, deutete ich auf ihn. »Dein Hemd kokelt vor sich hin.«

Er tastete an seiner Brust herum, fand den kleinen Schwelbrand und klopfte ihn aus. »Das ist die Feuermagie, die auf meiner Haut tanzt«, murmelte er. »Was denkst du, warum ich hier in der Wasserrinne rumliege.«

Tatsache. »Das ist eiskalt«, sagte ich entsetzt.

»Das ist mein geringstes Problem«, stellte er trocken fest. Sein Kopf sackte wieder zu Boden. Er hatte eindeutig nicht mehr die Kraft, ihn oben zu halten.

Ich rutschte näher und strich ihm vorsichtig eine Haarsträhne aus dem Gesicht. Sie war genauso nass wie der Rest seines Körpers.

»Was kann ich tun, damit es dir besser geht?«, fragte ich leise. »Außer natürlich, dass ich gehen soll. Das werde ich nicht tun. Ganz bestimmt nicht.«

Er seufzte leise und nickte nach einem Moment des Nachdenkens ganz leicht. »Dann mach dich nützlich und zieh mir das verdammte Hemd aus.« Er deutete auf den Stoff, der an den verschiedensten Stellen bereits wieder vor sich hin schmurgelte.

Ich war in dieser Sekunde einfach nur froh, dass ich bleiben durfte. Ja, es konnte gefährlich werden. Ja, ich war mir nicht sicher, wie sehr sich Eamon unter Kontrolle hatte, aber ich konnte ihn hier nicht einfach liegen lassen. Hastig stand ich auf, holte das Rasiermesser und zerschnitt das zerfledderte Hemd, bis ich es ihm vom Oberkörper ziehen konnte.

Als mein Blick auf seine nackte Brust fiel, erschauderte ich unwillkürlich. Die Haut war feuerrot und geschwollen. Der feine Schweißfilm hingegen schillerte in allen Farben des Regenbogens.

»Hast du eine Idee, was los ist?«, fragte ich, während ich mich daranmachte, ihm die klatschnassen Schuhe von den Füßen zu ziehen.

»Das Magiegemisch im Raum war zu viel für mich. Zuletzt ging es mir so dreckig, da bin ich gerade Fy-Riad geworden und habe die Magie des Schlosses übernommen. Sobald fremde Magie in deinen Körper eindringt, ist das so, als würden sich deine Knochen verschieben. Es tut höllisch weh.«

Das konnte ich gut nachempfinden, denn jedes Kind musste diese Verwandlung überstehen. Bei den Arven erwachte die Magie im Alter von sechs Jahren, was überhaupt nicht lustig war. Viele Kinder lagen gut einen Monat fiebernd im Bett, die schwächeren starben. Ich konnte mich noch heute an die Schmerzen erinnern, als sei es gestern gewesen. So etwas wünschte ich niemandem.

»Wir legen die Kinder in kaltes Wasser, wenn es zu schlimm wird«, überlegte ich laut und sah die Badewanne nachdenklich an.

»Deshalb liege ich hier in der Rinne.« Mit einem Ächzen drehte sich Eamon auf die Seite und lag jetzt mit dem Rücken im Wasser, starrte zur Decke hinauf. »Ich fühl mich echt beschissen«, stellte er fest.

»Je stärker die Magie, desto heftiger der Schmerz«, sagte ich mitfühlend. Ich hätte ihn gerne berührt, um ihm zu zeigen, dass ich für ihn da war, allerdings wusste ich, dass jede Berührung fies wehtat. Also behielt ich meine Finger bei mir und starrte auf ihn nieder.

Für den Moment war er ganz zufrieden damit, einfach nur still dazuliegen und zu atmen. Da mir nach einer Weile die Beine vom Knien wehtaten, lehnte ich mich neben ihn an die Wand und wartete mit ihm darauf, dass es besser wurde. Aus Erfahrung wusste ich, dass es keine Medizin gab, die den Schmerz lindern konnte. Ich konnte ihn höchstens davon ablenken.

Also erzählte ich ihm, was der Küchenrat wegen der Jeal vorgeschlagen hatte. »Kennst du die ehemalige Königin?«, fragte ich ihn.

»Sie ist ziemlich herrisch, aber in Ordnung«, antwortete er mit einiger Verzögerung. »Allerdings ist sie nicht besonders gut auf mich zu sprechen. Ich habe ihren Mann getötet.«

Verdammt. Daran hatte ich nicht gedacht.

Ich seufzte tief und starrte den Fleck an der Decke an, den er ebenfalls fixierte. »Also können wir Friedensgespräche mit den Jeal vergessen.«

»Definitiv.«

Wir schwiegen eine Weile, bis sich Eamon mit einem leisen Schnaufen auf die Seite drehte, um mich ansehen zu können. »Es tut mir leid, dass ich hier wie ein Käfer auf dem Rücken liege und eine erbärmliche Figur abgebe. Eigentlich hatte ich heute vorgehabt, Geschichte zu schreiben.«

Ich verdrehte die Augen. »Jetzt hör schon auf, dir Sorgen darüber zu machen, was ich über dich denke. Dir geht es scheiße, da sieht man eben nicht aus wie ein Held. Ist doch total egal. Und Geschichte hast du schon reichlich geschrieben. Du hast eine drei Jahre währende Belagerung beendet.«

Er musterte mich aus seinen unheimlichen Augen und drehte sich schweigend wieder auf den Rücken. Ich sah Blut in der Rinne davonfließen. Sein Ohr bereitete Probleme.

»Die Magie reißt gerade an mir, heftiger als je zuvor«, grummelte er. »Es ist, als ob das Magiegemisch im Raum sie aufgeputscht hat. Mich gegen sie zu stemmen, immer und immer wieder, zerreißt mich innerlich. Meine Gedanken verwischen, die Realität verschwimmt. Ich habe Angst davor, was passiert, sollte ich mich ergeben. Die Schmerzen würden dann vergehen, da bin ich sicher, aber in was für ein Wesen verwandele ich mich dann?«

Ich dachte lange nach, zögerte. »Solltest du beschließen, es herausfinden zu wollen, dann sag mir Bescheid. Ich möchte dann nicht in deiner Nähe sein.«

Er warf mir einen finsteren Blick zu, der voller Gram war. Ich rutschte noch etwas näher, bis er seine Hand in meinen Schoß legen und nach meinen Fingern angeln konnte. Ich hielt ihn fest und drückte ihm einen kurzen Kuss auf die Haut. Sie war so heiß, dass es schon unangenehm war, sie anzufassen.

»Ich weiß, es ist nass und ungemütlich, aber könntest du dich kurz zu mir legen?«, fragte er leise. Ich zögerte einen Moment, wog die Gefahr ab. Schließlich gab ich mir einen Ruck und ließ mich neben ihn auf die Seite fallen, rutschte zu ihm hinüber.

Sein Körper war heiß, während der Stein unter mir kalt und nass war. Ich schauderte, drückte mich aber trotzdem an ihn. »Das tut dir doch nur weh«, gab ich zu bedenken.

Er legte einen Arm um mich und zog mich an sich. »Das ist es wert.«

Wir lagen bestimmt vier Stunden im eiskalten Wasser. Ich fror ganz erbärmlich, während die Seite, die seinen Körper berührte, von der Hitze gefühllos wurde. Ich verbrannte mich sogar an ihm. Irgendwann hielt ich es einfach nicht mehr aus und löste mich aus der Umarmung.

Er bemerkte es nicht einmal. Schlaff und leblos lag er in der Rinne, während ich vor Verzweiflung die Hände rang. Als er sich nach gut einer weiteren Stunde nicht rührte, rüttelte ich ihn wach, was gar nicht so einfach war. Erst nach zwei kräftigen Backpfeifen kam er wieder zu sich.

»Was ist?«, fragte er irritiert.

»Du stehst jetzt auf und legst dich ins Bett«, erklärte ich mit fester Stimme.

»Das Bett würde nur Feuer fangen«, protestierte er, kämpfte sich dabei allerdings bereits in eine sitzende Position. Ich half ihm und stützte seinen Rücken, während er nach Atem rang.

»Du bist zwar noch heiß, aber nicht mehr brandgefährlich.« Ich hatte mir ein Handtuch geangelt und tupfte vorsichtig seine Haut ab. Vom Wasser war sie ganz aufgedunsen und empfindlich.

»Wenn das hier nicht alles so ätzend wäre, hätte das fast unanständig klingen können«, stellte Eamon fest und gluckste leise. Zumindest funktionierte sein Humor wieder, was man von seinem Gleichgewicht nicht gerade behaupten konnte. Er schwankte, obwohl er lediglich saß.

Da bummerte es an die Tür, die vom Schlafzimmer in den Flur ging. Da ich die Badezimmertür aufgelassen hatte, konnten wir auch gut hören, wer da rief.

»Eamon, ich muss mit dir reden. Sofort. Der Rat geht gerade die Wände hoch, weil du dich mit den anderen Völkern berätst, ohne uns dabeihaben zu wollen. Mach schon auf.« Ich kannte die dunkle Stimme nur zu gut. Braidar verlangte Einlass.

Eamon seufzte tief und barg sein Gesicht einen Moment in den Händen, während er leicht schwankte. Ich hingegen geriet sofort in Panik. »Wie soll ich ihn wegschicken?«, fragte ich aufgebracht.

»Gar nicht. Lass ihn rein.«

»Wenn er dich so sieht, ist es aus«, zischte ich zurück. »Die Fy werden keinem kränkelnden Fy-Riad folgen.«

»Ich bin nicht kränkelnd, sondern kämpfe lediglich mit der Urgewalt in meinem Inneren. Wir müssen es ihm sagen, damit er mir Zeit verschafft. So kann ich nicht vor den Rat. Also lass ihn rein.«

Ich wollte noch weiter protestieren, doch sein Blick war jetzt flehend. Er hatte kaum die Kraft, sich in einer sitzenden Position zu halten, geschweige denn mit mir zu diskutieren.

Ich fluchte leise in meiner Muttersprache, stand aber auf und ging auf die Flurtür zu. Braidar bummerte abermals dagegen.

»Hört schon auf«, fauchte ich ihn an. »Ich lasse Euch ja rein.« Ich zog den Riegel zurück, den ich nach dem Hinausgehen der Ratsmitglieder vorgelegt hatte, und zog die Tür auf. Sofort blickte ich in ein Gesicht, das sich mit den Schatten in Eamons Gesicht durchaus messen konnte. Braidar sah furchtbar aus – und schrecklich wütend.

»Wo ist er?«, fragte er anstatt einer Begrüßung.

»Kommt erst einmal rein.«

Ich ließ ihn an mir vorbeitreten, schloss die Tür und schob den Riegel wieder vor. Braidar beobachtete mich mit angespannter Miene. Er war etwas kleiner als Eamon, dafür hatte er kräftigere Schultern und ein kantigeres Gesicht. Durch das abgeschnittene Ohr und die fehlenden Haare auf der linken Seite sah er stets etwas martialisch aus. Dass seine grünen Augen jetzt auch noch finster blickten, machte es nicht besser.

Trotzdem ließ ich mich nicht einschüchtern. Ich deutete mit dem Kinn auf das Badezimmer. »Er ist da drin.«

Irritiert folgte mir Braidar in den anderen Raum und erstarrte im Türrahmen, als er Eamon sah. Der Fy-Riad hatte sich wieder völlig entkräftet hingelegt und sah seinen Ersten Berater von unten her mit funkelnden Augen an. »Hallo, Braidar«, begrüßte er ihn mit belegter Stimme. »Ihr wolltet einen stärkeren Riad haben – gerade eben verwandele ich mich in einen.«

Braidar kam langsam in den Raum und hockte sich vor Eamon hin, starrte in seine unheimlichen Augen. Eamon erwiderte den Blick. »Du musst mir Zeit verschaffen, um mich zu erholen. Halte den Rat hin.«

»Wie denn? Er verlangt umgehend nach dir – wie immer.«

»Dann denk dir was aus.«

Braidar runzelte die Stirn. »Wenn du mich fragst, sieht das nicht nach einem neuen Magieschub aus, sondern danach, als ob dein Körper versagt. Hör endlich auf, dich gegen die Magie zu wehren. Lass sie zu, dann geht es dir besser.«

Eamon wurde blass und warf mir einen schnellen Blick zu, den sowohl Braidar als auch ich bemerkten. Sofort verdunkelte sich die Miene des Ersten Beraters. »Du musst dein altes Ich hinter dir lassen.«

»Dann werde ich wahnsinnig.«

»Jeder Fy-Riad wird irgendwann wahnsinnig. Wir müssen nur aufpassen, dass du nicht zu wahnsinnig wirst. Die Tul Curragh haben den Moment verpasst – und damit haben sie sich den brutalsten Kriegsfürsten aller Zeiten eingebrockt. Ich würde das für die Tul Dalla gerne vermeiden.« Braidar schnaubte verächtlich. »Mit dem Wahnsinn kommt die Macht und das ist genau das, was einen Fy-Riad ausmacht. Oder ausmachen sollte. Du wirst hingegen bekloppt und bleibst trotzdem schwach – wegen ihr!« Braidar stand abrupt auf und zeigte anklagend mit einem Finger auf mich.

Ich trat einen kleinen Schritt zurück, unsicher, was ich mit diesem Gespräch anfangen sollte. Dass ein Riad stets wahnsinnig wurde, war eine Information, die mich nicht sonderlich überraschte. Ich hatte so etwas bereits befürchtet, immerhin kämpfte Eamon schon lange mit dem Problem.

Es zu ahnen oder es zu hören, war allerdings etwas komplett anderes. Viel Schlimmer war jedoch die Wahrheit, die Braidar zuletzt ausgesprochen hatte.

Er wusste, warum Eamon nicht so stark war, wie er sein sollte – und dass ich daran schuld war.

»Lass Inea da raus«, knurrte Eamon von unten. Seine Miene verdunkelte sich, die Funken stoben jetzt in einem Flammenmeer um ihn herum.

Braidar sah es ebenfalls, denn er trat einen Schritt vom Fy-Riad zurück. Einschüchtern ließ er sich jedoch nicht. »Ich kann dir nicht länger helfen, wenn du es nicht zulässt. Die Magie frisst dich auf, weil du dich gegen sie stemmst.«

»Du kannst dich nur deshalb mit mir unterhalten, weil ich mich gegen sie stemme. Würde ich das nicht tun, wäre ich schon längst ein Monster, das hier alles in Schutt und Asche gelegt hätte.«

»Das ist Unsinn und das weißt du auch. Der Fy-Riad beschützt sein Volk gegen Feinde. Konzentriere dich auf die Tul Curragh und niemand im Schloss kommt zu Schaden.«

»Außer Inea.« Jetzt kam Eamon auf die Knie, zwar schwankend, aber entschlossen. Braidar stellte sich breitbeinig hin, als bereite er sich auf einen Kampf vor.

Ich hingegen warf der Tür in meinem Rücken einen sehnsüchtigen Blick zu, doch Braidar stand zu nahe. Wenigstens hatte ich das Rasiermesser, mit dem ich Eamons Hemd aufgeschnitten hatte. Ich umklammerte es und lauschte mit rasendem Herzen dem Gespräch, das über mein Leben entschied.

»Inea steht zwischen dir und deinem Volk«, schrie Braidar plötzlich mit hochrotem Kopf. »Siehst du das denn nicht?«

»Sie ist das Einzige, was zwischen mir und dem Wahnsinn steht«, entgegnete Eamon nicht minder heftig. Er war mittlerweile auf den Beinen, hielt sich jedoch mit einer Hand an der Wand fest. Sein Körper bebte wie unter Krämpfen. Er atmete tief durch, um sich zu beruhigen. »Braidar«, sagte er jetzt fast flehend. »Du und ich, wir haben schon einen verdammt langen Weg hinter uns gebracht. Ich weiß, dass du, was Inea und mich angeht, anderer Meinung bist, aber kannst du bitte nach einer anderen Lösung suchen, als sie umzubringen? Ich liebe sie. Ja, verdammt, ich gebe es zu. Ich liebe sie. Lass nicht zu, dass der Rat sie tötet oder noch viel schlimmer, dass mich der Rat dazu zwingt, es selbst zu tun.«

Die Stille im Bad war ohrenbetäubend, nur das Rauschen des eiskalten Wassers in der Rinne war zu hören. Wir hielten wohl alle gleichzeitig die Luft an, denn ich vernahm noch nicht einmal Atemgeräusche.

Braidar war aschfahl geworden, was ich irgendwie seltsam fand. Seine Finger waren zur Faust geballt, die Nackenmuskeln angespannt. Wäre er ein Hund oder eine Katze gewesen, hätten sich garantiert auch seine Haare gesträubt. Irgendwie wirkte er, als müsste er gleich kotzen. Mir zumindest war schlecht. Ziemlich schlecht.

Es verging eine ganze Weile, in der niemand etwas sagte. Schließlich drehte sich Braidar langsam zu mir um, warf mir einen glühenden Blick zu. Ich hatte Verachtung erwartet oder puren Hass. Stattdessen meinte ich, Trauer in seiner Miene zu erkennen. Und Schmerz. Tatsächlich wirkte dieser Mann gerade, als hätte man ihm fest mit der Faust in die Magengrube geschlagen.

»Du bist sein Todesurteil«, knurrte er mich an, woraufhin ich zusammenzuckte.

Eamon seufzte tief auf. »Rede keinen Unsinn. Die Wahl zum Fy-Riad war mein Todesurteil. Inea kann nichts dafür. Der Rat bringt mich so oder so um, ob ich Inea liebe oder nicht.«

»Sie muss weg, sonst kann ich weder dich noch sie beschützen. Der Rat hat sie bereits im Visier. Ein Blinder erkennt, dass sie dir den Kopf verdreht hat.«

»Mein Absetzungsverfahren läuft doch ohnehin schon. Sie töten mich auf jeden Fall.«

Braidar wirbelte so heftig herum, dass sogar Eamon erschrocken wirkte, vor allem, weil er auch noch auf ihn zusprang. »Sag so etwas nicht«, schrie er ihn an. »Wenn du dich jetzt aufgibst, ich schwöre dir …« Braidar ballte tatsächlich die Fäuste, als wolle er Eamon schlagen, ließ sie aber abrupt sinken. Seine Schultern sackten nach vorne, und er wirkte plötzlich so müde wie ein Greis. »Der Rat weiß, was er an dir hat. Du bist mächtig und diese Waffe will er nicht verlieren. Dich abzusetzen oder vorzeitig zu töten, wäre schlichtweg Verschwendung.« Jetzt blickte er auf. »Sie werden Inea töten lassen, Eamon. Und bei Gott: Sie haben recht damit. Du musst dich von ihr lösen.«

»Und wie?«

Als Antwort zog Braidar ernsthaft ein Messer aus seinem Gürtel. Sofort spannte sich Eamon an. Seine Haut entflammte, sodass seine Kleidung verbrannte. Er wirkte jetzt mehr denn je wie das Geschöpf, das ich im Innenhof gesehen hatte. Der Gestank im Raum war kaum noch auszuhalten.

Da ich mir gerade nicht mehr sicher war, wer für mich das gefährlichere Wesen im Raum war, hob ich sicherheitshalber die Rasierklinge. Ich würde gewiss nicht kampflos aufgeben, also spannte ich mich an, duckte mich, während mir vor Angst die Galle hochkam.

Braidar, der zwischen uns stand, zog das Messer nicht weiter heraus, sondern erstarrte, als er unsere Reaktion bemerkte. »Das sollte symbolisch sein«, knurrte er. »Ich bin nicht so dumm, hier und jetzt auf Inea loszugehen. Da könnte ich mir auch gleich das Messer selbst in die Brust stoßen.« Er rammte die Klinge zurück in die Scheide und hob die Hände. »Du willst einen alternativen Plan? Zeit, um noch etwas länger an der Macht zu bleiben? Dann musst du den Sohn des Königs aus dem Weg schaffen. Der Jeal hat den Rat bald rumgekriegt. Entweder wird über Inea höchst offiziell das Todesurteil gefällt oder du wirst schon morgen entmachtet. Ich muss dir nicht erzählen, was das für dich heißt.«

Eamon entspannte sich etwas und kniff die Augen zusammen, musterte Braidar. »Ich kenne diese Miene. Du hast einen Plan.«

»Ja, aber der verschafft uns nur ein klein wenig Zeit und ist nicht ganz ungefährlich.«

»Solange Inea nichts passiert, bin ich dabei.«

Braidar nickte grimmig und deutete auf den schwankenden Fy-Riad. »Tatsächlich beinhaltet er, dass du einen auf sterbenden Schwan machen musst, was dir aktuell nicht schwerfallen sollte. Ich erzähle allen, dass die Magie dich außer Gefecht gesetzt hat, dass du offenbar noch mächtiger wirst als ohnehin schon. Der Rat wird neugierig sein und abwarten wollen. Der Königssohn hingegen will nicht mehr länger warten. Er wird nicht widerstehen können, einen schwachen Fy-Riad aus dem Weg zu räumen. Wenn er dich ohne Erlaubnis angreift, wird sich der Rat erst einmal selbst zerfleischen und du kannst durchatmen. Bist du dabei?«

»Das klingt nach einem ziemlich dämlichen Plan, der irgendwie auch nicht wirklich durchdacht ist«, merkte ich an. Es war mir nur so rausgerutscht, und ich bereute meine Worte Sekunden später, denn jetzt stand ich plötzlich wieder im Mittelpunkt. Während Eamon mir ein schwaches Lächeln gönnte, schnaubte Braidar verächtlich.

»Der andere Plan ist, dich zu töten, es den Tul Curragh in die Schuhe zu schieben und zu hoffen, dass das Monster in Eamon sie aus Rache von der Erde tilgt. Gefällt dir das besser?«

»Gibt es auch einen Plan, in dem weder ich noch Eamon sterben?«

»Nein.«

Bevor Braidar und ich uns in die Haare kriegen konnten, ging Eamon dazwischen. »Ich mache es, Braidar.«

»Gut. Und danach muss Inea verschwinden. Ein für alle Mal.«

Auch dazu nickte Eamon ergeben und vermied dabei meinen Blick.

Der Überfall

Braidar half mir, Eamon aus dem Bad zu bekommen. Der Fy-Riad war nach wie vor wackelig auf den Beinen, bekam aber immerhin wieder etwas Farbe im Gesicht. Ich war jedoch nicht nur wegen seiner Gesundheit besorgt, sondern auch wegen des superdämlichen Planes, den die beiden da zusammengezimmert hatten.

Kaum war Braidar aus dem Zimmer, setzte ich mich auf die Bettkante und sah Eamon scharf an. Der versuchte sich an einem Lächeln, das kolossal misslang. »Jetzt schau nicht so böse, Inea«, sagte er leise. »Lass uns lieber schlafen gehen.«

»Dir ist schon klar, dass Braidar dich als Lockmittel benutzt?«

Eamon antwortete nicht, sondern schnappte mich an meiner Taille und zog mich recht grob neben sich, zwang mich dazu, mich hinzulegen. »Er will uns helfen.« Er umschlang meinen Körper mit den Armen, sodass ich seine nackte Haut, seine Wärme spürte. »Es tut mir leid«, flüsterte er leise.

»Für diesen Schlamassel entschuldigst du dich, aber nicht dafür, dass du mir ein Messer an die Kehle gehalten hast?«, erwiderte ich bockig, doch innerlich wurde ich bereits schwach.

»Ich entschuldige mich dafür, dass dich meine Liebe in Gefahr gebracht hat. Ich wünschte, es wäre anders.«

Ich drehte mich in seinen Armen und sah ihn an. Seine Augen lagen tief in den Höhlen, er sah erschöpft und müde aus. »Wir schaffen das schon irgendwie«, erklärte ich mit mehr Zuversicht, als in meinem Herzen war.

Er sah natürlich, dass ich uns selbst belog. Trotzdem ging er darauf ein und lächelte. »Wenn morgen der Rat hier auftaucht – und das wird er –, musst du eine schauspielerische Glanzleistung hinlegen. Ich werde reglos hier liegen und wie tot aussehen. Du musst ganz die verzweifelte Dienerin sein.«

»Dienerin oder Geliebte?«

»Ich glaube, die Karten liegen ohnehin offen auf dem Tisch. Du darfst dir aussuchen, was du gerne sein möchtest.«

Als es am nächsten Morgen an der Tür klopfte, straffte ich mich. Eamon lag im Bett und wirkte tatsächlich wie tot. Seine Haut war grau, was sicherlich nicht gespielt war, aber darüber konnte ich mir gerade keine Sorgen machen.

Ich öffnete und Braidar stand vor mir. Hinter ihm sah ich Aatu und mehrere Jeal, die überaus fein gekleidet waren und mit ihren blasierten Mienen einen völligen Kontrast zu meinen aufgewühlten Gefühlen zeigten. Ich hätte ihnen am liebsten ins Gesicht gespuckt.

Weil das nichts gebracht hätte, trat ich schweigend zur Seite und ließ sie hinein. Zu meinem Entsetzen kam Dakim als Letzter hinein. Der bullige Krieger mit den schrecklichen Brandnarben im Gesicht warf mir nicht einen Blick zu, sah sich jedoch äußerst interessiert im Raum um. Die anderen waren bereits im Schlafzimmer angekommen und starrten Eamon an, der so tat, als würde er von alldem nichts mitbekommen.

»Ist er tot?«, fragte ein Jeal. Er hatte eine überraschend hohe Stimme.

»Nein. Er braucht nur Zeit, um sich von dem erneuten Magiestoß zu erholen«, antwortete Braidar. Es war erschreckend, wie leicht ihm die Lüge über die Lippen kam. Fast hätte ich ihm selbst geglaubt.

»Er sieht tot aus«, protestierte der Jeal, machte einen Schritt vor und reckte den Hals. »Wir sollten ihn sofort töten, solange er hier so hilflos liegt.«

»Hilflos ist das Stichwort. Wir Fy töten keinen Mann, der im Magiefieber liegt. Das ist unehrenhaft«, widersprach zu meiner Überraschung Aatu.

»Ich bin mir sicher, das wirst du bald bereuen. Was immer gerade in ihm vorgeht – es ist der Anfang vom Ende. Schon bald wird er mächtig und wahnsinnig sein. Das sollte allen hier im Raum klar sein.«

»Es geht ihm bald wieder besser«, mischte ich mich unwillkürlich ein. Warum ich das tat, war mir vollkommen schleierhaft. Vielleicht kam da die Rebellin in mir zum Vorschein. Sofort drehten sich alle Anwesenden zu mir um. »Er ist auch nicht wahnsinnig. Nur ein wenig durcheinander.«

Bevor ich noch mehr sagen konnte, fühlte ich eine große Hand, die sich brutal in meinen Nacken grub. Ich wurde herumgewirbelt und durch die Schlafzimmertür ins Wohnzimmer geschleudert. Dort schlug ich hart auf, stemmte mich aber sofort auf ein Knie hoch und funkelte meinen Angreifer böse an. Es war Aatu, der sich drohend im Türrahmen aufgebaut hatte.

»Wag es ja nicht, dich noch einmal in die Angelegenheiten des Rates einzumischen, Weibsbild«, herrschte er mich an.

Ich sprang wütend auf die Beine, bereit, um meinen Platz an Eamons Seite zu kämpfen, da fiel mein Blick auf Braidar, der fast unmerklich mit dem Kopf schüttelte. Sofort ließ ich die Schultern hängen und mein Protest erstarb. Ich drehte mich um und ließ mich steif auf dem Sofa nieder, um mit klopfendem Herzen zu warten.

Aatu machte Anstalten, die Tür zu schließen, doch letztlich war ihm das wohl doch zu viel Arbeit. Er ließ sie offen und drehte mir den Rücken zu.

»Also? Was machen wir jetzt mit ihm?«, fragte Braidar über das unbehagliche Schweigen hinweg.

»Wir warten zunächst ab. Zur Sicherheit sollten wir uns aber auf einen neuen Anführer einigen«, bestimmte Aatu.

Ich hörte zustimmendes Gemurmel. Selbst der Jeal ließ sich darauf ein. Einer nach dem anderen kam zurück in das Wohnzimmer und verschwand aus meinem Blickfeld. Aatu warf mir noch einen ärgerlichen Blick zu. Einzig Braidar blieb kurz neben mir stehen.

»Du solltest unauffällig sein«, herrschte er mich an.

Ich nickte mit gesenktem Kopf und wartete, dass er endlich verschwand. Kaum war die Tür hinter ihm ins Schloss gefallen, sprang ich auf und lief zu Eamon. Der blinzelte mir zu und bedeutete mir, nicht mit ihm zu sprechen.

Ich verstand. Den Rest des Tages saß ich steif und ängstlich neben ihm. Er schlief, genau wie das Monster in ihm, was ihm sicherlich guttat. Die Funken auf der Haut sprühten dennoch vor sich hin, umtanzt von ihren eigenen Schatten, was ein unheimlicher Anblick war. Es sah aus, als krabbelte etwas Lebendiges auf Eamon herum.

Es klopfte.

Da ich annahm, dass Braidar noch einmal mit mir schimpfen wollte, stand ich auf, ging ins Wohnzimmer und schob den Riegel zur Seite. Dass ich mich geirrt hatte, erkannte ich nur wenige Sekunden später. Ein mir unbekannter Mann kam hinter der Tür zum Vorschein. Seine Hand schoss nach vorne, packte zielgerichtet meine Kehle, drückte zu.

Bevor ich schreien konnte, hatte er mich bereits herumgewirbelt und ein Messer schnitt mir in die Haut. »Ein Laut von dir und du bist tot«, zischte er mir ins Ohr. Das Fehlen der Magie zeigte mir sofort, dass er ein Jeal sein musste.

Hinter ihm hatte ich noch vier oder fünf weitere Männer gesehen, bevor mich der Fremde gepackt hatte. An seine Brust gepresst, schob er mich in den Raum, sodass der Rest seines Gefolges hineinkonnte.

Ich versuchte klar zu denken, was mit einem Messer am Hals gar nicht so einfach war. »Denk nicht mal daran, dich losreißen zu wollen. Ich schlitze dir die Kehle auf, bevor du auch nur zucken kannst«, warnte er mich. »Wohin?«, fragte er die anderen.

»Er liegt hinter der offenen Tür rechts«, antwortete eine ungewöhnlich hohe Stimme. Ich erkannte sie sofort. Der Jeal aus dem Rat.

Meine Angst wandelte sich in Wut und ich drehte meinen Kopf etwas, um hinter mich zu sehen. Mein Entführer reagierte mit einem leichten Schlag gegen meine Wange. »Vorwärts«, befahl er mir und schob mich zum Schlafzimmer.

Braidars genialer Plan ging scheinbar tatsächlich auf. Fragte sich nur, ob ich die Sache überleben würde. Offenbar wollte der Jeal aus dem Rat selbst Jeal-Riad werden, vielleicht wollten sie Eamon aber auch einfach nur aus dem Weg schaffen.

Im ersten Moment weigerte ich mich, weiterzugehen, doch der Jeal war kräftig und ziemlich brutal. Er packte meine Haare und mein Genick und verstärkte den Druck auf mein Kinn. Mit dem Körper zwang er mich zu laufen.

Die Gruppe betrat das Schlafzimmer. Eamon lag völlig reglos auf dem Bett, tat so, als registriere er nicht einmal die Todesgefahr, in der er schwebte. Auch dem Jeal wurde das klar, denn er schnaubte verächtlich. »Den Fy-Riad, über den sich hier alle das Maul zerreißen, hatte ich mir irgendwie bedrohlicher vorgestellt«, stellte er spöttisch fest.

»Halt deine Klappe. Ihr zwei da, geht rüber zu ihm und seht nach, ob er bewaffnet ist.«

»Der ist völlig weggetreten«, brummte einer der Angesprochenen. Zwei Jeal traten an mir vorüber und machten die paar Schritte hinüber zum Bett. Einer beugte sich vor und schlug das Laken fort, in das ich Eamon gehüllt hatte.

»Nackt und bereit, ein Messer ins Herz gestoßen zu bekommen. Ihr könnt gefahrlos herüberkommen.«

Der Jeal mit der hohen Stimme tauchte in meinem Blickfeld auf. Ich wehrte mich verbissen. »Nein«, schrie ich verzweifelt. Wenn, dann musste meine Verzweiflung auch echt wirken. Der Mann, der mich festhielt, rammte mir als Antwort ein Knie zwischen die Beine und stieß mir das Messer mit dem stumpfen Ende ins Gesicht. Ich stöhnte, als meine Nase zu bluten begann und ein scharfer Schmerz durch den Unterleib zischte. »Noch mal so eine Nummer und es ist die Klinge, die dein hübsches Näschen trifft!«

Ich versuchte ihn zu treten, doch er wich mir spielend leicht aus. Da er mich allerdings nicht sofort töten wollte, legte er mir jetzt anstatt des Messers einen Arm um die Kehle und drückte fest zu. Ich kämpfte noch etwas mit ihm, doch schon bald ging mir die Luft aus.

Der Anführer der Jeal hatte derweil das Bett erreicht und zog ein goldenes Messer aus der Scheide am Gürtel. »So stirbt also der Mörder meines Vaters durch meine Hand«, sagte er grimmig zum Fy-Riad. Er packte die Klinge und hob sie in die Luft, ähnlich wie es Eamon damals in dem Moment gemacht hatte, als er mich hatte töten wollen.

Ich stemmte mich verzweifelt gegen den Griff meines Geiselnehmers, während mir die Tränen über die Wangen liefen. Ich wusste natürlich, dass das alles nicht echt war, trotzdem hatte ich Angst. Die Klinge an meinem Hals war echt, der Schmerz ebenso. Dass unsere Gegner so schnell und so brutal zuschlagen und mich als Geisel nehmen würden, hatte ich nicht erwartet. Was würde Eamon tun? Wie wollte er uns aus dieser Lage befreien?

Zum Sprechen hatte ich längst keine Kraft mehr, trotzdem war ich nicht gewillt, aufzugeben. Sie durften uns nicht besiegen. Sie durften es einfach nicht.

Das Messer sauste hinab – und Eamon warf sich herum. Die Magie im Raum veränderte sich in der gleichen Sekunde. Jetzt schlug mir der überwältigende Gestank von Aas entgegen. Eamon flammte in der gleichen Sekunde auf und wurde zu der Gestalt, die ich auf dem Innenhof gesehen hatte. Ein Wesen aus Feuer und Rauch, das umgehend zum Angriff überging.

Der Anführer der Jeal versuchte zwar noch zurückzuspringen, doch er war zu langsam. Eamons Hand erwischte sein Handgelenk. Der Mann wurde wie von einer gewaltigen Sturmböe herumgerissen und verlor dabei das Messer, das sich jetzt wie durch Zauberkraft in Eamons Hand befand. Der stieß es geradewegs in die Kehle seines Angreifers, zog es sofort heraus und schleuderte es auf den Krieger rechts daneben.

Das Messer traf die Schulter, ließ den Mann schwanken. Er keuchte, schaffte es aber noch, ein Schwert zu ziehen. Bevor er es jedoch schwingen konnte, wirbelte ihn eine unsichtbare Kraft herum. Er stürzte geradewegs in sein eigenes Schwert.

»Hör auf, sonst töte ich sie«, durchschnitt da ein Schrei die Kampfgeräusche. Mein Geiselnehmer drückte mir abermals das Messer gegen die Kehle, verschanzte sich hinter meinem Körper.

Ich bekam wieder Luft und atmete hektisch, sah Eamon aus weit aufgerissenen Augen an. Der war aus der Hocke aufgesprungen und stand wie ein Racheengel auf dem Bett. Von Erschöpfung und Schmerz war nichts mehr zu sehen, wobei ich seine Gestalt auch nur undeutlich ausmachen konnte. Der Nebel verhüllte seine Gestalt unheimlich, die Magie umpeitschte ihn aufgebracht.

Er erstarrte, als er mich in der Gewalt des Jeals sah, hob die Hände.

Der überlebende Jeal direkt am Bett brachte sich mit einem Sprung aus der Gefahrenzone und gesellte sich schwer atmend neben seinen Kumpel mit dem Messer an meiner Kehle.

»Komm runter vom Bett und geh auf die Knie«, befahl der Mann hinter mir. Als Eamon zunächst nicht reagierte, riss er mir mehrere Haarbüschel aus und fügte mir einen tiefen Schnitt am Kinn zu. Ich wimmerte und brachte vor Angst kein Wort heraus.

»Lass sie los und du wirst einen schnellen Tod haben. Deine Familie wird unbehelligt von mir bleiben«, sprach Eamon. Er wirkte vollkommen ruhig, wenngleich seine Stimme eine Nuance tiefer klang als normalerweise.

»Du bist hier nicht in der Position, um mir zu drohen«, erwiderte der Jeal aufgebracht. »Runter vom Bett!«

Tatsächlich gehorchte Eamon. Er sprang hinunter und blieb davor stehen, hoch aufgerichtet, mit ruhigem Blick und peitschender Magie. Ich sah kein Fitzelchen Erbarmen in seinen Augen. Er war gerade vollgepumpt mit seiner Fy-Magie, bereit, jederzeit zuzuschlagen. Das Monster klopfte gegen seine Schläfe, ich spürte es, genau wie ich wahrnahm, wie er mir entglitt. Die Situation drohte zu eskalieren.

»Nimm den Dolch und stoß ihn dir selbst ins Herz«, ordnete der Jeal an.

Eamon hob als Antwort nur eine Augenbraue. »Für wie dumm hältst du mich? Sie hat dein Gesicht gesehen. Du würdest sie nach meinem Tod niemals leben lassen.«

Was jetzt folgte, erfasste ich nicht so richtig. Der Typ hinter mir wechselte blitzschnell die Position des Messers und zog es mir als Warnung quer über die Brust. Ich schrie und ging vor Schreck ein wenig in die Knie, während Eamon irgendeine Bewegung mit der Hand machte.

Etwas knallte, riss mich von den Füßen. Warme Flüssigkeit spritzte über mich hinweg, umhüllte mich von Kopf bis Fuß. Splitterstücke prasselten auf mich, etwas Hartes und zugleich Weiches hämmerte gegen meinen Rücken.

Bevor ich schreien konnte, erfasste mich eine unsichtbare Macht. Sie schleuderte mich geradewegs aus dem Gefahrenbereich, sodass ich mit ziemlicher Wucht durch den Raum schlitterte und heftig gegen den Kamin donnerte.

»Bleib unten«, rief mir Eamon zu. Ich sah, dass sich in meinem Rücken noch zwei weitere Angreifer befanden. Einer brach gerade in die Knie, über und über mit Blut besudelt, als hätte er darin gebadet. Die anderen versuchten sich vor irgendetwas zu ducken – und explodierten einfach. Ich kreischte und bedeckte meinen Kopf mit den Armen, rollte mich zu einer Kugel zusammen, duckte mich. Erst als es vollkommen still im Raum geworden war, wagte ich es, vorsichtig aufzublicken.

Ich war genau wie der Rest des Raumes mit einer Blutschicht beschmiert. Es tropfte mir von meinen Haaren, rann mir in den Nacken, die Wange hinunter. Zitternd richtete ich mich auf, warf einen Blick dorthin, wo unsere Angreifer einst gestanden hatten. Von ihnen war nichts mehr übrig außer einer blutigen Masse.

Mein Magen drehte sich. Ich erbrach mich geradewegs dort, wo ich saß, zitterte, bebte. Da legte sich eine Hand in meinen Nacken und zog die blutigen Strähnen zurück, damit sie nicht noch dreckiger wurden. Als würde das noch einen Unterschied machen.

»Komm hoch«, sagte Eamon zu mir.

Ich wagte es nicht, ihn anzusehen. Da er sich direkt vor mich gehockt hatte, hüllte mich seine Magie ebenfalls ein. Sie roch so streng, dass ich kaum atmen konnte.

»Was hast du getan?«, flüsterte ich.

Eamon antwortete nicht, sondern zog mich grob auf die Füße. Ich wankte gegen ihn, hielt mich an seiner Schulter fest. Auch sein Körper war rot besudelt, während sein Gesicht überraschend sauber geblieben war. Seine Magie sank langsam in ihn zurück.

Mein Blick fiel auf meine Hände, die so heftig zitterten, als hätten sie ein Eigenleben. Ich starrte sie wie hypnotisiert an, unfähig, einen Gedanken zu fassen.

Überall Blut. So viel Blut.

Eamon schüttelte mich. »Inea, sieh mich an«, sagte er. Er nahm mein Gesicht zwischen seine Hände und zwang mich, meinen Blick loszureißen. »Du musst die Zehen bewegen, lass dich nicht in den Schock fallen. Bleib stark. Komm!«

Er zwang mich, mich umzudrehen und dirigierte mich recht grob zum Badezimmer. Meine Füße hinterließen rote Flecken auf dem Boden, mein Kleid tropfte. Kaum waren wir im Bad angekommen, ging Eamon an mir vorüber und hantierte mit dem Wasser herum. Er leitete es irgendwie um. Sekunden später prasselte ein kleiner Wasserfall die Wände hinunter. Es sah hübsch aus, war aber eiskalt.

Eamon kam zu mir zurück und zog mir mit ruckartigen Bewegungen das Kleid aus. Seine Züge waren so angespannt, dass sein ganzes Gesicht irgendwie fremd aussah.

Nachdem er mich entkleidet hatte, zog er mich einfach zum Wasserfall und zwang mich darunter. Es war überraschend warm, dennoch zitterte ich, dass die Knochen stöhnten.

»Mach die Augen zu. Ich wasch es ab.« Mit einem Mal klang er wieder recht sanft. Er strich mir über die Augen, damit ich sie zumachen musste, und ich überließ mich seinen Händen. Schweigend wusch er mir die Haare, verschwand kurz, danach roch ich Seife. Gleichzeitig wurde das Wasser wärmer.

»Sie wollten dich wirklich töten«, sagte ich tonlos.

»Ich weiß.«

Ich öffnete ein wenig die Augen und schloss sie hastig wieder. Auch von seinen Haaren floss rotes Wasser hinunter. Unwillkürlich fing ich noch heftiger an zu zittern.

Eamon bemerkte das natürlich und nahm mich fest in die Arme. »Es tut mir leid«, sagte er leise.

»Sie kleben an mir dran«, antwortete ich mit klappernden Zähnen. »Was hast du mit ihnen gemacht?«

Eamon wollte offenbar nicht darüber reden und beschäftigte sich stattdessen weiter mit dem Blut an meinem Körper. Ich hingegen musste dringend über das sprechen, was ich erlebt hatte. »Du hast sie von innen heraus explodieren lassen.«

»Denk nicht daran.« Jetzt klang er deutlich unwirscher, seine Bewegungen wurden gröber.

»Aber …«

»Inea, hör auf!«, fuhr er mich an. »Sie haben ihr Schicksal selbst gewählt, als sie meine Räume betraten.«

Ich verstummte und sah ihm reglos dabei zu, wie er meine Arme mit Seife einrieb. »Du wirkst verändert«, sagte ich, da ich die Stille nicht ertrug. »Ich wünschte, wir hätten uns niemals auf diesen dämlichen Plan eingelassen.«

Er hörte kurz auf, meine Arme zu schrubben, und sah mich an. »Wir mussten das tun. Jetzt habe ich die Jeal in der Hand.«

»Du hast ihnen eine miese Falle gestellt.«

»Im Krieg und in der Liebe ist alles erlaubt.« Er seufzte und legte mir die Arme um die Schultern, vergrub von hinten seine Hände in meinen nassen Haaren. »Mir ist nur gerade etwas klar geworden, was ich bisher ignorieren wollte. Sie haben dich als Geisel genommen.«

»Sie wollten dich töten, nicht mich.«

»Dennoch haben sie dich als Schutzschild verwendet, um mich zu bezwingen.«

Ich ahnte, was jetzt kommen würde, und meine Augen füllten sich mit Tränen. »Nicht, Eamon. Tu das nicht. Schick mich nicht fort.«

Er nahm mein Gesicht in seine Hände. Ich blinzelte, da mir das Wasser in Sturzbächen das Gesicht hinunterrann, vermischt mit meinen Tränen. »Ich muss, Inea. Die Jeal haben eine Grenze überschritten. Sie haben genau gewusst, was du mir bedeutest, sonst hätten sie dich sofort getötet. Du bist ab jetzt nicht mehr sicher.«

Ich schluchzte leise auf und schüttelte hektisch den Kopf. »Ich bin noch genauso in Gefahr wie vor ein paar Stunden. Nichts hat sich geändert, nur dass uns die Gefahr jetzt bewusster geworden ist. Es gab sie schon die ganze Zeit.«

»Das stimmt – und ich war ein Narr, diese Tatsache zu ignorieren.«

»Aber jetzt haben wir uns doch Zeit verschafft. Alles wird gut«, versuchte ich es mit einer Taktikänderung.

Eamon schüttelte lediglich den Kopf und zog mich heran, um mir einen Kuss auf die Stirn zu drücken. Das Wasser war mittlerweile wieder eiskalt. Er hatte nicht mehr daran gedacht, es magisch zu erhitzen.

»Ich hole dir eben schnell trockene Sachen und informiere Dverga oder Eeon. Versuch, dich so gut es geht zu säubern.« Er gab mir die Seife in die Hand, doch ich ließ sie einfach zwischen meinen Fingern hindurchgleiten, griff nach ihm.

Mit aller Kraft zog ich ihn zu mir heran, um meine Lippen fest auf seine zu pressen. Gleichzeitig drückte ich mich an ihn, als wolle ich mit ihm verschmelzen. Ich spürte seine Muskeln an der nackten Brust. Mir war absolut klar, dass es keinen Moment der Ruhe mehr zwischen uns geben würde, sobald er seinen Freunden Bescheid gesagt hatte.

Er machte in der ersten Sekunde Anstalten, mich von sich zu drücken, doch dann glitt meine Zunge in seinen Mund. Er seufzte leise, als meine Hände seinen Rücken umfingen, hinunter zu seinem Po glitten. Sofort reagierte er auf meine Berührungen. Er umschlang mich fester, zog mein Bein an seiner Hüfte hoch und drehte mich mit einem Ruck zur Wand, sodass ich mit dem Rücken dagegenlehnte. Ich spürte ihn zwischen meinen Beinen und sehnte mich nach mehr, da durchbrach ein Ruf unsere Leidenschaft.

»Eamon, verdammte Scheiße, was ist das denn für ein Gemetzel?«

Braidar.

Sofort ließ Eamon von mir ab, als sei ein Blitz in ihn gefahren. Schwer atmend drehte er sich fort, zurück unter die eiskalte Dusche, sammelte sich. Dabei öffnete und schloss er immer wieder die Hände, als ob er mit sich ringen würde. Ich stand stocksteif an der Wand gelehnt und fühlte mich verlassener denn je.

»Bleib hier«, befahl er mir, ohne mich anzusehen. Er trat aus dem Wasserfall hervor und bückte sich nach einem Laken, das ich irgendwann in der Nacht hier hatte liegen lassen. Er wickelte es sich achtlos um die Hüften und verließ das Badezimmer.

Ich sank einfach an der Wand zu Boden und vergrub meinen Kopf an meinen Knien.

Es war aus, da war ich mir sicher. Er würde sich nicht davon abbringen lassen, mich fortzuschicken. Eigentlich sollte mich das erleichtern, immerhin hatte er mir eindrucksvoll vor Augen geführt, was er alles konnte. Er war ein gefährlicher Mann, unbeherrscht und kriegerisch. Aber er war auch Eamon.

Der Mann, in den ich mich unsterblich verliebt hatte. Als ich mir das zum ersten Mal in voller Tragweite eingestand, stöhnte ich laut auf und vergrub die Stirn an meinen Knien.

Was für ein Schlamassel.

Von draußen hörte ich, dass Braidar und Eamon einige Worte wechselten. Es klang weder freundlich noch wütend, sondern eher geschäftsmäßig. Ein paar Minuten später kehrte Ruhe ein. Anscheinend war Braidar gegangen.

Die Badezimmertür ging auf und Eamon tauchte auf. »Hier hast du Kleider. Zieh dich bitte an, aber bleib hier drin. Wir räumen erst noch auf.«

Ich nickte mechanisch und wartete, bis er wieder verschwunden war. Danach stellte ich mich unter den Wasserfall, um mir die letzten Blutreste abzuwaschen.

Die nächsten Stunden waren sehr seltsam. Ich war irgendwie im Badezimmer eingesperrt, denn das Schlafzimmer war derzeit von Fy übervölkert. Ich hörte viele Stimmen, die alle durcheinandersprachen. Ab und zu meinte ich, Eamon herauszuhören. Da er von mir verlangt hatte, hier drin zu bleiben, traute ich mich nicht hinaus. Mitten in einer Horde aufgebrachter Fy zu stehen, war nicht besonders erstrebenswert.

Ich brauchte ein wenig, um den rauschenden Wasserfall abzuschalten. Es war ein ausgeklügelter Mechanismus, der das Wasser so umleitete, dass es aus einer kleinen Öffnung oben in der Wand hervorsprudelte. Wie es die Höhe hinaufschaffte, war mir schleierhaft. Vielleicht gab es eine versteckte Pumpe, die ich nicht erkennen konnte.

Sobald der Wasserfall nicht mehr rauschte, entspannte ich mich ein wenig. Die Ohren hatten mir bereits von dem Tosen geklingelt. Ich hockte mich in eine Ecke, möglichst weit weg vom Abort, und wartete schweigend.

Noch nie waren die Stunden so zäh verronnen.

Als die Tür endlich aufging, war ich tatsächlich auf dem Boden eingekringelt weggedöst. Sofort fuhr ich hoch und sprang auf die Füße. Dverga stand dort und sah mich traurig an.

»Komm heraus, Mädchen. Eamon ist erst einmal weg, sodass wir einen Moment ungestört vor den Fy sind. Er hat mich als deine Wache abkommandiert.«

Ich trat langsam auf ihn zu und erlaubte ihm, meine Hand zu drücken. Gemeinsam gingen wir zum knisternden Feuer, in dem Fluh aufgeregt herumturnte.

Die Männer hatten ganze Arbeit geleistet. Die Toten waren fort, der Boden gewischt. An der Wand und an den Rändern sah ich noch etwas Blut und irgendwer hatte die Matratze entsorgt, die sicherlich nicht mehr zu retten gewesen war. Auch die Teppiche waren verschwunden.

Ich bemühte mich, nicht zu genau hinzusehen und fixierte stattdessen meinen Winddrachen. »Alles okay mit mir«, sagte ich zu Fluh. Sie zischte mich an, was ich sogar über die magische Barriere hinweg hören konnte. Mit müden Knochen setzte ich mich so dicht vor den Kamin, dass ich mich gerade nicht verbrannte. Dverga legte mir eine dicke Decke über die Schulter und hockte sich neben mich, starrte mit mir ins Feuer.

»Er will, dass wir schon morgen aufbrechen, aber so schnell geht das nicht«, durchbrach Dverga meine Grübeleien. »Ich darf nicht einfach so verschwinden. In ein oder zwei Tagen kann ich bestimmt erreichen, dass ich einen angeblichen Auftrag außerhalb der Mauern erhalte, dann können wir gehen.«

Ich nickte, weil er es von mir erwartete.

»Ich weiß, dass du nicht wegwillst, Inea. Wir wollen auch nicht, dass er dich fortschickt, aber da lässt er nicht mehr mit sich reden. Eeon versucht gerade freizubekommen. Vielleicht kann er dich morgen zu deinen Eltern begleiten.«

Ich schniefte und kämpfte abermals mit den Tränen. Trotzig wischte ich sie mir fort, bevor sie fließen konnten. »Und was wird aus Eamon, wenn ich weg bin?«

Dverga starrte ins Feuer, zuckte schließlich mit den Schultern. »Er versinkt vermutlich wieder in seiner Magie, was für ihn natürlich grässlich ist, für den Rest von Tul Dalla … ich weiß nicht … ist das vielleicht auch ganz gut. Möglicherweise ist es wirklich an der Zeit, dass der Fy-Riad den Tul Curragh in den Hintern tritt und uns befreit. Ich frage mich nur, ob wir dann nicht einen noch viel gefährlicheren Gegner haben – und der heißt Eamon. Bei einer Sache bin ich mir aber sicher: Hier ist es definitiv zu unsicher für dich.«

»Völliger Blödsinn.«

»Jetzt schimpf mich nicht aus. Es ist, wie es …«

Es klopfte an der Tür, diesmal an der Schlafzimmertür. Sofort versteifte ich mich. Dverga war bereits auf die Füße gesprungen und hatte einen kleinen Dolch gezogen. Er legte einen Finger auf den Mund, um anzuzeigen, dass ich still sein sollte.

Ich nickte und kam ebenfalls auf die Beine. Mein Freund, der Schürhaken, stand immer noch an seinem Platz. Ich schnappte ihn mir und wartete mit angehaltenem Atem.

Es klopfte abermals. »Bitte, Lady Inea, ich weiß, dass Ihr da drin seid. Lummia und Anra schicken mich.«

Dverga warf mir einen fragenden Blick zu, den ich nur mit einem Schulterzucken beantworten konnte. Er schüttelte den Kopf, während ich mich bereits der Tür näherte.

»Inea«, zischte der Puk aufgebracht, als ich die Hand hob, um sie auf die Türklinke zu legen. Kurz bevor ich sie aufzog, hatte er sich mit einem Satz hinter dem Vorsprung des Kamins außer Sicht gebracht. Natürlich. Ihn durfte hier niemand sehen.

Ich öffnete die Tür einen Spalt und knallte sie sofort wieder zu, sobald ich die Gestalt auf der anderen Seite gesehen hatte. Ich kannte sie nicht, aber ein Blick hatte gereicht. Es war eine Jeal.

Die Frau vor der Tür seufzte leise, als sie meine Reaktion bemerkte. »Ich weiß, dass Ihr keinen Grund habt, mir zu vertrauen. Dennoch bitte ich Euch inständig, mich anzuhören. Ihr seid die Einzige, die noch bereit wäre, mit mir zu sprechen.«

»Wer seid Ihr?«, fragte ich.

Sie zögerte einen Moment. Es schabte kurz an der Tür, als hätte sie sich dagegengelehnt. »Ich bin Nooa, die ehemalige Frau des Jeal-Riad. Mein Sohn ist heute in diesen Räumen gestorben.«

Ich hatte sicherlich mit vielem gerechnet, aber damit nicht. Mir klappte vor Überraschung der Unterkiefer herunter. Das Schweigen zog sich daraufhin in die Länge, während ich etwas hilflos ein paar Schritte zurückging und Dverga fragend ansah. Der war ebenfalls hervorgekommen und starrte die Tür wie eine Erscheinung an.

Lautlos fragte ich ihn, was ich jetzt machen solle, doch er gestikulierte lediglich wild mit den Händen, was ich nicht wirklich enträtseln konnte.

»Der Fy-Riad lässt gerade die Führungselite der Jeal festnehmen«, sprach da die ehemalige Königin weiter. »Sobald man mich hier entdeckt, wird man mich in den Kerker werfen. Bitte, Inea, macht die Tür auf. Wir müssen reden!«

»Wollt Ihr mir genauso an die Kehle wie Euer Sohn?«, fragte ich finster.

»Mein Sohn war ein Dummkopf, blind vor Hass auf die Fy. Dass mein Mann freiwillig sein Leben gab, um sein Volk zu retten, hat er nie verstanden. Er wollte Eamon tot sehen und wählte den falschen Weg.«

»Das war keine Antwort auf meine Frage.«

Sie seufzte. »Damit wollte ich sagen, dass ich weder Euren noch den Tod des Fy-Riads erreichen will. Ich suche nur einen Weg, damit es nicht zu einem offenen Krieg zwischen den Fy und den Jeal kommt. Bitte, Inea!«

Dverga und ich wechselten einen nachdenklichen Blick. Er schien noch unschlüssig zu sein, doch ich hatte mich längst entschieden.

»Kommt zur Tür, die ins Wohnzimmer führt. Das ist die Tür direkt links neben Euch. Ich öffne sie«, sagte ich mit fester Stimme und stapfte bereits Richtung Verbindungstür. Dverga sprang sofort an meine Seite und hielt mich auf.

»Was hast du vor?«, wisperte er aufgebracht.

»Mit ihr reden«, erwiderte ich ebenfalls im Flüsterton. »Aber damit sie dich nicht sieht, muss sie ins Wohnzimmer. Außerdem will ich nicht, dass sie das Blut an den Wänden sieht.«

»Wie nobel von dir. Und was ist, wenn sie dir einen Dolch zwischen die Rippen schieben will?«

»Das soll sie mal versuchen.« Ich schwang drohend meinen Schürhaken, mit dem ich mich wirklich erstaunlich sicher fühlte. Dverga verdrehte die Augen und drückte mir seinen Dolch in die Hände.

»Ich hab noch fünf von denen. Behalt ihn ruhig offen in den Händen, vielleicht hält sie das von Dummheiten ab.«

»Ich dachte, die Königin sei ach so vertrauensselig.«

»Das war, bevor ihr Sohn zum Meuchelmörder wurde. Ich stehe hier direkt vor der Tür und lausche. Sobald sie auch nur blöd zuckt, stürme ich rein und rette dich.«

Ich konnte mir zwar kaum vorstellen, wie der Puk heroisch einen Raum erstürmen wollte, doch ich merkte das nicht an. Stattdessen klopfte ich ihm kumpelhaft auf die Schulter und betrat das Wohnzimmer. Die Glühwürmchen beleuchteten es bereits mit ihrem sanften Licht, während das Feuer im Kamin ausgegangen war.

Ich verdrängte meine Zweifel und ging geradewegs zur Tür, um sie zu entriegeln und die ehemalige Königin der Jeal hereinzulassen.

Sie war gut zwei Köpfe größer als ich und so schlank, dass ich keinerlei Rundungen an ihrem Körper ausmachen konnte, was durch die eng anliegende Robe, die sie trug, nur noch betont wurde. Ihre für die Jeal typischen mandelförmigen Augen waren sogar noch ausgeprägter, genau wie die asymmetrischen Wangenknochen. Viele Gesichter der Jeal sahen daher etwas zerknautscht, aber irgendwie faszinierend aus. Sie trug die schwarzen Haare in einem langen Zopf, der ihr bis zu den Kniekehlen reichte.

Sie trat fast lautlos an mir vorüber und ließ den Blick durch den Raum schweifen. Ich hingegen verriegelte die Tür hinter ihr und fuchtelte mit dem Messer in der Hand Richtung Sofa.

»Setzt Euch doch bitte. Tee ist allerdings derzeit ausgegangen. Ich traue mich nicht in die Küche.«

»Es droht Euch keine Gefahr.«

»Das lasst mich mal lieber selbst beurteilen. Also? Nach Euch.« Ich bedeutete ihr diesmal mit dem Schürhaken, sich zu setzen. Sie musterte meine Waffen und drehte sich langsam um.

Die Art, wie sie sich setzte, erinnerte mich daran, wer sie war. Dass sie danach hoch aufgerichtet wartete, den Rücken absolut gerade durchgedrückt, lag sicherlich nicht allein an ihrer Aufregung. Sie war garantiert mit einem Stock im Arsch geboren worden.

Da ich mich nicht neben sie auf das Sofa setzen wollte, zog ich mir einen Stuhl heran und setzte mich ein Stück vor ihr hin, die Waffen stets im Anschlag.

Wir musterten uns wortlos, bis ich aggressiv fragte: »Also? Was gibt es so unheimlich Wichtiges, das Ihr mit mir zu bereden habt?«

Sie griff in ihre seltsame Robe, die sie von der Schulter bis zu den Füßen verhüllte. Der dunkelblaue Stoff war aus Samt, denn es knisterte leise. Bei ihrer Bewegung sprang ich sofort auf und hob den Dolch drohend an.

Sie seufzte. »Ich wollte Euch nur ein Buch geben. Hier.«

Sie zog tatsächlich ein kleines Büchlein hervor, das sie mir hinhielt. Ihre Hand zitterte dabei ganz leicht. Vielleicht war ihre Blässe nicht nur vornehmer Art.

Ich schnappte mir das Buch, das nicht besonders groß war. Es war in biegsames Material eingebunden und erstaunlich leicht. Ein schneller Blick auf den Einband, dann fixierte ich sie wieder. »Was ist das? Ich kann kein Wort entziffern.«

»Es ist in der alten Sprache der Aevid geschrieben und handelt von dem Riad, der Wahrheit hinter seiner Magie.«

Ich runzelte die Stirn und bemühte mich um ein möglichst desinteressiertes Gesicht, während mir der Schweiß ausbrach und mein Herzschlag sich verdoppelte. »Was wisst Ihr darüber?«, fragte ich. Verärgert stellte ich fest, dass meine Stimme gezittert hatte.

»Nicht viel. Ich fürchte, ich kann die alte Sprache nicht wirklich entziffern. Es hat mich schon Jahre gekostet, den Titel übersetzen zu lassen. Das Buch heißt Funkenmagie, was auch immer das bedeutet.

Der alte Bibliothekar konnte etwas Aevid, aber er starb im Krieg. Seitdem trage ich das Büchlein mit mir herum.«

»Wer oder was sind diese verdammten Aevid überhaupt?«, fragte ich ungehalten. Mir kam der Name bekannt vor. Wenn ich nicht irrte, hatte ich einmal ein Buch in Eamons Arbeitszimmer gefunden, das von ihnen gehandelt hatte.

Die Königin seufzte, als hätte ich eine unfassbar dumme Frage gestellt. »Die Aevid – das sind wir. Die Jeal, Fy, Arven und Puk zusammengefasst. Das Volk der Aevid, der Magiewesen im Königreich Tul.« Weil ich nichts sagte oder fragte, sprach sie schließlich weiter. »Ich weiß selbst nicht viel darüber, denn die Jeal waren sehr darauf bedacht, die Legende der Aevid sterben zu lassen – und mit ihr die Erinnerung, was der Riad ursprünglich für uns war. Als ich jedoch von Eamons Kampf um seine innere Stärke hörte, erinnerte ich mich wieder an das Buch und holte es hervor. Die Erklärung, was mit ihm geschieht, steckt irgendwo in diesem Buch.«

»Aber wir können es nicht lesen.«

»Das ist richtig.«

»Das bringt uns nicht wirklich weiter«, präzisierte ich recht genervt.

»Doch, denn die alleinige Existenz des Buches zeigt, dass Eamon etwas sehr Altes in sich trägt, das früher ein Teil unseres Volkes war. Ich finde, das ist ein ziemlich wichtiger Aspekt. Derzeit sind alle darauf bedacht, ihn zu töten, weil er so anders ist, doch ich frage mich mittlerweile, ob nicht seine Vorgänger anormal waren. Irgendetwas hat dafür gesorgt, dass das alte Erbe der Riad hervorgebrochen ist. Anstatt dieses Erbe sofort zu töten, sollten wir dafür kämpfen.«

»Blöd, dass Ihr vergessen habt, das Eurem Sohn zu sagen«, entgegnete ich spitz.

Ihr Gesicht verdunkelte sich sofort. Ich sah tiefe Trauer und ungeweinte Tränen in ihren Augen. »Ich habe heute meinen Sohn verloren. Ich weiß, dass er Euch Böses wollte, dennoch war er mein Sohn«, sagte sie leise.

»Mein Beileid«, erwiderte ich trocken.

Sie merkte sofort, dass sie bei mir mit ihrer Mitleidstour auf Granit stieß, und schüttelte den Kopf. »Entschuldigt. Ich bin auch gar nicht hierhergekommen, um mit Euch über meinen Sohn zu sprechen. Ich bin hier, um Euch zu bitten, Gnade mit den Jeal zu haben.«

»Das liegt nicht in meiner Macht. Ich wusste ja noch nicht einmal, dass Eamon die Führungselite der Jeal festnehmen lässt.«

Bei diesen Worten rutschte sie etwas nach vorne und lehnte sich mir entgegen, woraufhin ich den Dolch drohend erhob. Sie beachtete ihn nicht, sondern sah mir fest in die Augen. »Die Führungselite der Fy wollte schon immer die Kontrolle über die Völker haben. Es ärgert sie, dass sie die Fürstenrolle wieder abgeben müssen, sobald der Frieden eingekehrt ist. Mit der unbedachten Tat meines Sohnes nutzen sie die Chance, um die Jeal aus dem Weg zu räumen. Sie wollen die Kontrolle dauerhaft behalten.«

»Mit Eamon als Fy-Riad wäre das nicht das Schlechteste.«

»Eamon wird die nächsten Tage nicht überleben, da bin ich sicher. Die Fy wollen ihn nicht an der Spitze sehen. Er war nur eine Art Übergangsmarionette, um den Krieg zu gewinnen und die Jeal zu reizen. Sie wollen gar nicht, dass er diese Zeit der Intrigen überlebt.«

»Das sind ziemlich schwere Anschuldigungen, dafür, dass es die Jeal waren, die als Einzige einen Mordanschlag auf ihn verübt haben.«

»Es brodelt, Inea. Die Fy planen etwas, etwas Großes.«

»Und die Jeal nicht?«

Sie fiel in sich zusammen und barg ihr Gesicht in den Händen. »Unser Stolz hat uns tief fallen lassen«, sagte sie in die Handflächen hinein. »Mein Sohn hat genau das getan, worauf es die Führungselite der Fy abgesehen hatte. Sie haben ihm absichtlich den schwachen Fy-Riad präsentiert, um ihn zu einer unbedachten Handlung zu reizen.«

»Eine weitere gewagte These«, merkte ich mit kalter Stimme an, wobei sie da bedenklich nah an der Wahrheit vorbeischrammte. Die Fy hatten den Jeal tatsächlich eine Falle gestellt. Das ungute Gefühl, das mich schon tagelang quälte, brodelte noch heftiger auf. Was, wenn Braidar diesen Plan nur ausgeheckt hatte, um die Jeal und Eamon gleichzeitig aus dem Weg zu räumen?

Zeit, selbst nachzuforschen. »Und wen genau meint Ihr mit der Führungselite der Fy?«, fragte ich neugierig, doch bevor Nooa antworten konnte, krachte etwas mit immenser Wucht gegen die Tür.

Jemand ächzte laut, ein gurgelnder Laut folgte. Nur Sekunden später flog die Verbindungstür auf und ein Schwall dunkel gekleideter Krieger stürmte in den Raum.

Ich wirbelte herum, doch bevor ich irgendwas oder irgendwen erkennen konnte, senkte sich ein Netz über mich. Es brannte fürchterlich und ich ging sofort zu Boden.

Der Angreifer war in der gleichen Sekunde über mir und versetzte mir einen so heftigen Schlag, dass mein Kopf in den Nacken flog und der Verstand sich ausschaltete.

Entführt

Ich wachte davon auf, dass jemand entsetzlich schrie und ich über den Boden geschleift wurde. Eine Frauenstimme, die um Gnade flehte. Der Schrei brach mittendrin ab und etwas polterte zu Boden.

Das holte mich abrupt in die Wirklichkeit zurück.

Nein! Nein, das durfte einfach nicht wahr sein. Der Schrei … das war Königin Nooa gewesen. Und wo war Dverga? Hatte er das Keuchen ausgestoßen? Und was geschah hier überhaupt?

Ich konnte rein gar nichts sehen. Jemand hatte mir einen Sack über den Kopf gestülpt, Hände und Füße gefesselt. Das Magienetz, das sich so schmerzhaft um meinen Körper schlang, ließ mir kaum die Kraft, mich zu winden. Ich wusste, dass es zwecklos war, dennoch musste ich es versuchen.

Ich kämpfte gegen das Netz, das mich von Kopf bis Fuß bedeckte. Mit beiden Beinen strampelte ich. Immerhin bekam ich meine gefesselten Arme so weit nach oben, dass ich irgendetwas packen konnte. Ein Tisch vielleicht oder die Kante des Kamins?

»Sie ist aufgewacht«, murrte jemand von der Seite.

Ich versuchte, irgendwie auf alle viere hochzukommen, doch das Netz saß zu stramm. Also krallte ich mich an dem fest, was auch immer ich da erreicht hatte. Etwas polterte. Es war tatsächlich das Tischchen. Die Vase, die darauf stand, fiel zu Boden.

»Herrgott, schlag die Hure schachmatt«, antwortete jemand von weiter weg.

Der Zug an meinen Beinen hörte plötzlich auf, irgendwer kam auf meinen Kopf zu. Sofort rollte ich mich zusammen und schützte ihn, bevor der Schlag kam. Auf diese Weise entging ich ihm in letzter Sekunde, ein Fluch folgte.

Ich versuchte mich an einem Schrei, doch die Angreifer hatten mir in der kurzen Phase, in der ich ohnmächtig gewesen war, einen Knebel in den Mund gesteckt. Ich konnte nur grunzen. Der zweite Schlag traf mich – diesmal in die Nieren. Ich krümmte mich.

»Hey! Wenn du sie totschlägst, haben wir ein echtes Problem.«

»Die windet sich wie ein Aal, die blöde …«

Etwas krachte gegen ihn, sodass er den Satz nicht zu Ende sprechen konnte. Ich spürte einen heftigen Luftstrom, der über mich hinwegfegte, und hörte ein Brüllen, so laut, dass es garantiert jeder im Schloss registrierte. Ich kannte diese Stimme.

Fluh ging zum Angriff über.

Nein! Sie musste im Kamin bleiben und auf Diamad aufpassen. Ich versuchte ihr eine Warnung zuzurufen, doch der Knebel saß zu fest. Immerhin kam ich jetzt auf alle viere hoch.

»Verdammt, tötet die vermaledeiten Drachen, und zwar sofort«, fluchte jemand.

»Wo kommt das Mistvieh überhaupt her?«

»Aus dem Kamin. Da ist noch einer drin. Die Netze, her mit den Netzen.«

Ich zappelte verzweifelt, versuchte das Netz über mir abzustreifen. Gleichzeitig war ich in völliger Panik. Nichts zu sehen und so schrecklich hilflos zu sein, unwissend, wer da gegen wen kämpfte, das war das grässlichste Gefühl, das ich je gehabt hatte.

Meine Instinkte sagten mir, dass Fluh den näheren Angreifer von mir fortgedrängt hatte. Es krachte fürchterlich im Raum. Es hörte sich an, als wirbelte sie alle Sachen durch die Gegend. Ihre Magie umtoste mich und ich konnte ihren filigranen Körper auf mir spüren.

»Es ist ein Luftdrache. Er sitzt auf ihr drauf. Erledigt ihn!«

Die Männer waren pfiffig, das musste man ihnen lassen. Sie hatten Fluh schneller erkannt, als ich gedacht hätte. Mein Drache brüllte auf, als ein weiteres Netz auf uns geschleudert wurde. Ich spürte, wie sie sich in die Luft erhob, um ihm auszuweichen. Es traf stattdessen mich und lähmte mich so, dass ich kaum atmen konnte. Es waren mächtige Magienetze, dafür gedacht, starke Gegner zu fesseln.

Ich krümmte mich vor Schmerzen und konnte mich nicht länger hochdrücken. Bäuchlings fiel ich auf meine gefesselten Arme, verdrehte mir die Schulter. Meine Beine zuckten, als der erste Krampf durch meinen Körper schoss. Krämpfe in Verbindung mit Magie waren niemals gut.

Da packte mich jemand und hob mich einfach in die Luft. Im ersten Moment dachte ich, es sei Fluh, aber dann knallte ich auf etwas Hartes. Vielleicht eine Männerschulter? Ich war mir nicht ganz sicher.

»Ich bring sie raus. Kommt nach, sobald ihr die Drachen erledigt habt!«

Ich versuchte mich aufzubäumen, doch die Magie legte sich wie ein tödlicher Mantel um mich, sodass ich immer schwächer wurde. Verzweifelt bemühte ich mich, nicht die Besinnung zu verlieren, wach zu bleiben, auf eine Möglichkeit zu warten, um zu entkommen.

Die Schritte hörten sich jetzt anders an, hallten seltsam. Waren wir etwa im Bad? Aber wo wollte er denn überhaupt mit mir hin? Hier gab es doch keinen Ausgang.

»Wirf sie runter«, rief jemand von etwas weiter weg. Es klang dumpf, als sei der Rufer einige Schritte entfernt, in einem eng bemessenen Raum. In einem Tunnel unter der Erde?

Mein Entführer verlagerte mein Gewicht. Er nahm mich offenbar von der Schulter, packte mich an der Hüfte und plötzlich baumelte ich fast schwerelos herab. Ließen sie mich in ein Loch hinunter? Ich machte mich möglichst schlaff, um ihnen zu suggerieren, dass ich ohnmächtig wäre. Auf keinen Fall durften sie mitbekommen, dass ich wach war.

Jemand umschlang meine Beine, dann meine Hüften. Ich wurde von einem Mann, der unter meinem Entführer stand, übernommen.

»Ich muss zurück. Die anderen haben Schwierigkeiten mit dem verdammten Winddrachen«, erklärte der Entführer, der mich zuvor getragen hatte.

»Sie hat auch noch einen Feuerdrachen.«

»Der ist schon so gut wie tot.«

Was hieß das? Hatten sie erkannt, dass Diamads Leben ohnehin am seidenen Faden hing? Ließen sie ihn vielleicht sogar in Ruhe, weil sie dachten, dass er so oder so nicht überleben würde? Oder hatten sie ihn tödlich verletzt?

Mein Herz schlug jetzt so heftig, dass ich Angst hatte, der Entführer würde es bemerken. Doch er war damit beschäftigt, meinen schlaffen

Körper durch einen engen Tunnel zu schleifen. Es tat fürchterlich weh, erst recht, weil die zwei Magienetze weiterhin auf mir lagen. Erde, Steine und Geröll schürften mir die Haut auf, ab und zu verfing sich das Netz. Fluchen, zerren, dann ging es weiter.

Der Sack über meinem Kopf verhinderte, dass ich etwas erkennen konnte, doch die Dunkelheit lichtete sich allmählich und es wurde heller. Waren wir am Ende des Tunnels angekommen?

Jetzt spürte ich, dass mich vier oder fünf Hände packten und hochrissen. Einer hielt meine Beine, ein anderer meine Schultern. Ich ließ den Kopf kraftlos hängen, um ihnen nicht zu zeigen, dass ich bei Bewusstsein war.

»Sind das zwei Magienetze? Wollt ihr sie umbringen, verflucht?«

»Sie hat sich ziemlich gewehrt.«

Jemand zerrte das zweite Magienetz von meinem Körper. Sofort hörte das Sirren und Brennen auf, meine Haut beruhigte sich etwas, die krampfenden Knochen entspannten sich.

»Ist die überhaupt ohnmächtig oder tut die nur so?«

Bei der Frage erstarrte ich unwillkürlich.

»Ach, scheiße! Die tut nur so.«

Ein Schlag, dann nichts mehr.

Ich lag in vollständiger Dunkelheit auf dem Rücken. Der Sack über meinem Kopf drückte mir unangenehm auf meine noch immer blutende Nase, klebte an mir fest. Unter mir spürte ich einen unebenen, weichen Untergrund. Wahrscheinlich Schlamm. Dazu passte auch das Wasser. Das reichte mir fast bis zu den Ohren. Es stank fürchterlich, trotzdem versuchte ich, tief einzuatmen.

Wenn ich jetzt in Panik geriet, brachte mir das auch nichts. Ich horchte. Nichts. Vollkommene Stille um mich herum.

Vorsichtig bewegte ich meine Finger. Sie gehorchten zögerlich. Sie waren taub wegen der strammen Fesseln um meine Handgelenke. Auch die Füße ließen sich bewegen, aber nur ein klein wenig. Testweise versuchte ich, meine Knie anzuheben. Ich stieß sofort gegen etwas.

Okay, jetzt nicht durchdrehen, dachte ich.

Langsam hob ich die Hände und den Kopf und traf augenblicklich auf etwas, das sich wie Holz anfühlte, keine drei Millimeter über mir.

Unter mir war also ein schlammiger Boden, gefüllt mit einer Pfütze. Über mir so etwas wie Holz. Hatten sie mich in ein Loch geworfen und einen Deckel darüber geschlossen?

Die Panik schnürte mir dermaßen die Luft zu, dass ich glaubte zu ersticken. Dazu kam der Knebel in meinem Mund.

Beruhig dich, dachte ich immer wieder. Wenn du jetzt anfängst zu heulen, setzt sich deine Nase zu und du krepierst. Also zwang ich mich zur Raison, obwohl ich am ganzen Körper zu zittern begann.

Es verging eine Ewigkeit, in der ich einfach nur still dalag und vor Angst fast verrückt wurde. Das Magienetz lag weiterhin schwer auf mir und sorgte dafür, dass ich nicht aufzuspüren war. Wenigstens konnte ich mich wieder etwas bewegen. Offenbar ließ die Wirkung des Netzes zumindest in dieser Hinsicht etwas nach. Meine Muskeln hingegen wurde immer gefühlloser. Die Kälte des Wassers kroch in meine Glieder.

Ich konnte nicht sagen, wie lange ich so ausharrte, bis ich Schritte hörte. Mein erster Gedanke war es, mich tot zu stellen, dann kam ich mir aber dumm vor. Sollten es meine Entführer sein, wussten sie ohnehin, wo ich war. Falls es aber jemand war, der nach mir suchte, sollte ich mich gefälligst bemerkbar machen. Also rummste ich so fest ich konnte mit Knien, Händen und Füßen gegen das Brett, das über mir lag.

Tatsächlich kam sofort eine Reaktion. Das Brett verschwand mit einem schabenden Geräusch und jemand packte mich, zog mich ein Stück aus dem Dreckwasser heraus.

»Hör auf damit. Dich hört hier niemand und du tust dir nur weh«, knurrte mich eine böse Stimme an. »Ich nehme dir jetzt den Knebel aus dem Mund, sonst erstickst du uns noch. Wenn du auch nur einen Mucks von dir gibst, ramm ich ihn dir bis zum Zäpfchen wieder rein, kapiert?«

Ich nickte schwach und blinzelte in die Dunkelheit. Eigentlich hatte ich erwartet, dass meine Entführer mir die Kapuze vom Kopf ziehen würden, doch die Hand griff nur durch die schmale Öffnung an meinem Hals und tastete so lange, bis der Knebel gelöst war.

Ich keuchte und würgte, als er ihn mir aus dem Mund zog.

»Was wollt ihr?«, flüsterte ich schwach.

»Halts Maul, sonst kommt der Knebel wieder rein.«

Das Brett klapperte, als er es zurücklegte. Wie es schien, zerrte er noch etwas Großes darauf, danach entfernten sich seine Schritte.

Ich lag in völliger Finsternis und versuchte nicht zu verzweifeln. Diesmal ließ ich allerdings die Tränen laufen.

Mein Entführer kehrte einige Zeit später zurück. Er schob, was auch immer auf dem Brett über mir lag, zur Seite, hob das Holz heraus und presste mir den Knebel wieder so heftig in den Mund, dass ich meinte, ersticken zu müssen. Dann senkte sich ein zweites Magienetz auf mich herab, das mich bis auf die Knochen lähmte.

Ich hörte Rufe in der Ferne. Soldaten, die sich Befehle zubrüllten. Eamon ließ das Schloss durchkämmen, vermutete ich. Seine Leute kamen meinem Versteck ziemlich nah, doch ich war so vollständig außer Gefecht gesetzt, dass ich nicht einmal einen Zeh bewegen konnte. Nur das Zittern meiner brennenden Knochen ließ das Wasser unter mir leise schwappen, doch ich bezweifelte, dass es jemand hören konnte.

Schon bald entfernten sich die Sucher wieder und ließen mich im fauligen Wasser zurück.

Ich versetzte mich in einen Dämmerzustand, um die Situation ertragen zu können. Sobald ich jedoch allzu tief einschlief, sackte mein Gesicht zur Seite und ich drohte im niedrigen Wasser zu ertrinken. Eine Weile kämpfte ich gegen die Müdigkeit an, verlor diesen Kampf allerdings.

Jemand zerrte mich nach oben. Ich hatte nicht gehört, dass das Brett zur Seite geschoben worden war, und wurde erst wach, als ich ziemlich brutal auf dem Boden aufschlug. Man hatte mich aus dem Loch befreit und auf irgendwelche Holzplanken gelegt. Mein Körper war so taub von der Kälte, den Magienetzen und der Erschöpfung, dass ich mich kaum rühren konnte.

»Wir können sie nicht ewig da drin lassen. Da krepiert sie uns noch.« Es war der Sprecher, der mir den Knebel aus dem Mund genommen hatte.

»In einer Stunde bringen wir sie in das zweite Versteck, da bleibt sie eine Weile. Danach kommt sie wieder hierher zurück.«

Ich betete, dass das zweite Versteck etwas gemütlicher war, rechnete jedoch mit dem Schlimmsten.

Wie sie mich dort hingebracht hatten, wusste ich nicht mehr. Sie mussten mich abermals außer Gefecht gesetzt haben, denn ich hatte meinen Transport nicht mitbekommen. Ich wachte auf und lag anstatt im Matsch auf Stein. Er war warm, was ein Segen für meine durchgefrorenen Knochen war. Ich lag auch nicht mehr im Wasser, konnte mich allerdings auch nicht rühren. Sie hatten mich so stramm auf dem Boden festgebunden, dass ich kaum atmen konnte. Sie gingen eindeutig auf Nummer sicher.

Tage später ahnte ich auch warum. Es kam niemand, um nach mir zu sehen. Sie hatten mich allein gelassen und entsprechend fest verschnürt. Meinen Mund hatten sie so platziert, dass von oben einige wenige Wassertropfen auf meine Lippen fielen. Das sorgte dafür, dass ich nicht sofort verdurstete, trotzdem wurde mir durch Wassermangel und Nahrungsentzug bald schwindelig. Ich dämmerte vor mich hin, zu keinem klaren Gedanken mehr fähig.

Ich wachte auf, weil mich jemand an der Hand berührte. Es war kein sanfter Druck, sondern ein fester Griff. Jemand spreizte meinen kleinen Finger ab. Sofort geriet mein Körper in Aufruhr. Ich versuchte mich zu bewegen, doch meine Muskeln rührten sich kaum. Mein Rücken war längst wund gelegen und ich lag in meinem eigenen Dreck.

»Halt still, dann haben wir es gleich hinter uns«, brummte jemand. Es war derjenige, der mich direkt am Anfang gefangen hatte. Diese Stimme würde ich niemals vergessen.

Ich stöhnte leise, zu mehr war ich nicht in der Lage.

»Rechts oder links?«, fragte ein zweiter.

»Völlig egal. Den anderen Finger werden wir ihm wohl auch noch schicken müssen, bevor er endlich einknickt.«

Was …

Der Schmerz schoss so gewaltig durch meine Hand, dass ich fest in meinen Knebel biss und einen unhörbaren Schrei entließ. Der Schock war eigentlich heftiger als die pochende Wunde, die sie mir zugefügt hatten. Sie hatten mir den Finger abgeschnitten.

Ich atmete hektisch in den Lappen im Mund und versuchte nicht zu hyperventilieren, doch das war schwierig. Mein Körper war so erschöpft, dass er mit dem Entsetzen kaum fertigwerden konnte. Kurz bevor ich glaubte zu ersticken, zog man mir den Knebel aus dem Mund.

»Schrei und ich schlag dich tot«, erklärte mir mein Entführer.

Ich war überhaupt nicht in der Lage dazu, zu schreien. Mir hatte es schlichtweg den Atem genommen. Welches Untier tat einem anderen Menschen so etwas an?

Das nächste Mal wurde ich davon wach, dass man versuchte, mich mit Brei zu füttern. Offenbar hatten meine Entführer erkannt, dass ich auf dem besten Wege war, zu verhungern. Wir Arven waren zäh. Zäher als so manch andere Rasse in unserem Reich. Ein normaler Mensch wäre vermutlich schon längst an den Qualen gestorben. Arven waren da widerstandsfähiger. Wir konnten lange Zeit ohne Essen auskommen und hatten eine schnellere Wundheilung. Trotzdem war ich gerade an meiner Belastungsgrenze angekommen.

Leben oder sterben? Noch war ich nicht so weit, meine Hoffnung aufzugeben, also aß ich, bis sie mir den Knebel wieder in den Mund rammten.

Einige Zeit später nahmen sie mir den zweiten kleinen Finger. Danach dämmerte ich dahin. Immerhin verarzteten sie die Wunde und legten mich endlich auf den Bauch, sodass mein verletzter Rücken sich entspannen konnte. Mein Körper war ein einziger Schmerz, doch ich schwor mir, hier nicht zu verrecken.

»Meine Fresse, lebt die überhaupt noch?«

Ich erkannte die Stimme. Sie gehörte zu demjenigen, der das Wasserloch unter den Dielenbrettern bewacht hatte. Eine Hand zerrte an meinen Fesseln herum. Für einen wahnwitzigen Moment dachte ich, er wolle sie lösen, doch er lockerte sie lediglich. Trotzdem blieben meine Hände bedenkenswert taub.

»Sie atmet noch, also lebt sie«, antwortete die fiese Stimme, die ich zu fürchten gelernt hatte. Er war es, der meine Finger abgeschnitten hatte. »Aber wenn ihr mich fragt, muss sie auch nicht mehr lange durchhalten. Der Fy-Riad hat nachgegeben.«

»Gut. Ich sehe ja ein, dass es notwendig ist, sie hier zu verstecken, aber das Loch ist wohl der schlimmste Ort, den ich mir vorstellen kann. Wenn wir sie mit dem aufgeschürften Rücken ins dreckige Wasser legen, könnte sie morgen schon tot sein.«

»Dann lass sie so lange es geht hier auf den Dielen liegen, aber sobald jemand kommt, packst du sie rein. Ich komme morgen Abend wieder.«

Ich entspannte mich augenblicklich, als ich seinen verklingenden Schritten lauschen durfte. Die anderen waren zwar nicht nett zu mir, taten mir aber zumindest nicht weh.

»Ich schneide dir jetzt deine dreckige Kleidung vom Leib«, hörte ich da. Sofort erstarrte ich. Bislang war ich von derartigen Übergriffen verschont geblieben, doch jetzt war meine Gnadenfrist vorüber.

Schon spürte ich, dass ein Messer an meinen Sachen herumsäbelte. Sie stanken fürchterlich und waren von meinem Blut, Schweiß und meinen Ausscheidungen bedeckt. Trotzdem wünschte ich, sie dürften bleiben.

Ich wimmerte und wurde zum ersten Mal seit Tagen etwas lebendiger, wand mich. Mein Aufbegehren überraschte wohl auch meinen Entführer, denn er gab mir umgehend eine schallende Ohrfeige.

»Lieg still, verdammt. Ich tu dir nichts. So dreckig und ekelig, wie du gerade aussiehst, würde ich dich nicht mal in Gedanken anfassen wollen.«

Sofort beruhigte ich mich etwas und ließ sein Tun tatenlos über mich ergehen. Gleichzeitig fragte ich mich, ob ich jemals so erniedrigt worden war wie in dem Moment.

Sicherheit

Mich weckten Stimmen, die anders klangen als die meiner Entführer. Normalerweise flüsterten meine Peiniger, doch diese beiden diskutierten laut miteinander. Leider lag das zweite Magienetz über mir, sodass ich mich nicht rühren konnte.

Jemand trampelte über meinem Kopf hinweg, schob irgendetwas zur Seite, brummelte vor sich hin. Ein anderer rief etwas, das ich erst verstehen konnte, nachdem ich meinen Kopf ein winziges Stückchen aus dem Wasser gehoben hatte.

»… ist niemand. Ich geh in den nächsten Raum.«

»Klopf die Dielen ab. Hier stimmt was nicht«, antwortete jemand anderes.

Ich wagte kaum zu atmen und nahm alle Kraft zusammen, die in meinem Körper war. Selbst wenn es die letzte Bewegung meines Lebens gewesen sein sollte – ich würde sie ausführen. Mein Finger hob sich unendlich langsam hoch zum Brett, doch kurz bevor ich es berühren konnte, lähmte mich das Netz derart, dass die gefesselten Hände kraftlos auf meine Brust fielen. Eine Träne kullerte über mein Gesicht, die erste, die ich seit Tagen oder Wochen oder wie lange ich auch immer hier eingesperrt war, geweint hatte.

Ich spürte, dass der Sucher direkt über mir stehen musste, fühlte seine Magie, seine Anwesenheit selbst durch das Netz hindurch. Er musste ein mächtiger Fy sein. Eamon? Wohl kaum. In Gedanken schrie ich ihm verzweifelt zu, sich zu bücken und das Holz abzuklopfen.

Da klapperte es direkt neben mir. Er hob die Dielen an!

»Puh«, stöhnte er, als er den Gestank bemerkte, der hier herrschte.

Ich sammelte mich und schaffte es, ein leises Grunzen von mir zu geben. Mehr war nicht drin, nachdem meine Kehle vom langen

Schweigen und dem allgegenwärtigen Durst völlig ausgetrocknet war.

Der Sucher hatte es dennoch gehört.

Es klapperte jetzt deutlich lauter. Er ging systematisch die Dielenbretter ab – und schon wackelte das Holz direkt über mir. Ich konnte es zwar nicht sehen, wohl aber hören. Vor Aufregung begann mein Herz vollkommen unregelmäßig zu schlagen, es flatterte und tat weh, doch ich zwang es, weiterzuschlagen. So kurz vorm Ziel würde ich jetzt bestimmt nicht vor Erschöpfung sterben!

Um mich herum wurde es etwas heller. Das Brett musste fort sein. »Beim allmächtigen Arsch des Riads«, fluchte jemand. »Verdammt noch eins!«

Jemand packte mich so vorsichtig an den Schultern, wie er konnte, hob mich hoch, zog mich auf die Dielen. Anders als meine Entführer legte er mich sehr vorsichtig ab und nestelte sofort an den zwei Netzen herum, um sie von mir runterzureißen.

Als Nächstes war die Kapuze dran, während der Fremde seinen Begleiter rief. »Dakim, komm her, ich habe sie!«

Dakim? Der war eigentlich der Letzte, der mich so sehen sollte.

Da war der Sack von meinem Kopf und ich konnte zum ersten Mal seit meiner Entführung mehr sehen als schwarze Schemen. Weil das Licht in meine Augen stach, kniff ich sie zusammen und drehte den Kopf weg. Ich hatte kurz ein bärtiges Gesicht gesehen, das voller grauer Strähnen war, dazu wunderschöne braune Augen. Irgendwoher kannte ich den Mann und diese Augen, aber ich war zu erschöpft, um darüber nachzudenken.

Der Bärtige hatte erkannt, dass mich die Helligkeit schmerzte. Er legte ein sauberes Tuch über meine Augen, aber nur so locker, dass ich dazwischen herausblinzeln konnte. Parallel nestelte er an meinem Knebel herum.

»Verdammt, sitzt der stramm«, fluchte er. »Dakim, du Esel! Jetzt komm schon her.«

»Ich habe hier jede Menge Diebesgut gefunden«, erklang die Antwort aus einem Nebenraum.

»Und ich habe Inea gefunden!«

Sofort kamen Schritte auf uns zu. Ich sah eine Schuhspitze irgendwo am Türrahmen auftauchen, ansonsten verdeckte mir das Tuch den

Blick. Außerdem hatte der Fremde endlich den Knebel losgemacht und zog ihn mir aus dem Mund.

Ich keuchte, als mir der bekannte Schmerz durch das Gesicht schoss. Vom strammen Knebel waren meine Lippen aufgesprungen, die Mundwinkel eingerissen.

Etwas legte sich über mich, ein Mantel, schätzte ich. Ich seufzte erleichtert.

»Die Fesseln. Ich mach die Beine los, du die Hände.« Der Dröhner sprach überraschend leise, als sei er tief erschüttert. Das gab mir zu denken, immerhin war Dakim der lauteste Mensch, den ich kannte. Sah ich so schrecklich aus?

Der Fremde zog meine Arme unter dem Mantel hervor und zerschnitt die Fesseln mit einem Messer. Ich spürte es kaum, so taub waren meine Gelenke.

»Das wird schon wieder, Mädchen. Eine heiße Dusche, schon sieht die Welt gleich viel besser aus«, redete er mir gut zu.

Ich versuchte mich an einem Nicken, um ihm zu zeigen, dass ich zuhörte. Er hatte das wohl verstanden, denn er klang jetzt erleichtert. »Willst du Wasser?«

Wieder ein Nicken, das von Dakims Fluchen überdeckt wurde. »Das ist alles entzündet. Die Scheißfesseln saßen viel zu stramm. Wir müssen sie erst versorgen. Wenn Eamon sie so sieht, dann legt der das ganze Schloss in Schutt und Asche.«

»Dakim! Reiß dich zusammen und sei einmal kein dämlicher Esel. Komm, Mädchen. Richte dich auf!«

Er stützte mich an den Schultern und hob mich vorsichtig an. Mir wurde so schwindelig, dass mein Verstand für einen kurzen Moment wegglitt. Mein Kopf sackte nach unten und die Dunkelheit überschwemmte mich.

Ich wachte davon auf, dass ich in den Armen des Bärtigen lag. Er saß hinter mir und stützte meinen Oberkörper, tröpfelte mir Wasser auf Gesicht und Mund. Ich blinzelte in die Finsternis.

»Wir haben die Lampen ausgemacht, damit du dich erst einmal an das Zwielicht gewöhnen kannst. Versuch zu trinken«, erklärte er mir.

Ich ließ ein wenig Wasser in meine Kehle laufen und schluckte krampfhaft. Es tat weh, fühlte sich aber dennoch gut an.

Jemand bewegte sich direkt vor mir. Dakim trat nervös von einem Bein aufs andere, sah auf uns hinunter. »Wir müssen hier weg. Wenn die Entführer auftauchen, werden sie mit uns kämpfen.«

»Wozu hast du dein Schwert?«

»Wir wissen nicht, wie viele es sind«, knurrte Dakim.

»Als Erstes müssen wir Inea versorgen und uns überlegen, wie wir sie in Sicherheit bringen, ohne dass Eamon sie so sieht.«

»Das kannst du eh vergessen. Du hast das Netz weggezogen. Er weiß längst, dass sie wieder aufgetaucht ist. Wenn wir Pech haben, kommt hier gleich seine Steinarmee runter und fetzt uns in Stücke.«

Der Bärtige schwieg einen Moment, wog seine Möglichkeiten ab. »Du hast recht«, gab er nach. »Wir bringen sie direkt zu ihm. Zieh dein Hemd aus. Wir müssen ihr zumindest irgendetwas überziehen.«

Ich hätte schwören können, dass Dakim abermals diskutieren würde, doch er gehorchte. Sein Schwert klemmte er sich zwischen die Beine, während er erst die Weste auszog und dann das Hemd.

»Ich trage es schon den ganzen Tag«, sagte er entschuldigend zu mir. »Es dürfte ein wenig … riechen.«

Ich schaffte ein leichtes Lächeln. »Danke«, flüsterte ich. Meine Stimme klang brüchig und leise, aber wenigstens funktionierte sie noch.

»Meine Hosen darf ich anlassen, oder?«, fragte Dakim danach provokant.

Der Bärtige antwortete nicht, sondern beschäftigte sich damit, mir das Hemd irgendwie über den Kopf zu ziehen. Ich versuchte ihm zu helfen, doch meine Arme waren schwer wie Blei. Meine Stirn sackte immer wieder gegen seinen Hals.

»Er darf mich so nicht sehen«, sagte ich stockend. »Waschen, anziehen, schlafen.«

»Dafür haben wir leider keine Zeit.« Der Fremde wickelte mich fest in seinen Mantel, nachdem er Dakims übergroßes Hemd über mich gezogen hatte. Er stand auf und hob mich auf die Arme.

Dakim hatte derweil seine Weste übergestreift und sah jetzt sehr seltsam aus. Im Halbdunkel erkannte ich das viele Brusthaar, das ihm aus dem Ausschnitt quoll. Er wirkte etwas unglücklich. »Inea«, sagte er streng zu mir. »Versuch bitte weniger tot auszusehen. Eamons Gemütszustand ist derzeit ziemlich bedenklich.«

»Hör auf, ihr Angst zu machen, und geh vor!«

Ich legte erschöpft den Kopf an die Schulter meines Retters und kniff die Augen zusammen, als Dakim die Kellertür öffnete. Licht stach wie Nadeln nach mir.

Um mich zu schützen, drückte ich die Stirn gegen das Hemd, das der Fremde trug. »Wie heißt du?«, fragte ich, um irgendwas zu sagen. Ich war so ausgehungert nach menschlicher Wärme, dass ich es kaum in Worte fassen konnte.

»Haikur. Wir sind uns schon einmal begegnet, als du und deine Freundin Efeu am Eingang des Westflügels geschnitten habt. Ich war damals die Begleitung von dem Esel hier und habe mich nicht in euer Gespräch eingemischt. Ihr habt Dakim dreist angelogen, aber ich fand eure Ausrede so originell, dass ich ihn nicht darauf aufmerksam gemacht hatte.«

Ich erinnerte mich. Er war der Bärtige im Hintergrund gewesen. Der Mann, der Dakim später zurechtgewiesen hatte, als der über Eamon hergezogen war.

»Ich dachte, du kannst Dakim nicht leiden«, merkte ich an.

Haikur schien überrascht über meine Bemerkung zu sein und verdrehte sich kurz den Hals, um mich ansehen zu können. »Dakim ist ein Esel, aber wenigstens einer mit Prinzipien. Er sagt, was er denkt, und ist ehrlich dabei.«

»Könntet ihr zwei Mal aufhören, über meine Vorzüge zu diskutieren, und euch konzentrieren? Es geht hier gleich ans Eingemachte. Sobald wir aus diesen Scheißkerkern raus sind, stehen wir mitten auf dem Hof – und da ist Eamon gerade dabei, die Jeal abzumurksen oder was immer er da auch veranstaltet. Wir sollten uns also überlegen, wie wir das Pulverfass so entschärfen, dass es nicht sofort hochgeht.«

»Die Jeal abmurksen?« Als ich das hörte, wurde ich tatsächlich etwas munterer. Ich hob meinen Kopf von Haikurs Schulter, während sich mein Herzschlag beschleunigte.

»Ja«, antwortete Haikur. »Sämtliche Spuren deiner Entführung führten zu den Jeal. Die tote Königin lag in eurem Schlafzimmer, erstochen mit einem Dolch. Es gab Spuren eines Kampfes, als hättest du dich heftig zur Wehr gesetzt, kein Hinweis auf Magie. Ein toter Jeal im Bad führte uns zu der Klappe im Boden, gut versteckt. Es war eine Fluchttür, die eindeutig nur die königliche Familie gekannt haben konnte. Sie war scheinbar dazu gedacht, um die Räume bei Gefahr verlassen zu können. In diesem Fall sind die Angreifer durch sie hereingekommen. Es waren die Jeal – und Eamon geht gerade nicht zimperlich vor, um die Anführer zu entlarven.«

»Aber es waren nicht die Jeal«, stellte ich richtig.

Beide Männer erstarrten mitten in der Bewegung. Haikur ließ mich vor Schreck fast los und ich klammerte mich instinktiv an seinen Hals, um nicht zu fallen. Meine Muskeln stöhnten von der ungewohnten Bewegung.

Dakim hatte auf dem Absatz kehrtgemacht und stand jetzt ganz dicht neben uns. »Sag das noch mal, Mädchen«, verlangte er.

Mein Kehlkopf tat unendlich weh, doch ich zwang ihn in meine Dienste, um die so wichtigen Worte hervorzuwürgen. »Die Angreifer haben keine Magie benutzt, um keine Aufmerksamkeit zu erregen. Auch haben sie mir die Magienetze übergeworfen, damit ich auf magischer Ebene nichts mehr spüren konnte, doch ich habe sie in ihrer Aufregung gerochen. Aas, es roch nach Aas. Es waren Fy.«

Dakim sah ein wenig so aus, als hätte ich ihn angespuckt, während Haikurs Miene kaum überrascht wirkte. Er sah den anderen Fy streng an. »Das hab ich die ganze Zeit gesagt«, knurrte er.

»Aber …«, setzte Dakim an, doch weiter kam er nicht. Schritte erklangen auf dem Gang. Jemand lief auf uns zu. Sofort hob Dakim das Schwert, während mich Haikur mit nur noch einer Hand festhielt und seinen Dolch zog.

Ich erkannte ihn am Geruch, bevor ich ihn sehen konnte. Er schlitterte regelrecht um die nächste Ecke, stand dann am oberen Ende der Treppe und sah zu uns hinunter. Der Wind, der ihn in höchster Aufregung stets umtanzte, hatte mir bereits den Hauch von Torf, durchmischt mit einem leichten Eisengeruch, zugetragen.

Eamon.

Auch Dakim hatte ihn erkannt, denn er senkte das Schwert genau wie seinen Kopf. »Fy-Riad«, begrüßte er ihn ungewöhnlich hochachtungsvoll. »Wir haben Inea gefunden.«

Langsam kam Eamon die schmale Treppe hinunter. Das wenige Licht reichte nicht aus, um sein Gesicht genauer erkennen zu können, doch seine Haltung verriet mir genug. Er war so angespannt, dass die Knochen knackten.

Haikur packte mich fester und versteckte mit einer unauffälligen Geste meine verwundeten Füße, indem er den Mantel etwas gerade-rückte. Er machte Anstalten, mich auf dem Boden abzusetzen, da hatte Eamon uns bereits erreicht.

Der Fy-Riad legte einfach seine Arme um mich und Haikur und drückte uns beide an sich. Haikur war davon eindeutig völlig überrumpelt, denn er rührte sich vor Schreck nicht einen Millimeter, während ich meine Arme dazu zwang, sich um Eamons Hals zu legen.

»Danke«, sagte Eamon zu Haikur. Jetzt sah ich endlich sein Gesicht. Es war eingefallener, abgemagerter. Sorgenfalten, die zuvor nicht da gewesen waren, zerfurchten die Haut. Seine Augen waren so schwarz wie die Nacht, mit vielen gelben Fünkchen darin.

»Für dich immer«, erklärte Haikur seltsam vertraut. Ich sah zu meiner Überraschung Tränen in den braunen Augen. Er erwiderte die Umarmung, indem er Eamon ebenfalls an sich zog. Ich war zwischen ihnen eingeklemmt, beschwerte mich jedoch nicht.

Haikur übergab mich vorsichtig an Eamon. Ich spürte seine kräftigen Finger, die sich um meine Schultern schlossen, meine Beine abstützten. Er zog mich etwas hoch, um sein Gesicht in meinen völlig verdreckten Haaren zu vergraben. So verharrten wir eine Weile, bis Dakim sich räusperte.

»Bekomme ich auch so eine herzliche Umarmung oder ist das nur für Familienangehörige?«, fragte er spitz.

Eamon blickte auf und drehte sich, damit er Dakim ansehen konnte. »Ich danke auch dir«, sagte er steif.

Ich sah es in Dakims grauen Augen funkeln und spürte die Anspannung in der Luft. Die beiden waren eindeutig keine guten Freunde, allerdings stand Eamon nun in Dakims Schuld. Der massige Fy wollte gerade etwas sagen, da trat Haikur zwischen die beiden und sah den vorlauten Fy scharf an.

»Lass es und benimm dich einmal in deinem Leben«, stutzte er ihn zurecht. »Wir sollten lieber kurz überlegen, was wir jetzt machen.«

»Er könnte noch ein paar Jeal abmetzeln, bevor wir mit der Wahrheit herausrücken«, schlug Dakim trocken vor.

Haikur seufzte tief und wandte sich Eamon zu. »Inea sagt, es waren nicht die Jeal, sondern die Fy, die sie aus deinen Zimmern entführt haben.«

Eamon nahm die Nachricht völlig unbeweglich auf. Überhaupt wirkte er sehr seltsam, so steif, so distanziert. Er roch schärfer als gewöhnlich, mächtiger. Auch wich er meinem Blick aus, was ich in diesem Fall gar nicht so schlecht fand. Ich musste schlimm aussehen.

Die beiden anderen Fy erwarteten eindeutig eine Reaktion auf die doch recht schockierenden Neuigkeiten, aber die blieb aus. »Ich bringe sie jetzt in Sicherheit«, sagte Eamon nur und hielt auf die Treppe zu.

Dakim und Haikur folgten hastig. »Was hast du denn nun vor?«, fragte Haikur.

»Schick bitte meinen Vertrauten zu mir. Du weißt schon wen«, ordnete Eamon an und ignorierte die Frage einfach. »Er soll alles mitbringen, was wir besprochen haben.«

»Also ich weiß nicht, wen du meinst«, stellte Dakim fest.

»Du sollst auch nicht nach ihm schicken. Du gehst zu Ineas Gefängnis und wartest, bis die Entführer zurückkehren. Bring sie mir lebend.«

»Die kommen nicht, wenn du hier einfach durch das Schloss spazierst und Inea überall rumzeigst.«

»Bislang wissen nur wir drei, dass wir sie haben. Das wird auch so bleiben.« Eamons Magie flammte auf, umhüllte mich und ihn. Ich quiekte erschrocken auf, als ich so plötzlich von dem feurigen Dampf umgeben war. Er klebte unangenehm auf der Haut und stank zum Himmel. Eamon drückte mich etwas fester an sich, als er meine Anspannung spürte.

»Seht ihr sie noch?«, fragte er.

»Nein«, erwiderte Haikur. Er nickte Dakim zu. »Los, mach, dass du in den Keller kommst.«

Dakim gab sich geschlagen und lief los. Eamon beachtete ihn nicht weiter und wandte sich Haikur zu, doch ich sah dem Dröhner über die Schultern des Fy-Riads dabei zu, wie er eine Treppe nach der anderen nahm. Kurz bevor er aus meinem Blickfeld verschwand, drehte er sich noch mal um. Als er in mein Gesicht blickte, verdrehte er die Augen und streckte Eamons Hinterkopf die Zunge heraus. Ich musste lächeln und er zwinkerte zurück. Dann war er fort.

»Schick bitte nach einer Sidhe mit dem Namen Mina. Sie arbeitet derzeit in der Küche und ist eine gute Freundin von Inea. Sie soll Sachen für eine längere Reise einpacken. Lummia, der Arven-Vorsteherin, sagst du, sie soll ihr Medizinpäckchen mitbringen. Die beiden kannst du offen zu mir bringen, unseren speziellen Freund müsstest du reinschmuggeln.«

Haikur nickte ernst. »In Ordnung. Schaffst du es denn unbehelligt bis zu deinen neuen Räumen?«

»Ich bin der Fy-Riad. Mich greift man nur aus dem Hinterhalt an«, erwiderte Eamon steif, drehte sich um und ließ den Fy einfach stehen.

»Pass auf dich auf«, rief der ihm hinterher. Eamon reagierte nicht, sondern lief weiter. Es ging eine steile Treppe hinauf, bis das Licht so hell wurde, dass ich die Augen dauerhaft geschlossen lassen musste. Es wurde immer lauter um mich herum. Leute schrien durcheinander, diskutierten, fluchten.

Wie es schien, waren wir auf dem Hof angekommen und traten mitten ins Chaos.

»Manchmal ist es das Beste, das, was alle suchen, direkt vor ihrer Nase zu verstecken«, murmelte Eamon. Er ging einfach durch die wartende Menge hindurch, die sich vor ihm teilte.

»Der Prozess ist für heute beendet. Ich muss mich um Wichtigeres kümmern«, rief er den Leuten zu. Mittlerweile war es gespenstisch still geworden. Eamon konnte vermutlich durch seine eigene Magie blicken, als sei sie gar nicht vorhanden. Ich hingegen sah nichts außer magischen Nebel.

Müde legte ich meinen Kopf an seine Schulter und ließ mich von ihm durch das Schloss tragen.

Wir konnten natürlich nicht miteinander sprechen, was mir in dieser Sekunde sogar ganz recht war. Ich genoss einfach nur seine Wärme und das Gefühl, ihn bei mir zu haben, ihm nah zu sein. Natürlich war mir klar, dass er mich gleich fortschicken würde, doch diesen Gedanken verdrängte ich, so gut es ging.

Er hielt plötzlich an und verlagerte mein Gewicht, um mich nur auf einem Arm zu balancieren. Wie er das schaffte, war mir schleierhaft. Vermutlich nahm er seine Magie zu Hilfe. Eine Tür knarrte. Er stieß sie mit der Schulter gänzlich auf, trat hindurch und warf sie mit dem Fuß hinter uns zu.

Dann blieb er stehen und atmete tief durch, während der Nebel wie Regen zu Boden sank. Jetzt konnte ich ihn endlich auch wieder sehen. Er blickte mich an, mit einem ganz seltsamen Ausdruck im Gesicht.

»Es tut mir leid«, sagte er leise zu mir. »Unendlich leid.«

»Du kannst doch nichts dafür«, erwiderte ich müde, aber tief in mir drin wusste ich, dass er nicht nur die Entführung meinte. Er deutete damit etwas anderes an, etwas viel Schlimmeres. Ich hatte in all der Zeit meiner Gefangenschaft erfolgreich einen bestimmten Gedanken verdrängt, der mich zur Verzweiflung gebracht hätte. Dieser eine Gedanke, den ich nicht hatte zulassen dürfen, um nicht verrückt zu werden, doch jetzt drängte er nach vorne und ich musste ihn aussprechen. »Was ist mit Fluh und Diamad?«, fragte ich.

Er musste nicht antworten. Sein Blick reichte schon. »Diamad hat es nicht geschafft«, sagte er leise. »Fluh wurde sehr, sehr schwer verletzt. Da ich mich nicht mit Winddrachen auskenne, habe ich sie zu deinen Eltern schicken lassen. Ich weiß nicht, ob sie noch am Leben ist.«

Eigentlich hatte ich erwartet, dass ich bei diesen Schreckensnachrichten zusammenbrechen, kreischen, hysterisch werden würde, doch mein Innerstes füllte sich lediglich mit einer tiefen Leere. Erschöpft ließ ich den Kopf gegen seine Schulter sinken und schloss die Augen.

Er wartete noch einen Moment auf eine Reaktion. Als sie nicht kam, ging er langsam auf ein Bett zu, das diesmal in der Mitte des Raumes stand. Wir waren nicht mehr in seine alten Zimmer zurückgekehrt. Dieses hier war viel spartanischer eingerichtet als das vorige, doch auch das war mir gerade einerlei.

Ich ließ mich wie eine Tote auf das Laken legen, ohne einen Gedanken daran zu verschwenden, dass es unendlich dreckig werden würde. Eamon war das ebenfalls egal. Er setzte sich auf die Bettkante und nahm meine Hand, sah mich an.

»Was kann ich tun, damit es dir besser geht?«, fragte er mit brüchiger Stimme.

»Leg dich neben mich«, antwortete ich leise. Er kam meiner Aufforderung sofort nach, legte sich mit Stiefeln, Mantel und Schwert zu mir und nahm mich vorsichtig in die Arme.

Ich verbarg mein Gesicht in seinem Kragen und erlaubte es einer einzigen Träne, im Stoff zu versickern. Danach schlief ich ein, viel zu erschöpft, um die Trauer zuzulassen.

»Sie hat Fieber. Die Wunden haben sich entzündet.«

»Ich weiß. Lasst sie uns erst einmal sauber machen, dann können wir die Verletzungen besser versorgen. Ich trage sie für euch ins Bad.«

»Aber nicht mit kaltem Wasser abwaschen.«

»Ich werde es erwärmen. Mina, bitte halte ihre Hand, während ich mich darum kümmere.«

»Natürlich.«

Eamons große, warme Hand verließ meine, stattdessen schob sich eine winzig kleine hinein. Ich öffnete mühsam meine Augen und blinzelte Mina an, die sich mit beiden Händen in meine krallte. Sie starrte auf die Stelle, an der einst mein kleiner Finger gewesen war, und weinte.

»Jetzt komme ich besser in die Ritzen rein, um da zu putzen«, flüsterte ich leise.

Sie blickte auf und fing noch heftiger an zu weinen, als sie sah, dass ich wach war. »Ach, Inea, es war so schrecklich. So, so schrecklich. Diamad tot, Fluh so schwer verletzt und du verschwunden und dann all die Verhaftungen und die Drohungen …«

Ich streichelte mit einem Finger ihre Hand. »Jetzt bin ich ja wieder da.«

Sie stockte mitten im nächsten Weinkrampf und sah mich fast böse an. »Du hörst jetzt sofort auf, mich zu trösten. Ich sollte dich in die Arme nehmen.«

Sie flog zu meinem Kopf und legte mir ihre kleinen Ärmchen um den Hals, drückte sich an mich. Ihr Geruch stieg mir in die Nase – Honig und Blumen.

Ein weiteres Gesicht tauchte in meinem Gesichtsfeld auf. Lummia beugte sich über mich. »Hallo, mein Kind«, sprach sie mich an und berührte mich kurz am Kopf. »Ich bin so froh, dass du lebst. Und schau, hier ist noch jemand, der dich begrüßen will.«

Liiad, der stürmische Wasserdrache, sprang mit einem Satz auf das Bett und drängelte sich unter meine Arme. Bei ihrem Anblick wurde ich gleichermaßen traurig und froh, erinnerte sie mich doch schmerzhaft daran, was ich verloren hatte. Ihre sanfte Magie, die mich plötzlich umschwebte, legte sich jedoch auch heilsam auf meine Seele.

»Liiad«, flüsterte ich und drückte sie fest. Sie schnaubte und machte das Bett vor Aufregung nass. Lummia bemerkte das natürlich und hob sie hastig wieder fort.

»Hör auf zu tropfen, sonst darfst du nicht zu Inea«, schimpfte sie und setzte den plätschernden Drachen ein Stückchen entfernt auf die Dielen. Mir fiel abermals auf, dass sie ihren Drachen wieder nicht dabeihatte. Ich war jedoch zu müde, um nachzufragen.

Eamon kam in dieser Sekunde in den Raum zurück. Ich erwartete ein Lächeln oder irgendwas, doch seine Miene blieb unbewegt. Er nickte Lummia lediglich zu. »Das Wasser wäre so weit.« Als er Anstalten machte, auf mich zuzugehen, trat Lummia zwischen mich und ihn.

»Was jetzt kommt, ist reine Frauensache.«

Er runzelte die Stirn. »Mag sein. Ich trage sie aber zumindest ins Bad, danach könnt ihr mich meinetwegen fortschicken.«

Lummia erlaubte ihm, an ihr vorüberzutreten und mich auf die Arme zu nehmen. Ich nutzte die Chance, um ihm schnell über das Gesicht zu wischen. Es war so voller Sorgenfalten, dass es ganz anders aussah.

Lummia wuselte an uns vorüber. In den Händen trug sie einen Hocker, den sie vor die Badewanne stellte. Dieses Bad war deutlich kleiner als das andere, dafür aber gemütlicher. In der Rinne sprudelte das Wasser, während aus der Wanne heißer Dampf aufstieg. Offenbar hatte Eamon das Wasser bereits erwärmt.

»Setzt sie bitte auf den Hocker. Wir müssen erst einmal gucken, ob wir sie einfach in heißes Wasser legen können. Wenn sie zu viele Wun…« Sie unterbrach sich, als sie Eamons Blick bemerkte. »Setzt sie einfach hier hin«, erklärte sie lahm.

Er tat wie geheißen und hielt mich fest, als ich leicht schwankte. »Ich kann auch bleiben«, bot er freundlich an. »Mir wäre das lieber.«

Ich schüttelte den Kopf. »Lummia und Mina sind wie aufgescheuchte Hühner, solange du dabei bist. Außerdem haben sie recht: Es wäre mir unangenehm.«

»Das muss es nicht sein.« Er sah mich bittend, fast flehend an, doch ich blieb hart.

»Bis gleich«, sagte ich mit fester Stimme. Er gab nach und bedeutete Lummia, mich stützen zu müssen. Seine Hand verschwand von meiner Schulter, und ich bereute meinen Entschluss fast sofort. Trotzdem. Es war richtig so.

Wir warteten, bis Eamon die Tür hinter sich geschlossen hatte, dann sah mich Lummia fest an. »So. Jetzt zeig mal, was du so akribisch vor ihm zu verstecken versuchst.«

Langsam ließ ich den Mantel zu Boden fallen, sodass alle meine Wunden zutage kamen. Blaue Flecken, Quetschungen, tiefe Blessuren von den Fesseln, eitrige Blasen fast überall. Doch der Rücken war am schlimmsten. Ich drehte mich, damit Lummia einen Blick darauf werfen konnte. Sie versuchte zwar, ein neutrales Gesicht zu behalten, aber ich sah ihr Entsetzen.

»Ach verdammt«, fluchte sie, was es nicht so ganz traf.

»Ich glaube, ich habe mich wund gelegen«, sagte ich leise. Jetzt, wo frische Luft an den Rücken kam, fing er an zu brennen.

»Ja, das kann man wohl so sagen. Mach dir keine Gedanken. Das bekommen wir schon hin. Nur die Wanne können wir vergessen, die würde dich umbringen.«

Also begannen Lummia, Mina und Liiad damit, mich mühsam mit Lappen abzuwaschen. Bald schon war das ganze Bad voller Wasserlachen. Ich ertrug es einfach, obwohl mir die Aktion furchtbar unangenehm war.

»Vergewaltigt haben sie dich aber nicht?«, fragte Lummia in die angespannte Stille hinein.

Ich schüttelte den Kopf.

»Na, immerhin etwas«, brummte die Arven. »Das sollten wir dem Fy-Riad dringend mal sagen.«

»Was ist während meiner Abwesenheit passiert?«, fragte ich. Vor der Antwort fürchtete ich mich zwar, doch ich musste es wissen.

»Der Fy-Riad hat das Schloss auf den Kopf gestellt, buchstäblich. In der Küche stand danach eigentlich nichts mehr am selben Platz. Jeder, der dich kannte, wurde zu Befragungen gerufen, jeder war verdächtig. Es war grässlich«, erzählte Lummia. Sie werkelte gerade an meinem Rücken herum, was furchtbar wehtat. Mir war schlecht, aber ich wusste, dass ich durchhalten musste.

»Dann kam der erste Erpresserbrief. Mina war es, die ihn fand. Er lag einfach auf unserem Küchentisch. Wer auch immer ihn dort hingelegt hat, muss dem Küchenpersonal bekannt gewesen sein. Es war irgendwer von uns, woraufhin wir alle verhaftet wurden. Keiner von uns will etwas gesehen haben, aber die Fy glaubten uns nicht. Sie führten sich auf wie die Verrückten.«

»Was wollten die Entführer von Eamon?« Darüber rätselte ich schon eine ganze Weile.

»Sie wollten, dass er den Fy-Riad der Tul Curragh endlich erledigt.«

»Und er hat sich geweigert?«, fragte ich überrascht.

»Ja, das hat er. Er meinte, er sei noch nicht so weit, um den Fy-Riad herauszufordern. Als dann dein kleiner Finger gefunden wurde … ach, es war alles ganz schlimm. Er ist einfach nicht auf die Forderungen der Entführer eingegangen, sondern hat den Jeal die Hölle heißgemacht. Alle Anzeichen verdichteten sich, dass sie etwas damit zu tun haben mussten. Gleichzeitig versuchte irgendwer, den Verdacht auf das Küchenpersonal zu lenken. Ich weiß nicht, was das sollte.«

Mina war gerade dabei, die vielen Kratzer in meinem Gesicht zu reinigen. Sie sah mich scharf an. Da sie mich gut kannte, ahnte sie, was in meinem Kopf vorging. »Ich glaube, unser Fy-Riad konnte gar nicht auf die Entführer eingehen. Hätte er getan, was sie wollten, hätte man dich so oder so getötet. So blieb ihm noch Zeit, um dich zu suchen.«

Ich wollte gerade nachdenklich nicken, da hörte ich Stimmen aus dem anderen Raum. Wir lauschten gespannt.

»Wer ist da bei Eamon?«, fragte ich neugierig.

»Keine Ahnung. Soll ich mal gucken?«

Hastig schüttelte ich den Kopf. »Wenn Eamon uns informieren will, wird er das schon tun. Seht lieber zu, dass ich nicht mehr so schlimm aussehe. Eamon wirkt … verändert.«

»Er ist mehr und mehr zur Bestie geworden. Ich habe gehört, dass die Fy darüber geredet haben, ihr Kriegsherr sei verrückt geworden.«

»So schlimm wirkt er aber auch nicht«, protestierte ich schwach. Seine Magie war stärker als zuvor, das ja. Auch war sein Blick unstet und er wich mir immer wieder aus, aber ansonsten sprach er ganz normal.

Lummia seufzte in meine Gedanken hinein. »Jetzt, wo du zurück bist, spricht er wieder. Während deiner Abwesenheit … er hat uns allen ziemliche Angst gemacht. Der Fy-Riad der Tul Curragh soll ja ebenfalls absolut verrückt geworden sein und sein Volk versklaven. Wir hatten Angst, dass uns das gleiche Schicksal blüht. Wenn du nicht aufgetaucht wärst, hätte das auch durchaus sein können.«

Mina wich meinem Blick aus, während ich versuchte, ihre Meinung durch Starren herauszufinden. »Denkst du genauso, Mina?«, fragte ich sie schließlich.

Sie sah mich traurig an. »Wir sitzen auf einem Pulverfass. Deinen Eamon, so wie du ihn kanntest, gibt es nicht mehr. Die Magie hat ihn geholt.«

Ich schluckte und hätte gerne protestiert, doch ich hatte die Veränderung bereits in den wenigen Minuten bemerkt, in denen er mich getragen hatte. Seine Körperhaltung war so anders, auch die Art zu sprechen. Was er sagte, klang immer vernünftig, aber es war so, als müsse er sich dafür furchtbar anstrengen.

Es klopfte an der Tür.

Lummia reagierte augenblicklich und warf mir ein riesiges Handtuch über die Schultern, während Mina sich beeilte, meine völlig zerschrammten Füße zu bedecken. Die Tür ging einen Spalt auf, doch Eamon kam nicht herein. »Wie lange braucht ihr?«, fragte er.

»Eine ganze Weile noch. Wir machen sie erst sauber, danach müssen wir sie verbinden.«

»Ihr habt eine Stunde, dann muss sie los.«

»Was?«, riefen wir drei gleichzeitig entsetzt.

Ich sprang auf und wäre wohl zur Tür gestürzt, wenn mich die Kraft in meinen Beinen nicht verlassen hätte. Lummia fing mich hastig auf und setzte mich zurück auf den Hocker. Ich schwankte und sah, dass meine ohnehin weiße Haut jetzt ganz grau geworden war.

»Sie ist heute nicht in der Lage dazu, irgendwohin zu reisen«, widersprach Lummia wütend. Ob Fy-Riad oder nicht – sie war gerade viel zu aufgeregt, um vor dem Status Angst zu haben.

»Sie reist noch heute ab. Mina darf mit, wenn sie möchte«, bestimmte der Fy-Riad. »Ich diskutiere darüber nicht weiter. Seht zu, dass sie fertig wird.«

Die Tür klappte wieder zu. Wir starrten sie eine Weile schweigend an.

»Was sagt man dazu?«, murmelte Lummia etwas pikiert. »An ihm ist ein Diktator verloren gegangen.«

»Er meint es ernst«, erwiderte Mina. Sie hatte bereits einen Lappen in der Hand und wischte mir entschlossen über die Schultern. »Wir sollten uns beeilen.«

Ich ließ die Behandlung reglos über mich ergehen, während ich die Tür im Blick behielt. Lummia verrieb irgendeine scharfe Salbe auf meiner Haut, die den Schmerz betäubte, Mina wusch die vielen kleinen Wunden sorgsam aus und bandagierte sie. Die beiden arbeiteten schnell und effizient.

Sie waren gerade dabei, mich in ein einfaches graues Kleid zu stecken, da ging die Tür abermals auf. Wir erschraken alle gemeinsam, als Eamons Gestalt auftauchte.

»Ist sie so weit?«, fragte er an Lummia gewandt.

»Sie ist anwesend und möchte mit dir sprechen«, erwiderte ich mit möglichst fester Stimme. Vom langen Schweigen war sie jedoch weiterhin rau und ziemlich leise. »Allein«, setzte ich etwas lauter hinzu.

Lummia zuppelte nervös an einigen Falten des Kleides herum und warf Mina einen fragenden Blick zu. Eamon beendete das Ganze jedoch ziemlich rasch. »Eeon wartet«, erklärte er, meine Aussage einfach ignorierend. Er winkte herrisch. Als ich mich nicht rührte, kam er zu mir und bot mir die Hand an. »Komm!«

Ich brach als Antwort in Tränen aus und rührte mich nicht.

Eamon ließ seine Hand langsam sinken und sah mich schweigend an, während Mina vor Unsicherheit die Schürze wrang. Weil niemand etwas sagte, war lange Zeit nur mein Schniefen zu hören.

»Mach es nicht noch schwerer, als es ohnehin schon ist«, sagte Eamon schließlich leise. »Du darfst zu deinen Eltern zurück. Fluh wartet dort auf dich, und sie braucht dich.«

»Du brauchst mich auch.«

»Nein. Für mich ist es zu spät. Das Einzige, was uns jetzt noch übrig bleibt, ist, dich in Sicherheit zu bringen. Also komm jetzt!«

Ich schüttelte hektisch den Kopf, woraufhin der Gestank nach Magie deutlicher wurde. Eamons Frustration ließ sie wieder kochen.

»Ich glaube, wir lassen euch dann doch mal alleine«, merkte Lummia vorsichtig an.

»Das ist nicht nötig«, erwiderte Eamon steif. Bevor ich irgendwie reagieren konnte, hatte er die kurze Distanz zwischen uns überwunden, mich gepackt und hochgehoben. Dabei ging er überraschend sanft mit mir um. Seine Hände waren vorsichtig, sein Griff stark, aber behutsam.

Er drehte sich mit mir auf den Armen um und manövrierte sich an Lummia und Mina vorbei, um aus dem Raum zu stapfen. Ich lehnte mich verkrampft an ihn und ließ die Tränen laufen. Sein Gesicht wirkte wie aus Stein, doch ich sah den Kummer in den Augen. Er wollte mich nicht gehen lassen, hielt es aber für das Beste.

»Tu das nicht«, flüsterte ich leise. »Stoß mich nicht von dir weg. Das habe ich nicht verdient.«

Er antwortete nicht, da wir im Schlafzimmer angekommen waren. Hier warteten Eeon und zu meiner Überraschung auch Haikur und der Dröhner Dakim. Als die drei uns sahen, strafften sie sich unwillkürlich und nickten mir zu.

»Sie sieht schon viel besser aus«, merkte Haikur vorsichtig an. Er fühlte sich eindeutig unwohl in seiner Haut und trat von einem Bein aufs andere. Dabei huschte sein Blick immer wieder zwischen mir und Eamon hin und her.

Eamon reagierte auch auf seine Worte nicht, sondern blieb kurz vor Eeon stehen. Jetzt spürte ich, wie sein Herzschlag sich verdreifachte und seine Atmung immer schneller wurde.

Ich wollte gerade etwas sagen, da ging die Tür zum Flur plötzlich auf. Der Geruch nach Fy wehte herein, Stahl klapperte. Eamon reagierte augenblicklich, stellte mich abrupt auf die Beine und wirbelte herum, um sich seinen Gegnern zu stellen.

Ich schwankte und hielt mich an seinem Rücken fest, linste an ihm vorbei. Braidar kam mit finsterster Miene herein, dicht gefolgt von einem ganzen Tross an Wachen.

»Inea ist also wieder aufgetaucht«, stellte er düster fest. Sein Blick suchte meinen. Seltsamerweise sah er mich so an, als wolle er sich bei mir entschuldigen. Seine Miene wirkte irgendwie verzweifelt, hin- und hergerissen. Dann straffte er sich, glättete seine Züge und sah Eamon an. »Sieh mich an, mein Freund, und sag mir, dass du mich nicht töten willst, um sie zu verteidigen.«

Eamons Körperhaltung war Antwort genug. Seine Magie peitschte auf und verdunkelte ihn. Viele der sprühenden Funken auf seiner Haut waren sogar schwarz, ein Zeichen höchster Aufregung.

Braidar sah das ebenfalls und seufzte tief. »Tu das nicht, Eamon«, bat er leise. »Zwing mich nicht.« Er sah hoch und blickte hinter mich, nickte jemandem zu. »Es tut mir leid, aber es geht nicht anders. Dakim?«

Aus dem Augenwinkel sah ich, wie der Dröhner auf mich zusprang. Er versuchte mich zu packen, in seine Gewalt zu bringen, doch Haikur sprang beherzt dazwischen. Er schlug den Arm des Fy weg und trat nach ihm.

Eamon hingegen brüllte zornig auf und hob die Arme, bereit, mich mit Magie zu verteidigen. Braidar versuchte noch, ihn zu erreichen, doch da entfesselte Eamon die Hölle auf Erden. Zum Glück ließ er nicht allesamt in diesem Raum einfach platzen, aber er zwang sie zumindest in die Knie. Die Wachen und Braidar gingen mit einem Schrei zu Boden. Braidar erbrach sich sogar und sackte danach zuckend auf die Seite.

Vor Entsetzen konnte ich zunächst keinen Muskel rühren, doch dann ging ich dazwischen. »Hört auf«, schrie ich so laut ich konnte. »Hört sofort auf, verdammt noch mal!«

Eamon, der Braidar gerade mit seiner Magie zu Boden geschleudert hatte, erstarrte. Auch Haikur hörte auf, den Dröhner besinnungslos zu würgen, und lockerte seinen Griff. Die Wachen, ohnehin vollkommen ausgeschaltet, zuckten wenigstens nicht mehr, sondern entspannten sich etwas.

Eine gespenstische Stille senkte sich über den Raum.

»Du willst Eamon doch gar nicht töten«, sagte ich zu Braidar. Der rollte sich mühsam auf den Rücken, atmete keuchend ein und aus, von Eamons tödlicher Magie belagert.

»Nein«, krächzte er. »Aber er ist wahnsinnig geworden. Die Macht, die du über ihn hast, wird immer stärker und unkontrollierbarer.«

»Sei froh über diese Macht. Ich bin die Einzige, die verhindern kann, dass er das Schloss nicht einfach in Schutt und Asche legt«, widersprach ich mit fester Stimme. »Hast du mich entführen lassen?«

»Bestimmt nicht. Was habe ich von einem wahnsinnigen Fy-Riad?«

Da hatte er auch wieder recht.

»Dann finde gefälligst heraus, wer es gewesen ist, anstatt Eamon und mich töten zu lassen.«

Eamon schwieg. Ich spürte, dass sein Innerstes sehr weit fortgeschwemmt war. Mein Schrei hatte ihn kurzfristig zur Besinnung gebracht, allerdings fragte ich mich, wie lange das noch anhielt.

Braidar sah Eamon vom Boden aus nachdenklich an, nickte in meine Richtung. »Ihr wird nichts geschehen, wenn du dich jetzt ergibst. Du hast mein Wort«, sagte er langsam. »Ich versichere dir, dass ich sie nicht habe entführen lassen. Jetzt gerade wollte ich sie allerdings in meine Gewalt bringen, damit du dich ergibst. Du bist vollkommen außer Rand und Band, Eamon.« Als er das sagte, bemerkte ich einen sehr seltsamen Ausdruck in seinen Augen. Frustration? So ganz wurde ich aus ihm nicht schlau.

Ich wollte gerade für Eamon antworten, da sprach der Fy-Riad endlich. Er klang unheimlich und fremd. »In Ordnung«, erklärte er. Langsam ließ er sich auf die Knie sinken. »Eeon wird Inea zu ihrer Familie geleiten. Ihr wird nichts geschehen. Mit mir dürft ihr machen, was ihr wollt. Mein Leben liegt in euren Händen.«

Er legte zum Zeichen des Friedens die Finger an den Hinterkopf und senkte den Blick. Fassungslos sah ich ihn an, doch ich kam nicht dazu, darauf etwas zu sagen. Braidar und die Wachen kamen erstaunlich flink wieder auf die Beine, gelöst von Eamons Zaubergriff.

»Du hast mein Wort, Eamon«, erklärte Braidar mit fester Stimme. Er sah jemanden hinter mir an. »Eeon, bring Inea weg. Sofort.«

Eeon reagierte tatsächlich. Er hob mich mit einem Ruck auf die Arme und trat an Eamon vorüber. Der kniete noch immer am Boden, sah starr auf einen imaginären Punkt auf den Dielenbrettern.

In dieser Sekunde erkannte ich erst, dass man mich fortbringen würde, fort von Eamon. Für immer. Ich stemmte mich gegen Eeons Griff und schrie empört auf. »Was macht ihr denn?«, schrie ich und wand mich, doch Eeon hielt mich fest umklammert, verstärkte den Griff sogar noch weiter.

Kurz bevor ich aus dem Raum geschleppt wurde, sah Eamon doch noch auf. Er sah müde und abgekämpft aus, aber auch ein klein wenig erleichtert. »Sei stark«, flüsterte er leise die Abschiedsworte der Fy, dann fiel die Tür hinter uns ins Schloss.

Zuhause

Eeon und Mina hatten ihre liebe Not, mich aus dem Schloss zu bekommen. Ich tobte und wütete und war für keine Argumente zu erreichen. Irgendwann brach meine Gegenwehr zusammen wie ein Kartenhaus. Ich schlug die Hände vors Gesicht und weinte bitterlich.

Danach schwieg ich und hatte nicht einmal die Kraft, großartig nachzudenken.

Ich wollte nicht wissen, was mit Dverga geschehen war.

Oder mit dem toten Leib meines Drachen.

Oder mit den Jeal, die nach meiner Entführung verhaftet worden waren.

Eeon trieb von irgendwoher zwei Pferde auf, doch ich konnte mich nicht alleine halten. Also nahm er mich mit zu sich auf den Rücken des Tieres und führte das andere am Halfter. Wir ritten durch eine zerstörte Welt, vorbei an den zerfetzten Wällen und den kaputten Dörfern dazwischen. Ich bekam davon wenig mit und dämmerte vor mich hin. Mein Körper war so erschöpft, dass ich kaum atmen konnte.

Das Einzige, was ich wahrnahm, waren die letzten Worte von Eamon. Sei stark. Die Abschiedsworte der Fy. Ausgerechnet die der Fy. Kein »ich liebe dich«, kein »leb wohl«. Sei stark.

Ich hatte ja auch nichts zu ihm sagen können. Es war alles so schnell gegangen, so verdammt ... Mein Hirn schaltete sich aus, ich sackte in mich zusammen.

Wir ritten die ganze Nacht durch, den darauffolgenden Tag und die halbe Nacht darauf. Zwischendurch wechselte Eeon immer wieder von einem Pferd aufs andere, aber ich wurde nie so richtig wach dabei. Ich spürte Eeons Sorge, genau wie ich Minas vorsichtige Berührungen bemerkte. Sie sprach beruhigend auf mich ein, versuchte mich zu wecken, doch ich blieb in meinem Trancezustand.

Ich wurde erst etwas munterer, als ich die Gegend um mich herum zu erkennen glaubte. Der Bach … dort waren wir zu seltenen Gelegenheiten hingegangen, um bei den Festspielen der umliegenden Dörfer mitzumachen. Da … das Wäldchen. Es war wilder als in meiner Erinnerung, aber ich erkannte es wieder. Hier hatten wir unser Holz für edlere Tische und Bänke geholt. Und dann … die Lichter einer vertrauten Silhouette. Mein altes Dorf. Etwas größer als damals, aber ich erkannte es wieder.

Eeon schien sich auszukennen. Er umrundete die kleinen Hütten in einem großzügigen Bogen und ritt einen schmalen Pfad entlang, der mir so vertraut war, dass es in meinem Herzen wehtat. Wie oft war ich ihn in meiner Kindheit entlanggelaufen? Wie oft war ich ihn gerannt?

»Du hast es gleich geschafft«, flüsterte mir Eeon in mein Ohr. Ich nickte schwach, ignorierte ihn aber ansonsten weiter. Ein wenig half mir der Gedanke, endlich meine Eltern wiederzusehen. Ich versuchte mich aufzurichten, gab jedoch schließlich kraftlos auf. Meine Knochen gehorchten mir nicht mehr, und obwohl ich fest in zwei Mäntel eingewickelt war, fror ich bis ins Mark.

Mina hockte schweigend auf dem Rücken des zweiten Pferdes und zappelte nervös mit den Flügeln herum. Ihre sonst so schimmernde blaue Aura war zu einem müden Glimmen geschrumpft. Auch sie war am Ende ihrer Kräfte.

Da es tiefste Nacht war und uns offenbar niemand angekündigt hatte, lag das Haus meiner Familie im Dunkeln. Die Fensterläden waren fest verschlossen, genau wie das kleine Tor am Hofeingang. Eeon hielt die Pferde an, sprang behände hinüber und lief zu der Haustür, um dagegenzuwummern.

Ich hielt mich krampfhaft am Sattelknauf fest und versuchte, nicht ohnmächtig zu werden. Mina sah das und kam zu mir, um mir beruhigend eine Hand auf meine zu legen. Wir schwiegen und beobachteten, wie Eeon abermals und abermals gegen die Tür schlug. Mein Herz beschleunigte sich im Takt seiner Hiebe, bis ich den ersten Lichtschein hinter einem Fenster erkennen konnte.

»Sie sind wach«, flüsterte Mina.

Es dauerte noch eine Weile, bis die Tür sich öffnete. Aus meiner Erinnerung wusste ich, dass mein Vater sicherlich seinen alten Knüppel gesucht hatte, bevor er mitten in der Nacht die Tür öffnete. Mutter stand schätzungsweise mit einem Küchenmesser bewaffnet direkt hinter ihm.

Zuerst sah ich nur einen schwachen Lichtfunken durch einen winzigen Spalt in der Tür, eine Silhouette, die sich mit Eeon unterhielt. Sekunden später wurde die Tür ganz aufgerissen und mein Vater kam in riesigen Sprüngen barfuß über den Hof gelaufen. Er trug lediglich eine völlig zerlöcherte Schlafhose. Mit einem eleganten Satz überwand er den kleinen Gartenzaun und sprang zu mir.

»Inea«, keuchte er. »Meine kleine Inea!« Er hob die Arme und ich ließ mich einfach seitlich vom Pferd hineinfallen, im festen Glauben, dass er mich auffangen würde. Er sackte an Ort und Stelle in die Knie und hielt mich, während er mich weinend an sich drückte.

»Du bist zu Hause«, sagte er leise in mein Ohr.

Neben mir klimperte es. Eeon hatte den Schlüssel besorgt, um das Gartentor zu öffnen. Dahinter hampelte meine Mutter herum, die es kaum erwarten konnte, mich ebenfalls zu begrüßen. Sie schob sich an Eeon vorüber, kniete sich neben uns und nahm mich in die Arme. »Alles wird gut«, erklärte sie mir mit fester Stimme. So, wie sie es sagte, hätte ich es fast glauben können.

Mein kleiner Bruder Neas hatte mein altes Zimmer bekommen. Das musste er umgehend räumen, damit ich in einem Bett schlafen konnte. Der Vierjährige verzog sich ohne Protest, wobei ich ihn nur ganz kurz zu Gesicht bekam. Wahrlich, er kam wirklich nach meinem Vater.

Meine Mutter steckte mich sofort ins Bett, fütterte mich mit irgendeiner Suppe und umsorgte Mina mindestens genauso fürsorglich, als wäre sie ihre eigene Tochter. Sie durfte auf einem Klappbett neben mir schlafen, wobei das Klappbett reine Tradition war. Sie war so klein, dass sie ohne Probleme neben mir liegen konnte, doch Sidhe waren da eigen. Den Großen gab man ebenfalls ein eigenes Bett, also bekamen Sidhe das auch.

Ich ließ mich für den Moment betüddeln und war einfach nur froh, zu liegen.

»Wo ist Fluh?«, fragte ich schließlich in einem der seltenen Augenblicke, in denen meine Mutter nicht auf mich einredete. Sie verharrte sofort in der Bewegung.

»Sie liegt unten vor dem Kamin. Sie lebt.«

»Aber?«

»Es geht ihr nicht gut.«

»Kannst du sie trotzdem holen? Bitte?«

Mama überlegte kurz, gab sich dann aber geschlagen. Sie huschte fort und kam nur wenig später mit einem Hundekorb wieder, in dem Fluhs matt schimmernde Gestalt lag. Sie rührte sich kaum, schnaufte aber zumindest erfreut, als sie meine Präsenz spürte.

Ich versuchte mich ein wenig aufzurichten, um in den Korb schauen zu können, doch Mama drückte mich nach unten. Vorsichtig hob sie Fluh heraus und legte sie mir in die Arme, deckte uns beide zu. Ich hatte es dennoch gesehen.

Fluhs Flügel waren zerfetzt, viele Schuppen für immer verloren. Am Rest des Körpers hatte sie schreckliche Wunden. Ich presste sie schweigend an mich. »Es wird alles gut«, wiederholte ich die Worte meiner Mutter. Ich streichelte den Drachen vorsichtig und gab es auf, weitere Tränen zurückzuhalten.

Die nächste Woche war grässlich. Die Schrecken der vergangenen Wochen holten mich mehr und mehr ein. In der Nacht schlief ich kaum oder wachte von einem Albtraum nach dem anderen auf. Manchmal weckte mich meine Mutter, weil ich endlich jene Schreie ausstoßen konnte, die ich in meinem Gefängnis nicht hatte loswerden können. Manchmal saß auch mein Vater neben meinem Bett und hielt meine Hand, bis ich von allein aufwachte. Wir bekamen alle in dieser Zeit kaum Schlaf.

Tagsüber taumelte ich von Stunde zu Stunde. Ich war wie betäubt, was zum Teil am Fieber lag, das kam und ging. Jeden Morgen zwang ich mich aus dem Bett, um mich nicht in meinem Selbstmitleid zu baden, doch es wurde immer schwerer, mich weiter anzutreiben. Mein Körper wollte nicht so wie mein Geist und umgekehrt. Ich vermisste Diamad, wann immer ich Fluh ansah. Die Stelle um meinen Hals, an der er sonst immer gesessen hatte, fühlte sich kahl und unnatürlich an. Außerdem würgte mich das schlechte Gewissen. Wenn ich mich nicht auf Eamon eingelassen hätte, wenn ich mich nicht mitten in die Intrigenwelt begeben hätte … wäre mein kleiner Drache dann noch am Leben?

Eines Morgens gab ich auf und blieb einfach liegen, viel zu erschöpft, um mit mir zu kämpfen. Fluh rührte sich in dieser Zeit so gut wie gar nicht. Sie kuschelte sich lediglich dicht an meine Haut und seufzte leise. Der Verlust von Diamad hatte sie noch härter getroffen als den Rest meiner Familie.

Der Tag im Bett tat mir überhaupt nicht gut. Ich versuchte abends aufzustehen, doch meine Muskeln waren so verspannt, dass ich stürzte. Mina musste Vater holen, damit der mich wieder ins Bett hob. Ich sah die Sorge in den Augen meiner Eltern, was mir furchtbar leidtat. Endlich war ihre Tochter wieder zurückgekehrt, doch wie es schien, war sie nur noch ein Schatten ihrer selbst.

Eeon blieb zu meiner Überraschung erst einmal bei uns. Der blonde Mann mit den verrückten Locken kam mich besuchen, schwieg aber genau wie ich die meiste Zeit. Auch er war tief in Gedanken, kämpfte mit seinen eigenen Dämonen. Als es mir immer schlechter ging, wurde er unruhiger, ging vor meinem Bett auf und ab und musterte mich.

Irgendwann setzte er sich auf den Rand der Matratze und nahm meine Hand fest in seine. »Was kann ich tun, damit es dir besser geht?«, fragte er.

Ich öffnete müde die Augen, um ihn anzusehen. »Gib mir einfach Zeit«, murmelte ich. »Zeit heilt doch bekanntlich alle Wunden.«

»Dir geht es aber von Stunde zu Stunde schlechter. Was ist los?«

»Weißt du, was sie mit Eamon gemacht haben?«, fragte ich wie Tausende Male zuvor.

Eeon seufzte tief. »Nein. Ich weiß immer noch nichts Genaues. Er lebt. Mehr ist nicht bekannt. Aber die Sorge um Eamon ist nicht das Einzige, das dich so krank macht.«

Ich zuckte mit den Achseln, was einen reißenden Schmerz durch meinen ganzen Körper schickte. »Während meiner Gefangenschaft habe ich alle Kraft darauf verwendet, um zu überleben. Jetzt bin ich ausgelaugt. Das wird schon wieder.« Eine Träne stahl sich abermals aus meinen Augenwinkeln. Ich blinzelte sie verärgert weg. Es passte nicht zu mir, eine Heulsuse zu sein, doch meine Nerven spielten nicht mehr mit. »Es tut mir leid, dass ich gerade so elend aussehe.«

»Du musst dich nicht entschuldigen, aber so langsam machst du uns Angst.«

»Ich stehe gleich auf«, versicherte ich eilig.

»Das ist es ja. Du kannst nicht mehr aufstehen. Erinnerst du dich nicht mehr? Du hast es vor fünf Minuten versucht.«

»Oh«, machte ich betroffen. Das wusste ich tatsächlich nicht mehr. Ich wollte noch etwas sagen, doch der Gedanke entglitt mir und ich schlief ein.

»Fluh geht es schlechter.«

»Ich weiß. Wenn sie stirbt, überlebt Inea das nicht.«

»Was sollen wir denn nur tun?«

Ich öffnete müde ein Auge und sah in die Runde. Meine Mutter sah verheult aus und klammerte sich an den Arm meines Vaters, während der vor Sorge ganz grau im Gesicht war. Eeon tigerte nervös im Raum herum.

Da ich zu erschöpft war, um mich in das Gespräch mit einzuklinken, streichelte ich vorsichtig über den klammen Körper meines Drachen. Fluh war eiskalt, was bei einem Winddrachen nicht zwingend ungewöhnlich war. Doch diese Kälte ging tiefer, als sie sollte. Ich tastete mit meiner Magie nach ihrem Herzschlag, der viel zu langsam und träge war. Die Wunden heilten seit Tagen nicht mehr, einige waren bereits wieder aufgebrochen. Es ging zu Ende mit Fluh.

»Es tut mir leid«, flüsterte ich ihr so leise zu, dass es niemand anderes hören konnte. Sie regte sich nicht, da sie schon längst in eine andere Sphäre abgeglitten war.

Es war Zeit, Abschied zu nehmen.

Innerlich versuchte ich mich auf das vorzubereiten, was da auf mich zukam, doch allein der Gedanke war unvorstellbar. Diamads Tod hatte mich im Nachhinein völlig aus der Bahn geworfen. Was würde geschehen, wenn auch Fluh mich verließ?

Ein Schatten fiel auf mich. Eeon hatte sich vor das Bett gehockt, um mich ansehen zu können. »Ich hole Hilfe, Inea. Hörst du? Du musst nur durchhalten. Versprichst du mir das?«

Ich nickte schwach, doch das, was ich brauchte, konnte er ohnehin nicht herholen.

Das Bett senkte sich. Jemand setzte sich zu mir. Ich war zu faul, um meine Augen zu öffnen. Die Präsenz kam mir nur vage bekannt vor, daher interessierte sie mich nicht besonders.

»Wie lange fiebert sie jetzt schon so?«, fragte eine mir unbekannte männliche Stimme.

»Seitdem ihr Winddrache in diesem komatösen Zustand liegt.« Das war die Stimme meiner Mutter.

Eine Hand legte sich auf meine Stirn, etwas Kaltes berührte meine Brust. »Ihr Herz schlägt bereits unregelmäßig. Sie ist sehr schwach. Die Wunden sind jetzt zwei Wochen alt? Dafür sind sie aber wenig verheilt.«

»Sie lässt ihre Kraft in ihren Drachen fließen. Das ist zumindest unsere Theorie.«

Etwas klatschte gegen meine Wange. Ich kämpfte mit mir und zwang die Augen auf, blickte in ein bärtiges Gesicht. Ein Arven, den ich nicht kannte. Er lächelte, was ihn gleich viel freundlicher aussehen ließ.

»Hallo, Inea«, begrüßte er mich mit ruhiger Stimme. »Ich bin der Stadtheiler von Tul Dalla. Der Erste Berater schickt mich, um nach dir zu sehen.«

Der Erste Berater? Ich runzelte die Stirn und ließ meinen Blick suchend durch das Zimmer gleiten, fand schließlich Eeon. »Hast du Neuigkeiten?«, fragte ich.

Eeon schüttelte seine blonden Locken. »Braidar hat mich sofort abgeblockt, aber zumindest schickt er Hilfe.«

»Ist Eamon tot?«

»Nein. Er lebt, aber ich konnte ihn nicht sprechen. Sie schirmen ihn ab. Selbst Haikur konnte ich nicht sehen.«

Ich fixierte den fremden Mann mit meinen Blicken. »Könnt Ihr meinen Drachen heilen?«, fragte ich ihn stockend. Das Reden strengte mich mehr an, als es sollte.

»Nein, meine Liebe. Für deinen Drachen ist es zu spät, deshalb musst du dich jetzt von ihm lösen. Damit du nicht sein Schicksal teilst, musst du deine Kraft auf dich selbst anwenden. Komm, gib ihn mir.«

Das weckte meine Lebensgeister. Ich zog Fluh blitzschnell an mich heran und bleckte die Zähne. »Nimm sie mir weg und du bist tot«, drohte ich. »Sie wird nicht alleine sterben.«

Der Heiler verharrte in der Bewegung, sah meine Eltern fragend an. »Die Entscheidung liegt bei euch«, sagte er. »Wir sollten ihr den Drachen notfalls mit Gewalt abnehmen.«

Zu meiner Erleichterung schüttelte meine Mutter hektisch den Kopf. »Fluh bleibt bei ihr«, bestimmte sie. »Konzentriert Euch einfach darauf, sie zu stärken.«

Der Heiler seufzte. »Das wird rein gar nichts nützen. Stirbt der Drache, solange er so fest in ihre Magie eingebunden ist, wird er sie mit in den Abgrund reißen.«

»Dann lassen wir Fluh einfach nicht sterben.« Meine Mutter trat hervor und drückte zu meiner Überraschung den Heiler von mir fort. »Wenn Ihr nur von Tod faseln könnt, dann geht lieber wieder. Wir glauben ans Leben.«

Mit diesen Worten legte sich meine Mutter einfach zu mir und umarmte mich und Fluh. Ich spürte ihre sanfte Magie, die Ruhe und die Geborgenheit. Sie hatte schreckliche Angst um uns, doch das machte sie nur entschlossener.

Ich lächelte sie an, blickte in ihre veilchenblauen Augen. Mir war nie aufgefallen, wie ähnlich wir aussahen. Ich hatte ihre Nase geerbt, genau wie die leicht gewellten Haare. Ihr Blond war durch das Alter etwas stumpfer geworden, und ich sah einige graue Strähnen und neue Falten im Gesicht. Dennoch war sie nach wie vor eine schöne, kraftvolle Frau. »Wir schaffen das«, erklärte sie mir.

Ich nickte und kuschelte mich an sie, Fluh sicher und geborgen in der Mitte zwischen uns.

Jemand schrie. Mein Vater. Ein Poltern im Haus, eine Tür, die klapperte. Etwas schlug mit der Faust dagegen. Es klang ungeduldig und herrisch.

Meine Mutter fuhr neben mir aus dem Schlaf hoch, richtete sich im Bett auf. Auch ich öffnete die Augen, blinzelte. Der Raum war in ein diffuses Licht gehüllt. Dunkelheit und tanzende Schatten an den Wänden. Feuerschein, der von außen hereindrang. Brannte es?

Ich roch Torf und Eisen, ein scharfer Geruch. Viel zu scharf, als dass er von unserem Kamin kommen könnte. Mein Herzschlag beschleunigte sich. Konnte es ...

Meine Zimmertür wurde aufgerissen und mein Vater kam herein. »Da ist ein Ungeheuer im Garten«, rief er. »Es will rein.«

Meine Mutter war bereits auf den Beinen. Sie schnappte sich das Küchenmesser, das auf der Kommode neben meinem Bett lag, und straffte sich. Hinter Vater tauchte ein verschlafener Neas auf. Mein kleiner Bruder sah blass und ängstlich aus.

Ich versuchte mich hochzustemmen, doch ich schaffte es nicht. Immerhin erblickte ich Mina, die furchtsam auf meinem Kissen hockte, die Fäustchen vor das Gesicht gepresst. »Ist er es?«, fragte ich sie leise.

Mina nickte. »Ich spüre ihn«, flüsterte sie zurück. »Aber er besteht fast nur noch aus Magie, finsterer Magie.«

Meine Mutter hatte gehört, was wir miteinander gesprochen hatten. Sie musterte mich. »Wen meinst du mit ›er‹?«, fragte sie.

Da krachte es unten so laut, dass wir alle erschraken. Es hörte sich an, als zersplitterte gerade unsere Haustür. »Ist Eeon noch da?«, antwortete ich mit einer Gegenfrage.

Vater schüttelte den Kopf. »Er bringt den Heiler zurück.«

Wieder ein Krachen. Es klang, als sei die Tür soeben in sich zusammengefallen. »Es ist im Haus«, flüsterte Neas. Mein Vater bückte sich und nahm den Vierjährigen auf den Arm, wich in mein Zimmer zurück. Da die Tür offen stand, sah ich jetzt flackerndes Licht im Flur auf und ab tanzen.

Ich schaffte es, mich irgendwie aufzusetzen. Mir war schwindelig, doch ich kämpfte dagegen an, sammelte meine Kräfte. »Hier oben«, rief ich, was bei meinen Eltern zu einer Panik führte.

»Was tust du?«, zischte mich meine Mutter an.

»Er will helfen«, erwiderte ich und hoffte, dass ich recht behalten würde. Der Gestank der Magie wehte nun deutlicher in das Zimmer, das Flackern im Flur wurde heller. Die Treppe knarrte. Offenbar stürmte Eamon die Stufen hinauf.

Sekunden später stand er vor der Tür – ein Wesen jenseits dieser Welt. Er war ganz in seine Magie eingehüllt, ein dunkler Nebel, in dem Funken sprühten. Ab und zu kamen Flammen hervor. Es zischte und brutzelte.

Vater wich vor der Gestalt zurück, presste seinen kleinen Sohn fest an sich. Mama stellte sich neben ihn, das Messer erhoben. Beide bildeten dadurch einen Schutzwall zwischen Eamon und mir.

Der Fy-Riad verharrte einige Atemzüge lang an der Türschwelle, schätzte die Situation ab. Schließlich trat er ein, langsam und bedächtig. Wenn ich mich anstrengte, konnte ich seine Gestalt im Tosen des Nebels erkennen, doch es war schwierig. Dennoch war ich mir sicher, dass er mich ansah. Ich fühlte bereits seine Magie, die nach mir griff.

»Was willst du?«, fragte meine Mutter schließlich in die atemlose Stille hinein.

Eamon antwortete nicht, sondern machte Anstalten, auf mein Bett zuzugehen. Meine Mutter stellte sich todesmutig dazwischen, hob das Messer. »Wer bist du und was machst du in meinem Haus?«

»Lass ihn, Mama. Das ist der Fy-Riad. Das ist Eamon«, erklärte ich leise. Ich wusste nicht, ob sie überhaupt über Eamon und mich Bescheid wusste. In meinem Zustand hatte ich ihr nicht viel erzählen können. Eeon hatte ihr sicherlich ein wenig darüber gesagt, doch offenbar brachte sie die Höllengestalt, die hier plötzlich aufgetaucht war, nicht mit einem Mann in Verbindung.

Mama warf mir einen entsprechend entsetzten Blick über die Schulter zu. »Das ist der Fy-Riad?«, fragte sie ungläubig.

»Ja. Und er ist gerade aufgebracht, also geh ihm lieber aus dem Weg. Er tut mir nichts.«

Mama glaubte mir kein Wort, Vater hingegen schon. Er packte seine Frau am Ellbogen und zog sie aus dem Weg. Sie sträubte sich einen Moment, gab aber nach, als der Fy-Riad immer näher kam. Ich spürte jetzt sogar die Hitze, die von ihm ausging, und machte mir Sorgen um das Holz, das um uns herum war. Nicht auszudenken, wenn er das Haus in Brand steckte.

»Eamon, du musst dich beruhigen«, sagte ich zu ihm. »Sonst fackelst du uns noch ab.«

Er blieb dicht vor dem Bett stehen. Kurz bevor die Hitze unerträglich werden konnte, verpuffte sie vollständig. Meine Worte drangen wohl zu ihm durch. Ich streckte die Hand aus und sie verschwand im Nebel. Es tat ein wenig weh, doch das war es wert. Eamon nahm sie entgegen, streichelte sie kurz. Der Dunst lichtete sich, sank in ihn hinein. Ich konnte jetzt seine Schultern erkennen, sah die Funken, die auf der Haut tanzten. Er war nackt.

Meinen Eltern hatte es zunächst die Sprache verschlagen. Sie starrten den Fy-Riad schockiert an, der mehr und mehr eine menschliche Gestalt annahm. Mina war es schließlich, die die Situation entschärfte.

»Wir sollten die beiden allein lassen«, bestimmte sie mit fester Stimme. Sie flatterte vom Kissen fort, hinüber zu meinen Eltern. »Los, los«, befahl sie ungewöhnlich herrisch. Ich sah genau, dass meine Mutter mich nicht allein lassen wollte, doch Vater zog sie einfach mit sich. Sie stemmte sich etwas gegen seinen Griff, aber als ich nickte, gab sie nach.

»Wir sind unten«, erklärte sie mir. Sekunden später waren sie aus dem Zimmer. Die Tür schlug hinter ihnen zu.

Ich war allein mit Eamon. Okay, Fluh war auch noch da, allerdings nur körperlich. Ihr Geist war schon viel zu weit weg, als dass sie noch irgendetwas mitbekommen hätte.

»Hallo, Eamon«, sagte ich in die entstandene Stille und gab auf. Meine Muskeln konnten mich nicht mehr in einer sitzenden Position halten. Ich ließ mich auf die Seite fallen und verlor dadurch den Kontakt zu Eamons Hand. So müde. So schrecklich müde.

Eamon verharrte sicherlich noch fünf Minuten völlig reglos neben dem Bett. Der Nebel wallte mal mehr, mal weniger auf, aber der Gestank im Zimmer nahm zumindest ab. Was blieb, waren die vielen Funken, die auf seiner Haut tanzten. Fy-Magie in heller Aufregung.

Als er abrupt vor dem Bett in die Knie sank, erschrak ich, beruhigte mich aber sofort wieder. Er griff nach meinen Händen und zog sie zu sich heran, presste sie an die Brust. Seine Linke schob sich über die Bettdecke, legte sich auf Fluhs reglosen Körper. Ich spürte die Magie, die zwischen den beiden hin und her wechselte.

»Der Heiler sagt, man könne nichts mehr für sie tun«, erzählte ich leise.

Noch immer sagte Eamon nichts, was mir langsam Sorgen bereitete. Er wirkte jetzt wilder als jemals zuvor, unmenschlicher, magischer. Ich spürte, dass er mir etwas mitteilen wollte, aber nicht wusste, wie. Seine Magie wallte heftiger auf, je eingehender er Fluh abtastete.

Für mich war in diesem Moment nur wichtig, dass er hier bei mir war, dass er lebte. Selbst wenn sein Ich gerade weit, weit weg war, spürte ich ihn dennoch unter der Oberfläche. Er war zu mir gekommen, was ja schon bewies, dass Eamon noch irgendwo dort drin war. Er kümmerte sich, das war alles, was zählte.

Erschöpft schloss ich die Augen und ergab mich dem Ziehen und Zerren seiner Macht. Ich wachte erst wieder auf, als es längst taghell war. Die Sonne hatte mich geweckt, hatte den Staub in meiner Nase wach gekitzelt. Ich musste niesen und kehrte dadurch zurück in die Wirklichkeit.

Sofort fiel mein Blick auf Eamon, der noch immer vor dem Bett kniete. Die linke Hand lag weiterhin auf Fluhs Körper, die rechte presste meine Hand an seine Brust, allerdings lag er halb darauf. Sein Kopf ruhte auf dem Rand der Matratze. Die Augen waren geschlossen, das Gesicht entspannt.

Eine Bewegung machte mich auf eine weitere Gestalt im Raum aufmerksam. Meine Mutter lehnte mit dem Rücken gegen die Wand. Sie hockte im Schneidersitz am äußersten Ende und reckte jetzt den Hals, als sie erkannte, dass ich wach war. »Ihr liegt da schon seit etwa fünf Stunden wie tot«, flüsterte sie. »Ich habe mich nicht näher herangetraut. Mina sagt, wir sollen euch in Ruhe lassen.«

Ich löste die Hand, die bislang auf Fluhs Körper gelegen hatte, von ihr und tastete nach Eamons Hals. Ich spürte seinen Puls ruhig und gleichmäßig schlagen, woraufhin ich mich sofort entspannte. »Es geht uns so weit gut«, sagte ich leise.

»Und Fluh? Geht es ihr besser?«

Ich horchte in meinen Drachen hinein, doch was ich fand, war enttäuschend. »Nicht sehr viel besser, nein«, erklärte ich traurig.

»Aber was macht er denn da die ganze Zeit?« Meine Mutter klang jetzt ungeduldig, fast zornig. Als ich in ihr Gesicht blickte, sah ich zum ersten Mal Frust darin. Sie hatte große Hoffnungen gehabt, dass Eamon es irgendwie richten würde. Auch ich war ein wenig enttäuscht.

»Ich weiß es nicht«, gab ich zu. »Er schläft.«

»Er sieht von hier aus ziemlich übel aus«, merkte Mama an. »Irgendwer hat ihm einige Magieadern am Rücken durchgeschnitten.«

»Was?« Ich fuhr hoch, was mein Kreislauf nicht so toll fand. Mir wurde schwindelig und schlecht, doch ich atmete beides einfach weg und konzentrierte mich auf Eamon. In seinem Gesicht sah ich erst einmal nichts Auffälliges. Er war sehr blass, aber das war zuletzt nichts Ungewöhnliches gewesen. Doch als mein Blick auf seine Handgelenke fiel, sah ich ähnliche Verletzungen wie bei mir. Spuren von Fesseln.

Mama hatte sich derweil aufgerappelt und war leise näher gekommen. Sie hockte sich am Fußende nieder und musterte Eamon jetzt von dieser Seite. »Wenn du mich fragst, hat man ihm die Macht gestutzt«, sagte sie mit finsterer Miene. »Schau! Siehst du die Zeichen, die in seine Schulter eingebrannt sind? Das sieht nach Bannrunen aus.«

Das wurde ja immer schlimmer.

Ich robbte im Schneckentempo zum Rand des Bettes und verfluchte meine Schwäche. Eamon rührte sich weiterhin nicht, genau wie Fluh. Es war frustrierend.

»Wo?«, fragte ich.

Mama traute sich nicht näher und gestikulierte nur herum. »Direkt oben am Bizeps auf der rechten Seite und dann etwas unterhalb seiner Achsel. Er blutet auch hinten am Rücken. Da haben sie ihm die Adern durchgeschnitten, damit er seine Magie nicht mehr vollständig nutzen kann. Außerdem hat er Fesselspuren an den Fuß- und Handgelenken. Bist du dir sicher, dass er der Fy-Riad ist?«

»Ja«, sagt ich leise und schluckte. Dass er in Gefangenschaft geraten war, gar hingerichtet werden sollte, hatte ich ja gewusst, aber dass man ihn quälte, hätte ich nicht erwartet. Was tat Braidar mit ihm?

Mama kam offenbar zum gleichen Schluss. »Dann hat irgendwer beschlossen, dass unser Fy-Riad zu gefährlich für uns geworden ist.«

»Oder zu gefährlich für seine Gegner.« Entschlossen zog ich meine Hand zwischen seinem Körper und der Matratze hervor und schüttelte ihn. »Eamon, wach auf!«

Er regte sich etwas. Ich rüttelte heftiger. »Eamon!«

Endlich öffnete er die Augen, sah mich an – und fuhr wie von einer Schlange gebissen zurück, rutschte nach hinten fort von mir. Mama sprang vor Schreck ebenfalls vom Bett weg und knallte mit ziemlicher Wucht gegen die Wand. Ich hingegen hob hastig die Hände.

»Alles okay. Du bist in meinem Zimmer«, erklärte ich.

Sein Blick fiel auf Fluh, die halb unter mir begraben lag, huschte zu meiner Mutter, wieder zurück zu mir. Er entspannte sich und atmete tief durch, schüttelte den Kopf.

Mir fiel gerade nichts Sinnvolles ein, was ich hätte sagen können. Außerdem hatte ich Angst, mich übergeben zu müssen. Mama übernahm zum Glück die Kontrolle.

»Wie wäre es mit etwas zum Anziehen?«, schlug sie vorsichtig vor. Meine Mutter. Wie immer machte sie sich Sorgen um die größten Nebensächlichkeiten der Welt.

»Mama«, ermahnte ich sie sanft.

»Na ja, hier sitzt ein ziemlich nackter Kriegsfürst in unserem Haus. Der Kriegsfürst allein würde mich ja schon aus dem Konzept bringen, aber muss er auch noch nackt sein?«

Ich ignorierte sie und klopfte stattdessen auf die Matratze. »Komm her, Eamon. Wir müssen reden. Und reiß dich gefälligst zusammen. Du musst klar im Hirn werden.« Ich hielt den Atem an. Nach einer gefühlten Unendlichkeit gab sich Eamon einen Ruck. Er rutschte an seinen alten Platz zurück und legte die Hand auf Fluhs Körper.

»Sprich mit mir«, bat ich ihn.

Da er weiterhin nichts sagte, zog ich an seinem Arm. Ich war garantiert viel zu schwach, als dass er meinen Versuch überhaupt ernsthaft spüren konnte, aber er verstand zumindest, was ich wollte. Langsam kam er hoch und ließ sich neben mir auf die Matratze sinken. Jetzt lag er an der Stelle, an der meine Mutter sonst immer schlief.

Ich hörte, wie eben jene tief einatmete. »Inea«, zischte sie mir zu. »Was tust du denn da?«

»Ich hole ihn zurück«, erwiderte ich und legte einen Arm um seinen Körper. »Das habe ich schon einmal getan. Er kann uns helfen, da bin ich sicher. Aber erst einmal müssen wir ihm helfen.«

»Wenn das deine Oma wüsste«, murmelte Mama. Mich mit einem nackten Mann im Bett liegen zu sehen, warf sie nun völlig aus der Bahn. Ich konnte es ihr nicht verübeln. Die Situation war wirklich mehr als schräg.

Ich warf ihr einen Blick zu und versuchte ein Lächeln. »Lässt du uns bitte kurz allein?«, bat ich sie.

Sie zog eine Augenbraue nach oben. »Und dann?«

»Mama! Ich weiß schon, was ich hier tue.«

»Da bin ich mir nicht so sicher. Der Anblick deines Freundes hat dich zwar wieder munter werden lassen, aber Fluh ist weiterhin halb tot und dein Leben noch lange nicht gerettet. Außerdem macht mir dein Freund eine Heidenangst!«

»Ich komme klar. Bitte, Mama!« Mein Flehen hatte Erfolg. Sie verließ widerstrebend das Zimmer und schloss die Tür hinter sich. Ich spürte ihre Präsenz noch einen Moment im Flur. Sie haderte bestimmt mit ihrer Entscheidung. Letztlich lief sie nach unten, wo sich Mina und der Rest meiner Familie aufhielten.

Ich sah Eamon an, der mich ebenfalls schweigend musterte. In seinen Augen funkelten so viele Magiepunkte, dass einem schwindelig werden konnte. Die meisten waren gelb. Die Feuermagie, die in ihm schwelte.

»Ich liebe dich«, sagte ich zu ihm. Es war das erste Mal, dass ich es aussprach. »Es hat mich verrückt gemacht, es dir nie gesagt zu haben, aber du hast mich so überraschend fortgeschickt, dass ich keine Chance hatte. Ich liebe dich, also reiß dich zusammen.«

Er nickte leicht, die erste Reaktion auf einen Satz von mir. Wenigstens bekam er mittlerweile mit, was um ihn herum geschah.

Ich küsste ihn sanft auf die Lippen, doch er erwiderte den Kuss nicht. Noch nicht. Ich war mir sicher, dass sich das noch ändern würde.

Erschöpft ließ ich mich in die Kissen sinken und zog ihn und Fluh näher an mich heran. Er legte mir sehr vorsichtig einen Arm über die Hüfte und atmete tief ein, schloss die Augen. Ich tat es ihm gleich, wollte nur ganz, ganz kurz den Moment genießen, doch ich schlief darüber ein.

Ein seltsames Geräusch weckte mich wieder. Es klang, als würde jemand mit den Zähnen knirschen. Als ich die Augen ruckartig öffnete, blickte ich erst einmal auf eine nässende, blutige Wunde quasi direkt vor meiner Nase. Ich schrie erschrocken auf und fuhr zurück, bemerkte erst jetzt, dass Eamon vor mir auf der Bettkante saß. Das Blut war seines. Gerade zog er das Küchenmesser, das Mama immer als Verteidigungswaffe mit sich herumschleppte und auf der Kommode vergessen hatte, aus seinem eigenen Fleisch.

Ich reagierte sofort, packte das Messer und riss es ihm aus den Fingern. »Was machst du da?«, schrie ich ihn an. »Bist du verrückt geworden?«

Er antwortete nicht, sondern presste eine Hand auf das blutige Loch direkt unter seiner Achsel, drehte sich, damit ich seine Schulter ansehen konnte. Mit einem Finger tippte er auf die Rune, die in seine Haut eingebrannt war. Sie war entzündet und relativ neu.

»Du hast dir die Rune unter der Achsel gerade aus dem Fleisch geschnitten?«, fragte ich entsetzt. In der Sekunde wurde die Tür aufgerissen und mein Vater stand vor uns.

»Was ist los? Du hast geschrien.« Als sein Blick auf das viele Blut auf dem Laken fiel, schlug er die Hände vorm Mund zusammen. »Verdammt, was ist denn hier los?«

»Komm rein und mach die Tür zu«, erwiderte ich hastig.

Eamon atmete jetzt schneller. Der Schmerz ließ seine Magie aufwallen, sodass der Dampf um ihn herum wieder dichter wurde. »Schneid sie raus«, presste er zwischen den Zähnen hervor.

Ich schüttelte hektisch den Kopf, sah hilflos meinen Vater an. »Papa, schneid ihm die Rune aus der Haut«, befahl ich ihm. »Mir zittern die Hände zu sehr.«

Papa war so schockiert, dass er tatsächlich gehorchte. Er nahm mir die Klinge aus den Händen, fixierte die kreisrunde, daumengroße Rune und fragte nur: »Wie tief?«

»Tief.«

Beherzt setzt er die Spitze des Messers an und stieß zu. Eamon knirschte nun heftiger mit den Zähnen, ein unwirkliches Geräusch. Ich schnappte mir seine Hand und drückte sie, während mein Vater ein kreisrundes Loch in seine Haut schnitt.

»Ein Lappen, Inea, irgendwas, um die Blutung zu stillen«, befahl er mir. Erst jetzt registrierte ich den harten Zug um die Lippen meines Papas. Ein Zug, der vor meiner Abreise noch nicht da gewesen war. Er war alt geworden. Sein Bart war mittlerweile grau, seine Haare fast nicht mehr vorhanden.

Er riss mich aus der Betrachtung, indem er an mir vorbeigriff und das Kissen einfach auf die blutende Wunde drückte. Dabei fluchte er. »Das war wohl zu tief.«

Eamon hingegen entspannte sich plötzlich, bekam sogar etwas Farbe ins Gesicht. Im ersten Moment dachte ich, es sei Anstrengung, doch dann lächelte er. »Alles gut. Es hört gleich auf, meine Magie arbeitet wieder.«

Ich fing vor Erleichterung mit Heulen an und schwor mir gleichzeitig, dass damit endlich Schluss sein musste. Es war nur so, dass die Nerven schlichtweg blank lagen. Da ich noch immer Eamons Hand hielt, drückte ich sie aufmunternd, während Vater vorsichtig das Kissen von der Wunde nahm und das Ergebnis inspizierte.

»Tatsache. Der Schnitt blutet nicht mehr.«

Er zog das blutgetränkte Kissen vollständig weg und starrte die Stelle an, die er kurz zuvor mit dem Messer bearbeitet hatte. »Aber wie ist das möglich?«

»Vater, du sprichst hier mit dem Fy-Riad«, stellte ich seufzend fest. »Dir geht es also schon besser?«, fragte ich Eamon.

»Viel besser.« Er schwankte zwar noch leicht, erholte sich jedoch mit jedem Atemzug. Dabei ließ er den Blick erst über mich, dann über Fluh gleiten. »Aber für sie kann ich nach wie vor nichts tun«, stellte er traurig fest. Er streckte seine Hand aus und strich ihr über die Schuppen. Sie glühten violett auf und wurden wieder durchsichtig.

»Wenn nicht du, wer sonst?«, entgegnet ich. Ich wischte mir vorsichtig die vielen Tränen vom Gesicht, doch Eamon hatte sie schon längst gesehen.

Er hob eine Hand und fuhr mir mit dem Finger über die Wange. »Als ich sie fand, war sie bereits in diesem Zustand. Ich habe alles Mögliche probiert, doch sie ist so viel filigraner als ein Feuerdrachen. Das Feuer ist mir als Kriegsmagier geläufig, zumal das auch mein Element ist. Doch Luft … meine Fy-Magie ist nicht zum Heilen so schwerer Wunden geeignet.«

Ich schwieg betroffen. Darüber hatte ich noch gar nicht nachgedacht, doch es musste eine Möglichkeit geben. »Deine Fy-Magie kann vielleicht nichts ausrichten, aber was ist mit der des Riads?«, fragte ich aufgeregt.

Eamon sah mich aufmerksam an. So, wie er reagierte, gingen seine Gedanken ebenfalls in diese Richtung. »Sie ist wild, tödlich und nicht zum Heilen zu gebrauchen«, widersprach er. »Sie kommt und geht mit meiner Wut. Gerade ist sie gegangen – sehr weit weg. Keine Ahnung, was mit ihr ist«, erklärte er leise.

So schnell gab ich mich nicht geschlagen. »Versuch es wenigstens«, bat ich leise. »Für mich, für Fluh.«

»Es würde nur das Monster in mir wecken.«

Eine weitere Träne rollte über meine Wange. Ehrlich gesagt ging es mir gerade weniger um mich selbst oder um Eamon. Ich wollte Fluh retten, meinen kleinen, unschuldigen Drachen. Sie konnte doch nichts dafür, dass ich uns alle ins Unglück gestürzt hatte.

In Eamon brach eine innere Sperre, als er meine Verzweiflung sah. Er nickte zu meiner Überraschung. »In Ordnung. Ich bin bereit, eine einzige Sache auszuprobieren. Sollte sie jedoch schiefgehen, dann mach mich nicht dafür verantwortlich.«

»Einverstanden. Was brauchst du?«

»Eine Sidhe, eine Puk und eventuell einen Fy.«

Sofort sah ich Vater an. »Papa, hol bitte Mina her und die alte Puk-Greisin aus dem Dorf. Oder ist die mittlerweile gestorben?«

»Die überlebt uns alle. Aber was wollt ihr denn mit der?«

Ich sah Eamon fragend an, der zuckte nur mit den Schultern. »Sagt ihr, dass es nicht lange dauert«, wich er aus. »Wenn Eure Tochter und Fluh überleben sollen, muss sie kommen.«

Das überzeugte meinen Vater. Er lief geschwind aus dem Raum und brüllte schon beim Runterlaufen nach Mina. Ich war mir sicher, dass mein Vater die alte Puk im Rekordtempo auftreiben würde.

Eigentlich hätte ich viele Fragen an Eamon gehabt, doch die Chance, mit ihm alleine zu sein, musste ich nutzen. Ich lehnte mich vor und küsste ihn. Er erwiderte den Kuss zwar, war aber nicht bei der Sache. Offenbar wollte er mir etwas sagen, wusste aber nicht wie. Viel zu rasch löste er die Verbindung unserer Lippen und nahm mich stattdessen in den Arm, zog mich so fest an sich, dass es schon wehtat.

»Ich wollte dich nicht von mir stoßen«, sagte er leise in mein Ohr. »Ich wünschte, du hättest mich nicht schon wieder als Ungeheuer gesehen.«

»Du bist kein Ungeheuer«, beruhigte ich ihn.

Eamon wollte protestieren, doch da kam Mina ins Zimmer geschossen. »Was kann ich tun?«, fragte sie aufgeregt.

»Du kannst einfach hier bei uns warten«, riet ich drauflos. Mittlerweile meinte ich zu ahnen, was Eamon vorhatte. Ich sah ihn an. »Die Jeal-Königin hat bei ihrem Besuch etwas sehr Interessantes zu mir gesagt. Sie war der Meinung, dass du ein ganz besonderer Riad für uns bist, dass du anders bist. Sie sprach von der Legende der Aevid und davon, was der Riad ursprünglich für unser Volk bedeutet hat. Weißt du, was sie damit gemeint haben könnte?«

Eamon ignorierte meine Frage zunächst, denn meine Mutter kam in den Raum gestapft und reichte Eamon eine Hose und ein Hemd. »Wenn wir jetzt gleich Besuch bekommen, solltet Ihr Euch etwas anziehen«, merkte sie an. »Die Sachen werden Euch viel zu klein sein, aber versucht es zumindest.«

Eamon nahm die Kleidung an und sah gleichzeitig an sich hinunter. Offenbar erkannte er erst jetzt, dass er nackt war. Er blinzelte, bemühte sich jedoch, sich zu erinnern.

»Ganz genau, Eamon. Du bist hier splitterfasernackt angekommen. Was ist denn nur passiert?«, fragte ich, in der Hoffnung, zumindest darauf eine Antwort zu bekommen.

»Meine Magie hat meine Kleidung verbrannt. Ich habe mich wohl gewehrt«, murmelte er, stand auf und zog sich vor allen im Raum die Hose an. Mina drehte sich sittsam weg, meine Mutter blickte demonstrativ in eine andere Richtung. Nur ich starrte Eamon an. Seine Beine waren über und über mit blauen Flecken übersät. Es mussten schlimme Wunden gewesen sein, wenn man bedachte, wie schnell der blutende Schnitt verheilt war.

Unter normalen Umständen hätte ich sicherlich noch weiter nachgebohrt, doch ich war dazu körperlich nicht in der Lage. Seufzend ließ ich mich zurücksinken und legte mich dicht neben meinen kleinen Drachen, der als Einziger im Raum die ganze Aufregung nicht mitbekam.

Aus leicht geöffneten Augen sah ich Eamon dabei zu, wie er sich in das viel zu kleine Hemd meines Vaters quälte. Er hatte sehr viel mehr Muskeln an Schultern und Bizeps. Das Hemd spannte, während die Hose viel zu kurz war. Kaum war er fertig mit anziehen, sagte meine Mutter zu ihm: »Ich hole Euch jetzt etwas zu essen. Brot? Käse?«

Eamon nickte schweigend – schon war meine Mutter wieder aus dem Raum gewuselt. Ich seufzte erleichtert und schloss die Augen, während sich Mina auf mein Bettende setzte und nervös mit den Flügeln flatterte.

»Mina, hast du schon einmal was von den Aevid gehört?«, fragte ich schläfrig.

»Nein. Sollte ich?«

Ich schüttelte den Kopf. Es war hoffnungslos. Die Legende der Aevid war tatsächlich aus dem geschichtlichen Gedächtnis unseres Volkes getilgt worden.

»Aevid ist eine alte Bezeichnung für unsere Rassen. Puk, Sidhe, Jeal, Fy und Arven zusammen. Aevid.«

Ich sah Eamon überrascht an. Die Erklärung der Königin hatte er nicht mitbekommen und ich war nie dazu gekommen, es ihm zu erzählen. Er bemerkte meinen Blick und verzog das Gesicht. »Ich habe ebenfalls versucht, mehr über den Riad herauszufinden.«

»Und?«

»Es gibt fünf Magiearten der fünf Völker. Sobald jemand zum Riad gewählt wird, verstärkt sich seine ursprüngliche Magie. So ist es zumindest überliefert. Ich hingegen habe da so meine Zweifel.«

Ich starrte ihn an, legte den Kopf schief. »Was meinst du?«

Er atmete tief ein, deutete schließlich mit einem Nicken auf Mina. »Ich habe Diamad um ein Haar heilen können, weil ich ein Feuermagier bin, ein Fy. Mein Element hat mir bei der schwierigen Aktion geholfen, aber letztlich war es nicht die Fy-Magie, die ihn fast gerettet hätte. Es war die Magie der Sidhe. Ich habe mit einem Mal blau geleuchtet, da bin ich mir sicher. Es war Sidhe-Magie, die mich umflossen hat.«

Ich war sprachlos. »Das sagst du mir erst jetzt?«, fragte ich ungläubig.

Er wich meinem Blick aus. »Es hat mich innerlich erbeben lassen. Danach war ich noch verrückter, als wenn ich meine Fy-Magie anwende«, erklärte er. »Dass ich auf einmal in eine fremde Farbe gehüllt war, hat mir Angst gemacht.«

»Ja«, merkte Mina eifrig an. »Die fünf Farben der Magie kann ich bis heute runterbeten. Wir Sidhe lernen sie durch einen alten Reim.

Aquamarin die Sidhe, so luftig und leicht,
Gold sind die Fy, die Flamme entweicht.
In Ocker der Puk, die Erde ihm reicht.

Oliv sind Jeal, er niemals noch weicht.
Die Arven sind Purpur, dem Drachen er gleicht.«

Wir starrten sie an, als hätte sie uns geschlagen. Als sie unsere Blicke bemerkte, zuckte sie mit den Achseln. »Was? Weiß doch jedes Kind.«

»Nein, das war mir eigentlich neu«, erwiderte ich leise. »Ich kenne nur die Magiefarben der Fy. Blau für Wasser, Gelb für Feuer, Schwarz für Tod, Stahlgrau für Luftmagie.« Ich sah Eamon fragend an und blickte in seine schillernden Augen. Mir stockte der Atem.

Wie konnten wir nur all die Zeit so blind gewesen sein?

»Mina, zähl den Reim noch einmal auf«, bat ich sie.

Mina rasselte ihren Spruch noch einmal herunter, während ich mich bereits aufgesetzt hatte und näher zu Eamon gerutscht war.

»Was?«, fragte der. Mein Starren machte ihn eindeutig nervös.

»Eamon! Die gelben Funken in deinen Augen zeigen nicht mehr länger die Kriegsmagie der Feuermagier an«, sagte ich atemlos. »Nachdem du zum Fy-Riad geworden bist, sind sie golden. Das Gold der Fy. Und dass immer mehr rote Fünkchen dazwischenhüpfen, liegt schätzungsweise an meiner Anwesenheit, an mir als Arven. Die Fünkchen sind Purpur, die Farbe der Arven. Du hast die Magie unserer Völker in deinen Augen.«

Eamon blinzelte. »Tja«, sagte er schwach. »Ich sage doch schon die ganze Zeit, dass was nicht mit mir stimmt. Der Kriegsmagier der Fy sollte eigentlich keine fremde Magie anderer Völker in sich tragen. Da muss man ja bekloppt werden.«

»Aber wir sind ja gar keine fremden Völker, zumindest nicht, wenn wir uns als Aevid bezeichnen.« Ich wurde ganz aufgeregt.

»Wenn du mich fragst, gab es ursprünglich niemals einen Fy-Riad oder einen Jeal-Riad. Es gab nur einen Riad und der verfügte über alle fünf Farben der Magie.«

Jetzt schwebte auch Mina näher. Vor Faszination hatte sie ihre Angst vor dem Fy-Riad komplett vergessen. Auch sie starrte ihm in die Augen. »Du hast recht. Das Gelb ist nicht so sonnig wie bei einem Kriegsmagier. Es ist sanfter, wie Gold.«

Eamon wollte dazu etwas sagen, klappte den Mund jedoch ohne ein Wort zu und sprang auf die Beine. Mina und ich erschraken bis ins Mark, vor allem, weil er Sekunden später zum Fenster stürmte und dabei heftig fluchte.

»Was?«, fragte ich alarmiert.

Er starrte eine Weile nach draußen und ich roch mit einem Mal die Wut, die in ihm aufwallte. Eisen und verbranntes Fleisch. Von einer Sekunde zur nächsten wurde er wieder zum Fy-Riad.

Als er sich umdrehte, waren seine Augen schwarz mit sehr, sehr vielen gelben Fünkchen. »Sie kommen«, sagte er düster. »Offenbar konnten sie meine Magie schneller entdecken als gedacht.«

»Wer kommt?«, fragte ich verdattert, obwohl ich es bereits ahnte.

Eamon sprang zurück zum Bett und setzte sich mit Schwung neben mich, nahm Fluh in die Arme. »Die Fy der Tul Dalla. Nachdem ich gefangen genommen worden bin, haben sie mir Magiefesseln angelegt, meine Magieadern durchgeschnitten, Bannrunen in die Haut gebrannt und mich weggesperrt.«

Ich hatte bereits geahnt, dass die Wunden dadurch entstanden waren. Es zu hören, erschütterte mich dennoch. »Du hättest dich wehren müssen«, stellte ich fest.

Sein Blick wurde weich. Er sah erst auf Fluh hinunter, die reglos in seinen Armen lag, dann hob er die Hände, um mir über den Kopf zu streichen. »Ich bin für die Tul Dalla untragbar geworden. Nachdem du entführt worden bist, bin ich zu einem Monster mutiert, das das ganze Schloss tyrannisiert hat. Ich habe mich nicht gewehrt, weil ich dich schützen wollte und weil es richtig ist. Die Fy müssen mich vernichten, ein neuer Riad muss an die Macht. Sie mussten auch so hart mit mir umgehen, weil ich jederzeit wütend werden konnte. Mich hätte nichts und niemand halten können. Dass sie mich nicht sofort getötet haben, wundert mich noch immer. Vielleicht hat Braidar wieder auf Zeit gespielt … ich weiß es nicht.

Aber dann ist Haikur zu mir gekommen. Er erzählte mir, was mit dir und Fluh geschieht … da habe ich noch einmal alle Kräfte zusammengenommen und bin hierhergekommen. Die Fy suchen mich seitdem. Sie wollen mich zurückholen – zurück zu meiner Hinrichtung.«

Vor meinem Fenster veränderte sich das Licht. Es flackerte, wurde röter, ein Flammenmeer. Die Fy kamen auf ihren fliegenden Cae Sid, Kriegsmagier, um Eamon festzunehmen.

Ich blinzelte die Tränen fort, um stark zu bleiben. »Aber du bist etwas Besonderes«, protestierte ich schwach.

»Das wissen wir nicht mit Sicherheit. Vielleicht bin ich auch das größte Monster dieser Zeit. Die Fy-Magie in mir ist so viel stärker. Sobald ich ärgerlich werde, übertüncht sie alles. Sie verbrennt mein Ich in einem einzigen unbedachten Moment.« Er rutschte näher zu mir heran, legte mir einen Arm um die Schulter. »Ich will, dass ihr in Sicherheit seid. Das ist das Einzige, was zählt. Mein Deal mit Braidar war, dass ich Ruhe gebe, bis sich das Schloss geordnet hat. Im Gegenzug lassen sie euch in Frieden. Es ist eine gute Vereinbarung.« Er gab mir einen flüchtigen Kuss auf die Stirn und sah Mina an.

»Mina, komm her und setz dich auf meine Handfläche. Ich habe wirklich keine Ahnung, wie und ob das klappt, aber wir müssen es versuchen.«

»Was hast du vor?«, fragte ich nervös.

»Ich habe dir doch schon einmal erzählt, dass ich den Eindruck habe, alles Kämpferische unserer Völker in mir zu tragen. Den Mut der Fy, die Klugheit der Jeal, die Sturheit der Arven – und die Kraft der Puk. Wieso sollte ich nicht auch alles Gute von ihnen in mir tragen? Wenn ich Diamad durch die Kraft der Sidhe fast geheilt habe, kann ich es vielleicht noch einmal tun.«

Er hob die Hand, damit sich Mina auf ihr niederlassen konnte. Die kleine Sidhe versuchte tapfer zu sein. »Was soll ich jetzt tun?«, fragte sie.

»Wirke mit mir Magie. Tu so, als wolltest du Fluh heilen.«

»Meine Magie reicht dafür nicht. Ich bin zu schwach, um bei einem Drachen etwas auszurichten«, protestierte sie.

»Ich weiß, aber ich bin stark genug, nur weiß ich nicht, wie das funktioniert.«

Mina verstand. Sie nickte entschlossen, machte die Augen zu und konzentrierte sich. Von ihrer Haut stieg sanft schillernder Dampf auf, durchwoben von kleinen Streifen blauer Farbe. Es sah wie immer wunderschön aus, einer Sidhe beim Magiewirken zuzusehen.

»Mach mit«, bat mich Eamon.

Ich wusste zwar nicht genau, was er meinte, gehorchte allerdings. Auch ich ließ meine Magie aus mir hervorschweben, was ich schon jahrelang nicht mehr getan hatte. Die Arven nutzten sie meist nur unterschwellig, um mit den Drachen zu kommunizieren. Wir konnten weder damit angreifen noch heilen oder Dinge bewegen.

Ich spürte Fluh jetzt deutlicher. Sie bemerkte meine Magie, die ihr so vertraut sein musste wie ihre eigene. Sie wandte sich mir zu, erleichtert, endlich etwas anderes als Dunkelheit um sich zu spüren.

Gerade wollte ich näher mit ihr kommunizieren, da bemerkte ich eine andere Macht. Sie war so viel stärker als alles, was ich an Magie bislang gespürt hatte. Kraftvoll, mitreißend, bestimmend. Eamon.

Ich öffnete die Augen und linste zu Mina hinüber. Auch sie blickte Eamon an, der in einen blau-goldenen Nebel gehüllt war. Wir saßen am Rande, während Fluh mittendrin war. Blitze zischten durch den Dunst. Die meisten waren sonnengelb, aber es gab auch einige aus Purpur darunter. Und langsam, ganz langsam mischten sich blaue Fünkchen hinzu. Aquamarin. Die Farbe der Sidhe.

Konnte das wirklich sein? Hatten wir die Magie, die in dem Fy-Riad steckte, so falsch eingeschätzt? Die ganze Zeit hatte ich sie als den Feind betrachtet. Als etwas, das mir Eamon wegnehmen wollte. Jetzt war es ausgerechnet diese Funkenmagie, die meinen Drachen retten könnte.

Offenbar musste ich das Wissen über die Magie noch einmal gründlich überdenken.

Eamons Hand rutschte von meiner Schulter. Sie blieb schlaff hinter meinem Rücken liegen. Mina, die auf seiner anderen Hand hockte, wurde kräftig durchgeschüttelt, als ein Zittern durch seinen Körper ging. Er kämpfte mit der Gewalt in seinem Inneren. Gleichzeitig nahm das Flammenmeer vor meinem Fenster immer weiter zu. Die Fy waren heran.

Ich nahm instinktiv Eamons freie Hand und drückte sie fest, gab ihm Halt. Er erwiderte den Druck kurz, entzog mir dann jedoch seine Finger, um sie auf Fluh zu legen. Der kleine Drache ruhte wie in einem Nest zwischen seinen untergeschlagenen Beinen. Kaum hatten seine Finger Fluhs Gestalt berührt, glühte sie auf. Violett durchmischte sich mit Purpur, der Farbe meiner Magie – und ging langsam erst in ein sanftes Blau und schließlich in ein heller werdendes Türkis über.

Ich hielt den Atem an, während ich die Macht spürte, die um mich herum toste. Minas und meine Blicke begegneten sich. Sie hatte vor

Aufregung ganz rote Bäckchen und ihre grünen Haare tanzten im magischen Wind auf und ab. Sie wirkte, als würde sie die Magie genießen.

Da ich meine Freundin angesehen hatte, hätte ich fast den entscheidenden Moment verpasst. Ich sah ihn aus dem Augenwinkel. Ein kleiner blauer Blitz schoss in Fluh hinein. Sie stöhnte – und öffnete abrupt die Augen. Sie blinzelte mich überrascht an, musterte das Knie, das direkt vor ihrer Nase aufragte, und verrenkte sich in einer lustig aussehenden Bewegung den Hals, um erst Mina und dann Eamon ansehen zu können. Die Magie umhüllte sie weiterhin, was sie nicht zu stören schien. Sie schnaufte leise und zwinkerte mir zu.

Ich weinte wieder, diesmal jedoch vor Freude. Fluh war aufgewacht und mir ging es ebenfalls sehr viel besser. Der Nebel mit den kleinen blauen Blitzen hatte auch mich erreicht. Er prickelte in der Nase wie Sonnenschein und roch auch ganz ähnlich. Ein wenig nach Frühling und Blüten.

Ein Krachen unten an der Haustür riss mich jedoch aus der melancholischen Stimmung. Ich hörte den Schrei meiner Mutter, jemand brüllte.

Mina und ich warfen uns besorgte Blicke zu, doch Eamon rührte sich nach wie vor nicht. Er ließ den Nebel weiterhin um uns herumtanzen.

»Eamon«, sprach ich ihn vorsichtig an. »Die Fy kommen.«

Er reagierte nicht auf meine Worte.

Jemand polterte durch die unteren Räume. Vermutlich durchsuchten sie die Zimmer, um uns zu finden. Männerstimmen riefen sich gegenseitig etwas zu, jemand schrie Eamons Namen. Er klang verärgert. Sehr verärgert.

Mein Herzschlag beschleunigte sich, als ich die ersten Schritte auf der Treppe hörte, dazwischen die Rufe meiner Mutter. »Was wollt ihr hier? Ihr habt kein Recht dazu, meine Haustür einzuschlagen.«

»Die war schon kaputt!«

»Trotzdem dürft ihr nicht einfach …«

»Sei still, Weib, sonst setzt es was!«

Da ich die kämpferische Natur meiner Mutter geerbt hatte, betete ich, dass sie endlich still sein würde. Tatsächlich schätzte sie die Stimmung um sich herum richtig ein, denn sie hielt die Klappe.

Das Poltern auf der Treppe war mittlerweile auf der ersten Etage angekommen. Jemand stieß die Zimmertür zum Raum nebenan auf, ein Fluch ertönte. Ich rüstete mich, fragte mich in Panik, was ich jetzt tun sollte.

Sekunden später ging die Tür zu meinem Zimmer mit einem Krachen auf und ein Fy kam herein, der augenblicklich in der Bewegung verharrte. Seine Augen wurden riesig, als er den Fy-Riad in einer bunt funkelnden Nebelwolke gehüllt auf meinem Bett sitzend erblickte.

Einige Atemzüge lang sagten wir kein Wort. Er starrte nur, blinzelte. Garantiert spürte er die Macht, die im Raum waberte, und fragte sich, was mit ihm passieren würde, sollte er jetzt Alarm schlagen.

Leider verflogen seine Zweifel schneller, als mir lieb war, und er wirbelte herum. »Er ist hier oben«, schrie er die Treppe hinunter. »Der Fy-Riad ist hier!«

Entschlossen packte ich Eamons Schulter und schüttelte ihn. »Eamon! Du musst zu dir kommen«, flehte ich ihn an.

Tatsächlich wurden die blauen Fünkchen im Nebel weniger. Er blinzelte, atmete jetzt tiefer ein und aus. Ganz langsam sank der Dunst in seine Haut zurück und er drehte den Kopf, um zur Tür zu blicken. Als ein Fy im Türrahmen auftauchte, veränderte sich augenblicklich seine Magiefärbung.

Die gelben Funken der Fy stoben hervor. Sofort schlug der Duft nach Frühling in Gestank um. Ich spannte mich unwillkürlich an.

Eamon machte eine abrupte Bewegung mit der Hand, packte Mina und setzte sie recht unsanft auf meiner Schulter ab. Gleichzeitig schob er mir Fluh in den Schoß, ohne sein Gegenüber aus den Augen zu lassen.

»Braidar«, begrüßte er den Fy mit den roten Haaren. Hinter ihm tauchte ein weiterer Fy auf. »Aatu.«

Eamon machte Anstalten, sich zu erheben, da griff ich nach seiner Hand, hielt ihn auf. »Du bist etwas Besonderes«, sagte ich zu ihm. »Du darfst dich nicht einfach ergeben. Kämpfe!«

»Gegen mein eigenes Volk? Ganz sicher nicht«, entgegnete Eamon erstaunlich ruhig. In seinen Augen sah ich seltsamerweise eine Mischung aus gelben und roten Fünkchen. Seine Arven-Magie war noch bei ihm.

Braidar war mittlerweile zögernd ins Zimmer gekommen. Seine Hand lag auf dem Schwertknauf und er wirkte nervös. Auch Aatu kam vorsichtig herein. Er hatte ein Magienetz bei sich, das er bereits auseinanderzupfte.

»Du hast dich nicht an unsere Abmachung gehalten«, eröffnete Braidar das Gespräch. »Was von ›Du verhältst dich ruhig‹ hast du nicht verstanden?«

»Inea lag im Sterben. Ich musste helfen«, erwiderte Eamon ruhig. »Es war eine Ausnahmesituation.«

»Beinhaltete das auch, ein Loch in das Schloss zu sprengen und sämtliche Schutzrunen in deiner Haut auszulöschen?«

»Ich konnte nicht anders fliehen und mit den Runen hätte ich keinen Zauber wirken können.«

Die beiden musterten sich wie zwei Gegner, die sich nicht einschätzen konnten. Schließlich nickte Braidar. »Gut. Dann heb jetzt mal schön langsam die Arme, leg die Hände an den Hinterkopf und knie dich hier vor mir nieder.«

Ich sog bei diesen Worten vor Schreck die Luft ein und griff abermals nach Eamons Schulter. »Eamon, nein! Lass nicht zu, dass sie dich mitnehmen.«

Eamon riss sich von mir los und drückte mich von sich fort, sah mich gleichzeitig flehend an. »Nicht, Inea. Sei einmal in deinem Leben ruhig und probe jetzt nicht den Aufstand. Es geht nicht anders. Braidar hat recht.«

»Aber du bist kein Monster«, protestierte ich. »Du …«

»Wenn sie nicht gleich still ist, schlag ich sie nieder«, knurrte Aatu aus dem Hintergrund.

»Wenn du ihr irgendetwas tust, sprenge ich dich in kleine Stückchen«, entgegnete Eamon gelassen.

Ich sah, wie Aatu sich straffte. Dass Eamons Warnung keineswegs aus der Luft gegriffen war, durfte wohl jedem klar sein. Ich erinnerte mich nur zu gut an das blutige Chaos nach dem missglückten Überfall.

Eamon war mittlerweile vom Bett aufgestanden und faltete wie gewünscht die Hände am Hinterkopf zusammen. Langsam ging er in die Knie.

»Dreh dich mit dem Rücken zu mir«, befahl Braidar. »Die Füße übereinander. Aatu, das Netz!«

Dann ging alles ziemlich schnell. So schnell, dass ich nicht einmal schreien, sondern nur tief erschüttert zusehen konnte.

Aatu warf blitzschnell ein Netz über Eamons Kopf. Es bestand aus dunklen, schwarzen Flechten, sodass man nicht hindurchsehen konnte. Es ähnelte eher einem Sack, nur dass es aus Magie gewoben war.

Eamon verkrampfte sich, als die Magie seinen Schädel umschlang. In der gleichen Sekunde zog Braidar ihm die Klinge quer über den Rücken. Er schrie auf, als ein Teil seiner Magieadern durchtrennt wurde. Bevor er sich jedoch instinktiv wehren konnte, hatten die Männer ihm bereits die Hände brutal auf dem Rücken zusammengebunden und ihn in ein weiteres Netz gehüllt, das seinen Oberkörper umschlang.

»Das Feuer«, befahl Braidar. Aatu nickte und klinkte aus seinem Gürtel einen langen, schmalen Gegenstand aus. Die Spitze hielt er in das Feuer, während Braidar dabei war, Eamons Füße zu fesseln. Der atmete zwar hektisch, wehrte sich jedoch nicht.

Als ich erkannte, was die beiden vorhatten, hielt mich nichts mehr. Ich stieß Fluh zur Seite und sprang vom Bett, schnappte mir das am Boden liegende Küchenmesser und stellte mich Aatu in den Weg.

»Wenn du ihm noch einmal irgendwelche Runen in die Haut brennst, dann mach ich dich fertig«, drohte ich. Vom Bett her hörte ich Fluhs Fauchen. Auch mein Drache machte sich bereit, zu kämpfen.

Aatu erstarrte tatsächlich und sah an mir vorbei zu Braidar. »Und was machen wir jetzt mit der?«, fragte er.

»Inea, was immer du da gerade machst, hör auf damit«, hörte ich Eamons Stimme. Sie klang gepresst und dumpf, was zum einen am Schmerz, zum anderen am Sack über seinem Kopf liegen mochte. »Lass sie machen.«

»Aber es ist falsch!«

Braidar seufzte tief. »Du hast mein Wort, dass ihr nichts geschieht, Eamon. Doch gerade jetzt müssen wir sie außer Gefecht setzen, wenn sie nicht gehorcht.«

Der Geruch, der von Eamon ausging, wurde augenblicklich schärfer. Allein der Gedanke, mich in Gefahr zu wissen, ließ seine Magie erbeben. Ich zögerte noch einen Moment, gab aber schließlich nach und wich zur Seite weg. Das Messer ließ ich sinken, hielt es jedoch krampfhaft fest.

Aatu warf mir noch einen bösen Blick zu, dann stapfte er hinüber zu Eamon. Grob schnitt er das viel zu enge Hemd auf, zerrte es von seinem Körper und drückte ihm übergangslos das heiße Ende auf die Haut. Eamon schrie und bewegte sich fort, doch Braidar hielt ihn fest, sodass er nicht wegkonnte.

Ich ballte die Faust um das Messer und atmete tief ein, um nicht augenblicklich auf die beiden einzustechen. Braidar bemerkte meinen Blick, denn er musterte mich und schüttelte leicht den Kopf. »Es muss sein. Wenn wir ihn nicht bannen, kann er jederzeit Kleinholz aus uns machen. Der Fy-Riad ist gefährlicher, als du ahnst.« Zu Eamon gewandt sagte er: »Ich schlag dich jetzt ohnmächtig, damit du nichts mehr spürst. Sei stark.«

Eamon nickte schwach und stöhnte, als Braidar ihm brutal auf den Hinterkopf schlug. Sein Körper sackte in sich zusammen und fiel zur Seite. Die beiden Fy fingen ihn auf und legten seinen Körper recht sanft auf den Boden.

»Noch zwei Runen, dann sollte es reichen«, merkte Aatu an. Braidar nickte und ich sah hastig weg, bevor das heiße Eisen Eamons Haut berühren konnte. Aus dem Augenwinkel bemerkte ich jedoch, dass Braidar auf mich zukam. Instinktiv spannte ich mich an und hob das Messer.

»Komm nicht näher«, drohte ich.

Er blieb stehen. »Wirst du freiwillig mit uns kommen oder muss ich dich zwingen?«, fragte er ruhig.

Ich starrte ihn ungläubig an. »Was ist das denn für eine Frage?«, zischte ich. »Du hast Eamon dein Wort gegeben, dass mir nichts geschieht.«

»Dir geschieht auch nichts, aber du wirst trotzdem mit uns kommen. Wir werden einen ziemlich aufgebrachten Fy-Riad in unseren Mauern haben, und da möchte ich gerne die Frau in meiner Nähe wissen, die ihn beruhigen kann – falls es hässlich wird. Und das wird es vermutlich so oder so werden.«

»Du glaubst doch nicht ernsthaft, dass ich ihn für euch so weit beruhige, damit ihr ihm bequem ein Messer in die Brust stechen könnt«, empörte ich mich. Erst jetzt fiel mir auf, dass ich Braidar einfach duzte. Es war mir egal, so was von egal.

»Eamons Wunsch ist, dass die Tul Dalla zur Ruhe kommen. Das geht nur, wenn er stirbt. Die Tul Curragh haben uns ein Friedensangebot gemacht. Sie sind genau wie wir kriegsmüde. Eamon wird getötet, ein Jeal-Riad wird ernannt und alles beruhigt sich wieder. So ist der Plan. Das funktioniert aber nur, wenn Eamon keine Wände einreißt.«

»Eamon ist nicht das Monster, das du in ihm siehst.« Ich deutete aufgeregt auf meinen kleinen Drachen, der quicklebendig auf dem Bett hockte und nervös zwischen mir und Braidar hin und her sah. »Er hat Fluh geheilt. Mit Sidhe-Magie! Er ist etwas Besonderes. So etwas dürft ihr doch nicht einfach töten.«

»Rede keinen Unsinn. Ich weiß, dass du ihn unbedingt retten willst, aber das kannst du nicht. Nicht mehr. Es ist vorbei. Der Fy-Riad muss sterben.«

»Aber Eamon ist doch nicht mehr länger ein Fy-Riad«, schrie ich Braidar an. Verblüfft schwieg ich einen Moment, denn die Worte waren einfach so über meine Lippen gekommen.

Braidar wirkte einen Moment verunsichert, fing sich aber sofort wieder. »Was meinst du?«, hakte er nach.

Ich atmete tief durch, denn mit einem Schlag war mir tatsächlich einiges klar geworden. »Wenn Eamon seine vollen Kräfte einsetzt, dann ist er kein Fy mehr, auch kein Jeal oder Puk oder sonst ein anderes Magiewesen. Er ist wir alle. Er ist ein Riad, ein König. Genau das ist es, was wir jetzt brauchen. Ein König, der unsere Völker eint.«

Braidar starrte mich einige Herzschläge lang mit völlig unbeweglichem Gesicht an. Für einen winzigen Moment schöpfte ich Hoffnung, dass er mir glauben würde, doch dann schüttelte er den Kopf. »Eamon ist ein Fy und sein Tod ist schon lange besiegelt. Ich werde mit dir auch nicht mehr länger diskutieren. Kommst du jetzt freiwillig mit oder nicht?«

Ich straffte mich. Mir war längst klar, dass ich Eamon nicht alleinlassen würde. »Ich komme mit.«

»Gut.«

Braidar winkte mich heran. Ich trat mit klopfendem Herzen auf ihn zu und hob Fluh in die Arme. Mein schillernder Drachen drückte sich an mich und schnaufte. Sie war vom Gewicht her kaum spürbar, doch ihre Magie war endlich zurück. Ich fühlte sie als sanften Druck auf der Haut.

Auch Mina kam zu uns. Sie schwebte ängstlich direkt neben meinem Ohr und ließ Braidar nicht aus den Augen, der gerade zwei Männer hereinwinkte.

»Bringt den Fy-Riad in den Gefängniswagen und sorgt für Abstand zwischen ihm und den Cae Sid. Er hat zu viel Macht über sie, als dass ich sie in seiner Nähe dulden will. Das Mädchen hier kommt mit mir.«

Er packte mich blitzschnell und zog mich aus dem Raum. Ich sah noch, wie die beiden Männer Eamons schlaffen Körper vom Boden aufhoben, dann musste ich mich auf die Treppe konzentrieren. Sie knarrte vertraut unter unserem Gewicht. Unten am Treppenabsatz standen mein Vater, meine Mutter und die alte Puk-Greisin. Sie starrten mich fassungslos an.

»Alles in Ordnung«, beruhigte ich meine Eltern. Erst jetzt sah ich Neas, der sich hinter den Beinen meines Vaters versteckte. »Ich gehe mit ihnen.«

»Was? Du bist doch gerade erst wieder zurück und gar nicht in der Lage … ist das Fluh da in deinen Armen?« Meine Mutter sprang sofort vor und zog den kleinen Drachen in die Arme. »Fluh! Du lebst ja!«

Fluh begann sofort in einem sanften Violett zu leuchten, als sie ihre alte Familie wiedersah. Auch für sie war es schwer gewesen, Mama und Papa zu verlassen. Jetzt freute sie sich so, dass uns ein warmer Windstoß umspielte.

Braidar war so taktvoll, mir einen kurzen Moment zu gönnen. Er dirigierte uns lediglich etwas zur Seite, damit die Wachen Eamon die Treppe hinunterschleifen konnten. Mir schmerzte das Herz, als ich ihn so sah, erst recht, als ich die Blutspur auf den Stufen registrierte.

Mein Vater sah es ebenfalls und versteifte sich. »Ist das Eamon?«, fragte er entsetzt.

»Der Fy-Riad hat ausgedient«, sagte ich als Antwort. »Sie wollen ihn umbringen.«

Auch die alte Puk-Greisin regte sich jetzt. Sie schüttelte den Kopf und musterte Braidar. Als sie ihm einfach vor die Füße spuckte, waren wir alle irritiert. »Ihr Fy-Pack nehmt euch auch alles heraus«, brummte sie. »Kaum haben wir mal einen anständigen König, müsst ihr ihn gleich beseitigen wie Dreck.«

»Hier beseitigt niemand etwas wie Müll«, erwiderte Braidar steif. »Eamon wusste, auf was er sich einließ.«

»Trotzdem muss man ihm nicht den Rücken aufschlitzen«, fauchte die Alte. Sie hatte die Situation erstaunlich flink erfasst und deutete aufgebracht auf das Blut an den Stufen. »Wenn es stimmt, was die Puk erzählen, dann solltet ihr euch gut überlegen, was ihr jetzt tut!«

Braidars Körperhaltung veränderte sich schlagartig. Er baute sich drohend vor der Alten auf und zog die Augen zu Schlitzen zusammen. »Drohst du mir etwa?«, fragte er eisig.

»Nein. Ich warne euch nur höflich. Man erzählt sich, dieser Fy-Riad sei etwas ganz Besonderes.«

Sie warf mir einen eindringlichen Blick zu und ich fragte mich, auf was dieses seltsame Gespräch hinauslief.

Braidar hingegen hatte wohl beschlossen, es nicht wissen zu wollen. Er packte mich schmerzhaft an der Schulter und zerrte mich weiter. »Sag auf Wiedersehen zu deiner Familie«, knurrte er.

»Ihr macht einen Fehler«, rief ihm die Alte ungerührt hinterher. »Die Puk erinnern sich an die Aevid. Wir erinnern uns an vieles, das ihr vergessen habt.«

Ich hätte alles dafür gegeben, um die Alte noch einen Moment länger sprechen zu können, aber Braidar ließ mich nicht. Er bugsierte mich mit ziemlicher Gewalt zu einem wartenden Pferd, hob mich auf dessen Rücken und schwang sich gleich hinterher. Es scheute, als es den Geruch des Drachen wahrnahm, doch Braidar zwang das Tier brutal zur Ruhe.

Schließlich stand es zitternd da und wartete, während die Wachen noch damit beschäftigt waren, Eamon mit drei weiteren Magienetzen in einem vergitterten Wagen zu sichern.

»So viele Netze?«, fragte ich leise. »Das wird ihn umbringen.«

»Den bringt so schnell nichts um«, erwiderte Braidar unwirsch. Er nickte in Richtung meiner Familie. Die drei drängten sich im Türrahmen zusammen und sahen mich mit Tränen in den Augen an. »Konzentrier dich lieber auf deine Eltern und deinen Bruder. Wenn du sie wiedersehen willst, solltest du machen, was ich will.«

»Ich wusste, dass du ein Arsch bist. Mir war nur nie klar, dass du auch noch hinterhältig bist«, entgegnete ich. Er schnaubte verächtlich und zwang das verängstigte Pferd, loszugehen.

In der Ferne sah ich die Cae Sid, die sich auf ihren feurigen Flügeln in den Himmel erhoben. Braidar schickte sie wirklich fort, damit sie nicht in der Nähe des Fy-Riads blieben.

Ich winkte meiner Familie noch ein letztes Mal zu, dann hielt ich mich am Sattelknauf fest und betete, dass wir irgendwie heile am Schloss ankommen mochten. Braidar schwieg, was mir nur recht war. Ich hasste ihn in diesem Moment wie keinen Menschen zuvor.

Hexenkessel

Der Ritt zurück zum Schloss wurde noch härter als der Hinweg zu meinen Eltern. Wir rasteten so gut wie nie, Braidar wechselte höchstens mal das Pferd. Da wir an der Spitze des Zuges ritten, musste ich mir jedes Mal den Hals verrenken, um nach Eamon sehen zu können. Er lag die meiste Zeit reglos in seinem seltsamen Käfig. Als er sich einmal rührte, hatte man ihm direkt eins übergezogen.

Ich knirschte vor Wut mit den Zähnen und zwang mich, nicht auszurasten.

Richtig seltsam war schließlich der Ritt durch die Festung. Kaum hatten wir den vordersten Wall durchquert, standen Menschen um Menschen in einer schweigenden Reihe nebeneinander. Wir mussten durch einen eng bemessenen Gang reiten, der immer kleiner und kleiner wurde, je näher wir dem nächsten Wall kamen.

Die Menschen hier sahen arm und krank aus. Der Krieg sprach aus ihren Gesichtern, doch ich sah auch Hoffnung und Ehrfurcht. Vor Braidar und mir verbeugten sie sich nicht, doch sobald der Käfigwagen an ihnen vorüberglitt, neigten sie ihre Häupter. Sie wussten genau, wem sie ihr Leben zu verdanken hatten.

»Schöner Schaulauf«, merkte ich irgendwann an. »Könnte sein, dass die dich gleich allesamt lynchen, weil ihnen aufgeht, wie hinterhältig das ist.«

»Sie ehren Eamon und wissen genau, was für ein Opfer er bringt. Sie danken ihm dafür. Sein Schicksal wollen sie jedoch nicht ändern«, widersprach er.

»Ach ja? Dann sag das mal den Puk.«

Eben jene standen nun hinter dem vierten Wall. Sie hatten ihre Äxte und Schaufeln geschultert und starrten uns schweigend entgegen. Die Bergarbeiter sahen in ihren dreckverschmierten Kluften irgendwie unheimlich aus, vor allem, weil sie so grimmig guckten. Als der Erste abrupt vor die Hufe von Braidars Pferd spuckte, scheute das nervöse Tier.

Braidar fluchte und trieb es weiter, da spuckte der Nächste auf den Boden.

»Das kann interessant werden«, merkte ich genüsslich an.

»Halts Maul«, brummte Braidar und drehte sich um, um seine Männer anzublaffen. »Erweitert den Gang notfalls mit Gewalt. Zweierreihen rechts und links am Käfig. Keiner kommt Eamon zu nahe!«

Die Fy reagierten sofort und trieben ihre Pferde an. Mithilfe ihrer mächtigen Tiere verschafften sie sich Platz. Die Puk mussten zurückweichen, das hielt sie aber nicht davon ab, mit ihren Gerätschaften ordentlich Krach zu machen. Sie grölten, bis die meisten Pferde vor Nervosität mit den Augen rollten.

»Toller Plan, quer durch die Stadt zu fahren.« So langsam wurde ich wieder munter. »Mit den Cae Sid hättet ihr über den aufgebrachten Mob hinwegfliegen können, aber … ach, das ging ja nicht. Die Cae Sid wissen ja, wer der Herr im Hause ist.«

Braidar packte mich schmerzhaft an der Schulter und schüttelte mich. »Sei jetzt endlich still«, zischte er in mein Ohr.

Ich hielt vorerst die Klappe, setzte jedoch Fluh gut sichtbar auf die Mähne des Pferdes. Mina saß dort ohnehin schon und winkte den Puk wie eine Königin zu. Wer wir waren, war wohl längst jedem klar. Dass sich der Fy-Riad der Tul Dalla in eine Arven mit einem Winddrachen und einer Sidhe als Freundin verliebt hatte, war nicht mehr länger ein Gerücht.

Ich bemühte mich um eine möglichst kummervolle Miene – was mir gar nicht so schwerfiel – und richtete mich hoheitsvoll auf. Wenn ich Eamon schon in den Tod begleitete, dann wollte ich auch königlich aussehen. Das war allerdings in meinem alten Nachthemd etwas schwierig, das musste ich zugeben. Warum hatte ich mich bloß nicht vor dem Aufbruch umgezogen?

Wir näherten uns dem dritten Wall. »Ich bin gespannt, was uns dort erwartet«, erklärte ich an Braidar gewandt. Der sah das wohl ähnlich.

»Du da! Reite vor und guck nach, was vor uns liegt«, motzte er einen Krieger an. Der gab seinem Pferd die Sporen und galoppierte durch die Reihe buhender Puk voraus. Er brauchte nicht lange, dann war er zurück.

»Eine Menge schweigender Sidhe mit allerlei Feenwesen dabei. Ghuls, Steinwesen, sogar einige Wandbewohner. Es sieht ziemlich unheimlich aus.«

Braidar seufzte tief und ließ den Zug stoppen. »Aatu, komm mal her«, rief er über die Schulter. Aatu reagierte sofort und tauchte in meinem Blickfeld auf.

»Kann Eamon gehen?«, fragte Braidar.

»Nein. Er ist nicht einmal wach.«

»Weck ihn.«

»Was?« Aatu war so entsetzt, dass er sogar bleich wurde.

»Wenn wir weiter mit ihm in einem Gefängniswagen durch die Stadt fahren, wird uns dieser Mob bald lynchen. Eamon ist ein Held und Helden werden nicht zu einer Hinrichtung gezwungen. Sie machen das freiwillig. Das müssen wir den Verrückten hier beweisen.«

Jetzt rüttelte er wieder an meiner Schulter. »Los, Mädchen. Runter vom Pferd. Du musst jetzt deinen Schatz aufwecken.«

»Was?«

Ich sträubte mich, doch das half wenig. Braidar schubste mich regelrecht vom Pferd, hielt mich aber am Arm fest, sodass ich nicht stürzte. Sekunden später stand er neben mir und dirigierte mich mit fester Hand zwischen seinen Männern hindurch zum Gefängniswagen hinüber.

»Schirmt den Wagen mit den Pferden vor neugierigen Blicken ab«, befahl Braidar schlecht gelaunt. »Und öffnet die Schlösser.«

Die Fy am Ende des Zuges warfen sich nervöse Blicke zu. Keinem war es geheuer, von den schweigenden, bis an die Zähne bewaffneten Puk angestarrt zu werden. Hier zu halten, musste grässlich für sie sein. Noch grässlicher schien der Gedanke zu sein, den Fy-Riad in die Freiheit zu entlassen.

Ein Krieger löste mit zitternden Fingern das letzte Schloss vom Wagen und die Tür sprang auf. Es quietschte, als er sie öffnete. Braidar hob mich ungeduldig auf den Wagen drauf und zwang mich ins Innere. Ich machte mich mit einem Ruck los, stolperte jedoch fast sofort und fiel der Länge nach hin. Verdammt. Da war ich glatt über Eamons liegenden Körper gestürzt.

Ich rappelte mich auf meine Knie hoch und blinzelte. Durch die Gitterstäbe konnte ich unscharf erkennen, dass die Krieger ihre Pferde dicht um den Wagen dirigierten. Sofort wurde es dunkel um mich herum.

Braidar hatte mit der Dunkelheit kaum Schwierigkeiten. Er hockte sich neben mich und schüttelte an Eamons Schulter. Der Fy-Riad rührte sich nicht.

»Weck ihn irgendwie auf«, knurrte der Fy schlecht gelaunt.

»Wie denn? Er ist keine Märchengestalt, die ich einfach wachküssen könnte«, erwiderte ich genervt. Ich rutschte trotzdem näher und nestelte am Magienetz herum, das seinen Kopf verdeckte.

»Lass mich!« Braidar drängte mich zur Seite, löste irgendwelche Verschlüsse und zog Eamon Sekunden später das Netz vom Kopf.

Ich drehte sein Gesicht so, dass ich ihn ansehen konnte. Der Kopf blutete von den zwei Schlägen und seine Haut war grau, doch seine Augenlider bewegten sich. Er kam zu Bewusstsein.

»Die anderen Magienetze müssen auch weg«, befahl ich Braidar. Langsam kam ich in Fahrt. Braidar warf mir einen finsteren Blick zu, gehorchte aber tatsächlich.

Kaum war das letzte Netz von Eamons Körper runter, ging ein Ruck durch ihn hindurch. Er stöhnte. Ein Augenlid hob sich, auf, zu, auf, zu. Ich lehnte mich vor, damit er mich sehen konnte.

»Hallo, Eamon«, sagte ich zärtlich zu ihm. »Ich bin's. Inea.«

»Er kann nicht sprechen. Die Runen unterbinden das«, erklärte mir Braidar. Er schüttelte den Kopf. »Bei allen Geistern dieser Welt. Dieser Mann heilt schneller, als es zu fassen ist. Es tut mir leid.«

Bevor ich protestieren konnte, hatte Braidar Eamon sein Messer abermals quer über den Rücken gezogen. Blut spritzte, Magie wallte kurz auf. Eamon riss den Mund zu einem lautlosen Schrei auf, und ich sah Tränen in seinen Augen. Der Schock, so gequält zu werden, ließ ihn erbeben.

»Wenn du das noch einmal tust, werde ich diesen gesamten Mob auf dich hetzen«, brüllte ich ihn an, dass es die Puk garantiert hören konnten. Braidar hob das blutige Messer und zeigte es mir drohend.

»Sei still oder du machst Bekanntschaft damit.«

Eamon reagierte so schnell, dass es vorbei war, ehe ich es begreifen konnte. Obwohl er an Beinen und Armen gefesselt war, wirbelte er irgendwie herum, bekam Braidar zu fassen und donnerte dessen Kopf gegen den Boden des Käfigwagens.

Ich schrie genauso wie Braidar. Sofort sprangen gleich zwei Wachen in den viel zu engen Wagen, die Speere erhoben, die Schwerter gezogen.

Eamon hingegen hatte das Messer, das ihn kurz zuvor verletzt hatte, irgendwie zu packen bekommen. Zwei Schnitte später segelten die Fesseln um seine Beine zu Boden, die um seine Hände folgten direkt hinterher. Das alles erledigte er, während er Braidars Kopf mit einem Fuß abermals auf das Holz rammte und den einen Wächter mit dem stumpfen Ende seines Speeres einfach aus dem Wagen stieß.

Seine Macht wallte auf. Geringer als sonst, gebannt durch die Runen, aber dennoch stark genug, um eine eindeutige Warnung zu sein. Ich spürte die Magie der Fy in ihm, sah das tanzende Grau der Todesmagie genauso wie das schimmernde Gelb des Feuers. Er verfügte tatsächlich über alle Gaben der Fy – und er war drauf und dran, sie zu benutzen.

Kurzerhand sprang ich auf und stellte mich zwischen ihn und den zweiten Wächter, der völlig verdutzt im Wagen stand und Eamon einfach anstarrte.

»Nicht. Beruhige dich. Wir haben dich nicht geweckt, um zu kämpfen, sondern um deinem Volk zu zeigen, dass es dir gut geht.«

Eamon brauchte einen Moment, um mich fokussieren zu können. Nach einer Weile erkannte er mich und nahm langsam seinen Fuß von Braidars Kopf. Der war zum Glück klug genug, reglos liegen zu bleiben.

»Das ganze Schloss ist auf den Beinen«, beeilte ich mich zu erklären. »Sie wollen dir die Ehre erweisen, indem sie für dich Spalier stehen. Wenn es nach mir gehen würde, würde ich sie ja jetzt zum Kampf auffordern, aber ich weiß, dass du das nicht willst.« Langsam ging ich auf ihn zu. Da der Wagen nicht besonders groß war, brauchte ich dafür nicht lange. Ich berührte ihn vorsichtig an der nackten Brust. Seine Muskeln waren steinhart, die Haut klamm. »Wenn du nicht willst, dass es noch heute zu einem Kampf kommt, dann musst du dich jetzt beruhigen und durch dieses verdammte Spalier reiten.« In Gedanken betete ich, dass er sich für die blutige Variante entscheiden möge. Ich an seiner Stelle wäre jetzt hier hinausgestürmt und hätte mein Volk zu den Waffen gerufen. Puk, Sidhe, Arven und der Riad gegen die Fy und die Jeal.

Der Wunsch verblasste sofort. Es war Unsinn, so etwas zu hoffen. Ein Bürgerkrieg war das Letzte, was unser Volk ertragen konnte.

Eamons Blick veränderte sich ganz plötzlich. Ich spürte es in seiner Magie und seiner Haltung. Er verstand, worum es ging, machte einen kleinen Schritt auf mich zu und nahm mich in die Arme.

»Was machst du denn hier?«, fragte er leise.

Braidar fluchte lauthals am Boden. »Wieso kannst du sprechen, verdammt noch eins?«

»Wenn du mich effektiv bannen willst, musst du dich mehr anstrengen«, erwiderte Eamon. »Deine Runenvorlage ist außerdem beschädigt, sodass sie nicht ganz wirkt. Wobei du mich mit deiner grobschlächtigen Art, meinen Rücken aufzuschlitzen, fast umgebracht hättest.«

Braidar stöhnte und kämpfte sich auf alle viere hoch. Er blutete heftig aus einer tiefen Platzwunde an der Stirn. Ein Auge verfärbte sich bereits blau. »Schaffst du es, friedlich durch die Menge zu reiten?«, fragte er. »Oder verwandelst du dich unterwegs in ein Flammeninferno, das uns alle auffrisst?«

»Solange du Inea nicht bedrohst, bin ich friedlich«, erwiderte Eamon mit Grabesstimme.

»Dann sag ihr, dass sie mich nicht immer provozieren soll. Das Weibsbild raubt mir den letzten Nerv.«

Eamon sah mich aus rabenschwarzen Augen an. Ich sah kein einziges Fünkchen darin. Seine Magie hatte sich zurückgezogen. Wahrscheinlich waren auch die Kräfte eines Fy-Riads irgendwann erschöpft. »Sei brav«, sagte er streng zu mir.

Ich knirschte als Antwort mit den Zähnen. »Sei du doch brav«, giftete ich. Dann stellte ich mich auf die Zehenspitzen und küsste ihn. Er reagierte sofort darauf und zog mich fest an sich, umschlang mich mit seinen Armen, presste seine Lippen auf meine.

Braidars lang gezogener Fluch unterbrach uns. »Eamon! Ernsthaft jetzt – das ist nicht der Zeitpunkt, um rumzuknutschen. Heb deinen Arm, ich schneide dir jetzt die Magieadern durch.«

Sofort war die Romantik verflogen. Ich wirbelte in Eamons Armen herum und stellte mich schützend vor ihn. »Wehe!«, drohte ich.

»Sie hat recht, Braidar. Wenn du das jetzt tust, werde ich mich auf keinem Pferd dieser Welt halten können. Ich erlaube es dir später. Jetzt lass uns erst einmal zusehen, dass ihr mich ins Schloss schaffen könnt.«

Zu meinem Erstaunen gehorchte Braidar. Er packte sein Messer weg und bedeutete den völlig aufgelösten Kriegern am Ende des Wagens, hinauszuklettern. Sie warfen Eamon immer wieder nervöse Blicke zu, die der unbewegt erwiderte.

Ich nahm seine Hände und stützte ihn. Er war tatsächlich ziemlich wackelig auf den Beinen. »Und mit diesen Wackelpuddingknochen hast du gerade zwei Männer ausgeschaltet?«, fragte ich irritiert.

»Das war die Panik«, erwiderte er und hatte ernsthaft die Nerven, mir verschwörerisch zuzuzwinkern. Dann verstummte er, als sein Blick auf die wartende Menge fiel. »Bei allen Göttern«, flüsterte er ehrfurchtsvoll.

Der erste Puk hatte ihn gesehen und schrie aufgeregt los, hob seine Axt wie zum Gruß. Eamon nickte ihm feierlich zu und reichte Braidar eine Hand, damit der ihm vom Wagen half. Ich stützte ihn von hinten und fragte mich, ob dieser Tag noch skurriler werden konnte.

Während Braidar nach einem Pferd für den Fy-Riad schrie, legte mir Eamon einen Arm um die Schulter und hob den anderen, um den Puk zuzuwinken. Die reckten daraufhin alle ihre Werkzeuge in die Luft und grölten um die Wette. Ich brauchte etwas, um aus dem Geschrei den Sprechchor »Eamon« zu verstehen.

»Sie stehen hinter dir«, merkte ich an. Eamon lächelte und nickte.

»Ja, so was passiert, wenn man das Leben vieler Familien rettet«, erklärte er lapidar. Er seufzte, als er meinen Blick sah. »Vergiss es, Inea. Was soll ich denn machen? Sie zu den Waffen rufen? Sie würden folgen, aber was würde danach passieren? Die Fy und Jeal sind fest entschlossen, die Macht zu behalten. Es ist ja auch nicht alles falsch an diesem System.«

»Aber eine ganze Menge.«

Das Pferd kam. Braidar dirigierte das nachtschwarze Tier gekonnt direkt neben uns und deutete auf seinen Rücken. »Soll ich dir raufhelfen?«

»Allein schaffe ich es bestimmt nicht. Dafür hat deine Schnippelaktion gesorgt«, entgegnete Eamon. Er ließ mich los, packte das Sattelhorn und zog sich mit Braidars Unterstützung hinauf.

Ich blinzelte zu ihm hoch und mein Herz begann zu rasen. Obwohl er kein Hemd anhatte, blutig und zerschunden aussah und eine viel zu kurze Hose trug, sah er in diesem Moment wie ein echter König aus. Er bemerkte meinen Blick und runzelte fragend die Stirn.

Zum Glück kam ich um eine Erklärung herum, denn Braidar packte mich um die Hüften und hob mich wie ein Spielzeug hoch. Eamon half mit, sodass ich Sekunden später benommen vor ihm auf dem Pferd saß.

»Autsch«, brummte ich. Das vordere Ende des Sattels bohrte sich unangenehm in meinen Hintern.

»Benehmt euch, ihr beiden«, rief uns Braidar hinterher. Eamon nickte ihm schweigend zu und lenkte das Pferd am Gefängniswagen vorbei. Die Menge schrie noch lauter.

»Lächel ein wenig, Inea«, flüsterte mir Eamon ins Ohr. »Lass die Puk sehen, warum ich mich in dich verliebt habe.«

»Du kannst von da hinten gar nicht sehen, ob ich lächel oder nicht«, erwiderte ich schlecht gelaunt.

»Ich sehe aber deine angespannten Schultern und höre das Knirschen deiner Zähne.« Er legte einen Arm um mich und lenkte das Pferd nun nur mit einer Hand. Die Ruhe des Reiters übertrug sich sofort auf das Tier. Es entspannte sich ebenfalls, was ich von mir nicht gerade behaupten konnte.

»Ich kapiere einfach nicht, was da zwischen dir und Braidar abgeht«, merkte ich an, während ich die Hand hob und eher unmotiviert winkte. »Der Typ quält dich und will dich hinrichten lassen und du behandelst ihn wie einen Freund. Er will dich töten lassen, verdammt!«

»Er will das, was ich ebenfalls will – Frieden. Das, was er macht, tut er nicht, um mich zu foltern. Er tut es, weil andere noch viel grausamer vorgehen würden. Auf seine Weise schützt er mich vor mir selbst. Glaube mir: Für ihn ist das hier genauso schwierig wie für uns.«

»Er ist ein Bastard.«

»Ach, Inea. Das hat er nicht verdient. Er nimmt es in Kauf, bei diesem Drama der Bösewicht zu sein. In Wirklichkeit kämpft er auf der gleichen Seite wie wir, nur mit anderen Methoden.«

Ich knirschte mit den Zähnen und ersparte mir weitere Diskussionen. Eigentlich wollte ich auch gar nicht über Braidar sprechen, sondern über uns.

»Wie wäre es, wenn wir mal über Ideen nachdenken, wie du heile aus dieser Sache herauskommst?«, wich ich vom Thema ab. »Die Leute lieben dich. Könntest du nicht ein wenig Fy-untypische Magie spielen lassen? Glitzer doch mal ein bisschen als Regenbogen.«

Ich spürte Eamons Lächeln direkt an meinem Hals. Er küsste mich kurz, was ein Prickeln durch meinen Körper jagte. »Ich kann jetzt nicht glitzern«, erwiderte er. »Ich habe so wahnsinnige Angst, dass ich kaum denken kann.«

Betroffen versuchte ich mich so umzudrehen, dass ich ihn ansehen konnte, doch das war auf einem Pferderücken ziemlich schwierig. Ich erkannte nur ein Auge, das mich entschlossen ansah. »Gieß kein Öl ins Feuer, Inea. Ich weiß, dass du in der Lage dazu wärest. Ich bin mir sogar ziemlich sicher, dass du allein durch deine Sturheit einen ganzen Flächenbrand verursachen könntest, aber ich will nicht am Tod von Hunderten meiner Leute schuld sein.

Wir reiten hier gerade durch einen brodelnden Kessel, der jede Sekunde explodieren kann. Verliere ich die Kontrolle über mich, werden es die Fy büßen müssen. Der Mob wird diese Männer hinter mir töten, allesamt. Die meisten von ihnen kenne ich, denn ich habe Seite an Seite mit ihnen gekämpft. Es sind gute Männer, die verzweifelt versuchen, das Richtige zu tun – so wie Braidar oder du oder ich. Wenn ich sie durch ein Lächeln retten kann, dann werde ich das tun. Also lächel jetzt gefälligst.«

Ich starrte ihn sprachlos an. »Du glaubst wirklich nur an das Gute im Menschen, nicht wahr?«, fragte ich steif.

»Ich muss. Wenn ich mich jetzt meiner Wut hingebe, dass man mich hinrichten lassen will, wird dieses Schloss untergehen. Die Kriegsmagier in mir warten nur darauf, freigelassen zu werden. Also klammere ich mich daran fest, dass mein Tod viele Menschenleben retten wird. Nimm mir das nicht.«

Er drückte mich etwas an sich und versteckte einen Moment sein Gesicht an meinem Hals. »Ich liebe dich«, flüsterte er. »Und es tut mir leid, dass ich dir nicht erlaube, für mich zu kämpfen. Verzeih mir auch, dass ich überhaupt nicht versuche, mich zu retten. Ich weiß, dass du das von mir erwartest, aber ich kann das nicht tun.«

Ich sah wieder nach vorne, damit er die Tränen in meinen Augen nicht sah, schluckte schwer an meiner Trauer, die wie ein dicker Kloß in meinem Hals feststeckte. Seine Worte hatten mich so vollständig entwaffnet, dass ich mich leer und ausgehöhlt fühlte. Wie sollte ich denn noch für ihn kämpfen, wenn er es gar nicht wollte?

»Ich gebe dich nicht auf«, sagte ich entschlossen. »Niemals.«

»Aber das musst du. Für uns alle.«

Er löste sich von meinem Hals und richtete sich auf. Der Arm, der um mich lag, hielt nun die Zügel. Mit dem anderen winkte er der Menge zu und zeigte damit, dass er freiwillig zu seiner Hinrichtung ritt.

Ich konnte mich nicht dazu überreden, dabei mitzumachen. Steif und tief geschockt saß ich vor ihm und sah aus einem Tränenschleier zu, wie wir den nächsten Wall passierten. Die Sidhe, so gefühlvoll und klug, dachten wohl ähnlich wie ich.

Das Dröhnen der Puk blieb hinter uns zurück und wir ritten durch eine schweigende Menge. Die Sidhe wussten genau, was das hier war. Ein Todesmarsch.

Auch auf Eamon färbte die veränderte Stimmung ab. Er versuchte nicht mehr, mich zum Einlenken zu überreden. Stattdessen zog er mich dicht an sich und streichelte meinen Arm. Ich spürte sein Herz kraftvoll an meinem Rücken schlagen. Der Rhythmus beschleunigte sich, je näher wir dem nächsten Wall kamen. Ich hatte hier eigentlich die Arven erwartet, doch die Magie passte nicht dazu.

Stattdessen standen hier die Fy. Krieger um Krieger, Männer, Frauen, Kinder. Sie hoben die Waffen zum Gruß, sobald wir vorüberritten, und sprachen die Abschiedsworte ihres Volkes. »Sei stark«, wünschten sie uns. »Sei stark.«

Die Worte setzten sich so tief in mein Herz, dass ich bald kaum noch atmen konnte. Ich spürte, dass es Eamon ähnlich erging, denn er verkrampfte sich, je öfter wir den Gruß hörten. Da ich nichts tun konnte, um ihm zu helfen, legte ich meine Hand über seine und versuchte ihm, auf diese Weise Kraft zu geben.

Dennoch waren wir beide froh, am Ende des Fy-Spaliers angekommen zu sein. Der bunte Haufen Arven begrüßte uns so chaotisch, wie mein Volk eben war. Die einen winkten, die anderen verfluchten die Fy, einige weinten und viele ließen ihre Drachen lauthals trompeten.

Ich drehte mich etwas und versuchte erneut, Eamon anzusehen. Er sah jetzt sehr blass aus. Blass und müde. »Deine Leute hätten dir fast den Rest gegeben«, merkte ich an. Er nickte. Ich hatte die Anspannung in seiner Magie gespürt. Jetzt beruhigte sie sich wieder, rollte sich zusammen wie ein schlafendes Ungeheuer.

»Wir sind gleich da«, sagte er leise.

»Ich weiß«, erwiderte ich. Mein Herz war schwer, denn ich wusste, was uns am Ende dieses Weges erwartete.

»Versprich mir, dass du fernbleibst.«

»Ganz sicher nicht.«

»Du wirst nicht bei meiner Hinrichtung zusehen. Ich verbiete es dir. Bleib bei meinem Vater, lenk ihn ab.«

»Ich weiß ja nicht einmal, wer dein Vater ist. Außerdem wird mich nichts auf der Welt von dir fernhalten können.« Ich drückte seine Hand, versuchte Kraft aus dem Griff zu schöpfen. Jetzt bemerkte ich, dass seine Hand leicht zitterte. Er hatte Angst. Wer hätte das nicht gehabt?

Braidar störte uns, indem er sein Pferd neben unseres lenkte. »Wir sind gleich da«, wiederholte er, ohne es zu wissen, Eamons Worte. Er deutete voraus. »Wenn wir das Haupttor passieren, halten wir uns rechts. Da geht es zum Westflügel, sodass wir Fy unter uns sind. Da wirst du dich bannen lassen.«

Eamon nickte ergeben. »In Ordnung.«

»Inea wird solange bei uns bleiben müssen. Du bist ruhiger, wenn sie in deiner Nähe ist. Danach übergebe ich sie an deinen Vater. Er wird sich um sie kümmern.«

Wieder ein Nicken. Ich spürte es durch seinen angespannten Körper hindurch. »Danke, Braidar. Es wird alles gut werden, mein Freund.«

Zu meinem absoluten Entsetzen reichte er dem rothaarigen Fy die Hand. Der ergriff sie und hielt sie einen Moment länger fest als nötig. Als ich ihm in die Augen blickte, sah ich echten, reinen Schmerz und absolutes Bedauern. Zum ersten Mal begann ich zu ahnen, dass Eamon womöglich recht hatte, was seinen Ersten Berater anging.

»Sei stark«, sagte er zu Eamon.

»Du auch.«

Das Tor zum Schloss öffnete sich. Ich straffte mich und versuchte die Panik niederzuringen, doch es gelang mir nicht. Vollkommen aufgelöst begann ich am ganzen Leib zu zittern.

Das war doch Irrsinn! Wie konnte man nur so leichtfertig sein Leben wegwerfen?

»Du musst das jetzt für mich tun«, sagte Eamon leise in mein Ohr. »Du musst ganz einfach! Wenn du jetzt durchdrehst, schaffe ich es nicht.«

Ich nickte und ließ es zu, dass er sein Pferd zum Westflügel lenkte. Das Geschrei der Arven wurde leiser und leiser und schon bald hörte ich nur das Schnauben der Tiere und das Klirren der Fy-Waffen. Wir waren gefangen.

Wir ritten durch einen schmalen Gang. Rechts und links erhoben sich die riesigen Schutzmauern der Burg, vor uns tauchte das Westtor auf, das uns auf den Hof führen würde, auf dem ich Eamon vor einer gefühlten Ewigkeit zum ersten Mal in seiner Fy-Riad-Gestalt gesehen hatte.

Zwei Wächter standen davor. Als sie uns sahen, klopften sie mit den Fäusten gegen das Tor. Es krachte und knirschte, als das Holz langsam und gemächlich wie von Geisterhand aufschwang. Ob es über Magie oder über ein Scharniersystem geöffnet wurde, konnte ich nicht erkennen. Es war auch egal, denn der Gedanke verflog, als ich die wartenden Fy und Jeal sah.

Ganz rechts stand Dakim. Seine massige Gestalt stach wie immer hervor, unterstrichen von seiner trotzigen Art zu stehen. Neben ihm warteten zwei Jeal, die ich nicht kannte. Der eine sah jedoch der alten Königin etwas ähnlich. Vielleicht ein Verwandter von ihr, der den Posten ihres Sohnes im Rat eingenommen hatte?

Eins war klar: Hier wartete die Elite der Tul Dalla auf ihren Kriegsfürsten. Sie hatten sich in ihre besten Gewänder und Rüstungen gehüllt und sahen seltsam prunkvoll für diesen traurigen Anlass aus. Sie rührten sich nicht, bis wir heran waren.

Eamon hielt das Pferd eine halbe Pferdebreite vor ihnen an und atmete tief durch. Braidar tat es ihm gleich, während Aatu sein Tier links von uns stoppte, sodass Eamon von seinen beiden Beratern eingerahmt war. Oder eingekeilt, je nach Betrachtungsweise.

Eamon brauchte einen Moment, um sich zu sammeln. Die Fy gaben ihm diese Zeit. Schließlich schwang er ein Bein über den Widerrist des Pferdes und ließ sich hinabgleiten. Er hob die Hände, um mich zu sich hinunterzuziehen. Zwischen Braidars und seinem Pferd stehend, nahm er mich noch einmal fest in die Arme.

»Ich liebe dich«, sagte er. Seine Lippen kamen warm und süß auf meinen zu liegen, strichen sanft darüber, kitzelten mich. Ich schmeckte ihn, spürte ihn, roch ihn, während mein Herz sich ihm entgegendehnte.

Ich hätte ewig so bei ihm stehen können, doch er drückte mich viel zu früh wieder von sich fort. »Du musst so lange bei mir bleiben, bis sie mich gebunden haben«, sagte er zu mir und nahm mein Gesicht in seine Hände, damit ich seinem Blick nicht ausweichen konnte. Ich sah nur schwarze Augen. Keine Funken. »Solange du in meiner Nähe bleibst, werde ich kein Ungeheuer. Ich darf mich nicht mehr rühren können.«

»Ich liebe dich«, sagte ich als Antwort.

Braidar drängelte sich zwischen uns und die Pferde, sah uns aus unbeweglicher Miene an. »Bist du so weit?«

»Dafür ist man nie bereit, aber wir können anfangen.«

Eamon bot Braidar seine Handgelenke an, doch der schüttelte den Kopf. »Dreh dich um. Mir ist wohler, wenn sie auf deinen Rücken gebunden sind.«

Schweigend gehorchte Eamon. Er sah mich an, während sein Freund ihm die Hände zusammenschnürte. Ein Geräusch hinter mir ließ ihn aufblicken. Ich drehte mich um und sah einen völlig aufgelösten Haikur. »Warum bist du denn nur zurückgekommen?«, fragte er. »Ich dachte, du würdest mit Inea fliehen!«

Eamon schüttelte den Kopf. »Wo hätten wir hingehen sollen? Meine Magie lässt sich nicht verstecken. Jeder im Land hätte uns gejagt.«

»Haikur, du darfst dich noch verabschieden, aber dann musst du gehen«, erklärte Braidar streng. »Mach es kurz.«

Haikur näherte sich ganz langsam, als wollten seine Beine nicht gehorchen. Ich machte ihm Platz, indem ich das Pferd nach hinten drängte. Er stolperte an mir vorüber und nahm Eamon fest in die Arme. Der konnte die Umarmung nicht erwidern, da ihm bereits die Hände auf den Rücken gefesselt waren.

»Ich hätte dir niemals den Floh mit dem Gleichgewicht ins Ohr setzen dürfen«, sagte Haikur mit belegter Stimme. »Es tut mir so leid.«

Eamon seufzte tief und ließ die Stirn gegen die Schulter des Älteren sinken. »Es ist nicht deine Schuld. Deine Ansichten sind richtig. Sie waren es wert, dafür zu kämpfen. Jetzt musst du mir aber versprechen, dich um Inea zu kümmern. Bring sie zu ihren Eltern zurück – und sieh nach Eeon. Er wird es nicht verstehen.«

Haikur nickte, drückte Eamon von sich und legte seine Hand in seinen Nacken, seine Stirn gegen seine. »Ich bin froh, dass das deine Mutter nicht mit ansehen muss, aber wäre sie hier, würde sie dir sagen, dass sie stolz auf ihren Sohn ist. Das bin ich ebenfalls.«

Die beiden verharrten einen Moment, während ich es endlich verstand. Haikur war Eamons Vater? Manchmal war ich wirklich mit Blindheit geschlagen. Nun erkannte ich auch, warum mir Haikur von Anfang an so vertraut gewesen war. Die Kontur des Gesichtes, die rehbraunen Augen. Eamon musste seine ehemalige Augenfarbe von seinem Vater geerbt haben.

Braidar unterbrach die beiden recht ruppig. »Es tut mir leid. Wirklich. Aber wenn du nicht zugucken willst, wie wir deinen Sohn bannen, solltest du jetzt gehen.«

»Ich bleibe.«

»Dann nimm Inea und trete etwas zur Seite – und nehmt doch mal die verdammten Pferde weg. Aatu, das hier ist dein Job, also mach endlich. Und hol mir Bannrunen, die auch wirklich funktionieren.« Ich bemerkte, dass Braidar langsam, aber sicher die Nerven durchgingen. Er wurde ruppiger und fahriger, um es einfach hinter sich zu bringen. Irgendwie konnte ich ihn verstehen, zum ersten Mal überhaupt.

Da sich Haikur nicht rührte, zog ich ihn schließlich vorsichtig zur Seite. Jemand führte die Pferde weg, sodass ich ungehindert sehen konnte, dass Braidar Eamon auf die Knie zwang. Ich sah weg, denn was jetzt kam, hatte ich schon einmal gesehen. Ein zweites Mal konnte ich es nicht ertragen.

Haikur hingegen stand stocksteif da und ließ den Anblick über sich ergehen, während er abwechselnd vor hilfloser Wut die Fäuste ballte und öffnete. Auf seiner Stirn pochte eine Ader und auf seinem nackten Schädel reihten sich die Schweißperlen aneinander. Ich legte ihm schließlich einen Arm um die Schulter und zwang ihn, mich anzusehen. »Wir gehen jetzt«, sagte ich. »Es gibt nichts mehr, was wir tun könnten.«

Er gab sich geschlagen.

Ich warf noch einen kurzen Blick zu Braidar hinüber. Der Krieger stand etwas abseits und beobachtete das Geschehen. Als er mich bemerkte, nickte er mir zu und erlaubte uns damit, zu gehen.

Fast hätte ich mich tatsächlich abgewandt, überlegte es mir in letzter Sekunde aber anders. »Warte hier«, befahl ich Haikur und ging strammen Schrittes auf Braidar zu. Ein Fy wollte mich aufhalten, doch Braidar bedeutete ihm, mich durchzulassen.

»Wann?«, fragte ich. »Wann werdet ihr ihm das Messer ins Herz rammen? Und wo wird das geschehen?«

»Das weiß ich noch nicht. Der Rat ist sich noch uneins.«

»Uneins? Ihr lasst ihn in Ketten legen und wisst nicht einmal, wann seine Hinrichtung stattfinden soll?«

Braidar atmete tief ein, sah kurz zu Aatu hinüber. »Wenn es nach mir ginge, würden wir es noch heute tun, aber der Rat will das nicht. Das Volk ist aufgebracht. Wir müssen bedächtig vorgehen.«

»Ich will dabei sein. Und ich will dein Wort, dass du mir Bescheid sagst.«

»Du hast mein Wort.«

Wir nickten uns grimmig zu und ich drehte mich um. Krampfhaft versuchte ich, nicht in Eamons Richtung zu sehen, doch das war fast unmöglich. Er lag bereits am Boden. Sie hatten die Netze wieder über ihm ausgebreitet. Jemand kam mit den glühenden Eisen heran. Ich beschleunigte meine Schritte.

»Komm«, sagte ich zu Haikur. Ich zwang ihn unsanft, sich fortzudrehen. Er war so bleich, dass ich fürchtete, er würde jede Sekunde ohnmächtig werden. Mein Blick streifte Dakim, der uns flüchtig zunickte. Auch er sah mitgenommen aus. Der Weg des Fy-Riads war nicht nur für uns schwierig.

Haikur ließ sich willenlos von mir führen. Eigentlich hatte ich selbst keine Ahnung, wohin ich wollte, doch es gab nur einen Ort, um in Ruhe nachzudenken. Jemand öffnete für uns das Westtor und wir schlüpften durch den schmalen Spalt hindurch. Fluh, die ihren alten Platz auf meinem Kopf eingenommen hatte, gab zum ersten Mal überhaupt einen Ton von sich. Sie jammerte leise, während der Knall hinter uns anzeigte, dass sich das Tor wieder geschlossen hatte.

Wir hatten Eamon zurückgelassen.

Die Erkenntnis traf mich so hart, dass es mir schlichtweg den Boden unter den Füßen wegzog. Ich sackte hier und jetzt einfach in mich zusammen und schlug die Hände vors Gesicht. Haikur setzte sich schweigend neben mich, legte einen Arm um meine Schultern und weinte lautlos mit mir mit.

Lummia war es schließlich, die uns aufstöberte. Sie hatte eine kleine Armee Drachen losgeschickt, um die Gänge des Schlosses nach uns absuchen zu lassen. Ein Luftdrache hatte uns entdeckt und Lummia, Mina und Anra zu uns geführt. Wir saßen nach wie vor im Staub im Niemandsland, völlig betäubt von dem, was wir getan hatten.

Die alte Arven legte mir fürsorglich ihren löchrigen Mantel über die Schulter und zwang mich, aufzustehen. Anra und Mina bemühten sich um Haikur, der nach einigem Zureden endlich ebenfalls auf die Beine kam.

Sie brachten uns zu dem einzigen Ort, der neben Eamons Räumen und meinem Elternhaus so etwas wie Heimat für mich gewesen war – die Küche in den Kellern des Schlosses.

Sobald wir eingetreten waren, verstummten alle Gespräche um uns herum. Puk, Arven und Sidhe starrten uns gleichermaßen an, während ich blind vor Trauer einfach nur hinter Lummia herstolperte.

»Jetzt hört schon auf zu glotzen«, fauchte sie ihre Leute an. »Setzt heißes Wasser für einen Tee auf. Eine kräftige Brühe wäre auch nicht schlecht und hol doch mal jemand zwei Decken. Du da, du machst dem Feuer Dampf unter den Kohlen. Setz dich, Inea. Haikur, gibt es irgendetwas, das wir für Euch tun können?«

Der Fy schüttelte benommen den Kopf und ließ sich steif neben mir nieder. Ich nahm seine Hand und drückte sie. Vermutlich war ihm nicht bewusst, dass ihm eine große Ehre zuteilwurde. Noch niemals war ein Fy in den Küchenräumen als Gast begrüßt worden.

Lummia warf ihm einen entsprechend nervösen Blick zu, genau wie der Rest des Personals. Zwei Sidhe kamen mit durchscheinenden Decken zurück. Auf den ersten Blick sahen sie so aus, als würden sie rein gar nicht wärmen, doch das täuschte. Von Sidhe genähte Decken waren effektiver als jede Daunendecke.

Der männliche Sidhe reichte mir eine, während die weibliche Fee Haikur die Decke direkt über die Schultern legte. Sie leuchtete leicht, ein Zeichen dafür, dass sie gerade einen Zauber wirkte. Vermutlich versuchte sie, den Fy zu beruhigen.

Ich lächelte ihr dankbar zu, sah jedoch auch Lummias fragenden Blick. »Sie haben Eamon in den Kerker geworfen. Wann sie ihn hinrichten, ist noch nicht klar«, informierte ich sie.

Lummia seufzte leise, setzte sich neben mich und legte mir einen Arm um die Schultern. »Es war nur eine Frage der Zeit«, merkte sie an. Sie stupste mich leicht und nickte mit dem Kinn auf Haikur. »Und was ist mit ihm? Warum sieht er so aus, als müsse er gleich kotzen?«

»Er ist Eamons Vater.«

»Oh.« Das war wohl auch für Lummia neu, was mich beruhigte. Anscheinend war es wirklich nicht so offensichtlich.

Haikur reagierte auf Eamons Namen und sah auf. Sein Blick war unstet und in sich gekehrt. »Wenn Fy-Kinder mit sechs Jahren zur Armee geschickt werden, sind sie offiziell nicht mehr unsere Söhne und Töchter. Die Armee ist ihre neue Familie. Die Eltern werden angehalten, keinen Kontakt zu pflegen, und müssen umziehen, damit sie nicht gefunden werden. In besonders schwierigen Fällen zwingt man sie, die Namen zu wechseln.«

»Ihr Fy habt echt einen Knall«, merkte ich verächtlich an. Lummia knuffte mich mahnend in die Seite, was ich einfach ignorierte. »Wie es scheint, habt ihr zwei euch aber nicht daran gehalten.«

»Nein. Eamon war schon immer geschickt darin, im Geheimen zu wirken. Niemand fand heraus, dass er einmal die Woche kam, um seine Mutter zu besuchen. Manchmal hatte ich Glück und war dann ebenfalls zu Hause. Er ist ein guter Junge.« Haikur atmete tief ein, straffte sich etwas, fiel jedoch gleich wieder in sich zusammen. »Ich hätte ihm niemals den Mist über ein gerechteres System erzählen sollen. Das wird ihn das Leben kosten.« Als er mich jetzt ansah, schimmerten neue Tränen in seinen Augen. »Ich habe meinen Sohn umgebracht.«

»Noch ist er ja nicht tot. Außerdem war es Dverga, der ihn dazu getrieben hat, sich als Fy-Riad aufzustellen. Vielleicht hast du den Samen der Idee gepflanzt, aber Eamon ist durchaus schlau genug, um selbst zu denken. So oder so hätte er diesen Plan ausgeheckt. Da kannst du überhaupt nichts für«, versuchte ich zu trösten.

Lummia verdrehte die Augen. Offenbar hatte ich nicht ganz den richtigen Ton getroffen, doch Haikur beruhigte sich zumindest.

Ich hob Fluh von meinem Kopf, um sie in meinen Schoß zu setzen. Mein Luftdrache war noch immer ziemlich schwach, aber würde überleben, da war ich mir mittlerweile sicher. »Schau, Haikur, was dein Sohn alles kann. Er hat meinen tot geglaubten Drachen wiederbelebt. Wenn du deine Hand auf Fluh legst, dann kannst du ihn spüren.«

Ich drückte seine Hand auf die Schuppen des Drachen und sah Haikur erwartungsvoll an. Fluh tat mir den Gefallen und leuchtete einmal kurz dramatisch auf. Sie wusste sich schon immer in Szene zu setzen.

Haikur lauschte tatsächlich und lächelte ganz leicht. »Ja, ich kann ihn fühlen. Es ist ein Wunder.«

»Nein, das war die wahre Macht eines Riads. Und genau deshalb werden wir hier jetzt nicht rumhocken und vor uns hin flennen, sondern uns überlegen, was wir machen können. Sie werden ihn nicht hinrichten. Nicht, solange ich es verhindern kann«, erklärte ich entschlossen.

Haikur sah mich einen Moment schweigend an, dann nickte er. »Worüber denkst du nach?«

Wie sich herausstellte, waren alle meine Pläne nicht durchführbar. Mina nahm unbewusst Eamons Standpunkt ein und argumentierte stets gegen mich an. Sie meinte es gar nicht böse, sondern war vielmehr das Gewissen unseres Volkes. Wenn wir Eamon befreiten – wie würde sich das auf die Tul Dalla auswirken?

Am Ende des Abends war ich noch viel deprimierter als am Anfang. Mina zwang mich schließlich, mich auf meine alte Pritsche im Schlafsaal niederzulassen und etwas zu schlafen. Ich hätte schwören können, dass ich kein Auge zutun würde, doch mein Geist war so erschöpft, dass er sich sofort aus der Realität verabschiedete. Mina schwebte über mir und passte auf, dass mich meine Albträume nicht holten. Was das anging, war eine Sidhe der perfekte Wachhund.

Auch Haikur übernachtete in der Küche, was das Küchenpersonal in Panik versetzte. Lummia rief sie jedoch zur Ordnung und so kam es, dass zum allerersten Mal in der Geschichte ein waschechter Fy vor dem Kaminfeuer schlafen durfte.

Als ich früh am nächsten Morgen wach wurde, starrte ich eine Weile an die Decke und fragte mich, wie es Eamon gerade ging. Lag er in einem finsteren Verlies oder hatte man dem Fy-Riad ein schöneres Plätzchen zugebilligt? War er weiter wie ein Schwerverbrecher gefesselt? Hatte er Angst?

Weil ich den Gedanken nicht ertragen konnte, stand ich schließlich auf. Ich pflückte die dösende Mina aus der Luft und setzte sie vorsichtig auf mein Bett, umhüllte sie mit meiner Decke. Sie wurde selbst davon nicht so richtig wach.

Ich sah am Feuer nach Haikur, der bereits aufrecht saß und in den Kamin starrte. Einen Moment erwog ich, mich heimlich davonzustehlen, gab mir aber doch noch einen Ruck. Es war wichtig, uns gegenseitig Mut zuzusprechen. Also gesellte ich mich zu ihm. Wir schwiegen gemeinsam, bis uns Lummia Frühstück brachte.

»Und wie geht es jetzt weiter?«, fragte ich schließlich, weil ich die Stille nicht mehr ertrug.

»Wir kehren in den Alltag zurück und warten darauf, dass sich eine Gelegenheit ergibt. Ich suche als Erstes Eeon, um mit ihm zu sprechen. Er wird nicht verstehen, dass Eamon sich ergeben hat. Danach werde ich ein paar Gefallen einfordern, um herauszufinden, was der Rat plant«, brummte Haikur.

»Das klingt doch tatsächlich mal nach einem Plan«, stellte ich erfreut fest. Haikur sah heute schon etwas besser aus. Seine Haltung wirkte entschlossener, sein Gesicht nicht mehr ganz so zerknittert.

Er sah mich fragend an. »Und was planst du?«

»Ich werde hier ein wenig mithelfen, um auf andere Gedanken zu kommen. Vielleicht fällt mir dann ja noch was Sinnvolles ein.«

Wir nickten uns verschwörerisch zu und beendeten das Frühstück. Haikur umarmte mich zum Abschied fest. »Ich komme heute Abend wieder her, dann nehme ich dich mit zu mir.«

»Was? Das ist nicht nötig, wirklich nicht! Ich fühle mich hier sehr wohl«, protestierte ich.

»Das bezweifele ich auch nicht. Ich will nur, dass du weißt, wo du immer in Sicherheit sein wirst. Deshalb musst du auch wissen, wo du mich finden kannst.«

»Das klingt logisch. Bis später.«

Wir trennten uns. Während Haikur aus der Küche verschwand, nahm ich meinen alten Platz am Herd ein und begann damit, den Hirsebrei für die Belegschaft zu kochen. Den meisten Sidhe war das etwas unheimlich, immerhin war ich plötzlich nicht mehr nur eine Küchengehilfin, sondern kannte den Fy-Riad persönlich. Wahrscheinlich hatte man sich allerhand Tratsch über mich erzählt. Ich ignorierte die Blicke und konzentrierte mich auf meine einfache Tätigkeit. Es war ein gutes Gefühl, endlich wieder etwas in der Hand zu haben, zu wissen, was man machen musste, ohne gleich einen Krieg anzuzetteln.

Während ich jedoch in die Milch starrte, traf mich die Erkenntnis fast wie ein Schlag. Was tat ich denn da? Wie konnte ich einfach so rumstehen und nichts tun, während Eamons Zeit ablief? Das sah mir überhaupt nicht ähnlich!

Ich rührte noch zwei, drei Mal um, atmete tief ein und mein altes Leben wieder aus. Ich war nicht mehr die kleine Küchengehilfin, die sich am Herd am wohlsten fühlte. Ich war Inea, die zähe Arven, die das Herz des Fy-Riads erobert hatte und für ihn kämpfen wollte, selbst wenn er sich längst aufgegeben hatte.

Natürlich konnte ich nicht einfach einen Bürgerkrieg anzetteln. Die alte Inea hätte das vielleicht getan, aber Eamons unerschütterlicher Glaube an ein Gleichgewicht hatte offenbar abgefärbt.

Ich wusste, dass wir mit Gewalt nichts mehr erreichen konnten. Ein Bürgerkrieg war keine Alternative.

Normalerweise hätte ich jetzt eine wilde Aktion nach der anderen gestartet. Ich hätte versucht, meinen Dickschädel durchzusetzen, doch bevor ich in alte Muster verfiel, atmete ich tief durch.

Denk nach, befahl ich mir. Erst denken, dann handeln. Das ist gesünder. Am ehesten konnte ich helfen, wenn ich die vielen Rätsel löste, die mir auf meinem Weg an Eamons Seite aufgefallen waren.

Entschlossen zog ich die Hirse vom Herd, drückte den Kochlöffel einer anderen Arven in die Hand und suchte nach Stift und Papier. Damit setzte ich mich an den Tisch und grübelte eine Weile, bis ich die offenen Geheimnisse systematisch der Reihe nach auflistete.

Eamon hatte mich über Diamads Schicksal informieren wollen. Seine Nachricht war aber niemals angekommen. Wer hatte sie abgefangen?

Der Tag meiner Entführung. Die Königin der Jeal hatte mir das Büchlein gebracht. Wo war es jetzt? Da musste ich nachhaken.

Meine Entführung selbst. Die Jeal waren es nicht gewesen, da war ich mir absolut sicher. Eamon hatte die Anführer bereits festsetzen lassen, die Königin wurde nicht, wie von den Fy angenommen, von mir getötet, sondern durch die Angreifer. Es waren Fy gewesen. Wer hatte ein Interesse daran, den Fy-Riad zu zwingen, die Tul Curragh zu vernichten?

Dann natürlich das Rätsel um Eamons Magiegemisch. Warum verfügte ausgerechnet Eamon darüber? Was war an ihm anders als bei seinen Vorgängern?

Ich listete noch eine ganze Reihe Fragen auf und bemerkte am Rand meines Gehirns, dass sich Lummia und Mina rechts und links neben mich gesetzt hatten und mir zusahen, wie ich schrieb.

»Wer hat die Erpresserbriefe hier in der Küche liegen lassen?«, schlug Mina als Nächstes vor, nachdem ich den Zettel eine Weile reglos angesehen hatte.

Ich sah auf und nickte. »Habt ihr da mal nachgeforscht?«

»Einmal? Wir haben uns jeden Einzelnen in der Küche vorgenommen und auf Herz und Nieren geprüft. Das Problem ist nur, dass hier wirklich niemand rein- und rauskommt, ohne dass es auffallen würde. Laut der Köchin war hier aber kein Unbekannter.«

»Dann muss es jemand vom Küchenpersonal sein. Der hat dann auch die Nachricht abgefangen, dass meine Drachen in Eamons Feuer heilen«, mutmaßte ich.

Mina nickte. »Ich fürchte, das ist die einzige Erklärung. Aber wer sollte das gewesen sein? Bei unseren Befragungen haben wir nichts herausfinden können.«

»Dann fragen wir uns eben noch einmal durch.«

Da wir nichts anderes vorhatten, setzten wir das auch gleich in die Tat um. Wir löcherten sämtliche Küchenbewohner mit unseren Fragen, bis wir einsehen mussten, damit nicht weiterzukommen. Keiner wollte was gesehen haben und falls doch, wollte er es uns zumindest nicht sagen.

Ich ging gerade meine Stichpunkte noch einmal durch, als ein Schatten auf mich fiel, der viel zu groß für einen normalen Küchenbewohner war. Ich blickte hoch und sah direkt in das blasse Gesicht eines Fys.

»Haikur«, rief ich erfreut und sprang auf die Beine. Spontan nahm ich ihn in die Arme und lud ihn ein, sich zu setzen. Eamons Vater sah erschreckend müde aus. Sofort wappnete ich mich gegen schlechte Nachrichten.

»Hast du was herausgefunden?«, fragte ich vorsichtig.

Haikur seufzte. »Ich habe Neuigkeiten, aber die verwirren eher, als dass sie helfen. Irgendwas geht da bei den Fy vor, aber ich kann nicht sagen, was es ist. Ich meine: Endlich sitzt einer von ihnen auf dem Thron und jetzt setzen sie alles daran, den Kriegsfürsten abzusägen? Das kann mir doch keiner erzählen. Ich weiß, dass viele Eamon skeptisch gegenüberstanden, als er gewählt worden ist, aber er hat sich als ziemlich nützlich erwiesen. Es ist auch völlig normal, dass der Fy-Riad in Friedenszeiten abgesetzt wird, aber doch nicht so übereilt und schon mal gar nicht so dramatisch, wie sie das mit Eamon vorhaben. Inea, sie wollen ihn öffentlich hinrichten lassen!«

»Was?« Mir wich alles Blut aus dem Gesicht. Ich spürte das Kribbeln im Hinterkopf, das einsetzte, sobald man kurz vor einer Ohnmacht war. Gleichzeitig drehte sich mein Magen um. Tapfer schluckte ich die bittere Galle hinunter und krallte meine Finger in den Tisch, die mit einem Mal zitterten. »Aber wieso öffentlich? Und wann? Woher weißt du das?«

Ich spürte, dass ich hysterisch wurde, und zwang mich dazu, ein paar Mal tief einzuatmen. Haikur bemerkte natürlich, was er mit seinen Worten angerichtet hatte. Er legte mir eine Hand auf die zitternden Finger. »Entschuldige. Ich weiß, dass du in letzter Zeit viel aushalten musstest. Sehr viel. Wir müssen nur schneller handeln, daher kann ich dich nicht schonen.«

»Ich komme klar«, erklärte ich gepresst. Fluh jammerte als Antwort leise. Sie wusste natürlich genau, dass ich keineswegs klarkam. Um ehrlich zu sein, wurde das alles zu viel. Die Entführung, Diamads Tod, Eamons Gefangennahme, die Angst um ihn … und jetzt diese Nachricht.

Haikur sah mich daher zweifelnd an und drückte mitfühlend meine Finger. »Der Rat hat sich noch nicht geeinigt, wann sie ihn hinrichten lassen, doch je länger Eamon lebt, desto aufgebrachter wird das Volk. Sie wollen gar nicht, dass ihr Kriegsfürst stirbt – zumindest die meisten nicht. Also warum warten sie?«

»Wer zögert es denn hinaus? Die Fy oder die Jeal?«

Haikur zuckte mit den Schultern. »Eigentlich sind es beide Seiten. Die Jeal können sich nicht auf einen Anführer einigen und die Fy drängeln nicht. Gleichzeitig tun sie keinen Handschlag, um die Jeal davon zu überzeugen, Eamon noch länger leben zu lassen.«

»Die Fy haben Angst vor ihm. Er ist zu mächtig. Er hat mir erzählt, er sei während meiner Entführung ein richtiges Ungeheuer gewesen. Deshalb müsse man ihn auf jeden Fall töten.«

Haikur schnaubte verächtlich. »Ja, das redet man ihm ein. Es stimmt, dass er ziemlich heftig vorgegangen ist, aber wer hätte das nicht so gemacht? Es stimmt auch, dass er in dieser Zeit wie ein flammendes Ungeheuer rumgerannt ist, aber das ist doch noch lange kein Grund, ihn sofort zu erledigen. Er hat niemanden mit seiner Magie angegriffen, niemanden pulverisiert und niemanden auf magischer Ebene bedroht. Es stimmt schlicht und einfach nicht, was man ihm da einredet.«

»Haikur. Ich habe ihn gesehen, als er bei mir ankam. Er war wirklich ein Wesen jenseits dieser Welt. Sein ganzer Körper war eingehüllt in Magie und klar bei Verstand war er auch nicht mehr«, widersprach ich vorsichtig.

»Wenn man dich in einen Kerker gesteckt, mit Magie gequält, dir den Rücken aufgeschlitzt und Bannrunen in die Haut gebrannt hätte, dann wärst du auch nicht mehr normal im Kopf gewesen.«

»Man hat mich in einen Kerker gesteckt, mit Magienetzen gequält und mir zwei Finger abgeschnitten«, entgegnete ich trocken.

Haikur wurde eine Nuance blasser und nickte schwach. »Entschuldige, das ist wahr. Allerdings verfügst du auch nicht über die Macht, ein Loch in das Schloss zu sprengen, um dich zu befreien. Hättest du es gekonnt – hättest du es dann nicht auch getan?«

Ich seufzte tief. »Haikur, ich verstehe ja durchaus, was du mir sagen willst. Mich musst du doch auch gar nicht überzeugen. Ich weiß, dass Eamon kein Monster ist. Also, worauf willst du hinaus?«

In dieser Sekunde schüttelte sich das ganze Schloss. Es war nur eine Sache von etwa drei Sekunden, dann war alles wieder vorüber. Etwas

Staub fiel von der Decke, sonst war nichts passiert. Trotzdem erstarrten alle in der Küche.

»Was war denn das?«, fragte ich erschrocken.

Haikurs Gesicht verdunkelte sich, während er sich umsah. »Das war eine große Magiewelle. Das Schloss hat auf etwas reagiert, auf eine Erschütterung im Magiegefüge.«

»Hat es etwas mit Eamon zu tun?«

»Ganz sicher hat es das.« Haikur war bereits aufgestanden und sah mich an. »Sollte hier ein Fy auftauchen, der dich zu irgendeiner Besprechung abholen soll – geh nicht mit ihm. Wenn du dich nicht rauswinden kannst, dann nimm zumindest so viele Zeugen mit, wie du kannst. Geh nicht alleine, nirgendwohin. Du bist hier nicht sicher.«

»Ich bin schon lange nirgendwo mehr sicher gewesen.« Haikur sah mich streng an, und ich rollte genervt mit den Augen. »In Ordnung. Ich passe auf mich auf.«

»Sei einfach wachsam. Hier stimmt was nicht.«

Kaum war Haikur gegangen, setzte sich Mina zu mir. Sie sah mich ruhig an, forschte in meinem Gesicht.

»Du hast auch schon gehört, dass er öffentlich hingerichtet wird, nicht wahr?«, sagte ich leise.

Sie nickte und sah erleichtert aus. Offenbar hatte sie sich gefragt, wie sie es mir hätte sagen sollen.

»Hast du das Beben der Magie gespürt?«, fragte sie mich, um abzulenken.

»Ich habe vor allem das Beben des Schlosses bemerkt.«

Mina nickte. »Etwas geht hier vor sich.«

Aufgespalten

Das Schloss bebte danach noch einige Male. Es fing erst mit einmal Schütteln pro Tag an und steigerte sich alle zwei oder drei Nächte. Schließlich bockte und bröckelte die Erde fast jede Stunde. Der Stein stöhnte schon bald, riesige Risse entstanden quer über alle Wände. Die Statiker begannen zu jammern, während die Schlossbewohner immer hysterischer wurden. Viele verließen die Gemäuer, um sich im Dorf in Sicherheit zu bringen.

Ich blieb natürlich. Nichts würde mich hier wegbekommen, solange Eamon noch im Kerker saß.

Von Tag zu Tag wurde ich nervöser, denn ich fühlte mich abgeschnitten von sämtlichen Informationen, gleichzeitig ging mir das monotone Leben in der Küche auf den Geist. Was mich früher beruhigt hatte, machte mich jetzt ungeduldig. Es war eine schreckliche Zeit, eine Zeit, in der ich so gut wie nie zur Ruhe kam.

Einerseits war ich mit jeder Stunde, die verstrich, froh, dass Eamon noch lebte, dass der Zeitpunkt seiner Hinrichtung nicht festgelegt worden war. Andererseits sehnte ich mich danach, es einfach hinter mir zu haben – auf die eine oder andere Art.

Es war schrecklich, vor allem, weil ich so absolut hilflos war.

Als dann ein Brief von Braidar kam, traf mich fast der Schlag. Ein Botendrache trug ihn zu mir. Er legte ihn sehr sanft in meinen Schoß, brummelte kurz mit Fluh und verabschiedete sich von mir mit einem Grunzen. Er wusste genau, dass er schlechte Nachrichten brachte.

Auch Mina hatte den fremden Winddrachen bemerkt. Als sie meine blasse Miene sah und feststellte, dass ich wie erstarrt auf der hintersten Bank hockte, kam sie zu mir herüber.

»Was ist los?«

»Der Brief ist vom Ersten Berater. Ich kann ihn nicht aufmachen.«

»Soll ich?«

Ich nickte. Mina setzte sich auf meine Knie und nahm den Brief, riss den Umschlag ziemlich grob auf. Sie zupfte das Papier hervor, das so wertvoll war, dass es sogar ein Wasserzeichen trug. Als sie das bemerkte, runzelte Mina die Stirn, doch dann erstarrte auch sie.

»Was?«, fragte ich zitternd.

»Sie haben den Tag der Hinrichtung festgelegt. Eamon wird heute in sechzehn Tagen sterben. Öffentlich auf dem Hauptplatz. Es tut mir so leid.«

Ich erzitterte so heftig bis in die Grundfesten meines Selbst, wie es das Schloss niemals tun könnte. Würde es sich dermaßen schütteln, würde es wohl in sich zusammenstürzen. Ich fühlte mich zumindest ganz genauso. Der dicke Klumpen aus Angst explodierte mit einem Mal in mir und und alle schrecklichen Gedanken überfielen mich gleichzeitig.

Mit einem Schluchzen schlug ich die Hand vor den Mund und krümmte mich. Es war auch tatsächlich so, dass ein flammendes Brennen im Magen erwacht war. Ich kannte es mittlerweile ziemlich gut. Es war das verzehrende Gefühl, einer Katastrophe hilflos ausgeliefert zu sein.

Mina tätschelte mitfühlend meine Knie, während sich Fluh auf meinen Kopf setzte und leise Jammerlaute von sich gab. Die Geräusche in der Küche verklangen fast zeitgleich. Viele hatten gesehen, wie ich zusammenbrach, und zählten eins und eins zusammen. Anstatt sich wie sonst anzubrüllen oder miteinander zu lachen, tuschelten sie, warfen mir Blicke zu. Sie bedauerten mich einerseits, waren aber gleichzeitig froh, dass sie nicht in meiner Haut steckten. Ich konnte es ihnen nicht verdenken.

Da es mir in der Küche plötzlich zu eng wurde, stand ich abrupt auf. Mina verlor dadurch den Halt und plumpste ziemlich unsanft zu Boden, was normalerweise zu einer Schimpftirade geführt hätte, doch heute blieb die aus. Sie rappelte sich auf und flog mir hastig hinterher, als ich aus der Küche stürmte.

»Wo willst du denn hin?«, fragte sie ängstlich.

Im ersten Moment wollte ich auf unsere Plattform, zu meinem alten Rückzugsort, doch das hätte mich nur an Eamon erinnert. Also wechselte ich die Richtung und hielt auf den Ausgang zu. Es gab nur einen, der jetzt meinen Schmerz teilen konnte.

Eamons Vater war in den letzten Tagen immer wieder vorbeigekommen, um mich zu besuchen. Er hatte mir sein Haus gezeigt, das direkt im ersten Ring lag und fast noch vollständig heil geblieben war. Es war winzig, eingequetscht zwischen zwei deutlich größeren Häusern, aber für ihn und seine Frau hatte es gereicht. Es war mir unangenehm gewesen, durch die Zimmer zu gehen, da ich den Geist der erst vor Kurzem Verstorbenen in jedem Quadratmeter spüren konnte. Sie hatte dieses Haus geliebt, genau wie ihren Sohn und ihren Mann.

Jetzt lief ich mit großen Sprüngen quer durch das Schloss, hinüber zum ersten Ring, um wenig später gegen Haikurs Tür zu klopfen. Es war bereits Abend, da war er sicherlich zu Hause.

Tatsächlich ging Sekunden später die Tür auf. Der Fy mit dem langen grauen Bart und den glitzernden rehbraunen Augen, die Eamons so ähnlich waren, sah mich verblüfft an. Gleich darauf wandelte sich sein Blick in Entsetzen, als ich einfach auf seiner Türschwelle in Tränen ausbrach. Er hob die Arme und zog mich in eine starke Umarmung, strich mir über den Rücken.

»Wann?«, fragte er an Mina gerichtet, die hinter mir schwebte.

»In sechzehn Tagen.«

Haikur seufzte tief und zog mich in seine Wohnung, um sich um mich zu kümmern.

In den nächsten Tagen war ich, das muss ich zu meiner Schande gestehen, wirklich nicht ganz ich selbst. Ich gestattete mir, in mich zusammenzusacken, die Gefühle herauszulassen. Also weinte ich einfach vor mich hin und starrte ins Feuer, das mir Haikur freundlicherweise überlassen hatte. Er hatte einen ganz ähnlichen Ohrensessel wie Eamon, den ich sofort in mein Herz schloss. Wahrscheinlich hatte sein Sohn den anderen in seinen Räumen nach dem Vorbild von genau diesem Sessel gekauft.

Ich verkrümelte mich also unter eine dicke Decke, rollte mich im Sessel zusammen und schlief dort zwei Tage lang.

Am dritten Tag fühlte ich mich besser. Es war, als seien all meine Gefühle fürs Erste aus mir herausgeflossen, sodass ich wieder klarer sehen konnte. Ich stand auf und ging zu Haikur hinüber, der sich offenbar die letzten Tage freigenommen hatte. Er hatte wie ich sein Haus nicht verlassen, während Mina gerade nicht da war.

»Wir müssen etwas tun«, sagte ich zu ihm.

Er nickte, doch seine Miene blieb düster. »Eeon versucht schon alles, um etwas zu erreichen. Der Rat will nicht mehr diskutieren. Auch mich haben sie nicht vorgelassen.«

Ich war überrascht, denn dass Eeon da gewesen oder Haikur fortgegangen war, hatte ich gar nicht mitbekommen. Wie peinlich. Entschlossen straffte ich mich. »Dann versuche ich, ein Gespräch zu bekommen.«

Er musterte mich einen Moment schweigend und nickte schließlich. »Dann komm.«

Was nun folgte, war noch nervenzerreißender als die ganze Warterei zuvor. Wir klapperten eine Stelle nach der anderen ab, baten um eine Audienz bei Braidar oder bei irgendeinem anderen Ratsmitglied. Aatu ließ uns ziemlich ruppig per Boten mitteilen, dass wir aufhören sollten zu nerven, während Braidar sich tot stellte.

Wir gaben nicht auf. Haikur forderte sämtliche Gefallen ein, die er noch offen hatte, doch das brachte alles nichts. Die Fäden führten bei Braidar und Aatu zusammen, aber an die kamen wir nicht heran. Selbst Dakim machte deutlich, dass er an dieser Stelle nichts für uns tun konnte.

Mit jedem Tag, der verging, wurde Haikur steifer und wortkarger, in sich gekehrter. Ich spürte, dass er noch viel verzweifelter war als ich und gleichzeitig versuchte, nach außen hin tapfer und unnachgiebig zu wirken. Dennoch huschte sein Blick immer wieder unruhig von einer Stelle zur nächsten, als suche er seinen Sohn in jeder Ecke. Auch ihn machte die seltsame Situation zu schaffen.

Anders als ich schaffte er es jedoch eines Tages, vorgeladen zu werden. Als er jedoch zurückkam, wirkte er noch ausgelaugter als zuvor. Die Ratsmitglieder hatten lediglich seltsame Dinge von ihm wissen wollen – Dinge über Eamons Fy-Magie, über seine Mutter, über seine Erziehung.

»Es war eine Farce. Sie haben mich einfach nur vorgeladen, damit ich irgendetwas erzähle und sie hinterher sagen können, sie hätten sich alle Seiten angehört«, murmelte er, als ich nachhakte. »Ich verstehe nur nicht, warum sie das tun. Sie diskutieren noch immer über den Fy-Riad, das war zwischen den Zeilen deutlich erkennbar. Offenbar machen sie weiterhin eine Marathonsitzung nach der anderen. Bei den vorherigen Fy-Riad haben sie nicht einmal eine Anhörung abgehalten. Die wurden einfach getötet, fertig.«

Ich versuchte diese seltsame Entwicklung positiv zu sehen. Vielleicht führten die Ratsmitglieder ja diese ganzen Anhörungen durch, um ein Schlupfloch zu finden – um Eamon zu retten. Leider fiel es mir ziemlich schwer, das zu glauben.

Mit jedem verstreichenden Tag rückte die Stunde näher, in der Eamon von uns gehen musste. Allein dieser Gedanke war so unfassbar, dass ich ihn kaum ertrug. Mina versuchte alles, um mich auf andere Gedanken zu bringen, doch ich war zu nichts anderem fähig, als über das Undenkbare nachzudenken. Selbst am Tag vor seiner Hinrichtung bemühten wir uns, die Wachen vor den Räumen der Führungselite zu überreden, uns einzulassen. Es war zwecklos, alles zwecklos.

Am Abend vor der Hinrichtung saß ich, wie immer in den letzten Tagen, zusammengekrümmt in Haikurs altem Ohrensessel vor dem Kamin, als jemand heftig gegen die Tür schlug. Es noch als Klopfen zu bezeichnen, wäre falsch gewesen. Vielmehr hörte es sich so an, als wolle jemand die Tür einschlagen.

Haikur fuhr erschrocken hoch. Er hatte mit untergeschlagenen Beinen auf einer Binsenmatte vor dem Feuer gesessen und den Flammen zugesehen. Jetzt sprang er auf die Beine und hob warnend eine Hand. »Bleib sitzen und versuch, unauffällig zu sein«, zischte er mir zu. Dabei schob er sich ein Messer in die Stiefel und gürtete sein Schwert.

Ich nickte und zog Fluh von meinem Kopf, um sie beschützend in meinen Schoß zu setzen. Sie flimmerte nervös in einem blassen Violett.

»Wer ist da?«, fragte Haikur. Die Haustür ging direkt vom Wohnzimmer ab, sodass ich gut sehen konnte, was er tat.

»Ich bin es. Braidar. Lass mich rein, wir müssen reden.«

Wir hatten sicherlich mit allen möglichen Überraschungsgästen gerechnet, doch ganz gewiss nicht mit diesem. Haikur sah mich verblüfft an, während ich mich noch mehr anspannte als ohnehin schon. Was wollte der Erste Berater im Haus von Eamons Vater?

Haikur warf mir einen fragenden Blick zu. Ich konnte nur mit den Schultern zucken, was wenig hilfreich war. Er atmete einmal kurz ein und aus, dann öffnete er mit einem Ruck die Haustür.

»Was willst du?«, fragte er unfreundlich.

»Mit Inea sprechen. Ich weiß, dass sie da ist.«

»Lässt du sie etwa überwachen?«, entgegnete Haikur, der sich um keinen Millimeter rührte. Er hatte fast so ein breites Kreuz wie Eamon, was mir zunächst gar nicht aufgefallen war. Vielleicht lag das daran, dass er in letzter Zeit in sich zusammengefallen aussah. Jetzt hingegen hatte er sich bedrohlich aufgerichtet, um sein Gegenüber einzuschüchtern. Die Flammen vom Kaminfeuer spiegelten sich auf dem nackten Schädel.

Ich hatte keine Chance, Braidar zu sehen, konnte mir jedoch gut vorstellen, wie er Haikur verächtlich musterte. Er schnaubte. »Ich lasse nicht sie überwachen, sondern dein Haus. Gehst du jetzt zur Seite oder muss ich dich wegschieben?«

Haikur zögerte einen weiteren Moment, gab aber schließlich die Tür frei. Der Erste Berater kam langsam herein. Er trug einen langen, dunklen Mantel, Lederhosen und ein helles Hemd. An seiner Hüfte baumelte ein gewaltiges Breitschwert, das ihn irgendwie noch furchteinflößender wirken ließ. Da er mir seine linke Seite zuwandte, sah ich deutlich das abgeschnittene Ohr mit den fehlenden Haaren. Zum ersten Mal fragte ich mich, was ihm wohl passiert sein mochte.

Er entdeckte mich ziemlich schnell in meinem Ohrensessel und kam auf mich zu. »Inea«, begrüße er mich.

Ich musterte ihn wie eine besonders lästige Kakerlake. »Braidar«, erwiderte ich so verächtlich ich konnte.

Haikur schloss die Tür und kam zu uns herüber. Jetzt standen die beiden Fy, während ich nach wie vor steif im Sessel hockte und Fluh auf den Knien balancierte.

»Wollt ihr euch nicht setzen?«, fragte ich irgendwann genervt.

Die zwei warfen sich untereinander prüfende Blicke zu. Beide standen leicht breitbeinig, die Hand wie zufällig auf dem Schwertknauf, die Oberarmmuskeln angespannt. Haikurs Lächeln wirkte irgendwie wölfisch, als er auf die Binsenmatte deutete: »Nach dir.«

Braidar warf einen verächtlichen Blick auf den Boden. »Nein danke. Ich bleibe nicht lange. Inea … es geht um Eamon. Du musst mir helfen, ihn zu bändigen.«

Haikur und mir klappten gleichzeitig die Unterkiefer nach unten. »Was?«, fragte ich ungläubig, während sich das Gesicht von Eamons Vater vor Wut rot verfärbte. Er knackte so laut mit den Handgelenken, dass ihn Braidar scharf musterte. Als der Fy aber nicht auf ihn losging, sah er wieder mich an.

»Eamon ist nicht mehr von dieser Welt. Die Tage im Kerker haben ihn völlig aus der Bahn geworden. Ich gebe zu, es könnte auch daran liegen, dass wir ihn immer und immer wieder bannen mussten. Er heilt schneller, als man fassen kann. Wenn wir ihn so dem Volk präsentieren, ist alles vorbei.«

Das reichte. Haikur rastete ohne jegliche Vorwarnung aus. Er wirbelte herum, packte Braidars Kragen und hieb ihm mit der geballten Faust so fest er konnte ins Gesicht. Da er ihn gleichzeitig festhielt, fiel sein Gegner nicht einmal zu Boden, sodass er bequem weiter zuschlagen konnte.

Diesmal blockte Braidar den Hieb, versuchte Haikur mit einem Tritt zu Fall zu bringen, aber der wirbelte ihn nur herum und schleuderte ihn auf die Dielen. Dabei brüllte er, dass die Wände wackelten. »Wie kannst du es wagen, hier aufzutauchen, um uns so einen Scheiß zu erzählen? Was soll überhaupt der Mist mit der öffentlichen Hinrichtung? Seid ihr allesamt verrückt geworden?« Während er das schrie, warf er sich auf seinen auf dem Rücken liegenden Gegner und traktierte ihn weiter mit Schlägen.

Ich war in der Zwischenzeit aus meinem Sessel aufgesprungen und stand etwas hilflos neben dem tobenden Fy. Der war drauf und dran, den Ersten Berater zu Brei zu verarbeiten. Drei ziemlich gut gezielte Hiebe trafen Braidar im Gesicht, erst dann konnte er sich schützen.

»Hör auf, hör auf«, schrie ich verzweifelt und packte Haikurs Schultern, doch der Fy schüttelte mich ab. Gerade war er völlig außer Rand und Band.

»Du willst meinen Sohn ermorden und erwartest auch noch, dass wir dich dabei unterstützen? Ich schwöre dir, ich bringe dich um!«

Das reichte. Ich bedeutete Fluh, etwas zu unternehmen. Meiner Drachendame war es sichtlich unangenehm, doch ich wusste genau, dass sie helfen konnte. Schließlich sammelte sie ihre Kräfte und warf sich einer Sturmgewalt gleich auf den rasenden Fy. Sie schleuderte ihn ganz einfach von seinem Gegner runter und gegen die nächste Wand. Er keuchte vor Schreck und fluchte gewaltig, kam jedoch überraschend schnell auf die Beine. Als er gelb zu flimmern begann, bedeutete ich Fluh hastig, zu mir zurückzukommen.

»Haikur, verlier jetzt nicht den Verstand«, brüllte ich ihn an. »Wenn du uns angreifst, bringt das deinem Sohn überhaupt nichts. Jetzt lass uns erst einmal hören, was Braidar zu sagen hat!«

Der Erste Berater war in der Zwischenzeit mühsam auf die Beine gekommen. Seine Nase blutete ziemlich heftig, genau wie seine Lippen, die aufgeplatzt waren. Ein Auge schwoll bereits zu und er fluchte leise.

Für einen Moment war ich mir absolut sicher, dass Haikur abermals auf ihn losgehen würde. Er machte Anstalten, sein Schwert zu ziehen, erstarrte jedoch in der Bewegung. »Rede«, sagte er schließlich an Braidar gewandt. »Aber mach es kurz.«

Braidar hob in einer beruhigenden Geste die Arme und wich nach hinten zurück. Dabei sah er zwischen mir und Haikur hin und her. »Ich bin nicht der Feind«, erklärte er mit fester Stimme.

»Das sehe ich anders. Du willst wie all die anderen Fy meinen Sohn abschlachten. Das macht dich zu meinem Feind. Ich hätte dich schon viel eher zu Brei schlagen sollen, doch Eamon hat dich bislang stets vor meinem Zorn beschützt. Das ist jetzt vorbei. Deine Zeit verrinnt genau wie die von meinem Sohn, also spuck aus, was immer du zu sagen hast.«

»Du willst wissen, was ich glaube? Ich bin mir sicher, dass hier gerade Leute die Strippen im Hintergrund ziehen und mir die ganze Schuld in die Schuhe schieben. Die Fy denken, ich sei auf Eamons Seite, während seine Freunde der Meinung sind, ich wolle ihn tot sehen. Das will ich nicht. Warum seht ihr das nicht endlich ein? Ich versuche ihn zu retten, verdammt noch mal!«

»Indem du ihn öffentlich hinrichten lässt?«

»Wer sagt denn, dass das meine Idee gewesen ist? Ich konnte es nicht verhindern, also habe ich mich irgendwann gebeugt, damit ich zumindest noch mitreden kann. Ich weiß, dass Eamon die

Öffentlichkeit niemals gewollt hätte. Die Gefahr, dass das Volk sich erhebt, um für ihn zu kämpfen, und es zu einem Bürgerkrieg kommt, ist viel zu groß. Ich finde diese öffentliche Hinrichtung genauso schwachsinnig wie ihr.«

Wir starrten ihn an, überlegten. Ich war geneigt, ihm zu glauben, doch Haikur war anderer Meinung. Er spuckte mit hochrotem Gesicht vor seine Füße. »Du lügst!«

»Nein, das tue ich nicht. Ich versuche nur, das Richtige für Eamon zu tun, wobei ich zugeben muss, dass es mir schwerfällt.«

»Dir fällt es schwer, das Richtige zu tun? Das Richtige wäre gewesen, ihn niemals in den Kerker zu werfen, verdammt noch mal«, schrie Haikur den anderen Fy an. Der duckte sich instinktiv vor den harten Worten.

»Denkst du, mir fällt das hier leicht? Es zerbricht mir das Herz, das kannst du mir glauben. Ich wünschte, ich könnte das alles verhindern, diese verdammte Hinrichtung und die öffentliche Inszenierung insbesondere. Er ist mein Freund. Ich würde alles tun, um es irgendwie besser zu machen, aber das kann ich nicht.«

»Und wer hat ihn bitte schön in den Kerker befördert? Soviel ich weiß, warst du das doch«, schrie Haikur noch viel lauter zurück.

»Natürlich war ich das. Wenn Aatu das erledigt hätte, wäre Eamon schon längst tot und Aatu wäre rein zufällig Fy-Riad. Erwartest du, dass ich das zulasse?«

Allmählich bekam ich Kopfweh von dem Rumgebrülle und dem ganzen Testosteron, das im Raum waberte. Um ehrlich zu sein, hätte ich nichts dagegen, wenn Haikur Hackfleisch aus dem Ersten Berater gemacht hätte, doch Eamon war stets der Meinung gewesen, ihm trauen zu können. Also hob ich die Arme. »Könnten wir jetzt alle mal unsere Mordwerkzeuge zur Seite legen und normal miteinander sprechen?«, fragte ich möglichst ruhig.

Haikur beachtete mich nicht, sondern zeigte anklagend mit einem Finger auf Braidar. »Du willst doch nur Fy-Riad werden. Gib es zu.«

»Nein! Nein, das will ich nicht! Ich hätte doch schon längst Fy-Riad sein können. Sie hätten mich beim ersten Mal gewählt und zumindest die Fy würden mich auch jetzt sofort wählen, aber ich will das gar nicht.« Jetzt klang Braidar regelrecht flehend. »Da wir

Eamon nicht mehr retten können, müssen wir dafür sorgen, dass er nicht umsonst stirbt. Wir müssen ganz einfach verhindern, dass sein Tod die Situation eskalieren lässt. Zumindest das bin ich ihm schuldig. Ich wünschte, ich könnte ihn retten, denn den Gedanken, ihn nicht mehr um mich zu haben, ertrage ich kaum. Glaube mir, Inea, ich will Eamon nicht verlieren.« Braidar sackte in sich zusammen, als sei eine große Last von ihm genommen. Er war blass und sah schrecklich müde aus. Mit der rechten Hand wischte er sich das Blut von den Lippen, wodurch er allerdings nur noch wüster aussah. Er warf mir einen glühenden Blick zu. »Ich will ihn genauso retten wie du«, setzte er hinterher.

Haikur ließ erstaunt das Schwert sinken und starrte sein Gegenüber an. »Was willst du damit sagen?«, fragte er irritiert.

Das Schweigen zog sich in die Länge, bis Braidar leicht mit den Schultern zuckte. »Ich liebe Eamon. Schon ziemlich lange.« Sein Blick wanderte zu mir. »Dass ich dich in seinem Schlafzimmer so angegangen bin, ist mir noch immer peinlich. Da sind bei mir die Emotionen durchgegangen.«

Ich blinzelte und versuchte, das gerade Gehörte zu verstehen, sah Haikur an.

Der legte nachdenklich den Kopf schräg und musterte Braidar. »Und du glaubst, dass ich dir das jetzt glaube? Wenn du mich fragst, bist du weiterhin derjenige, der am meisten von Eamons Tod profitieren würde. Die Jeal wären zwar wieder an der Macht, aber du wärest der Anführer der Fy. Eine attraktive Position.«

»Ihr tut mir unrecht, aber ich sehe auch ein, dass ich keine Beweise habe, die meine Loyalität beweisen könnten.«

»Ich glaube ihm«, merkte ich an. Sofort wandten sich die beiden Fy überrascht mir zu. »Ich habe Braidar schon die ganze Zeit als Bösewicht gesehen, nur Eamon nicht. Weiß er es?«

Braidar nickte. »Ich glaube ja, aber wir haben nie darüber gesprochen.«

»Dann weiß er es. Er hat nie an dir gezweifelt, nicht eine Sekunde.« Ich sah Haikur fest an. »Beruhig dich jetzt mal und lass uns in Ruhe mit Braidar sprechen. Wenn ich mich nicht irre, sind uns sämtliche Optionen ausgegangen. Er ist die einzige Chance, die wir noch haben.«

Haikur atmete betont laut ein und aus, schnaubte und steckte dann sein Schwert zurück. Er deutete auf den Sessel am Kamin. »Setz dich. Inea, ich hole uns zwei Stühle. Fluh, lass den Typen nicht aus den Augen.«

Braidar gehorchte tatsächlich. Er ließ sich mit einem leisen Stöhnen in den Sessel fallen und tastete vorsichtig mit den Zeigefingern nach den Verletzungen im Gesicht. »Ich hole Wasser und einen Lappen, damit wir die Wunden versorgen können«, bemerkte ich. Da ich mich mittlerweile einigermaßen in Haikurs Heim auskannte, fand ich das Gesuchte auch ziemlich rasch. Eamons Vater war in der Zwischenzeit mit zwei Stühlen aufgetaucht, die er wie bei einem Verhör vor dem Sessel aufbaute und sich breitbeinig setzte. Von ihm ging das Misstrauen aus wie ein fester Puls.

Ich kam zurück und reichte Braidar Lappen und Wasser. Ihm zu helfen, brachte ich irgendwie nicht über mich. Für mich war er so lange der Feind gewesen, dass ich einfach nicht umschwenken konnte.

»Also, was hast du vor?«, fragte Haikur, während sich Braidar ziemlich umständlich das Blut von den Lippen wischte.

»Mein Plan war simpel – und ist katastrophal fehlgeschlagen. Ein anderes Ratsmitglied hatte vor ein paar Wochen die öffentliche Hinrichtung vorgeschlagen. Er sagte, dadurch solle das Volk einen Abschluss haben. Es müsse sehen, dass der Fy-Riad freiwillig zu einer Hinrichtung geht, um einen Aufstand zu verhindern.

Damals kam mir die Argumentation noch logisch vor. Ich habe sie zu Beginn auch unterstützt, doch dann kamen mir Zweifel. Eamon hätte sicherlich nicht gewollt, dass alle seinen Tod mit ansehen würden. Außerdem veränderte sich die Stimmung im Volk von Tag zu Tag. Viele wollen den Fy-Riad nicht sterben sehen. Es ihnen so offensichtlich vor die Nase zu halten, fand ich dumm.

Als ich umschwenkte, war es jedoch zu spät, denn die Fy hatten den Vorschlag bereits angenommen. Sie verfolgen allerdings eine andere Strategie: Viele von ihnen hoffen, dass das Volk für Eamon eintritt und es zu einem Aufstand kommt. Die Fy haben erkannt, dass die öffentliche Hinrichtung die einzige Möglichkeit ist, damit sie vielleicht doch noch ein wenig länger an der Macht bleiben können.

Die Jeal sind natürlich gegen die öffentliche Hinrichtung gewesen. Ihnen war völlig klar, dass das Ganze im Chaos enden könnte. Letztlich mussten sie sich aber in der Abstimmung geschlagen geben.«

Braidar verstummte und wusch eine Weile schweigend das Blut aus dem Lappen, während wir ihm zusahen. Er wirkte dabei wie jemand, der alles auf eine Karte gesetzt und verloren hatte.

»Wo ist jetzt das Problem?«, fragte ich vorsichtig, um ihn zum Sprechen zu bewegen.

»Wir haben zwei Probleme. Das erste ist der Rat. Irgendwer, der etwas anderes verfolgt als ich, zieht hier im Hintergrund seine Fäden. Ich kann es nicht richtig einordnen, aber es macht sich in kleinen Dingen bemerkbar.

Du warst bei dieser seltsamen Aktion bei eurer Ankunft doch dabei. Woher wussten alle, dass ihr kommt? Irgendwer hat das Gerücht gestreut, dass der Fy-Riad gegen seinen Willen zur Hinrichtung geführt wird. Daraufhin hat sich das ganze Schloss versammelt, um öffentlich zu protestieren oder zumindest Anteil daran zu nehmen. Eamon ist in dieser Sekunde zum Märtyrer geworden, sodass es eigentlich fast unmöglich ist, ihn jetzt noch umzubringen. Auf den ersten Blick sieht es so aus, als würde da jemand hinter den Kulissen das gleiche Ziel verfolgen wie ich – Eamon zu retten. Doch das glaube ich nicht. Ich glaube, dass da jemand das Volk aufwiegelt, um selbst an die Macht zu kommen.«

»Bis vor Kurzem dachte ich, das wärest du«, merkte ich an.

»Das bin ich aber nicht, bin ich nie gewesen. Ich will das System gar nicht stürzen, im Gegenteil: Ich halte es für durchaus berechtigt. Mir ist jedoch auch bewusst, dass es Leute gibt, die es gezielt zum Einsturz bringen wollen. Wer das ist, weiß ich nicht. Ich bin mir allerdings sicher, dass ihnen egal ist, was mit Eamon passiert – im Gegensatz zu mir.«

Ich blinzelte verblüfft, wechselte einen raschen Blick mit Haikur, was Braidar nicht entging. Er richtete sich auf. »Was? Was wisst ihr?«, hakte er scharf nach.

Da ich nicht wusste, ob ich etwas verraten durfte und ob man Braidar wirklich trauen konnte, schwieg ich. Haikur hingegen ließ sich mit einem Stöhnen gegen die Lehne sinken. »Ist das ein Chaos«, merkte er an. »Braidar, ich gebe dir recht: Es gibt tatsächlich Leute, die das System zerschlagen wollten. Einer von ihnen ist Eamon.«

Das bisschen Blut, das noch in Braidars Gesicht war, verschwand. Er wurde so blass wie die Wand. »Erklärt es mir«, sagte er nach einer Weile.

»Da gibt es nicht viel zu erzählen. Eamon wollte das System aus sich heraus ändern, es für die Arven und die Puk besser machen, es anpassen. Nur deshalb ist er Fy-Riad geworden. Es gab gewisse Leute, die ihm dabei geholfen haben, allerdings lief danach alles aus dem Ruder. Eamon ist so unter Beschuss geraten, dass er seine Kraft darauf konzentrieren musste, zu überleben. Politik zu betreiben, war unmöglich.«

Braidars Blick wurde glasig, in sich gekehrt. Der Fy dachte so scharf nach, dass er alles um sich herum ausblendete. Ich ließ ihn eine Weile denken, holte ihn aber schließlich doch in die Wirklichkeit zurück, indem ich ihn ansprach. »Du hast von mehreren Problemen gesprochen, was die Hinrichtung angeht. Was meintest du sonst noch?«

»Eamon ist jetzt schon seit Wochen in den Kerkern gefangen. Wir bannen ihn fast jeden Tag, da er sonst zu mächtig wird und sich befreien könnte. Er ist derzeit ein Wesen aus Eis und Feuer, eine furchterregende Kreatur. Es wird fast unmöglich sein, ihn überhaupt zu der Hinrichtung zu führen. Er ist zum Fürchten.

Das Problem ist, dass er derzeit niemals freiwillig irgendwohin gehen würde. Er ist ein Tier, das alles und jeden angreift. Wenn wir ihn, so wie er derzeit aussieht, dem Volk präsentieren, wird es ausrasten.

Die einen werden sofort verlangen, ihn zu töten. Die anderen werden sagen, wir hätten ihm das angetan, wir würden ihn absichtlich quälen. Sie werden für ihn einstehen – und dann kommt es garantiert zu einem Aufstand. Egal, wie oft ich darüber nachdenke, Eamon muss sich wieder einkriegen. Das wiederum heißt: Wir brauchen jemanden, der ihn zur Besinnung bringt.« Jetzt war sein Blick fest auf mich gerichtet. »Du hast ihn schon einige Male gefestigt. Glaubst du, du kannst das noch einmal tun?«

Ich dachte eine Weile nach. »Ich denke schon, dass ich das könnte. Die Frage ist: Will ich das? Will ich ihn so weit festigen, dass er brav wie ein Lämmchen zu seiner eigenen Hinrichtung geht? Oder will ich lieber, dass er allen Leuten deutlich macht, wie verteufelt ungerecht das ist?«

»Was glaubst du, was er wollen würde?«, entgegnete Braidar.

Ich schloss müde die Augen, da ich die Antwort darauf sehr genau wusste, sie mir aber nicht gefiel. »Er würde so niemals in die Öffentlichkeit gezerrt werden wollen«, flüsterte ich leise.

»Da hast du deine Antwort. Sein absoluter Horror war außerdem, dass wegen ihm eine Revolte ausbricht, deren Ausgang niemand überblicken kann, aber genau das wird passieren. Ich sage es nicht gerne – aber so, wie er sich derzeit verhält, kann er auch unmöglich weiterleben. Ja, jetzt schaut nicht gleich wieder wütend … ich weiß, dass wir daran Schuld haben, zum Teil. Der Fy-Riad entgleitet uns seit Wochen, versucht nicht, es zu leugnen. Die Magie zerstört ihn. Sie kommt bei ihm stärker als bei anderen zum Tragen. Über kurz oder lang wird er so verrückt werden, dass ihn nichts und niemand mehr zu Verstand bringen kann.«

»Willst du jetzt doch sagen, wir müssen ihn auf jeden Fall töten?«

»Ich will damit sagen, dass wir kaum noch eine Wahl haben. Unsere Aufgabe ist es jetzt, zuzusehen, dass nicht alles komplett aus dem Ruder läuft. Also? Wirst du es tun?«

Das nun folgende Nicken fiel mir unendlich schwer, doch ich zwang meinen Kopf, die Bewegung zu machen.

Danach verfielen wir in düsteres Schweigen, nur das Knistern der Flammen begleitete unser Denken. »Werdet ihr mir verraten, wer Eamons angebliche Freunde sind, die ihn zum Fy-Riad gemacht haben?«, fragte Braidar schließlich.

Haikur schüttelte den Kopf. »Die Namen würden dir nicht weiterhelfen. Die meisten sind ohnehin tot.«

»So wie deine Frau?«

Der Fy nickte, während sich seine Miene verdunkelte. Ich sah ungeweinte Tränen in Haikurs Augen glänzen. Damit wir seine Trauer nicht weiter so offen erkennen konnten, senkte er den Blick.

»Das mit deiner Frau tut mir sehr leid. Ich weiß, dass spekuliert wurde, ob der Rat etwas damit zu tun haben könnte. Er ist unschuldig, was das angeht. Viele Ränkeschmiede haben Opfer gefordert, doch deine Frau war nicht darunter, das schwöre ich dir. Ich habe stets versucht, so viele in Eamons Nähe zu beschützen, wie ich konnte.«

»Wenn es nicht der Rat war, wer sollte es dann gewesen sein?«, hakte ich nach.

Braidar schnaubte verächtlich. »Bloß weil es der Rat nicht offiziell bestimmt hat, kann es trotzdem ein Ratsmitglied gewesen sein, der einen Alleingang gestartet hat. Das ist nicht unwahrscheinlich. Oder es waren diejenigen, die Eamon überhaupt dazu gebracht haben, diesen zerstörerischen Weg einzuschlagen.«

Haikurs Kopf flog hoch und er sprang auf. »Wag es nicht, seine Freunde anzuklagen«, fauchte er aufgebracht.

Braidar blieb gelassen sitzen, blickte ihn von unten her verächtlich an. »So wütend, wie du gerade wirst, sind deine Gedanken bereits in eine ähnliche Richtung gegangen. Ich weiß nicht genau, wen du mit Eamons Freunden meinst, doch ich kann es mir denken.« Er blickte mich jetzt an, der Blick plötzlich so hart wie Stahl. In dieser Sekunde machte er mir wieder Angst. »Wer war mit dir im Raum, als du entführt wurdest?«, fragte er.

»Die Königin der Jeal.«

»Sonst noch wer?«

Ich blickte Haikur etwas hilflos an. Da der nicht reagierte, setzte ich alles auf eine Karte. »Dverga, der Puk aus der Küche.«

»Der, der in dem komischen Küchenrat sitzt?«

»Du kennst den Küchenrat?«

»Natürlich. Der offizielle Rat beobachtet seine Machenschaften schon ziemlich lange. Dverga verfolgt seine eigenen Ziele. Er war also mit dir im Zimmer?«

»Nein. Er war im Zimmer nebenan. Die Angreifer kamen durch eine Luke im Waschraum. Sie haben ihn getötet.«

»Sagt wer?«

Ich wurde unsicher. »Ich habe ihn schreien gehört«, merkte ich mit rotem Kopf an. »Er hat versucht, mich zu beschützen!«

»Ich kenne die Luke, die du meinst. Sie ist als Fluchttür gedacht gewesen, genau wie die Luke unter Eamons Bett. Und weißt du was? Sie lässt sich nicht von außen öffnen. Jemand muss erst den Riegel wegschieben und die Schutzsiegel zerstören.«

Mein Herz begann zu rasen, während ich das, was Braidar da andeutete, zu verstehen versuchte. Das war unmöglich! Braidar sah natürlich, wie ich mit mir rang, wie ich mir Ausreden einfallen ließ, also setzte er noch einen drauf. »Eamon hat nach deiner Entführung geglaubt, dass ich etwas damit zu tun hatte. Er hat es nie ausgesprochen, doch er ließ mich nicht mehr an sich heran, zumindest nicht mehr so wie früher. Er wusste, dass jemand die Siegel zerstört hatte, jemand, der Zugang zu seinen Räumen hatte. Das konnten Aatu oder ich gewesen sein – oder seine Freunde, die er vor mir verheimlichte.« Er lehnte sich nach vorne, sah mich beschwörend an. »In Eamons Räumen wurde keine Puk-Leiche gefunden. Ich weiß, dass Eamon nach jemandem gesucht, sich Sorgen gemacht hat. Als ich nachfragte, herrschte er mich an, ich solle mich um meinen eigenen Kram kümmern. Da war keine Leiche. Also, wo ist der Beweis, dass Dverga tot ist?«

»Was sollte denn Dverga davon haben, Inea entführen zu lassen? Eamon war danach völlig außer Kontrolle.«

»Ganz genau. Er entglitt mir und dem gesamten Rat, hat nichts und niemandem mehr vertraut. Er war völlig isoliert. Ich weiß nicht, was deine kleinen Rebellenfreunde erreichen wollten, indem sie ihm so zugesetzt haben. Ich weiß nur, dass sie keinen Finger gerührt haben, um dich zu finden. Es waren dann Haikur und Dakim, die dich gerettet haben.« Braidar wurde jetzt wieder lauter, sprang sogar auf die Füße. »Ich weiß noch eines: Sie haben Eamon zum Fy-Riad gemacht, etwas, das ein richtiger Freund niemals zugelassen hätte.« Wütend pfefferte er den Lappen auf den Boden, die Schüssel lag schon längst in einer Wasserpfütze.

Eamons Vater war während seiner Rede immer blasser geworden, immer angespannter. Mir hingegen schlug das Herz bis zum Hals.

»Du hast es auch zugelassen«, sagte Haikur schließlich in die entstandene Stille.

»Nein. Ich habe es nicht zugelassen. Ich habe gegen ihn gestimmt, wieder und wieder versucht, die Fy davon abzuhalten. Das sah irgendwann so aus, als würde ich ihm den Posten nicht gönnen, doch die Wahrheit ist eine andere: Ich wäre sogar Fy-Riad geworden, um ihm dieses Schicksal zu ersparen, doch leider habe ich versagt.« Er atmete tief durch, blickte jetzt mich an. »Wenn ich dich morgen früh abholen lasse, kommst du dann mit? Ich werde dich zu Eamon in die Kerker bringen, wenige Stunden vor seiner Hinrichtung. Also? Wirst du ihm helfen?«

»Natürlich«, sagte ich mit fester Stimme.

Braidar nickte und stapfte ohne ein weiteres Wort zur Haustür. Kurz bevor er hinausging, drehte er sich um. »Seid keine Narren. Hört auf, den Falschen zu vertrauen«, blaffte er uns an. Sekunden später war er verschwunden.

Wir starrten die Tür noch eine Weile fassungslos an, bis ich es endlich über mich brachte, die Schüssel und den Lappen aufzuheben. Fluh ließ das Wasser einfach verschwinden, indem sie es in die Flammen wehte. Es zischte und brutzelte.

»Was hältst du von Braidar?«, fragte ich Haikur schließlich leise.

»Ich weiß es nicht. Ich weiß gerade überhaupt nicht mehr, was ich denken soll«, murmelte der Fy. Er ließ sich langsam auf den Boden sinken und fuhr sich mit den Fingern über die Augen. »Vielleicht ist er der beste Lügner dieser Welt, vielleicht sagt er auch die Wahrheit. Seine Spekulationen über Dverga müssen aber keineswegs stimmen. Er hat keine Beweise, allerdings …«

»… sind seine Argumente erschreckend logisch.«

Haikur nickte mit finsterer Miene. »Ich muss nachdenken«, sagte er schließlich zum Feuer gewandt. Ich fasste das als Aufforderung auf, zu gehen. Ganz kurz berührte ich seine Schultern, um mich zu verabschieden, dann verließ ich das Haus und kehrte in die Küche zurück.

Dort setzte ich mich an den Tisch und musterte sämtliche Mitglieder des Küchenrates mit ganz neuen Augen. Konnte es sein? Konnte Dverga der Verräter sein? Und falls ja … was war mit dem Rest des Küchenrates?

Mein Blick fiel auf Lummia, die wie immer das Küchenpersonal wie eine Dirigentin hin und her scheuchte. Ich blinzelte, als mir etwas einfiel, über das ich mich die ganze Zeit gewundert hatte. Abrupt stand ich auf und ging zu ihr hinüber.

»Wo ist eigentlich dein Wasserdrache?«, fragte ich sie direkt.

Erstaunt drehte sich Lummia zu mir herum, starrte mich an. Wenn ich nicht irrte, war sie plötzlich angespannt, wurde sogar eine Nuance blasser. »Ich habe ihn verliehen. Er langweilt sich in der Küche.«

»An wen?«

»Was soll das? Wieso fragst du mich so unfreundlich aus?«

»An wen hast du deinen Drachen ausgeliehen?«

»An eine Arven, die ihren Drachen im Krieg verloren hat; damit sie im Schloss weiterarbeiten kann.« Sie kniff die Augen zusammen, fing sich wieder. Offenbar ging sie jetzt auf Konfrontation. »Ich weiß, dass du eine Menge durchmachen musstest. Das ist aber noch lange kein Grund, mich dermaßen anzukeifen.«

»Ich keife hier niemanden an. Ich wundere mich nur.« Ich holte tief Luft und rief: »Könntet ihr alle einen Moment mal herhören, ihr Lieben? Ich möchte euch eine Frage stellen.«

Es dauerte eine Weile, bis das Klappern und Rappeln von Töpfen und Pfannen leiser geworden war. Alle Blicke richteten sich auf mich. »Am Tag meiner Entführung hat jemand einen Erpresserbrief auf den Küchentisch abgelegt. Ihr sagt, dass ihr niemanden gesehen habt, der nicht hierhergehört. Habt ihr an diesem oder dem nächsten Tag zufällig Dverga hier gesehen?«

Eine kurze Pause entstand, in der sich die Küchenleute untereinander fragende Blicke zuwarfen. Schließlich hob eine kleine Sidhe in der Ecke die Hand und winkte. Ich nickte ihr zu, dass sie sprechen sollte. »Ich habe gehört, dass Dverga seit deiner Entführung verschwunden sein soll.«

»Das erzählt man sich. Denkt trotzdem nach. Hat ihn hier jemand gesehen?«

Mein Blick fiel auf eine viel zu nervöse Geschirrspülerin, die vor Aufregung rote Pusteln im Gesicht hatte. Sie wechselte immer wieder hektische Blicke mit einer anderen Gehilfin, die gerade versuchte, möglichst unauffällig den Kopf zu schütteln.

»Ihr zwei da drüben«, rief ich und deutete auf die beiden. »Raus mit der Sprache. Habt ihr ihn gesehen?«

Die Geschirrspülerin machte vor Schreck einen kleinen Satz nach hinten, während Lummia mir entschlossen in den Weg trat. »Hör auf, die Küchenleute zu tyrannisieren, Inea! Was ist denn in dich gefahren?«

»Geh mir aus dem Weg«, zischte ich drohend. Ich schob sie zur Seite und packte den Oberarm der Spülerin. Sie war ein Mensch ohne Magie und hatte es sicherlich nicht einfach im Schloss. Trotzdem schüttelte ich sie kräftig durch, um sie weiter unter Druck zu setzen. »Was hast du gesehen?«

Die Frau fing zu weinen an und wackelte heftig mit dem Kopf hin und her, während sie ihrer Freundin verzweifelte Blicke zuwarf. Die ging schließlich dazwischen.

»Wir glauben, Dverga gesehen zu haben«, rief sie. »Jetzt lass Nurit los!«

Ich gab die Spülerin tatsächlich frei und wandte mich der anderen zu. »Wann? Wo? Was hat er gemacht?«

»Er ist eigentlich nur sehr zielstrebig durch die Küche gegangen, mehr nicht. Ich habe mir nichts dabei gedacht, immerhin ist er oft hier. Das einzig Seltsame war, dass er versuchte, möglichst unauffällig zu wirken. Als wir danach hörten, Dverga sei nach deiner Entführung verschwunden, fanden wir das merkwürdig.« Sie zuckte mit den Achseln.

»Warum habt ihr nicht viel eher was gesagt?«

»Weil Dverga einer von uns ist. Er ist durch die Küche gegangen – ja und? Dass Dverga verschwunden sein sollte, hielt ich einfach nur für ein Gerücht. Ich wusste es ja besser. Also warum hätte ich etwas sagen sollen? Es ist nicht strafbar, durch eine Küche zu laufen.«

Meine Miene verfinsterte sich, während ich mich Lummia zuwandte. Die starrte mich mit einem sehr seltsamen Ausdruck im Gesicht an. Ich konnte regelrecht sehen, wie es hinter ihrer Stirn arbeitete.

Bevor ich jedoch irgendetwas sagen konnte, übertönte sie mich bereits. »Dverga ist einer von uns. Er kämpft an unserer Seite. Ja, er kämpft! Er kämpft seit Jahren dafür, dass es den Arven, Puk und Sidhe besser geht, dass wir nicht länger unterdrückt werden. Als Inea entführt wurde, war ihm klar, dass es jemand auf den Küchenrat abgesehen haben musste. Er tauchte unter, um im Verborgenen für uns zu kämpfen – und um den Fy-Riad zu retten.« Sie hob theatralisch die Arme und sprang mit einem Satz auf eine Küchenbank, sodass jeder sie sehen konnte. Ich starrte sie mit offenem Mund an und konnte nicht fassen, was sie gerade abzog.

»Der Rat der Fy und Jeal wird morgen den einzigen Mann töten, der uns aus unserem Elend befreien kann. Sie werden ihm ein Messer in die Brust stoßen – und wenn das passiert, werden sie auch uns den Todesstoß versetzen. Der nächste Jeal-Riad wird an die Macht kommen und uns weiter unterdrücken.

Können wir das wirklich zulassen? Ist es nicht an der Zeit, etwas zu unternehmen? Uns Gehör zu verschaffen? Wir müssen für unsere Freiheit kämpfen. Nicht in einem Jahr oder einem Jahrzehnt, sondern jetzt, morgen.

Wenn die Fy den Riad zu der Hinrichtung bringen, werden wir da sein. Wir werden ihnen zeigen, was wir davon halten – und wir werden ihn befreien, sodass er uns endlich von unseren Fesseln erlöst.

Die Fy haben ihm zugesetzt. Unsere Spione erzählen, sie hätten ihn in den Kerkern so lange gefoltert, bis er zu einer Kreatur jenseits dieser Welt geworden ist. Lasst euch von seinem Aussehen nicht blenden. Wir werden ihn wieder zurückführen – und wir werden ihn retten. Wer ist dabei? Wollt ihr, dass eure Kinder in Freiheit leben – oder wollt ihr weiter unter den Jeal und Fy leiden?«

Die Stimmung in der Küche war bereits während ihrer Rede umgeschlagen. Die ersten unterstützenden Rufe waren zu hören gewesen. Nach ihrem letzten Satz rastete das Küchenpersonal schlichtweg aus. Sie reckten wie Kämpfer die Arme in die Höhe und schrien und grölten.

Mir wurde immer schlechter, je lauter es wurde. Das war jetzt der Moment, mich zu entscheiden. Auf den ersten Blick wollten die Küchenrebellen genau das, was ich bereits all die Jahre forderte: mehr Mitbestimmung, einen Riad, der auch unsere Interessen vertrat. Vor allem wollten sie Eamon retten, was natürlich eine verlockende Vorstellung war. Doch mir war absolut klar, auf was das alles hinauslief: auf einen Bürgerkrieg, der erst Tul Dalla und danach ganz Dalla erfassen würde.

So offen gegen die Fy vorzugehen, war schlichtweg Wahnsinn. Die Tul Curragh hatten es vor Jahren versucht. Das Ergebnis waren ein verheerender Krieg und viele tote Arven gewesen.

Ich entschied mich.

»Beruhigt euch wieder, beruhigt euch«, schrie ich zwischen die wilden Rufe. Es dauerte eine ganze Weile, doch der Lärm ebbte zumindest etwas ab, sodass ich mich traute, weiterzusprechen. »Es gibt Rebellen unter euch. Puk und Arven, die seit langen Jahren planen, den offiziellen Rat von Tul Dalla zu stürzen. Ihr Plan war, das System von innen heraus zu stürzen – indem sie Eamon als Fy-Riad einsetzten. Doch Eamon kann euch im Moment nicht beschützen. Wenn ihr morgen eine offene Konfrontation anstrebt, dann wird es Krieg geben! Und diesmal wird das ein Krieg sein, der innerhalb der Schlossmauern wütet. Fy werden gegen Puk kämpfen, Jeal gegen Arven. Wollt ihr das? Können wir diesen Kampf gewinnen? Eamon jedenfalls …«

Ich versuchte noch weiterzusprechen, doch die Pfiffe und Rufe übertönten mich. Außerdem war Lummia einfach lauter. »Eamon war bereit, für uns zu sterben, damit wir frei sein können. Jetzt müssen wir ebenfalls bereit sein, alles zu riskieren, um ihn zu befreien!«

Der Lärm war noch lauter als beim ersten Mal. Ich verstummte geschockt, da mir die aufgebrachte Stimmung unheimlich war. Der Mob war kaum zu kontrollieren, die Wut der letzten Jahre brach sich Bahn.

Lummia warf mir einen Blick zu, den ich nicht enträtseln konnte, und sprang von ihrem Tisch hinunter, um mich am Oberarm zu packen. »Sag jetzt nichts mehr, Inea«, zischte sie mir zu. Es klang jedoch nicht drohend, sondern eher besorgt. »Sie werden dich sonst in Stücke reißen und glauben, du seist eine Verräterin.«

»Die Verräterin bist doch du«, empörte ich mich. Wir waren mittlerweile umringt vom Küchenpersonal. Viele klopften Lummia auf die Schultern, aber auch ich wurde seltsamerweise geherzt. Die meisten wussten schließlich, dass ich die Geliebte ihres verehrten Fy-Riads war. Meine Worte ignorierten sie einfach.

Lummia hielt mich weiter fest am Arm und versuchte uns aus der Menge hinauszumanövrieren, doch wir steckten fest. Aneinandergepresst starrten wir uns an.

»Ich bin keine Verräterin«, sagte Lummia leise. »Ich war eine Rebellin, jetzt bin ich ein Opfer. Nachdem sie dich entführt hatten, wollte ich aussteigen. Ich wollte sie am liebsten alle an Eamon verraten, dich retten. Doch da haben sie mir meinen Drachen weggenommen. Sie töten ihn, wenn ich aus der Reihe tanze.«

»Wer ist denn ›sie‹?«, fragte ich über den Lärm hinweg.

»Dverga ist einer von ihnen. Er ist es, der mich unter Druck setzt, der dich und meinen Drachen entführen ließ. Lass es gut sein, Inea. Versuch nicht länger, das Unvermeidliche aufzuhalten. Außerdem ist es doch auch in deinem Interesse. Nur die Rebellen können Eamon jetzt noch retten.«

»Aber es ist falsch«, protestierte ich und verstummte, als die Küchentüren mit einem Ruck aufgestoßen wurden. Im ersten Moment dachte ich, die Fy würden hineingestürmt kommen, um dem Lärm ein Ende zu setzen. Doch stattdessen stolperte eine Gruppe Puk in die Küche, begleitet von ein paar Arven.

Ich erkannte die schlanke Frau mit den silberblonden Haaren in der Mitte sofort. »Mama«, schrie ich über den Lärm hinweg. Meine Mutter ließ gerade ihren Blick prüfend über die tobende Menge gleiten, suchte mich. Ich winkte wie verrückt, bis sie mich entdeckt hatte.

Sie stupste die rundliche Puk an, die neben ihr stand. Die Greisin aus dem Dorf. Die nickte und drängelte sich durch die Menge hindurch, meine Mutter folgte ihr, genau wie die anderen Puk. Unser Küchenpersonal hatte derweil festgestellt, dass sie die Neuankömmlinge gar nicht kannten, und warfen ihnen neugierige Blicke zu. Die Ersten machten zögerlich Platz, trotzdem ebbte der Lärm nicht ab.

Meine Mutter war in der Zwischenzeit bei mir angekommen. Sie nahm mich einmal kurz und fest in die Arme und schnappte sich mein Handgelenk, zerrte mich mit sich. Ich sträubte mich, doch von hinten drängte die alte Puk. Sie stemmte sich regelrecht gegen meinen Hintern, sodass ich gezwungen war, zwischen ihnen herzustolpern.

»Mama, nicht«, rief ich und wehrte mich gegen ihren Griff. »Lummia«, schrie ich zurück. »Wir sind noch nicht fertig miteinander.«

Lummia sah mir zwischen dem Meer tobender Arven, Puk und Sidhe hinterher, während ich mich hilflos immer weiter von ihr entfernte.

Meine Mutter zerrte mich zielstrebig durch eine Tür im hinteren Teil der Küche. Ich kannte den Gang. Er führte hinauf zur ersten Etage und von dort in den Speisesaal. Hinter mir drängelte die alte Puk hinein, gefolgt von drei anderen Frauen, die die Tür hinter sich mit einem Krachen ins Schloss fallen ließen.

Einen Moment standen wir einfach nur im dunklen Gang und starrten uns an, bis ich mich gesammelt hatte. »Mama, was sollte das?«, fauchte ich meine Mutter an. »Was machst du denn überhaupt hier?«

»Ich bin hier, um meiner Tochter zu helfen«, erwiderte sie in genau dem gleichen Tonfall. »Fremde Fy dringen in mein Zuhause ein, entführen den Fy-Riad und nehmen meine Tochter ohne eine Erklärung mit sich. Natürlich sehe ich da nach dem Rechten.«

Wir maßen uns mit Blicken. Während ich weiterhin zornig war, wurde ihre Miene sanft. Sie zog mich noch einmal an sich und herzte mich kräftig. Ich ließ es zu und erlaubte mir, ein paar Mal tief ein- und auszuatmen, ehe ich mich losmachte.

»Da drin wird gerade eine Katastrophe vorbereitet«, erklärte ich düster. »Das Küchenpersonal will einen Aufstand proben. Wir müssen das verhindern.«

»Wir können da rein gar nichts mehr machen«, mischte sich die alte Puk ein. Sie drückte Mama etwas von mir fort, sodass ich gezwungen war, sie anzusehen.

»Ich bin Smelda«, stellte sie sich vor. »Ich bin die Puk aus dem Dorf.«

»Das weiß ich doch. Was ich nicht weiß, ist, was ihr hier macht. Es ist gefährlich im Schloss!«

»Es ist zurzeit überall gefährlich. Vor allem, weil die Puk außer Rand und Band geraten.« Sie spuckte auf den Boden und stampfte vor Wut ernsthaft mit dem Fuß auf.

»Wir sollten hier weg«, mischte sich eine andere Puk ein. Sie war deutlich jünger als Smelda und erinnerte mich durch ihr Aussehen an jemanden. An wen, konnte ich gerade nicht ausmachen. Sie warf mir einen eindringlichen Blick zu. »Lasst uns erst einmal in die Katakomben gehen. Dort können wir uns unterhalten. Folgt mir.«

Sie stapfte an uns vorüber und lief den Gang hinunter, durch eine Tür, die in den Vorratskeller führte. Wir folgten ihr notgedrungen, wobei ich hin- und hergerissen war.

»Ich bin mir nicht sicher, ob wir jetzt abhauen sollten«, merkte ich an. »Viel lieber würde ich Lummia dazu zwingen, mir Rede und Antwort zu stehen.«

»Lummia?« Die Puk an der Spitze drehte sich um. »Die wird den Teufel tun und dir irgendetwas verraten. Sie ist bei den Rebellen in Ungnade gefallen und weiß nicht mehr viel über die wahren Pläne.«

Mir rieselte ein Schauer über den Rücken und ich blieb abrupt stehen. »Aber du, oder was?«, fragte ich scharf.

Smelda, die hinter mir gelaufen war, prallte unsanft in mich hinein. Sie bohrte ihre spitzen Fingernägel in meinen Rücken und drückte mich vorwärts. »Saski weiß schon, was sie tut, meine Liebe. Wenn sie sagt, wir müssen erst einmal fort, dann sollten wir das tun.«

Ich lehnte mich gegen sie und blieb hartnäckig stehen. »Ich gehe nirgendwohin mit, bevor ihr mir nicht einen Hinweis gebt, was hier überhaupt los ist. Wer ist Saski? Und was weißt du, Smelda, über die Rebellen?«

Saski sah ein, dass ich mich nicht weiterbewegen würde, und drehte sich mit einem Seufzen zu mir um. »Ich war einst Teil der Rebellen. Eamon, Dverga, Eeon … um nur ein paar zu nennen, die du vermutlich kennst. Wir haben alle gemeinsam für ein Ziel gekämpft, doch je näher wir ihm kamen, desto schwieriger wurde es, den Weg gemeinsam zu gehen. Wir hatten unterschiedliche Auffassungen darüber, welche Mittel wir anwenden durften, um das Ziel zu erreichen. Dverga hat sich abgespalten und sein eigenes Ding durchgezogen – mit dem Ergebnis, dass wir einem heillosen Chaos gegenüberstehen. Also komm jetzt bitte mit, damit wir in Ruhe reden können. Dverga ist sicherlich bereits auf dem Weg hierher, um nach dem Rechten zu sehen. Wir sollten ihm nicht begegnen.«

Ich gab nach und bedeutete ihr, voranzugehen. Sie führte uns in den Vorratskeller und von dort zu einer Klappe im Boden. Gemeinsam mit den zwei anderen Frauen stemmte sie diese in die Höhe und deutete nach unten. »Nach euch!«

Smelda zögerte nicht eine Sekunde. Sie stapfte an den Rand, setzte sich auf den Po und ließ sich vorsichtig in das Loch fallen. Meine Mutter warf einen ängstlichen Blick in die Finsternis, folgte dann aber ihrem Beispiel.

Ich musterte Saski. »Wenn du gegen mich arbeitest, werde ich dich vernichten«, erklärte ich großspurig. Es war mal an der Zeit, Zähne zu zeigen. »Sollte das eine Falle sein, wirst du den nächsten Tag nicht mehr überleben!«

Sie nickte ernst und deutete abermals auf das Loch. »Nach dir.«

Also setzte ich mich hin, rutschte an den Rand und ließ mich vorsichtig hinunter. Es roch muffig. Sofort musste ich mich zusammenreißen, denn die Erinnerungen an meine Geiselnahme drohte mich zu erwürgen. In engen Räumen bekam ich augenblicklich Platzangst, mir brach der Schweiß aus. Da fühlte ich die Hand meiner Mutter, die sich fest in meine schmiegte.

Ein Licht flammte auf. Jemand hatte Fackeln und Kerzen mit, was mich beruhigte. Erst jetzt bemerkte ich, dass der Gang keineswegs so eng war wie gedacht. Ich konnte bequem stehen, rechts und links war sogar noch reichlich Platz. Unter meinen Füßen floss brackiges Wasser, was den Geruch erklärte, und in den Schatten um mich herum wichen Ratten und Wandbewohner vor dem Licht zurück.

Saski ließ sich als Letzte hinunter. Sie hielt einen langen Strick in den Händen, mit dem sie die Klappe ziemlich geschickt hinter sich zuzog. Sie schloss sich mit einem lauten Krachen, sodass ich zusammenzuckte. Auch meine Mutter wirkte mit einem Mal nicht mehr so selbstbewusst wie zuvor. Wir waren jetzt im Reich der Puk.

»Hier, nimm die Fackel«, sagte eine der zwei fremden Puk zu mir. Sie drückte mir einen brennenden Stock in die Hände. Im tanzenden Licht sah ich, dass sie mir zulächelte. »Keine Angst. Wir bleiben nicht lange hier unten.«

Saski übernahm wieder die Führung. Sie folgte dem langsam fließenden Bach zu unseren Füßen, bis wir an einer Abzweigung ankamen. Sie nahm den rechten Tunnel, wir anderen liefen schweigend hinter ihr her.

Ich nutzte die Zeit, um nachzudenken, um das, was ich gehört hatte, zu verarbeiten. Lummia machte also mit Dverga gemeinsame Sache, wurde jedoch dazu gezwungen. Dverga hingegen … meine Gedanken vollführten eine Vollbremsung.

Es brachte nichts, sich jetzt in Rage zu denken. Trotzdem fragte ich mich verzweifelt: Wer kämpfte auf unserer Seite, wer war gegen uns? Und gab es überhaupt eine richtige Seite?

Meine Mutter drängelte sich neben mich. Sie nahm meine Hand und drückte sie aufmunternd, während sie sich nervös umsah.

»Du gehörst aber nicht zu den Rebellen?«, fragte ich eher der Form halber.

Sie schnaubte verächtlich. »Bis vor Kurzem habe ich nicht einmal gewusst, dass die meisten Arven gegen das System sind. Ich dachte immer, du seist da ziemlich einsam mit deinen Ansichten. Nein, ich gehöre zu keiner Seite … oder doch: Ich stehe auf deiner Seite, was immer du vorhast.«

Ich drückte ihre Hand. »Danke«, sagte ich schlicht, dann fiel mir unser Hof ein. »Aber was ist mit Papa und Neas?«

»Die beiden müssen vorerst ohne mich klarkommen. Als die Fy dich mitgenommen haben, habe ich mir Smelda zur Brust genommen. Ich suche dich schon seit fünf Tagen im Schloss, aber niemand wusste so recht, wo du stecktest. Mina habe ich auch nicht finden können.«

Ich warf ihr einen erstaunten Blick zu. »Wie? Mina ist nicht im Schloss?«

Meine Mutter schüttelte den Kopf. »Nein. Niemand konnte mir sagen, wo sie abgeblieben ist. Ein wenig hatte ich die Hoffnung, dass sie bei dir sein könnte, doch das ist offensichtlich nicht der Fall.« Sie atmete tief ein, was sie sicherlich angesichts des Gestanks um uns herum sofort bedauerte. Sie musste husten.

Ich kämpfte in der Zwischenzeit mit meiner Ungeduld. Ich wollte Antworten haben, sofort! Doch hier unten war nicht der geeignete Ort, um ernste Gespräche zu führen, das sah ich ein. Also fasste ich so fest ich konnte die Hand meiner Mutter und riss mich zusammen.

Nach einer gefühlten Ewigkeit stoppte Saski endlich. Sie legte ihren Kopf in den Nacken, packte eine Schnur und kletterte an ihr geschickt wie ein Äffchen nach oben. Mit den Fingerknöcheln klopfte sie gegen eine fast unsichtbare Klappe. Es dauerte eine Weile, bis es von oben rumpelte – und sie sich öffnete.

Mehrere Hände zogen die Puk hinauf und eine Strickleiter wurde hinuntergeworfen. Ich schnappte sie mir und kletterte so schnell ich konnte hoch zur Decke. Sobald ich die Reichweite der Hände erreichte, halfen mir fremde Puk, zogen mich in einen staubigen, abgedunkelten Raum.

Ein weiterer Vorratsraum.

Meine Mutter kam hinter mir durch die Klappe. Sie hustete noch immer und war blasser als sonst. Ihre Augen blitzten jedoch, als sie Saski ansah. »Du willst also reden? Dann rede!«

»Wie ich schon sagte: Die Lage ist unübersichtlich. Ein paar von uns haben sich abgesetzt, um ihren eigenen Weg zu gehen. Dverga hat das Vertrauen in Eamon verloren, als er zum Fy-Riad wurde. Er war so seltsam in der ersten Zeit. Als dann Inea ins Spiel kam, wurden wir alle nervös. Wir konnten die Arven nicht einschätzen.« Sie sah mich entschuldigend an. »Du hattest auf einmal so viel Macht über Eamon. Das hat uns verunsichert. Als dann auch noch bekannt wurde, dass er anders ist als andere Riad, sind manche von uns in Panik geraten. Eamon hörte auf einmal nicht mehr auf uns, zog seine eigene Strategie durch. Da haben einige angefangen, ihn auf ihre Weise unter Druck zu setzen.«

Ich runzelte die Stirn. »Aber warum? Eamon hatte doch das gleiche Ziel wie ihr: Freiheit für die Puk und die Arven.«

»Das ist wahr, allerdings hat der Rat nicht so mitgespielt, wie wir uns das ausgemalt hatten. Sie wollten Eamon viel eher absetzen als geplant.

Das war dann der Moment, wo sich ein paar von uns selbstständig gemacht haben. Was sie genau bezwecken, wissen wir noch immer nicht, aber eins ist klar: Sie wollen an die Macht. Die Rebellen hatten niemals vor, einen Bürgerkrieg zu verursachen, doch diejenigen, die sich abgespalten haben, legen es jetzt darauf an. Ganz vorne mischt Dverga mit, aber wer sonst dabei ist, lässt sich nur schwer überblicken.«

Ich war entsetzt. »Eeon etwa auch?«

»Wissen wir nicht genau. Eeon ist verschwunden, genau wie Mina. Der Verdacht liegt nahe, dass man sie aus dem Weg geräumt hat, um Eamon und dich zu isolieren. An Haikur wagt sich derzeit noch keiner heran. Er ist ein mächtiger Fy, der mit den Rebellen auch nie etwas zu tun gehabt hat, aber selbst Lummia erpresst man.«

»Ich weiß. Sie hat es mir erzählt, gerade in der Küche.« Müde wischte ich mir über das Gesicht und unterdrückte ein Zittern, das tief im Bauch saß. Ich war erschöpft und durcheinander. Die Nachricht, dass Dverga etwas mit meiner Entführung zu tun haben könnte, war entsetzlich.

»Wir glauben, dass man Mina entführt hat, um dich oder Anra zum Schweigen zu bringen. Die Sidhe sind noch nicht mit im Boot. Sollte Anra jedoch umschwenken, würden die Sidhe ihr folgen.«

Das klang nur allzu logisch. Mina war immerhin Anras kleine Tochter. Sie würde alles tun, um sie zu schützen. Offenbar hatten die fiesen Rebellen das halbe Schloss bereits unter Kontrolle.

Bei dem Gedanken, dass Mina in der Gewalt meiner Entführer war, wurde die Panik noch schlimmer. Mit Mühe riss ich mich zusammen, sah die alte Puk scharf an. »Was ist mit dir? Bist du etwa auch eine Rebellin?«

Die Alte grinste und zeigte eine ganze Reihe halb abgebrochener Zähne. »Ich? Eine Rebellin? Gewiss nicht. Als ich von diesem ganzen Chaos gehört habe, habe ich erst einmal eine Stunde lang den Kopf geschüttelt, dann aber eingesehen, dass ich nicht weggucken kann. Ich bin nur eine alte Frau, die aber eine ganze Menge weiß.«

»Über den Riad, nicht wahr? Ich habe gehört, was du zu Braidar gesagt hast. Die Puk erinnern sich, hast du behauptet. Was weißt du?«

Smelda grinste jetzt noch breiter. »Wir Puk wissen genug, um nervös zu werden. Ich bin mir auch sicher, zu ahnen, warum sich ein Teil der

Rebellen plötzlich abgespalten hat. Dverga erinnert sich genau wie ich an die alten Erzählungen und die Zeit vor den Jeal-Riad.« Sie machte eine Kunstpause, um die Spannung ins Unermessliche zu ziehen, sah mich fest an.

»Vor Jahrtausenden waren die Puk, Fy, Arven, Sidhe und Jeal eine Rasse. Sie hatten die gleiche Magie. Doch über die Jahrhunderte entwickelten sich daraus die einzelnen Völker mit ihrer ganz eigenen Magie, sie spezialisierten sich sozusagen. Es gab jedoch stets ein Wesen in jeder Generation, das alle Magie in sich trug, sie bündeln konnte. Das war unser Riad, unser König.

Ursprünglich gehörte der Riad weder dem einen noch dem anderen Volk an. Er stand über ihm, verband alle Völker miteinander, war im Einklang mit sich und den fünf Magiearten. Eines Tages kam jedoch ein Riad an die Macht, der sein eigenes Volk über das der anderen stellte. Es war ein Fy. Die kriegerischen Eigenschaften der Fy verstärkten sich in ihm, während die übrigen verloren gingen. Das Ungleichgewicht machte ihn wahnsinnig. Es kam zu einem schrecklichen Krieg, in dem schließlich ein Jeal den Riad tötete. Seitdem ist das Gleichgewicht völlig durcheinander.

Jeder Riad, der danach an die Macht kam, hatte keinen Zugang mehr zu den ursprünglichen Kräften. Die Magie der Fy übertünchte alles. Eamon ist der Erste, der so weit in sich hineingehorcht hat, dass er die anderen Magiearten entdecken konnte. Vielleicht liegt es auch an seinem Arven-Blut, vielleicht auch an deiner Nähe. Was immer es ist: Eamon ist jetzt das Wertvollste, das unser Volk besitzt. Vom Prinzip her ist er der erste Aevid, der seit Jahren auf dieser Erde wandelt. Wir müssen ihn retten.«

Da gab ich ihr ausnahmsweise sogar mal recht. Fragend hob ich eine Augenbraue in die Höhe. »Und wie soll das gehen?«, fragte ich provokant.

Smelda seufzte und ließ die Schultern sinken. »Wir hatten gehofft, dass du uns helfen kannst. Du musst ihm klarmachen, wie wertvoll er für sein Volk ist, dass er kämpfen muss. Sich hinrichten zu lassen, wäre das Schlimmste, was uns passieren könnte. Das Erbe der Aevid ginge verloren, der nächste Fy würde wieder wahnsinnig.«

»Eamon ist wahnsinnig. Die Magie ist auch an ihm nicht spurlos vorübergegangen.«

»Das stimmt nur in Teilen, zumindest wenn es korrekt ist, was meine Quellen sagen. Der ursprüngliche Riad ist niemals verrückt gewesen. Er war im Einklang mit sich und seiner Magie. Wir glauben, dass ein Riad nur dann verrückt wird, wenn er sich nicht auf die anderen Magiearten einlässt. Eamon muss sich fallen lassen, sein Fy-Dasein aufgeben.«

Jetzt sah mich Smelda aufgeregt an, während ich skeptisch blieb. »Wenn er sich fallen lässt, verlieren wir ihn«, widersprach ich. »Er wird zu dem Monster, vor dem alle Angst haben.«

»Das glaube ich nicht. Die letzten Fy-Riad sind nur erschaffen worden, um zu töten. Sie ließen sich fallen in dem festen Wissen, Monster zu werden, eine Kriegswaffe für die Fy. Unsere Theorie ist, dass Eamon dem Wahnsinn entgehen kann, wenn er sich für etwas anderes fallen lässt.«

»Was soll das sein?«

»Für dich? Für die Puk, die Arven, die Sidhe, die Fy und sogar für die Jeal.«

Ich schnaubte verächtlich. »Das klingt sehr nach Wunschdenken.«

»Es ist die einzige Möglichkeit, die uns noch offensteht. Und Inea ...« Jetzt wurde Smeldas Blick noch eindringlicher. »Es geht schon lange nicht mehr nur um Eamon. Die Tul Curragh haben ein Friedensangebot unterzeichnet, das ist korrekt. Sie sind aber dennoch eine reale Gefahr. Ihr Fy-Riad ist mächtig und völlig durchgeknallt. Er will die Arven dieser Festung. Wir Puk sind gut vernetzt und ich habe Dinge gehört, die mir große Angst machen. Eamon muss leben. Er muss für uns kämpfen und du bist die Einzige, die ihn dazu überreden kann.«

Ich starrte Smelda eine ganze Weile an, forschte in ihrer Miene nach einem Hauch von Unsicherheit, doch da war nichts. Ihrer Meinung nach konnte Eamon gerettet werden. Ein unfassbarer Gedanke.

»Wirst du zu ihm gehen und ihm erzählen, was ich dir gerade gesagt habe?«, fragte die alte Puk in die Stille hinein.

Ich brauchte nicht mehr länger zu überlegen und nickte. »Natürlich, allerdings wird es schwierig werden, ihn zu erreichen. Er soll völlig wahnsinnig sein.«

»Ich bin mir sicher, dir fällt schon was ein«, lächelte die Alte und zeigte eine Reihe erstaunlich weißer Zähne.

Eine Weile dachte ich nach, erinnerte mich an vergangene Gespräche, an Diskussionen, an Momente mit Eamon. Ich hatte ihn immer wieder zurückholen können, indem ich bei ihm gewesen war. Hatte die tobende Fy-Magie in ihm zurückgedrängt.

Die Magie. Ich hatte sie zwischendurch nicht mehr als Feind betrachtet. Eamon hatte mit ihr Fluh heilen können, hatte sie für Gutes genutzt. Indem er die Magie aller Völker für sich heraufbeschworen hatte. Die Fy-Magie hingegen war unkontrollierbar und zerstörerisch. Sie war es, die ihn wahnsinnig machte.

Wie also könnte ich erreichen, dass er sich wieder an die Magie von uns allen erinnerte?

Ich lächelte, als ich eine mögliche Lösung fand. »Ich weiß, wie ich ihn erreichen kann. Doch dafür brauche ich eure Hilfe.«

»Was hast du vor?«, fragte mich meine Mutter.

»Ich kämpfe um Eamon«, erwiderte ich und sah Smelda entschlossen an.

»Und dazu sammele ich jetzt die Gaben unserer Völker ein.«

Gaben der Liebe

Ich stand bleich und aufgeregt vor den zwei Wachen, die die Räume der Führungselite bewachten. Die beiden musterten mich und warteten ungefähr genauso nervös wie ich. Auch sie wussten nicht, wie sie mit der Situation umgehen sollten.

Ich war in den letzten Wochen immer wieder hier aufgetaucht, meist mit Haikur an meiner Seite. Wir hatten ein ums andere Mal um eine Audienz gebeten, doch heute war das irgendwie anders. Die Wächter fühlten genau wie ich, dass etwas Großes auf uns zukam.

»Vielleicht wollt Ihr euch doch setzen«, merkte der rechte Krieger schließlich an. Er war wie immer der freundlichere von beiden. »Ihr seht so aus, als würdet Ihr jede Sekunde umfallen.«

»Es geht mir gut«, erwiderte ich stur und starrte die Tür an, als könne ich sie Kraft meiner Gedanken aufsprengen. Leider rührte sich nichts. »Habt ihr Braidar auch ganz sicher Bescheid gegeben?«

Der Wächter musste nicht antworten. Die Tür schwang auf und ein ziemlich aufgewühlter Braidar kam zu mir. Die roten Haare standen ihm in dieser Nacht wirr vom Kopf ab, die sonst so penibel gepflegte Kleidung war zerknittert und fleckig. Er warf mir einen Blick zu, der ein wenig wahnsinnig aussah.

»Inea, was machst du denn schon hier?«, fragte er anstatt einer Begrüßung. »Ich hätte dich holen lassen.«

»Ich muss jetzt zu Eamon«, entgegnete ich stur. »Bis morgen früh haben wir keine Zeit mehr. Falls du es nicht mitbekommen haben solltest: Dein Schloss zerfällt.«

»Das habe ich durchaus bemerkt. Die Fy sorgen bereits für Ordnung in den Küchenbereichen. Gerade deshalb ist es wichtig, dass du derzeit außerhalb des Schlosses bleibst. In den Kerkern ist es nicht sicher.«

»Ich muss zu Eamon. Jetzt.«

Braidar blieb dicht vor mir stehen. Ich roch seine Aufregung in der Magie – ein scharfer Blutgestank, vermischt mit ein wenig Aas. Kein Zweifel. Braidar war gerade in heller Panik. Ich musterte ihn jetzt noch misstrauischer. »Tut mir leid, wenn ich deine Pläne durcheinandergebracht habe«, merkte ich spitz an. Ich traute ihm weiterhin nicht so ganz.

Er winkte ab und bemerkte meinen Argwohn nicht einmal. »Ich habe keine Pläne mehr. Ich funktioniere nur noch. Du willst zu Eamon? Fein. Dann komm.«

Ich hatte eigentlich nicht erwartet, dass er so schnell klein beigeben würde. Überrascht folgte ich ihm den Gang hinunter, den ich zuvor gekommen war. Während wir hintereinander herliefen, überprüfte Braidar den Sitz seines Schwertes, band sich seine Haare zurück und dehnte seine Muskeln, als bereite er sich auf eine Sportveranstaltung vor.

»Was machst du da?«, fragte ich irgendwann genervt.

»Ich mache mich fertig für einen potenziellen Kampf. Hier!« Er drückte mir ein Messer in die Hand. »Kannst du damit überhaupt umgehen?«

»Ich habe einen Drachen, der das kann. Außerdem bin ich in der Küche groß geworden – natürlich kann ich damit umgehen«, erwiderte ich. Seine Nervosität färbte langsam auf mich ab. »Du hattest übrigens recht: Dverga steckt hinter meiner Entführung.«

Braidar wirkte nicht im Mindesten überrascht, sondern nickte nur knapp. »Dann glaubst du mir jetzt also endlich«, stellte er fest.

Ich sparte mir eine Erwiderung. Er musste nicht sofort wissen, dass ich ihm weiterhin nicht traute. Dass Dverga ein Verräter war, hieß noch lange nicht, dass er keiner war. Wir schritten schweigend einen erstaunlich leeren Gang entlang. Es war mitten in der Nacht, dennoch hätte ich mehr Aufregung erwartet.

»Wo sind die denn alle?«, fragte ich, um irgendetwas zu sagen.

»In den Küchen, im restlichen Schloss, in den Kerkern. Die Fy haben heute Nacht alle Hände voll zu tun, um Ordnung zu schaffen. Mit den Puk ist im Moment nicht gut Kirschen essen.«

Wir erreichten einen breiteren Gang, von dem steinerne Stufen nach unten und oben abgingen. Wir nahmen die Stufen nach unten. Hier wurde es von Schritt zu Schritt immer dunkler, die Echos immer dumpfer. Außerdem wurde es kälter. Wir waren eindeutig auf dem Weg in die Kerker.

Ab jetzt waren auch wieder mehr Wachen unterwegs. Die Fy grüßten ihren Kommandanten und warfen mir teils neugierige, teils misstrauische Blicke zu. Braidar erwiderte nicht einen Gruß, sondern packte mich an meinen Handgelenken und zog mich jetzt noch entschlossener voran.

»Der Rat wird es nicht gerne sehen, dass ich dich zu Eamon lasse, daher müssen wir schnell sein. Mein Stern sinkt gerade. Die meisten Ratsmitglieder misstrauen mir genauso wie du.« Er warf mir einen kurzen Blick zu, den ich mit etwas zerknirschter Miene erwiderte.

»Tut mir leid, Braidar. Ich weiß langsam nicht mehr, was ich denken soll«, erklärte ich. Er sparte sich eine Antwort. Stattdessen redete er auf eine Wache ein, die mit grimmiger Miene vor einer kleinen Abzweigung stand. Rechts von ihm sah ich Zellen, die jedoch leer waren. Der linke Gang war hingegen noch einmal mit einer Tür abgetrennt und extra gesichert.

Die Wache öffnete schließlich mit einigem Zögern die Tür und ließ uns durch. Ab jetzt beleuchteten nur noch Glühwürmchenkugeln die Gänge. Keine Fackeln, kein natürliches Licht. Links war eine Zelle an der anderen. In einigen sah ich Schatten, die sich in den Ecken regten, ansonsten war es fast unheimlich still. An jeder dritten Zelle stand ein Wächter. Sie alle richteten sich auf, sobald sie uns bemerkten.

Ich hielt mich möglichst dicht bei Braidar und rang mit meinen durchgehenden Nerven. Hier unten roch es genauso wie in meinem Gefängnis. Es war auch mindestens so dunkel. Meine Platzangst machte sich sofort bemerkbar.

Braidar wechselte ein paar unfreundliche Worte auf Fy mit einem der Wächter. Der kramte schließlich einen riesigen Schlüssel hervor und bedeutete uns, ihm zu folgen. Nun ging es eine steile Treppe hinunter, die gegenüber den Zellen im Dunkeln auftauchte. Auch sie war durch eine schwere Tür extra gesichert.

Die Fy hatten Eamon wirklich absolut sicher weggesperrt.

»Du hast etwa drei Stunden Zeit«, erklärte mir Braidar, während wir den immer enger werdenden Gang hinunterstiegen. Die Stufen waren ungleichmäßig und aus irgendeinem schwarzen Stein gehauen. Von oben tropfte Kondenswasser hinunter, was die Stufen noch zusätzlich glitschig machte. Mit jedem Schritt würgte mich die Angst, und die Wände schienen näher zu rücken. Auch Braidar fühlte sich immer unwohler, was ich am scharfen Geruch seiner Magie bemerkte.

Unten angekommen, warteten weitere Wächter auf uns. Einer brauchte bestimmt drei Minuten, um die vielen Sicherheitsschlösser zu öffnen. Ich sah eine Menge Runen, die auf jedem Zentimeter des Holzes eingebrannt waren. Der Wächter musste sich mit seinem ganzen Gewicht gegen die Tür stemmen, um sie überhaupt bewegen zu können.

Schließlich war der Weg geschafft und wir standen vor der Kerkertür des Fy-Riads. Auch hier gab es jede Menge Runen. Die Wächter sahen aus, als ob sie in den Krieg ziehen wollten. Sie musterten uns feindselig, bis einer von ihnen Braidar erkannte.

»Braidar, noch hat der Fy-Riad einen halben Tag«, sagte er zu ihm. »Wir wollten ihm gleich sein Frühstück bringen.«

»Die Hinrichtung wurde aufgrund der Unruhen vorgezogen. Sie wird bereits am Morgen stattfinden. Das hier neben mir ist Inea, die Geliebte des Fy-Riads. Sie darf noch ein letztes Mal zu ihm. Diesen Wunsch sollten wir ihm nicht verwehren.«

»Über die Vorziehung der Hinrichtung wurden wir nicht informiert. Das ist in höchstem Maße ärgerlich«, erklärte der Wächter ziemlich grimmig. Gerade war ihm der Rangunterschied zu Braidar relativ egal. Hier unten war er der Herr. Für einen Moment dachte ich, er würde sich weigern, uns zu Eamon zu lassen, doch schließlich nickte er mir fast schon freundlich zu. »Wir werden Euch natürlich zu ihm lassen.«

Ich wurde noch nervöser, als ich ohnehin schon war, und nestelte an meinen Mitbringseln herum. Ob mein Plan funktionierte, stand völlig offen, und um ehrlich zu sein, war ich mir überhaupt nicht sicher, was ich eigentlich erreichen wollte. Lass es auf dich zukommen, dachte ich.

Braidar spürte wohl meine Angst und rang sich ein schiefes Lächeln ab. »Grüße ihn bitte von mir«, sagte er ruhig. »Du musst dich ihm langsam nähern und deutlich mit ihm sprechen, sonst könnte es sein, dass er dich angreift. Er ist nicht immer klar im Kopf.«

Ich schluckte und biss die Zähne zusammen, damit sie nicht allzu laut klapperten. Einerseits freute ich mich darauf, Eamon wiederzusehen. Nein, eigentlich sehnte ich verzweifelt diesen Moment herbei. Andererseits hatte ich panische Angst davor, was ich zu sehen bekam. Eamon als Feuergestalt zu Gesicht zu bekommen, erschütterte mich stets bis in die kleinste Zelle meines Körpers.

Der Wächter drehte sich um und fing an, die ersten Schlösser aufzuschließen. Wir sahen ihm schweigend dabei zu, bis Braidar leise fragte: »Willst du ihn eigentlich nur beruhigen, damit er den Aufstand verhindern kann – oder verfolgst du deine eigenen Pläne?«

Ich war hin- und hergerissen, ob ich ihm die Wahrheit sagen oder schlicht lügen sollte. Schließlich entschied ich mich für die goldene Mitte. »Du und ich, wir haben das gleiche Ziel. Wir wollen beide einfach das Beste für Eamon. Überlassen wir ihm die Entscheidung, was das ist.«

Braidar runzelte die Stirn, nickte aber schließlich sowohl mir als auch dem Wächter zu. »Viel Glück«, wünschte er. Dann war die Tür so weit auf, dass ich hindurchschlüpfen konnte.

Der Gestank nach Magie wehte mir sofort entgegen, so scharf, dass ich kaum zu atmen vermochte.

»In drei Stunden klopfe ich gegen die Tür, danach kommen wir rein. Wenn Ihr vorher wieder hinauswollt, klopft ebenfalls. Wir öffnen, so schnell wir können. Bis später«, erklärte mir der Wärter.

Ich huschte an ihm vorbei und blieb direkt hinter der Tür stehen, da ich erst einmal geblendet die Hand vor die Augen halten musste. Eigentlich war der Raum stockdunkel, doch die Gestalt in der Ecke loderte wie Feuer, so hell wie die Sonne. Da es magisches Feuer war, qualmte es zumindest nicht, dennoch lag ein so intensiver Geruch nach Eisen in der Luft, dass ich es regelrecht schmecken konnte.

Ich atmete flach und blinzelte, zuckte zusammen, als die Tür mit einem Krachen hinter mir zufiel. Sofort verdreifachte sich mein Herzschlag. Diesmal ließ ich es zu, dass meine Zähne lautstark klapperten. Ich erlaubte mir, einige Atemzüge lang einfach nur eng an der Tür zu stehen, mit dem Rücken zur Wand, und mich zu sammeln.

Die Gestalt in der Ecke, ganz ohne Zweifel Eamon in seiner finstersten Magiegestalt, rührte sich nicht.

Nach einer Weile schaffte ich es, das Flammenwesen ansehen zu können, ohne dass meine Augen sofort tränten. Rote und orangefarbene Funken tanzten so dicht um ihn herum, dass er in seiner menschlichen Gestalt nicht zu sehen war. Erstaunlicherweise war der Nebel allerdings dunkelblau, durchmischt mit Grau und Schwarz. Das

Zucken der Flammen warf unheimliche Schatten an die Wände. Ich runzelte die Stirn, sah genauer hin.

Über ihm, knapp unter der Decke, sah ich Eiskristalle glitzern. Stalaktiten in allen möglichen Tönen von Blau bis Weiß. Es sah unheimlich und gleichzeitig wunderschön aus. Auch hier waberte der Dunst, wenngleich er etwas heller war als direkt auf seiner Haut.

Ich atmete tief ein und straffte mich, nahm all meinen Mut zusammen. »Eamon«, sprach ich ihn an. »Ich bin es, Inea!«

Zunächst erhielt ich keine Reaktion auf meine Worte. Ich wartete. Als nichts kam, näherte ich mich vorsichtig. Der Raum maß vielleicht fünf Schritte in die eine und fünf Schritte in die andere Richtung. Er war mit grauem Schiefer ausgelegt und besaß weder Fenster noch sonstigen Schmuck. Das Stroh auf dem Boden war verkohlt und zu Asche verbrannt. Bei jedem Tritt knirschte es unter meinen Füßen. Links neben der Ecke, in der Eamon saß, sah ich ein Gebilde, das vielleicht einst ein Bett gewesen sein könnte. Auch dieses Holz war von den Flammen verzehrt worden. Hier sah ich ebenfalls Rußspuren an der Wand.

Ich blieb neben dem ehemaligen Bett stehen und hockte mich hin, um auf Eamons Augenhöhe zu sein. Ob er mich ansah oder nicht, wusste ich nicht. Vielleicht registrierte er mich noch nicht einmal in seinem Wahn. Eine Weile verging, in der ich immer nervöser wurde. Damals auf der Plattform hatte ich ihn schon kaum erreichen können – was, wenn ich es jetzt überhaupt nicht schaffte?

Doch da ging ein Zucken durch seinen Körper. Zunächst dachte ich, ich hätte es mir eingebildet, aber dann erkannte ich deutlich, dass die Flammen weniger wurden, der flackernde Schein verblasste.

»Ich bin hier, um nach dir zu schauen, Eamon«, sagte ich. Was ich erzählte, war sicherlich völlig egal. Es ging nur darum, dass meine Stimme irgendwie zu ihm durchdrang.

Tatsächlich erloschen die Flammen auf seiner Haut fast sofort. Der Nebel sackte nach unten, als sei eine Leinwand herabgefallen. Ich sah Eamon jetzt ganz deutlich. Irgendein findiger Erbauer hatte in die Wände kleine Kugeln eingebaut, in denen die Leuchtkäfer wohnten. Solange Eamon noch gebrannt hatte, war ihr Schein nicht aufgefallen, doch jetzt übernahmen sie das Leuchten, sodass ich ihn gut erkennen konnte.

Er war über und über mit Blut besudelt. Die Augen lagen tief in den Höhlen, die Wangenknochen standen hervor, der Mund war ein Strich voller Schmerz. Doch in seinen Pupillen blitzte es. Er hatte mich erkannt.

Für einen atemlosen Moment war ich mir absolut sicher, dass er gleich die Arme heben würde, damit ich hineinsinken konnte, wieder ganz bei ihm sein durfte. Doch der Moment verging innerhalb eines Atemzuges. Stattdessen sprang er so abrupt auf, dass ich vor Schreck nach hinten fiel und ein Stück auf dem Po von ihm fortrutschte.

Die Ketten krachten, als er das Ende erreichte. Erst jetzt sah ich, dass man ihn eng an die Wand gebunden hatte – an Armen, Beinen und am Hals. Die Halskette war jedoch zu kurz, als dass er sich ganz hätte aufrichten können. Er stemmte sich einen Moment gegen sie und gab einen seltsamen Laut von sich, der eine Mischung aus Knurren, Schnauben und Schreien war. Ein eigenartiges Leuchten ging von einigen Stellen auf seiner Haut auf – die Runen, die ihn bannten, die verhinderten, dass er sprechen konnte.

Die Wut und der Frust darüber, sich nicht mit mir verständigen zu können, ließen sofort seine Magie aufflammen. Ein Brausen ertönte und die Luft war augenblicklich mit solch einem Gestank erfüllt, dass ich husten und würgen musste, weiter zurückwich.

»Eamon, beruhige dich«, schrie ich ängstlich, doch er hörte nicht auf mich. Stattdessen stemmte er sich noch heftiger gegen die Ketten, die ihn hielten.

Die Runen blitzten jetzt fast wütend auf. Ich roch verbranntes Fleisch, sah Blut tropfen. Das Eisen schnitt tief und aggressiv in seine Haut. Sekunden später hörte ich ein seltsames Pitschen, als sei ein straff gespanntes Seil gerissen oder ein Pfeil von der Sehne geschnellt.

Eamon krümmte sich und atmete scharf ein. Aus dem Knurren wurden jetzt Laute, die immer deutlich wurden und die mir eine Gänsehaut verursachten. »Was machst du hier?«, schrie er mich an. Seine Stimme war eine Mischung aus Krächzen und Gebrüll, das mich noch mehr erschütterte, als er mit aller Kraft gegen die Wand schlug. Ein Grollen ging durch den gesamten Stein, das Schloss reagierte wie immer auf seinen Herrn.

»Verschwinde«, rief er. »Verschwinde sofort!«

Ich rutschte so weit zurück, dass ich mit dem Rücken an der Tür saß. Die Wachen draußen hatten offenbar Eamons Gebrüll gehört, denn sie machten sich am Schloss zu schaffen, wollten hinein. Nein!

Ich stemmte mich gegen die Tür, suchte verzweifelt nach etwas, um sie zu blockieren. Da sprang Fluh von meinem Kopf, verursachte einen Miniorkan, der sich mit aller Kraft gegen die Tür stemmte. Durch den kleinen Spalt hörte ich das Fluchen der Wachen.

»Was ist da drin los?«, rief eine Männerstimme.

»Holt sie hier sofort raus«, übertönte Eamon die Rufe von draußen.

Ich hingegen kam auf die Beine – und warf mich mit meinem ganzen Gewicht gegen die Tür. Fluhs Orkan und meine Kraft waren dann doch zu viel für die Wache. Die Tür knallte mit einem Krachen wieder ins Schloss, während Eamon vor Wut buchstäblich kochte.

Er hob einen Arm, drauf und dran, Magie gegen mich einzusetzen, da warf ich mich herum und hob jetzt selbst einen Finger, drohte ihm. »Wag es ja nicht, gegen mich zu kämpfen, du verdammter Narr. Wag es ja nicht«, brüllte ich ihn an.

Die Runen auf seiner Haut und den Ketten glühten weiterhin, kämpften mit Eamon und seiner Gewalt. Ich sah den Schweiß auf der Stirn des Fy, sah die Magieadern, die jetzt ganz deutlich aus der Haut hervorstachen. Sie pulsierten im Takt seines Herzens, während er mit den Fesseln rang, die ihn hielten. Gleichzeitig starrten wir uns böse an, doch diesmal war es nicht Eamon, der den Kampf gewann.

Er unterbrach den Blickkontakt als Erster und wandte sich mit einem Ruck von mir ab, knallte den Kopf unsanft gegen den Stein, als wolle er sich selbst bestrafen. Abermals krachte seine Faust gegen den Stein, sodass sowohl Fluh, ich und sogar das Schloss zusammenfuhren. Von der Decke rieselten Staub und Schutt und der wabernde Dunst senkte sich ein kleines Stückchen. Er war eiskalt und stank nach Tod, woraufhin ich mich hastig tiefer duckte, um ihm zu entkommen.

»Eamon«, flehte ich jetzt etwas ruhiger. »Schick mich doch nicht einfach fort, ohne mit mir gesprochen zu haben.«

Er wirbelte herum. In seinen Augen sah ich nur noch gelbe Funken, Flammen und Finsternis. Er ballte die Fäuste, dass die Knochen stöhnten und Blut von seiner Handfläche tropfte. »Ich habe es dir verboten«, zischte er wütend.

»Ich bin nicht deine Sklavin«, entgegnete ich aufgebracht. »Pläne ändern sich, genau wie Ansichten. Als ich dir versprach, dich in Ruhe deinen Weg gehen zu lassen, konnte ich dir noch keine andere Lösung anbieten. Die habe ich jetzt aber. Du musst nicht sterben, um dein Volk zu retten. Wir können dir helfen.«

Er warf mir einen wilden Blick zu, wich mir aber gleichzeitig mit den Augen aus. Er konnte mich nicht ansehen, wollte nicht, dass ich den Wahnsinn in seinem Inneren sah, doch ich erkannte auch etwas anderes. Hoffnung. Sofort hieb ich in die Kerbe hinein.

»Du willst gar nicht sterben, Eamon. Du willst ein Leben mit mir, also hör dir zumindest an, was ich zu sagen habe«, erklärte ich mit möglichst ruhiger Stimme. Sie zitterte dennoch.

Eamon drehte sich als Antwort zur Wand und lehnte die Stirn dagegen. Jetzt sah ich seinen nackten Rücken, über und über mit Wunden bedeckt. Sie hatten sich alle Mühe gegeben, um ihn in Schach zu halten, doch die Magie war offenbar stärker als gedacht. Trotz der fünf Runen, die seine Stimme hätten bändigen sollen, konnte er sprechen.

Da er mich zumindest nicht weiter anschrie, nutzte ich die Chance, um hastig ein paar Erklärungen von mir zu geben. »Dverga ist der Verräter«, sagte ich in die Stille hinein. »Er hat mich entführen lassen, er hat deine Mutter umgebracht, er will dich zum Märtyrer machen, um Tul Dalla zu übernehmen. Wenn du heute brav da rausgehst, wird er deinen Tod dazu benutzen, um das ohnehin schon aufgebrachte Volk zu einem Bürgerkrieg anzustacheln. Du wirst der berühmte Tropfen sein, der das Fass zum Überlaufen bringt. Willst du das?«

Langsam drehte er sich herum, sah mich an. Seine Muskeln wölbten sich, als er seinen gesamten Körper anspannte, doch ich erkannte auch, wie das Gesagte in sein Hirn sickerte.

»Du lügst«, erwiderte er tonlos. »Warum lügst du? Hör auf!«

»Ich lüge nicht und das weißt du ganz genau«, protestierte ich. Die Wut gab mir die Kraft, mich ihm langsam zu nähern. Da er mit dem Rücken zur Wand stand, konnte er nirgendwohin, um mir auszuweichen.

Ich sah die Panik in seinem Blick, die Unruhe, die durch seine Knochen fegte. Er hob warnend die Hand. »Komm nicht näher, Inea. Ich weiß, dass du an mich glaubst, dass du denkst, ich könnte es unter

Kontrolle halten, aber so ist es nicht. Ich bin völlig außer mir, ein Trümmerhaufen in Flammen. Dverga ist der Verräter? Oh, ihr Götter.«

Er drehte sich wieder zur Wand und stöhnte laut. »Das darfst du mir nicht erzählen, Inea, wirklich nicht. Die Wut macht mich noch unkontrollierbarer, die Zeit hier im Kerker hat mich völlig zermürbt, die Runen in meiner Haut machen mich verrückt. Wenn du nur hierhergekommen bist, um mich zu bitten, für dich oder für das Volk der Tul Dalla zu kämpfen, dann bist du hier falsch. Nimm mir die Ketten ab und ich werde zu einer Feuersbrunst, die alles verschlingt ... und solltest du recht haben ...« Er drehte sich um und ich sah zum ersten Mal den Tod in seinen Augen. »... dann werde ich mit Dverga beginnen.«

»Ich bin nicht hier, um dich aufzuhetzen«, stellte ich richtig. Mein Herz schlug mir mittlerweile so heftig im Hals, dass ich kaum schlucken konnte. Ich hatte geahnt, dass Eamon in schlechter Verfassung sein würde, doch dass er so nah am Abgrund stand, hätte ich nicht erwartet. »Ich bin hier, um mit dir gemeinsam einen ganz anderen Weg einzuschlagen.«

»Du darfst nicht hier sein«, erwiderte Eamon, als habe er meine Worte überhaupt nicht verstanden. »Der Kerker ist nicht sicher, das Schloss ist nicht sicher.«

»Nichts ist sicher für mich, solange die Verräter noch frei herumlaufen und ihre Pläne umsetzen können, weil sich niemand gegen sie wehrt«, sagte ich heftig und wollte weitersprechen, doch Eamon unterbrach mich, indem er mich wieder anbrüllte.

»Hör doch auf, so etwas zu sagen. Siehst du das nicht? Wenn du mir das Gefühl gibst, dich beschützen zu müssen, wehre ich mich nur noch mehr gegen diese verdammten Ketten.« Er schüttelte zornig seinen rechten Arm. Der Stahl war bereits bedrohlich verbogen. »Und wenn ich einmal frei bin, dann hält mich nichts mehr auf. Ihr seid erst in Sicherheit, sobald ich tot bin. Die Tul Dalla, mein Vater und erst recht du. Ich bin die Bedrohung, nicht Dverga oder irgendwelche lächerlichen anderen Verräter. Ich!«

Ich hielt vor Schreck den Atem an, sah fragend zu Fluh. Die war jedoch weiterhin damit beschäftigt, die Tür zuzuhalten. Zeit, die Taktik zu ändern.

»Ich liebe dich«, sagte ich bemüht ruhig. »Und du bist kein Monster.«

Entschlossen zog ich das Amulett hervor, das mir Haikur gegeben hatte. Es war die erste Gabe, die ich ihm schenken wollte. Die Gabe der Fy. Eamon erkannte es sofort, denn er bekam große Augen.

»Woher hast du das?«, fragte er tonlos.

»Das ist euer Familienamulett, nicht wahr?«, erwiderte ich möglichst locker. Eamons Blick blieb wie festgeklebt auf dem einfachen Schmuckstück hängen. Vom Prinzip her war es ein etwa daumennagelgroßer Kreis, in dem ein einziges, fast kaum sichtbares Haar eingelassen war. »Die Fy verlieren ihre Familie mit sechs Jahren, sobald sie zur Armee gehen. Das einzige Erinnerungsstück, das ihren Eltern bleibt, ist dieses kleine Amulett – ein einziges Haar des Sohnes oder der Tochter. Das hier ist das Amulett von deinem Vater, mit deinem Haar darin. Er hat es mir mitgegeben, als Gabe für dich. Diese Kette ist ein Symbol für die Familie und die Kraft, die ihr Fy aus ihr schöpft, denn alles, was ihr tut, das tut ihr, um die Euren zu schützen.«

Eamon war so abgelenkt von der Kette, dass er gar nicht mitbekam, dass ich mich ihm blitzschnell genähert hatte. Schnell warf ich sie ihm um den Hals, presste sie so fest ich konnte an die Brust. Dabei spürte ich, dass die Haut eiskalt war, obwohl weiterhin Feuerblitze über seine Gestalt tanzten.

Eamon prallte zurück, kaum dass das Amulett um seinen Hals lag. Er krachte dadurch mit ziemlicher Wucht gegen die Wand und hob instinktiv den Arm, um mich abzuwehren.

Es war, als sei ein Pferd in vollem Galopp gegen mich gerannt. Seine Hand schlug so hart gegen meine Brust, dass die Gelenke knackten. Ich wurde nach hinten gestoßen und fiel heftig auf den Boden, schlitterte das kurze Stück bis zur Wand und blieb dort benommen liegen. Meine Brust schmerzte genau wie mein Rücken, der ziemlich unsanft gegen den Stein geprallt war. Atemlos verharrte ich, kämpfte mit dem Schmerz und der Erkenntnis, dass mich Eamon angegriffen hatte.

Ihm fiel ebenfalls auf, was er getan hatte. Er schlug die Hände vors Gesicht und brach in die Knie ein, während er mich verzweifelt anblickte. »Entschuldige«, brachte er hervor.

Ich blieb noch eine Weile zusammengekrümmt liegen und rang mit mir. Ich durfte nicht weinen, das würde ihn nur noch mehr aus der

Bahn werfen. Fluh war mittlerweile in heller Aufregung, schwankte zwischen dem Drang, zu mir zu eilen, die Tür zuzuhalten und Eamon eins überzubraten.

Ächzend stemmte ich mich in eine sitzende Position auf und sah Eamon aus zusammengekniffenen Augen an. »Mir ist nichts passiert«, sagte ich leise. Sowohl Fluh als auch Eamon entspannten sich. Wir schwiegen, doch es war keine angenehme Stille zwischen uns. Sie half aber zumindest, uns einen Moment zu sortieren.

Eamon hockte noch immer zusammengekauert da und presste das Amulett an seine Brust. Es glühte mittlerweile in einem sanften Gold. Die Magie umhüllte es bereits, die Magie der Fy.

»Haikur hätte es dir niemals geben dürfen«, flüsterte Eamon leise.

Ich stemmte mich auf ein Knie hoch und drückte mir dabei eine Hand auf die Brust. Die Prellungen taten höllisch weh, und ich konnte kaum atmen.

»Er hat es mir gegeben, um dich zur Vernunft zu bringen. Wir sind eine Familie, also reiß dich gefälligst zusammen«, erwiderte ich grob. Mit zitternden Fingern nestelte ich an dem Beutel herum, der um meine Hüfte hing. Hoffentlich war dem Ei nichts passiert!

Meine Mutter hatte es mir in einem stillen Moment übergeben. Sie trug es schon die ganze Zeit mit sich herum, ich hatte sie nur nie darauf angesprochen. Ein neuer Drache für unsere Familie. Ich wollte lieber nicht wissen, woher mein Vater dieses Ei hatte.

Auch Fluh beobachtete angespannt, wie ich mich mit dem Sack abmühte. Da sie aber noch nicht außer Rand und Band war, nahm ich an, dass das Drachenbaby lebte. Ich hob das Ei hervor und hielt den Atem an, als ich den gewaltigen Riss in der Schale sah. War das durch den Sturz passiert oder schlüpfte das Baby?

»Ich habe noch weitere Gaben«, merkte ich an. »Von Leuten, denen du viel bedeutest. Das hier ist von den Arven. Es ist das wohl größte Geschenk, das unser Volk machen kann.«

Langsam legte ich das Ei auf den Boden und gab ihm einen Schubs, sodass es zu Eamon hinüberkullerte. In Gedanken entschuldigte ich mich bei dem Drachenbaby für diese doch ziemlich unsanfte Umgangsweise. Das Ei prallte gegen Eamons Knie und blieb dort liegen, leuchtete im typischen Violett der Drachen. Eamon sah es ungläubig an, rührte sich nicht. Als er den Kopf hob, sah ich die Frage in seinem Blick. »Was hast du vor?«, erkundigte er sich leise.

Ich erwiderte seinen Blick ungerührt. »Vertrau mir!«

Er rang eine ganze Weile mit sich, doch sein Beschützerinstinkt setzte sich durch. Er konnte das Drachenbaby nicht einfach ignorieren. Vorsichtig hob er es in die riesigen Hände. »Ein Feuerdrachen«, merkte er an. »Ein Weibchen.«

Ich hob überrascht eine Augenbraue. »Woher weißt du das?« Soviel ich von hier erkennen konnte, hatte das Ei zwar einen Sprung, das Baby war aber noch nicht geschlüpft.

»Ich spüre ihre Feuermagie. Sie ist eigentlich noch zu klein, um schon zu schlüpfen, aber die Aufregung hat sie geweckt. Fluh, komm her.« Er hob den Arm und ich spürte die Macht, die von ihm ausging. Ein Schwall Magie donnerte gegen die Tür, sodass sie sich regelrecht nach außen wölbte und sich verkantete. So schnell würde da niemand hineinkommen.

Fluh gelangte offenbar zu der gleichen Erkenntnis. Sie warf mir einen nervösen Blick zu, tapste aber brav zu Eamon hinüber, der das Ei noch immer in der einen Hand hielt. Er zeigte es der Drachendame. Die schnüffelte am Ei und entspannte sich. Anscheinend war alles okay.

Auch ich atmete erleichtert auf, haderte mit mir. Eamon war zum ersten Mal, seitdem ich im Kerker war, ruhiger. Die Erkenntnis, ein Baby bei sich zu haben, hatte ihn besänftigt. Die Magie tobte nicht mehr so schrecklich auf seiner Haut, und er schrie nicht herum.

Vorsichtig rutschte ich näher zu ihm, bis uns nur noch eine Handspanne trennte. Er hockte auf den Knien am Boden, während ich auf allen vieren näher kam. Als er mich bemerkte, blickte er auf. Sein Blick war weiterhin unstet, doch ich sah zum ersten Mal auch etwas Wärme in seinen Augen – und wenn ich nicht irrte, sah ich einen purpurnen Funken in ihnen tanzen.

»Was immer du planst«, sagte er mit erstaunlich ruhiger Stimme zu mir. »Du solltest dir sicher sein, dass ich darauf eingehen will.«

»Ich liebe dich und will dich retten. Das ist alles, was ich vorhabe«, erwiderte ich und zog meinen mickrigen Freundschaftsring der Sidhe hervor.

Eamon schien ihn sofort erkannt zu haben, denn er lächelte ganz leicht. »Ist es das Bändchen, an dem du auf der Plattform so hart gearbeitet hast?«, fragte er.

Ich nickte peinlich berührt und hielt es ihm hin. Er sah es eine Weile schweigend an, schloss die Augen. Tief einatmend kam er zu einer Entscheidung, die ich so nicht erwartet hätte. Er hob tatsächlich seinen rechten Arm. »Was immer du vorhast, ich bin dabei, solange du dich nicht in Gefahr bringst«, erklärte er.

Ich ignorierte den vorwurfsvollen Tonfall und konzentrierte mich darauf, das Bändchen um sein Handgelenk zu binden. Sein Arm war deutlich breiter, als ich erwartet hatte, sodass ich es fast nicht zubinden konnte. Kaum hatte ich es geschafft, geschah etwas Seltsames. In meinen Händen war es nur ein lebloses Bändchen gewesen, ein hübsches Schmuckstück. Um sein Handgelenk leuchtete es blau auf und glitzerte. Wir starrten es beide an, als sei es ein lebendiges Wesen.

»Die Magie der Sidhe wohnt darin, obwohl es eigentlich von einer Arven erschaffen worden ist«, merkte Eamon an. Als er jetzt aufsah, sah ich ganz deutlich blaue Funken in seinen Augen tanzen. »Du willst die anderen Magiearten wecken«, stellte er fest. »Warum?«

Ich ignorierte die Frage und zog den Dolch der Puk hervor. »Das Teil ist ein Geburtsdolch. Ich find das ja etwas ekelig, aber er ist heilig. Eine Puk will ihn dir schenken.«

»Ich weiß, was ein Geburtsdolch ist. Damit schneiden sie die Nabelschnur der Neugeborenen durch. Er ist den Puk heiliger als das eigene Kind.« Er drehte die Hand, sodass ich ihn in seine offene Handfläche legen konnte. Auch diese Gabe leuchtete auf und der erste ockerfarbene Funke tanzte über Eamons Haut.

Wir sahen ihm gleichermaßen ehrfürchtig zu, doch er verging viel zu schnell und kein zweiter kam hinterher. »Wie fühlst du dich?«, fragte ich vorsichtig.

»Ruhiger, besonnener, entspannter, gesetzter«, erwiderte er. »Doch das liegt alles nicht an deinen seltsamen Mitbringseln.«

Ich blinzelte irritiert, bemerkte den veränderten Blick, mit dem er mich nun bedachte. Die Wut war vollständig verflogen. Er fügte sich in sein Schicksal – mir entkam er einfach nicht.

Verwirrt beobachtete ich, wie er das Ei sehr sanft in Fluhs ausgebreitete Flügel legte und den Dolch am Amulett verknotete. Danach berührte er mich sehr vorsichtig an der Schulter, beugte sich etwas nach vorne, um mir mit dem Zeigefinger über die Wange zu streichen. Ich schmiegte mich gegen ihn und schloss die Augen, erlaubte mir einen Moment, die Berührung zu genießen.

Als ich sie wieder öffnete, ertrank ich in seinem Blick, ließ mich davon verschlingen. Ich kam ihm entgegen, überwand den Abstand zwischen uns, riss ihn regelrecht von den Knien, sodass er nach hinten gegen die Wand sank und mich gerade noch auffing, damit wir nicht der Länge nach stürzten.

Mir war das egal, denn ich war einzig darauf konzentriert, meine Lippen gegen seine zu pressen, ihn nicht mehr loszulassen, ihn nicht gehen zu lassen. Er schaffte es irgendwie, die Beine unter mir auszustrecken, sodass ich jetzt rittlings auf ihm saß. Da er nackt war, spürte ich nur allzu deutlich, was er von mir wollte. Er presste meinen Oberkörper gegen seinen, vergrub die Hände in meinen Haaren, während ich hungrig seinen Mund eroberte.

Seine Fy-Magie erwachte, umhüllte uns. Er ließ es zu, war viel zu abgelenkt von mir. Ich zog mir mit einer einzigen fließenden Bewegung das Kleid über den Kopf, warf es achtlos neben mich in den Dreck. Beim Unterkleid half mir Eamon, bis ich atemlos und genauso nackt wieder ganz bei ihm war.

»Für mich bist du die wahre Gabe der Arven«, flüsterte er an meinen Lippen. »Das Beste, was die Arven zu bieten haben. Ich kenne kein Geschöpf, das schöner und gleichzeitig treuer ist als du. Du gibst niemals auf, oder?«

»Niemals«, erwiderte ich leise. Er sog scharf die Luft ein, als ich mich auf ihn sinken ließ, ihn willkommen hieß. »Ich stehe stets für das ein, was ich liebe. Was ich einmal erobert habe, lasse ich nicht mehr gehen.«

Als er antworten wollte, bewegte ich mich, sodass ihm die Worte vergingen. Ich küsste sie einfach fort und zwang ihn, sich ganz auf mich, auf sich und uns zu konzentrieren.

Als ich bemerkte, dass er sich fallen ließ, beugte ich mich zu seinem Ohr. Ich wusste, dass es gemein war, ihn so zu überrumpeln, doch mir fiel nichts anderes ein.

»Du kannst den Wahnsinn besiegen, wenn du dich auf die Magiearten in dir einlässt«, sagte ich leise. Er drehte irritiert seinen Kopf und sah mich fragend an.

»Das erzählst du mir jetzt?«, entgegnete er und sog scharf die Luft ein, als ich mich auf ihm bewegte. Er versuchte mich zu küssen, doch ich wich nach hinten aus, woraufhin er mich etwas fester packte, mich festhielt. »Was hast du vor?«, fragte er jetzt schärfer.

Da ich fühlte, wie seine Magie aufwallte, antwortete ich zunächst nicht. Ich konzentrierte mich jetzt wieder auf unsere Körper, auf das gemeinsame Wir, auf den Punkt, der uns verband. Eamon hatte natürlich längst durchschaut, dass ich ihn gerade manipulierte, doch er hatte nicht die Kraft oder den Nerv, sich dagegen zu wehren.

Er ließ es zu, dass ich ihn liebte und gleichzeitig meine Geschichte erzählte. Ich fasste so kurz ich konnte zusammen, was mir die alte Puk-Greisin erzählt hatte. »Du müsstest dich also einfach fallen lassen, jetzt und hier. Ergib dich deiner Magie und du besiegst den Wahnsinn. Ich pass schon auf, dass dir nichts geschieht«, erklärte ich, da packte er mich und versuchte mich von sich hinunterzustoßen.

Ich hatte damit gerechnet und hielt mich einfach fest, umklammerte ihn. Er atmete jetzt hektischer, hin- und hergerissen zwischen dem Drang, bei mir zu bleiben und sich von mir zu lösen.

»Inea, so etwas kannst du mir doch nicht erzählen, während ich mit dir schlafe«, knurrte er. Sein Griff wurde kräftiger. Mir war klar, dass ich mich nicht mehr lange wehren konnte. Der einzige Vorteil war, dass er mir nicht wehtun wollte.

Ich machte eine ruckartige Bewegung mit dem Becken, sodass er mit einem leisen Stöhnen die Augen schloss und den Kopf gegen die Wand sinken ließ. Sein Körper erzitterte, seine Finger bohrten sich in meinen Rücken. Ich ließ derweil meine Hand über seine Brustmuskeln gleiten, kitzelte seinen Hals und liebkoste seine Wange. Der Moment, in dem er mich von sich stoßen wollte, verflog. Er entspannte sich, ergab sich meinen Berührungen und meinen Bewegungen. Ich küsste ihn, was er ungewöhnlich hungrig und verzweifelt erwiderte. Auch ich erlaubte mir eine Weile, ihn einfach nur zu genießen, ganz bei ihm zu sein, unsere womöglich letzte Zweisamkeit auszukosten, doch uns rann die Zeit zwischen den Fingern hindurch. Ich musste es wagen.

»Eamon«, sagte ich eindringlich zwischen zwei Küssen.

Er hörte sofort am Tonfall, dass ich etwas von ihm wollte. Seine Miene verschloss sich, während seine Augen ärgerlich zu funkeln begannen. Ich sah die Magie des Fy-Riads in ihnen – die vielen verschiedenen Magiefarben der Magier. Doch dazwischen glitzerten viele Pünktchen aus ocker, aquamarin und purpur.

»Nicht jetzt, Inea«, erwiderte er leise. Mir war durchaus klar, dass er sich unter normalen Umständen niemals so geduldig meinem Rhythmus ergeben hätte. Die Ketten ließen nicht zu, dass er die Stellung wechselte. Außerdem schien er Angst zu haben, die Kontrolle zu verlieren. Das hieß aber nicht, dass es ihm gefiel, mich einfach machen zu lassen. »Ich finde, Sex und Themen über Hinrichtungen sollten nicht miteinander verwoben werden«, stellte er klar.

»Du hörst mir nur auf diese Weise wirklich zu«, erwiderte ich.

»Dann frag, was du fragen willst, damit wir uns endlich auf etwas anderes konzentrieren können.«

Ich küsste ihn als Antwort erst einmal, knabberte an seinen Lippen und bewegte mich so, dass er mich vollkommen spüren konnte. Auch ich hätte mich lieber ganz auf uns konzentriert, doch noch konnte ich mir das nicht erlauben. Die Frage brannte mir auf der Seele, doch im Grunde genommen wusste ich ohnehin schon, was er antworten würde.

Schließlich gab ich mir einen Ruck und wagte es. »Besieg den Wahnsinn in dir und geh heute zu deiner Hinrichtung. Aber anstatt dich zu ergeben, musst du deinem Volk zeigen, dass du ein Aevid, dass du ihr König bist.«

Eamon hatte wohl bereits gewusst, was ich sagen würde, denn er wirkte nicht besonders überrascht. Er sah mich eine Weile einfach nur an, während ich es nicht wagte, auch nur einen Muskel zu rühren. Seine Hände lagen weiterhin auf meiner Hüfte, sein Gesicht war meinem ganz nah.

Als er mich sanft küsste, war ich erst einmal irritiert. Ich hatte mit einem Ausbruch gerechnet, mit Fluchen und Wut, doch stattdessen streichelte er mein Gesicht und setzte sich etwas aufrechter hin, um nun doch die Führung zu übernehmen.

Ich akzeptierte das für den Moment, erst recht, als er mich so fest an sich zog, dass ich gar nicht anders konnte, als mich seinem Körper anzupassen. Seine Hände zogen heiße Bahnen über meine Haut und seine Lippen verursachten wohlige Schauder. Als ich noch einmal nachfragen wollte, verschloss er meine Lippen mit seinem Mund, steigerte den Rhythmus unserer Liebe. Schon bald vergaß ich, dass er mir eine Antwort schuldete.

Wir kamen fast zeitgleich, eng umschlungen und eins bis in die Seele. Die bunte Magie umtanzte mich. Ich atmete sie bei jedem Zug mit ein, schmeckte den Blütenduft auf der Zunge. Dazwischen bemerkte ich Eamons eigene Note, den Geruch nach Torf und etwas Eisen. Ich hatte mich mittlerweile so daran gewöhnt, dass er mich nicht mehr störte, sondern beruhigte.

Schwer atmend sah ich ihn an, spürte seinen kräftigen Herzschlag an meiner Brust und sah die Antwort in seinen Augen. Er sprach sie dennoch aus. »Niemals, Inea«, sagte er ganz ruhig. »Der Rat hat entschieden. Ich beuge mich seinem Urteil. Das nennt man Demokratie. Ich bin kein Tyrann.«

»Aber du bist doch kein Tyrann, bloß weil du dein Volk retten willst«, protestierte ich. »Bist du es nicht ganz Tul Dalla schuldig, das Erbe der Aevid in Sicherheit zu bringen? Und was, wenn die Tul Curragh zurückkehren?«

Er sah mich flehend an. »Bitte, Inea, dräng mich nicht weiter – und vor allem: Halte dich zurück. Sie werden dich sonst töten. Wenn ich nicht mehr bin, werden sie dich in Ruhe lassen, solange du dich nicht wie eine Wahnsinnige aufführst. Braidar ist mächtig, er wird dich beschützen können.«

»Dich hat er nicht beschützt«, widersprach ich. Jetzt liefen mir doch Tränen über die Wangen. Eigentlich hatte ich fest vorgehabt, tapfer zu sein, denn seine Antwort war wenig überraschend. Sie zu ahnen und sie ausgesprochen zu hören, war jedoch etwas völlig anderes.

»Mir war von Anfang an klar, dass ich nicht überleben würde. Inea! Wir zwei würden einen Bürgerkrieg von unüberschaubaren Ausmaßen beginnen. Ich ertrage den Gedanken nicht, dass unsere Liebe für den Tod von Hunderten verantwortlich sein könnte. Ich liebe dich, Inea. Ich liebe dich von ganzem Herzen, doch keine Liebe dieser Welt ist es wert, wegen ihr einen Bürgerkrieg zu führen.«

»Den können wir ohnehin nicht mehr aufhalten. Dverga hat sämtliche Puk, Arven und Sidhe aufgestachelt, damit sie für dich kämpfen. Lass es doch einfach zu! Geh da heute hinaus und schrei zu ihnen, dass sie dich gefälligst unterstützen sollen.«

Zu meiner Überraschung nickte er. »Ich werde da heute tatsächlich hinausgehen und um Unterstützung bitten. Sollte ich bemerken, dass die Fy auf meiner Seite sind, dann werde ich gegen meine Hinrichtung protestieren, doch allem Anschein nach ist es nicht so. Wir haben Gesetze, Inea! Die dürfen wir nicht einfach übergehen, weil wir uns ungerecht behandelt fühlen. Das Gesetz besagt, dass der Fy-Riad abdanken muss, sobald der Rat das so bestimmt. Die Ratsmitglieder haben gegen mich gestimmt. Ich will kein Diktator sein, der gegen den Willen der Herrscher die Macht an sich reißt. Ich will, dass es demokratisch zugeht. Sollte ich bemerken, dass der Rat umschwenkt, weil ich doch kein wahnsinniges Monster bin, dann werde ich für mich und uns kämpfen. Aber nur dann.«

Er sah mich streng an. Dieser Blick ging mir durch und durch, sodass ich fortsehen musste. Er hingegen ließ mich nicht. Mit der Hand drehte er mein Kinn zurück und zwang mich, ihn anzusehen. »Du wirst dich zurückhalten, Inea. Die Puk, Sidhe und Arven werden ein Auge auf dich haben. Wenn du ruhig bleibst, werden sie dir folgen. Wenn du hingegen protestierst, wird uns alles um die Ohren fliegen.«

»Du überschätzt meine Macht völlig. Ich bin nur die Arven, die sich zufällig in den Fy-Riad verliebt hat.«

»Du bist die Arven, die der Fy-Riad liebt«, präzisierte er. »Du hast zu mir gesagt, ich soll dir vertrauen. Jetzt vertrau du mir.«

Er starrte mich so intensiv an, dass ich ganz einfach nicken musste. Es ihm zu versagen, wäre grausam gewesen. »Ich vertraue dir«, flüsterte ich.

Er lächelte und zog mich an sich, küsste meinen Hals, meine Schulter, strich mir mit seinen Händen über den Rücken, um mich zu beruhigen. Ich spürte seinen Herzschlag, der viel zu schnell war. Auch er hatte Angst, unabhängig davon, was er behauptete.

Wir blieben eine kleine Ewigkeit einfach so sitzen, eng umschlungen, dem Herzschlag des anderen lauschend. Ich hätte noch bis in die Unendlichkeit so verharren können, doch schließlich drückte mich Eamon von sich fort, nahm mein Gesicht in seine Hände.

»Ich lasse jetzt das Unausweichliche geschehen. Was immer auf uns zukommt: Ich liebe dich. Sei stark – und wenn es ein Morgen für uns geben soll, dann reden wir noch mal über die Art und Weise, wie du mich gefügig gemacht hast.« Er lächelte, obwohl die Situation alles andere als lustig war. Gleichzeitig war ich ihm unendlich dankbar für den Versuch.

Er sah in diesem Moment wieder so aus, wie ich ihn für immer in Erinnerung behalten wollte: ein verschmitzter, junger Fy mit glitzerndem Schalk in den Augen und diesem sanften, ruhigen Blick.

Er küsste mich noch ein letztes Mal, zog mich kurz und heftig an sich und deutete auf meine Kleidung am Boden. »Zieh dich an, damit ich die völlig verzweifelten Wächter erlösen kann.«

»Die tun mir überhaupt nicht leid«, knurrte ich, gehorchte aber brav. Langsam zog ich mir mein Kleid an, bis ins Kleinste von Eamon dabei beobachtet. Es war, als wolle er sich jede Einzelheit meiner Haut, meiner Bewegungen einprägen.

»Du bleibst bei Braidar«, erklärte er nach einer kurzen Pause. Er stand etwas schräg, da er sich wegen der Halskette nicht ganz aufrichten konnte. »Ich wünschte, ich könnte dir das Theater ersparen, doch du wirst dich draußen bei der Hinrichtung sehen lassen müssen. Falls sie dich mit auf das Podest ziehen wollen, wehr dich. Das ist viel zu nah an mir dran. Versuch dich in der Menge in Sicherheit zu bringen … und halte dich von Dverga fern.«

»Natürlich«, erwiderte ich tonlos.

Er atmete jetzt schneller, lehnte sich gegen die Wand, als würden ihn jetzt doch die Kräfte verlassen. »Weißt du, was mit Eeon ist?«, fragte er leise.

»Ich wünschte, ich könnte dir eine Antwort geben, doch ich weiß es nicht.«

Eamon atmete tief ein, wich meinem Blick aus, während er mit sich rang. Schließlich sah er mich fest an. »Er würde mich niemals hintergehen«, erklärte er.

Ich nickte, doch im Grunde meines Herzens war ich mir nicht mehr sicher. Wie er bereits gesagt hatte: Ihm war von Anfang an klar gewesen, dass er dieses Abenteuer nicht überleben würde. Seine Freunde waren vor Monaten zum gleichen Ergebnis gekommen. Sie verfolgten jetzt ihre eigenen Ziele, ohne Rücksicht auf Eamon.

Eigentlich hatte ich noch etwas sagen wollen, doch Eamon war schneller. Mit einem Wink ließ er die Kerkertür aufspringen und ein völlig aufgelöster Wächter stolperte herein. Er fing sich, bevor er der

Länge nach auf den Boden stürzen konnte, und straffte sich, als er mitten im Raum stand und von uns angestarrt wurde.

»Fy-Riad«, grüßte er ehrfurchtsvoll.

»Tiamon«, erwiderte Eamon ungerührt. »Was war mit der Kerkertür los?«

Der Wächter runzelte die Stirn. »Ich dachte, Ihr hättet etwas damit zu tun.«

»Sicherlich nicht. Ich bin mit so vielen Runen gepflastert, dass ich mich nicht rühren kann«, log der Fy-Riad und schüttelte die Ketten.

Der Wächter warf einen kurzen Blick darauf. »Ihr solltet eigentlich auch nicht sprechen können«, erwiderte er.

»Eine der Runen ist zersprungen, als sich das ganze Schloss geschüttelt hat.« Er löste den Blick von Tiamon und sah den Fy an, der hinter dem Wächter in den Raum gekommen war. »Braidar«, sagte er ruhig.

Braidar wirkte seltsam verloren, als er in dem für vier Personen viel zu kleinen Raum stehen blieb. Er musterte erst mich, dann Eamons Gestalt. »Du siehst besser aus«, merkte er an. »Nicht mehr so … wahnsinnig.«

Eamon trug die Magie der Völker tatsächlich wie einen eigenen kleinen Kometenschauer. Die Lichtfunken tanzten auf ihm herum, als sei dies der schönste Tag seines Lebens.

Die beiden wechselten einen intensiven Blick, den ich nicht recht enträtseln konnte. Braidar richtete sich daraufhin auf und atmete betont tief ein. »Es ist so weit, Fy-Riad. Die Menge wartet bereits.«

»Bekomme ich denn zumindest noch etwas zum Anziehen oder wollt ihr mich nackt zu meiner Hinrichtung bringen?«, fragte Eamon spitz.

Wie aufs Stichwort kam ein zweiter Wächter herein. Er trug einen Kleiderstapel, den er Braidar überreichte. Der gab ihn schweigend an Eamon weiter.

»Mit den Ketten wird es schwierig, mich anzuziehen«, erklärte er.

»Ich hatte gehofft, dass wir sie dir ganz abnehmen können, wenn du uns versprichst, die Ruhe zu bewahren. Wirst du dich freiwillig in dein Schicksal begeben?«

»Freiwillig nicht, aber ich beuge mich dem Urteil des Rates. Ich gehorche ihm.«

Braidar musterte Eamon noch ein letztes Mal, dann nickte er Tiamon zu. Der trat langsam auf den Fy-Riad zu, blickte ihn an, hob die Arme, als wolle er ihm endlich die Fesseln abnehmen – da geschah plötzlich alles gleichzeitig.

Eine Gruppe Männer stürmte herein, so abrupt, so überraschend, dass ich nicht einmal schreien konnte.

Braidar, der mitten im Raum stand, reagierte als Erster, wollte sein Schwert ziehen, doch da wirbelte Tiamon herum. Der vermeintliche Schlüssel in seinen Händen war in Wirklichkeit ein Messer, das er Braidar von hinten geradewegs in den Hals stach.

Der Getroffene brüllte auf und ging in die Knie, versuchte seinem Angreifer auszuweichen. Eamon wollte ihm helfen, aber die Fesseln um seine Beine ließen es nicht zu. Er stürzte stattdessen und musste hilflos mit ansehen, wie der erste Unbekannte, der in den Raum gestürmt war, seinen Freund mit dem Schwert aufspießte.

Braidar schaffte es nicht einmal mehr, einen weiteren Schrei auszustoßen. Langsam sank er nach vorne, das Schwert tief in der Brust. Blut spritzte über den aschebedeckten Boden. Er verdrehte die Augen und sackte zur Seite, zuckte, starb.

Ich sah Eamons ungläubig aufgerissene Augen, sah, wie er versuchte, auf die Beine zu kommen. Die Ketten waren so verteufelt kurz, dass er sich kaum bewegen konnte, während die Runen zornig aufleuchteten. Die bunte Magie tanzte ein letztes Mal über seine Haut, wurde dann jedoch von dem Tosen der gelben, blauen, schwarzen und grauen Funken der Fy-Magie überrannt.

Auch die Angreifer registrierten, dass sich der Fy-Riad für einen Kampf bereit machte. Sowohl Eamon als auch mir war daher absolut klar, was jetzt kommen würde.

Tiamon wirbelte augenblicklich herum und seine Hand schnellte nach vorne. Ich versuchte ihm auszuweichen, prallte aber gegen einen zweiten Mann, der mich grob an den Haaren packte, meinen Kopf in den Nacken zerrte und mir ein Messer an die Kehle setzte.

»So«, erklang es von der Tür aus. Alle Augen richteten sich auf den Mann, der im Türrahmen aufgetaucht war. »Damit sind wir zum zweiten Mal an der Stelle angelangt, an der dich Inea in die Knie zwingen wird.«

Mir blieb fast das Herz stehen, als ich den Fy erkannte. Eeon. Es war niemand anderes als Eeon, Eamons bester Freund.

Auch Eamon verstand, was das bedeutete. Er gefror mitten in der Bewegung, starrte ungläubig den Mann an, dem er von allen am meisten vertraut hatte. Eine unheimliche Ruhe kehrte im Kerker ein. Nur mein hektisches Atmen durchbrach die Stille.

»Eigentlich hatte ich nicht vorgehabt, jetzt schon aus der Deckung zu kommen«, erzählte Eeon ungerührt weiter. Er löste sich vom Türrahmen und trat in den Raum. »Aber deine Nummer mit der bunten Magie wurde mit allmählich zu heiß. Ich brauche dich feurig, um die Menge anzustacheln.«

Er sah mich schweigend an. Ich konnte ihn nur undeutlich erkennen, da mir der Typ dermaßen die Kehle zudrückte, dass ich kaum Luft bekam. »Es läuft jetzt folgendermaßen ab: Ihr zwei werdet schön brav bleiben und tun, was wir wollen. Das gilt insbesondere für dich, Eamon.

Solltest du, Inea, aus der Reihe tanzen, dann darf ich dir in Erinnerung rufen, dass wir eine ganz bestimmte kleine Sidhe in unserer Hand haben. Mina würde den nächsten Tag nicht mehr erleben, solltest du irgendeine krumme Nummer versuchen. Das gilt insbesondere für das Wecken fremder Magiearten oder Aufstacheln von Fy-Riads. Kapiert?«

Da mir der Dolch in die Kehle schnitt, sparte ich mir ein Nicken. Ich blinzelte nur.

»Deine Reglosigkeit werte ich mal als ja.« Damit wandte er sich an Eamon, der seltsam krumm gegen die Wand gelehnt dastand. Die Fesseln glühten mittlerweile, als seien sie in einem Schmiedefeuer gebadet worden. »Ich weiß, dass du uns unter normalen Umständen mit einem Fingerschnipsen hättest zerstören können. Dass du es nicht in der ersten Sekunde getan hast, zeigt, dass du zwar mächtig, aber nicht mehr so mächtig bist. Glaub mir: Bevor du meine Männer pulverisieren kannst, haben sie deiner kleinen Inea die Kehle durchgeschnitten.« Er lächelte entschuldigend. »Und sollte dich das nicht gefügig gemacht haben, darf ich dir mitteilen, dass Haikur leider so dumm war, mir in ein dunkles Kellerverlies zu folgen. Er dachte eigentlich, dass er dich noch ein letztes Mal sehen dürfte, leider habe ich die Tür zugemacht und den Schlüssel weggeworfen. Wenn du nicht willst, dass er ganz langsam verhungert, dann solltest du brav sein.«

Eamon sah seinen Freund so hasserfüllt an, dass mir kalt wurde. Wenn ich nicht irrte, knurrte er sogar leise. Eeon hatte das ebenfalls gehört, denn er hob eine Augenbraue. »Du solltest jetzt nicht wieder zum Monster werden, mein Guter. Wenn du völlig ausflippst, schaffen wir es nicht mehr zu deiner Hinrichtung. Dass wir es überhaupt in Betracht ziehen können, haben wir wohl Inea zu verdanken.« Er wandte sich mir zu und verbeugte sich ernsthaft. »Danke, dass du ihn wieder so weit zu Verstand gebracht hast, dass wir ihn bedrohen können. Als Monster hatte er so wenig Mitgefühl, dass ich mir schon Sorgen gemacht habe.«

Ich versuchte ihn als Antwort zu treten, doch meine Beine waren nicht lang genug. Eeon registrierte meine Versuche nicht einmal. Er wandte sich bereits Eamon zu.

»Dreh dich um zur Wand, mein Freund.«

Eamon zögerte. Ich sah die Not in seinen Augen. Er wog seine Möglichkeiten ab, doch Eeon ließ ihm nicht die Zeit zum Nachdenken. Er schrie ihn an: »Mach schon, Eamon.«

Der Fy warf mir einen verzweifelten Blick zu, aber ich konnte ihm genauso wenig helfen wie er mir. Schließlich drehte er sich ganz langsam zur Wand, wandte uns den Rücken zu.

Der Mann, der mich gefangen hielt, entspannte sich fast augenblicklich. Er lockerte seinen fiesen Klammergriff um meine Kehle, das Messer schnitt auch nicht mehr ein. Ich atmete vorsichtig durch und wagte es, nach Fluh zu sehen. Die hatte sich so geschickt in eine Ecke verkrümelt, dass sie kaum zu sehen war. Mit den Flügeln bedeckte sie das verräterisch weiße Ei, was bei einer durchsichtigen Drachengestalt kaum etwas brachte. Meine Angreifer hatten jedoch ihre Anwesenheit völlig vergessen. Wenigstens das.

»Mach die Beine auseinander, die Hände auf den Rücken, Kopf gegen die Wand«, befahl Eeon dem Fy-Riad.

Der gehorchte mit einiger Verzögerung. »Warum machst du das?«, fragte er in die Stille hinein.

»Sei ruhig. Ich bin nicht in der Laune, dir jetzt meine Pläne darzulegen. Das machen nur Dummköpfe.«

»Du warst all die Jahre mein Freund. Findest du nicht, dass du mir eine Erklärung schuldig bist?«

Eeon seufzte tief. »Ich bin stets dein Freund gewesen, das musst du mir glauben, doch in der Sekunde, in der du Fy-Riad geworden bist, bist du für uns alle gestorben. Du warst unser Todeskandidat, den wir ganz nach unseren Zwecken einsetzen konnten. Es tut mir leid.«

»Leid? Hast du meine Mutter getötet? Inea entführt?«

Eeon schwieg so lange, bis Eamon versuchte sich herumzudrehen, um den Fy anzusehen. Der stieß ihn daraufhin so grob gegen die Wand, dass Eamons Nase zu bluten begann.

»Rühr dich – und Inea ist tot«, zischte er aufgebracht.

»Eine Minute. Gib mir eine Minute, damit ich es verstehen kann. Das solltest du mir vor meinem Tod zubilligen«, erwiderte Eamon gepresst. Ich konnte sein Gesicht nicht mehr sehen, da er die Stirn gegen die Wand gelehnt hatte. Seine Schultermuskeln wölbten sich, als er die Hände zu Fäusten ballte.

Eeon dachte offenbar nach. »Das mit deiner Mutter tut mir ehrlich leid«, sagte er überraschend. Ich hatte nicht wirklich damit gerechnet, dass er sich erklären würde. »Ich habe sie sehr gemocht. Uns blieb jedoch keine andere Wahl. Du warst ab vom Kurs, wir Rebellen kamen nicht mehr an dich heran. Einerseits warst du durch die Magie so wild wie noch nie zuvor, andererseits warst du völlig abhängig von Braidar. Du hast auf alles gehört, was er gesagt, was der Rat dir aufgetragen hat. Du hast sogar Oona auf sein Geheiß hin getötet.« Er spuckte vor sich auf den Boden, um seinen Hass zu untermauern. »Wir mussten dir zeigen, dass der Rat nicht dein Freund ist, dich isolieren. Also haben wir deine Mutter getötet und dir eingeredet, dass es ein Jeal oder der Rat gewesen sein musste. Selbst Braidar haben wir in Verdacht gebracht. Du hast unsere Theorien geglaubt – und schon hatten wir dich wieder in der Hand.«

»Ich habe euch vertraut, Eeon, natürlich habe ich euch geglaubt. Und Ineas Entführung? Was hat euch das gebracht?«

»Das war eine Verzweiflungstat. Inea hat dich stark gemacht, dich von unserem Einfluss fortgeführt. Auf einmal warst du nicht mehr der hilflose Fy-Riad, der nicht zurechtkam in dieser kriegerischen Welt. Du warst mächtig, hast deine eigenen Pläne in die Tat umgesetzt, ohne dich mit uns abzusprechen. Die verschenkten Glutsteine, der Feiertag für die Puk, Gespräche mit dem Küchenrat – wir haben fast einen

Herzkoller gekriegt. Doch das Schlimmste an allem: Das Volk fing an, dich zu lieben, selbst der Rat unterstützte dich in deinen Bemühungen. Du hast es tatsächlich durch Inea geschafft, dass man dich fast nicht mehr töten wollte.«

»Aber ihr wolltet doch, dass alle Völker gleich behandelt werden. Das war das Ziel, das Ziel der Rebellen«, protestierte Eamon.

Eeon stieß ihn vor Wut wieder gegen die Wand. »Wir wollten, dass die Puk mehr Einfluss haben und dass die Jeal für all die Ungerechtigkeiten büßen müssen. Wir wollten Krieg, aber nein, dann bist du auch noch zu dem seltsamsten Fy-Riad dieser Geschichte geworden und bist vollkommen auf Kuschelkurs gegangen« brüllte er in sein Ohr. »Ineas Entführung war die einzige Möglichkeit, um dich noch einmal aufzustacheln. Wir haben den Jeal die Schuld in die Schuhe geschoben und so ihr Ende vorbereitet. Gleichzeitig haben wir alles darangesetzt, dass du den Krieg beendest, denn ein untergehendes Volk wollten wir nicht leiten.

Und weißt du noch was? Die Ratsmitglieder hätten dich fast leben lassen. Deshalb die tausend Sitzungen, die vielen Diskussionen. Sogar einige Jeal waren dafür, es vorerst mit dir zu versuchen, doch nach Ineas Entführung wurdest du immer wilder und wilder und damit untragbar. Du hast dein eigenes Todesurteil unterschrieben.

Dass Haikur und Dakim Inea gefunden haben, war äußerst ärgerlich. Noch ärgerlicher war, dass ich abkommandiert wurde, sie zu ihrer Familie zu bringen und ich sie auch noch retten musste, damit meine Pläne für dich nicht aufflogen.

Das Einzige, was dann geholfen hat, war dein kleiner Ausflug zu ihr. Das hat den Rat vollständig davon überzeugt, dass du von der Bildfläche verschwinden musst.« Eeon atmete tief ein und aus, wirkte plötzlich völlig erschöpft. »Jetzt hast du mich doch dazu gebracht, dir alles zu erklären, dabei bin ich dir gar keine Rechenschaft schuldig. Ich habe dir damals gesagt, dass du nicht Fy-Riad werden darfst, doch du hast nicht zugehört. Mein Freund starb in der Sekunde, in der er die Magie übernahm. Der Fy-Riad ist nur ein Werkzeug, das uns ans Ziel bringt.«

Er trat so rasch auf Eamon zu, dass wirklich niemand reagieren konnte. Mit Schwung rammte er ihm die Spitze seines Dolches in die Seite.

Eamon schrie auf und sackte in die Knie ein, während ich entsetzt kreischte und ungeachtet des Dolches an meinem Hals versuchte, zu ihm zu gelangen. Mein Angreifer zog im letzten Moment den Dolch weg, sonst hätte er mir vermutlich die Kehle aufgeschlitzt. Die Hand in meinen Haaren hielt mich auf. Er riss mich zurück und umschlang mich mit seinen riesigen Armen. Als mir sein Geruch in die Nase stieg, hätte ich am liebsten gebrochen. Es war der Fy, der mich aus Eamons Räumen entführt hatte.

»Was tust du denn da?«, schrie ich Eeon mit tränenerstickter Stimme an. Der beachtete mich nicht, sondern nahm etwas entgegen, das ihm einer seiner Männer reichte. Es war ein seltsamer Kittel, den er Eamon ziemlich grob über den Kopf zerrte.

»Du kannst schlecht nackt zu deiner Hinrichtung gehen«, sagte er. »Aber so dumm bin ich nicht, als dass ich jetzt deine Fesseln lösen würde. Daher entschuldige diesen seltsamen Aufzug.«

Er zerrte Eamon wieder auf die Beine, um den Kittel an der Seite zu schließen. Nun sah man die schrecklichen Runen auf seinem Rücken nicht mehr, vor allem war jetzt auch die tiefe Einstichwunde verdeckt. Ich begann zu ahnen, was hier los war.

»So, mein Lieber. Ich würde sagen, du bist bereit für deine Hinrichtung. Alles, was ich will, ist, dass du möglichst wild aussiehst. Wild, aber nicht zu wild, also raste nicht aus, sonst müssen wir dich vor dem großen Finale töten – und das wollen wir ja nicht. Deine Aufgabe ist auch leicht zu merken: Du gehst auf das Podest und hältst die Klappe, kapiert? Du sagst keinen Ton, sonst ist es um deine kleine Inea geschehen. Und wenn dir der Jeal sein Messer in die Brust rammt, wehrst du dich nicht. Also, los geht es!«

Er nickte der Wache neben sich zu. Der band Eamon ziemlich grob die Hände auf den Rücken. Ich sah das Seil, das über und über mit Runen bedeckt war. Gleichzeitig löste eine andere Wache die Eisenketten von der Wand. Anstatt sie ihm abzunehmen, wickelten sie diese ihm noch um die Hüfte, banden so zusätzlich seine Arme an seinen Körper. Nur die Fußfesseln blieben zurück, sonst hätte Eamon nicht laufen können.

Als sie Eamon grob umdrehten und zur Tür stießen, kreuzten sich unsere Blicke, verhakten sich ineinander, aber nur für Sekunden. Schon hatten ihn die zwei Wächter an mir vorübergezogen. Jemand zog ihm noch einen Sack über den Kopf, dann verschwand er aus meinem Blickfeld.

Eeon wandte sich mir zu, sah mich aus kalten Augen an. »Nach dir«, sagte er übertrieben höflich und deutete eine Verbeugung an. Ich ging erst los, als mir mein Wächter einen Schubs versetzte, sodass ich nach vorne taumelte.

»Geh mit ihr in die Menge. Eamon soll sie sehen können, sobald ihm die Kapuze abgenommen wird. Geh aber nicht zu nahe ran, sonst macht sie noch Unsinn. Sprich mit niemandem«, instruierte er meine Wache.

»Und du benimmst dich auch ohne Dolch an deiner Kehle. Ein Versuch, jemanden zu warnen oder aufzumucken, und deine kleine Freundin Mina ist tot.«

Die Hinrichtung

Wir folgten Eamon durch ein Gewirr an Gängen. Ich bekam davon wenig mit, denn mit jedem Schritt wurde mein Verstand umnebelter. Ein einziger Gedanke drängte nach vorne: Du hast versagt. Ich hatte weder die Hinrichtung verhindern noch Eamon überzeugen können, sich nicht aufzugeben. Starb er, verschwand auch das Erbe der Aevid aus dieser Welt. Eeon hatte uns in der Gewalt, machte uns zu seinen Handlangern in einem Plan, den ich weiterhin nicht überblicken konnte.

Während ich einen Schritt nach dem anderen tat, versuchte ich mich auf das Schlimmste vorzubereiten. Ich bemühte mich darum, mich zu straffen, mich zu stählen, mich zu wappnen, sämtliche Tapferkeit in meinem Herzen zu wecken, doch alles, was ich fühlte, war eine so dumpfe Verzweiflung, dass ich kaum atmen konnte.

Ein Zittern setzte tief in meinem Innersten ein, das ich unmöglich verdrängen konnte. Es war so allmächtig, dass es mich regelrecht auseinanderriss. Schon bald ging es auf meine Arme und Beine über, sodass ich kaum noch laufen konnte. Ich fror schrecklich, während sich ein eisiger Druck in meinem Hinterkopf aufbaute. So also fühlte es sich an, wenn man vor Panik fast verging.

Eamon fühlte wohl ähnlich, denn seine Magie roch wie der Tod.

Als wir auf der ersten Etage angekommen waren, veränderte sich die Atmosphäre. In weiter Entfernung hörten wir Geschrei, Menschen, die rhythmisch skandierten, Trommeln, die dröhnten. Dazwischen Rufe, die wohl Ordnung schaffen sollten, aber übertönt wurden.

Ich erzitterte, was meinem Bewacher natürlich nicht entging. Der lief etwas hinter mir und drückte mir den Dolch in den Rücken, was unauffälliger war, als ihn mir weiterhin an den Hals zu halten. Wachen hatte ich nicht mehr gesehen, seitdem wir das Verlies verlassen hatten. Offenbar waren alle Fy zur Hinrichtung abkommandiert worden.

Als ich wegen des Geschreis immer langsamer wurde, drückte mich mein Bewacher vorwärts. »Weiter«, sagte er unfreundlich.

»Was ist da draußen los?«, fragte ich, obwohl ich es bereits wusste. Mit einer Antwort rechnete ich nicht, bekam sie aber trotzdem.

»Die Menge hat sich versammelt und protestiert gegen die Hinrichtung. Der Rat steht auf dem Podest und versucht die Leute zu beruhigen, aber sie sind wenig erfolgreich.« Er kicherte leise, was seltsam klang.

Mit jedem Schritt wurde der Lärm lauter und lauter. Kinderstimmen, Frauen und Männer, alt und jung, dazwischen mischte sich das Klirren von Waffen. Die Fy klapperten drohend mit ihren Schwertern, um die Menge einzuschüchtern. Die störte das jedoch wenig. Stattdessen wurde ihr Gegröle nur noch lauter.

Der Gang führte jetzt auf die erste Etage hinauf. Wir folgten dem Weg, der uns zu einer Treppe hinunter zum Podest führen würde. Von hier aus konnte uns die Menge nun sehen. Sofort veränderte sich das Geschrei der Menge. Die Sidhe kreischten, während die Puk brüllten und die Arven Eamons Namen skandierten.

Als der Erste erkannte, dass der Fy-Riad wie ein Schwerverbrecher mit Fesseln an den Händen und einem Sack über dem Kopf zu seiner Hinrichtung geführt wurde, ging ein Raunen durch die Menge. Jemand begann zu pfeifen, andere buhten. Die Stimmung brodelte augenblicklich, drohte überzukochen.

Eeon, der bis gerade eben hinter mir gegangen war, überholte uns jetzt mit großen Schritten. Ich sah das selbstgefällige Grinsen, das er kurz aufblitzen ließ, doch kaum waren wir an den ersten regulären Wachen vorbei, die hier oben Posten bezogen hatten, veränderte sich blitzschnell seine ganze Haltung.

Er wurde von einer Sekunde auf die andere wieder zu Eamons Freund, zu dem Fy mit dem spitzbübischen Lächeln und dem freundlichen Gesicht. Es war unheimlich, wie verändert er jetzt wirkte.

Er sprang auf Eamons Bewacher zu und riss den einen nach hinten. Es war Tiamon. »So könnt ihr den Fy-Riad nicht behandeln«, schrie er ihn an.

Tiamon machte sich mit einem Ruck los, baute sich vor ihm auf, während die Menge unten gespannt den Atem anhielt. Es war kaum zu verstehen, was gesprochen wurde, doch Eeons Körpersprache war auch so deutlich genug.

Er gestikulierte wild und schrie jetzt so laut, dass es die vordersten Ränge hören konnten: »Er ist unser Oberhaupt. Ihn so zu behandeln, entehrt uns alle. Nehmt ihm zumindest die Kapuze ab!«

Mir klappte der Unterkiefer nach unten. Was Eeon hier ablieferte, war wirklich eine glanzvolle Schauspielerei. Ich war fassungslos, vor allem, weil Tiamon so geschmeidig mitspielte.

Damit ich nichts Dummes tun konnte, packte mich mein Bewacher warnend um die Hüfte und zog mich nach hinten. »Kein Ton«, zischte er mir ins Ohr. Ich hatte auch gar nicht vorgehabt, irgendetwas zu sagen, denn ich war viel zu gebannt von diesem Theater, das sich vor meinen Augen abspielte.

Tiamon schob den angeblichen Störenfried mit einer kräftigen Bewegung zurück. »Geht wieder an Euren Platz, Eeon, und lasst uns unsere Arbeit tun«, brüllte er übertrieben laut.

Eeon ignorierte seine Worte und versuchte selbst, die Kapuze zu erreichen, woraufhin ein kurzes Handgemenge zwischen den Männern entbrannte. Zwei weitere Wächter kamen herbei, die Eeon von Tiamon trennten und den tobenden Fy zur Seite zogen.

»So dürft ihr nicht mit meinem Freund umgehen. Das ist ungerecht«, schrie Eeon.

Ich zuckte zusammen. Um ein Haar hätte ich zurückgebrüllt, doch die Messerspitze bohrte sich warnend durch meine Kleidung in die Hüfte. »Benimm dich«, knurrte mein Bewacher.

Ich schluckte meine Worte hinunter und ließ mich vorwärtsdrängen. Auch Eamon wurde weitergeschoben, während uns die Menge gebannt beobachtete.

Ich konnte jetzt zum ersten Mal das Podest erkennen, welches vor der Menge aufgebaut war. Auf ihm wartete der Rat. Die meisten von ihnen hatten sich umgedreht, um den Fy-Riad sehen zu können. Sie trugen blaugraue Roben, wodurch sie kaum voneinander zu unterscheiden waren. Nur die Puk waren wegen ihrer Größe gut zu erkennen.

Meine Schritte verlangsamten sich, sodass sich der Abstand zwischen Eamon und mir etwas vergrößerte. Der Fy-Riad hatte mittlerweile die Stufen erreicht, die ihn hinunter zum Podest brachten, während ich noch auf der ersten Etage stand.

Ich starrte die Menge an, versuchte die Stimmung zu erfassen. Die brodelte weiterhin, doch das Gekreische war weniger geworden. Die Sidhe, Puk und Arven waren vermutlich völlig fassungslos, dass der Fy-Riad tatsächlich wie ein Schwerverbrecher behandelt wurde.

Wenn Eamons Plan geklappt hätte, dann wäre er jetzt freiwillig die Treppen hinuntergegangen, befreit von Fesseln, hoch aufgerichtet, würdevoll. Stattdessen stolperte er blind die Treppen hinunter. Ich sah Blutstropfen auf den Stufen und fragte mich, ob andere es ebenfalls bemerkten.

Weil mir der Anblick so sehr im Herzen stach, dass ich es kaum aushalten konnte, wandte ich meinen Blick der Menge zu. Wie immer hatten sich die Jeal von den anderen Völkern abgesondert. Wer nicht als wichtiges Mitglied der Königsfamilie auf dem Podest stand, hatte sich rechts vom Pöbel hinter einer Absperrung in Sicherheit gebracht. Die Jeal trugen wie immer schlichte schwarze Sachen und wirkten wie ein ruhiger Punkt inmitten eines aufgebrachten Chaos.

Ich runzelte die Stirn, als mir zum ersten Mal auffiel, wie wenige Jeal es überhaupt noch gab. Sie waren doch die Königsfamilie, das Herz der Tul Dalla, die Anwärter auf den Thron. Dass sie gleichzeitig das kleinste Volk waren, hatte mich bislang nie sonderlich interessiert, aber jetzt erinnerte ich mich an einen Satz, den ich in Eamons Büchern gelesen hatte.

Die Jeal stammten alle von drei Königsfamilien ab. Sie heirateten untereinander, was natürlich zu Problemen führte. Damit sie nicht zu nah miteinander verwandt waren, mussten sie oft lange warten, bis sie einen passenden Partner finden konnten. Der Altersunterschied war bei diesen Paaren oft enorm.

Ich blinzelte, starrte wieder nach unten. »So wenige«, sagte ich leise zu mir selbst.

Mein Bewacher packte mich fester. »Was sagst du?«, fragte er unfreundlich, während er mich auf die erste Stufe hinunter zum Podest zwang.

Ich gehorchte, sagte aber nichts. Dass die Jeal als mächtigste Familie in Tul Dalla nur noch so wenige waren, durfte jetzt nicht mein Problem sein. Vielmehr musste ich zusehen, dass ich meinem Bewacher irgendwie entkam, doch das würde schwierig werden.

Kurz bevor wir das Podest betreten konnten, schwenkte der Fy nach rechts ab. Fünf kleine Stufen führten hinunter zum Hof, wo auch die anderen Sidhe, Puk und Arven standen. Eine Reihe Fy schirmte den Aufgang ab, indem sie Schulter an Schulter standen, eine Mauer aus schwer bewaffneten Kriegern.

Mein Bewacher schubste mich zwischen zweien hindurch, die uns überrascht musterten.

»Wollt ihr wirklich dort hinein?«, fragte der rechte und wandte sich zu meiner Überraschung an mich. »Ihr seid doch Inea, die Geliebte des Fy-Riads? Wollt ihr nicht lieber oben beim Rat bleiben? In Sicherheit?«

Ich sah ihn mit aufgerissenen Augen an und wartete, dass mein Bewacher antwortete, doch der bohrte nur den Dolch tiefer in meine Haut. Ich sollte antworten.

»Ich bin dort drüben mit meinen Freunden verabredet«, antworte ich stockend. »Alleine ertrage ich die Hinrichtung nicht.«

Der Fy musterte mich mit einem merkwürdigen Blick, sah dann meinen Begleiter fragend an.

»Ich soll sie bewachen«, sagte er, bevor der Wächter fragen konnte.

Der wirkte nicht so ganz überzeugt, ließ uns aber passieren. Bevor ich aus seiner Reichweite raus war, hielt er mich kurz an der Schulter auf. »Soll ich Euch begleiten?«, fragte er besorgt. Er hatte eindeutig feine Antennen für Leute, die in Schwierigkeiten steckten.

Ich schüttelte schweigend den Kopf, wurde dann aber von meinem Bewacher grob vorangeschoben. Wir verschwanden in der Menge. Ich sah jedoch, dass der Wächter mit seinem Kollegen sprach. Sein Misstrauen war geweckt. Ich hoffte für ihn, dass er sich damit nicht um Kopf und Kragen brachte.

Eine Sidhe erkannte mich, immerhin war ich bekannt wie ein bunter Hund. Sie quiekte auf und deutete auf mich. »Macht Platz für Inea«, rief sie. Sämtliche Köpfe drehten sich zu mir, das Raunen veränderte sich.

»Inea«, hörte ich von überall her. Eine Hand berührte mich leicht an der Schulter, eine zweite folgte. Mein Bewacher hingegen presste sich jetzt fester an mich. Wahrscheinlich begann er zu ahnen, dass es keine gute Idee gewesen war, mich in die Menge zu bringen. Die Leute waren auf meiner Seite, das wurde jetzt mehr als deutlich.

Die Sidhe, die Tod und Sterben überhaupt nicht verkraften konnten, sahen mich aus verweinten Mienen an. Sie sandten mir Kraft zu, Mut. Ihre Magie umhüllte mich schon bald.

Ein Puk schob sich vor mich. Ich kannte ihn nicht, doch das hielt ihn nicht davon ab, meine Hand zu nehmen und sie fest zu drücken. »Wir sind auf Eurer Seite. Sagt uns, was wir tun können, und wir werden folgen.«

»Erst einmal könntet ihr mir aus dem Weg gehen«, sagte ich leise. Meine Stimme zitterte verräterisch.

»Wo wollt Ihr denn hin?«, entgegnete der Puk.

Mein Bewacher mischte sich ein. »Wir müssen vor das Podest. Inea hat Eamon versprochen, dass er sie sehen kann.«

Das war ein wirklich kluger Schachzug. Sofort veränderte sich die Stimmung der Menge. Der Puk wirbelte dienstbeflissen herum und bahnte für uns einen kleinen Weg.

»Macht Platz für die Geliebte des Fy-Riads. Sie muss vor das Podest«, rief er immer wieder.

Ich folgte ihm sehr langsam und fragte mich zum ersten Mal, ob es richtig war, sich zu fügen. Mussten wir nicht kämpfen? Sollten wir uns nicht gegen jene, die uns in der Gewalt hatten, erheben? Protestieren, so wie die Menge? Waren wir es diesen guten Wesen nicht schuldig, für sie einzustehen?

Doch was geschah, wenn ich ihnen zurief, dass ich eine Gefangene war, dass der Fy-Riad erpresst wurde? Sie würden einfach blind auf die Fy losgehen, womöglich auch auf die Jeal, doch die meisten von ihnen waren völlig unschuldig. Der gute Wächter am Podest bewies es: Er hatte sich Sorgen um mich gemacht, hatte mich beschützen wollen.

Also schwieg ich und biss die Zähne so fest zusammen, bis ich Blut schmeckte. Mit gesenktem Kopf bahnte ich mir den Weg durch die Menge, ertrug die beruhigende Magie der Sidhe ebenso wie die sanften Hände der Arven, die mir Kraft wünschten.

»Hier ist gut«, unterbrach der Wächter meine Gedanken. Er packte meinen Ellbogen und zwang mich grob, stehen zu bleiben. Ich gehorchte und wandte mich mit größtem Widerwillen dem Podest zu. Wir standen gut drei Schritte davon entfernt, genau im Blickfeld von Eamon. Der hatte allerdings die Kapuze auf dem Kopf, sodass er nichts sehen konnte.

Ich hingegen konnte sehr gut Eeon erkennen, der auf die Ratsmitglieder einredete. Wie war das? Eeon war schon immer gut darin gewesen, im Hintergrund die Fäden zu ziehen? Offenbar hatten wir diese Gabe unterschätzt. Er war ein wahrer Meister, hatte uns getäuscht und täuschte gerade die gesamte Menge.

Er diskutierte so laut, dass jeder noch so Begriffsstutzige erkennen konnte, dass er sich für Eamon einsetzte, ihn befreien wollte. Er ging von Ratsmitglied zu Ratsmitglied, bat, flehte, gestikulierte.

Schließlich war er bei einem Jeal angekommen, der offenbar das Sagen hatte. Ich kannte ihn nicht. Er war so schlank, wie die Jeal nun einmal waren, und trug einen langen grauen Bart. Dafür hatte er keine Haare auf dem Kopf. Er wirkte autoritär und gleichzeitig irgendwie väterlich, vernünftig.

Eeon diskutierte kurz mit ihm, und ich hielt den Atem an, bis der Jeal schließlich nickte. Die beiden traten nach vorne neben Eamon, der reglos inmitten des Chaos stand, rechts und links von seinen Fy-Wächtern flankiert. Ich meinte zu erkennen, dass er ganz leicht schwankte, war mir jedoch nicht sicher.

Als Eeon die Hand hob, explodierte mein Herz vor Angst, gleichzeitig wurde es mucksmäuschenstill auf dem gesamten Platz. Für einen winzigen Moment hatte ich wahnsinnige Angst, dass Eeon Eamons Schicksal jetzt besiegeln würde, doch er griff lediglich nach der Kapuze und zog sie ihm mit einem Ruck vom Kopf.

Eamon blinzelte in die plötzliche Helligkeit. Die Menge verfiel fast augenblicklich in tiefstes Schweigen. Ein Baby schrie, Leder knarrte, sonst war nichts zu hören.

Eamons Blick huschte über die Sidhe, über die Puk, die Fy, die Arven hinweg. Seine Haut war so weiß, dass sie fast durchsichtig aussah, gleichzeitig tobten tausend gelbe Funken auf ihr herum. Je länger seine Blicke wanderten, desto mehr wurden es. Schließlich schrie eine

Sidhe über die Menge hinweg: »Sie ist hier. Inea steht hier!« Sie deutete aufgeregt auf mich.

Ich atmete tief ein und aus und hob langsam den Arm, gab mich zu erkennen. Eamon entspannte sich fast augenblicklich, als er mich sah. Ich erkannte es nicht nur an seiner Miene, sondern auch an seiner Magie. Die Fy-Funken wurden weniger und erstarben schließlich ganz. Stattdessen erwachte eine andere Magie.

Ich spürte ihre Kraft, je ruhiger Eamon wurde. Er hielt meinen Blick gefangen, versenkte sich in mich, tröstete mich – und ganz langsam kam sie zum Vorschein, für alle sichtbar und daher umso schöner.

Zuerst fing es in seinen Augen an. Die schwarzen Iriden wurden heller, die gelben Funken der Feuermagie wechselten die Farbe, wurden fröhlicher und ausgelassener. Das Gleiche geschah auf seiner Haut, auf seinen Haaren, mit seiner Aura.

Er lächelte mich entschuldigend an, denn wir wussten beide, was er gerade tat: Er widersetzte sich Eeon, indem er sich eben nicht wild, sondern als etwas Besonderes präsentierte.

Als er sich dann auch noch abrupt vor der Menschenmenge verbeugte, ging ein Raunen über den ganzen Platz. Die Leute warfen sich untereinander Blicke zu, unsicher, was sie tun sollten. Sie waren hierhergekommen, um ihren Fy-Riad zu unterstützen, doch der wirkte mit einem Mal völlig anders.

Da sich jetzt alle Völker auf engstem Raum versammelt hatten, war die Luft von ihrer Magie erfüllt, sodass es Eamon sicherlich nicht mehr schwerfiel, die Magie aufrechtzuerhalten.

Ein Mann trat in diesem Moment neben mich, sehr dicht. Ich zuckte zusammen, als mein Bewacher ihn ansprach. »Bist du bereit für deinen großen Auftritt?«, fragte er ihn. »Versau es nicht, sonst stirbt deine Tochter.«

Überrascht wandte ich meinen Kopf, sah den Jeal an, der sogar noch bleicher war als Eamon. Er warf mir einen Blick zu, der so voller Verzweiflung war, dass sich mir sofort die Kehle zuschnürte. Er zitterte sogar, was mein ungutes Gefühl noch verstärkte.

»Ich bin bereit«, antwortete er mit bebender Stimme.

Bereit für was?, hätte ich am liebsten gefragt, doch mein Bewacher ahnte das wohl. Er drückte warnend das Messer in meine Seite.

Der Puk, der uns durch die Menge geführt hatte, bemerkte die Bewegung, denn er runzelte die Stirn und blickte genauer hin. Ich schielte zu ihm und schüttelte fast unmerklich den Kopf, versuchte ihn zu warnen. Er blickte daraufhin hastig wieder nach vorne, als sei nichts geschehen, doch ich sah, wie es in seinem Kopf arbeitete.

Auch er war nun misstrauisch.

»Wir sind heute hier zusammengekommen, um unseren Fy-Riad zu verabschieden«, ertönte da eine klare Männerstimme. Sie gehörte dem Jeal, der so väterlich wirkte. »Ich weiß, dass uns das so schwerfällt wie selten zuvor. Dieser Fy-Riad hat uns alle gerettet, uns vom Abgrund fortgeführt und uns neue Hoffnung geschenkt, doch wie immer ist die Magie ein zweischneidiges Schwert: Sie hilft in der Not und zerstört im Frieden.

Die Magie des Fy-Riads ist nicht dazu gemacht, in Friedenszeiten zu führen. Sie verschlingt unseren Anführer von Tag zu Tag. Die Tul Curragh haben von ihrem Fy-Riad zu spät Abschied genommen. Das Ergebnis war ein jahrelanger Krieg, der auch Tul Dalla fast vernichtet hätte.

Eamon hat sich freiwillig in unsere Kerker begeben, als er bemerkte, wie der Wahnsinn sich in ihn hineinfraß. Er bat uns, sein Leben zu nehmen, damit das Volk der Tul Dalla weiterleben kann.« Ab jetzt musste der Jeal etwas lauter sprechen, denn die Menge wurde unruhig. Buhrufe ertönten. Sie glaubten nicht, dass Eamon freiwillig hier war. Die Ketten erzählten eine andere Geschichte.

»Dem Rat ist klar, dass ihr euch schwer damit tut, den Fy-Riad sterben zu lassen. Auch wir haben uns diese Entscheidung nicht leicht gemacht, doch es muss sein. Wir wollten, dass ihr euch noch verabschieden könnt, dass ihr mit eigenen Augen sehen könnt, wie er für euch stirbt.

Mir persönlich ist ebenfalls klar, dass ich ein schweres Erbe antreten werde. Ich weiß, dass ihr mich nicht mögt, dass ihr misstrauisch seid, dass ihr glaubt, die Jeal seien nur machtgierige Geier, doch das sind wir nicht. Hört ihr? Das sind wir nicht! Wir dienen Tul Dalla genauso wie der Fy-Riad, doch sind wir die Einzigen, die die Magie tragen können, ohne Schaden zu nehmen.«

Jetzt wandte er sich Eamon zu, was die Menge eindeutig nicht erwartet hatte. Eamon wohl auch nicht, denn er sah regelrecht erschrocken aus. »Eamon, bitte, wir wissen beide, dass wir kurz vor einem Bürgerkrieg stehen. Sag deinem Volk, dass du dein Leben freiwillig gibst.«

Eamon wurde noch blasser, sogar seine Lippen verloren die Farbe. Wir sahen es wohl alle, denn das Tuscheln wurde lauter. Er sah den Jeal hilflos an, blinzelte. Der nächste Blick galt Eeon, der ihn mit versteinerter Miene ansah – und als Letztes suchte er mich.

Die Panik in seinen Augen irritierte mich, während sich das Schweigen unheimlich hinzog. Die Menge wurde sofort unruhig, zappelig, während die fröhlichen Funken auf Eamons Haut verklangen und durch gelbe und graue ersetzt wurden.

»Jetzt«, flüsterte mein Bewacher – und der Jeal neben mir reagierte unfassbar flink.

Ich sah das Messer, das auf mich zuschnellte, viel zu spät und konnte ihm nicht mehr ausweichen. Der Jeal hatte eindeutig auf meinen Hals gezielt, auf die Stelle zwischen Schulter und Nacken. Hätte er mich dort getroffen, wäre ich sicherlich sofort gestorben, doch der Puk neben mir rettete mich, indem er mich aus der Bahn schubste. Das Messer erwischte mich an der Schulter, bohrte sich hinein. Ich ging mit einem erstickten Keuchen in die Knie, während ein anderer Schrei die Stille zerschnitt.

»Nein«, schrie Eamon so fassungslos, dass mir ein eisiger Schauder den Rücken hinunterrann. Was er sonst noch rief, hörte ich nicht mehr, denn die Menge tobte plötzlich.

»Der Jeal hat Inea getötet«, schrie jemand. Die Stimme kam mir vage bekannt vor, doch gerade war ich viel zu sehr damit beschäftigt, mir die Hand auf die heftig blutende Wunde zu pressen. »Er hat sie angegriffen!«

Die Stimmung um mich herum schlug augenblicklich um. Die Menge kreischte, wütete. Puk und Arven drängten nach vorne Richtung Podest. Der Jeal, der mich angegriffen hatte, wurde gepackt und von mir fortgerissen, während andere versuchten, mich zu erreichen.

Ich sah die entsetzt blickenden Augen des Jeal, als ihm klar wurde, dass die tobende Menge ihn zerfleischen würde. »Nein«, rief ich, aber niemand hörte auf mich. Ich versuchte auf die Beine zu kommen, doch mehrere Hände drückten mich hinunter. Sie meinten es sicherlich gut, redeten beruhigend auf mich ein, pressten Stoff auf die Wunde, verhinderten dadurch aber auch, dass Eamon mich sehen konnte. Noch immer rief der unbekannte Mann wie verrückt: »Inea ist tot, Inea ist tot!«

»Ich lebe«, versuchte ich zu protestieren, doch mir verschwamm die Sicht vor Aufregung und Angst. Die Wunde an meiner Schulter pochte heftig und blutete stark, war aber eindeutig nicht lebensbedrohlich. Abermals rettete mich der Umstand, dass die Arven extrem widerstandsfähig waren. Ein Mensch wäre jetzt schon ohnmächtig, ich hingegen konnte mich sogar noch bewegen.

Mein Blick fiel auf den Puk, der mich zur Seite geschubst hatte. Er hockte direkt vor mir, sah mich aus seinen grauen Augen an. »Was ist hier los?«, fragte er über den Lärm hinweg.

»Sie wollen euch anstacheln«, schrie ich. »Hilf mir hoch!« Mein Bewacher war längst verschwunden. Ihm war klar, dass er als Fy schnell Opfer der Menge werden konnte, und hatte sich deshalb zurückgezogen. Sein Job war ja erledigt: Er hatte das Lamm zur Schlachtbank geführt, damit es im geeigneten Moment niedergemäht werden konnte – von einem Jeal.

Der Puk verfügte über einen flinken Verstand. Er packte meine Hände und drängte eine Arven zur Seite, die mich wieder hinunterdrücken wollte. »Lass sie aufstehen«, brüllte er sie an. Mit einem Ruck zog er mich auf die Beine, ließ es zu, dass ich mich schwer auf seine Schulter stützte. Da er so winzig war, war das kaum eine Hilfe, doch ein Arven nahm meinen Arm, legte ihn sich über die Schulter.

Ich atmete tief durch, dann hob ich den Kopf, sah zum Podest.

Die Menge war mittlerweile außer Rand und Band. Es flogen Gegenstände durch die Luft, die Fy hatten Mühe, die Leute zurückzuhalten. Selbst die Sidhe kreischten aufgebracht um die Wette.

Als mein Blick auf Eamon fiel, entspannte ich mich für einen kurzen Moment. Er lebte, wenngleich er völlig außer sich war. Die Magie tanzte wie ein Flammenmeer auf ihm, während die Runen finster glühten. Die Ketten hatten Mühe, ihn zu bannen.

Seine Wächter hielten ihn noch fest, standen allerdings auf verlorenem Posten. Nur der Jeal rührte sich in all dem Chaos nicht, sah hilflos die Menge an, wieder zu Eamon, der eindeutig versuchte, an ihn heranzukommen, um ihn zu töten. Vielleicht hatte er es jedoch auch auf Eeon abgesehen, der sich hinter dem Jeal aufhielt und gespielt entsetzt wirkte.

»Eamon«, schrie ich verzweifelt, doch mein Ruf ging im allgemeinen Tumult unter. Ich wurde von rechts nach links geschubst. Dass ich die Geliebte des Fy-Riads war, war in diesem Moment unerheblich. Die Menge erkannte mich in ihrem Wuttaumel nicht mehr.

»Mein Gott«, flüsterte der Puk neben mir. »Jetzt gerät alles außer Kontrolle.«

»Bring mich zum Podest«, schrie ich ihn an. »Sofort!«

»Aber wie?«

Mein Blick fiel auf die Sidhe, die zuvor Eamon bedeutet hatte, dass ich hier stehen würde. Da sie etwas über Kopfhöhe flog, musste ich mich strecken. Ich erwischte einen Fuß von ihr und zog sie grob zu mir herunter.

Sie riss die Augen auf, als sie erkannte, wer sie da aus der Luft geholt hatte. »Sag der Menge, dass ich noch lebe«, knurrte ich böse.

Sie nickte und wollte gerade losfliegen, da geschah das Unfassbare.

Der Jeal schien zu dem Schluss gekommen zu sein, dass Eamon völlig außer Kontrolle geraten war. War er ja auch, das musste ich zugeben. Er musste außerdem annehmen, dass ich tatsächlich tot war und nichts und niemand den Fy-Riad beruhigen konnte. Also tat er das, was wohl jeder an seiner Stelle getan hätte.

Er packte sein Messer, sprang auf Eamon zu …

… und hieb es ihm tief in die Brust.

Der nun folgende Aufschrei der Menge war an Lautstärke kaum zu übertönen, doch auf diesen entsetzten Laut folgte seltsamerweise eine noch viel intensivere Stille, in der alle atemlos zusahen, wie der Fy-Riad langsam in die Knie brach.

Das Messer steckte tief in seiner Brust, Blut sickerte aus der Wunde hervor. Die Ketten klirrten, als Eamons Hände auf dem Boden aufkamen. Sein Oberkörper sackte hinterher, schließlich knallte sein Kopf mit einem schrecklichen Laut auf das Podest.

Der Jeal stand schreckensstarr daneben, reglos und mindestens so entsetzt wie der Rest der Menge. Langsam hob er den Kopf, die Hände, doch bevor er etwas sagen oder tun konnte, übertönte ihn eine andere Stimme: »Du Mörder! Du hast ihn einfach umgebracht!«

Eeon kam von der Seite auf den Jeal zu. Auch er hatte ein Messer in den Händen, das er mit einem einzigen kraftvollen Hieb tief in die

Brust des neuen Jeal-Riads schlug. Dabei schrie er: »Für Eamon! Schluss mit der Schreckensherrschaft der Jeal!«

Die Menge reagierte sofort. »Für Eamon«, schrien sie. Am lautesten kam der Ruf aus der Ecke der Puk. Ich hörte auch wieder die seltsam vertraute Stimme, die zuvor meinen Tod verkündet hatte. Sekunden später sah ich Dverga, der mit einem gezückten Schwert auf die am Rand stehenden Jeal zuhechtete. Sie wurden anders als der Rest des Rates nicht von den Fy geschützt und waren dem Mob hilflos ausgeliefert.

Der erste Jeal ging unter Dvergas Schwertstreich nieder.

Der Bürgerkrieg hatte begonnen.

Ich dachte nicht mehr länger an meine wackeligen Beine, an das Blut, das in einem steten Strom aus der Schulterwunde sickerte. Ich sprintete los, quer durch die Menge. Die drängte mittlerweile nach rechts, hinüber zu den Jeal, sodass der Weg zum Podest freier war.

Der Puk begleitete mich, während der Arven, der mich gerade noch gestützt hatte, zurückblieb. Um ein Haar wäre ich gestürzt, taumelte weiter. Ein Arven lief direkt vor meiner Nase her. Er hatte das Schwert eines Fys in den Händen, an dem Blut klebte.

Mit jedem Schritt kam ich den Wächtern näher, die weiterhin versuchten, das Podest zu schützen. Sie wehrten die Menge so gut es ging ab, meist mit ihren Händen, manchmal auch mit ihren Schwertern. Das Gebrüll um mich herum wurde immer lauter, genau wie der Kampflärm und die Schreie von Verwundeten.

Ein Fy erkannte mich. Er deutete mit dem Finger auf mich, rief seinem Nebenmann etwas zu. Der schlug einen wütenden Puk mit einem gewaltigen Hieb einfach nieder und streckte die Arme aus, erwischte meine Hand, zog mich zu sich.

»Ich muss zu Eamon«, keuchte ich. Die Fy sahen mich aus riesigen Augen an, hin- und hergerissen zwischen unmöglichen Entscheidungen. Wer war Freund, wer war Feind?

Letztlich entschieden sie sich für ihren Fy-Riad. Der Wächter links von mir packte mich an meiner Hüfte, wirbelte mit mir herum und hob mich wie eine Puppe auf das Podest. Ich ließ mich auf alle viere nieder und krabbelte ein Stück von der Menge fort. Das Holz unter mir erzitterte von stampfenden Schritten, von den Bewegungen kämpfender Leute. Der scharfe Geruch der Fy-Magie waberte um mich herum. Der Rat stand weiterhin am Ende des Podestes, drückte sich an die Wand. Immerhin flohen sie nicht, was man ihnen angesichts des tobenden Mobs hoch anrechnen musste.

Der Wächter, der mich auf das Podest gehoben hatte, kam hinter mir her. Er zog mich an der Hüfte auf die Beine, stützte mich, während ich auf Eamon zutaumelte.

Der lag auf der Seite, das reglose Gesicht der Menge zugewandt. Die Augen hatte er geschlossen und noch immer sickerte eine Menge Blut aus der schrecklichen Wunde.

Ich fiel vor ihm auf die Knie, drehte ihn auf den Rücken und nahm meinen Mut zusammen, um einen Finger auf seinen Hals zu drücken. Nichts.

»Nein«, schluchzte ich verzweifelt und vergaß einen Moment, mich zusammenzureißen. Die Panik schlug wie eine donnernde Welle über mich hinweg, drohte mich mit sich zu reißen, meine Entschlossenheit zu ertränken.

Ich wäre vermutlich einfach reglos neben dem leblosen Körper meines Geliebten hocken geblieben, wenn nicht eine Sidhe neben mir aufgetaucht wäre.

Anras Finger huschten über Eamons Körper, legten sich auf die Wunde, auf sein Herz. Sie presste ihr kleines Ohr auf seine Brust, horchte. Mit einem Ruck zog sie das Messer aus seinem Fleisch und presste eine schmierige Pampe hinein, die sie aus einem Beutel an ihrer Hüfte gezogen hatte.

Ich sah ihr atemlos zu und schaffte es irgendwann, näher zu rutschen und Eamons Hand zu nehmen. Sie war eiskalt.

»Er lebt«, sagte die Sidhe leise zu mir. Sie sah auf, doch anstatt Hoffnung sah ich Trauer in ihren Augen. »Das Messer hat sein Herz knapp verfehlt. Dennoch ist die Wunde zu tief.«

Aber wenn Eamon noch lebte …

Ich blickte auf und sah in Eeons Augen. Der Fy stand am anderen Ende des Podestes, die Kleidung über und über mit Blut besudelt, die Augen voller Hass. Gleichzeitig schien er hin- und hergerissen zu sein. Sein Plan war noch nicht vollkommen, denn Eamon lebte. Er hatte den Jeal, der den Fy-Riad hatte umbringen sollen, selbst getötet. Starb Eamon, wurde Eeon auf elegante und unauffällige Weise Fy-Riad.

Alles hing also davon ab, dass Eamon starb. Eeon setzte sich entschlossen in Bewegung, kam auf uns zu.

Ich packte Eamons Kleidung und schüttelte ihn, was natürlich ziemlich unsinnig war. »Eamon«, flehte ich ihn an. »Mach die Augen auf!«

Auch der Fy-Wächter neben uns hatte den Ratsherren bemerkt. Er drehte sich erfreut zu ihm um. »Eeon, wir müssen den Fy-Riad in Sicherheit bringen. Solange hier solch ein Chaos herrscht, ist er der Einzige, der Ruhe hineinbringen kann. Wir sollten ihn retten.«

Eeon nickte und wechselte blitzschnell die Miene von aggressiv zu besorgt. Als er Anstalten machte, sich neben uns zu hocken, sprang ich auf und stieß ihn mit aller Macht zurück. »Verschwinde«, brüllte ich ihn an. Ich hatte keine Waffe, doch war ich durchaus bereit, mit ihm zu kämpfen.

Der Fy-Wächter sah mich überrascht an. »Aber Inea ...«, mahnte er.

»Eeon will Fy-Riad werden«, unterbrach ich ihn. »Er will Eamon töten!«

»Du bist von Sinnen vor Angst«, widersprach Eeon mit einschmeichelnder Stimme. Hätte ich nicht gewusst, was für ein Arsch er war, hätte ich ihm vielleicht sogar geglaubt. Jetzt wandte er sich an den Fy-Wächter. »Du hast vollkommen recht. Wir müssen den Fy-Riad in Sicherheit bringen.«

Weil ich mir nicht anders zu helfen wusste, schob ich mich zwischen Eamon und Eeon, breitete die Arme aus. »Nein«, sagte ich fest. »Du kommst nicht an ihn heran.«

Eeon runzelte die Stirn. »Sei nicht albern, Inea. Eamon braucht dringend medizinische Hilfe, sonst verblutet er.«

Ich wollte augenblicklich protestieren, doch er war schneller. Mit einem Satz war er bei mir, packte meinen rechten Arm und verdrehte ihn, sodass ich stolperte und in die Knie ging. Ein scharfer Schmerz schoss durch meine Gelenke und ich schrie auf.

Mein Blick fiel auf Eamon, der weiterhin blass und reglos dalag, wanderte hinüber zur Menge, die sich noch immer auf die Jeal konzentrierte – mit Ausnahme meines Puks.

Der sah mir direkt in die Augen, überlegte. »Eeon will Eamon töten«, schrie ich ihm verzweifelt zu. Der Puk reagierte zu meiner

Überraschung tatsächlich. Er stupste zwei Puk und einen Arven neben sich an, deutete auf mich und auf den Fy-Riad auf dem Podest, sagte etwas.

Zwischen ihnen standen allerdings die Fy-Wächter, die sich sofort strafften, als sie das Quartett auf sich zukommen sahen. Kaum hatte ein kleiner Teil der Menge die Richtung geändert, reagierte der Rest instinktiv darauf. Immer mehr Puk und Arven drängten jetzt zum Podest, grölten, schlugen um sich. Die ersten Fy gingen zu Boden, der erste Arven sprang auf die Erhöhung.

Eeon hatte es wohl auch bemerkt. Mich vor allen Augen zu töten, wagte er nicht, also packte er mich ziemlich grob und schleuderte mich so fest er konnte zu Boden. In der Bewegung versetzte er mir einen heftigen Schlag auf den Kopf, der mich vermutlich besinnungslos machen sollte, doch ich drehte im letzten Moment den Kopf zur Seite. Ich schlug auf dem Boden auf und schlitterte ein ganzes Stück von Eeon fort, während dieser einen Satz auf den Fy-Riad zumachte.

»Bringen wir ihn weg«, rief er, hatte dabei aber die Rechnung ohne Anra gemacht. Die flog ihm geradewegs ins Gesicht und kratzte und biss. Eeon schrie und versuchte sie aus der Luft zu pflücken, um sie fortzuschleudern, da eilte eine weitere Sidhe heran. Sie packte seine Haare und zerrte daran, riss sie ihm büschelweise aus. Sein Geschrei wurde schmerzerfüllter. Er tastete nach seinem Schwert, erwischte die fremde Sidhe mit der anderen Hand und schleuderte sie mehrere Meter von sich.

Auch Anra hätte sicherlich verloren, wenn uns nicht der Puk in dieser Sekunde erreicht hätte. Er hatte noch immer keine Waffe und warf sich einfach mit seinem ganzen Gewicht auf den Fy. Der stürzte und fluchte, während der Fy-Wächter damit beschäftigt war, die Arven abzuwehren.

Der Bürgerkrieg war wohl jetzt auch bei mir angekommen.

Ich rappelte mich in all dem Chaos auf die Knie auf. Mein Kopf dröhnte von dem Schlag, Blut tropfte mir von der Stirn. Die Schulterwunde pochte im Rhythmus meines Herzens und mir war schwindelig, doch hatte ich ein Ziel. Auf den Knien rutschte ich zwischen den Kämpfenden her und erreichte Eamon, der der einzige ruhige Pol war.

Er wirkte fast friedlich mit seinen geschlossenen Augen und der entspannten Miene.

Ich beugte mich über sein Gesicht und legte meine Hände um seine Wangen, streichelte seine Stirn, küsste seine Lippen. »Eamon«, flüsterte ich eindringlich.

Jemand rempelte mich an, sodass ich kurz schwankte. Ein Fy wurde mit brutaler Gewalt auf die Knie gezwungen. Wo Eeon war und ob er noch lebte, wusste ich nicht, doch der Kampf nahm an Härte zu.

»Inea!« Beim Klang meines Namens blickte ich auf, sah mich suchend um. Eine Arven kämpfte sich zu mir durch, mit wildem Blick und wütenden Bewegungen. Die Haare waren angebrannt, auf der Stirn hatte sie eine heftig blutende Wunde und ihr Hemd war zerrissen.

»Mama«, rief ich, als ich sie erkannte. Hinter ihr sah ich die alte Puk-Frau, die gerade einem kämpfenden Pärchen auswich. Auch sie hatte einiges abbekommen und wirkte müde und entsetzt.

Die beiden kamen keuchend neben uns an. Während Mama mich kurz und heftig umarmte, beugte sich Smelda bereits über Eamon, fühlte seinen Puls, seinen Herzschlag.

»Er ist so gut wie tot«, merkte sie an.

Das so hart zu hören, ließ den letzten Rest meiner Selbstbeherrschung zerbröseln. »Dann tu doch etwas«, schrie ich sie an und merkte, dass mir die Tränen nun in einem steten Strom über die Wangen flossen.

Mama kniete mittlerweile neben mir, genau wie Smelda. Die beiden Frauen sahen sich einen Moment fragend an. Ich sah dieselbe Verzweiflung in ihrem Blick, die gerade in meiner Brust tobte, doch anders als ich, war sie nicht völlig hoffnungslos.

»Was?«, fragte ich.

Smelda sah mich fest an. »Du musst jetzt tapfer sein«, erklärte sie mir. »Sehr tapfer.«

Sie zog einen Dolch aus ihrem Stiefel. Ich quiekte erschrocken auf und spannte mich an, bereit dazu, sie anzugreifen, sollte sie Eamon etwas tun wollen.

Doch zu meiner Überraschung drehte sie den Dolch und hielt mir den Griff hin. »Töte Eamon.«

Kriegsende

Ich starrte wie betäubt die Waffe an, rührte mich nicht. Mit einem Schlag fühlte sich mein Körper uralt an, als könne er das alles nicht mehr verkraften. Der Schwindel wurde heftiger, was nur zum Teil am Blutverlust lag. Es war wohl auch die Erkenntnis, dass Smelda es ernst meinte.

Die alte Puk packte meine Schultern, schüttelte mich. »Inea, Eamon stirbt so oder so. Er kommt nicht mehr zu Bewusstsein, nie wieder! Wenn du ihn jetzt nicht tötest, wird Eeon der nächste Fy-Riad. Das willst du doch nicht zulassen, oder? Du bist die Einzige, die von allen Völkern geachtet wird. Die Fy haben dich zu ihrem Kriegsfürsten gelassen, die Puk kämpfen an deiner Seite, genau wie die Arven und Sidhe. Wenn du die nächste Riad wirst, kannst du dieses Töten beenden!«

Ich blinzelte und sah meine Mama panisch an. Die war mindestens genauso entsetzt wie ich, allerdings auch deutlich wütender. »Smelda, wie kannst du es wagen«, zischte sie. »Meine Tochter wird nicht Teil dieses Wahnsinns.«

»Wenn sie es nicht erledigt, werden die Tul Dalla untergehen«, schnappte Smelda. Sie fasste meine Hand und bog meine klammen Finger mit Kraft um den Dolchgriff. »Du musst jetzt tapfer sein, Inea. Es gibt keine andere Möglichkeit mehr.«

Ich sah sie einige Herzschläge lang an. Sie war tatsächlich verzweifelt, aber auch zu allem entschlossen. Meine Mutter hingegen weinte genau wie ich – um ihre Tochter, um unser Volk, vielleicht auch um Eamon.

Ich blickte hoch, sah den Tod und die Verzweiflung. Die Fy standen mittlerweile auf verlorenem Posten, vor allem, weil die meisten nicht bereit waren, mit ihren Schwertern gegen Unbewaffnete vorzugehen.

Mein Herz flog ihnen zu. Ja, sie waren ein kriegerisches, ernstes Volk, aber sie waren auch ehrenhaft. Sie wussten, dass es falsch war, ihre eigenen Leute zu töten.

Die rasenden Puk dagegen ließen ihrem Frust freien Lauf. Sie hatten so lange darauf gewartet, sich an den Jeal zu rächen – an jenem Volk, das sie aus ihren geliebten Drachenhöhlen verdrängt hatte. Sie waren in einer Art Blutrausch, was mir in der Seele wehtat. Viele würden sich wohl niemals verzeihen können, was sie getan hatten.

Die Arven waren mittlerweile ruhiger geworden. Ich sah die ersten, die einen Fy zu schützen versuchten, der ansonsten von den Puk niedergemäht worden wäre, doch waren sie viel zu passiv, um wirklich erfolgreich zu sein. Über allen schwebten das Feenvolk und die Drachen. Während die Sidhe jammerten und weinten, zogen die Drachen nervös ihre Kreise. Sie griffen nicht an. Hätten sie sich gegen die Fy gewandt, wäre der Kampf schon längst verloren gewesen.

Mein Blick kreuzte sich mit dem eines Winddrachens. Er glitzerte vor Nervosität dunkelviolett, was ich so noch nie gesehen hatte. Durch die Farbe hatte er eine klare Kontur, ich konnte jede einzelne Schuppe erkennen. Als er bemerkte, dass ich ihn ansah, drehte er um und kam zu mir herübergeflogen.

Ich sah die reine Trauer in seinem Blick, die Verzweiflung darüber, dass sich das Volk der Aevid untereinander an die Gurgel ging. Seine Angst echote in meiner Seele zurück. Ich straffte mich, entschloss mich.

Mit einem Ruck machte ich mich von Smeldas Fingern frei, packte den Dolch fester und krabbelte auf Eamons andere Seite. Ich setzte mich rittlings auf ihn drauf, beugte mich noch einmal über ihn, um ihm einen Kuss auf die Lippen zu hauchen.

»Es tut mir leid«, flüsterte ich ihm zu. Dann richtete ich mich hoch auf und hob den Dolch. Die Spitze zielte genau auf Eamons Herz, während meines so sehr blutete, dass alles in mir schrie.

Die Muskeln protestierten, der Körper brüllte mich an, es nicht zu tun, doch Smelda hatte recht: Es war die einzige Möglichkeit, um Frieden zu schaffen.

Ich prägte mir Eamons Gesichtszüge ein, den sanften Schwung seiner Lippen, die Konturen von Kinn und Nase, und schloss die Augen, um nicht sehen zu müssen, was ich jetzt tun würde.

Mit einem Schrei nahm ich all meine Kräfte zusammen – und ließ das Messer mit Schwung hinuntersausen.

Es erreichte Eamons Brust niemals.

Eine Hand fing meine auf, kurz bevor das Messer in sein Fleisch eindringen konnte. Die Gelenke knackten vom Aufprall, ein flammender Schmerz schoss durch meine Finger. Erschrocken öffnete ich die Augen und blickte geradewegs in Eamons.

»Nicht«, sagte er leise. »Das würdest du dir niemals verzeihen.«

Ich keuchte auf, als ich ihn wach sah, ließ das Messer augenblicklich los und sackte nach vorne, um meine Stirn gegen seine zu lehnen. Seine Arme legten sich um meinen Rücken, aber nur ganz langsam. Offenbar hatte er kaum Kraft, um die Bewegung machen zu können.

»Du lebst«, flüsterte ich und küsste seine Lippen, doch er erwiderte den Kuss nicht, sah mich nur an.

In dieser einen Sekunde war ich mir sicher, dass alles gut werden würde, bis die Drachen über unseren Köpfen zu kreischen begannen. Ein Brausen kam auf uns zu, die Luft roch ganz plötzlich wieder wie im Krieg. Nach Asche, Rauch und Tod.

Dann sah ich sie: fremde Cae Sid, so viele wie noch nie. Sie rauschten auf uns zu, die Körper ein Flammenmeer. Dass sie so nah an uns herankommen konnten, ohne bemerkt worden zu sein, war unfassbar. Ein Blick in die Runde erklärte es jedoch. Die Tul Dalla waren mit ihrem Bürgerkrieg beschäftigt gewesen und hatten nicht auf die Gefahr von außen geachtet.

Die Tul Curragh griffen an. Schnell, effizient und tödlich.

Die erste Feenkatze schoss über mich hinweg, so groß wie ein ganzes Haus. Ich hatte noch nie solch ein mächtiges Wesen gesehen. Von ihrem Rücken fielen Krieger herunter wie Schneeflocken. Die Tul Dalla waren so verblüfft, dass sie erst reagierten, als der Erste unter dem Schwertstreich eines feindlichen Kriegers zu Boden ging.

»Störfeuer«, schrie jemand. »Schmeißt die verdammten Störfeuer an und haltet die Cae Sid auf. Zu den Waffen!«

Das war das einzig Gute an unserem Bürgerkrieg: Bewaffnet und aufgewärmt waren wir ja zumindest. Die Puk, Jeal und Fy, die noch vor Kurzem aufeinander losgegangen waren, ignorierten ihre ursprünglichen Gegner und warfen sich den Tul Curragh entgegen, doch schon landete die nächste Cae Sid und brachte Bogenschützen in das Schloss.

Ich beugte mich über Eamon, als der erste Pfeilhagel rund um uns niederging. Sekunden später erstarrte ich, als jemand so laut kreischte, dass es in meiner Seele widerhallte. »Der Fy-Riad der Tul Curragh! Er kommt auf uns zu!«

Vorsichtig hob ich den Kopf, linste zum Himmel. Tatsächlich flog da ein Wesen auf uns zu, gegen das Eamon in seiner Flammengestalt wie ein Kuscheltierchen ausgesehen hatte. Es war doppelt so groß wie jeder Mann und stand vollkommen in Flammen. Eine lebende Fackel. Es sprang genau wie seine Untertanen von der fliegenden Cae Sid ab und stürzte sich geradewegs ins Gefecht.

Ich war fassungslos. Jahrelang hatten wir uns erfolgreich verteidigt und ein einziger Moment der Unachtsamkeit zerstörte alles. Der gegnerische Fy-Riad war eingedrungen.

Ich blickte auf Eamon hinunter, der flach atmete und eindeutig Schmerzen hatte. Da er weiter auf dem Rücken lag und damit den Himmel gut beobachten konnte, hatte er die Ankunft der Feinde natürlich mitbekommen, beobachtete den Absprung des feindlichen Fy-Riads.

Er bemerkte, dass ich ihn ansah, und löste seinen Blick von dem schrecklichen Anblick. »Er ist da«, sagte er leise.

Ich nickte, hob die Hand und legte sie an seine eiskalte Wange. Das Röcheln in seiner Brust hatte ich mir leider nicht eingebildet. Ich hörte es so deutlich wie die Schreckensschreie meines Volkes.

»Du musst jetzt loslassen«, sagte ich entschlossen. »Und damit meine ich nicht, dass du sterben sollst. Ergib dich deiner Magie, heil dich wie der Blitz und jag sie zum Teufel.«

Eamon erzitterte unter meinen Händen, ich sah die Angst in seinen Augen, den Widerwillen, meinem Wunsch zu gehorchen.

»Vertrau mir«, bat ich. »Dir wird nichts geschehen, solange du dich nicht fallen lässt, um zu töten. Du willst dein Volk retten, das ist alles, was zählt. Schütze es und denk dabei an deine Leute, an ihre Gaben und die Liebe, die sie dir entgegenbringen. Ich bin mir sicher, dass du es schaffen kannst. Du wirst nur zum Monster, wenn du lediglich deine Fy-Magie benutzt. Vertrau auch auf die anderen Magiearten in dir.«

»Du weißt nicht mit Gewissheit, dass das klappt«, protestierte er schwach. »Es kann genauso gut sein, dass ich die Magie nicht halten kann und mich vollständig verliere. Sieh dir den Fy-Riad der Tul Curragh an, sieh, was aus mir werden wird.« Er schluckte schwer. »Versprich mir, dass du mich töten lässt, sollte ich mich in so etwas verwandeln.«

»Das wirst du nicht.«

»Ich bin so müde.« Er machte Anstalten, die Augen zu schließen. Panisch schlug ich ihm gegen die Wange. Wenn er jetzt starb, war alles aus.

Meine Mutter schrie neben mir auf. Im ersten Moment dachte ich, es sei wegen Eamon, doch dann hörte ich die Rufe. »Er will unseren Fy-Riad. Schützt den Fy-Riad«, riefen die Tul Dalla.

Schon sah ich das fremde Monster auf mich zukommen. Es brannte lichterloh in einem düsteren Grau. Dem Grau der Todesmagie. Sein Geruch war so durchdringend, dass er einen Würgereflex auslöste. Ich sah mein Volk husten und speien, sah Puk, Arven und Fy, die einfach zusammenbrachen.

Der Kriegsfürst kam immer näher. Sein Blick hatte sich an Eamon festgesaugt, hatte ihn schon längst als das erkannt, was er für die Tul Dalla war.

Unser Fy-Riad.

»Mein Gott«, flüsterte ich, als mir die Wahrheit klar wurde. Tötete er Eamon, wurde er der neue Kriegsfürst von Tul Dalla.

Ich kam auf die Beine. In meinen Händen lag noch immer das Messer, mit dem ich kurz zuvor um ein Haar Eamon getötet hätte. Es war glitschig von meinem Schweiß und fühlte sich ungewohnt an.

Mehrere Fy stellten sich dem fremden Tul Curragh in den Weg, doch er mähte sie mit einem Handwink nieder. Die Verzweiflungsschreie wurden lauter, während er sich seinen Weg zum Podest ebnete. Mir hingegen donnerte das Herz in der Kehle. Verzweifelt suchte ich nach einem Ausweg, aber es gab keinen.

»Eamon«, schrie ich mit Tränen in den Augen. »Er ist gleich da!«

Der Tul Curragh hob in dieser Sekunde die Hand. Ich spürte, wie er seine Magie sammelte, sie auf uns schleuderte. Das Brausen kam näher und näher, genau wie der Gestank. Die Luft war aufgeladen wie nach einem Blitzschlag, schon rauschte die Magiewelle auf uns zu.

Da ich vor Eamon stand, würde sie mich zuerst treffen und danach ihn. Ich wappnete mich in dem festen Bewusstsein, dass uns nichts mehr retten konnte.

Etwas brüllte in meinem Rücken, flammte auf. Eamon, der sich von einer Sekunde auf die andere in eine Feuergestalt verwandelte. Er kam augenblicklich auf die Beine, zog mich nach hinten. Kurz bevor uns die tödliche Magiewelle erreichte, wehrte er sie ab, sah mich für wenige Sekunden an.

»Hol mich zurück«, sagte er, dann verschlang ihn seine Fy-Magie. Er sprang an mir vorüber, geradewegs auf die Gestalt des fremden Kriegsfürsten zu. Der hatte den Angriff kommen sehen und verteidigte sich. Ich duckte mich, als Flammen und Funken um mich stoben. Das Krachen des Zusammenpralls übertönte alles andere.

Als die Tul Dalla sahen, wie sich ihr tot geglaubter Fy-Riad plötzlich in den Kampf stürzte, schöpften sie neue Hoffnung. Ein Hauptmann organisierte erstaunlich schnell Leute, die die vorrückenden Tul Curragh innerhalb des Schlossplatzes aufhalten sollten. Unsere Drachen begannen derweil damit, die Cae Sid abzuwehren. Immer weniger schafften es, die feindlichen Krieger hinter die Mauern zu bringen.

Ich wollte mich gerade wieder dem schrecklichen Kampf zwischen unseren Oberhäuptern zuwenden, da sah ich aus dem Augenwinkel jemanden auf mich zusprinten. Ich vergeudete wertvolle Sekunden damit, mich zu wundern, erst dann erkannte ich Eeon. Seine Miene war vor Hass verzerrt, während er sich regelrecht auf mich warf. Ich sah das Schwert in der Hand, die Entschlossenheit im Blick.

Er wollte mich erledigen.

In letzter Sekunde zog mich meine Mutter aus dem Weg. Der Schlag ging ins Leere, doch Eeon war verteufelt schnell. Schon wirbelte er herum und schwang die Klinge erneut nach uns.

Bevor er jedoch zuschlagen konnte, riss ihn eine unsichtbare Macht zurück. Ich hörte das Rückgrat knacken, sah, wie Eeon die Augen verdrehte und in sich zusammensackte. Blut floss ihm aus dem Mund und sein Blick brach. Er starb vor meinen Augen, innerhalb von Sekunden.

Hinter ihm stand Eamon, reglos, die Hände zum Magieschlag erhoben. Aber was machte er denn da? Der Kriegsfürst der Tul Curragh war schließlich noch am Leben!

Dieser nutzte Eamons Unachtsamkeit und sprang geradewegs auf ihn zu, ein feuriges Schwert in den Händen haltend. Ich rechnete damit, dass Eamon ihn abwehren würde, doch er blickte stattdessen mich an. Die Feuermagie umtanzte seine Gestalt, allerdings konnte ich sein Gesicht erkennen, als drängte er die Funken an dieser Stelle zurück. Sein Blick traf mich bis ins Mark.

Er sah unendlich traurig aus, aber seltsam ruhig. Als wolle er sich für das, was jetzt kam, bei mir entschuldigen.

»Du musst die Magie zulassen«, brüllte ich so laut ich konnte, sah das Schwert, das immer näher kam. Sah die Angst in Eamons Augen. Roch den Hass des fremden Fy-Riads – und wusste, dass ich machtlos war. Nein. Eine letzte Sache konnte ich noch tun.

»Ich hole dich zurück«, rief ich Eamon verzweifelt zu. »Ich verspreche es!«

Das Schwert war heran. Es bohrte sich mit einem grässlichen Geräusch geradewegs in seinen Rücken, durchtrennte Fleisch, Muskeln und Knochen. Eamon schrie und krümmte sich, das Gesicht vor Schock weiß. Seine Flammenmagie loderte kurz auf – und erlosch.

Ein Funke nach dem anderen.

Wie in Zeitlupe ging Eamon in die Knie. Der Fy-Riad der Tul Curragh beobachtete ihn dabei, ohne nachzustechen. Er wusste vermutlich, dass er gewonnen hatte, genoss vielleicht auch das langsame Sterben seines Gegners.

Ein letzter gelber Funken glimmte auf, erlosch. Eamons Augen wirkten mit einem Schlag leblos und leer, doch er sah mich weiter an. Atmete noch. Lebte.

Seine Lippen formten ein lautloses ›ich liebe dich‹. Ich erwiderte es ebenso tonlos.

Da sprang ein Funke aus seinem Auge. Winzig klein. Es war keine reine Fy-Magie gewesen. Ein purpurner Funke. Arvenmagie.

Um uns herum wurde es totenstill. Alle verharrten, sahen dabei zu, wie das Leben aus dem Körper unseres Fy-Riads wich. Die Magie meines Volkes konzentrierte sich dadurch auf genau diesen Punkt – und ich spürte es. Spürte, wie Eamon darauf reagierte.

Ein ockerfarbener Funke hüpfte an seinem Hals hinauf. Sekunden später gesellten sich mehrere purpurfarbene dazu, danach goldene und

Aquamarinfarbene. Je mehr blaue Pünktchen auftauchten, desto mehr kehrte das Leben in Eamons Augen zurück.

Die heilende Magie der Sidhe.

In meinem Kopf schob sich das fehlende Puzzleteil an den richtigen Fleck. Eamon hatte Fluh geheilt, indem er Mina gebeten hatte, mit ihm gemeinsam Magie zu wirken. Er hatte sie als Ausgangspunkt genommen, um die ihm fremde Magie lenken zu können.

Die Flammengestalt des gegnerischen Fy-Riads stand weiterhin dicht hinter Eamon. Seltsam reglos. Ich an seiner Stelle hätte es ja schon längst beendet, aber er zögerte. Sah mit schräg gelegtem Kopf den Fünkchen zu, die immer bunter über Eamons Körper huschten. Offenbar war er neugierig und wollte wissen, was dort geschah. Sein Schwert steckte weiterhin in Eamons Körper. Blut floss, aber der Strom wurde weniger.

Der gegnerische Fy-Riad hob abrupt den Blick, sah mich an. Ich stand schreckensstarr gut drei Meter entfernt, genauso reglos wie er. In der Sekunde, in der ich losbrüllte, streckte er die Hand nach seinem Schwert aus, bereit, es aus Eamons Körper zu zerren.

»Wir müssen mit Eamon zusammen Magie wirken«, schrie ich. »Konzentriert eure Macht auf Eamon. Jetzt!«

Innerhalb eines Atemzuges verwandelte sich die Welt um mich herum abermals in ein Inferno. Die Tul Curragh droschen auf einmal erneut auf ihre Gegner ein, sodass meine Leute damit beschäftigt waren, um ihr Leben zu kämpfen.

Die Drachen und Sidhe, die etwas außerhalb des Geschehens waren, reagierten aber wenigstens. Ich spürte ihre Magie, ihre Kraft, die über das Schlachtfeld waberte. Blaue und violette Funken verwoben sich miteinander. Sie erreichten Eamon in der Sekunde, in der der Kriegsfürst der Tul Curragh den Griff des Schwertes erwischte – und es mit einem Ruck aus dem Rücken seines Gegners herauszog.

Eamon schrie abermals. Ein normaler Mensch wäre jetzt innerhalb eines Atemzuges gestorben, doch ein Funkenregen aus blauer Magie explodierte auf seiner Haut und verhinderte seinen Tod, stärkte ihn, heilte ihn.

Er kam irgendwie auf die Beine, rollte sich in letzter Sekunde zur Seite, sodass der Hieb seines Gegners danebenging. Endlich stand er wieder, zwar geduckt, aber jetzt konnte er den Angriffen besser ausweichen.

Er hätte wohl trotzdem verloren, wenn nicht die Fy angefangen hätten, ihrem Kriegsfürsten beizustehen. Das Schwarz der Todesmagier vermischte sich mit dem Gelb der Feuermagie. Blaue Funken und graue gesellten sich hinzu, wurden zu einem Strom, der in goldenen Flammen über Eamons Haut tanzte – und ein gewaltiges Schwert aus Licht und Dunkelheit in seinen Händen formte.

Mit dieser Waffe fing er den nächsten Schlag seines Gegners ab und brachte ihn dadurch aus dem Gleichgewicht. Der Tul Curragh hatte offenbar nicht damit gerechnet, dass sein tot geglaubter Feind plötzlich wieder auferstand.

Ich konnte es ja selbst kaum glauben.

Eamon wich auch dem nächsten Schlag geschickt aus, drehte sich, blockierte das Schwert seines Gegners, wirbelte herum und ging dem Tul Curragh geradewegs an die Kehle. Der Boden bockte in der gleichen Sekunde. Das Schloss reagierte offenbar auf seinen Angriff. Steine und Geröll sausten an mir vorüber. Sie trafen den gegnerischen Fy-Riad wie Donnerschläge. Ein Krieger aus Tul Curragh verschwand neben mir in einem Loch, das plötzlich direkt in der Erde aufgetaucht war. Andere mussten sich gegen Ghuls und die steinernen Wächter wehren, die wie eine riesige Welle aus dem Inneren des Schlosses flossen.

Ich war gerade damit beschäftigt, mein Gleichgewicht zu behalten, da holte Eamon zum erneuten Schlag aus. Er schrie dabei seinen Zorn in die Welt hinaus, so laut wie damals, als er Oona hatte töten müssen. Wir erstarrten wohl alle in der Bewegung, sahen atemlos zu, wie seine Hand sich um den Hals des Tul Curragh legte und die Funken von ihm auf den Feind übersprangen. Der gegnerische Fy-Riad schrie auf vor Wut und Schmerz. Strampelte. Versuchte freizukommen, doch die bunten Funken wurden immer mehr, kämpften seine Fy-Magie unbarmherzig nieder.

Er zuckte, zappelte. Sein Röcheln konnte ich bis zu mir hören, während ich mit angehaltenem Atem dabei zusah, wie seine Funken erloschen und das Leben aus seinen Augen verschwand. Er starb, fest eingewickelt in fremder Magie. Eamon hielt ihn noch einen Moment fest, dann verließen ihn die Kräfte. Gemeinsam gingen sie zu Boden. Ein letztes Zucken. Schließlich lag der Tul Curragh still. Eamon hielt sich noch einige wenige Sekunden länger auf den Knien, aber schließlich sackte er zur Seite weg.

Ich lief in dieser Sekunde so schnell ich konnte los, erreichte das Ende des Podestes und sprang hinunter. In drei, vier Schritten war ich bei Eamon, schlitterte regelrecht neben ihn und packte ihn an seinen Schultern, obwohl seine Gestalt noch von der Funkenmagie umzüngelt wurde.

»Eamon«, schrie ich ihn an.

Im ersten Moment konnte ich sein Gesicht nicht erkennen, doch dann sank die Magie ganz langsam in ihn hinein, erlosch wie Flammen im Regen.

Als ich seine Haut sah, schluchzte ich leise auf. Sie war grau und wie aus Stein. Er sah mich an. Ein letzter goldener Funke tobte über seine Netzhaut. Er hatte bereits seine alte braune Augenfarbe zurück, trug nicht mehr länger das Schwarz des Fy-Riads. Doch mit dem Schwinden der Magie sanken auch seine Augenlider nach unten.

»Nein«, flehte ich. »Gib nicht auf. Nimm die Magie der Sidhe an und heil dich! Komm schon!«

»Es hat funktioniert«, flüsterte er als Antwort. »Du hast es geschafft, mir die Gabe der Aevid zu schenken.« Er lächelte mich an, ein letztes Mal. Dann schloss er erschöpft die Augen und entspannte sich.

Ich sah ihn fassungslos an. Seinen reglosen Körper. Die erschlafften Muskeln. Das Blut.

Die Erkenntnis war zu heftig, um sie vollständig zu erfassen. Sie echote dennoch in meinem Kopf herum und ließ sich nicht verdrängen. Eamon war tot. Die Magie hatte ihn nicht retten können.

Als ich aufblickte, sah ich in jede Menge betroffener Gesichter. Puk, Arven, Sidhe, Fy und selbst die Jeal starrten mich an, reglos und zutiefst erschrocken. Die gegnerischen Tul Curragh waren aschfahl. Sie wussten, dass sie verloren hatten, und ließen ihre Schwerter sinken. Niemand kämpfte mehr. Es war vorbei.

»Er ist für euch gestorben«, sagte ich leise in die Stille hinein. »Ich hatte ihn gebeten zu fliehen, doch er wollte nicht. Er wollte sein Volk nicht alleinlassen, euch alle! Und was er auf keinen Fall gewollt hat, war ein Krieg zwischen den Völkern. Und was macht ihr? Geht aufeinander los wie Verrückte.« Ich lachte bitter.

»Schaut euch doch mal um. Heute sind so viele von uns in einem völlig sinnlosen Bürgerkrieg gestorben. Dass die Tul Curragh gekommen sind, war sogar ein Segen. Immerhin haben sie uns wieder zur Vernunft gebracht.«

Ich schniefte und wischte mir reichlich undamenhaft die Nase am Ärmel ab. Mein Kopf fühlte sich leer an, mein Körper war erschöpft. Ich wusste aber auch, dass die nächsten Worte wichtig waren. Also riss ich mich zusammen.

»Ich habe heute Gräuel gesehen, die ich niemals wieder vergessen werde. Aber es gab auch Heldentaten. Der Fy zum Beispiel, der sein Schwert nicht gegen die Menge erhoben hat, weil er wusste, dass er sie verteidigen und nicht bekämpfen musste. Der Jeal, der Eamon das Messer in die Brust gestoßen hat, obwohl ihm klar war, dass man ihn dafür zerfetzen würde. Er wollte euch retten und war nicht einfach nur machthungrig.« Meine Stimme wurde leiser, bis sie kaum noch zu hören war. »Ist ja auch egal«, wisperte ich traurig.

Eine fremde Sidhe kam näher, ließ sich neben mir nieder. Sie legte ihre kleine Hand auf mein Knie und sah mich an. »Er hat uns Frieden geschenkt«, sagte sie ruhig.

Ich nickte. Langsam senkte ich den Blick auf Eamons Gesicht, fuhr ihm mit einem Finger über die Stirn, die Wange. Die Haut war kalt und wächsern.

Der Fy-Riad war tot.

Meine Tränen tropften nun ungehindert auf seine Wangen. Ich weinte, wie ich wohl noch nie in meinem Leben geweint hatte. Meine Seele zersplitterte, mein Ich versank im Kummer. Alles, wofür ich gekämpft hatte, war verloren. Ja, die Tul Dalla waren noch am Leben. Die Tul Curragh waren besiegt. Aber zu was für einem Preis?

Für mich jedenfalls war er zu hoch gewesen. Der Mann, den ich liebte und für den ich gekämpft hatte, war verloren. Für immer.

Gerade ließ ich meine Stirn kraftlos auf Eamons sinken, da hörte ich ein Rauschen, das näher und näher kam. Im ersten Moment wollte ich es ignorieren, mich ganz dem Schmerz überlassen, aber schließlich sah ich doch auf. Eine Armee aus Drachen kam auf mich zu. Feuerdrachen, allesamt.

Sie hielten auf mich zu. Die vordersten waren winzig klein, einige nur so groß wie meine Handfläche, andere hatten die Größe meines Kopfes. Ganz hinten flog der Reitdrache, der Eamon damals vom Dach fortgebracht hatte. Ich duckte mich, als er über mich hinwegstrich. Seine Flügel berührten fast den Boden, während mir der Flugwind die Haare zerzauste.

Die kleineren Drachen hingegen ließen sich mit Schwung auf Eamon nieder. Ihre feurigen Leiber glühten, als sie ihre Magie um uns herumfließen ließen. Ich spürte ihre Kraft und ihre Hoffnung, aber auch ihre Sorge und die Entschlossenheit.

Zwei Krallen packten Eamons Arme, andere seine Beine, seine Kleidung, die Hüfte. Schon bald zitterte sein ganzer Körper, als sei er noch am Leben. Stück für Stück hoben die Drachen ihn an.

Ein Luftdrache kam angeflogen. Seine Böe ließ meine Kleidung flattern und brachte den Feuerdrachen so viel Aufwind, dass sie Eamon fast auf meine Brusthöhe anheben konnten. Ich quiekte erschrocken und sprang auf die Beine, da sah ich den Reitdrachen von der Seite heranpreschen.

»Inea, aus dem Weg«, schrie ein Puk neben mir. Er packte mich an meiner Hüfte und riss mich zurück, gerade rechtzeitig. Der Drache war heran, fuhr seine gigantischen Füße aus und krallte sich Eamons gesamten Körper. Der war mittlerweile vom Feuerschein der Drachen umhüllt. In einer dichten Traube folgten die Kleineren dem Giganten, brüllten uns an, als wollten sie uns warnen.

»Was tut ihr denn?«, schrie ich ihnen hinterher. »Wohin wollt ihr mit ihm?« Natürlich bekam ich keine Antwort.

Sie trugen Eamons Leichnam hoch in die Luft, umschwirrten ihn wie eine dichte Traube. Der Himmel flimmerte von ihrer Energie und schon bald sah es so aus, als würden sie eine eigene kleine Sonne erschaffen.

»Was machen sie mit ihm?«, fragte ich völlig aufgelöst in die Runde. Alle hatten den Kopf in den Nacken gelegt und sahen dem Spektakel fasziniert zu.

»Er ist ein Feuermagier«, sagte schließlich ein Fy mit ruhiger Stimme. »In sehr seltenen Fällen holen die Feuerdrachen die Fy, um sie ihrem Element zurückzuführen, so wie wir die Drachen bestatten, indem wir sie verbrennen, mit Wasser löschen und ihre Asche von den Winden zerstreuen lassen.«

Seine Worte waren sicherlich gut gemeint, allerdings trösteten sie mich nicht. »Ich konnte mich nicht verabschieden«, schrie ich ihn an, als sei er schuld daran. »Sie hatten kein Recht, ihn jetzt schon fortzunehmen.«

Bevor ich dem armen Mann noch mehr zusetzen konnte, sprang meine Mutter vom Podest und nahm mich in den Arm. Schweigend sahen wir dabei zu, wie die Drachen hoch oben am Himmel tanzten und ihre feurigen Bahnen um Eamon zogen.

Anra, der fremde Puk und der eine Wächter der Fy, der mich auf das Podium gehoben hatte, blieben bei mir, während sich der Innenhof langsam leerte. Die Verwundeten mussten versorgt, die Toten fortgeschafft werden. Es war eine seltsame Stimmung, voller Anspannung, Angst, aber auch Erleichterung, diesen schrecklichen Tag überlebt zu haben.

Ich weigerte mich, zu gehen, solange die Drachen am Himmel tanzten. Irgendwann zwang mich meine Mutter, mich zu setzen. Smelda nahm meine andere Hand und streichelte sie. Wir blickten hoch und schwiegen.

»Wir müssen Mina finden«, sagte ich irgendwann leise. Mit einem Mal wurde ich wieder munter, straffte mich, wischte mir über mein nasses Gesicht. »Fluh ist im Kerker, zusammen mit dem Ei – und Braidar liegt dort bei ihr. Vielleicht ist er ja noch am Leben!«

Ich kam auf die Beine und sah mich hektisch um, versuchte mich zu orientieren. Der Fy-Wächter hob beruhigend die Arme, wagte es jedoch nicht, mich zu berühren. »In welchem Kerker meint Ihr denn?«, fragte er.

»Da, wo Eamon früher gefangen gehalten wurde. Wir müssen zu ihnen.« Entschlossen stapfte ich los. Mein Tross kam hektisch auf die Beine und hechtete hinter mir her. Mama redete auf mich ein, doch ich hörte nicht hin. Stattdessen erteilte ich dem Fy Befehle, obwohl mir das überhaupt nicht zustand. Ihm fiel das nicht einmal auf.

»Findet heraus, was mit Dverga passiert ist. Er ist der Anführer der Puk gewesen, der Kopf dieser Verschwörung. Und holt einen Jeal heran, der in der Hierarchie ganz oben steht, wir müssen so schnell wie möglich mit seinem Volk ins Gespräch kommen. Der Rat ... zählt durch, wer überlebt hat. Wir müssen eine Ratssitzung einberufen. Das kann nicht warten. Verhaftet auch sämtliche Freunde von den Fy-Wächtern namens Tiamon, Eeon und ... keine Ahnung, wie der andere hieß. Der Fy, den Ihr mit mir am Podest gesehen habt – er hat mich als Geisel genommen. Findet ihn, werft ihn in den nächsten Kerker und quetscht ihn aus, bis er uns alle Namen gesagt hat.«

Der Fy nickte bei jedem Befehl. Ich sah, dass er versuchte, sich alles zu merken, registrierte jedoch auch die Schweißtropfen auf seiner Stirn. Ich blieb stehen und sah ihn an. »Habt Ihr ein Problem mit den Aufträgen?«

»Nein, allerdings bin ich nur einfacher Kämpfer, zweite Stufe. Soll ich lieber einen Hauptmann holen?«

»Alle Hauptmänner sind tot oder siehst du hier irgendwen, der Befehle rumbrüllt? Jetzt mach schon.«

Der Fy rang einen Moment mit sich, gab sich dann aber einen Ruck. Ich sah ihm nach, als er davonlief. Mein nächster Blick galt dem Himmel. Die Drachen flogen dort immer noch im Pulk, mittlerweile waren weitere hinzugekommen. Hastig sah ich wieder fort und beeilte mich, meinen Weg weiterzugehen.

Von der Seite kam eine Gruppe Fy auf mich zu. Ich kannte sie nicht, was eigentlich nur gut sein konnte. Die Fy, die ich bislang gemocht hatte, waren allesamt Verräter gewesen.

Mama, der fremde Puk, einige Fy und ich liefen mehr, als dass wir gingen, folgten den Wegen, die ich zuvor als Geisel wie betäubt gegangen war. Nach und nach wurde es dunkler, feuchter. Wir gelangten in die Keller.

»Sucht hier alles ab. Vielleicht sind unter den Gefangenen auch Mina und Haikur«, befahl ich dem Fy rechts von mir. Er nickte und ließ sich zurückfallen, dabei hörte ich, wie er jemanden fragte, wer Mina sei.

Ich beachtete das nicht weiter, denn wir gelangten jetzt in den Korridor, der uns in Eamons Verlies führte.

»Fluh«, schrie ich, kaum hatte ich die Treppenstufen mit den Füßen berührt. »Fluh!«

Mein Drache antwortete mit einem leisen Schnauben. Sofort stürmte ich los und schlitterte in den Kerker, stoppte erstaunt.

Fluh hockte auf Braidar, die Flügel ausgebreitet, der Körper ein Flammenmeer. Aber Fluh war doch ein Winddrache …

Mein Blick fiel auf das winzig kleine Geschöpf, das zusammengerollt auf dem Bauch des niedergestreckten Fy lag. Der Babydrache war es, der glühte, doch Fluh verteilte die Magie.

»Was tust du denn da?«, fragte ich erstaunt.

Sie sah hoch und jammerte leise. Erst jetzt bemerkte ich, dass sie eine Art Blase um sich herum geschaffen hatte, in dessen Mitte Braidar lag.

Der Fy hinter mir schob mich fast gewaltsam zur Seite, um den Kerker betreten zu können. Sein Blick huschte ungläubig von mir, zum Drachen, zu Braidar. »Verbrennt der Drachen auch diesen Fy?«, fragte er verwirrt.

Da endlich verstand ich. Fluh hatte schon einmal versucht, ein Feuergeschöpf zu retten, indem sie es in ein Flammenmeer gebettet hatte. Eamon hatte es ihr gezeigt, als er Diamad in den Kamin gesperrt hatte, um ihn zu heilen. Offenbar wandte sie eine ähnliche Technik an, indem sie den kleinen Feuerdrachen dazu benutzte, Braidar zu umspannen.

Da verstand ich endlich und wirbelte herum, sah meine Mutter aufgeregt an. »Die Drachen verbrennen Eamon nicht«, sagte ich fassungslos. »Sie haben ihn zu sich genommen, um ihn zu heilen!«

Farbenspiel

Ich versank im Chaos. Hatte ich während der Kriegszeiten stets gedacht, hektischer und betriebsamer könne es nicht mehr werden, so wurde ich jetzt eines Besseren belehrt. Eigentlich wollte das ganze Schloss irgendwas von mir. Der eine schrie mich an, der andere wollte mir danken, einige mit mir diskutieren und viele mit mir weinen.

Meine Mutter wurde zu meinem Rammbock. Wer mit mir sprechen wollte, musste erst an ihr vorbei – und das war gewiss nicht einfach.

Tatsächlich schaffte ich es, noch am selben Tag eine Ratssitzung einzuberufen, was hauptsächlich meiner Mutter zu verdanken war. Sie gehörte eindeutig in die Politik. Von den ursprünglich fünfunddreißig Mitgliedern waren noch zwanzig am Leben, darunter zwei Jeal. Die waren erstaunlich friedlich, wenn man bedachte, dass sich sämtliche Völker gegen sie verschworen hatten.

Zu meiner großen Erleichterung fanden die Soldaten Haikur recht schnell. Eeon hatte ihn tatsächlich einfach in eine Zelle am anderen Ende des Korridors gesperrt und den Schlüssel weggeworfen. Haikur war es, der durchsetzte, dass ich zumindest für den Moment an den Ratssitzungen teilnehmen durfte. Immerhin war ich die Geliebte des Fy-Riads – falls der denn noch am Leben war.

Haikur schleuste mich irgendwie durch die vielen Befragungen, unterschrieb Erklärungen für mich und sorgte dafür, dass ich nicht einfach ausrastete. Ich musste vom Prinzip her nur dabeisitzen und intelligent gucken.

Die ganze Zeit über bemühte ich mich, mich zusammenzureißen und mit dem Heulen aufzuhören. Letzteres klappte ganz gut, ersteres weniger. Ich zitterte ständig, was vermutlich an meinen blank liegenden Nerven lag. Von Tag zu Tag bekam ich davon immer mehr Muskelkater.

Dass ich nicht völlig aus der Spur geriet, lag wohl an den herzlichen Leuten um mich herum. Anra pumpte mich mit so viel ihrer glücklich machenden Magie zu, dass ich zumindest nicht zusammenbrach. Am nächsten Morgen war ich stets in der Lage, aufzustehen und wie betäubt durch die Gegend zu laufen.

Auch Mina tauchte wieder auf. Man hatte sie in einen Wandzwischenraum gesperrt. Wahrscheinlich wäre sie dort elendig zugrunde gegangen, wenn ich nicht sämtliche Wandbewohner dieses Schlosses mobilisiert hätte, um sie zu suchen. Die durchsichtigen Geschöpfe hatten tatsächlich auf mich gehört, wobei ich nicht so richtig sagen konnte, wie ich das angestellt hatte. Vermutlich hatte sie der seltsame Steingnom überzeugt, der mich seit Eamons Verschwinden auf Schritt und Tritt verfolgte. Wenn ich mich nicht irrte, war es der mit der komischen Heilerde im Auge.

Das Leben im Schloss normalisierte sich ganz allmählich. Es wurden viele Verhöre durchgeführt, einige Puk und Fy verhaftet. Der Rat suchte nach jedem einzelnen Mörder, der in seinem Blutrausch einen anderen auf dem Gewissen gehabt hatte. Nicht alle konnten überführt werden, doch viele meldeten sich sogar freiwillig.

Ich war nur froh, dass die Legislative nicht in meiner Hand lag. Ich hätte nicht gewusst, was ich mit den Betroffenen hätte machen sollen.

Lummia wurde ihres Amtes enthoben. Ich setzte mich für sie ein, da sie mir wirklich in den entscheidenden Minuten beigestanden hatte, doch sie war ganz einfach ein wichtiger Teil der Verschwörung gewesen. Das war nicht zu leugnen. Ich diskutierte lang und breit mit den Ratsherren, damit sie zumindest nicht ins Gefängnis musste. Sie bekam drei Jahre Ghuldienst aufgebrummt, was ganz schön hart war, zumal ihr Drache niemals wiederauftauchte. Offenbar hatte man ihn ermordet, aus Rache, weil sie mir hatte helfen wollen.

Dass Eamon ebenfalls am Anfang mit Dverga und Eeon gemeinsame Sache gemacht hatte, ließ der Rat unter den Tisch fallen. Ich klärte ihn durchaus darüber auf, da ich nicht wollte, dass mir das Geheimnis irgendwann um die Ohren flog. Die Ratsmitglieder einigten sich darauf, dass es nicht verboten gewesen sei, an die Spitze der Hierarchie zu gelangen und dann seine eigenen Gesetze durchbringen zu wollen. Tatsächlich hatte sich Eamon, wenn man es von dieser Warte betrachtete, niemals strafbar gemacht.

Dverga hingegen wurde zum Staatsfeind erklärt. Er war entkommen, genau wie der unheimliche Fy, der mich als Geisel genommen hatte. Der andere Fy mit der seltsamen Stimme, derjenige, der mich in meinem stickigen Gefängnis unter dem Boden festgehalten hatte, wurde jedoch entdeckt. Ich hatte überall herumerzählt, wie merkwürdig sich seine Stimme angehört hatte. Einige Fy hatten sich an ihn erinnert und ihn verpfiffen. Jetzt hockte er im Gefängnis und wartete auf seine Bestrafung.

Verrückterweise diskutierte niemand darüber, mich von den Ratssitzungen wieder auszuschließen. Ich war ja eigentlich nur eine Kaminfegerin, die keineswegs qualifiziert dazu war, ein Volk in Krisenzeiten zu führen. Allerdings war ich auch die Einzige, die vom Volk geliebt wurde und nicht in irgendwelche Machenschaften verstrickt gewesen war.

Also akzeptierte man mich vorerst als Ratsmitglied und ließ mich machen.

Viel bewirken konnte ich in der ersten Zeit nicht. Ich redete einfach mit allen Leuten, denen ich begegnete, hörte zu, gab Trost, sprach Mut zu. Ich sammelte Vorschläge und führte ein ewig langes Gespräch mit den letzten überlebenden Jeal-Ratsmitgliedern. Sie führten ausschweifend aus, warum die Arven so hoch besteuert wurden und welche Wettbewerbsvorteile diese eine Rasse sonst hätte. Ich gab zu, dass das nicht ganz von der Hand zu weisen war. Dennoch einigten wir uns zumindest darauf, eine Arbeitsgruppe zu gründen, die nach neuen Lösungsansätzen suchen sollte.

Wusste ich nicht mehr weiter, gründete ich grundsätzlich eine Arbeitsgruppe und packte möglichst viele Völkergruppen mit rein. Sollten die sich doch die Köpfe heiß reden.

Vielleicht hätte ich meinen neuen Job tatsächlich faszinierend finden können, immerhin durfte ich das machen, was ich am besten konnte: reden, diskutieren, argumentieren, doch hatte ich heftige Konzentrationsprobleme.

Das lag zum einen daran, dass ich all das noch gar nicht wirklich fassen konnte. Zum anderen lag es an der gewaltigen Kugel, die weiterhin über unserem Schloss schwebte.

Eamons Körper, der in einem Feuerball von mehreren Hundert Drachen umrundet wurde.

Wann immer mein Blick darauf fiel, drehte sich mein Magen und mir wurde speiübel. Gleichzeitig würgte mich die Hoffnung so sehr, dass ich an nichts anderes mehr denken konnte. War er tatsächlich noch am Leben? Heilte er?

Ich scheute mich, diese Hoffnung zuzulassen. Sollten die Drachen irgendwann einmal auseinanderfliegen und nur Asche regnen lassen, wäre das mein Untergang. Ihn abermals zu verlieren, war undenkbar. Undenkbar war jedoch auch, dass er noch am Leben sein sollte.

Er hatte nicht mehr geatmet, da war ich mir sicher.

Auch der Rat vermied das Thema. Sie hatten Angst davor, sich über einen Fy-Riad den Kopf zu zerbrechen, den es vielleicht gar nicht mehr gab. Zum ersten Mal überhaupt in der Geschichte hatte ein Fy-Riad seinen Mörder selbst umgebracht und war erst danach gestorben – oder potenziell verschwunden. Die Magie schien verloren zu sein, was viele ziemlich nervös machte.

Was genau in Tul Curragh vor sich ging, wussten wir nicht. Auch sie mussten mit dem Verlust ihres Fy-Riads fertigwerden, vielleicht feierten sie das aber auch. Wenigstens waren keine Kriegsvorbereitungen erkennbar, was uns schon mal glücklich machte. Die Tul Curragh waren genauso am Ende wie wir, deshalb ignorierten wir sie vorerst.

Den Tag über war ich also vollauf damit beschäftigt, von einer Sitzung zur nächsten zu laufen und über Gesetze zu brüten, die seit Jahrzehnten galten und so was von überholt waren. Mina ackerte sich mit mir durch die langweiligen Texte, während meine Mutter regelrecht aufblühte. Sie liebte komplizierte Sachverhalte und ging an die Probleme heran, als müsste sie ein Kreuzworträtsel lösen.

Abends verzog ich mich immer häufiger zu meiner alten Plattform und sah Eamons Feuerball zu, wie er sich verformte und neu geschaffen wurde. Ich war mir ziemlich sicher, dass sogar Drachen aus Tul Curragh darunter waren, die wenigen Überlebenden, die es noch gab. Ihr Anblick machte mir Hoffnung. Es gab wohl immer einen Weg, um Schreckliches zu verarbeiten.

Von allen ging es Fluh wohl am besten. Sie hatte Diamads Tod zwar noch nicht verkraftet, ging jedoch in ihrer neuen Mutterrolle auf. Die kleine Drachendame, die jetzt ein Teil unserer Familie war, war wirklich Zucker. Wir hatten sie Emmi getauft, und sie war schon jetzt magisch begabter als ihr verstorbener kleiner Bruder. Sie glühte und dampfte, vollgepumpt mit Magie.

Dummerweise hatte sie die unangenehme Angewohnheit, sich selbstständig zu machen. Wann immer sie verschwunden war, musste man einen halben Tag lang warten – dann tauchte sie in Braidars Krankenzimmer auf und lag auf seinem Bauch. Die Kleine hatte einen Narren an dem Fy gefressen, was kein Wunder war. Frisch geschlüpft einen Sterbenden zu retten, war eine Heldentat. Das hatte die beiden für immer miteinander verwoben.

Fluh war also ziemlich beschäftigt damit, auf unseren kleinen Streuner aufzupassen, was mir nur recht war. Auf diese Weise jammerte sie nicht ständig besorgt herum, weil sie meine Trauer nicht länger ertragen konnte.

Ich saß wie jeden Abend auf der Plattform und pflegte meine Efeuranke, als ich es spürte. Es war eigentlich nur ein ganz leichtes Zupfen tief in mir drin. Überrascht blickte ich auf, horchte. Da wiederholte es sich. Ein Flimmern in der Magie, kaum merklich.

Sofort sah ich zu dem Feuerball am Himmel hoch, doch der drehte sich wie eh und je. Ich runzelte die Stirn und wandte mich wieder der halb vertrockneten Ranke zu, als sich das Gefühl deutlicher wiederholte.

Ich ließ vor Schreck die Schere fallen und rief nach Fluh, die etwas von mir entfernt mit Emmi spielte. Mein Winddrache kam wie ein Blitz zu mir geschossen, während Emmi etwas langsamer hinterhergehoppelt kam. Fliegen konnte sie noch nicht, höchstens ein bisschen unkontrolliert flattern.

»Fluh, hast du das auch bemerkt?«, fragte ich sie aufgeregt. Sie legte den Kopf schief und lauschte konzentriert. Ich horchte ebenfalls, doch jetzt war das Gefühl verklungen.

»Es war ein Zupfen am Magiestrang«, erklärte ich ihr. Sie sah mich eher skeptisch an, tat mir aber den Gefallen, fast eine halbe Stunde reglos neben mir zu hocken und gespannt zu lauschen. Nichts.

Erst als wir aufbrechen wollten, wiederholte es sich, diesmal deutlich stärker, sodass auch Fluh es bemerkt hatte. Sie sprang wie von einem Wandbewohner gepikst auf die Beine und starrte hoch zum Feuerball.

»Glaubst du, dass es von Eamon ausgeht?«, fragte ich atemlos. Als sie nickte, musste ich mich erst einmal setzen. Mir war plötzlich schwindelig, doch gegen das Gefühl, das sich in mir aufbaute, war ich vollkommen machtlos. Es war Hoffnung. So riesige, reine Hoffnung, dass ich nur beten konnte, dass sie nicht zerplatzte wie eine dünne Blase an einer Nadel.

In jener Nacht blieben Fluh, Emmi und ich draußen auf der Plattform. Während Emmi leise vor sich hin schnarchte, starrten wir auf den Feuerball, ließen ihn keine Sekunde aus den Augen.

»Du bist doch auch ein Drache. Kannst du nicht mal hochfliegen und gucken, was die Feuerdrachen da treiben?«, fragte ich sie. Fluh hatte das schon ein paar Mal probiert, die anderen hatten sie jedoch meist vertrieben. Wie es schien, störte sie das Magiegefüge.

Fluh zögerte eine Weile, tat mir aber schließlich den Gefallen. Auch sie wollte wissen, was da vor sich ging. Sie kam nur fünf Minuten später unverrichteter Dinge zurück. Sie war weggeschickt worden, wie immer.

Weil ich es irgendwann nicht mehr aushielt, sprang ich auf den äußersten Rand der Plattform und schrie die Drachen an: »Heda, ihr da«, rief ich. »Schickt ihn zu mir runter, vielleicht kann ich noch was retten!«

Wie immer reagierten sie nicht auf meine Pöbeleien. Ich hatte es Tage und Tage immer wieder versucht, doch sie ignorierten mich. Frustriert kehrte ich an meinen Platz zurück und legte mich auf die Felle, kuschelte mich an die schlafende Emmi und deckte Fluh mit meinen Haaren zu. Sie schnaufte leise und setzte sich so, dass sie den Feuerball im Auge behalten konnte.

Gemeinsam warteten wir, worauf auch immer.

Am dritten Tag, nachdem ich das Ziehen gespürt hatte, veränderte sich die Farbe des Feuerballs. Diesmal war ich nicht die Einzige, die das bemerkt hatte. Er wurde dunkler, bis er fast schwarz aussah. Für mehrere Stunden war dies das Gesprächsthema Nummer eins im Schloss – bis die Kugel sich allmählich zu senken begann.

Ich hatte es bereits als magische Veränderung in der Luft gespürt, es aber noch nicht zuordnen können. Als ich Mina auf mich zuschießen sah, wusste ich es. »Die Kugel kommt runter«, schrie sie mir aufgeregt zu.

Ich sprang auf die Beine und lief zu einem Fenster, um mich selbst davon zu überzeugen. Atemlos sahen wir zu, wie sich die Feuerdrachen ganz langsam von dem Punkt lösten, an dem sie sonst immer gekreist waren. Sie schwebten Richtung Boden, hielten zunächst auf den Punkt zu, auf dem Eamon gestorben war, wechselten dann aber die Richtung.

»Sie fliegen zur Plattform«, rief ich und lief los, so schnell, wie ich noch nie gerannt war. Mina hatte Mühe, neben mir herzufliegen.

»Inea«, versuchte sie mich zu stoppen, doch ich hörte nicht auf sie. Also flog sie entschlossen vor mich, schwebte rückwärtsfliegend vor mir her, was eine fliegerische Meisterleistung war. »Du musst dir Zeit nehmen, kurz durchzuatmen.«

Ich wurde tatsächlich etwas langsamer, joggte jetzt eher, während mir die Schlossbewohner hastig Platz machten. »Eamon kommt zurück«, erwiderte ich verwirrt.

»Wir wissen nicht, ob er wirklich zurückkommt.« Mina atmete tief ein, nahm ihren Mut zusammen. »Du musst dich darauf einstellen, dass die Drachen vielleicht nicht erfolgreich gewesen sind. Lauf nicht einfach drauflos, wappne dich!«

Ich blieb abrupt stehen, sah meine beste Freundin fest an. »Er lebt«, sagte ich bestimmt. Fluh schnaufte zustimmend, während Emmi hauptsächlich damit beschäftigt war, sich irgendwie auf meiner Schulter festzuklammern. Das Schulterreiten hatte sie noch nicht drauf.

»Soll ich mit dir kommen?«, fragte Mina sanft, doch ich schüttelte den Kopf.

»Er lebt«, sagte ich mit mehr Überzeugung als gedacht. »Du kannst ruhig hierbleiben. Alles wird gut.« Ich schob mich an ihr vorüber und ging entschlossenen Schrittes weiter. Wenigstens rannte ich jetzt nicht mehr, nahm mir tatsächlich die Zeit, einen Moment innezuhalten.

Ich lief den Gang entlang, den ich schon so viele Male benutzt hatte. Jedes Steinchen war mir vertraut, jede Kante, jedes Pflänzchen. Er war jetzt deutlich sauberer, seitdem der Krieg vorüber war. Die Plattform hingegen sah weiterhin völlig verwüstet aus. Den Turm hatte noch niemand wieder aufgerichtet, der Steg bestand noch immer aus den zwei klapprigen Brettern, auf denen Diamads alte Klauenspuren zu sehen waren.

Bei der Erinnerung an meinen kleinen Drachen erstarrte ich wie immer einen Moment. Der Schmerz war noch so frisch, dass ich mich ihm bislang nicht gestellt hatte. Eamons Verlust hatte ihn überlagert, ihn zunächst zurückgedrängt. Für ihn hatte ich noch Hoffnung gehabt. Für ihn blieb ich auf den Beinen. Die Erkenntnis, dass Diamad niemals wieder zu uns zurückkehren würde, war hingegen zu schrecklich.

Ich vermisste ihn. Genau wie Eamon.

Die Kugel schwebte mittlerweile knapp über dem Boden neben meinen Fellen. Die ersten Drachen waren bereits gelandet, tippelten aufgeregt hin und her, knurrten und schnauften. Die Magie sank in sie zurück, wodurch die Kugel durchsichtig wurde.

Ich stand auf dem Steg, als ich das erste Mal eine menschliche Kontur sehen konnte. Sie war mir so vertraut wie mein eigener Körper. Groß, muskulös, männlich, elegant.

Mit zitternden Beinen erreichte ich das andere Ende des Steges, während der letzte Drache landete. Staub und Kieselsteinchen flogen durch die Gegend, aufgewirbelt von den vielen Drachenschwingen, die nach und nach zusammengefaltet wurden. Die Kugel flimmerte jetzt nur noch durchsichtig im Schein der untergehenden Sonne, sodass ich Eamon gut erkennen konnte.

Er war nackt, wie nicht anders zu erwarten war. Seine Haut glänzte rosig wie die eines Neugeborenen, an einigen Stellen sah sie auch verbrannt aus. Seine Haare waren wieder verkohlt, sodass er eine Glatze hatte. Mehr konnte ich nicht erkennen.

Langsam suchte ich mir einen Weg zwischen den gelandeten Drachen hindurch. Die Erde brannte unter der dünnen Sohle meiner Schuhe, glühte an einigen Stellen wie Kohle. Die Magie der Feuerdrachen umfloss mich, versengte mir die Kleidung. Ich ging trotzdem stur weiter, den Blick wie festgeklebt auf den Mann gerichtet, der reglos am Boden lag.

Lass ihn nicht tot sein, dachte ich verzweifelt. Lass ihn leben!

Kurz bevor ich ihn erreicht hatte, sah ich ein Zucken. Im ersten Moment dachte ich, ich hätte es mir eingebildet, doch dann wiederholte es sich. Eamons Hände zitterten, ganz eindeutig.

Mit einem Satz war ich bei ihm, warf mich direkt neben seinem Kopf auf den Boden.

»Eamon«, rief ich, umfasste sein Gesicht, strich über die angesengten Augenbrauen – und konnte es nicht fassen. Die Haut war warm und weich. Ich sah das Blut durch die Stirnader huschen, spürte die Magie, die auf seinem Körper tanzte. Fünkchen waren nicht zu sehen, doch die Magie war da! Knisternd und lebendig.

Vor Freude traten mir Tränen in die Augen und ich drehte ihn von der Seite auf den Rücken, sodass ich mich besser über ihn beugen konnte. Meine Hände fuhren die Konturen seines Halses entlang, blieben auf der pulsierenden Stelle seiner Schlagader liegen. Das Herz schlug offenbar ruhig und kraftvoll, die Brust hob und senkte sich regelmäßig.

Da er sich nicht rührte, nahm ich seine Hand, drückte sie an mein Gesicht, küsste die Innenfläche, seinen Puls. Ich schmeckte Salz und etwas Asche, doch das war mir egal. Er lebte – das war alles, was zählte.

Fluh ließ sich mit einem leisen Rascheln ihrer Flügel von meinem Kopf gleiten. Sie zirpte, was für Emmi das Zeichen war, ihr zu folgen. Die Kleine löste sich nicht gerne von meiner Schulter, immerhin war der fremde Fy am Boden furchtbar interessant für sie, doch Fluh hatte das Sagen, also sprang Emmi von mir herunter und hüpfte neben ihre große Schwester. Die legte ihr beschützend einen Flügel über den Körper, sah mich aus ihren geschlitzten Pupillen sanft an. Wenn ich mich nicht irrte, schillerten in ihren Augen ebenfalls Tränen, allerdings hatte ich noch nie gehört, dass Drachen weinten.

Ich warf ihr ein aufmunterndes Lächeln zu, dann beugte ich mich über Eamons Gesicht, brachte meines ganz nah an seines. Ihn zu küssen, wagte ich nicht, aber ich legte zumindest eine Hand auf seine warme Wange.

»Eamon«, sagte ich noch einmal.

Ein Lid zuckte, seine Lippen öffneten sich etwas. Ganz langsam gingen die Augen auf. Ich sah für einen winzigen Moment die rehbraunen Iriden, die er vor der Zeit als Fy-Riad gehabt hatte. Nach dem nächsten Blinzler waren sie jedoch verschwunden, ersetzt durch die schwarze Macht seiner Magie, durchdrungen von den bunten Funken des Fy-Riads.

Langsam drehte er den Kopf, sah mich an. Ich drückte seine Hand an meine Wange und strahlte über das gesamte Gesicht. »Du lebst«, erklärte ich ehrfürchtig. »Eamon, du lebst. Wir haben es geschafft.«

Er runzelte ganz leicht die Stirn, holte zitternd Luft und blinzelte. »Wer bist du?«, fragte er leise, und mein Lächeln erstarb.

In dieser Sekunde verging ein kleiner Teil von mir. Es war die Hoffnung, dass der alte Eamon wieder zu mir zurückkehrte. Erst jetzt erkannte ich, wie sehr ich mich an den Gedanken geklammert hatte. Er hatte mich aufrecht gehalten, angetrieben. Nun, wo er nicht mehr da, sackte ich in mir zusammen.

Eamon hingegen zwinkerte abermals, während nach und nach immer mehr gelbe Funken auf seiner Haut tanzten. Ihre Schatten ließen seine Haut flackern, als tobe unter ihr eine kleine Schlacht. Vielleicht war das auch so. Als ich in seine Augen blickte, sah ich, wie es in seinem Inneren rumorte.

Ich schluckte schwer, ließ seine Hand jedoch nicht los, obwohl sie wie tot in meiner lag. Ich musste alle Kraft in mir zusammennehmen, um nicht zusammenzubrechen. Da fiel mein Blick auf das Einzige, das er am Leib trug. Instinktiv berührte ich die Kette an seinem Hals, ganz sanft.

»Erinnerst du dich, Eamon? Das ist die Kette von deinem Vater, das Geschenk der Fy. Und hier, da ist der blöde Geburtsdolch von den Puk.« Er rührte sich nicht, sah mich nur an. In seinem Blick lag kein Erkennen, nur eine seltsam kalte Wut.

»Wer bist du?«, fragte er mich abermals. Diesmal klang es deutlich drohender.

Eine Träne rollte mir die Wange hinunter. Sein Geruch wurde schärfer, meine Angst größer, doch noch gab ich nicht auf. Ich hob unsere ineinander geflochtenen Hände und deutete auf das Armbändchen. »Das ist ein Freundschaftsband der Sidhe. Ich habe es für dich gemacht, schau!« Ich hob meinen Daumen, unter dessen Fingernagel man wohl noch jahrelang den kleinen Bluterguss sehen konnte. »Ich habe mir dabei kräftig auf den Finger gehauen.«

Eamon musterte den Fleck. Seltsamerweise sah ich daraufhin zum ersten Mal so etwas wie Emotionen in seinem Gesicht. Langsam ließ ich meine Hand wieder sinken, zog stattdessen ein kleines Büchlein aus der Hosentasche. »Das hier hat mir die Königin der Jeal geschenkt, kurz bevor sie starb. Es ging verloren, daher konnte ich es dir damals im Gefängnis nicht überreichen. Jetzt habe ich es wiedergefunden. Es gehört dir. Das Geschenk der Jeal.«

Ich legte es ihm langsam auf die Brust, die sich nun hektischer hob und senkte. Die Funkenschauer wurden mehr, die Schatten verdichteten sich zu einem Teppich.

Wir schwiegen eine Weile. Ich saß noch immer eng an seiner Seite, spürte die Wärme und die Lebendigkeit, aber auch die Gefahr, die von ihm ausging. Es war lediglich die Fy-Magie, die in ihm tobte.

Mein Herz war so schwer, dass ich keine Worte finden konnte. Also schwieg ich und ließ mich von Eamons Blick verschlingen.

Schwarze Augen, gelbe Funken.

Da schob sich eine kleine Drachenschnauze in mein Blickfeld. Emmi tappte gelassen an mir vorüber und schnaufte in Eamons Ohr. Der brachte so etwas Abstand zu ihr, musterte sie aus seiner liegenden Position heraus. Vermutlich sah er gerade nur Drachenaugen, denn die Kleine ließ nicht locker und schnoberte an seiner Wange herum.

»Das ist Emmi. Sie ist eine Feuermagierin, so wie du.« Ich löste meine Hand aus seiner, nahm Emmi, hob sie vorsichtig von seinem Gesicht weg und setzte sie in meinen Schoß. Sie schnüffelte interessiert an meinem Knie herum, ließ dabei aber den Fy-Riad keine Sekunde aus den Augen.

»Sie ist mein Drache«, merkte ich an.

Da setzte sich Eamon so abrupt auf, dass ich erschrak. Seine Hand zuckte in meine Richtung. Für einen grässlichen Moment dachte ich, er wolle mich packen, doch stattdessen legte er Emmi die Finger auf die gepanzerte Stirn, strich ihr über die Schuppen.

»Ich kenne sie«, sagte er leise. »Sie ruht in meiner Seele.«

Als ich das hörte, schluchzte ich auf, erbebte innerlich. Eamon sah mich daraufhin nachdenklich an, durchleuchtete mich, bis ich mich ganz nackt fühlte. Seine Hand verließ Emmis Kopf, schwebte einen Moment unschlüssig in der Luft.

Als er seine Hand hob, um mir eine nicht vorhandene Strähne aus der Stirn zu streichen, glaubte ich zu ersticken. Er hatte das schon einmal getan, an genau der gleichen Stelle, in einer ähnlichen Situation. Auch damals hatten wir uns noch gar nicht richtig gekannt, aber gewusst, dass wir füreinander bestimmt waren.

»Ich kenne dich ebenfalls«, sagte er leise, während sein Daumen die Haut unterhalb meines Ohres streichelte. Ich wagte kaum zu atmen, vor allem, weil ich mir jetzt sicher war, neben einem gelben Funken ein klein wenig Purpur im Schwarz seiner Iriden aufblitzen gesehen zu haben.

»Ich liebe dich«, erklärte ich ihm. »Und du liebst mich. So einfach ist das.«

Er schnaubte leise, rutschte aber näher. Emmi wurde das Ganze mittlerweile zu unheimlich. Sie hüpfte von meinem Schoß und brummte, während sie forttapste. Ich hatte gerade keine Zeit, um nach ihr zu sehen, da sich Eamons Hand in meine Haare legte, meinen Nacken umfasste.

In die Leere hinter seinen Augen kam Bewegung, ich sah es ganz deutlich, genau wie ich das Lächeln bemerkte, das sich an seinen Mundwinkeln bildete.

Ich erwiderte es schüchtern und wartete, bis er den Abstand zwischen unseren Gesichtern noch weiter verringert hatte.

»Ich bin übrigens Inea«, merkte ich an. »Und wenn du mich nicht mehr kennst, dann bin ich eigentlich nicht so eine, die sich bei der ersten Begegnung küssen lässt.«

»Ich bin Eamon«, erwiderte er. Zum ersten Mal seit einer gefühlten Ewigkeit sah ich Schalk in seinen Augen aufblitzen. Er erkannte mich mittlerweile, da war ich sicher. »Und normalerweise bin ich auch nicht so einer.«

Dann berührten sich unsere Lippen, und er zog mich an sich, so fest er konnte. Das Lächeln spürte ich sogar durch den Kuss hindurch, doch noch faszinierender war, was ich sah.

Fünf wilde Fünkchen, die über seine Stirn sausten.

Sie sahen verdächtig nach Aquamarin, Gold, Ocker, Olive und Purpur aus.

Sherry Thomas
The Burning Sky - Der flammende Himmel
ISBN 978-3-95991-201-3
kartoniert, 14,8 x 21 cm, 14,90 €

Alles begann mit einem ruinierten Elixier und einem Blitzschlag.

Iolanthe Seabourne ist die größte Elementarmagierin ihrer Generation – so jedenfalls wurde es ihr gesagt. Als solche ist es ihre Pflicht und Bestimmung, den Bane, den mächtigsten Tyrannen und Magier, den die Welt je gesehen hat, zu besiegen und damit das Reich vor dem Untergang zu bewahren. Diese Aufgabe käme selbst für den erfahrensten Magier einem Selbstmord gleich … ganz zu schweigen von einer widerwilligen Sechzehnjährigen ohne Ausbildung. Geleitet von den Visionen seiner Mutter und dem Wunsch nach Rache, schwört sich Prinz Titus, Iolanthe zu beschützen und auf den Kampf gegen den Bane vorzubereiten.

Doch er begeht einen furchtbaren Fehler: Er verliebt sich in das Mädchen, das lediglich ein Mittel zum Zweck hätte sein sollen. Während die Schergen des Tyrannen immer näher rücken, muss Titus sich entscheiden.

Für seine Mission oder Iolanthes Leben …

Genau vor Beginn des Sommersemesters im April 1883 ereignete sich ein unbedeutender Vorfall im Eton College, der altehrwürdigen und viel gerühmten Privatschule für Jungen. Ein sechzehnjähriger Schüler namens Archer Fairfax kehrte aus seiner dreimonatigen Abwesenheit zurück, die einem gebrochenen Oberschenkelknochen geschuldet gewesen war, um seine Ausbildung fortzusetzen.

Beinahe jedes Wort im vorangehenden Satz ist falsch. Archer Fairfax hatte keinen Knochenbruch erlitten. Er hatte zuvor noch nie einen Fuß nach Eton gesetzt. Sein Name war nicht Archer Fairfax. Und tatsächlich war er nicht einmal ein Er.

Dies ist die Geschichte eines Mädchens, das Tausende von Jungen zum Narren hielt, eines Jungen, der ein gesamtes Land an der Nase herumführte, eines Bündnisses, welches das Schicksal ganzer Reiche verändern sollte, und der Macht, den größten Tyrannen herauszufordern, den die Welt je gesehen hatte.

Erwartet Magie.

Kapitel 1

Feuer war einfach.

Tatsächlich gab es nichts Einfacheres.

Man sagte, wenn eine Elementarmagierin die Flammen beschwor, stahl sie sich ein bisschen aus jedem Feuer auf der Welt. Das würde aus Iolanthe Seabourne eine ziemliche Diebin machen, die sich für eine einzige große Glut Millionen von Funken zusammenklaubte.

Die Flamme, die sie zu einer perfekten, zehn Fuß breiten Kugel geformt hatte, hing über dem rauschenden Strom des Flusses Woe. Sie winkte mit den Fingern. Wasserfontänen schossen auf und wölbten sich über dem Feuerball. Einzelne Tröpfchen schimmerten kurz in der Sonne auf, bevor sie in die Flammen fielen und in zischenden Dampf aufgingen.

Meister Haywood, ihr Vormund, hatte es immer geliebt, sie beim Spiel mit dem Feuer zu beobachten. Er war nicht der Einzige, der davon fasziniert gewesen war. Jeder, vom Nachbarn bis zum Klassenkameraden, hatte sich gern vorführen lassen, wie sie kleine Feuerbälle über ihrer Handfläche tanzen ließ, ähnlich wie Iolanthe als Kind klatschend und lachend vor Freude Meister Haywood darum gebeten hatte, seine Ohren wackeln zu lassen.

Meister Haywoods Interesse jedoch war stets um einiges tiefgehender gewesen. Im Gegensatz zu den anderen, die einfach nur unterhalten werden wollten, würde er sie dazu antreiben, feine, komplizierte Muster heraufzubeschwören und ganze Landschaften aus Feuermolekülen zu zeichnen. Und jedes Mal würde er sagen: *Meine Güte, ist das aber schön,* und den Kopf vor Staunen schütteln – und manchmal mit etwas, das sich beinahe wie Besorgnis anfühlte.

Aber noch bevor sie ihn hätte fragen können, was denn los sei, würde er ihr durchs Haar wuscheln und sie auf ein Eis einladen. Im Laufe von zwei Jahren hatten sie viele, viele Eisbecher zusammen genossen, Lumenbeere für ihn und Pinienmelone für sie, während sie am Fenster von Mrs Hinderstones Süßwarenladen in der University Avenue gesessen hatten, nur fünf Minuten von ihrem Haus auf dem Campus des Konservatoriums für Magische Künste und Wissenschaften entfernt, dem angesehensten Institut für fortgeschrittenes Lernen im ganzen Reich.

Iolanthe hatte seit Jahren kein Pinienmeloneneis mehr gegessen, aber sie konnte immer noch das saure, erfrischende Kitzeln auf der Zunge schmecken.

»Meine Güte, ist das aber schön.«

Iolanthe erschrak. Doch die Stimme gehörte einer Frau – genau genommen Mrs Needles, die drei Tage in der Woche für Meister Haywood hier in Little Grind-on-Woe kochte und putzte, das sich so weit weg vom Konservatorium befand, wie man es sein konnte, ohne die Grenzen des Reiches zu verlassen. Nicht, dass Meister Haywood immer noch genug verdiente, um eine Aushilfe einzustellen, aber ein wenig Haushaltshilfe war Teil seiner Abfindung.

Iolanthe löste den Feuerball auf, der immer noch in der Luft über dem rasenden, weiß schäumenden Fluss schwebte. Es machte ihr nichts aus, für die Kinder ein paar apfelgroße Handvoll Feuer zu jonglieren oder einige Girlanden aus tanzenden Flammen für Little Grinds Sonnwendball zu produzieren, aber es war ihr peinlich, ihre Fähigkeiten in diesem Ausmaß zur Schau zu stellen, mit genug Feuer auf der Hand, um das gesamte Dorf niederzubrennen.

Sofern du nicht im Königlichen Zirkus auftrittst, hatte Meister Haywood ihr stets eingeschärft, *überleg es dir zweimal, bevor du deine Kräfte einsetzt. Du willst nicht als Aufschneiderin gelten – oder schlimmer noch, als Freak.*

Sie drehte sich um und lächelte die Haushälterin an.

»Danke, Mrs Needles. Ich habe nur für die Hochzeit geübt.«

»Ich hatte keine Ahnung, dass Sie solch eine begabte Elementarmagierin sind, Miss Seabourne«, staunte Mrs Needles.

Im Alten Millennium, als Elementarmagier noch das Schicksal des Reiches bestimmten, hätte niemand auch nur einen zweiten Blick auf Iolanthes mittelmäßige Fähigkeiten verschwendet. Aber dies waren die letzten Tage der Elementarmagie[1]. Verglichen mit den meisten Elementarmagiern, die kaum genug Feuer für ein Nachtlicht herbeirufen konnten – oder genug Wasser, um sich die Hände zu waschen –, so nahm Iolanthe an, konnte man ihre Kräfte durchaus als überdurchschnittlich bezeichnen.

»Mrs Oakbluff und Rosie – und all ihre neu angeheirateten Verwandten – werden so beeindruckt sein«, fuhr Mrs Needles fort, während sie einen kleinen Picknickkorb absetzte. »Und Meister Haywood natürlich. Hat er Ihre Vorführung schon gesehen?«

»Er hat mir die Idee mit dem großen Feuerball überhaupt erst gegeben«, log Iolanthe. Die Dorfbewohner mochten Meister Haywood als Merixida-Abhängigen ansehen, der seine Schutzbefohlene vernachlässigte, aber sie weigerte sich, ihn als irgendetwas anderes als eine sorgsame, fürsorgliche Vaterfigur darzustellen.

In den sieben Jahren, seit seine Probleme begonnen hatten, hatte sie sich ein gewisses Auftreten zugelegt, eine zweite Persönlichkeit, die sie wie einen Chitinpanzer trug. Die Iolanthe, die der Außenwelt begegnete, war ein Schatz: Ein selbstbewusstes, aufgeschlossenes Mädchen, das darüber hinaus auch noch wunderbar freundlich und hilfsbereit war – selbstverständlich das Ergebnis lebenslanger Wertschätzung. Sie hatte sich so an dieses Verhalten gewöhnt, dass sie sich nicht immer daran erinnerte, was in Wahrheit dahinter steckte. Zumal sie das nicht sonderlich wollte. Warum in Enttäuschung, Verunsicherung und Zorn vor sich hinfaulen, wenn sie stattdessen auf der Oberfläche treiben und so tun konnte, als sei sie ein sonniges, charmantes Mädchen?

»Und wie geht es Ihnen heute, Mrs Needles?«, gab sie die Frage zurück. Wenn man ihnen die Wahl gab, sprachen die meisten Menschen am liebsten über sich selbst. »Und Ihrer Hüfte?«

»So viel besser, seit Sie mir diese gelenkheilende Salbe gegeben haben.«

»Das ist wundervoll, aber Sie haben sie nicht allein mir zu verdanken. Meister Haywood hat mir geholfen, sie herzustellen – er schleicht immer um mich herum, wenn ich einen Kessel vor mir habe.«

Oder möglicherweise hatte er sich auch den ganzen Tag lang in seinem Zimmer eingesperrt und Iolanthes Klopfen und die Serviertabletts voller Essen ignoriert, die sie vor seiner Tür hinterlassen hatte. Aber das brauchte Mrs Needles nicht zu wissen.

Niemand brauchte das zu wissen.

»Oh, er hat Glück, dass er Sie hat, wirklich«, sagte Mrs Needles. Iolanthes gute Laune schwankte ein wenig – gelang es ihr letzten Endes überhaupt, irgendjemanden zu täuschen? Doch sie blieb vollkommen in ihrer Rolle. »Vielleicht wegen der paar Besorgungen, die ich ab und zu für ihn mache. Aber es gibt viel einfachere Wege, seinen häuslichen Pflichten nachzugehen, als zu dem Zweck einen Elementarmagier großzuziehen.«

Sie lachten darüber, Mrs Needles gutmütig, Iolanthe verbissen.

»Nun, ich habe Ihnen ein kleines Mittagessen mitgebracht, Miss.« Mrs Needles stieß den Picknickkorb in Iolanthes Richtung.

»Danke, Mrs Needles. Und wenn Sie heute früher gehen wollen, um sich für die Hochzeit vorzubereiten, nehmen Sie sich auf alle Fälle so viel Zeit, wie Sie wollen.«

Das würde Mrs Needles aus dem Haus schaffen, bevor Meister Haywood gereizt und orientierungslos aus seinem Merixida-Rausch erwachte. Mrs Needles schlug eine Hand auf ihr Herz. »Das wäre nett! Ich liebe Hochzeiten und ich will so gut wie möglich aussehen bei all diesen schicken Stadtleuten.«

Rosie Oakbluffs Hochzeit würde in Meadswell stattfinden, der Provinzhauptstadt sechzig Meilen außerhalb. Während der Feier würde Iolanthe den Pfad erstrahlen lassen, auf dem Braut und Bräutigam Arm in Arm zum Altar schreiten würden. Es brachte angeblich Glück, wenn die Beleuchtung durch eine Freundin der Braut bewerkstelligt wurde, anstelle eines bezahlten Elementarmagiers, und niemanden schien es großartig zu stören, dass Iolanthe weniger eine Freundin der Braut war als jemand, der die Mutter der Braut zu bestechen versuchte.

»Wir sehen uns auf der Hochzeit«, sagte sie zu Mrs Needles. Mrs Needles winkte ihr zu und sprang davon, nur eine kaum spürbare Verzerrung in der Luft zurücklassend, die sich schnell verflüchtigte. Iolanthe warf einen Blick auf ihre Armbanduhr – Viertel vor eins am Nachmittag. Sie war spät dran.

Und nicht nur für die Hochzeit. Sie war mindestens ein halbes Semester hintendran, was ihren akademischen Lesestoff anging. Ihre Aufklärtränke versagten immer noch. Jeder letzte Zauberspruch in *Archivarische Magie* wehrte sich mit Zähnen und Klauen gegen ihre Versuche, ihn zu bewältigen.

Und die erste Klausurphase, die Voraussetzung für ein höheres Studium war, begann in fünf Wochen.

Elementarmagie war die älteste Magie. Eine direkte, ursprüngliche Verbindung zwischen dem Magier und dem Universum, ohne vermittelnde Worte oder Handlungen zu benötigen. Jahrtausendelang war Subtilmagie eine blasse Nachahmung ihrerseits gewesen, die versuchte und doch niemals schaffte, an die Macht und Erhabenheit der Elementarmagie heranzureichen.

Aber an irgendeinem Punkt hatte sich das Blatt gewendet. Subtilmagie besaß nun die Tiefe und Nachgiebigkeit, sich an jedes Bedürfnis anzupassen, und Elementarmagie war ihre schwerfällige, primitive Cousine, ungeeignet für die Ansprüche des modernen Lebens. Wer brauchte schon flammenschwingende Elementarmagier, wenn Licht, Heizung und Kochtätigkeiten heutzutage allesamt mittels viel ungefährlicherer, sehr viel bequemerer Subtilmagie erledigt werden konnten?

Ohne eine grundständige Ausbildung in Feinmagie hatten Elementarmagier bemitleidenswert wenige Karrieremöglichkeiten: Zirkusse, Gießereien oder Steinbrüche, wovon Iolanthe keines gefiel. Und ohne herausragende Ergebnisse in den Zulassungsprüfungen und den damit einhergehenden Fördergeldern wäre sie niemals fähig, sich eine höhere akademische Ausbildung überhaupt leisten zu können.

Sie warf erneut einen Blick auf ihre Uhr. Sie würde noch einmal den Ablauf für die Pfaderleuchtung durchgehen, dann musste sie das Lichtelixier im Klassenzimmer überprüfen.

Ein Fingerschnipsen brachte eine weitere Feuerkugel hervor, fünf Fuß im Durchmesser. Noch ein Schnipsen und der Durchmesser des Feuerballs verdoppelte sich, eine miniaturhafte Sonne, die vor den steil abfallenden, baumlosen Klippen des gegenüberliegenden Ufers aufging.

Feuer war solch ein Genuss. *Macht* war solch ein Genuss. Wenn sich Meister Haywood nur ebenso einfach ihrem Willen beugen könnte. Sie verschränkte ihre Finger und riss sie dann auseinander. Der Feuerball teilte sich in sechzehn flammende Pfade auf, welche in einstimmigen Wendungen durch die Luft schossen wie ein Schwarm Fische.

Sie drückte ihre Handflächen aneinander. Die Feuerströme formten sich erneut zu einer perfekten Kugel. Ein Wink ihres Handgelenks ließ den Feuerball hoch in die Lüfte springen und sich um seine eigene Achse drehen, zahllose Funken von sich schleudernd. Ihre Hände drückten nun nach unten, ließen die Feuerkugel halb in den Fluss untertauchen und eine gigantische Wolke zischenden Dampfs aufsteigen – auf der Hochzeit würde es einen großen, spiegelnden

Teich geben, und sie plante, ihn vollkommen zu ihrem Nutzen zu verwenden.

»Hör auf«, sagte eine Stimme hinter ihr. »Hör sofort auf damit.«

Sie hielt überrascht inne. Meister Haywood – er war früh auf. Sie löste das Feuer auf und drehte sich um.

Er war einst ein ansehnlicher Mann gewesen, ihr Vormund, golden und stark. Nicht länger. Schlaffes Haar fiel in sein bleiches Gesicht. Tränensäcke hingen unter seinen Augen. Seine dünne Gestalt – manchmal erinnerte er sie an eine Marionette – sah aus, als könne sie bei der kleinsten Anstrengung auseinanderfallen. Es tat niemals *nicht* weh, ihn so zu sehen, einen Schatten seines ehemaligen Selbst.

Aber ein Teil von ihr konnte nicht anders, als begeistert zu sein, dass er gekommen war, um ihr beim Üben zuzuschauen. Er hatte seit langer Zeit kein großes Interesse mehr an ihr gezeigt. Vielleicht würde sie ihn auch dazu bringen können, ihr mit einigen ihrer Hausaufgaben zu helfen. Er hatte ihr versprochen, sie zu unterrichten, aber sie hatte sich selbst ausbilden müssen, und sie hatte so viele unbeantwortete Fragen.

Aber zuerst: »Guten Nachmittag. Hast du schon gegessen?«

Er hätte auf leeren Magen nicht springen sollen.

»Du kannst auf der Hochzeit nicht auftreten«, sagte er.

Ihre Ohren fühlten sich an wie von Bienen gestochen. *Das* war es, was er ihr hatte sagen wollen? »Verzeihung?«

»Rosie Oakbluff heiratet in eine Familie von Kollaborateuren ein.«

Gerüchten zufolge hatten die Greymoors von Meadswell während und nach dem Januaraufstand mehr als hundert Rebellen ausgeliefert. Jeder wusste das. »Ja, das tut sie.«

»Es war mir nicht bewusst«, sagte Meister Haywood. Er lehnte sich an einen Felsen, das Gesicht müde und angespannt. »Ich dachte, sie würde einen Grey*more* heiraten – vom Clan der Künstler. Mrs Needles hat meinen Fehler soeben berichtigt und ich kann die Agenten von Atlantis nicht sehen lassen, wie du die Elemente manipulierst. Sie würden dich fortschicken.«

Sie riss die Augen auf. Wovon sprach er? Hätte sie nicht davon gehört, wenn Atlantis ein besonderes Interesse an Elementarmagiern zeigte? Kein einziger ihr bekannter Elementarmagier hatte jemals Atlantis' Aufmerksamkeit auf sich gezogen, indem er einfach nur ein Elementarmagier war. »Jeder Zirkus hat ein Dutzend Magier, die können, was ich kann. Warum sollte mir Atlantis Beachtung schenken?«

»Weil du jünger bist und sehr viel mehr Potential hast.«

Vor zweitausend Jahren hätte sie ihn nicht hinterfragt. Streitigkeiten zwischen Ländern waren damals mittels elementarmagischen Kriegen beglichen worden. Gute Elementarmagier wurden hochgeschätzt, und großartige Elementarmagier, nun, diese wurden als menschgewordene Engel angesehen. Aber das war vor zweitausend Jahren.

»Potential wofür?«

»Für Größe.«

Iolanthe biss sich auf die Innenseite ihrer Unterlippe. In ausreichenden Mengen verursachte Merixida Wahnvorstellungen und Paranoia. Aber sie hatte Meister Haywoods hausgemachtes Destillat schon immer heimlich mit Zucker gestreckt. Hatte er irgendwo einen Vorrat, von dem sie nichts wusste? »Ich wäre liebend gern eine große Elementarmagierin, aber es hat in den letzten fünfhundert Jahren nirgendwo auf der Erde auch nur einen einzigen Großen gegeben. Und du vergisst, dass ich keine Luft manipulieren kann – niemand kann ein Großer sein, ohne die Kontrolle über alle vier Elemente zu beherrschen.«

Meister Haywood schüttelte den Kopf. »Das ist nicht wahr.«

»Was ist nicht wahr?«

Er beantwortete ihre Frage nicht, sondern sagte nur: »Du musst auf mich hören. Du wirst in großer Gefahr sein, wenn Atlantis sich deiner Macht bewusst wird.«

Iolanthe hatte sich freiwillig angeboten, den Pfad auf der Hochzeit zu beleuchten. Sie konnte sich nur vorstellen, was die Mutter der Braut, Mrs Oakbluff, sagen würde, wenn Iolanthe plötzlich Stunden vor der Zeremonie verkünden würde, dass sie es sich anders überlegt hatte.

Ihre Taschenuhr pochte. »Entschuldige mich. Ich muss das Lichtelixier aus dem Kessel nehmen.«

Sie hatte sich auch bereit erklärt, sich um die Hochzeitsbeleuchtung zu kümmern. Silbernes Lichtelixier war der letzte Schrei, aber ein Lichtelixier, das ein reines silbernes Licht ohne jeden Blaustich von sich gab, war sowohl schwierig als auch zeitaufwendig herzustellen – und sobald es gereift war, leuchtete es für genau sieben Stunden. Das gesamte Vorhaben war durchzogen von der Gefahr des Scheiterns.

Iolanthe hatte mit fünf Chargen begonnen, und nur eine davon hatte den Konservierungsvorgang überlebt. Aber das Risiko war es wert. Die Oakbluffs wollten ihrer viel vermögenderen Schwiegerfamilie zeigen, dass sie dazu imstande waren, eine beeindruckend elegante Hochzeit auf die Beine zu stellen, und eine gelungene Charge Lichtelixier war der halbe Weg zu diesem Ziel.

Iolanthe sprang und hoffte, dass Meister Haywood ihr nicht folgen würde.

Es waren Frühlingsferien; das Klassenzimmer war frei von Schülern und deren üblicher Unordnung. Die Ausrüstung für den praktischen Unterricht befand sich am anderen Ende, unterhalb eines Portraits des Prinzen. Sie deckte den größten Kessel auf und rührte in seinem Inhalt. Das Elixier klebte am Spatel, dicht und trüb wie ein Himmel kurz vor dem Regen. Perfekt. Drei Stunden Kühlung und es sollte zu schimmern beginnen.

»Hast du irgendetwas von dem gehört, was ich gesagt habe?«, ertönte Meister Haywoods Stimme erneut hinter ihr.

Er klang nicht wütend, nur erschöpft. Ihrem Herz gab es einen Stich, als sie den Krug aus Sterling auspackte, den Mrs Oakbluff ihr für das Lichtelixier gegeben hatte. Sie wusste nicht weshalb, aber sie hatte immer einen bohrenden Verdacht verspürt, dass sie auf irgendeine Weise für seinen Zustand verantwortlich war – ein Verdacht, der tiefer ging als die bloße Schuld, sich nicht so um ihn kümmern zu können, wie sie es gewollt hätte. »Du solltest etwas essen. Deine Kopfschmerzen werden schlimmer, wenn du nicht rechtzeitig isst.«

»Ich will nichts zu essen. Ich will, dass du mir zuhörst.«

Er klang dieser Tage nur selten bevormundend – sie konnte sich nicht einmal an das letzte Mal erinnern. Sie drehte sich um. »Ich höre zu. Aber bitte vergiss nicht, dass eine derart außergewöhnliche Behauptung wie die deine – dass Atlantis mir gefährlich werden wird, weil ich so etwas Alltägliches tue wie einen Hochzeitspfad zu beleuchten – außergewöhnliche Beweise erfordert.«

Er hatte sie selbst in das Konzept eingeführt, dass außergewöhnliche Behauptungen außergewöhnliche Beweise benötigten. Sie war wie ein Schwamm gewesen, hatte jedes seiner Worte aufgesaugt, außer sich vor Freude und Stolz, einer Tochter dieses wortgewandten, gebildeten Mannes so nahe wie nur möglich zu kommen.

Das war, bevor seine Fehltritte und Lügen ihn Posten um Posten gekostet hatten und der brillante Gelehrte, der einst zu Höherem bestimmt gewesen war, jetzt ein Dorfschulmeister war – und noch dazu einer, der Gefahr lief, gefeuert zu werden.

Er schüttelte den Kopf. »Ich brauche keine Beweise. Alles, was ich tun muss, ist, dir meine Erlaubnis zu entziehen, nach Meadswell zur Hochzeit zu gehen.«

Der einzige Grund, warum sie überhaupt nach Meadswell ging, war, seine Anstellung zu retten. Es kursierten Gerüchte, dass einige Eltern, die genug von seiner Achtlosigkeit gegenüber ihren Kindern hatten, Mrs Oakbluff, die örtliche Standesbeamtin, zu seiner Entlassung drängten. Iolanthe hoffte, dass eine spektakuläre Pfaderleuchtung – das silberne Lichtelixier nicht zu vergessen – Mrs Oakbluff überzeugen mochte, ihre Entscheidung zu Meister Haywoods Gunsten ausfallen zu lassen.

Wenn selbst ein abgelegenes Dorf mit dem dringenden Bedürfnis nach einem Dorfschulmeister ihn nicht behalten wollte, wer dann?

»Du vergisst«, sagte sie, »dass die Gesetze klar besagen, dass ein Mündel die Erlaubnis seines Vormundes, sich frei zu bewegen, nicht länger braucht, sobald es sechzehn wird.«

Sie hätte ihn schon vor sechs Monaten verlassen können.

Er zog einen Flachmann aus der Tasche und nahm einen Schluck. Der widerlich süße Geruch von Merixida stieg ihr in die Nase. Sie gab vor, es nicht zu bemerken, obwohl sie ihm die Flasche am liebsten aus der Hand gerissen und aus dem Fenster geworfen hätte.

Aber sie waren nicht länger die Art von Familie, deren Mitglieder sich offen aneinander austobten. Stattdessen waren sie Fremde, die sich nach einer Reihe merkwürdiger Regeln richteten: Keine Anspielungen auf seine Sucht, keine Erwähnungen der Vergangenheit und keine Pläne für irgendeine Art von Zukunft.

»Dann wirst du mir einfach vertrauen müssen«, sagte er, seine Stimme schwer. »Wir müssen dich sicher verwahren. Wir müssen dich von den Augen und Ohren Atlantis' fernhalten. Wirst du mir vertrauen, Iola? Bitte.«

Sie wollte es. Nach all seinen Lügen – *Nein, das ist kein Spielbetrug. Nein, das ist kein Plagiarismus. Nein, das sind keine Bestechungsgelder* – wollte sie ihm immer noch vertrauen, wie sie es einst getan hatte, bedingungslos, vollkommen.

»Es tut mir leid«, sagte sie. »Ich kann nicht.«

Sie hatte zuvor noch nie offen eingestanden, dass sie nur auf sich selbst vertrauen konnte.

Er fuhr zurück und starrte sie an. Suchte er nach dem Kind, das ihn so haltlos geliebt hatte? Das ihm bis ans Ende der Welt gefolgt wäre? Dieses Mädchen war immer noch da, wollte sie ihm sagen. Wenn er sich nur zusammenreißen würde, hätte sie ihn gerne zur Abwechslung einmal auf sich aufpassen lassen.

Er senkte den Kopf. »Vergib mir, Iolanthe.«

Das war nicht die Antwort, die sie erwartet hatte. Ihr Atem ging schneller. Wollte er sich wirklich für alles entschuldigen, das dazu geführt hatte, dass sie ihr Vertrauen in ihn verloren hatte?

Er bewegte sich ganz plötzlich, marschierte auf den Kessel zu, während er den Deckel seines Flachmanns aufschraubte.

»Was hast du –«

Er goss sämtliches in der Flasche verbliebenes Merixida in das Lichtelixier, an dem sie sich zwei Wochen lang abgeplagt hatte. Dann drehte er sich um und zog eine stumme, Mund und Nase aufsperrende Iolanthe in seine Arme und drückte sie fest. »Ich habe geschworen, dich sicher zu verwahren, und das werde ich.«

Als sie begriff, was er getan hatte, lief er bereits aus dem Klassenzimmer. »Ich werde Mrs Oakbluff informieren, dass du die Pfaderleuchtung heute Abend nicht ausüben werden kannst, weil du dich zu sehr schämst, dass dein Lichtelixier misslungen ist.«

Iolanthe starrte auf das ruinierte Elixier, eine flache, schimmelgrüne Pfütze ohne irgendeine Spur von Zähflüssigkeit. Silbernes Lichtelixier hatte sie Mrs Oakbluff versprochen, aber silbernes Lichtelixier konnte man weder für Liebe noch für Geld in allerletzter Minute herstellen. Verzweiflung überflutete sie, eine bittere Woge. Warum versuchte sie es so sehr? Warum bemühte sie sich, seinen Posten zu retten, wenn es niemanden sonst interessierte, am allerwenigsten ihn selbst?

Aber sie war zu sehr daran gewöhnt, ihr Selbstmitleid beiseitezuschieben und sich um die Nachwirkungen von Meister Haywoods Handeln zu kümmern. Sie war bereits am Bücherregal, zog Titel heraus, die ihr vielleicht helfen würden. *Des Trankmischers Novize* behandelte keine Lichtelixiere. *Die rasche Lösung: Ein Handbuch der Trankmischerfehler im Klassenraum* bot nur Anleitung zu Lichtelixieren, die einen fauligen Geruch von sich gaben, sich verfestigten oder nicht aufhören wollten zu zischen.

In ihrer Verzweiflung wandte sie sich dem *Vollkommenen Trank* zu.

Meister Haywood liebte *Der Vollkommene Trank.* Sie hatte keine Ahnung warum – es war der angeberischste Türstopper der Welt. Im Abschnitt über Lichtelixiere war der Text nach den Einleitungsparagraphen in Keilschrift geschrieben.

Sie blätterte weiterhin die Seiten um, hoffte auf etwas in Latein, das sie gut lesen konnte, oder Griechisch, das sie mit einem Lexikon bezwingen konnte, wenn sie musste. Aber die einzigen Absätze, die nicht in Keilschrift geschrieben waren, standen in Hieroglyphen.

Dann plötzlich, am Rand eine handgeschriebene Notiz, die sie lesen konnte: *Es gibt kein Lichtelixier, egal wie verdorben, das nicht vom Blitzschlag erneuert werden kann.*

Sie blinzelte – und warf rasch den Kopf zurück: sie hatte keine Ahnung gehabt, dass Tränen in ihren Augen waren. Und was für eine Art Ratschlag war das? Irgendein Elixier in einem Unwetter zu platzieren, würde dem Trank unwiderruflichen Schaden zufügen und jegliche Hoffnung zerstören, ihn wieder herzurichten.

Es sei denn … es sei denn, der Verfasser der Notiz hatte etwas anderes gemeint, einen *beschworenen* Blitzschlag.

Helgira die Gnadenlose hatte den Blitzen befohlen.

Aber Helgira war eine Figur aus Legenden. Iolanthe hatte alle vier Bände und zwölfhundert Seiten von *Das Leben und Wirken der großen Elementarmagier* gelesen. Kein wirklicher Elementarmagier, nicht einmal einer der großen, hatte jemals den Blitz gemeistert.

Es gibt kein Lichtelixier, egal wie verdorben, das nicht vom Blitzschlag erneuert werden kann.

Der Verfasser dieser Worte hatte sicherlich keinen Zweifel daran gehabt, dass es machbar war. Die Schnörkel und Windungen der kunstvollen Handschrift schäumten über vor lauter schwungvoller Selbstsicherheit. Als sie aufschaute, bekundete der Prinz in seinem Portrait jedoch nichts als Verachtung für ihre wilde Idee.

Einen Moment lang kaute sie auf der Innenseite ihrer Backe herum. Dann streifte sie sich ein Paar dicke Handschuhe über und schnappte sich den Kessel.

Was hatte sie zu verlieren?